괴테가 탐사한 근대

괴테가 탐사한 근대

슈투름 운트 드랑에서 세계문학론까지

임홍배 지음

창비

| 책머리에 |

괴테 다음 세대의 낭만주의 시인 하이네는 괴테가 죽기 한해 전인
1831년 '괴테의 요람에서 시작하여 괴테의 무덤에서 끝나는 예술시대의
종말'을 선언하였다. 정치적 박해를 피해 빠리에 망명해 있던 하이네의
이런 발언은 괴테의 문학이 절박한 현실문제를 외면한 채 고답적인 예술
세계에 안주했다고 비판한 것이었다. 또한 하이네와 마찬가지로 급진적
정치성향을 띠던 청년독일파 작가들은 바이마르의 궁정에 봉직했던 괴테
를 가리켜 '군주의 시종'이라 비꼬기도 했다. 이처럼 괴테를 '예술시대'를
대표하는 진성 보수주의자로 보는 시각은 괴테에 대한 문학사적 평가에
서 오래도록 통설로 굳어져왔다. 가령 2차대전이 끝난 후 괴테 탄생 200주
년에 즈음하여 괴테를 '문화민족' 독일의 정신적 사표로 대대적으로 기
렸던 것도 그런 맥락에서 이해할 수 있다. 전범국가라는 오명을 썼고 문
화민족으로 거듭나야 한다는 시대적 요청에 직면하여 독일의 문학사가들
은 18세기 말 19세기 초 프랑스나 영국에 비해 모든 면에서 후진성을 면
치 못하던 척박한 독일 땅에서 찬란한 문화를 꽃피운 고전적 모범으로 괴
테 문학을 기념비화했던 것이다. 하지만 그런 식으로 바라볼 경우 괴테의

문학은 세계사적 격변기였던 괴테 당대의 시대현실과는 무관한 정전으로 박제될 수밖에 없다.

그러한 통념과 달리 괴테는 그의 시대가 제기한 크고 작은 문제들과 치열하게 씨름했으며 그의 문학은 그러한 고투의 결실이라는 것이 필자의 생각이다. 만년의 괴테는 에커만과의 대화에서 "평생 동안 엄청난 세계사적 사건들을 마치 일상사처럼 경험한 것이 나에겐 크나큰 득이 되었다"라고 했다. 미국의 독립과 프랑스대혁명 그리고 나뽈레옹전쟁 등 세계사적 사건들을 동시대인으로서 경험한 것이 자신의 창작에 커다란 자극과 밑거름이 되었다는 것이다. 괴테의 문학은 그러한 역사적 전환기의 도전에 대한 치열한 성찰의 산물로 파악할 때 비로소 진면목이 드러난다. 괴테는 미시적 개인사와 거시적 시대사를 조밀하게 결합하여 생동하는 인간상으로 제시한다. 이 책에서는 괴테의 문학세계를 당대의 사회·역사적 맥락 속에서 분석하여 괴테 문학의 근대성과 현재적 의의를 해명하고자 한다. 봉건 절대왕정이 붕괴되고 근대 시민사회로 이행하는 세계사적 전환기를 살았던 괴테는 근대화 과정에 수반되는 새로운 모순과 갈등을 예민하게 감지했다. 근대화의 복합적 국면에 대한 괴테의 문학적 성찰은 근대화의 명암을 속속들이 경험하고 있는 오늘날의 독자들에게 맹목적 근대주의의 편향을 교정할 수 있는 사유의 단초를 제공할 것이다.

오늘날의 시점에서 괴테를 다시 읽어야 하는 또다른 이유는 그의 문학이 인간과 자연과 역사에 대한 총체적인 탐구의 소산이기 때문이다. 알다시피 괴테는 시·소설·희곡 등의 장르에서 새로운 전범을 창출했을 뿐만 아니라 이십대 후반부터 평생 동안 바이마르 공국의 정치에 관여했고, 이딸리아 여행에서 돌아온 삼십대 후반부터는 생물학과 광학 등 자연과학 탐구에도 매진했다. 그런 점에서 '만능 천재'로 평가받는 괴테는 본격적인 근대화와 더불어 편협한 인간중심주의 논리에 의해 인간과 자연, 자연과 역사의 분리가 가속화되는 시대의 조류에 맞서서 인간사와 자연사를 통합적으로 사유했다. 근대학문의 역사라는 맥락에서 보면 괴테의 총체적 탐구정신은 사회의 기능적 분화에 상응하여 다양하게 분화된 개별 학문의 경계를 넘어 인간과 사회와 자연에 대한 통합적 인식을 지향한다. 괴테가 추구한 그러한 총체성의 이상은 원자화되고 파편화된 개체의 삶을 영위하는 현대인에게 진정으로 인간다운 삶의 의미를 일깨우는 계기를 제공한다.

괴테는 전통의 혁신을 통해 새로운 것을 창조하는 법고창신(法古創新)의 정신을 실천했다. 고대 그리스·로마의 문화와 셰익스피어, 스피노자, 프랑스 계몽사상을 지적 자양분으로 흡수하여 시대의 요청에 맞게 새롭게 해석하고 재창조한 괴테의 사유는 전통과의 무조건적인 단절을 역사의 발전과 동일시하면서 앞만 보고 달려가는 근대문명의 눈먼 질주를 교정할 수 있는 사유의 실마리를 제공한다. 서구 근대문학의 '고전'이 된 괴테 문학을 오늘날의 관점에서 새롭게 해석하는 일은 괴테 사후 180여년 동안의 근현대 역사를 반추하면서 괴테의 문학을 새롭게 자리매김하는 작업이 될 것이다.

괴테의 창작활동은 크게 네 시기로 나누어 살펴볼 수 있다. 이십대 중반까지의 청년기는 문학사에서 슈투름 운트 드랑(Sturm und Drang)이라 일컫는 시기에 해당된다. '질풍노도'를 뜻하는 슈투름 운트 드랑은 역사적 맥락에서 보면 봉건적 구체제에서 억압적 인습이 지배하는 기성사회에 대한 저항의 일환이며, 흔히 계몽의 세기라 일컬어지는 18세기의 계몽사상이 독일의 청년문학운동으로 분출된 것이라 할 수 있다. 다만 좁은 의미에서의 계몽주의가 '이성의 빛'을 강조했다면 슈투름 운트 드랑은 그러한 계몽정신을 계승하면서도 감성의 해방을 주창했고, 그런 복합적인 의미에서 전인적 자아실현을 문학적 이상으로 추구했다. 괴테의 출세작이라 할 수 있는 『젊은 베르터의 고뇌』(1774)와 역사극 『괴츠 폰 베를리힝엔』(1773)은 이 시기의 대표작이다.

스물여섯살이 되던 1775년 괴테는 바이마르 공국의 카를 아우구스트

공의 부름을 받아 바이마르 궁정의 현실정치에 몸담게 된다. 애초에 바이마르의 귀족들은 평민 출신인데다 정무 경험도 없는 괴테를 궁정으로 불러오는 것에 반대했지만, 18세의 어린 나이임에도 아우구스트 공은 귀족들의 반대를 물리치고 괴테를 중용한다. 처음에는 외교 보좌역을 맡았던 괴테는 불과 몇년 후 아우구스트 공의 최측근 요직인 추밀고문관에 임명될 정도로 두터운 신임을 얻는다. 하지만 바이마르에서 보낸 첫 십년 동안은 현실정치에 깊이 관여했던 만큼 작품활동은 상대적으로 부진한 시기였다. 에우리피데스의 동명 희곡을 재해석한『타우리스의 이피게니에』(1779)와『빌헬름 마이스터의 연극적 사명』(1785)이 이 시기의 대표작이다. 이 시기는 넓은 의미에서 '바이마르 고전주의'에 포함되기도 하지만, 나중에 이딸리아 여행에서 돌아온 이후의 본격적인 고전주의 시기의 선행 단계로 보는 편이 적절할 것이다.

1786년 이딸리아로 여행을 떠나서 2년 가까이 생산적인 충전의 시기를 보내고 다시 바이마르로 돌아온 괴테는 1790년대부터 쉴러와 긴밀한 지적 유대를 맺는데 이는 쉴러가 사망하는 1805년까지 지속된다. 괴테는 『빌헬름 마이스터의 수업시대』 창작과정에서 집필한 초고의 각 부분을 단계적으로 쉴러에게 보내서 논평을 받고 수정하는 방식으로 집필을 진행했으며, 그렇게 쉴러와 주고받은 편지는 천여통에 이른다. 쉴러뿐 아니라 헤르더와 훔볼트 등 당대 유수의 지식인들과 수시로 토론과 대화를 나누면서 시야를 넓혀간 것도 괴테 문학이 풍성해진 바탕이 되었다. 이 시기의 대표작으로는『에흐몬트』(1787)『미완성 파우스트』(1790)『빌헬름 마이스터의 수업시대』(1796)『헤르만과 도로테아』(1797) 등을 꼽을 수 있다. 『빌헬름 마이스터의 수업시대』는 1780년대 초반부터 집필을 시작하여 십수년 만에 완성한 것인데,『파우스트』를 60년에 걸쳐 집필한 일은 익히 알려진 사실이지만 괴테의 다른 대작들도 오래도록 묵혀서 숙고한 정진의 결실이다.

노년기의 괴테는 독일 바깥의 세계적 동향에 깊은 관심을 기울였다. 1816년에 창간한 잡지『예술과 고대문화』는 제호가 표방하는 바와 달리 유럽 전역의 고금을 아우르는 문학·예술·건축 등에 관한 종합예술비평지로서, 괴테 자신이 매호마다 절반 이상의 글을 썼다. 괴테는 빠리에서 발간되던 쌩시몽주의 기관지『글로브』도 열심히 구해서 읽었고, 이러한 독서경험을 통해 근대 자본주의체제가 작동하는 방식에 대해 나름의 식견을 쌓았다. 만년의 괴테가 '세계화'를 예감하면서 일국적 국민문학의 경계를 뛰어넘는 세계문학론을 제창할 수 있었던 것도 그처럼 세계적 시야를 견지했던 덕분일 것이다.『친화력』(1809)『서동시집』(1819)『빌헬름 마이스터의 편력시대』(1821), 그리고 죽기 전해인 1831년에 탈고한『파우스트』2부가 노년기의 대표작이다.

이 책에서는 괴테의 창작활동 시기별로 대표적인 작품들을 다루었다. 수록된 글들 중 일부는 십수년 전부터 산발적으로 발표한 것도 있지만 대부분은 지난 몇년 동안 몰아서 쓴 것이다. 애초에 괴테 연구서를 서둘러 낼 생각이 없었으나 마침 한국학술진흥재단(현 한국연구재단)의 저술지원을 받게 되어 예상보다 일찍 한권의 책이 되었다. 삼십대 초반부터 괴테를 본격적으로 읽기 시작했지만 과연 곡진한 이해에 도달했는지 여전히 스스로에게 의문으로 남는다. 외국문학에 관한 글이 대개 해당 전공자들에게만 읽히는 것은 아카데미즘이 풀어야 할 오랜 숙제인데, 그 점을 고려해 괴테 전공자가 아닌 일반 문학독자도 이해할 수 있도록 평이하게 서술하고자 노력했다. 출판기한에 임박하여 원고를 넘겼음에도 세심하게 편집교정 작업을 마무리해준 창비 편집부의 노고에 감사드리며, 청년기에 마냥 방황하던 아들 때문에 속을 끓이셨던 아버님 영전에 이 책을 바친다.

2014년 11월
임홍배

차
례

제4부

제1부

『젊은 베르터의 고뇌』와 슈투름 운트 드랑

영웅이 불가능한 시대의 자유의 이상

자유의 찬가 『에흐몬트』

『젊은 베르터의 고뇌』와 슈투름 운트 드랑

'가슴의 피로 쓴 작품': 체험적 배경

괴테(Johann Wolfgang von Goethe)가 스물다섯살에 발표한 소설 『젊은 베르터의 고뇌』(*Die Leiden des jungen Werther*, 1774)는 청년 괴테의 직접적인 체험에 바탕을 둔 작품이다. 라이프치히 대학과 슈트라스부르크 (오늘날의 프랑스 스트라스부르) 대학에서 법학을 전공한 괴테는 1772년 5월부터 9월까지 베츨라(Wetzlar)에 있는 제국고등법원에서 법관 시보로 근무했다. 그러던 중 1772년 7월 샤를로테 부프(Charlotte Buff)라는 여성을 만나 첫눈에 반하는데, 훗날 괴테는 자서전 『시와 진실』에서 이 '탐스러운 여인'과 금방 '떨어질 수 없는 동반자'가 되었다고 회고한다.[1] 하지만 샤를로테는 이미 약혼자가 있는 몸이었고 결국 그녀를 단념할 수밖에 없었던 괴테는 절망감을 견디지 못해 같은 해 9월 수습근무를 중단하고 고향 프랑크푸르트로 낙향한다. 그런데 실연의 슬픔을 달래고 있던 차에 괴테

---

1 괴테 『시와 진실』, 전영애 · 최민숙 옮김, 민음사 2009, 695면 이하 참조.

는 친구의 자살소식을 접하게 된다. 예루잘렘(Jerusalem)이라는 그 친구는 괴테보다 두살 위로 라이프치히 대학 시절부터 아는 사이였는데, 괴테와 마찬가지로 베츨라의 제국고등법원에서 근무하고 있었다. 예루잘렘은 법원 서기관의 아내인 어떤 여성을 사랑했으나, 결국 이루어질 수 없는 사랑의 고통을 못 이겨 1772년 10월 말에 권총으로 자살하고 만다. 괴테가 이룰 수 없는 사랑의 괴로움을 견디지 못해 공직을 포기하고 베츨라를 떠난 지 불과 한달 만에 그와 비슷한 처지에 있던 친구가 스스로 목숨을 끊은 것이다. 예루잘렘은 사랑의 좌절을 겪은 것 외에도 베츨라에서 상관들과 사이가 좋지 않아서 소설 속의 베르터처럼 귀족들의 사교연회에 '입장금지'를 당하는 수모를 겪은 것으로 알려져 있다. 더구나 공교롭게도 예루잘렘이 자살에 사용한 권총은 괴테가 사랑하던 샤를로테의 약혼자에게서 빌린 것이었다.

이렇듯 친구를 죽음으로 몰고 간 비운의 사랑과 괴테 자신의 쓰라린 실연경험이 『젊은 베르터의 고뇌』를 집필하게 된 직접적인 동기였다. 괴테는 일년 반이 지난 1774년 2월부터 3월 사이 불과 4주 만에 작품을 탈고하였다. 만년의 괴테는 자신도 실연의 고통 속에서 자살충동에 빠지곤 했으며, 침대 맡에 비수를 둔 채 잠자리에 들곤 했다고 고백했으며, 그러한 극한의 고통과 싸우면서 집필한 이 소설을 "마치 펠리컨처럼 가슴의 피를 먹여 탄생시킨 작품"[2]이라 토로하기도 했다. 하지만 혹독한 산고를 겪으며 작품을 완성함으로써 청년 괴테는 죽음의 충동에서 벗어날 수 있었다. 그 과정을 괴테는 자서전 『시와 진실』에서 "나는 몽유병자처럼 거의 무의식중에 써내려갔다. (…) 작품을 통해 폭풍우처럼 격렬한 격정에서 구제되었고, 일생일대의 고해성사를 하고 난 후처럼 새로운 삶을 시작할 수

---

2 1824년 1월 2일자 괴테와의 대화. 에커만 『괴테와의 대화』 2, 장희창 옮김, 민음사 2008, 47면.

있었다"[3]고 회고한 바 있다. 괴테에게 창작과정은 견디기 힘든 실연의 고통과 싸우며 작품을 통해 일생의 고해성사를 함으로써 치명적인 격정으로부터 벗어나는 치유의 과정이었던 것이다.

그러나 작가 괴테에게 창작과정이 치유의 과정이었던 것과는 달리 이 작품은 당대의 청년층 독자들로 하여금 주인공 베르터의 운명에 몰입하게 하여 모방자살을 낳는 등 베르터 씬드롬을 유행시켰다. 이에 성직자들은 『젊은 베르터의 고뇌』를 '불륜과 자살을 부추기는 책'이라고 비난하며 이 책을 금서목록에 올릴 것을 촉구하였고, 실제로 독일의 여러 지역에서 『젊은 베르터의 고뇌』가 금서로 지목되는 사태가 벌어졌다. 『젊은 베르터의 고뇌』가 당대 독서계에 뜨거운 반향을 불러일으킨 이유는 베르터가 그와 비슷한 번민에 빠져 있던 당대 청년층의 열망을 대변했기 때문일 것이다. 그러한 독자반응을 괴테 자신은 훗날 "충족되지 않는 열정으로 번민하고, 의미있는 행동을 이끌어낼 외적인 자극이 전혀 없으며, 거추장스럽고 맥빠진 평범한 시민적 삶을 감내하는 것 말고는 아무런 전망도 없는 상태에서 병적인 젊음의 광기에 노출된"[4] 청년층의 집단심리라고 진단한 바 있다. 괴테의 이러한 진단은 감성의 해방과 전인적 자아실현을 추구한 당대의 '슈투름 운트 드랑'(Sturm und Drang, 질풍노도) 문학운동의 정신을 그대로 보여준다. 슈투름 운트 드랑의 대표적 작가 중 한 사람인 렌츠(Lenz, 1751~92)가 "『젊은 베르터의 고뇌』의 공로는 누구나 마음속으로 어렴풋이 느끼지만 뭐라고 꼬집어 말할 수 없는 격정과 감성을 우리에게 확인시켜준 데 있다"[5]고 평한 것도 그런 맥락에서이다. 이 글에서는 문학사에서 슈투름 운트 드랑의 대표작으로 꼽히는 『젊은 베르터의 고뇌』에서

---

3 괴테『시와 진실』, 760~61면. 번역은 필자가 부분적으로 수정하였다.
4 같은 책 735면.
5 Goethe, *Werke*(Hamburger Ausgabe) 6, München 1989, 533면. 이하 괴테 작품집 함부르크 판본은 HA로 약칭함.

슈투름 운트 드랑의 문학정신이 어떻게 구현되고 있는가를 살펴보고자 한다.

자연과 영혼과 세계의 교감: 반복투영의 원리

이 작품을 관통하는 핵심 키워드인 '슈투름 운트 드랑'과 그 정신사적 배경을 집약적으로 보여주는 장면이 작품 초반부의 5월 10일자 편지에 나온다.

나를 둘러싼 정겨운 골짜기가 안개 속에 잠겨들고, 드높은 태양은 햇빛이 들어가지 못하는 어두운 숲의 겉면에 머물며 단지 몇줄기 햇살만이 내밀한 성소(聖所)로 살며시 비쳐든다. 이럴 때면 나는 쏟아져 내려가는 개울 옆 우거진 풀숲에 드러눕고, 그러면 대지 가까이에서 온갖 다채로운 풀들이 신기하게 느껴진다. 풀줄기 사이에서는 꼬물거리는 작은 벌레들의 세계, 조그만 땅벌레와 날벌레 들의 헤아릴 수 없이 불가사의한 형태들이 가슴으로 느껴진다. 그리고 자신의 모습대로 우리 인간을 창조하신 전능한 분의 현존을 느끼며, 우리가 영원한 기쁨 속에 머물도록 지켜주시는 자애로운 분의 입김을 느낀다. 이윽고 시야가 어둠에 잠기고 주위의 세계와 하늘까지도 사랑하는 여인의 모습처럼 온전히 내 영혼 속에 고이 깃든다. 그럴 때면 나는 곧잘 그리움에 잠겨 이런 생각을 한다. 아, 내 마음속에 이렇게 충만하고 뜨겁게 살아 있는 것을 재현할 수는 없을까! 내 마음을 종이 화폭 위에 입김처럼 불어넣을 수만 있다면! 그리하여 화폭이 내 영혼의 거울이 되고, 내 영혼이 무한한 신의 거울이 될 수만 있다면! 친구여, 하지만 이런 벅찬 생각에 나는 쓰러질 것만 같고, 이 장관의 장엄한 힘에 압도당하고 만다네. (14~15면)[6]

이처럼 자연과 혼연일체가 되는 황홀경에서 '창조주의 현존'을 느끼는 신비적 합일은 괴테가 1770년대 초반부터 심취하기 시작한 — 그리고 괴테 자신이 사상적으로 지대한 영향을 받았노라고 고백한 바 있는[7] — 스피노자(Spinoza)의 범신론에서 나온 것이다. "신은 곧 자연"(Deus sive natura)이라는 유명한 경구로 집약되는 스피노자의 범신론은 신의 창조물인 모든 자연사물에 창조주의 신성이 깃들어 있다고 보는데, 베르터가 풀잎과 벌레 등의 미물에서 창조주의 현존을 느끼는 것도 그런 맥락에서이다. 베르터가 자연과 교감하고 그 장엄함에 압도당하면서 느끼는 숭고한 감정도 자신과 무한한 존재인 창조주 사이의 내밀한 연관성을 자각하는 데서 비롯된 것이다.[8] 그런데 인간을 포함한 모든 자연사물에 신성이 깃들어 있다는 말은 괴테의 스피노자 해석에 따르면 개체 속에 신성의 '부분적 속성'이 포함되어 있다는 뜻이 아니라 개별적 존재자가 무한한 신성에 '참여'한다는 뜻이다.

(유한한) 현존재의 개념과 (신적인) 완벽함의 개념은 전적으로 일치한다. (…) 모든 유한한 현존재는 무한자 속에 존재하는데, 무한자의 부분으로 존재하는 것이 아니라 그 무한함에 참여하는 방식으로 존재한다.[9]

---

6 작품 인용은 졸역 『젊은 베르터의 고뇌』(창비 2012)를 따르고 괄호 안에 면수만 표기한다. 강조는 인용자의 것이다.
7 괴테 『시와 진실』, 816면 이하 참조.
8 "우리의 영혼이 우리 자신과 무한한 존재 사이의 관계를 맹아적으로 자각할 때, 비록 그 관계의 조화로움이 온전히 펼쳐졌을 때의 상태를 단번에 온전히 조망하거나 느끼지는 못한다 할지라도, 이러한 인상을 우리는 숭고하다고 할 수 있으며, 이러한 숭고함은 인간의 영혼이 누릴 수 있는 가장 장엄한 것이다."(Goethe, "Studie nach Spinoza," HA 13, 8면)
9 같은 글 7면.

이런 맥락에서 보면 베르터가 대자연에서 신성을 느끼는 것은 창조주의 무한함을 온몸으로 교감하는 가운데 신적 창조과정에 비견되는 창조적 삶을 일구려는 소망의 표현이라 할 수 있다. 신이 만물을 창조한 것과 같은 이치로 베르터는 자기 삶의 창조자가 되고자 하는 것이다. 그런 점에서 베르터가 느끼는 자연과의 일체감은 절대적 자율성에 대한 희구라 할 수 있다. 그 어떤 외적 간섭이나 제약에도 구애받지 않고 온전히 자기 삶의 주인이 되고자 하는 열망인 것이다. 베르터가 '나의 영혼이 무한한 신의 거울'이 되길 갈망하는 것은 온전한 자기정립을 하려는 열망이며, '슈투름 운트 드랑'이 지향하는 전인적 자아실현의 이상은 바로 그런 맥락에서 이해될 수 있다.

인용한 5월 10일자 편지에서 눈여겨볼 대목은 자연 속에서 창조주의 현존을 느끼게 해주는 매개물이 다름 아닌 베르터의 '가슴'이라는 것이다. 자연의 질서에 대한 이성적 인식을 통해서가 아니라 자연과 교감하는 '가슴'을 통해 비로소 창조주와 교감하는 것이다. 자연과 인간과 창조주의 삼위일체를 느낄 때 베르터의 가슴에서는 내면세계와 외부세계의 경계가 사라진다. 작품 인용문의 '내밀한 성소'는 그런 점에서 단지 숲속 공간만을 가리키는 것이 아니라 자연 및 신성과 일체가 된 가슴속의 성소이기도 하다.

그러한 베르터의 가슴이 그리움으로 달아오를 때 그의 가슴은 대자연과 일체화된 교감을 하고 있는 것이므로 "주위의 세계와 하늘까지도 사랑하는 여인의 모습처럼 온전히 내 영혼에 고이 깃든다." 미지의 여인에 대한 베르터의 그리움은 자연과 혼연일체가 되는 우주적 교감에 상응한다. 작품에서 베르터에게 그리움의 대상으로 다가오는 로테(Lotte)가 불러일으키는 사랑의 감정은 바로 그런 맥락에서 이해될 필요가 있다. 그리고 베르터가 자신의 가슴속에 충만한 사랑의 감정을 '종이 화폭 위에 입김처럼 불어넣을 수 있기'를 갈망하면서 토로하는 뜨거운 열정의 고백이 곧 베르터가 쓰는 편지들, 다시 말해 그 편지들의 모음집인 이 작품이다. 그리하여 베르터는 이 소설의 주인공인 동시에 '저자'로서 편지의 수신자인 독자에게 직접 자신의 심경을 고백한다. 작품에서 편지의 수신자는 빌헬름(Wilhelm)이라는 친구 단 한명으로 고정되어 있지만, 이 작품을 읽는 모든 독자는 주인공이자 저자인 베르터의 내밀한 고백을 듣는 친구 빌헬름의 위치에 서게 된다. 이 작품이 불러일으킨 폭발적 반응은 상당 부분 이러한 서술전략에 힘입은 것이다.

5월 10일자 편지에서 또 하나 주목할 것은 '거울'의 메타포이다. 베르터의 가슴속에 뜨겁게 달아오른 그리움의 '입김'을 불어넣는 '종이 화폭' 즉 작품의 텍스트는 그의 '영혼의 거울'이 되고, 또한 그의 '영혼'이 '무한한 신의 거울'이 되기를 소망하는 방식으로 거울의 메타포가 중첩되어 있다. 인간의 영혼을 신의 거울에 견주는 것은 라이프니츠(Leibniz)의 모나드(Monad)론 이래 익히 알려진 발상이다.[10] 라이프니츠의 철학에서 모나드는 더이상 분할될 수 없는 고유한 내적 통일성을 지닌 실체로서, 라이프니츠는 모나드와 삼라만상의 관계를 다음과 같이 설명하고 있다.

세계는 그 충만함으로 인해 모든 존재자는 서로 관련을 맺고 있고 모든 사물은 서로 멀고 가까운 정도에 따라 다른 모든 사물에 영향을 주고 또 영향을 받기도 하는데, 이로부터 다음을 추론할 수 있다. 즉, 각각의 모나드는 제각기 고유한 행위(Handlung)를 하는 살아 있는 거울이며, 우주의 삼라만상은 각 모나드의 관점에 따라 드러나고 각각의 모나드는 우주 자체와 똑같은 원리에 따라 운행된다는 것이다.[11]

---

10 Goethe, *Sämtliche Werke*(Frankfurter Ausgabe) 11, Frankfurt a. M. 2006, 962면 주석 참조. 이하 괴테 작품집 프랑크푸르트 판본은 FA로 약칭함.
11 Leibniz, *Prinzipien der Natur und Gnade* 참조. Heinz Holz, *Leibniz*, Frankfurt 1992,

분할할 수 없는 고유한 실체인 모나드는 원래 '분할할 수 없는 존재'(In-dividuum)라는 뜻에서 유래된 인간 '개체'로도 유추될 수 있다. 그런 맥락에서 보면 고유한 자아를 지닌 인간 개개인은 곧 '우주 삼라만상'을 ─ 그리고 그 총체와 자신 간의 관계를 ─ 제각기 자신의 관점에 따라 경험하고 드러내는 '살아 있는 거울'에 해당된다. 베르터의 자아는 바로 그런 의미에서 '살아 있는 거울'이 되어 세계와 온전히 소통하고자 하는 열망으로 가득 차 있다. 그런 맥락에서 5월 10일자 편지를 다시 읽어보면, 베르터가 자연에 충만한 신성한 기운을 가슴으로 느끼는 장면 전체가 다름 아닌 '눈'에 의해 촉발되었음을 알 수 있다. 작품 인용문 바로 앞에서 베르터는 "내가 이 순간보다 더 위대한 화가였던 적은 없다"고 하거니와, 베르터는 창조적 화가의 '시선'으로 대자연 속에 깃든 신성을 감지하고 교감한다. 그런 의미에서 베르터의 '눈'은 그의 영혼과 바깥세계를 연결해주는 '살아 있는 거울'이 된다. 뒤에서 살펴보겠지만, 베르터와 로테가 처음 황홀한 교감을 나눌 때도 두사람이 서로를 마주 보는 눈길의 교감에서 촉발된다.

다른 한편 거울의 메타포는 비단 이 작품뿐만 아니라 괴테의 다른 소설에서도 중요하게 구사되는 서술원리라는 점을 미리 확인해둘 필요가 있다. 괴테는 언어로 온전히 설명할 수 없고 직접 전달할 수도 없는 복잡다단한 인간사를 매번 관점을 달리하여 거울로 비추듯이 반복해서 서술하는 글쓰기 방식을 '반복투영'(wiederholte Spiegelungen)이라 일컬으며 그 취지를 다음과 같이 설명하고 있다.

우리의 경험들 가운데 많은 것들이 말로 온전히 설명될 수 없고 직접

135면에서 재인용했으며 강조는 인용자의 것임.

전달될 수도 없기 때문에 오래전부터 나는 그런 것들을 설명하기 위한 나름의 수단을 선택해왔는데, 그것은 서로 마주 보는 관계에 있고 서로를 거울처럼 비추어주는 형상들을 통해 그것에 주목하는 사람에게 좀더 비밀스러운 의미를 드러내는 방법이지요.[12]

이런 관점에서 보면 5월 10일자 편지의 서술방식 자체가 반복투영의 전형적 사례임을 알 수 있다. 베르터의 '눈'이 살아 있는 거울이 되어 포착한 것을 그의 가슴에 전달하고, 다시 그의 가슴에서 우러나오는 황홀경을 그의 '영혼'이 살아 있는 거울이 되어 무한한 신의 현존을 느끼게 해주며, 이러한 상호교감 속에서 자연과 영혼과 신성은 다시 서로를 비춰주고 영향을 주고받는 '반복투영'의 양상으로 어우러지고 고양되는 것이다. 철학자 하인츠 홀츠(Heinz Holz)는 라이프니츠가 생각하는 세계모델을 '거울방'(Spiegelkabinet)으로 설명하고 있는데,[13] 모나드 하나하나가 살아 있는 거울이 되어 다른 모든 존재를 비추면서 드러내는 방식으로 세계가 구성되어 있다는 것이다. 괴테가 말하는 반복투영과 흡사한 사유를 보여주는 그런 관점에서 보면 괴테가 구사하는 반복투영의 원리도 단순히 소설의 서술기법 차원을 넘어서 인간과 세계의 관계를 해명하기 위한 사유의 원리로 확장될 여지가 있다고 하겠다.

영혼의 교감과 절대적 사랑의 갈구

베르터가 5월 10일자 편지에서 그의 '영혼 속에 깃든 사랑하는 여인'으

---

12 1827년 11월 27일자 이켄(Iken)에게 보낸 편지. Goethe, *Werke*(Berliner Ausgabe) 8, Berlin 1965 608면
13 Heinz Holz, 앞의 책 134면 이하 참조.

로 막연히 상상했던 여성이 현실에서는 로테로 현현한다. 그런데 베르터는 로테를 만나기 전에 이미 그가 생각하는 이상적인 사랑이 어떤 것인지에 대해 피력하고 있다. '공직에 종사하는 어떤 속물'이 나날의 일을 하면서 남는 시간을 애인한테 바치고 재산도 꼭 필요한 만큼은 제하고 남는 것을 애인한테 선물한다면 그런 사랑은 끝장이라고 베르터는 단언하고 있는 것이다. 요컨대 자기 삶의 모든 것을 애인에게 바치는 사랑만이 진정한 사랑이라는 것이다. 이처럼 베르터는 사랑하는 사람을 위해 다른 모든 것을 희생하는 절대적 사랑을 희구했으며, 로테에 대한 사랑 역시 그런 차원으로 이해할 수 있다. 그렇지만 로테는 베르터의 사랑을 받아들이기 어려운 이중의 현실적 제약을 안고 있었다. 로테는 두해 전에 어머니를 여의고 여덟명이나 되는 어린 동생들을 키워야 하는 '소녀 가장'의 처지였고, 게다가 알베르트(Albert)라는 성실하고 유능한 청년과 '약혼한 것과 다름없는' 사이였기 때문이다. 알베르트가 정식 약혼자가 아니라 '약혼한 것과 다름없는' 사이라고 한 이유는 두해 전에 로테의 어머니가 돌아가실 때 임종 자리에서 알베르트에게 로테와 아이들을 잘 부탁한다는 유언을 남겼기 때문이다. 따라서 알베르트와 특히 로테의 입장에서는 두사람의 결합이 곧 어머니의 유지를 받드는 막중한 의무가 되는 셈이다. 알베르트의 입장에서 보면 로테를 비롯한 아홉 식구를 먹여 살려야 하는 만만치 않은 가장 역할을 감당해야 한다. 그런데 앞에서 언급한 대로 베르터는 일하고 남는 시간을 사랑에 할애하는 그런 사랑은 끝장이라고 단언했으므로 독자는 처음부터 베르터가 과연 로테와 그녀의 여덟 동생의 생계를 책임지는 가장 역할을 제대로 해낼 수 있을까 하는 의문이 들게 마련이다. 베르터가 생각하는 이상적인 사랑은 가족의 생계를 책임지는 가장의 역할과 결코 양립할 수 없기 때문이다. 실제로 베르터는 로테에게 청혼해서 결혼할 것을 단 한번도 진지하게 고려하지 않는다. 그럼에도 불구하고 베르터가 첫눈에 반한 로테에 대한 사랑을 끝까지 포기하지 못하는 데 비극적 딜레마가 있으며, 결국 그가 파멸하는 것은 이 딜레마에서 끝내 헤어나지 못하기 때문이다.

로테에 대한 베르터의 감정이 어떤 것인지 좀더 구체적으로 알려면 두 사람이 처음 만나는 몇 장면을 살펴볼 필요가 있다. 베르터가 로테를 처음 만나는 장면에서 로테는 두살에서 열두살에 이르는 어린 동생들에게 빵을 나누어주는 다정한 모습으로 묘사된다. 요컨대 지극히 자애로운 원형적 모성의 이미지가 한폭의 목가적 풍경으로 구현된 모습이라 할 수 있다. 베르터는 이렇듯 자연 그대로의 소박함과 무구함을 간직한 여성상에 매료되어 "내가 일찍이 본 적이 없는 매혹적인 광경"(34면)이라고 토로한다. 이처럼 베르터가 로테의 지극한 모성애에 매료되는 데서 그의 성장과정과 결부된 문제의 일단을 엿볼 수 있다. 작품을 통틀어 베르터가 어머니에 관해 언급하는 것은 몇번에 불과하다. 그것도 대개는 어머니를 따로 언급하기보다는 편지 수신인인 빌헬름과 한묶음으로 2인칭 복수형으로 호명하기 때문에 베르터에게 어머니는 의식 뒤편에 멀리 밀려나 있는 존재라 할 수 있다. 그렇게 보면 베르터는 성장기에 어머니의 따뜻한 사랑을 제대로 받지 못해 모종의 심각한 결핍을 겪었을 거라고 짐작할 수 있다. 베르터가 여성에 대한 사랑의 감정에 절대적 의미를 부여하는 것도 그런 결핍을 보상하려는 무의식적 분출이라 할 수 있다.

또한 작품 전체에서 아버지의 존재가 흔적조차 보이지 않는 것은 더 폭넓은 상징성을 갖는다. 작품에서 베르터는 "아버지가 돌아가시자 어머니는 정든 고장을 버리고 이 견디기 힘든 도시에 들어와 칩거하셨다네"(122면)라고 딱 한번 아버지를 언급한다. 이렇게 아버지를 언급하는 시점은 나중에 궁정관료로 일하다가 이내 적응하지 못하고 귀족들에게 수모를 당한 이후 궁정에 사직서를 제출하고서 잠시 '고향 순례'를 할 때이다. 그런 맥락에서 보면 베르터가 다분히 의식적으로 아버지를 기억에서 지우는 것은 아버지 세대와 절연함과 동시에 구체제의 특권의식에 사로잡혀 있는 귀족들의 세계와도 절연하겠다는 확고한 의지의 표명이라 할 수 있다. 여기서 '슈투름 운트 드랑'이라는 신세대 문학운동이 세대론의 맥락을 넘어서 구체제의 낡은 질서에 대한 전면적인 저항의 일환임을 짐작할 수 있다. 베르터가 '견디기 힘든 도시'를 떠나서 '발하임'(Wahlheim, '내가 선택한 고향'이라는 뜻)이라는 가상의 전원적 시골에 돌아와서 '천국'과도 같은 기쁨에 젖는 것은 구세계와 철저히 절연하겠다는 의지의 표현으로서 공간적 상징성을 갖는다.

다시 베르터가 로테를 처음 만나는 장면으로 돌아가면, 처녀의 몸으로 여덟명의 동생을 키우는 로테는 '성처녀'의 이미지를 강하게 연상시킨다. 베르터가 수시로 로테를 가리켜 '성스러운 존재'라고 하는 것은 그녀에게서 감히 범접하기 힘든 성스러움이 느껴졌기 때문이다. 문제는 베르터가 로테를 언제까지고 신성한 존재로만 대하여 자기 감정을 추스를 수 없다는 데 있다. 로테에 대한 베르터의 감정에는 당연히 피끓는 청년답게 애욕도 섞여들기 마련인데, 로테를 처음 만나는 날 저녁 시골마을에서 벌어진 무도회 장면에서 이러한 이중감정이 처음으로 드러난다. 무도회에서 베르터와 로테는 세차례 파트너가 되어 함께 춤을 추는데, 당대의 풍속사와 시대사 그리고 베르터의 감정이 미묘하게 연결되어 있음을 보여주는 대목은 첫번째 '영국식 춤'과 두번째 '독일식 춤' 장면이다. 먼저 영국식 춤을 함께 출 때 로테의 모습을 베르터는 이렇게 말하고 있다.

그녀가 마음과 영혼을 다해서 춤추는 모습을 보여주고 싶네. 그녀의 몸 전체가 통일된 조화를 이루며 마치 춤이 전부라는 듯, 춤 이외에 다른 아무것도 생각하지 않고 느끼지도 않는 듯이, 근심 걱정을 모두 잊고 스스럼없이 춤을 춘다. 바로 그 순간 그녀 앞에서 다른 모든 것은 완전히 사라진다. (39면)

마음과 몸이 '통일된 조화'를 이루며 영혼의 순수하고도 자연스러운 아름다움을 오롯이 보여주는 이러한 이미지를 가리켜 쉴러(Schiller, 1759~1805)는 "서로 결코 충돌하지 않으면서 나의 자유를 확인하고 타인의 자유도 존중해주는 아름다운 교제의 탁월한 상징"[14]이라 일컬은 바 있다. 쉴러의 이러한 언급은 단순히 '춤의 미학'이나 사교예법에 대한 심미적 묘사가 아니라 그 사회·역사적 상징성을 염두에 둔 것이다. 다시 말해 사회공동체 내에서 자신이 자유를 누리면서도 결코 타인의 자유를 침범하지 않고 존중하는──그리고 그런 상태가 서로에게 아름다움의 전범으로 느껴지는──이상적 자유의 모델로 영국식 춤을 제시하고 있는 것이다. 로테와 베르터의 관계에 국한해서 말하면 이 영국식 춤 장면은 베르터가 첫눈에 반한 로테에게 온전히 마음을 바치면서도 그녀가 장차 결혼해서 가정을 이룰 경우 그녀의 결혼생활을 침범하지 않는 '아름다운 교제'의 가능성을 시사하는 것이라 할 수 있다. 한편 베르터는 '그녀 앞에서 다른 모든 것은 사라진다'고 느낀다. 다시 말해 로테가 곧 세상의 전부이며 세상 무엇과도 바꿀 수 없는 존재로 다가오는 것이다.

바로 그런 감정을 드러내는 장면이 두번째로 추는 '독일식 춤' 즉 '왈츠'이다. 『젊은 베르터의 고뇌』가 발표된 1770년대에 독일에서 유행하기 시작하여 훗날 19세기 유럽 춤의 대명사가 된 왈츠는 도입 초기에는 주로 시민계급이 자신의 개성과 열정을 자유롭게 표현할 수 있는 새로운 춤으로 열렬히 선호한 것으로 알려져 있다.[15] 그렇지만 귀족층과 왕실에서는

---

14 Schiller, "Kallias oder Über die Schönheit," *Sämtliche Werke*, Bd. 5, München 1960, 495면.

15 쿠르트 작스 『춤의 세계사』, 김매자 옮김, 박영사 1992, 464면 이하 참조. 야콥 볼프 (Jakob Wolf)는 『왈츠가 우리 세대의 정신과 육체를 약하게 만드는 주된 원인이라는 것에 대한 증명: 독일의 아들과 딸들에게 이 책을 적극 권장함』(1797)이라는 책을 발간하여 왈츠의 '유해성'을 널리 선견했다고 한다. 그러나 이 책이 베스트셀러가 되는 것에 비례하여 저자의 의도와는 달리 왈츠는 선풍적인 인기를 끌며 대유행으로 번져갔다.

남녀가 파트너를 바꾸지도 않고 남자가 가슴이 노출된 여성을 줄곧 끌어안고 추는 왈츠를 미풍양속을 해치고 '어머니와 딸들'을 타락시키는 외설적인 춤이라고 하며 금지하기도 했다. 19세기 전반기까지도 프랑스 시인 뮈세(Musset, 1810~57)는 왈츠의 도발적 성격을 이렇게 증언한 바 있다. "다른 모든 춤은 맥빠진 관습에 불과하고 공허하기 짝이 없는 대화를 대체하기 위한 핑곗거리에 지나지 않았다. 그렇지만 왈츠를 추면서 한 여성을 30분 동안 끌어안는다는 것은 사실상 그 여성을 소유하는 것과 진배없다."[16] 작품에서 비록 그 정도로 관능적인 묘사는 없지만 베르터의 반응은 왈츠의 이러한 사회적 코드를 충분히 의식하고 있음을 보여준다.

사랑스럽기 그지없는 여성을 팔에 껴안고 바람처럼 날듯이 빙빙 돌다보니 주위의 세계가 사라지는 것만 같았다. 빌헬름, 자네한테 솔직히 고백하면 나는 내가 사랑하고 보고 싶어하는 아가씨가 결코 나 이외의 다른 남자와 왈츠를 추지 못하게 하리라고 맹세했지. (40면)

로테를 안고 왈츠를 추면서 '내가 사랑하는 여인이 다른 어떤 남자와도 왈츠를 추지 못하게 하겠다'고 맹세하는 것은 결국 로테를 다른 누구에게도 양보할 수 없다는 심정의 완곡한 표현이다. 베르터의 감정은 로테를 만난 첫날부터 이처럼 뜨거운 격정으로 달아올랐다. 그렇지만 처음 만나는 장면은 베르터가 격정을 추스르고 승화하는 것으로 마무리되는데, 베르터와 로테가 숭고한 영혼의 교감을 나누는 장면으로 흔히 인용되는 다음 대목이 그것이다.

---

16 Friedrich Kittler, "Autorschaft und Liebe," Helmut Koopmann 엮음, *Goethe*, Würzburg 2007, 304면에서 재인용.

저 멀리서 천둥소리가 울려오고 보슬비가 대지를 적시는 장관이 펼쳐졌다. 상쾌하기 이를 데 없는 향기가 대기를 가득 채우며 우리가 있는 위층에까지 번져왔다. 로테는 창틀에 팔꿈치를 괴고 서서 바깥 풍경을 골똘히 바라보고 있었다. 그녀는 하늘과 나를 번갈아 바라보았는데, 눈에는 눈물이 가득했다. 그녀는 자기 손을 내 손 위에 올려놓으며 "클롭슈토크!" 하고 외쳤다. 나는 그녀가 염두에 두고 있는 장엄한 송가(頌歌)를 금방 떠올렸고, 그녀가 이 암호 같은 한마디로 내게 쏟아놓은 감정의 물결에 빠져들었다. 나는 도저히 견딜 수 없어서 몸을 숙이고 환희에 찬 눈물을 흘리며 그녀의 손등에 입을 맞추었다. 그리고 다시 그녀의 눈을 쳐다보았다. 고귀한 시인이여! 이 여인이 당신을 신처럼 받들고 있다는 것을 이 여인의 눈길에서 보시기 바랍니다. 뭇사람의 입에 오르내리며 더럽혀진 당신의 이름을 이제는 로테 이외의 다른 누구의 입에서도 듣지 않겠습니다. (44면)

여기서 두사람이 교감의 '암호'로 떠올리는 '장엄한 송가'는 두사람을 에워싼 자연경관과 똑같은 분위기의 자연을 배경으로 순수한 우정과 사랑이 천상의 신의 뜻과 맞닿는 숭고한 희열을 노래한 클롭슈토크(Klopstock, 1724~1803)의 시 「5월의 축제」를 가리킨다. 한편의 시를 매개로 순수한 영혼의 교감과 숭고한 신성과 대자연이 삼위일체를 이루는 황홀한 절정을 표현하고 있는 것이다. 일찍이 베르터가 로테를 만나기 전에 이미 대자연 속에서 '창조주의 현존'을 느끼고 천지간의 만물이 "사랑하는 여인의 모습처럼 온전히 내 영혼 속에 고이 깃드"는 희열을 느꼈다면, 이 장면에서 그 느낌은 마음과 마음의 교감으로 현현한다. 이렇듯 베르터의 가슴속에서 '사랑하는 여인의 모습'은 '창조주의 현존'과 동일시될 만큼 절대적 사랑의 대상이 된다. 베르터가 로테를 떠올리면서 '주위의 모든 것이 사라진다'고 거듭 되뇌는 것도 로테는 그가 마주하는 세계의 전부이기 때문이다. 여기서 로테와 눈길을 마주치며 베르터가 강렬한 감정을 느끼는 것은 괴테의 문학에서 곧잘 구사되는 순수한 교감과 사랑의 상징으로,[17] 베르터는 로테의 눈동자에서 시인 클롭슈토크에 대한 숭배의 감정을 읽고서 로테에 대한 자신의 감정을 그것과 동일시한다. 그러면서 "뭇사람의 입에 오르내리며 더럽혀진 당신의 이름을 이제는 로테 이외의 다른 누구의 입에서도 듣지 않겠다"고 다짐하는 것은 그 순수한 영혼의 교감을 다른 누구와도 공유하지 않겠다는 뜻이다.

그렇지만 이미 언급한 대로 두사람 사이에는 알베르트가 있다. 베르터로서는 '영국식 춤'처럼 자신의 감정을 절제하면서 로테 및 알베르트와 원만한 관계를 유지하든지 아니면 자신의 감정을 끝까지 밀고 가는 중에서 선택해야 하는 기로에 서게 된다. 지금까지 살펴본 베르터의 감정에 비추어볼 때 전자의 가능성은 기대하기 어려우며, 알베르트의 존재와 무관하게 로테에게 당당히 청혼을 하지 않는 이상 후자의 가능성도 무망하다. 결국 어느 쪽도 선택할 수 없는 딜레마에 빠진 베르터는 알베르트가 돌아온 이후엔 속으로 감정을 끓이면서 한때 그의 영혼을 충만케 한 대자연 속에서도 "무한한 생명의 무대는 내 앞에서 영원히 아가리를 벌리고 있는 무덤의 아찔한 심연으로 바뀌고 말았다"(86면)라고 하는 막막한 절망감에 빠져든다. 결국 베르터는 갈수록 내면이 황폐해지는 그런 상태를 견디지 못해 로테의 곁을 떠나기로 결심하며, 친구 빌헬름의 조언대로 궁정관료로 취직하여 출구를 모색하는 것으로 소설의 1부는 끝난다. 여기까지 읽은 독자로서는 만약 베르터가 궁정사회에 무난히 적응한다면 로테

---

17 "마주 보는 눈길은 괴테의 문학에서 핵심적인 사랑의 상징이다. 서로 마주 볼 때는 눈길이 눈길을 응시할 뿐 상대방의 모습을 보지 않기 때문이다. 마주 보는 눈길이야말로 완벽한 만남이며, 그 반면 상대방을 관찰하는 것은 상대방을 대상화하는 것이다." (Gerhard Kaiser, *Wanderer und Idylle: Goethe und die Phänomenologie der Natur in der deutschen Dichtung von Geßner bis Gottfried Keller*, Göttingen 1977, 56면)

에 대한 끝 모를 감정에서 벗어나 새로운 삶의 활로를 찾을 수 있을 거라고 예상할 수도 있다. 그렇지만 베르터는 궁정사회에서 '노예선'보다 못하다고 할 만큼 지독한 환멸과 비참한 모멸감만 경험할 뿐이다.

관료사회의 질곡과 신분차별

이 소설의 시간대는 1771년 5월부터 1772년 12월까지로 설정되어 있다. 그중 소설의 2부가 시작되는 1771년 9월부터 1772년 2월까지 베르터는 로테가 사는 시골마을을 떠나 'D 시'라는 곳에 머물며 궁정의 하급관료로 봉직한다. 이 기간 동안 베르터가 친구 빌헬름에게 쓴 편지에서 특기할 만한 것은 1772년 1월 말 로테에게 편지를 쓸 때까지 7개월 가까이 로테가 전혀 언급조차 되지 않는다는 사실이다. 그러니까 베르터는 그 나름으로 일에 열중하면서 로테를 잊어보려고 무던히 애썼던 것이다. 이 시기의 편지에서 또 하나 두드러진 점은 거의 매번 궁정의 귀족들이나 관료사회에 대해 불평불만을 토로하고 있다는 사실이다. 소설 2부의 첫머리에서부터 베르터는 자신의 상관인 공사(公使)를 가리켜 "천하에 둘도 없이 까다롭게 구는 바보다. 꼬치꼬치 따지며 장황하게 떠벌릴 때는 꼭 수다쟁이 여편네 같다"(104면)고 서슴없이 비판한다. 작가 괴테와 마찬가지로 평민 출신인 베르터가 이처럼 아무런 거리낌 없이 지체 높은 귀족을 대놓고 욕하는 이 소설은 당대에 상류층 사회에 대한 발칙한 도발로 여겨졌을 것이다. 자연 속에서 창조주의 입김을 느끼며 자유를 만끽하던 베르터에게 궁정관료 생활은 견딜 수 없이 괴로웠을 것이다. 공사를 비판하는 편지가 하필이면 성탄절 전야인 12월 24일에 씌어졌다는 것도 예사롭지 않다. 한 해 중 가장 경사스러운 날 함께할 사람이 아무도 없을 만큼 베르터는 고립무원의 처지였던 것이다.

공사와 같은 상관들이 버티고 있는 관료사회에서 베르터는 마치 '요지경 속의 헛것'을 보고 있는 듯한 혼란과 '인형극의 꼭두각시'처럼 조종당하고 있다는 소외감을 경험하는데, 그는 1772년 1월 20일자 로테에게 보내는 편지에서 그런 곤혹스러움을 이렇게 토로하고 있다.

나는 요지경 상자 앞에 서서 작은 인형으로 만든 인간들과 말들이 눈앞에서 이리저리 돌아다니는 것을 보면서 혹시 헛것을 보고 있는 것은 아닐까 하고 종종 자문하곤 합니다. 나도 그 요지경 놀이에 끼어듭니다. 아니, 마치 꼭두각시처럼 나도 모르게 끌려들어갑니다. 그러다가 이따금 이웃 사람의 손을 잡으면 나무로 만든 손에 화들짝 놀라서 움찔하기도 합니다. (109~10면)

관료사회에서 판에 박힌 역할을 수행하면서 기계적으로 움직이는 인간 군상이 요지경 속의 말처럼 느껴지며, 베르터 자신도 관료조직 안에서 일정한 직책을 맡고 있는 이상 그들과 다름없이 꼭두각시처럼 그런 메커니즘에 끌려다닐 수밖에 없다. 숨막히는 관료사회에서 겪는 소외감에 대한 날카롭고 적확한 묘사는 베르터의 섬세한 감수성에 힘입은 것이다. 관료사회의 폐쇄적 위계질서에 대해서도 베르터는 비범한 통찰력과 비판정신을 보여준다.

그런 얼간이들은 본래 지위가 중요한 것은 아니며, 맨 윗자리에 있는 사람이 가장 중요한 역할을 하는 경우도 좀처럼 드물다는 사실을 직시하지 못하는 것이다! 얼마나 많은 왕들이 대신들에 의해 다스려지고, 또 얼마나 많은 대신들이 그 비서들에 의해 다스려지는가! 그렇다면 대체 누가 최고 일인자란 말인가? 내 생각에는 다른 사람들을 굽어살피고, 자신의 계획을 실행하기 위하여 그들의 힘과 정열을 끌어낼 수 있

는 능력이나 지략을 갖춘 사람이 곧 최고 일인자일 것이다. (108면)

위에서 명령을 내리는 자가 실제로는 아래에서 묵묵히 일하는 자에게
의존할 수밖에 없다는 '주인과 노예의 변증법'에 대한 이런 날카로운 통
찰은 무능하지만 위세를 부리면서 명령을 내리는 귀족에게 조금도 꿀릴
게 없다는 시민계급의 당당한 자부심으로 보아도 무방할 것이다. 베르터
가 공사와 불화를 빚고, 이로 인해 공사가 장관에게 진정서를 제출하여
결국 베르터가 견책당하는 양상은 베르터가 자신을 굽히고 들어가지 않
는 한 결코 궁정사회의 관료조직에 적응하기 힘들다는 것을 보여준다. 신
분적 위계질서에 개의치 않던 베르터는 결국 궁정사회로부터 추방당하는
사태에 직면한다. 베르터는 하필이면 유일하게 자신을 아껴주고 인간적
으로 대해주던 'C 백작'의 저택에서 귀족들에게 씻을 수 없는 수모를 당
하고 그 상처로 인하여 결국 관직을 떠나게 된다.

베르터는 저녁 무렵 C 백작의 집에 갔다가 하필 그날 저녁에 '상류사
회' 사람들이 그 집에서 사교연회를 하기로 되어 있다는 사실을 미처 알
지 못한 채 눌러앉게 된다. 귀족들이 한두사람씩 들어옴에도 불구하고 베
르터는 자기 같은 '말단 관료'는 이런 연회에 낄 수 없다는 생각을 하지
못한다. 백작의 집에 들어온 몇몇 귀족들이 베르터를 피하며 자기들끼리
뭐라고 수군거리는데도 베르터가 분위기 파악을 못하자, 마침내 C 백작
이 직접 그에게 "자네도 우리의 기이한 관습을 잘 알 걸세. 내가 보기엔
손님들이 자네가 여기 있는 것을 못마땅해하고 있네"(116면)라고 하며 완
곡하게 나가달라는 뜻을 전한다. 한편 평소에 서로 허물없이 대하던 'B
양'마저 베르터가 가까이 가자 당황해하며 말을 붙일 틈을 주지 않고 외
면한다. 그리고 그날밤에 C 백작이 베르터를 연회에서 내쫓았다는 소문
이 온 시내에 나돈다. 특히 이 소문을 옮기는 자들이 "머리기 좋고 ᄋᆞ쭐
해서 어떤 상황도 거뜬히 극복할 수 있다고 믿는 기고만장한 자들이 어떤

꼴을 당하는지 오늘 똑똑히 지켜봤지"(117~18면)라고 떠벌리는 소리가 베르터의 귀에까지 들려온다.

신분서열을 중시하는 보통 사람들이 보기에 베르터가 평소에 '기고만장한' 모습으로 비쳤다는 것은 귀족들이 C 백작의 저택으로 들어오는 장면을 보면서 베르터가 노골적으로 경멸감을 드러내는 데서도 확인할 수 있다.

그때 잔뜩 거드름을 피우는 S 부인이 남편을 대동하고 딸과 함께 등장했다. 그 딸은 잘 부화시킨 거위 새끼 같았는데, 가슴은 펑퍼짐하고 화려한 코르셋을 두르고 있었다. 이들은 지나가면서 조상 대대로 물려받은 지체 높은 귀족의 눈매와 콧구멍을 드러냈다. 나는 이런 족속에게는 정나미가 떨어졌기 때문에 곧바로 자리에서 물러나려고 했고, 백작이 주위 사람들과의 지겨운 수다에서 벗어나기만 기다렸다. (…) 프란츠 1세의 대관식 때 입었던 제복을 그대로 빼입은 F 남작, 여기서 직책상 귀족 대우를 받는 궁정 고문관 R 씨와 귀가 먹은 그의 부인 등이 보였다. 옷차림이 허술한 J도 잊을 수 없는데, 그는 고대 프랑크 스타일의 정장에 구멍 난 부분을 최신 유행의 천으로 기워 입고 있었다. (115~16면)

S 부인이 거드름을 피우는 모양새가 아무리 꼴사나워도 그 딸을 가리켜 '납작한 가슴팍에 비싼 코르셋을 두른 잘 부화된 거위 새끼' 같다고 한 독설적 표현은 거들먹거리는 귀족들을 평소에 베르터가 얼마나 경멸했는지 능히 짐작할 수 있게 한다. 그리고 F 남작과 궁정 고문관 R 씨와 J라는 인물에 대한 묘사도 이 자리에 모인 귀족들이 하나같이 허울뿐인 시대착오적 권위주의와 볼썽사나운 몰취미에 빠져 있다는 것을 여실히 보여준다. 귀족사회의 공허한 실상을 적나라하게 드러내고 있는 이 장면은 베

르터가 로테를 처음 만났을 때 그녀의 소박하면서도 자연스러운 아름다움에 매료되던 장면과는 대척되는 위치에 있으며, 앞에서 언급한 '반복 투영'의 서술기법이 변주되어 선행 장면과 뚜렷이 대비되는 역상(逆像)을 제시한 경우라 할 수 있다. 베르터가 떠난 이후 귀족들의 연회에서 벌어질 무도회가 로테와 함께 왈츠를 추었던 무도회의 황홀경과 과연 어떻게 대비될지는 위의 묘사로도 충분히 짐작할 수 있다.

  C 백작의 저택에 모여든 귀족들이 단 한명의 예외도 없이, 심지어 B 양까지도 베르터를 외면했다는 사실은 평소 귀족들 사이에 베르터의 당돌한 태도가 몹시 거슬렸다는 것을 말해준다. 실제로 이튿날 B 양이 전하는 말에 따르면 B 양 자신도 귀족의 체통을 중시하는 숙모로부터 다시는 베르터를 만나지 말라는 말을 밤새도록 들었다는 것이다. 이런 이야기를 들은 베르터는 분을 삭이지 못하고 격한 반응을 보인다.

  빌헬름, 이 모든 이야기를 그녀에게서 진심 어린 동정의 목소리로 들으니 나는 온몸이 갈가리 찢어지고 속이 뒤집어지는 심정이었다네. 이제 다시 감히 그런 욕을 해대는 자가 있다면 그자의 몸통에 칼을 꽂아주고 싶은 심정일세. 그렇게 해서라도 피를 보면 좀 나아질 것도 같네. 아, 이 답답한 가슴에 숨통을 틔우고 싶어서 나는 수백번도 더 칼을 집어들었다. 전해지는 이야기로는 혈통이 고상한 말은 너무 심하게 몰아대어 혈압이 솟구치면 본능적으로 동맥을 물어뜯어 숨통을 틔운다고 한다. 나도 종종 그러고 싶을 때가 있다. 동맥을 열어젖혀 영원한 자유를 얻고 싶다. (120면)

베르터가 타인에 대한 살의와 자살충동을 동시에 느낄 정도로 격렬한 반응을 보인 것은 직장동료로서 일상을 함께하는 귀족들로부터 철저히 외면당하고 따돌림 당한 수모가 그만큼 치명적이었음을 말해준다. 로테를 잊고 새로운 삶을 모색하기 위해 들어간 궁정의 동료들에게 그런 수모를 당했으니 치명적인 것은 당연하다. 더구나 로테를 떠나온 후 새로 알게 된 B양이 '로테를 빼닮은 여성'이어서 각별한 친밀감을 느껴온 터이므로 그녀의 전언은 로테의 입으로 험담을 전해들은 것이나 진배없다. 또한 C백작의 집에서 베르터가 수모를 겪기 직전에 로테와 알베르트가 결혼식을 올렸다는 소식을 뒤늦게 접한 것도 충격을 가중시킨 요인이라 할 수 있다. 그동안 베르터를 허물없는 '친구' 정도로 여겨온 로테와 알베르트가 그에게 알리지 않고 결혼식을 올린 것이다. 베르터보다 먼저 궁정에서 유망한 관직을 맡았던 알베르트는 베르터와 달리 궁정에서 신망이 두터웠고, 따라서 그는 결혼식에 직장동료인 귀족들을 분명히 초대했을 것이다. 하지만 알베르트가 베르터를 제외했다는 것은 결과적으로 알베르트와 어쩌면 로테까지 평소에 베르터를 괘씸하게 여기는 궁정귀족들의 눈치를 봤다는 말이 된다. 로테의 부친이 궁정 법무관으로 공작이 자신의 수렵관을 거처로 내줄 만큼 신임이 두텁다는 사실은 그런 추측을 뒷받침한다. 이런 맥락에서 보면 베르터가 귀족들에게 당한 수모는 결코 로테에 대한 감정과 무관하지 않을 뿐만 아니라 7개월 동안 로테라는 이름을 입에 올리지 않을 정도로 아물어가던 마음의 상처를 다시 덧나게 한 고통이었을 것이다. '로테를 빼닮은' B양에게서 자신에 대한 온갖 험담을 전해듣고 베르터가 '온몸이 갈가리 찢어지고 속이 뒤집어지는 심정'이었다는 것은 그런 맥락에서 읽힐 여지가 다분하다.

이 소설을 일곱번이나 읽었을 정도로 열렬한 애독자였던 나뽈레옹은 1808년 독불전쟁 당시 에어푸르트에서 괴테와 면담하면서 베르터가 C백작 집에서 수모를 당하는 이 에피소드가 베르터의 순수한 사랑과 어울리지 않고 튀는 대목이라는 독후감을 피력했지만,[18] 이상에서 살펴본 대로

---

18 HA 6, 537면 이하 참조.

이 에피소드는 로테에 대한 베르터의 감정과 불가분의 관련이 있다. 프로이트(S. Freud)에 따르면 성적 욕구가 좌절되거나 과도하게 억압될 때 공격성향이나 자살충동을 느끼게 되는 것은 감정적 에너지의 순환원리에 합당한 일반적인 증상이라고 한다.[19] 욕구의 좌절로 인한 고통을 해소하기 위해서는 좌절을 안겨주는 대상이 아예 사라지거나 고통을 자극하는 감정의 에너지 자체를 무화시켜야 하는 것이다. 베르터의 경우처럼 간신히 억눌렀던 사랑의 감정이 다시 살아나서 견디기 힘든 극한의 고통으로 치달을 때는 어떻게든 고통을 해소하려는 것이 자연스러운 본능이며, 고통의 온전한 해소는 그 원인 제공자를 사라지게 하든지 아니면 고통을 느끼는 자기 자신을 잠재우는 양극단의 가능성을 향해 열려 있다.

'죽음에 이르는 병'

관직을 사직하고 다시 발하임으로 돌아온 베르터는 거의 매일 로테의 집을 찾아가 함께 시간을 보내면서 그녀와 자신의 관계에 대해 떠올릴 수 있는 온갖 상상을 한다. 베르터는 로테와 알베르트 그리고 자신 사이의 기묘한 삼각관계에서 로테에 대한 사랑을 단념하지도 못하고 그렇다고 친구 알베르트에 대한 우의를 저버릴 수도 없는 괴로운 처지를 '끝없는 딜레마'라고 하는데, 가령 다음의 편지를 보면 그런 딜레마가 여실히 드러나 있다.

그녀가 나의 아내라면! 세상에서 가장 사랑스러운 그녀를 내 품에 안

---

10 Sigmund Freud, "Das ökonomische Problem des Masochismus," *Psychologie des Unbewußten*, Frankfurt a. M. 2000, 347면 이하 참조.

을 수만 있다면! 빌헬름, 그녀의 날씬한 몸을 알베르트가 끌어안는다고 생각하면 온몸이 떨린다네.

그런데 내가 이런 말을 해도 되는 것일까? 못할 이유도 없지 않은가, 빌헬름? 그녀는 알베르트와 함께 사는 것보다는 나와 함께 살면 더 행복할 텐데! 아, 알베르트는 가슴에서 솟구치는 뜨거운 소망을 온전히 충족시켜줄 수 있는 사람이 아니다. 그는 감수성이 부족하다. 그 결함을 자네가 어떻게 해석하든 상관없다. 로테와 내가 함께 좋아하는 책의 어떤 구절을 읽으면 그녀의 가슴과 나의 가슴이 함께 뛰지만, 그런 경우에도 알베르트의 가슴은 공감하며 뛰지 않는다. 그리고 어떤 사람의 행위에 대하여 우리의 감정이 표출되는 다른 수많은 경우에도 알베르트는 공감하지 못한다. 빌헬름, 물론 알베르트가 로테를 진심으로 사랑하는 것은 사실이고, 그만한 사랑이면 충분히 보답받을 자격이 있지!

(128면)

베르터는 클롭슈토크의 시를 통해 로테와 마음의 교감을 나누었던 반면 알베르트는 그런 '감수성'을 결여하고 있으므로 로테가 자신과 함께 살면 더 행복할 거라고 생각하지만, 다른 한편으로 로테와 알베르트 사이의 사랑도 진실하다는 것을 인정한다. 그래서 감정이 달아오를 때는 "나는 벌써 수백번이나 그녀의 목을 껴안기 직전까지 갔다!"(144면)고 하면서도 평정심을 유지할 때는 "그녀에 대한 나의 사랑은 지고지순하고 남매간의 우애 같은 사랑이 아닌가?"(170면)라며 자신을 타이른다.

작품에서는 이러한 딜레마에서 자신의 감정을 제어하지 못할 때 빠져들 수도 있는 극단적 상황을 예시하는 두개의 에피소드가 나온다. 그중 하나는 이루지 못한 사랑 때문에 정신착란에 빠진 광인 청년의 이야기다. 하인리히라는 청년은 자신이 서기로 일하면서 모시던 상관의 딸을 짝사랑하다가 관직에서 쫓겨난 뒤 극심한 우울증에 시달렸고 결국 광란의 발작을 일으켜 일년 동안 정신병원에 감금되었다가 풀려난 상태이다. 하지만 여전히 광기에 사로잡혀 정신병원에 있던 때를 가장 행복한 시절이라 생각하며, 자신의 이름조차 기억하지 못하고 있다. 한겨울에 애인에게 바칠 꽃을 찾아 산야를 헤매는 하인리히에 대한 이야기를 듣고 베르터는 "나는 그대의 슬픔과 그대를 괴롭히는 정신착란이 차라리 부럽다! 그대가 섬기는 여왕께 꽃을 바치기 위하여 희망에 부풀어 밖으로 돌아다니지 않는가. 그것도 한겨울에"(155면)라고 하며 탄식한다. 이처럼 베르터가 하인리히의 운명에 절실한 공감을 표하는 것은 광기에 빠진 상태에서 이름도 기억하지 못하는 여인에 대한 사랑만은 잊지 못하는 그의 참혹한 운명에 동병상련의 감정을 느꼈기 때문일 것이다. 그런데 하인리히가 사랑한 여성이 다름 아닌 로테였다는 사실이 밝혀지므로 베르터는 그에게서 거의 운명적 일체감을 느낀다고 봐야 할 것이다. 하인리히가 로테를 사랑했다는 사실을 알려준 사람이 하필이면 알베르트이고, 알베르트가 '태연하게' 그 사실을 이야기해주었다고 베르터가 말하는데, 이는 알베르트가 '감수성'이 부족해 다른 사람의 운명에 공감할 줄 모른다는 베르터의 평소 생각을 은연중에 내비치는 것이다. 물론 알베르트의 입장에서 보면 '태연하게' 말한 속뜻은 달리 해석될 여지가 있다. 베르터가 하인리히의 비참한 운명을 반면교사로 삼아 로테에 대한 연정을 끊으라는 간접적인 경고일 수도 있기 때문이다.

또 하나의 에피소드는 머슴이 과부 여주인을 사랑했다가 여주인의 남동생에 의해 쫓겨난 후 새로 들어온 머슴이 다시 여주인과 결혼할지도 모른다는 소문이 나돌자 새 머슴을 살해한 이야기다. 누가 들어도 치정살인극으로 여길 법한 사건이지만, 베르터는 그의 처지에 공감하고 불쌍히 여기면서 "비록 범법자이긴 하나 아무런 죄도 없다고 느껴"(165면) 죄인을 체포한 법무관 앞에서 열렬히 변론하고 심지어 머슴이 도망치도록 방조해줄 것을 요청하기까지 한다. 머슴이 체포되면서 담담한 어조로 "그녀는 어떤 남자도 차지할 수 없습니다"(164면)라고 한 말은 베르터가 로테와 왈츠를 추면서 "나 이외의 다른 남자와 왈츠를 추지 못하게 하리라"고 맹세하던 대목을 떠올리게 한다. 베르터는 머슴을 도와주려는 시도가 무산되자 "우리는 구제받을 길이 없다는 것을 나는 분명히 깨달았다"(166면)며 머슴과 자신을 동일시하면서 운명적 일체감을 느낀다. 그런데 죄인을 체포한 법무관이 다름 아닌 로테의 아버지로서, 그가 죄인을 풀어주자는 베르터의 요청을 단호히 거부하고 그를 질책하는 것 역시 이미 결혼한 딸 로테에게 한사코 매달리는 베르터의 '위험한' 감정에 대한 간접적인 경고일 수 있다.

이 두 에피소드는 괴테가 1786년 『젊은 베르터의 고뇌』를 수정 보완하여 다시 펴낼 때 추가된 것이다. 괴테가 이 대목을 추가한 이유는 도덕관념을 중시하는 독자들의 요구에 부응하여 베르터의 감정이 위험한 상태로 치닫고 있다는 것을 비판적으로 부각시킨 것으로 흔히 해석되어왔다. 알베르트와 로테의 아버지가 베르터에게 '경고'를 하는 맥락에서 보면 그렇게 해석될 수도 있다. 하지만 베르터의 운명과 소설의 내적 논리로 보면 베르터가 두사람의 불행한 사랑에 운명적 일체감을 느끼는 것은 끝까지 로테에 대한 사랑을 단념할 수 없는 자신의 상황에 상응하는 일이다. 두사람의 이야기는 베르터의 운명을 비추는 거울로서 이야기 전개에서 내적 필연성을 갖는 '반복투영'에 해당한다.

이 무렵 베르터가 거의 병적이라 할 만큼 극심한 조울증에 시달리게 되는 것도 두사람의 운명이 베르터 자신의 운명과 무관하지 않음을 드러낸다. 베르터의 편지를 모아서 책으로 펴낸 가상의 '편집자'가 처음으로 소설 화자로 등장하여 "마음속의 뜨거운 열기와 격정이 그의 타고난 기력을 송두리째 뒤흔들어놓고 아주 고약한 타격을 입혀서 마침내 초주검 상태에 이르게 되었다"(160면)라고 마치 의사처럼 진단하는 것도 이런 맥락에서 이해된다. 현실에서 출구를 찾지 못한 베르터의 감정은 속으로만 내연하면서 심신의 기력을 완전히 소진할 정도로 심각한 상태에 이른다. 소설 전반부에 베르터는 알베르트와 자살에 관한 논쟁을 벌이면서 이러한 마음의 병을 '죽음에 이르는 병'이라 일컬으며 다음과 같이 말한 바 있다.

다음과 같은 경우를 죽음에 이르는 병이라고 하는 데는 자네도 동의할 걸세. 일단 이 병에 걸리면 심신이 극심한 타격을 받아서 기력이 소진되고 작동을 멈춰서 다시는 기력을 회복할 수 없고, 제아무리 획기적인 소생술을 써도 생명의 정상적인 운행을 복구할 수 없게 되지. (79면)

베르터의 말은 결국 그 자신의 운명으로 실현된다. 베르터가 자살을 결심하는 것은 그의 의지적 결단이긴 하지만, 그와 무관하게 그의 심신은 이미 제어되지도 않고 분출할 수도 없는 뜨거운 격정으로 타들어가고 있었던 것이다.

머슴에 의한 치정살인 사건이 일어난 직후 알베르트는 처음으로 로테에게 남들의 이목이 있으니 베르터를 너무 자주 찾아오지 못하게 하고 그가 마음을 고쳐먹을 수 있게 해보라고 따끔한 말을 한다. 이에 로테가 베르터에게 성탄절 전까지는 찾아오지 말라고 당부하나 베르터가 수긍하지 않고 역정을 내자 그녀는 처음이자 마지막으로 쓴소리를 한다.

"제발 자중하세요! 당신의 지성과 학식과 재능이면 얼마든지 멋진 일을 해볼 수 있잖아요! (…) 당신을 불쌍히 여기는 것 말고는 아무것도 해드릴 게 없는 여자한테 매달리는 딱한 모습을 보이지 마시라고요." (…) "당신은 자기 자신을 속이고 있고, 일부러 파멸을 자초하고 있다는 걸 모르시나요? 하필이면 왜 저예요, 베르터? 어째서 다른 남자의 아내인 저냐고요? 어째서죠? 저를 차지할 수 없기 때문에 오히려 당신의 소망이 더더욱 자극을 받는 것은 아닌지 두려워요." (175면)

로테의 마지막 대사는 그녀에 대한 베르터의 사랑이 과연 어떤 것인지 생각해보게 한다. 액면 그대로 읽으면 어차피 다른 남자의 아내라는 확실한 안전장치가 있으니 마음껏 감정표현을 해도 무방하리라는 막무가내의 심리상태를 지적하는 말처럼 들린다. 더구나 로테의 성품이 워낙 조신하므로 가정의 안녕을 해칠 정도로 일탈할 위험은 없을 거라고 가정하면 그런 해석은 더욱더 설득력을 얻는다. 그렇지만 로테의 말에는 베르터가 미처 충분히 자각하지 못하고 있는 또다른 진실이 함축되어 있다. 이미 살펴본 대로 베르터가 갈구하는 진정한 사랑은 가족의 생계를 위해 열심히 일하고 남는 시간에 애정을 나누는 일반적인 시민가정의 부부관계로는 충족되지 않는다. 베르터가 "알베르트는 이 소중하고 훌륭한 아내보다는 온갖 허접한 일들에 더 끌리지 않는가?"(162면)라고 타박하는 것도 그 때문이다. 베르터가 결혼 전의 로테에게 한번도 진지하게 청혼할 생각을 하지 않았던 것 역시 같은 이유에서이다. 요컨대 베르터는 사랑이 가정이라는 제도적 구속에 얽매이는 것을 감내할 수 없는 것이다. 바꾸어 말하면 그의 사랑은 현실에서 충족되지 않을 때라야 고양된 상태를 유지할 수 있는 것이다. 로테의 마지막 대사는 바로 이러한 역설적 상황을 가리킨다.

루만(N. Luhmann)은 이러한 패러독스를 '정열적 사랑'(amor passion)의 특징으로 설명하는데, 이러한 사랑에서는 욕구 충족을 끝없이 유예하고 사랑하는 대상을 절대적으로—다시 말해 절대로 도달할 수 없도록—이상화함으로써만 고양된 감정에 몰입할 수 있다고 한다.[20] 베르터가 클롭슈토크의 시로 로테와 교감을 나눌 때 최고조의 황홀경을 느끼는 것은 이런 맥락에서 이해할 수 있다. 지루한 일상현실을 걸러내고 이상화된 '텍스트'가 촉발하는 교감만이 절대적으로 순수한 것이다. 로테의 질

---

20 니클라스 루만 『열정으로서의 사랑』, 정성훈 외 옮김, 새물결 2009, 79~92면 참조.

책을 들은 베르터가 자살을 결심하고서 처음이자 마지막으로 로테와 격렬히 포옹하기에 이르는데 이때 베르터가 직접 번역한 오시안(Ossian)의 노래를 매개로 이루어지는 것도 우연은 아니다. 클롭슈토크의 시와 관련한 장면이 순수한 교감의 희열로 충만한 절정이었다면, 오시안의 노래와 관련한 이 장면은 비극적 이별의 절정에 해당한다. 망자의 넋을 기리는 진혼의 노래가 절정에 이르자 베르터는 이승에서 이루지 못한 사랑을 다음 생에서 이룰 것을 기약하며 죽음을 결심한 자신의 운명에 복받쳐 낭송을 중단하고 비통한 눈물을 흘린다. 그러자 로테는 베르터가 '무서운 일을 저지를 것 같은 예감'에 사로잡혀 전율하고 두사람은 처음이자 마지막으로 뜨거운 입맞춤을 나눈다.

그는 원고를 내던지고 그녀의 손을 잡고 비통한 눈물을 흘렸다. 로테는 다른 손으로 몸을 가누며 손수건으로 눈물을 훔쳤다. 두사람의 감동은 이루 형언할 수 없었다. 그 고귀한 용사들의 운명 속에서 그들 자신의 비참한 운명을 느꼈고 함께 공감했으며, 두사람의 눈물은 하나가 되었다. 베르터의 입술과 두 눈은 로테의 팔등에 닿은 채 뜨겁게 타올랐다. 로테는 온몸을 떨었다. 그녀는 몸을 빼내려고 했으나, 고통과 동정심이 납덩이처럼 짓눌러서 꼼짝도 할 수 없었다. (…) 그는 극한의 절망감에 사로잡혀 로테의 발치에 털썩 무릎을 꿇더니 그녀의 두 손을 잡아서 자신의 눈과 이마에 갖다대고 꼭 눌렀다. 그가 무서운 일을 저지를 것 같은 예감이 로테의 뇌리에 스쳤다. 그녀는 마음의 갈피를 잡지 못하고 그의 두 손을 꼭 잡아 자기 가슴에 갖다대고 지그시 눌렀으며, 슬픔에 사무쳐서 그에게 몸을 숙였고, 그러자 두사람의 뜨겁게 타오르는 볼이 서로 맞닿았다. 두사람에겐 주위 세계가 모두 사라지는 것 같았다. 베르터는 로테의 몸을 휘감아 가슴에 꼭 껴안았고, 뭐라고 말하려는 그녀의 떨리는 입술에 미친 듯이 키스를 퍼부었다. (193~95면)

그날 저녁에 남긴 마지막 편지(유서)에서 베르터는 "어제 당신의 입술에서 맛보았고 지금 제 마음속에서 느끼는 이글거리는 생명의 불꽃은 영원히 꺼지지 않을 것입니다!"(198~99면)라며 두사람의 황홀한 포옹이 영원한 사랑의 불꽃으로 타오를 거라는 확신을 고백한다. 그리고 죽음을 앞두고 "무덤에 가까워질수록 마음이 점점 환하게 밝아옵니다. 우리는 만나게 될 것입니다! 다시 만날 것입니다!"(199면)라며 다음 세상에서 다시 만날 것을 기약한다. 베르터의 마지막 편지는 그의 사후에 공개되므로 로테는 결국 망자의 혼백이 토로하는 고백을 듣게 되는 셈이다.

베르터는 하인을 시켜서 자살하기 위한 권총을 알베르트의 집에 가서 빌려오게 하는데, 공교롭게도 로테가 권총을 건네주었다는 하인의 말을 듣고 이 기구한 우연을 자신의 운명으로 받아들인다.

이 권총은 당신의 손을 거쳐 왔습니다. 당신이 먼지도 닦아내셨다고요. 저는 이 총에 수없이 입을 맞춥니다. 당신의 손길이 닿은 것이니까요! 하늘의 신령이여, 당신은 제 결심을 더욱 굳건히 다져줍니다. 그리고 로테, 당신은 결심을 실행에 옮길 도구를 제게 건네주었습니다. 저는 당신의 손으로 죽음을 맞기를 고대했는데, 아, 이제 그렇게 되는군요. (204면)

베르터가 로테의 손으로 죽음을 맞기를 고대했다는 것은 그의 자살충동이 마조히즘과 결합된 양상이라고 볼 수도 있지만, 다음 세상으로 가는 여정이 로테의 손길에 의해 인도되길 염원하는 소망의 표현이라고 보는 편이 다음 세상에서 다시 만나자는 그의 다짐과도 합치된다. 결국 베르터가 죽음을 택한 것은 그 자신의 말대로 "절망의 소산이 아니라 내가 끝까지 견뎌냈고 당신을 위해 나를 바칠 수 있다는 확신에서 나온 것"(178면)

이다. 그런 맥락에서 죽음의 충동은 "생과 사, 생성과 소멸의 (생물학적인) 순환을 초극하려는 죽지 않는(untot) 욕망"[21]의 표현이라는 점에서 오히려 죽음의 반대라고 했던 지젝(S. Žižek)의 말처럼 베르터는 불멸의 사랑을 확인하기 위한 최후의 수단으로 죽음을 택하는 것이다. 베르터가 죽음을 택하는 시점이 다름 아닌 성탄절 전야인 것도 목숨을 바친 자신의 순애보가 영원히 기억되기를 염원하는 상징성을 갖는다.

인간해방의 열망

그러나 베르터의 마지막 염원과 달리 그의 죽음은 사회적으로 저주받은 죽음이다. 소설의 마지막 문장이 "성직자는 한사람도 따라가지 않았다"(211면)인 것은 하느님이 주신 목숨을 스스로 끊은 베르터의 행위가 용서받지 못할 중죄임을 말하는 것이다. 그렇지만 베르터가 단지 기독교의 금기만을 깬 것은 아니다. 기독교의 권위가 중세에 비해 많이 약해졌다 하더라도 여전히 공적 통치영역과 시민사회를 결속하는 이념적 지주 역할을 하던 당시 상황에서 기독교의 교의를 정면으로 부정하는 베르터의 자살은 신분사회의 지배질서와 시민사회의 고루한 규범에 대한 도발의 성격을 띤다. 베르터가 궁정 관료사회의 숨막히는 질곡을 비판하는 편지를 쓴 시점과 죽음을 택한 시점이 모두 성탄절 전야라는 것은 그의 개인적 운명이 전사회적 억압체계와 직결되어 있음을 분명히 보여준다. 베르터가 로테를 만나기 전부터 이미 "스스로 원할 때는 언제라도 이 감옥 같은 세상을 떠나버릴 수 있다는 달콤한 자유의 감정을 항상 가슴속에 품고 있는"(23면) 것도 그런 맥락에서 유의할 필요가 있다. 로테와의 이룰 수

---

21 Slavoj Žižek, *Parallaxe*, Frankfurt a. M. 2006, 61면.

없는 사랑이 죽음을 택하게 되는 직접적인 동기이긴 하지만, 그전부터 이미 이 세상을 감옥이라고 느끼고 있었던 것이다. 이것이 그의 타고난 염세주의 때문이 아니라 신분사회의 억압적 질서에서 연유한다는 점은 궁정귀족들에게 당한 수모가 그의 자살충동을 부추겼다는 사실에서 분명히 확인할 수 있다. 베르터가 세상을 감옥 같다고 한 것은 루소(Rousseau)가 『사회계약론』(1762) 서두에서 언명한 대로 "인간은 자유인으로 태어났음에도 온갖 사슬에 매여 있다"[22]라는 인식과 맥을 같이하고 있다.

베르터를 옥죄는 질곡은 일차적으로 억압적인 전근대 신분사회에서 기인한다. 그런 점에서 자유를 갈구하는 베르터는 신분차별의 구속에서 벗어나기를 열망하는 진취적 시민계급의 입장을 대변한다고 할 수 있다. 그렇지만 베르터의 자의식이 당대 시민계급의 입장으로만 환원되는 것은 아니다. 자연과의 전일적 교감에 상응하는 온전한 자유를 갈망한 베르터의 열정은 루카치(G. Lukács)가 올바르게 통찰한 대로 독일의 전근대적 낙후성을 시민계급의 관점에서 비판하는 차원을 넘어서 전면적인 인간해방의 파토스를 내장하고 있는 것이다.[23] 베르터가 시민가정의 제도적 구속을 받아들이지 못하는 것은 단순히 가정을 외면하는 보헤미안적 기질 때문이 아니라 '맥빠진 시민적 삶'에서는 그가 갈망하는 열정적 사랑이 결코 충족될 수 없기 때문이다. 베르터의 로테에 대한 사랑은 현실적 충족을 염두에 두지 않는다는 점에서 낭만적 사랑의 유형으로 읽힐 소지가 다분하다. 그렇지만 '모든 규칙은 진정한 자연감정을 파괴한다'(25면)는 의미에서 베르터가 추구하는 자연감정은 일체의 억압적 규율을 거부하며, 로테에 대한 사랑 역시 그런 자연감정에서 발원한다. 그러한 자연감정이 당대 계몽사상의 핵심인 '자연법'(Naturrecht)의 정신과 일맥상통하는

---

22 루소『사회계약론』, 방곤 옮김, 신원문화사 2006, 11면.

23 Georg Lukács, *Goethe und Seine Zeit*, Werke, Bd. 7, Neuwied/Berlin 1964, 53면 이하 참조.

것은 물론이다. 인간은 신분의 고하를 막론하고 누구나 태어날 때부터 하늘이 내린 존엄을 부여받으며 사회공동체 안에서 그런 존엄을 누릴 권리가 있다는 자연법 사상은 알다시피 자유·평등·박애의 기치를 내건 프랑스대혁명의 이념적 자양분이었다. 『젊은 베르터의 고뇌』가 일체의 구속과 억압에서 벗어나 인간해방을 추구한 '슈투름 운트 드랑'의 정신을 구현한 대표작이라는 사실은 이런 역사적 맥락에서 이해되어야 할 것이다.

영웅이 불가능한 시대의 자유의 이상

◆

역사극『괴츠 폰 베를리힝엔』

역사적 인물 괴츠

괴테가 스물네살에 집필한 희곡『강철손을 가진 괴츠 폰 베를리힝엔』
(*Götz von Berlichingen mit eiserner Hand*, 1773. 이하『괴츠』로 약칭)은 16세
기 초반 농민전쟁 시기에 실존했던 제국기사단 소속 기사 괴츠의 일대기
를 다룬 역사극이다. '독일 역사극의 효시'[1]로 평가받는 이 작품은 최초로
국외에까지 괴테의 이름을 알린 작품이기도 하다. 가령 영국의 역사소설
가 월터 스콧(Walter Scott)은 만년에 괴테에게 보낸 편지에서 젊은 시절
에 이 작품을 직접 영어로 번역한 적이 있다고 고백한 바 있다.[2] 독일 문학
사에서『괴츠』는『젊은 베르터의 고뇌』와 더불어 슈투름 운트 드랑의 정
신을 구현한 대표작으로 꼽힌다. 괴테보다 두살 아래의 동시대 작가 렌츠
(Lenz)는 주인공 괴츠를 가리켜 "끊임없이 활동하며 마치 태양처럼 따사

---

1 Peter Müller, "Goethes *Götz von Berlichingen* als Beginn der deutschen Geschichtsdramatik,"
   Zeitschrift für Germanistik 8(1987), 141~59면 참조.
2 에커만『괴테와의 대화』2, 장희창 옮김, 민음사 2008, 179면 참조.

로운 선행을 베푸는 전인(全人)"[3]이라고 했는데, 그 어떤 외적 구속에도 얽매이지 않고 자유의 이상을 추구하는 '전인적 인간형'은 슈투름 운트 드랑의 키워드였다. 실제로 주인공 괴츠는 그 어떤 외압에도 굴하지 않고 오직 자신의 양심에 따라 행동하는 독립불기의 인물로 등장한다. 괴츠 자신의 말을 빌리면 "하느님과 황제와 나 자신에게만 충직할 뿐"(299면)[4] 다른 누구의 명령에도 따르지 않겠다는 것이 그의 좌우명이다. 그렇지만 괴츠를 둘러싼 현실은 이러한 전인적 인간의 이상을 더이상 용납하지 않은 채 적대세력에 의해 장악되고 있었으며, 그런 점에서 괴츠는 영웅적 기사도를 추구하지만 결국 좌절하고 마는 마지막 기사집단의 대표자로 그려진다.

괴츠(1480?~1562)는 중세의 질서가 허물어지기 시작하는 역사적 과도기인 종교개혁과 농민전쟁 시기를 배경으로 갖가지 전설적 무용담을 남긴 특이한 인물이므로 먼저 그의 생애에서 작품과 관련되는 기본적인 사실들을 확인해둘 필요가 있다. 괴츠가 속해 있던 제국기사단은 비록 황제 직속이긴 했지만 괴츠가 활동하던 무렵에는 이미 황제의 권위가 흔들려 그 위신이 추락해 있던 상황이었다. 이런 상황에서 괴츠는 자국 내에서 벌어지는 크고 작은 분쟁들에 개입하여 시비를 가려주는 '해결사'의 역할을 도맡았다. 그러는 과정에서 때로는 휘하의 병력을 이끌고 제후들과 대주교를 상대로 전투를 벌이기도 했다. 고위 귀족들이 단합하여 괴츠를 제거하려는 까닭도 그런 무법자적 도발 때문이며, 그들 귀족세력과 괴츠의 각축이 작품에서 갈등의 주축을 이룬다.

실정법을 무시하고 무력으로 해결사 노릇을 했던 괴츠의 모험은 중세에 통용되던 이른바 '자력구제'(Fehde, 분쟁이 벌어졌을 때 정식소송을 제기하지

---

3 FA 4, 781면.
4 작품 인용은 Goethe, *Götz von Berlichingen*(Frankfurt a. M. 1985)을 따르며 괄호 안에 면수만 밝힌다.

않고 당사자들끼리 해결을 시도한 중세의 관습)의 관습에서 연유한다. 괴츠는 자력구제를 내세워 쾰른 시를 상대로 전투를 벌이기도 했고, 슈바벤 동맹군과도 여러차례 전투를 치른다.[5] 괴츠의 이름 앞에 '강철손을 가진'이라는 특이한 수식어가 붙은 까닭은 1504년 바이에른과 팔츠 사이의 왕위계승전쟁에 참전했다가 화포에 맞아 오른팔을 잃고 강철로 만든 의수(義手)를 달았기 때문이다. 괴츠는 논란에도 불구하고 여전히 자력구제의 정당성을 확신했다. 그렇지만 자력구제가 무정부적 혼란을 초래하기 일쑤였기 때문에 제국법원은 1495년 '자력구제금지령'(Urfehde)을 선포한다. 괴츠가 제국기사의 서품을 받은 이후 자력구제에 나서기 시작한 시점은 1510년 무렵이므로 그는 명백히 범법행위를 저지른 셈이었다. 1512년 밤베르크 대주교와 뉘른베르크 시를 상대로 자력구제 전쟁을 선포한 괴츠는 라이프치히 박람회에 참여하러 가던 두 지역의 상인 수십명을 약탈하고 구금하였다. 그러자 막시밀리안 황제는 괴츠에게 일체의 법적 보호를 박탈하는 추방령(Acht)[6]을 내렸고, 괴츠는 일년 후 1만 4천 굴덴의 대속금(代贖金)을 치르고서야 추방령에서 풀려나는 수모를 겪기도 한다. 한편 1525년 농민반란이 일어났을 때는 한동안 농민군의 우두머리가 되기도 했다. 당시 위정자의 입장에서 보면 괴츠는 이렇듯 크고 작은 이권에 개입하여 무력으로 분쟁을 해결하는 범법자이자 노략질을 일삼는 화적떼의 수괴이며 반란군의 우두머리였던 셈이다. 사정이 이러함에도 괴츠가 '태

---

5 괴츠의 생애에 관한 상세한 설명은 Volker Press, "Götz von Berlichingen(ca. 1480 – 1562) — vom 'Raubritter' zum Reichsritter," Volker Press 외, *Goethe, Götz und die Gerechtigkeit*, Wetzlar 1999, 15~42면 참조.

6 귀족이나 고위 성직자 신분으로 중죄를 지은 사람의 시민권과 모든 권리를 박탈하는 형벌로 추방령 선고를 받은 자는 누구든지 죽여도 무방하므로 사실상 국외추방령이나 다름없다. 성직자의 경우는 파문에 해당하는데, 종교개혁을 주도한 루터(Luther)도 1521년 이단으로 몰려서 추방령 선고를 받았다. 추방령은 영어로 Imperial ban이라고 한다.

양처럼 따사로운 선행을 베푸는 전인'이라 일컬어질 만큼 괴테의 작품에서 영웅적 인물로 화려하게 복권된 것은 무엇 때문일까?

이 의문에 답하기 위해서는 괴테가 자신의 정치관 형성에 큰 영향을 끼쳤던 법학자 유스투스 뫼저(Justus Möser)를 통해 중세 기사들의 자력구제 전통을 재발견했다는 사실을 상기할 필요가 있다. 괴테는 청년시절 정신적 사표였던 헤르더(Herder)의 권유로 뫼저의 「자력구제에 관하여」(Von dem Faustrechte, 1770)라는 글을 읽게 되는데, 그 글에는 다음과 같이 흥미로운 주장이 있다.

내가 보기에 독일 역사에서 기사들의 자력구제가 통용되었던 시대는 단연코 우리 민족이 최고의 명예와 당당한 신체적 기상과 민족적 자부심을 과시하던 시대였다. 그런데 수도원에나 숨어 있는 비겁한 역사가들과 나이트캡을 걸치고 유흥이나 즐기는 한가한 학자들은 그 시대를 너무나 경멸하고 폄하하였다. 그렇지만 사태를 제대로 파악하고 있는 사람이라면 12, 13세기의 자력구제 제도야말로 최고의 품격을 자랑하는 예술작품이라는 사실에 감탄해 마지않을 것이다. 자력구제를 행사하는 기사들이 어쩌다가 저지르는 노략질은 우리 시대의 전쟁이 초래하는 무자비한 초토화에 비하면 아무것도 아니다. (…) 오늘날 한번 출정해서 전사하는 인명은 당시 한 세기 동안 전사한 인명에 맞먹는다. (…) 오늘날의 전쟁에서는 개개인이 용맹을 발휘할 여지가 없다. 영혼도 없이 내팽개쳐지는 집단이 민족의 운명을 좌우하는 것이다. 어중이떠중이도 제자리만 잘 지키고 있으면 최고로 용감한 전사에게나 어울리는 승리의 영예를 차지할 수 있다. (…) 이런 체제는 일체의 개인적 개성과 전인적 온전함을 억압할 수밖에 없다.[7]

7 Justus Möser, *Patriotische Phantasien*, Münster 2008, 51~52면.

요컨대 "일체의 개인적 개성과 전인적 온전함을 억압"하는 근대국가의 씨스템에서는 찾아볼 수 없는 개성적이고 전인적인 활동이 중세 기사들의 자력구제 제도에서는 가능했다는 말이다. '개성'과 '전인'을 강조한다는 점에서 뵈저의 문제의식은 슈투름 운트 드랑과 맞닿아 있으며, 괴테가 뵈저의 글에 자극받은 것도 그런 맥락에서일 것이다. 때마침 괴츠의 자서전이 1731년 사후 169년 만에 출판된 터여서[8] 괴테는 이 자서전을 밑그림으로 삼아 괴츠의 행적을 극화하는 작업에 착수하였다. 1770년 당시 슈트라스부르크 대학의 법학도였던 괴테는 뵈저의 글에 자극받아 중세의 법제도에 대해서 집중적인 연구를 하였고, 집필에 착수한 지 6주 만에 『강철손을 가진 고트프리트 폰 베를리힝엔의 이야기』(1771)를 탈고하였다. 흔히 '초판본 괴츠'(Urgötz)라 불리는 이 원고를 괴테는 헤르더에게 보냈으나 너무 '사변적'이라는 부정적인 평을 듣고서[9] 다시 개정작업에 착수하여 1773년에 '강철손을 가진 괴츠 폰 베를리힝엔'이라는 제목으로 수정본을 낸다. 훗날 괴테는 『괴츠』를 "열국의 역사에서 전환점이 되는 의미심장한 한 시대의 상징"[10]으로 구상했노라고 밝힌 바 있다. 말하자면 괴츠가 살던 시대를 세계사적 전환기로 파악하여 그 시대가 후대의 역사에 어떤 상징적 의미를 지니는가를 천착했다는 뜻이다. 특히 괴테의 문학관에서 '상징'이 어떤 대상의 사실적 재현이 아니라 전체적 연관성을 환기시키는 개념임을 염두에 두면 『괴츠』는 과거사를 사실에 충실하게 복원한 역사극이 아니라 "과거를 그 당대의 현재형으로 묘사하지 않고 낯선 공간으로 탐사

---

8 괴츠는 노년에 하일브론 성에 은거했고 77세가 되던 1557년부터 자서전을 집필하기 시작했다.

9 Volker Neuhaus, "Götz von Berlichingen," *Goethe-Handbuch*, Bd. 2, Stuttgart 1996, 79면.

10 괴테 『시와 진실』, 전영애·최민숙 옮김, 민음사 2009, 1016면.

한 최초의 역사극"[11]이라는 사실에 유의할 필요가 있다. 괴츠의 시대와 그의 행적이 18세기 후반의 역사적 전환기에 어떤 시사점을 던지는가 하는 문제가 괴테에게 관심의 초점이었던 것이다.

이 글에서는 이런 문제의식에서 출발하여 괴츠와 그의 시대에 대한 괴테의 평가와 괴테 당대의 문제의식을 함께 살펴보고자 한다. 아울러 작품의 극적 형식에도 주목할 필요가 있는데, 괴테보다 두살 위였던 당대 작가 뷔르거(Bürger)는 렌츠와 마찬가지로『괴츠』에 열광하면서 '고리타분한 규칙들을 짓밟아버리는' 작품이라고 평가하기도 했다.[12] 전통적인 극작술에서 금과옥조로 여기던 시간·장소·행위의 '3통일' 법칙을 완전히 파기한 그러한 파격은 작품의 바탕에 깔려 있는 슈투름 운트 드랑의 정신에 상응하는 형식적 특징이라고 할 수 있다.

'보수혁명'의 양면성과 궁정의 타락상

괴테가 "열국의 역사에서 전환점이 되는 의미심장한 시대"라 일컬었던 괴츠 시대의 과도기적 성격을 헤르더는 다음과 같이 좀더 분명히 규정한 바 있다.

나는 막시밀리안 황제와 카를 5세의 시대가 로마 시대 이후 모든 역사의 중심이자 근대 유럽의 모든 통치체제(Verfassung)의 토대를 이룬

---

11 Volker Neuhaus, 앞의 글 87면.
12 "나는 좀처럼 흥분을 가라앉힐 수 없다네. 작가에게 이 감격을 어떻게 털어놓을까? 정말 독일의 셰익스피어라 할 만해. (…) 완벽하게 독일을 소재로 삼았어! 얼마나 대담한 솜씨인가! 이 작가는 작품의 주인공처럼 고귀하고 자유롭게 고리타분한 규칙들을 짓밟아버리고 있어."(1773년 7월 8일사 뷔르거가 보이에Boie에게 보낸 편지. FA 4, 781면에서 재인용)

다고 생각한다. (…) 이로부터 모든 것이 새롭게 시작되고, 국가와 문화
와 종교에서 전면적인 변화가 일어나며, 전 유럽에서 인간 정신의 재탄
생이 이루어진다.[13]

여기서 헤르더가 근대 유럽의 모든 통치체제의 토대를 이루게 되는
전면적인 변화를 언급할 때 그러한 변화를 추동하는 핵심은 영방국가
(Territorialstaat, 귀족이나 왕족들 사이의 혈연관계 대신에 관할 영토에 대한 실효적
지배를 통해서 성립된 국가체제)의 성립이다. 특히 1356년 금인칙서(Goldene
Bulle, 교황의 독일 내정 간섭을 금한 칙령으로 결과적으로 신성로마제국 황제의 권한이
크게 약화되었다)가 선포된 이후 과거에는 신성로마제국 황제로부터 봉토를
하사받은 봉신(封臣)에 불과했던 제후들이 독립된 주권을 행사할 수 있게
되었다. 이리하여 황제는 제후들의 이해관계에 따라 정치적으로 이용되
는 허수아비로 전락하게 된다. 아울러 귀족사회에도 커다란 변화가 일어
난다. 우선 제후의 자립적 주권을 확보한 고위 귀족들과 그렇지 않은 하
급 귀족들 사이에 양극화가 가속화되었다. 다른 한편으로 영방국가들이
강화됨에 따라 국가기구의 운영을 담당하는 새로운 관료집단이 형성되
었다. 나중에는 시민계급도 점차 관료로 진출하지만, 영방국가 초기에는
귀족이 관료집단의 대다수를 차지했다. 일반 귀족층의 입장에서 보면 과
거에 영지를 기반으로 해서 누렸던 세도가 꺾이고 영방국가의 궁정관료
로 위상이 격하된 셈이다. 특히 대부분 하급 귀족 출신으로 영지의 기반
이 취약하거나 전무했던 기사계급은 영방국가의 사법권과 치안권이 강화
되고 자력구제가 불법화됨에 따라 존재기반 자체가 흔들리는 위기상황을
맞이하기에 이른다. 농민전쟁에 앞서 1522년 '기사의 난'(Ritterkrieg)이

---

13 Johann Gottfried Herder, "Über die Reichsgeschichte: Ein historischer Spaziergang,"
    (1769) *Goethe-Handbuch*, Bd. 2, 78면에서 재인용.

일어난 것도 궁지에 몰린 기사들의 집단적 반발이라 할 수 있다. 『괴츠』에서 괴츠의 친구이자 같은 제국기사 신분인 지킹엔(Sickingen)이 대주교 직할령 트리어(Trier)와 영방국가 팔츠(Pfalz)를 공략하여 선제후의 자리를 차지하겠다고 벼르는 것도 그런 역사적 상황과 연관되어 있다.

작품의 주인공 괴츠의 운명을 규정하는 것은 바로 이러한 불가역의 시대적 흐름이다. 문제는 괴츠가 시대의 흐름을 정확히 읽으면서도 대세에 역행한다는 것이다. 이미 명운이 기울어진 황제에게는 충성하고 새 시대를 주도해가는 제후들에게는 맞서 싸움으로써 파멸을 자초하는 것이다.

괴츠: 나는 황제를 사랑한다. 우리는 똑같은 운명이니까. 차라리 내가 운이 좋은 셈이지. 황제는 자기 재산이 쥐들에게 갉아먹히고 있으면서도 제후들을 위해 생쥐를 잡아야 하거든. 황제는 이렇게 불구인 육신의 영혼으로 사느니 차라리 죽고 싶은 심정이라는 걸 나는 잘 알지. (352면)

쥐들이 황제의 재산을 갉아먹고 있다는 말은 제후들이 황제의 통치권을 잠식하는 시대상황을 가리킨다. 그럼에도 황제는 제후들에 적대하는 세력('생쥐'), 다시 말해 괴츠 같은 제국기사들을 제압하는 데 동조해야 하는 처지다. 영주들의 압박에 못 이겨 황제는 자신에게 가장 충직한 세력을 토벌하려는 영주들에게 윤허를 해주어야 하는 신세인 것이다. 영주들이 황제를 배후조종하며 가지고 노는 작태를 괴츠는 정확히 꿰뚫어보고 있다.

괴츠: 놈들은 야비한 방식으로 황제를 가지고 놀지. 그래도 황제는 좋게만 생각해서 그놈들 말대로 바꾸려고 하거든. 그러니 날마다 새로운 훈수꾼이 나타나서 감 놓아라 배 놓아라 하지. 황제는 속단을 잘하는데다 말 한마디면 수천의 수족이 움직이기 때문에 만사가 신속하게 처리

될 거라 생각하지. 하지만 칙령이 줄줄이 선포되는 통에 먼저 내린 칙령은 금방 잊혀. 그러니 제후들은 이익을 챙기기에 급급하고, 나라의 안녕과 질서를 빙자하여 수하에 조무래기들을 끌어들이지. 단언하건대 많은 제후들은 터키가 황제와 맞짱 뜨는 것을 진심으로 하느님께 감사하고 있어. (298면)

제후들은 황제를 장기 말처럼 부리며 훈수꾼 노릇을 하고 심지어 이해타산만 맞으면 외부의 적이 쳐들어와도 반길 만큼 사리사욕에 혈안이 되어 있다. 따라서 그런 세력에 맞서는 싸움을 괴츠는 정의의 투쟁이라고 확신한다. 자신과 달리 대세에 편승하여 영주와 주교의 편에 서 있는 친구 바이슬링엔(Weislingen)을 향해 괴츠는 이렇게 말한다.

괴츠: 자넨 어느 누구보다 자유로운 귀족 출신이 아닌가. 오직 황제에게만 속하는 자유로운 존재란 말일세. 그런데 어째서 영주들에게 순종하는 건가? (…) 자네는 하느님과 황제와 자기 자신에게만 충직할 뿐인 자유로운 기사의 가치를 오해하고 있어! 고집스럽고 시샘 많은 대주교 놈한테 기어들어가서 일등 공신이 되고 싶은 건가? (299면)

괴츠가 말하는 기사의 자유는 오로지 하느님과 황제에게만 충직할 뿐 그 누구의 명에도 따르지 않는 것이다. 따라서 괴츠가 보기에 대주교의 일등 공신이 되고자 그의 명을 따르는 바이슬링엔은 기사의 자유를 포기하고 예속의 길을 택한 것이다. 그렇지만 바이슬링엔은 대주교와 영주의 편에 서서 다음과 같이 응수한다.

바이슬링엔: 자네는 늑대가 양치기를 보듯이 영주들을 보고 있군. 하지만 그들이 자신들의 영토와 백성의 안녕을 보호하겠다는 데 욕할 수

있겠나? 자기 백성들을 여기저기서 습격하고 마을과 성을 황폐하게 만드는 불한당 같은 기사들 때문에 그들이 한시라도 마음을 놓을 수 있겠나? (298면)

이미 언급한 대로 영주들의 입장에서 보면 괴츠 일당의 자력구제 행위는 공공질서와 안녕을 해치는 범법행위에 불과하며, 바이슬링엔의 말은 그런 입장을 대변하고 있다. 그렇지만 작품에서 바이슬링엔은 우유부단하고 여색을 탐하는 모사꾼으로 묘사되는 반면 괴츠는 기사의 자유와 양심에 충실한 인물로 묘사되고 있다. 그런 한에는 궁정으로 편입된 바이슬링엔의 타락상과 전통적인 기사의 자유를 지키려는 괴츠의 도덕적 우위가 선명히 대비된다. 하지만 괴츠가 지키려는 자유의 이상이 현실에서 발붙일 자리가 없다는 역사적 필연이 작품에서는 괴츠의 도덕적 우위보다 더욱 근본적인 사태로 부각된다. 이 작품이 괴츠가 일생에서 무운을 떨치던 전성기가 아니라 몰락기에 초점을 맞추고 있는 것도 그러한 현실상황을 반영하는 것이다. 극중의 괴츠는 수세에 몰려서 밤베르크 대주교와 화의를 맺고 가능하면 평화를 지키려 한다. 이런 상황에 오히려 기세등등해진 대주교와 영주 세력이 괴츠에게 선제공격을 가하고, 병력과 화력에서 절대적으로 열세에 있던 괴츠는 결국 대주교와 영주의 연합군에 쫓겨 자신의 성 안으로 피신하며 포위된 상태에서 농성방어전을 벌인다. 최악의 궁지에 몰린 이러한 상황이 작품의 끝부분도 아니고 한가운데인 3막에 위치함으로써 드라마 전개에서 절정으로 고조되어야 할 단계가 오히려 최저점으로 내려가는 형국이다. 괴츠의 몰락이 돌이킬 수 없다는 사실을 그만큼 더 강하게 부각하는 것이다. 3막에서 괴츠가 생사고락을 함께해온 부하들과 함께 마지막 남은 포도주를 따라 마시는 장면은 그런 점에서 비장하다.

괴츠: 죽은 뒤에라도 우리가 자유를 되찾는다면 우리는 편히 죽을 수 있다. 우리의 혼령은 후손들이 행복한 것을 볼 수 있고, 후손들이 섬기는 황제가 행복한 것도 볼 수 있을 테니까. 제후들의 부하가 마치 자네들이 나한테 하듯이 그렇게 품위있으면서 자유롭게 대한다면, 그리고 제후들도 내가 황제에게 봉사하는 그 마음으로 황제에게 봉사한다면. (352면)

괴츠는 자신의 부하들에게 기사의 자유와 품위를 인정해주었기 때문에 부하들도 품위와 자유를 잃지 않고 대등한 인격체로서 괴츠에게 충성을 다한다. 괴츠는 제후들과 황제의 관계도 그렇게 복구되기를 바란다. 하지만 황제의 권위가 땅에 떨어지고 제후들이 황제를 가지고 노는 판국에 그런 관계를 꿈꾸는 것은 역사의 수레바퀴를 거꾸로 돌리려는 시대착오적 몽상처럼 보인다. 그런 점에서 괴츠가 기사도적 이상을 추구하는 것은 이미 돌이킬 수 없이 사멸해가는 구질서를 회복하려는 '보수혁명'을 주창하는 것이라 평가되기도 한다.[14] 괴츠가 시대의 흐름을 거슬러서 옛 기사의 권리에만 집착한다는 사실도 그런 평가를 뒷받침한다. 괴츠가 하나우 방백(方伯, Landgraf)의 덕치를 회상하는 것도 좋았던 옛 시절로 돌아가자는 얘기처럼 들린다.

괴츠: 그분은 사냥을 개최하고서 모여드는 영주와 병사들에게 들판의 노천에서 식사를 대접하곤 하셨다. 그것을 보러 시골 사람들이 모두 모여들었지. 그것은 결코 자신의 명예를 과시하기 위한 가장무도회 따위가 아니었다. 처녀 총각들은 보기 좋게 머리를 길렀고, 모두들 얼굴에

---

14 Edward McInnes, "Moral, Politik und Geschichte in Goethes *Götz von Berlichingen*," *Zeitschrift für deutsche Philologie* 103(1984), 17면.

불쾌하게 취기가 올랐고, 유복해 보이는 남자들, 체격이 당당한 노인네도 보였지. 모두가 즐거운 표정이었어. 신이 창조한 대지 위에서 더불어 즐기는 주군의 성대한 연회에 모두가 동참했었지. (353면)

방백은 황제 직할령을 다스리기 때문에 주교나 다른 제후의 간섭을 받지 않는데, 괴츠가 제후의 귀감으로 하나우 방백을 언급한 것은 이런 이유 때문이다. 괴츠는 하나우 방백이 다른 영주와 병사들, 그리고 주민들과 더불어 격의 없이 즐기던 잔치를 지금 주교와 제후들의 연합군에 포위되어 꼼짝도 못하는 신세와 대비하면서 좋았던 옛일로 회상하고 있는 것이다. 괴츠의 회상에서 눈여겨볼 대목은 주군과 백성들이 신분차별 없이 어울리는 축제의 분위기다. 하나우 방백이 베푸는 성찬은 주군의 권위를 과시하기 위한 의식이 아니라 '신이 창조한 대지 위에서'—다시 말해 신 앞에서는 평등한 피조물로서—모두 함께 나누는 의식이기 때문이다. 그렇게 보면 괴츠가 주창하는 자유란 단지 전통적인 기사의 권리를 되찾는 차원을 넘어서 신분과 지위의 고하를 막론하고 만인이 대등한 인격체로 교류하는 평등의 이상까지도 함축한다고 볼 수 있다. 작품 초반에서 바이슬링엔이 잠시 마음을 고쳐먹고 괴츠에게 진심을 털어놓으며 다음과 같이 말할 때 그는 괴츠가 추구하는 자유와 평등의 이상이 어떤 것인지 그 핵심을 알고 있는 것이다.

바이슬링엔: 나는 궁정 사람들을 지배하고 있다고 생각했지만, 사실은 그들이 나를 좌지우지했던 것일세. 제후들의 눈길과 주위의 존경 어린 찬사에 현혹되었던 것이지. 오, 괴츠! 자네는 나 자신을 일깨워주었네! (…) 이젠 허황되게 크게 되려고 아등바등 애쓸 필요가 없네. 정말 행복하고 위대한 자는 무엇이 되겠다고 지배할 필요도 없고 복종할 필요도 없는 것이지. (308면)

지배와 복종이라는 억압적 위계가 사라진 상태, 그것이 바로 바이슬링엔이 부러워하는 괴츠의 이상향인 것이다. 바이슬링엔이 지금까지 추구해온 '위대함'이 권력의 위계질서 속에서 타인을 지배하는 것을 뜻한다면 괴츠가 추구하는 위대함은 그러한 권력관계까지 초탈한 완벽한 자율의 상태를 가리킨다. 바로 그런 면모로 인해 괴츠는 슈투름 운트 드랑의 전인적 인간상으로 수용되었던 것이다.

그렇지만 현실의 괴츠는 새로운 시대를 주도하는 세력에 의해 포위당한 상태이고, 괴츠가 꿈꾸던 이상향은 그만큼 현실과 동떨어진 유토피아적 성격을 띤다. 대개의 유토피아적 사유가 그러하듯 괴츠 역시 잃어버린 꿈을 미래에 투사하는 양상을 보이는데, 다음에서 보듯이 하나우 방백에 대한 회상을 미래의 소망으로 피력하는 것이다.

> **괴츠:** 그러한 영주들이 더 많이 나와서 이 시대를 다스리길 바라선 안된단 말인가? 황제에 대한 공경, 이웃과의 평화와 친목, 부하들에 대한 사랑, 이런 것이 자자손손 전하는 가장 값진 가보로 남기를 바라는 것이 잘못된 일이란 말인가? 정말 그런 시대가 도래한다면 지금처럼 남을 해치면서 재산을 불리려는 생각은 사라질 것이고, 누구나 자기 소유를 보전하면서 조용히 살림을 늘려갈 것이다. (353면)

그렇지만 괴츠의 충직한 부하 게오르크는 다음과 같이 의표를 찌르는 한마디로 괴츠의 상념에 찬물을 끼얹는다.

> **게오르크:** 그런 시대가 온다면, 그래도 우리가 말을 타게 될까요? (…) 우리가 포위당하고 있다는 사실을 깜빡 잊었습니다. 그런데 바로 황제가 우리를 포위하고 살가죽을 벗기려 하는 판국에 황제를 위해 목숨을

걸어야 하다니요! (같은 곳)

　"그래도 우리가 말을 타게 될까요?"라는 반문은 괴츠의 말대로 언젠가 태평성대가 온다면 본래 전사집단인 기사들은 자신의 존재근거가 사라지지 않겠느냐는 것이다. 더구나 자신을 제압해도 좋다는 황제의 윤허를 얻은 주교와 영주의 군사들이 포위공격을 가해오는 판에 황제를 위한다는 명분으로 목숨을 거는 자가당착은 괴츠가 꿈꾸는 유토피아가 시대착오적인 미망임을 일깨워준다. 이처럼 괴츠의 신념을 그의 입장에서 이상화하지 않고 냉엄한 역사현실과 대비해 보여주는 것에서 괴테의 현실주의적 태도를 엿볼 수 있다.

　괴테의 날카로운 현실인식은 고위 귀족과 궁정의 타락상에 대한 통렬한 비판에서 아주 잘 드러난다. 『괴츠』에는 황제에서부터 집시에 이르기까지 16세기 당대의 모든 사회계층이 등장하지만, 괴츠가 맞서 싸우는 궁정귀족과 제후들이 가장 부정적으로 묘사되고 있다. 그들은 하나같이 백성의 안위는 안중에도 없고 사리사욕만 탐하면서 권력투쟁에 혈안이 되어 있는 음흉한 모략가로 등장한다. 괴츠가 충정을 바치는 황제에 대한 묘사도 곱지만은 않다. 이미 언급한 대로 황제는 제후들의 노리개로 전락한 신세이며, 작품에서 주변적인 인물로 딱 한번 등장할 뿐이다. 그것도 제국의 국정을 논하는 자리가 아니라, 괴츠에게 약탈당한 상인 두명이 거리를 거니는 황제에게 읍소하며 빼앗긴 물건들을 되찾아달라고 하소연하는 장면에서만 나올 뿐이다. 신성로마제국의 황제가 일개 상인의 빼앗긴 봇짐이나 찾아주는 한심한 존재로 등장하는 것이다.

　바이슬링엔은 그런 황제를 이용하여 괴츠를 제거하려고 혈안이 되어 있으면서도, 정작 황제의 등 뒤에서는 황제를 '변덕스럽기만 하고 그림자뿐인 존재'라고 욕할 뿐이다. 황제와 제후들을 등에 업고 천하를 얻은 듯이 기세등등하던 바이슬링엔이 불의의 죽음을 맞이하는 경위도 궁정사회

타락상의 극치를 보여준다. 원래 괴츠와 죽마고우였던 바이슬링엔은 제국기사라는 신분을 벗어던지고 궁정 가신으로 변신하여 괴츠와 적대하게 된 인물이다. 그런 바이슬링엔이 작품 첫머리에서는 괴츠에게 생포되어 잠시 괴츠의 편이 되지만, 대주교와 제후들은 아델하이트(Adelheid)라는 절색의 과부를 앞세운 미인계로 다시 바이슬링엔을 그들 편으로 끌어들인다. 아델하이트는 바이슬링엔을 보자마자 첫눈에 반하는 듯하지만, 두 번째로 등장하는 장면에서 그녀는 이렇게 말한다.

> **아델하이트:** 세월이 견딜 수 없이 지루하네요. 말도 하기 싫고, 당신과 놀아나는 것도 창피해요. 지루함이란 오한보다 더 싫지요.
> **바이슬링엔:** 벌써 내게 싫증이 나오?
> **아델하이트:** 당신이 싫다기보다는 당신과 함께하는 잠자리에 넌더리가 나요.
>   (…)
> **아델하이트:** 당신은 영주의 일을 활기차게 도맡아 하면서 겹겹이 이어지는 산들의 주봉처럼 수백개의 사업을 내려다보며 구름을 뚫고 치솟는 자신의 명성을 이끌어가는 적극적인 남자가 아니라, 병든 시인처럼 가련하고 수녀처럼 감성적이며 노총각처럼 게을러빠진 인간이로군요. (…) 그러니 이제 나의 사랑이 식었다 해도 나를 이해해줘야만 해요.
> (325면)

아델하이트는 '당신과의 잠자리에 넌더리가 난다'는 말로 요부의 본색을 적나라하게 드러내며 '당신과 놀아나는 것도 창피하다'는 말로 바이슬링엔을 대놓고 모욕한다. 그러면서 바이슬링엔에게 활달한 기백이 사라졌다고 타박하는데, 이는 남성적 매력의 결핍을 아쉬워해서 하는 말이 아니라 궁정에서 이제 바이슬링엔의 이용가치가 사라졌음을 에둘러서 하는 말이다. 아델하이트는 인접 영지에 있는 귀족과의 분쟁으로 막대한 토지를 잃은 후 그것을 되찾기 위해 주교와 바이슬링엔에게 접근했지만 주색에 빠져 정무를 돌보지 않는 바이슬링엔은 더이상 이용가치가 없게 된 것이다. 이렇게 바이슬링엔을 용도폐기한 아델하이트는 이번에는 막시밀리안 황제를 이을 카를 5세에게 접근하는데, 이때 바이슬링엔을 술책으로 따돌리기 위해 그의 시종 프란츠(Franz)를 유혹하여 잠자리를 함께하기까지 한다. 아델하이트의 품에서 황홀경을 맛본 프란츠는 '이 자리를 넘보는 놈이 있으면 내 아비라도 죽이겠다'고 한다. 이는 이미 아델하이트가 차기 황제를 유혹하는 상황이므로 황제라도 죽이겠다는 말이다. 황제에서부터 일개 시종에 이르기까지 지위고하를 막론하고 궁정의 모든 남자들이 요부의 치맛바람에 놀아나고 시종의 입에서 이런 말이 나올 정도이니 더이상 설명이 필요 없는 요지경 속이다.

사태는 여기에 그치지 않고 결국 바이슬링엔과 아델하이트는 비참한 공멸로 끝난다. 바이슬링엔이 황제로부터 아델하이트를 떼어놓으려 하자 결국 그녀는 프란츠를 사주하여 바이슬링엔을 독살하고, 그녀 자신도 비밀재판(Feme, 공개적인 법정에 세우기 곤란한 중죄인을 관습법에 따라 비밀리에 재판하는 제도)에 회부되어 처형당한 것이다. 아델하이트의 비참한 말로는 단지 일개 독부의 파멸을 보여주는 것에 그치지 않는다. 권력을 위해서라면 어떤 극단적인 수단도 마다하지 않는 아델하이트는 단지 여색에 빠진 궁정사회의 치부를 드러내는 존재만이 아니라, 궁정사회에서 벌어지는 권력투쟁의 적나라한 실상을 온몸으로 보여주는 인물인 것이다. 괴테는 자신의 문학에서 가장 간특한 요부로 등장하는 아델하이트를 판에 박힌 타입이 아니라 그 자신도 이 캐릭터에 반했다고 할 만큼[15] 너무나 생생하고

---

15 "아델하이트를 사랑스러운 여성으로 묘사하려고 애쓰는 사이에 나 자신이 그녀에게 반하여 무의식중에 내 펜은 그녀에게 바쳐져 있었고, 그녀의 운명에 대한 관심이 우세해지게 되었다."(괴테『시와 진실』, 737면)

개성적인 인물로 그려내고 있다. 외부자의 관찰에 대개 의존하는 단순한 풍자를 넘어서 궁정사회를 이처럼 그 내부의 생생한 인물을 통해 통렬히 비판한 것도 이 작품을 슈투름 운트 드랑의 대표작으로 꼽을 수 있게 하는 측면이다.

역사적 기억의 전승

4막에서부터 괴츠는 가파른 하강곡선을 그리며 몰락한다. 자신의 성에서 농성투쟁을 하던 괴츠는 무장을 해제하면 퇴로를 열어주겠다는 적의 말을 믿고 자수하지만 체포당하고 만다. 영주들이 그에게 반역죄를 뒤집어씌우려 했으나 친구 지킹엔이 나서서 무력으로 영주들을 압박하여 괴츠는 간신히 속박에서 풀려나게 된다. 그렇지만 자신의 성에서 은거하겠다는 서약을 하고서 풀려난다. 역사인물 괴츠가 실제로 당한 금족령은 말을 타서도 안되고 성 밖에서 단 하룻밤을 묵어도 안되며 절대로 무기를 잡아서도 안된다는 것이었다고 한다.[16] 기사의 권리를 송두리째 박탈당한 채 고립무원의 유폐형에 처해진 것이다. 이로써 괴츠가 기사의 삶을 영위하던 시기는 사실상 종료되며, 4막부터 전개되는 사건들은 불굴의 기사 괴츠를 기대하는 관객(독자)들에겐 일종의 후일담에 지나지 않는다. 자신의 성에 유폐된 괴츠의 소일거리 중 하나가 하필이면 자서전 쓰기라는 사실도 이런 변화된 상황의 반영이다. 괴츠는 이제 자신의 소신을 행동으로 실천하는 기사가 아니라 자신의 지나온 삶을 회고하는 관찰자의 위치로 밀려난 것이다. 괴테가 정의한 드라마와 서사의 장르 개념에 따르면 드라마의 본령은 사건의 현재적 재현이요 서사는 지나간 사건의 회상적

---

16 Volker Press, 앞의 글 참조.

재현이다.[17] 그렇게 보면 자서전을 쓰는 괴츠는 드라마의 주인공 역할에서 퇴장하고 서사의 이야기꾼으로 탈바꿈한 형국이다. 이처럼 역사극의 주인공을 이야기꾼으로 대체한 것은 괴츠가 더이상 영웅적 주인공으로 생을 마감할 수 없게 된 역사현실에 상응하는 변화라 할 수 있다. 다른 한편 괴츠가 쓰는 자서전은 역사인물 괴츠의 생애를 후대 사람들이 과연 어떻게 평가할 것인가 하는 문제와도 연결된다. 괴츠의 자서전은 일종의 자기평가로서 다른 사람들의 평가와 경합하는 담론의 장에 편입되기 때문이다. 그런 점에서 4막 이후의 드라마 전개는 괴츠의 행적이 어떤 역사적 기억으로 전승될 것인가 하는 측면에서 살펴볼 필요가 있다.

괴츠가 집필 중인 자서전의 일부를 부인 엘리자베트와 함께 읽어보는 대목에서 괴츠의 행적에 대한 동시대인들의 평가를 엿볼 수 있다. 괴츠가 화의를 청하는 적의 제안에 응했다가 포로로 잡힌 사건을 두고 그의 가까운 동지들조차 무모하고 어리석은 행동이라고 비판하자 괴츠는 "다른 사람의 재산도 목숨을 걸고 보호하는 내가 기사의 일언에 목숨을 거는 것은 그리 잘못된 것이 아니오"(367면)라며 당당히 응수했다고 회고한다. 적의 계략인 줄 뻔히 알면서 화의에 응했던 무모함을 '기사일언중천금'의 자부심으로 정당화하고 있는 것이다. 그 어떤 역경에서도 기사의 명예를 목숨보다 소중히 여기는 괴츠의 이런 모습은 술책으로 괴츠를 제압하려던 세력의 비열함과 대비되는 미덕임이 분명하다. 그렇지만 나중에 괴츠가 유죄판결을 내린 재판관에게 왜 약속을 파기하느냐고 따지자 재판관은 '도적놈에겐 약속 따위를 지킬 필요가 없다'고 단언하거니와, 위정자의 입장에서 보면 범법자 괴츠에게 약속을 지킬 이유가 없다는 것도 딱히 틀린 말은 아니다. 그렇지만 대부분의 평민들은 괴츠를 자랑스러워하며 기사의 귀감으로 받드는데, 부인 엘리자베트가 직접 들은 말은 그 점을 증언

---

17 Goethe, "Über epische und dramatische Dichtung," HA 12, 249면 이하 참조.

하고 있다.

> **엘리자베트:** (…) 그들은 당신을 칭찬하면서, 괴츠는 정말 기사의 귀감
> 이야, 자유로울 때 용맹하고 의협심이 강하며, 역경에 처해서도 침착하
> 고 의리를 지키지,라고 하더군요.
> **괴츠:** 내가 누구에게든 언약을 어긴 일이 있으면 말해보시오! 내가 일
> 평생 흘린 땀은 나 자신보다는 가까운 이웃을 위한 것이었고, 내가 부
> 자가 되고 높은 지위를 얻기 위해서가 아니라 용맹하고 의리있는 기사
> 라는 이름을 얻기 위함이었다는 것은 하느님도 알고 계시지. **감사하게도
> 내가 바라던 일은 모두 이루어졌지.** (367~68면. 강조는 인용자)

괴츠를 칭송하는 사람들은 대개 괴츠의 실력행사 덕분에 분쟁에서 이
긴 쪽일 공산이 크다. 앞에서 언급한 대로 괴츠한테 약탈당한 상인들은
오히려 괴츠를 벌해달라고 황제에게 하소연했기 때문이다. 괴츠는 자신
의 실력행사가 언제나 '가까운 이웃'을 위한 것이었다고 확신한다. 적어
도 자신이 부와 권세를 탐해서 분쟁해결사로 나서지 않았다는 확신은 지
금까지 살펴본 그의 성품에 비추어볼 때 진실한 신념이라 할 수 있다. 그
런데 "감사하게도 내가 바라던 일은 모두 이루어졌지"라고 지나온 삶에
자족하는 대목에서 작가의 반어적 시각이 슬쩍 엿보인다. 그가 평생의 분
투 끝에 '용맹하고 의리있는 기사라는 이름'을 얻은 것은 분명하다. 더이
상 기사의 삶을 영위할 수 없고 지난 시절의 '평판'만 남아 있는 처지임에
도 자신이 바라던 일은 모두 이루어졌다고 하는 것은 발밑의 현실을 외면
하고 좋았던 옛 시절만 돌아보는 자기위안에 가까운 것이 사실이다.

괴츠의 자기위안과 달리 세상이 그의 뜻대로 되지 않는다는 것을 결정
적으로 확인시켜준 마지막 사건은 본의 아니게 농민반란에 휩쓸리게 된
일이다. 괴츠는 그의 성을 불사르고 가족을 몰살하겠다는 농민군의 협박

에 못 이겨 한시적으로 농민군의 대장을 맡게 된다. 이 과정에서 괴츠는 양민을 학살하거나 마을을 초토화하는 무자비한 만행은 자제한다는 등의 단서조항을 넣어 농민군과 계약을 체결하지만, 농민군의 과격파들은 괴츠의 요구를 묵살한 채 마을을 불사르고 양민을 학살하는 만행을 자행한다. 이에 격분한 괴츠는 농민군의 대열에서 이탈하여 도주하던 중 반란 진압군의 추격을 받아 집시들의 무리 속으로 도피한다. 한때 밤베르크 대주교를 두려움에 떨게 만들었던 불굴의 투사 괴츠가 뜨내기 집시들의 보호를 받는 처지로까지 영락한 것이다. 그러나 그는 결국 다시 체포당하는 신세가 된다.

여기서 한가지 주목할 것은 역사인물 괴츠가 농민전쟁에서 수행한 중요한 역할 하나가 작품에서 누락되었다는 사실이다. 역사인물 괴츠 역시 농민군의 강요에 못 이겨 잠시 농민군의 대장을 맡았고 또 농민군의 무자비한 폭력성을 순화하기 위해 노력한 것이 사실이다. 그런데 중요한 것은 괴츠가 농민전쟁 막바지인 1525년에 농민들의 요구를 수렴하여 '12개 조항 요구사항'을 작성하는 데 관여했다는 사실인데, 괴테의 희곡에서는 이 부분이 전혀 언급되지 않고 있다. 작품 구상 당시 괴츠의 행적과 시대사를 철저히 연구했던 괴테가 그런 역사적 사실을 몰랐을 리 없으며, 따라서 이 부분은 고의적인 누락이라고 볼 수밖에 없다. 농민군이 내세운 요구사항 중에는 농민을 농노로 부리는 인신노예제를 철폐하고 농민에게 자유인의 권리를 보장할 것, 농민에게 성직자 선출권을 부여할 것, 귀족이 독점하고 있는 산림의 공동사용권을 보장할 것 등 근대 민주주의의 기본 원리와 맥이 닿는 중요한 사항이 포함되어 있었다.[18] 따라서 이 부분을 작품에서 누락했다는 것은 농민반란의 역사적 정당성을 용인하지 않겠다는 작가의 정치적 입장이 개입한 결과라고 할 수 있다. 괴테는 평생 동안 일

---

18 Volker Press, 앞의 글 참조.

체의 폭력에 극심한 혐기반응을 보였고, 이 작품에서 농민군의 무자비한 폭력성이 섬뜩하게 묘사된 것도 그런 맥락으로 이해할 수 있다. 이와 관련하여 원래 초판본『괴츠』에는 귀족들의 폭정과 수탈이 농민반란의 빌미를 제공했다는 암시가 나오지만,[19] 개정판『괴츠』에서는 이 부분이 삭제되었다는 사실을 상기할 필요가 있다. 훗날 괴테는 '인간적 애착'보다는 '미적 신념'에 더 충실하게 초판본『괴츠』를 개작했다고 술회한 바 있다.[20] 이러한 언급은 뒤에서 살펴볼 작품의 대미에도 해당되지만 여기서도 적용된다. 농민들이 반란을 일으킬 정도로 극심한 핍박을 당했으니 그들에게 인간적으로 공감하기보다는 드라마 전개의 논리상 괴츠에게 합당한 운명을 보여주는 방식으로 개작했다는 말이기 때문이다. 괴츠에게 합당한 운명이란 정의의 기사 괴츠는 결코 포악한 농민군과 한패가 될 수 없다는 것이다. 역사인물 괴츠가 농민군과 연대했을 가능성을 보여주는 12개조 요구사항을 괴테가 작품에서 누락한 것은 그런 연대 가능성을 의식적으로 배제하려고 했기 때문이다. 다시 역사로 시야를 돌리면, 역사인물 괴츠는 농민전쟁 직전에 지킹엔이 주도한 기사의 난에 참전한 바 있었고 농민전쟁 당시 괴츠와 비슷한 처지에서 농민군에 가담한 기사들도 적지 않았다. 따라서 괴츠 개인을 넘어 그가 속한 기사계급의 역사적 향배와 결부지으면 괴테는 기사의 난과 농민반란을 아무런 연계성도 없는 별개의 사건으로 분리한 셈이다.[21]

　이처럼 극중인물 괴츠가 자신의 본의와 무관하게 한동안 농민군의 대

---

19 FA 4, 218면 이하.

20 괴테『시와 진실』, 738면 참조.

21 따라서 슈뢰더(J. Schröder)가 이 작품을 일컬어 '독일 문학에서 처음으로 시민계급 지식인과 민중의 정치적 유대 가능성을 보여주는 시도'라고 평한 것은 작품의 실상과는 거리가 있다. Jürgen Schröder, "Geschichte als Lebensraum: Goethes *Gottfried* und *Götz*," Bernd Hamacher u. Rüdiger Nutt-Kofoth 엮음, *Goethe: Lyrik und Drama: Neue Wege der Forschung*, Darmstadt 2007, 151면.

장 노릇을 한 사실은 농민반란이 그의 삶에서 통제 불능의 재앙으로 닥쳐왔음을 말해준다. 농민전쟁에 할애된 5막 첫 장면에서 온 세상이 화염과 피에 젖어 하늘까지도 핏빛으로 물들고 매일 밤 유성이 꼬리를 물고 나타나는 등 종말론적 분위기를 강하게 암시하는 것은 이제 한 시대의 종결과 더불어 괴츠의 운명도 막바지에 다다랐음을 시사하는 것이다. 그렇지만 한 시대의 종결은 새로운 시대의 시작이기도 하다. 농민전쟁의 참혹한 장면은 주교와 제후 세력에 의한 새로운 세상이 지옥의 화염과 피로 시작된다는 뜻으로 해석될 여지도 있다. 작품에서 주교와 영주 세력의 선봉장인 바이슬링엔이 농민반란을 진압한 후 수괴 메츨러를 산 채로 불태우고 수백명을 사지를 찢어 죽이는 등 잔혹하게 처형했다는 이야기는 그런 해석을 뒷받침해준다. 그런 점에서는 농민군의 폭력성보다는 진압세력의 잔혹함이 더 크게 부각된다. 농민군의 폭력성도 용인하지 못하지만 그들을 진압하는 제후세력의 잔혹함은 더더욱 용납할 수 없다는 뜻이므로 청년 괴테의 살아 있는 역사의식의 한 단면을 볼 수 있는 대목이다.

죽기 전에 마지막으로 회심하는 바이슬링엔의 선처로 괴츠는 처벌을 면하고 다시 자신의 성에 은거하며 여생을 보내게 된다.[22] 괴츠가 자연의 수명이 다하여 "나의 뿌리는 잘려지고 나의 힘은 무덤을 향해 가라앉고 있다"(388면)고 탄식하며 임종을 맞을 때 부인 엘리자베트는 수도원에 있는 아들을 불러 괴츠의 마지막 축복을 받게 하려고 하지만, 뜻밖에도 괴츠는 이를 제지하면서 이렇게 말한다.

괴츠: 내버려두오. 그 아이는 나보다 성스러운 신분이니 굳이 내가 축

---

22 역사인물 괴츠는 1526년 제국고등법원에서 농민군의 강압에 의해 대장을 맡았고 농민군의 만행을 누그러뜨리기 위해 노력한 사실을 소명하여 무죄 선고를 받았으나, 이에 불복한 주교와 영주들이 그를 체포하여 2년 동안 아우크스부르크의 감옥에 감금하였고, 괴츠는 은거 서약과 더불어 2만 5천 굴덴의 대속금을 내고서야 풀려났다.

복할 필요는 없소. 엘리자베트, 우리가 결혼식을 올리던 날에는 이런 죽음을 맞이하리라고는 꿈에도 생각 못했지. 나의 늙으신 아버님이 우리를 축복하면서 고귀하고 용감한 자손들을 갖기를 축원하셨지. 그런데 당신은 아버님의 뜻을 따르지 않았고, 이렇게 내가 마지막 자손이 되었구려. (…) 게오르크가 죽었구나. 그러면 괴츠 너도 죽어야지! 괴츠, 너는 명보다 오래 살았구나. 고귀한 사람들보다 더 오래 살았어. (388면)

작품의 첫머리에 어린 꼬마로 잠깐 등장한 아들 카를이 그사이에 장성하여 수도사가 되었다는 사실이 작품 마지막에서야 밝혀진다. 괴츠가 하나뿐인[23] 아들이 자신의 임종을 지켜보지 못하게 하는 것은 아들이 성직자의 길로 들어섰기 때문일 것이다. 아들은 그가 평생 동안 맞서 싸웠던 바로 그 집단의 일원이 된 것이다. 아들이 수도사가 되었다는 것은 이 부자가 후대에 어떻게 기억될 것인가 하는 문제와도 연결된다. 예컨대 정의의 기사를 자처하던 괴츠는 노년에 농민전쟁에 휩쓸려 포악한 반역배의 수괴가 되었고, 그런 아버지의 일생을 반면교사로 삼아서 아들은 아예 칼을 잡지 않는 성직자의 길을 택하여 평생 아버지의 죄를 속죄하며 살았다,라는 씨나리오가 성립되기 때문이다. 괴츠는 자신의 기사적 정통성을 부인하지 않고서는 성직자가 된 아들을 진정한 아들로 인정할 수 없었던 것이다.

그런 반면에 작품 초반에 괴츠의 시동으로 등장하여 그사이 — 괴츠의 표현을 빌리면 — '하늘 아래 가장 용감한 청년'으로 성장한 게오르크를 괴츠는 아들보다 더 끔찍이 생각한다. 게오르크가 장렬히 전사했다는 소식을 전해들은 괴츠가 자신을 향해 "너도 죽어야지!"라고 하는 것은 한창

---

23 실존인물 괴츠는 두명의 부인에게서 모두 열명의 자식을 얻었는데, 그중 일곱명이 아들이었다고 한다. 작품에서는 '마지막 기사' 괴츠의 운명을 부각하기 위해 외아들만 있다고 설정했다.

나이의 '아들'이 죽은 터라 아비된 도리로 더이상 살 이유가 없다는 말이다. 이렇듯 괴츠는 친자식보다 더 소중히 여긴 게오르크를 비롯하여 '고귀한 사람들'은 모두 죽었다고 한탄한다. 괴츠의 여동생 마리아와 결혼하여 매제가 된 지킹엔도 죽었고,[24] 괴츠가 평생 충성을 바친 막시밀리안 황제도 죽었기에 괴츠는 자신이 '명보다 오래 살았다'고 한탄하는 것이다. 엘리자베트가 괴츠에게 자서전을 쓰며 마음을 달래라고 한 것은 나중에 자손들이 용맹스러운 정의의 기사 괴츠를 자랑스러운 조상으로 기릴 수 있게 하자는 뜻이었다. 하지만 괴츠로서는 하나뿐인 아들이 수도사가 되었고 자신은 가문의 마지막 후손이 되었으니 결국 그의 일대기를 읽어줄 후손은 없는 셈이다. 괴츠는 가문의 마지막 아들일 뿐 아니라 역사에서 '마지막 기사'가 되는 것이다. 작품은 그런 맥락에서 비장하게 대미를 맺는다.

> **괴츠:** 거짓의 시대가 도래하고 거짓이 활개칠 것이다. 하찮은 인간들이 술수로 세상을 지배하고, 고귀한 자는 그들의 덫에 걸려들 것이다. (…) 훌륭한 황제도 돌아가셨다. 게다가 게오르크도. ── 물을 한모금 다오 ── 천상의 공기로구나 ── 자유를! 자유를! (죽는다)
>
> **엘리자베트:** 하늘나라, 하늘나라만이 당신의 안식처예요. 세상은 감옥이고요.
>
> **마리아:** 고귀한 분이시여! 고귀한 분이시여! 이 분을 내친 시대가 한스럽구나.
>
> **레르제:** 이 분을 몰라볼 후세가 한스럽구나.

---

[24] 지킹엔은 1522년 기사의 난을 일으켜 주교령이자 선제후국인 트리어 시를 점령했다가 이듬해에 제후 연합군이 포격에 살해된다. 지킹엔이 괴츠의 여동생과 결혼했다는 것은 역사적 사실과는 다른 극중 허구이다.

결국 괴츠가 추구해온 자유는 하늘나라에서나 가능하며, 그를 몰아낸 기만의 세력이 득세하여 활개치고 후세도 그의 뜻을 알아보지 못할 그런 세상은 감옥이 되는 것이다. 세상을 감옥으로 보고 하늘나라에서 자유를 얻는 이러한 결말은『젊은 베르터의 고뇌』에서 베르터가 자아실현을 가로막는 갑갑한 세상을 감옥으로 여기고 결국 천상에서 로테와 결합하기를 소망하며 자살을 택하는 구도와 상응한다. 그리고『괴츠』에서 신랄한 비판의 표적이 되는 궁정사회가 베르터에게 신분차별의 수모를 안겨주고 자살충동을 부추긴 바로 그 귀족사회와 연결되는 것도 엄연한 역사적 사실이다. 괴츠와 베르터 사이의 이러한 운명적 친화성은 괴츠가 갈구한 자유가 18세기 독일 시민계급의 자의식과 겹쳐져 있음을 시사한다. 괴테 당대의 청년 지식인들이『괴츠』에 몰입했던 것은 괴츠의 운명을 18세기 당대의 관점으로 받아들였다는 것을 말해준다. 괴테는 18세기 시민계급의 입장에서 괴츠의 시대를 조명했으며, 역사적 사건들의 충실한 복원보다는 괴츠라는 인물의 멘털리티에 관심을 집중한 것은 그런 문제의식이 작용한 결과라고 하겠다.

전통극 규범의 파괴와 시민계급의 관점

『괴츠』가 18세기 시민계급의 자의식이 강하게 투영된 작품이라는 사실은 작품의 형식적 파격에서도 확인된다. 연극적 취향의 일률적 규범이 허물어진 오늘날 관객의 눈으로 보면『괴츠』는 딱히 파격이라 하기 힘든 전통적 역사극이다. 그렇지만 괴테 당대의 관객 및 독자는 전통적인 드라마 규범을 완전히 파괴한 이 작품을 엄청난 충격으로 받아들였다. 이 작품에서는 무엇보다 전통 드라마의 불문율인 시간·장소·행위의 3통일 법칙이 완전히 무시되고 있는 것이다. 우선 시간의 측면에서 보면 괴츠의 생애에 대한 사전 지식 없이 작품을 읽으면 불과 몇년 동안에 벌어진 사건을 접하는 듯한 느낌을 받는다. 괴츠의 생애에서 무운이 결정적으로 기우는 몰락의 국면에 초점을 맞추고 있어서 더욱 그런 느낌이 강하게 든다. 하지만 역사인물 괴츠의 생애와 대조해보면 극중 사건들은 50년의 장구한 세월에 걸쳐 있음이 드러난다. 역사인물 괴츠가 밤베르크 대주교와 화의를 맺은 것은 1512년이고, 작품은 그 직후의 상황에서 시작되므로 1562년 괴츠가 82세로 생을 마감하기까지는 50년이라는 세월이 있는 것이다. 서사시나 소설도 아닌 드라마에서 한 인간의 50년 생애를 다룬다는 것은 괴테 당대에는 전례가 없는 무모한 일이었다. 지나간 사건들을 회상으로 재현할 수 있는 소설과 달리 드라마에서는 그때그때 상황을 현재진행형으로 보여주어야 한다. 따라서 이렇게 장구한 세월을 극중 시간대로 설정한다는 것은 극작술에도 적지 않은 난관을 초래하기 마련이다. 결국 50년 동안에 벌어진 사건들 가운데 핵심적인 것들을 발췌하여 보여줄 수밖에 없고, 그렇게 되면 막과 막, 장과 장 사이의 시차가 크게 벌어져서 비약과 단절이 생길 수밖에 없게 된다.

이러한 난관을 괴테는 아예 장소의 통일성을 허무는 방식으로 해결하였다. 장면을 자주 바꾸어줌으로써 시간적 단절을 메우고자 했던 것이다. 그리하여 『괴츠』는 무려 56개의 장면으로 구성되어 있는데, 그리 길지 않은 분량의 5막극에서 56번이나 장면이 바뀐다는 것은 다시 심각한 문제를 야기한다. 장면이 너무 자주 바뀌므로 행위(Handlung, 드라마에서 극적 사건의 전개와 플롯)의 통일성을 기대할 수 없게 된 것이다. 역사인물 괴츠의 생애를 잘 알지 못하는 독자의 입장에서는 이처럼 토막토막 분절된 시공간에 흩어져 있는 사건들을 퍼즐 맞추듯이 이리저리 꿰어서 읽어야 한다는 어려움이 따른다. 더 근본적인 문제는 원작 그대로는 무대공연이 거의 불가능하다는 사실이다. 원작에 충실한 공연을 무대에 올리려면 56번이나 무대배경을 바꾸어야 하기 때문이다. 따라서 무대공연을 위해서는 장면들을 합치거나 생략하는 등 대폭의 각색이 불가피해지기에 원작은 훼손 될 수밖에 없다.

이처럼 파격적인 형식에도 불구하고 당대 관객들이 이 작품에 깊이 몰 입할 수 있었던 까닭은 그런 파격이 일체의 외적 구속을 거부하는 괴츠의 성격 및 운명과 상응하기 때문이다. 다시 말해 괴츠의 운명을 집중적으 로 보여주려고 시간과 공간을 신축자재하게 재구성했던 것이다. 단적인 예로 작품에서는 막시밀리안 황제의 서거 직후 괴츠가 죽는 것으로 설정 되어 있지만, 실제로 황제가 서거한 해는 1519년으로 괴츠의 사망시점인 1562년과는 무려 43년의 차이가 난다. 황제와 평생 황제에 충성을 바친 괴 츠 사이의 운명적 일체감을 강조하기 위해 거의 동시에 죽는 것으로 설정 한 것이다. 또한 게오르크가 작품 초반에는 십대 청소년으로 등장하는데, 앞서 언급했듯이 작품 말미까지 50년이 경과한다면 그는 이미 환갑이 넘 게 된다. 그럼에도 임종 장면에서 괴츠는 게오르크를 가리켜 '하늘 아래 가장 용감한 청년'이라고 한다.

괴테는 자신이 무모할 정도로 형식규범을 파기했다는 것을 명확하게 자각하고 있었다. 이 작품의 개정작업을 하던 무렵에 쓴 「셰익스피어 기 념일에 부쳐」(1772)라는 글에서 괴테는 이렇게 말하고 있다.

나는 규칙에 얽매인 연극을 포기해야만 한다는 생각을 단 한순간도 의심해본 적이 없다. 내가 보기에 장소의 통일은 감옥처럼 갑갑하고, 행 위와 시간의 통일은 우리의 상상력을 옥죄는 사슬과 같다. 나는 자유로 운 대기 속으로 도약했고, 그러자 난생처음 나에게 팔다리가 있다는 걸 실감하게 되었다. 규칙을 섬기는 나리들이 그동안 얼마나 부당하게 나 에게 멍에를 씌웠으며 얼마나 많은 자유로운 영혼들이 그런 규칙들에 갇혀서 불구가 되었는가를 똑똑히 깨달은 지금 나는 그 나리들에게 자 력구제 투쟁을 선포하고 날마다 그들의 성을 쳐부수지 않는다면 가슴이 미어

터질 것만 같다.[25]

  감옥의 사슬처럼 갑갑한 규칙들을 강요하는 '나리들'에게 '자력구제' 투쟁을 선포하고 그들의 '성'을 쳐부수어야 한다는 표현에서 보듯이 전통적인 드라마 규범의 파기는 바로 제후들에 맞서 싸우는 괴츠의 투쟁과 같은 맥락에서 나온 것이다. 연극사적으로 보면 이러한 규범 파괴는 고대 그리스의 드라마 규범을 그대로 답습한 프랑스의 (라신, 몰리에르 등의) 의(擬)고전주의에 대한 공격을 뜻한다. 당시 독일 연극계에서 프랑스 의고전주의 연극은 곧 '고급' 취향의 연극을 대표하는 것이었고, 그런 고급 취향의 관객층은 다름 아닌 귀족과 제후들이었다. 그렇게 보면 일체의 규범을 파괴한 괴테의 연극 혁명은 왕후장상의 고급연극 취향을 파괴하는 행위였으며, 뷔르거가 '일체의 규범을 짓밟는' 규범 파괴에 환호한 이유도 바로 여기에 있다. 괴테는 훗날 『괴츠』를 자평하며 '현대적인'(modern) 작품이라 했는데,[26] 상류층 관객의 고급 취향을 해체하는 시민적 자의식은 그 현대성의 핵심요건이라 할 수 있다. 실제로 시민층 관객들이 이 작품에 열광한 반면에 고위 귀족층은 경악했다는 사실은 그 점을 입증하고 있다. 예컨대 프랑스어로만 글을 쓸 정도로 프랑스 마니아로 유명했던 프로이센의 프리드리히 2세는 『괴츠』를 읽고 '몰취미하고 고약한 작품'이라고 혹평하기도 했다.[27] 이에 대해 뫼저는 이 작품이 궁정 사람들에게는 '목에 걸려서 넘어가지 않는 과일' 같을 거라고 꼬집었거니와, 프랑스풍에 길들여진 궁정사회의 취향으로는 도저히 소화할 수 없는 작품이었던 것이다.

  무엇보다 전통 드라마에서라면 고귀한 영웅으로 등장해야 할 황제가

---

25 Goethe, "Zum Shakespears Tag," HA 12, 225면. 강조는 인용자.
26 괴테 『시와 진실』, 937면 참조.
27 FA 4, 784면.

제후들의 우스꽝스러운 노리개로 격하되고, 제후들의 궁정사회를 뿌리까지 썩은 집단으로 가차없이 파헤친 것이야말로 고귀한 신분을 영웅적 주인공으로 받드는 전통극의 규범을 완전히 뒤집어놓은 것이다. 그렇다면 그들에 맞서는 괴츠는 전통적 의미에서 영웅적 주인공인가? 어떤 역경에도 맞서서 자유의 이상을 추구한다는 점에서 괴츠는 영웅적이다. 그렇지만 그의 좌절과 파멸은 전통비극의 영웅이 맞이하는 그것과는 사뭇 다르다. 이 문제는 『괴츠』의 장르적 성격과 직결되는데, 앞에서 살펴본 괴츠의 비장한 최후는 이 작품을 비극처럼 읽게 만들 소지가 다분하다. 가령 헤겔(Hegel)이 『미학』에서 다음과 같이 서술할 때 괴츠는 전통적인 비극의 주인공처럼 해석된다.

괴츠와 지킹엔의 시대는 귀족으로서 인격적 독립성을 유지하던 기사 계급이 새로운 객관적 질서와 법률에 의해 몰락을 맞이하는 흥미진진한 시대이다. 중세 영웅시대와 근대적 법질서가 구축되는 시대의 이러한 충돌과 갈등을 처음으로 주제화한 것이야말로 괴테의 대범한 감각을 말해준다.[28]

괴츠가 비극의 주인공이 된다는 말은 자유를 향한 그의 불굴의 투쟁이 영웅적 숭고함으로 기려진다는 뜻이며, 헤겔이 '중세 영웅시대'라는 표현을 쓴 것은 그런 맥락에서이다. 괴츠가 그러한 영웅시대의 대표자라면 그는 비극의 주인공이 되는 것이 맞다. 그러나 괴테는 『괴츠』가 비극이 아니라 '샤우슈필'(Schauspiel, 넓은 의미로는 연극을 뜻하지만 하위 장르로서 희극과 비극의 요소가 뒤섞인 중간 형식)이라고 그 장르적 성격을 분명히 명시하고 있다. 샤우슈필은 우선 발생적 배경으로 보면 무용극이나 음악극과 달리 '언어

---

28 Hegel, *Ästhetik*, Bd. I, Berlin/Weimar 1955, 195면.

극'이라는 특성을 갖는다.[29] 그렇지만 드라마는 대개 대사를 통해 스토리가 전개되므로 음악극이나 무용극과 구별되는 넓은 뜻의 언어극으로 샤우슈필을 정의하는 것은 별 의미가 없다. 따라서 샤우슈필을 좁은 뜻의 언어극으로 보면 등장인물의 행동보다는 대사가 승한 장르라고 유추할 수 있다. 그렇게 보면 작품은 괴츠의 전성기 시절의 영웅적 투쟁을 재현하는 것이 아니라 몰락기의 추락상을 주로 보여주며, 힘을 상실한 괴츠의 이상을 웅변 조로 설파하는 측면이 강하다는 사실은 그런 장르적 특성에 상응한다.

샤우슈필의 또 한가지 중요한 특징은 여러 하위 장르의 요소가 뒤섞인 혼성 장르라는 것이다. 다시 말해 비극의 요소, 희극의 요소, 소극(笑劇)의 요소, 멜로드라마의 요소 등이 다양하게 조합될 수 있다는 것이다. 예컨대 괴츠의 운명이 비극적인 경향으로 기운다면, 괴츠가 숭고한 상념에 빠질 때마다 그에게 발밑의 현실을 환기시켜주는 게오르크는 괴츠의 숭고한 상념에서 김을 빼는 희극적 역할을 수행한다. 그리고 리베트라우트(Liebetraut)라는 궁정귀족이 '독일 귀족이 근면하다니 금시초문일세'라고 자기가 속해 있는 귀족계급의 허상을 폭로할 때는 우스꽝스러운 소극적 효과가 발휘된다. 또한 음모가이면서도 우유부단한 성격의 바이슬링엔이 감상적 애상에 빠질 때면 멜로드라마적 분위기를 자아내기도 한다. 이 모든 이질적 요소들이 괴츠의 운명을 규정하는 배경으로 설정되기 때문에 결과적으로 괴츠는 비극의 주인공이 될 수 없는 것이다.

헤겔이 괴츠를 영웅시대의 인물이라 했지만 엄밀히 말하면 괴츠는 더 이상 영웅이 불가능한 시대에 영웅적 이상을 꿈꾼 인물일 뿐이다. 괴테는 괴츠가 추구하는 자유의 이상에 깊이 공감하면서도 그것을 가로막는 착

---

29 Jan-Dirk Müller 엮음, *Reallexikon der deutschen Literaturwissenschaft* 3(Stuttgart 1997)에 수록된 샤우슈필(Schauspiel) 항목에 대한 설명 참조.

잡한 역사현실의 실상을 객관적으로 조명하기 위해 괴츠의 이상주의를 현실주의자의 눈으로 바라보고 있다. 18세기 시민계급 관객의 입장에서 보면 괴츠를 비극의 영웅으로 이상화할수록 그런 괴츠의 운명은 시민적 일상의 세계에서 더 멀어질 수밖에 없을 것이다. 『괴츠』가 '독일제국처럼 광대하고 불규칙한 작품'이요 '개성과 힘이 넘치는 작품'이라는 헤르더의 말은 이 작품이 슈투름 운트 드랑의 대표작임을 올바르게 통찰한 평가이다.[30] 하지만 그렇다고 해서 괴츠를 '넘치는 개성과 힘'을 마음껏 펼친 인물로 이상화하지 않고 그가 좌절할 수밖에 없었던 현실적 제약을 객관적으로 보여준 괴테의 현실감각도 간과해서는 안될 것이다. 이 작품을 통해 드러난 슈투름 운트 드랑은 결국 18세기 후반 독일 사회에서 자유를 향한 시민계급의 뜨거운 갈망과 현실적 무기력을 동시에 보여주는 것이라 하겠다.

---

30 FA 4, 770면.

자유의 찬가 『에흐몬트』

역사적 인물 에흐몬트와 괴테의 각색

『에흐몬트』(*Egmont*, 1787)는 『괴츠 폰 베를리힝엔』(1773)과 나란히 괴테의 대표적인 역사극이다. 괴츠가 종교개혁과 농민전쟁 시대의 풍운아라면 에흐몬트는 네덜란드 민족 수난사에서 희생된 비운의 주인공이다. 괴츠를 가리켜 "열국의 역사에서 전환점이 되는 의미심장한 한 시대의 상징"[1]이라고 했던 괴테는 네덜란드 역사에서 괴츠에 버금가는 인물로 에흐몬트에 주목하게 되었다고 밝힌 바 있다. 괴테가 에흐몬트를 세계사적 전환기의 중심에 있는 인물로 파악한 배경을 이해하기 위해서는 우선 역사적 인물 에흐몬트에 대해 살펴볼 필요가 있다.

에흐몬트(1522~68) 백작은 네덜란드의 유서 깊은 귀족 가문에서 태어나 어린 시절 카를 5세 황제의 궁전에서 시동으로 성장했다. 19세의 나이에 알제리 원정에 출정하여 무공을 세웠고 독일 접경지대의 분쟁을 해결해

---

1 괴테 『시와 진실』, 전영애·최민숙 옮김, 민음사 2009, 1016면.

그 공로를 인정받아서 1546년 카를 5세에 의해 금양모피 기사단(Orden vom Goldenen Vlies)으로 임명되었다. 작품에서도 언급되지만 금양모피 기사단에 속하는 귀족은 잘못을 범할 경우에도 오로지 기사단 구성원들의 판단에 의해서만 시비를 가리도록 되어 있었다. 마치 괴츠가 황제의 특명으로 자력구제 권한을 행사했듯이, 금양모피 기사단의 구성원 역시 자율적 전권을 부여받아 최고위 귀족의 영예와 특권을 누렸다고 할 수 있다. 실제로 에흐몬트는 1554년 카를 5세의 왕세자 펠리페 2세와 영국의 메리 튜더 왕녀 사이의 혼인 확약에 서명하는 사절단의 대표로 영국에 파견되었을 만큼 황제의 신임이 두터웠다. 카를 5세가 펠리페 2세에게 왕위를 물려준 다음에도 에흐몬트는 프랑스와의 분쟁으로 인해 벌어진 두차례의 전투(1557, 1558)를 승리로 이끌었다. 1559년 펠리페 2세가 브뤼셀의 궁성을 떠나 스페인으로 돌아가자 네덜란드 국민들에게 추앙받던 에흐몬트 백작과 그에 못지않게 명망을 누리던 오라닌(Oranien) 공작은 왕권을 대리하는 섭정(Regentschaft)의 자리를 물려받을 것이라 기대했다. 그러나 펠리페 2세는 그런 기대를 저버리고 자신의 의붓누이 마르가레테 폰 파르마(Margarete von Parma)를 섭정으로 임명한다. 그리고 에흐몬트를 그가 평정한 프랑스 지역인 플랑드르와 아르뚜아의 태수(Statthalter)로 책봉한다. 부왕 카를 5세에게 충성을 바쳤던 에흐몬트는 펠리페 2세에게도 충직했기 때문에 이러한 권력이양 과정 자체는 갈등의 직접적인 요인이 안되었다.

문제는 네덜란드의 자치권을 존중했던 부왕 카를 5세와 달리 펠리페 2세가 네덜란드인들에게 강압적인 철권통치를 휘둘렀다는 것이다. 펠리페 2세가 강압통치의 수단으로 삼은 것은 종교재판이었다. 왕권과 정통 가톨릭의 교권을 동일시했던 펠리페 2세는 개신교 신앙을 왕권에 대한 도전이자 이단으로 간주하여 개신교 선교사들을 참수형에 처하는 등 엄혹하게 탄압하였다. 작품에서도 묘사되지만 당시 일반 평민들 사이에서는 깔뱅파의 개신교가 큰 호응을 얻고 있었고, 루터파 역시 대도시의 부유한 시민계급과 상류층에서 추종자가 있었다. 그리하여 펠리페 2세의 가혹한 개신교 탄압은 네덜란드인들에게 큰 반발을 불러일으켜 1566년에는 네덜란드 도처에서 가톨릭 성당의 성물을 파괴하고 방화를 하는 이른바 성상 파괴 소요사태가 발발했고, 급기야는 안트베르펜 대성당에서도 그런 사태가 벌어진다. 그러자 에흐몬트를 비롯한 네덜란드 귀족들은 섭정과 단합하여 소요사태를 무력으로 진압하고 사태를 수습한다. 네덜란드인들의 안위를 위하면서도 동시에 펠리페 2세에 충성해야 하고, 펠리페 2세의 가혹한 강압정책에는 반대하지만 그에 맞서는 네덜란드인들의 폭력적 항거 앞에서는 펠리페 2세에 대한 충성을 선택할 수밖에 없었던 것이 역사적 인물 에흐몬트에게 부과된 딜레마였다.

한편 네덜란드인들의 강력한 저항을 경험한 마르가레테 섭정은 시위 가담자들을 사면하고 종교재판을 없애며 부분적으로 신앙의 자유를 허용하는 등의 조치를 취하겠노라고 신분대표자회의(Geusenbund, 귀족·성직자·평민대표로 구성되었던 프랑스혁명 이전의 '삼부회의'에 해당됨) 지도자들에게 약속한다. 그러나 펠리페 2세는 그러한 유화책을 묵살하고 소요의 가능성을 아예 근절하려는 일념으로 극단적인 강경책을 펴는데, 충복 알바(Alba) 공작에게 역모 혐의가 있는 귀족들을 사형 판결할 수 있는 전권을 위임하여 무장병력과 함께 파견한다. 스페인 궁정에 밀정을 심어두었던 오라닌은 사태를 간파하고 에흐몬트를 비롯한 고위 귀족들에게 도피를 권유하지만, 에흐몬트는 펠리페 2세의 신임을 철석같이 믿고 끝까지 남아 있다가 결국 알바의 함정에 걸려들어 호른(Horn) 백작과 함께 체포된다. 에흐몬트가 도피할 수 없었던 또다른 중요한 이유는 팔츠 선제후 프리드리히 3세의 여동생과 결혼하여 슬하에 열한명의 자녀를 둔 까닭에, 대가족을 이끌고 망명생활을 감당할 경제적 형편이 아되었기 때문이라고 한다. 결국 에흐몬트는 체포된 이듬해인 1568년 브뤼셀의 광장에서 호른과 함께 참수를 당한다. 그러나 에흐몬트와 호른의 처형은 펠리페 2세의 의도와는 정반대로 네덜란드인들의 거센 저항을 불러일으켰고, 결국 알바는 그 기세에 눌려 1573년 스페인으로 물러간다. 1579년 네덜란드 북부의 주들은 위트레흐트 동맹을 결성하고 1581년 스페인으로부터의 독립을 선언하며, 그후 30년전쟁이 끝난 1648년 네덜란드 합중국은 독립국의 주권을 인정받는다. 그렇지만 여전히 가톨릭을 고수하던 남부 네덜란드(오늘날의 벨기에)는 계속 스페인의 속국으로 남아 있다가 스페인 왕위계승전쟁의 결과 1714년 오스트리아에 합병되며, 괴테가 『에흐몬트』를 탈고하던 1787년 시점까지도 여전히 그런 상태를 유지하고 있었다.[2]

이런 역사적 사실을 소상히 파악하고 있던 괴테가 『에흐몬트』를 구상해 집필에 착수한 시점은 1775년으로 소급된다. 1775년 말 아우구스트 공의 부름을 받아 바이마르로 간 괴테는 바이마르에서 십여년 동안 정치활동을 한 후 1786년 1차 이딸리아 여행을 떠나며, 이딸리아 체류 중에 『에흐몬트』를 탈고한다. 문학사의 맥락에서 보면 슈투름 운트 드랑 시기에 쓰기 시작한 작품이 고전기에 접어들어 완성된 셈이다. 괴테의 작품들이 대부분 오랜 기간에 걸쳐 집필과 퇴고의 과정을 거치고 초고와 수정본 및 최종본이 온전히 보존되어 퇴고과정을 확인할 수 있는 것과는 달리 『에흐몬트』는 최종본의 형태로만 남아 있기 때문에 퇴고과정을 확인할 길이 없다. 그렇긴 하지만 슈투름 운트 드랑 시기의 문제의식이 어느정도 흔적으로 남아 있을 거라는 짐작은 할 수 있다. 예컨대 슈투름 운트 드랑 시기의 산물인 『괴츠 폰 베를리힝엔』이 주인공 괴츠의 무운이 쇠락한 시기의 모습을 극적 행위의 중심으로 설정한 것과 유사하게 『에흐몬트』에서도 수차례의 대전투를 승리로 이끈 에흐몬트의 영웅적 활약상이 인구에 회자

---

2 이상의 역사적 사실에 대해서는 Hans Wagener, *Erläuterungen und Dokumente: Egmont*, Stuttgart 1974, 36~42면 참조.

되는 후일담의 형태로만 언급될 뿐이다. 그리고 극적 사건보다는 인간 에흐몬트의 내면과 외부세계 사이의 갈등이 더 부각된다. 『에흐몬트』에 대한 최초의 본격적인 비평을 남긴 쉴러가 적절히 지적한 대로 이 작품의 극적 통일성은 아리스토텔레스(Aristoteles)의 『시학』 규범을 따른 종전의 비극과는 달리 극적 '행위'나 '상황' 혹은 '정열'에 의해 담보되는 것이 아니라 '인간' 에흐몬트의 '성격'에 의해 담보된다.[3] 아울러 극적 행위의 직접적인 재현보다는 등장인물들의 대사가 '이야기' 형태를 띠면서 서사적 요소가 가미되는 점 역시 쉴러가 통찰한 근대적 비극 『에흐몬트』의 새로운 측면이다.

　이렇듯 '인간' 에흐몬트의 면모를 극의 중심으로 설정한 것과 맞물려 괴테가 역사적 인물 에흐몬트의 가족관계를 탈바꿈시킨 것도 유의할 필요가 있다. 이미 언급한 대로 역사적 인물 에흐몬트는 열한명의 자녀를 거느린 대가족의 가장이었지만 괴테의 작품에서 에흐몬트는 결혼을 하지 않은 독신의 청년으로 등장한다. 역사학자로서 네덜란드 독립운동사를 저술했을 만큼 네덜란드 역사에 정통했던 쉴러의 고증에 따르면 에흐몬트는 오라닌의 경고를 통해 닥쳐올 신변의 위협을 충분히 인지하고 있었다. 그럼에도 에흐몬트가 오라닌의 권유대로 피신하지 못하고 브뤼셀에 남아 있을 수밖에 없었던 가장 중요한 이유는 대가족을 이끌고 망명생활을 감당할 재정적 여력이 없었기 때문이다. 그로서는 펠리페 2세의 전권을 위임받은 알바의 접견 요청을 거부하는 것은 곧 왕명을 어기는 것이 되고, 따라서 피신할 경우 플랑드르와 아르뚜아 지역의 태수직을 박탈당하여 영지에서 거두어들이는 수입이 없어질 것이기 때문에 귀족의 위신에 걸맞은 생활을 도저히 영위할 수 없게 되는 것이다. 쉴러의 설명에 따르면 에흐몬트는 그러지 않아도 호사스러운 생활로 심각한 재정난에 빠

<hr />

3 Hans Wagener, 앞의 책 100면 이하 참조.

져 있었으며, 펠리페 2세에게 끝까지 충성할 수밖에 없었던 것도 재정난 타개를 위해 태수직을 보증해주는 왕의 비호가 절실히 필요했기 때문이라고 한다. 쉴러는 만약 괴테가 이러한 역사적 사실에 충실했더라면 에흐몬트가 식솔들에 대한 애틋한 사랑 때문에 끝내 희생을 감수할 수밖에 없었다라는 내용으로 비극적 효과를 거둘 수 있었을 거라고 하면서, 역사적 사실의 왜곡이 결국 극적 효과를 반감시키는 결과를 초래했다고 비판한다. 괴테의 작품에서 에흐몬트는 가족이 없는 대신 빈한한 평민 집안의 처녀 클레르헨(Klärchen)의 연인으로 등장하는데, 이러한 허구적 각색 역시 쉴러에 의해 비판의 표적이 된다. 쉴러가 보기에 에흐몬트는 클레르헨을 위해 '밤을 지새우지도 않는 평범한 애인'일 뿐이며, 공인으로서 헤어날 길이 없는 시름을 달래기 위해 클레르헨을 연인으로 삼았다가 결국엔 이 '착한 여성'을 파멸시키는 결과를 초래하는데, 그런 면으로 인해 극적 효과는 반감된다는 것이다.

네덜란드 백성의 추앙을 받는 최고위 귀족과 평범한 시민가정의 처녀 사이의 사랑이 철저한 신분제 사회였던 16세기에는 말할 것도 없고 여전히 엄격한 신분제 사회였던 18세기 후반의 독일 사회에서도 과연 있을 법한 일인지 역사적 개연성을 따지면 쉴러의 지적은 온당한 역사의식에 근거한 것으로 충분히 설득력이 있다. 그렇지만 평민과 귀족의 사랑 혹은 '어울리지 않는 결혼'(Mißheirat)은 『빌헬름 마이스터의 수업시대』에서도 핵심적인 주제의 하나로 부각되는 만큼 그러한 각색의 의도가 무엇인지는 작품분석을 통해 따져볼 필요가 있다. 괴테 자신도 '어울리지 않는 결혼'으로 가정을 꾸렸기에 평민과 귀족 간의 사랑이 괴테에겐 결코 생소한 문제가 아니었음을 상기할 필요가 있다. 1788년 이딸리아에서 돌아온 괴테는 모자 제조공 출신의 하층민 여성 불피우스(Vulpius)와 동거생활을 시작하면서 평생의 반려자로 삼는다. 그러나 바이마르 궁정사회에서는 그런 '어울리지 않는 결혼'은 용인될 수 없는 스캔들이었기에 불피우스와의 사이에 네명의 자녀를 두었으면서도 제때 혼례식을 올릴 수 없었고, 인생의 황혼기에 접어든 1806년 57세에 비로소 조촐한 혼례식을 올린다. 그런 사실을 상기하면 『에흐몬트』에서 에흐몬트와 클레르헨의 관계는 괴테 자신의 기구한 개인사와 직결되어 있으며 당대적 맥락에서 재조명될 필요가 있다.

다른 한편 괴테가 십여년 동안 바이마르에 머물면서 수행했던 정치활동의 경험이 어떤 형태로든 작품에 투영되었을 거라는 짐작도 가능하다. 더구나 괴테 자신은 예상하지 못했겠지만 프랑스대혁명 직전에 작품이 탈고되었다는 사실은 『에흐몬트』를 단지 과거사의 재현만이 아닌 당대의 역사극으로 이해하는 데 중요한 단서가 된다. 특히 괴테가 이딸리아에서 작품을 탈고하던 1787년에 오스트리아령 네덜란드에서 오스트리아의 강권통치에 항거하는 소요사태가 일어났고 괴테가 그 사건을 의미심장한 시대적 징후로 인지했다는 사실은 『에흐몬트』가 단지 에흐몬트가 살았던 시대에 종결되는 역사적 사건만을 다룬 것이 아니라 현재진행형의 역사와 맞물려 있음을 강하게 시사한다. 소요사태가 발발한 이듬해인 1788년에 오스트리아 황제 요제프 2세는 네덜란드의 자치권을 인정한다는 종전의 서약을 철회하였고, 그러한 강경선회는 다시 네덜란드인들의 강력한 저항을 유발하여 결국 1789년에 오스트리아 군대가 네덜란드에서 철수하기에 이른다. 작품분석을 통해 살펴보겠지만 이러한 일련의 시대적 변화는 『에흐몬트』의 동시대적 맥락을 이해하는 데 중요한 단서가 된다. 본고에서는 괴테 당대의 역사적 맥락에서 『에흐몬트』가 어떤 의미를 가지는지 분석하고자 한다.

평민들의 현실인식

작품은 브뤼셀의 거리에서 병사들과 시민들이 어울려 노(弩) 쏘기 시합을 하는 장면으로 시작된다. 네덜란드인으로 에흐몬트 휘하의 병사로 있던 바윅(Buyck)이 시합에서 우승하면서 참석자 전원에게 술을 사겠다고 나서는데, 사람들이 그것은 브뤼셀 시민들의 습속에서 벗어나는 것이라고 만류하자 바윅은 "왕은 백성들을 먹여 살리는 법이오. 그러니 계산은 사격왕이 할 테니 술을 가져오시오"라고 하면서 "나는 사격왕이고 외지인이오. 그러니 여러분의 법과 전통을 따르지 않겠소"라며 고집을 꺾지 않는다. 그러자 브뤼셀 사람들은 '스페인 사람들도 건드리지 못한' 습속을 깨뜨린 바윅을 흔쾌히 '사격왕 폐하'로 받들며 건배를 한다.

작품의 서막을 여는 이 짧은 에피소드는 브뤼셀 사람들이 네덜란드 사람의 고유한 습속을 존중하듯이 네덜란드 전역의 법과 전통을 지키는 것은 네덜란드인들의 자긍심이요, 백성들의 그러한 자긍심을 북돋우는 것은 곧 백성을 위하는 왕의 덕목임을 일깨운다. 더구나 무명의 외지인 병사에게 브뤼셀 사람들이 '폐하'라는 극존칭을 붙이는 것은 군주는 백성 위에 군림하는 존재가 아니라 백성들과 이웃처럼 허물없이 어울릴 수 있어야 한다는 민심을 압축해서 보여준다. 브뤼셀 사람들은 펠리페 2세의 부왕 카를 5세를 그런 성군(聖君)으로 기억하고 있다.

라위쉼(Ruysum): 주여, 그분을 위로하소서! 대단한 분이셨지! 온 세상을 다스리셨으며 무엇이든 다 하실 수 있으셨지. 그렇지만 자네들을 만나면 이웃이 이웃에게 대하듯 인사하셨고, 그렇게 인사를 받은 사람이 놀라서 당황하면 아주 친근한 태도로 대해주셨지. 자네들 무슨 말인지 알아듣겠나? 그분은 수행원을 거의 대동하지 않고 생각나는 대로 걸어서 혹은 말을 타고 외출하곤 하셨지. 이곳의 통치권을 왕자님께 양위하셨을 때 우리 모두 울지 않았던가. (38면)[4]

온 세상을 다스리는 절대군주이면서도 백성들 한사람 한사람을 '이웃'처럼 '친근한 태도'로 대했다는 카를 5세에 대한 이러한 회상은 좋았던 옛 시절에 대한 향수일 수도 있지만 18세기 당대의 맥락에서 보면 진정으로 백성을 위하는 계몽 군주를 염원하는 것이기도 하다. 그렇지만 카를 5세의 뒤를 이은 펠리페 2세는 그러한 군주의 상과는 거리가 멀며, 네덜란드인들을 '멸시'하고 '억압'하는 폭군으로 각인되어 있다.

수스트(Soest): 그분은 우리 네덜란드 사람들을 위한 통치자가 아니오. 우리의 영주들은 우리들처럼 즐거워해야 하고 함께 어울려 살아야 하오. 우리가 비록 마음씨 좋은 바보들일망정 멸시당하거나 억압당하고 싶지는 않소. (…) 그분의 가슴은 백성을 향해 있지 않으며 그분은 우리를 사랑하지 않으십니다. 그런데 어떻게 우리가 그분을 사랑할 수 있겠습니까? (같은 곳)

백성을 향해 마음을 열고 이웃처럼 사랑할 때만 군주는 백성의 사랑을 받을 수 있다는 이러한 생각은 백성과 군주의 관계를 일방적인 주종관계가 아니라 쌍무적인 계약관계로 본다는 점에서 18세기 당대의 맥락에서는 매우 급진적인 발상이라고 할 수 있다. 그런 반면 평민들 사이에서 루터파와 깔뱅파 개신교 신앙이 급속히 퍼져가는 사태를 이단시하며 무자비한 탄압을 자행하는 펠리페 2세는 군주에 대한 무조건적 충성과 신에

---

4 작품 인용은 윤도중 옮김 『괴테 고전주의 대표희곡선집』(집문당 1996)을 따르며 괄호 안에 면수만 표기하되, 번역은 필자가 부분적으로 수정하였다.

대한 복종을 동일시한다는 점에서 앙시앵 레짐의 구태의연한 왕권신수설을 신봉하고 있는 인물이라고 할 수 있다. 개신교 선교사가 참수형을 당하고 찬송가를 따라 부르거나 설교를 듣기만 해도 '반란자로 낙인찍혀 목숨을 잃을 위험'에 처할 정도로 마녀사냥을 떠올리게 하는 그의 무자비한 탄압은 중세 암흑기로 되돌아가는 듯한 시대착오의 극단을 보여준다. 물론 신앙의 옳고 그름은 겉으로 내세우는 명분일 뿐이고 네덜란드에 대한 통제를 강화하려는 것이 탄압의 실질적인 목적이라는 것은 누구보다 평민들 자신이 잘 꿰뚫어보고 있다.

예터르(Jetter): 우리나라에 새 주교 자리가 14개나 생긴 책임은 섭정님에게도 있어요. 대체 그 주교들이 무슨 소용이 있습니까? 이전 같으면 주교좌성당 참사회에서 수도원 원장들이 선출되었는데, 그 좋은 자리에 이방인들을 밀어넣을 수 있기 때문에 그런 게 아니겠어요? 그런데도 우리에게는 종교를 위해서 그런 거라고 믿으라 합니다. (40면)

교구의 요직에 스페인 사람들을 앉힘으로써 네덜란드에 대한 지배를 강화하는 정치적 수단으로 교회가 동원되고 있는 것이다. 따라서 네덜란드인들의 입장에서 보면 스페인 조정이 이단시하는 개신교 신앙은 행동의 자유가 억압된 질곡의 상황에서 '양심'과 '생각'의 자유를 표출할 수 있는 마지막 출구가 된다. "이전에는 양심에 대한 탄압은 없었는데! 내가 원하는 대로 행동해서는 안되니 원하는 대로 생각하고 노래나 부르도록 놓아두면 좋을 텐데"(41면)라는 하소연은 그런 맥락에서 이해될 수 있다. 이는 구교와 신교에 대해 상반된 인식을 가진 일반 평민들이 신교를 계몽과 해방의 메시지로 받아들이고 있음을 보여준다.

수스트: 나는 최근에 한 선교사가 들판에서 수많은 군중 앞에서 설교

하는 것을 들은 적이 있어요. 우리나라의 신부들이 설교단에서 지껄이며 라틴어 나부랭이로 사람들의 목을 조르는 것과는 달랐어요. 그 선교사는 아무 거리낌 없이 시원하게 설교하더군요. 지금까지 성직자들이 어떻게 우리를 속였고, 어떻게 우리의 머리가 깨이지 않도록 했는지, 어떻게 하면 우리가 더 많은 깨우침을 얻을 수 있는지 얘기했습니다. 그리고 그 모든 걸 성경으로 증명해 보이는 것이었어요. (…)

바윅: 민중은 그 선교사들을 따르고 있어요.

수스트: 유익한 것, 새로운 것을 들을 수 있으니 그러겠지요. (42면)

절대왕권의 비호를 받는 구교는 백성들을 무지몽매한 우중(愚衆)으로 묶어두고 권력과 한통속으로 백성 위에 군림하는 반면 신교는 '더 많은 깨우침'과 '유익한 것'을 설파하므로 평민들은 신교를 따른다는 것이다. 신앙의 자유에 대한 요구가 가톨릭 성당의 성상을 파괴하는 소요사태로 분출된 것은 이러한 맥락에서 이해할 수 있다. 그러한 집단적 시위는 네덜란드인들의 생각과 행동의 자유를 억압하기 위한 방편으로 평민들의 여망을 대변하는 신교를 이단시하고 반역죄로 엄단했던 절대왕정의 철권통치에 대한 저항의 일환이었다. 작품에서는 성상파괴 소요사태가 직접 드러나지는 않고 사태가 어느정도 진정된 이후의 시점으로 시간이 설정되어 있는데, 조정에서 '폭동'이라고 규정하는 그러한 사태를 평민들은 '새 찬송가를 마음대로 부를 수 있었던' 해방의 상황으로 회상한다. 특히 에흐몬트가 태수로 봉직했던 플랑드르 지역에서 성상파괴가 극심했는데, 실제 역사적 사실과 일치하는 그 일이 작품에서는 이렇게 언급된다.

바윅: 우리 주(州)에서는 사람들이 원하는 노래를 부른답니다. 에흐몬트 백작님이 우리의 태수님이기 때문이지요, 백작님은 그따위 것에는 괘념치 않으십니다. 겐트나 이퍼른, 플랑드르 전지역에서는 새 찬송가

를 부르고 싶은 사람은 누구나 그것을 부릅니다. (41면)

이미 언급한 대로 역사적 인물 에흐몬트는 플랑드르 지역의 성상파괴 사태를 무력으로 진압했으나 작품에서는 실제와는 다르게 신앙 문제에 관대한 인물로 각색되어 있다. 나중에 살펴보겠지만 이는 에흐몬트가 백성을 '왕'처럼 존중하고 네덜란드인들의 자치와 주권을 적극 옹호하는 인물로 설정되어 있기 때문이다. 평민들이 등장하는 제2막 길거리 장면에서 네덜란드인들의 자치와 주권의 문제가 현안으로 부각되는데 바로 그 장면에서 에흐몬트는 처음으로 등장하여 이 문제에 대한 입장을 표명한다. 여기서 판선(Vansen)이라는 인물이 새롭게 등장하는데 원래 '비츠 박사님의 서기'였다가 지금은 '공증인과 변호사 흉내를 내는' 인물로 소개된다. 그는 처음 등장하자마자 "우리 가운데 몇사람만 용기가 있다면 거기에다 머리까지 있다면 단숨에 스페인의 쇠사슬을 끊어버릴 수 있을 텐데"(61면)라고 거침없이 말문을 연다. 이런 면모로 볼 때 판선은 여느 평민들——스페인의 압제에는 반대하지만 집단적 저항이 불러올 수 있는 유혈 사태나 전란은 두려워하는——과는 달리 혁명적 신념과 실천의지를 지닌 지식인 유형이라 할 수 있다. 판선은 네덜란드 고유의 헌법(Verfassung)을 전거로 삼아 이렇게 말한다.

판선: 한 고서에 우리의 헌법 전문이 실려 있었어요. 처음에는 개별 영주들이 전승되어오는 법과 특권과 관례에 따라 우리 네덜란드인들을 통치했으며, 영주가 제대로 통치를 하면 우리 조상들이 영주에게 얼마나 경외심을 가졌는지, 그런가 하면 영주가 재량권을 벗어나면 우리 선조들이 어떻게 대처했는지에 대해 적혀 있었습니다. 신분의회가 곧바로 압력을 넣은 것이지요. 각 주는 아무리 작아도 독자적인 신분의회를 갖고 있었으니까요. (61면)

여기서 괴테 당대의 맥락에서 중요한 의미를 갖는 것은 신분의회 (Landstände)에 대한 언급이다. 프랑스에서 삼부회의(États généraux)로 익히 알려져 있는 이 신분대표자의회는 앙시앵 레짐 하에서도 있었던 것으로 귀족과 성직자와 시민계급의 대표자들로 구성되었으며, 국가의 중대사에 관해 민의를 대변할 수 있는 대의기구로서 근대적인 입헌의회제도의 선행형태에 해당된다. 신분의회에 참여하는 각각의 신분과 계급의 세력판도에 따라 신분의회의 성격은 나라마다 달랐던 것으로 알려져 있다. 일찍부터 시민계급의 성장이 두드러졌던 프랑스의 경우 프랑스대혁명 직전에 소집된 마지막 삼부회의에서 시민계급이 40퍼센트를 차지할 정도로 막강했고, 그런 맥락에서 구체제의 제도가 구체제를 청산하는 동력이 되었다는 평가도 있다.[5] 네덜란드 역시 일찍부터 무역이 성하고 도시가 발달했던 만큼 스페인의 강점 이전까지는 신분의회가 영주와 왕의 전횡을 견제하는 역할을 했을 것이다. 판선이 "영주가 재량권을 벗어나면 우리 선조들이 어떻게 대처했는지"를 상기시키는 것도 그런 역사적 맥락과 닿아 있다. 이미 언급한 대로 괴테가 『에흐몬트』를 탈고하던 무렵인 1787년 오스트리아령 네덜란드의 브라반트(Brabant) 지역에서 일어난 항거 때 신분의회 대표자는 브라반트의 자치권을 유린하는 요제프 2세의 강권통치를 이렇게 비판한 바 있다.

명목상으로는 정치·경제·사법·행정을 개선한다고 하지만 악을 통해 선을 행하겠다는 것이며, 국왕이 신분의회에 참석하여 신분의회의 뜻을 존중하겠다는 서약을 하는 입법준수서약(Joyeuses Entreés) 제도를

---

5 François Furet u. Mona Ozouf 엮음, *Krttisches Worterbuch der Französischen Revolution*, Frankfurt a. M. 1996, 101면 참조.

도입한 사법부를 없앰으로써 헌정질서를 유린하려는 것이며, 전제폭군의 권한을 강화하려는 것이며, 각 지역의 신분대표들을 조롱하는 것이며, 백성의 뜻을 대변하는 견해를 들으려고도 하지 않고 이 모든 일을 강행하려는 것이다.[6]

당시 브라반트의 소요사태는 독일 언론에 상세히 소개되었다고 알려져 있지만, 이딸리아에 체류 중이던 괴테가 이러한 현지상황을 과연 얼마나 구체적으로 파악했는지는 확인할 길이 없다. 그렇긴 하지만 괴테는 이딸리아 여행을 떠나기 전까지 10년 이상 바이마르의 아우구스트 공을 보필하면서 공직에 몸담으며 작센·바이마르 공국의 신분의회에 관해 소상히 파악하고 있었고, 특히 아우구스트 공과 귀족 대표자들 사이의 갈등을 조정하는 일에도 관여한 것으로 알려져 있다.[7] 따라서 『에흐몬트』에서 신분의회를 중요하게 언급한 것은 민의를 대변하는 이 기구가 원만하게 작동하여 국왕과 신분대표들 사이의 균형추 역할을 하기를 바라는 괴테의 기대가 담긴 것이라 할 수 있다. 그렇지만 에흐몬트 당대의 스페인에 의한 강압통치를 직접적인 역사적 배경으로 하고 있는 이 작품의 맥락에서 그러한 기대는 무망한 것이 된다. 판선은 스페인 국왕이 네덜란드의 헌법을 준수하겠다는 서약을 했다고 하지만, 이미 살펴본 대로 네덜란드에 대한 펠리페 2세의 강압통치는 그러한 서약이 한낱 공염불이 되었음을 보여준다. 단적인 예로 판선의 설명에 따르면 성직자의 지위를 격상하고 고위 성직의 수를 늘리는 일은 신분의회의 동의를 거쳐야 하지만, 펠리페 2세는 그런 절차를 완전히 무시하고 일방적으로 주교 자리를 늘렸던 것이다.

---

6 Renato Saviane, "Egmont, Ein politischer Held," *Goethe-Jahrbuch* 104(1987), 66면에서 재인용.

7 Daniel Wilson 엮음, *Goethes Weimar und die Französische Revolution*, Köln 2004, 53면 이하 참조.

판선은 또한 '브뤼셀의 법'과 '안트베르펜의 법'이 다르듯이 네덜란드인은 스페인의 강압에 굴하지 말고 네덜란드의 법을 따라야 한다고 역설한다. 그렇지만 펠리페 2세가 네덜란드의 '헌법'을 묵살하고 전횡을 일삼는 상황에서 네덜란드 고유의 법치가 회복되기를 바라는 것은 더이상 현실적인 힘을 얻지 못한다. 판선이 '마음에 들지 않는' 군주를 압박하는 방편으로 군주에 대한 실력행사도 서슴지 않았던 조상들의 무용담을 언급하는 것은 그런 이유에서이다.

> **판선:** 우리 선조들은 눈을 똑바로 뜨고 있었지요. 어떤 군주가 마음에 들지 않으면 선조들은 그 군주의 아들이나 상속자를 납치하여 잡아두고 아주 좋은 조건을 제시할 때에라야 비로소 풀어주었답니다. 우리의 조상들은 대단한 사람들이었지요! 자신들에게 유리한 것이 무엇인지 알았던 겁니다! (63면)

판선의 이러한 발언은 물론 단순한 조상 예찬이 아니라 네덜란드인들에게 전횡을 휘두르는 펠리페 2세에 맞서 무력으로 항거할 것을 호소하는 정치적 선동이다. 이에 대한 일반 평민들의 반응은 판선의 선동에 동조하는 사람들과 양민을 위험에 빠뜨리는 불순분자로 판선을 보는 무리로 나뉘며, 그렇게 두패로 갈라진 사람들 사이에 다시 언쟁과 다툼이 벌어진다. 이러한 소란의 와중에 등장하는 에흐몬트는 사태를 진정시키면서 이렇게 말한다.

> **에흐몬트:** 당신들이 해야 할 일은 평온을 유지하는 것이니 그렇게들 하시오. 당신들은 평판이 아주 나쁘오. 더이상 폐하를 자극하지 마시오. 권력은 장악하고 계신 분은 결국 그분이니까 정직하고 부지런히 생계를 꾸리는 정상적인 시민은 어디서나 필요한 만큼의 자유는 갖는 법이

오. (…) 혼란에 강력하게 대처하기 위한 조치들이 취해졌소. 이방의 종교에 현혹되지 말고, 소요를 일으켜야 특권을 보장받는다는 말을 믿지 마시오. 집에서 나오지 마시오. 길거리에서 좋지 않은 사람들과 무리 짓지 않도록 자제하시오. 현명한 사람들은 많은 일을 할 수 있소. (66면)

에흐몬트의 이러한 발언은 무엇보다 네덜란드 백성들의 안위를 지키려는 의도에서 나온 것이다. 다른 한편 펠리페 2세에 의해 플랑드르 등지의 태수로 임명된 처지인 만큼 국왕에 대한 충성을 저버릴 수 없는 착잡한 입장도 여실히 보여준다. 소요를 일으켜야 특권을 보장받는다는 말을 믿지 말라면서 정당한 저항권을 부정하는 에흐몬트의 발언은 네덜란드인들의 자치와 주권을 염원하는 민의와는 상충되며, 각자 충실히 생업에만 전념하여 안위를 도모해야 한다는 말은 "자신의 안위를 위해 사는 사람은 죽은 목숨과 다를 바 없다"는 에흐몬트 자신의 소신에도 어긋난다. 에흐몬트 스스로도 궁정의 요구에 따르려면 "언제나 내가 원하지 않는 방식으로 살아야 한다"고 탄식하거니와, 이처럼 네덜란드인들의 안위를 도모하되 주군인 펠리페 2세의 어명에도 충실해야 한다는 딜레마가 곧 에흐몬트의 비극적 운명을 규정하는 현실적 제약이다.

에흐몬트의 통치관과 절대왕정의 논리

평민들은 백성 위에 군림하려는 펠리페 2세나 그의 대리자인 마르가레테 섭정을 경원시하는 반면 에흐몬트를 왕처럼 받들고 추앙한다.

수스트: 온 세상이 에흐몬트 백작님을 죽자 살자 따르는 이유가 무엇이겠습니까? 어째서 우리 모두 그분을 떠받들고 있습니까? 그분을 보

면 그분이 우리를 위하신다는 걸 알 수 있기 때문입니다. 그분의 눈만 보아도 쾌활한 성격, 자유분방한 생활태도, 어진 마음씨를 알 수 있기 때문입니다. 그분이 가지신 것치고 궁핍한 사람에게, 심지어 필요 없는 사람에게까지 나누어주지 않는 게 없기 때문입니다. 에흐몬트 백작님을 위해 만세를 외칩시다! (38면)

이처럼 네덜란드 백성들이 에흐몬트를 왕처럼 떠받들고 따르므로 스페인 조정에서 보면 에흐몬트는 언제라도 네덜란드인들의 실질적인 영도자로 부상할 수 있는 위험인물이다. 바로 그 점이 에흐몬트의 비극적 운명을 더더욱 불가피한 것으로 몰아간다. 평소에 에흐몬트에게 우호적이고 인간적 호감까지 갖고 있던 마르가레테 섭정조차도 이반한 민심이 에흐몬트에게 기울고 있다는 것을 익히 아는데, 그녀는 에흐몬트를 가리켜 "신념을 가지고 모반을 이끄는 우두머리보다 더 위험한 인물"이라고 단정한다. 그렇지만 마르가레테 섭정은 강압통치로 들끓는 민심을 끝까지 억누를 수 있을지 회의적이다. 그런 이유에서 그녀는 "아, 백성이라는 물결 위에 떠 있는 우리 통치자들은 어떤 존재인가? 우리가 그 물결을 지배한다고 믿으나 그 물결은 우리를 위아래로 이리저리 끌고 가지 않는가"(45면)라며 불안해한다. 이런 상황에서 섭정을 보필하는 신하 마히아벌(Machiavell)은 민심을 달래면서도 왕권을 유지할 수 있는 유화적인 해결책을 제시한다. 먼저 마히아벌은 루터파와 깔뱅파의 새로운 신앙이 일반 민중뿐 아니라 귀족과 병사들 사이에 널리 퍼지는 것은 거스를 수 없는 대세임을 강조한다.

마히아벌: 가장 규모가 큰 상인들이 전염되었으며 귀족, 민중, 병사 들도 전염되었사옵니다. 주변의 모든 게 변하는데 혼자서만 자기 생각을 고집한들 무슨 소용이 있겠사옵니까? 두가지 신앙은 가진 백성들을 통치하는 것이 백성들이 서로 다투어 마멸되게 하는 것보다 왕에게 어울

리는 일임을 천사가 펠리페 왕께 설득해주었으면 좋겠습니다. (47면)

억지로 구교를 강요하여 국론이 분열되고 백성들 사이에 갈등이 생기는 것보다는 두가지 신앙을 모두 허용하여 화평을 유도하는 것이 오히려 민심을 수용하는 덕치라는 것이다. '천사'가 펠리페 왕에게 그 점을 설득해주길 바란다는 말은 새로운 신앙을 용인하는 일이 곧 하느님의 뜻에 합당한 것이기도 하다는 뜻이다. 이러한 현실인식에 근거하여 마히아벌은 새 종교를 따르는 사람들에게 교회를 주고 '시민사회의 질서 속으로 편입'해야 한다는 구체적 대안까지 제시한다.

마히아벌: 새 종교를 따르는 자들을 정통 교인들과 분리하여 그들에게 교회를 주시고 시민사회의 질서 속으로 편입하여 제한하옵소서. 그러면 폭도들이 순식간에 잠잠해질 것이옵니다. 그밖의 모든 방책은 효과가 없으며 나라를 황폐하게 만들 뿐이옵니다. (46면)

그러나 마르가레테 섭정은 신앙의 문제에 관한 한 펠리페 왕이 절대로 관용을 베풀지 않는 단호한 입장이기에 그러한 유화책은 용인될 수 없다고 말한다. 그러자 마히아벌은 신앙의 문제 이면에는 네덜란드인들의 자치에 대한 요구가 잠복해 있음을 역설한다.

마히아벌: 새 주교들이 기름진 녹을 챙기는 일보다 영혼을 구원하는 일에 더 힘을 쏟았사옵니까? 그리고 그들은 대부분 이방인들이 아니옵니까? 아직은 네덜란드인이 태수 자리를 모두 차지하고 있사옵니다. 그런데 스페인 사람들은 자신들이 그 자리를 몹시 탐내고 있음을 너무나 노골적으로 드러내고 있지 않사옵니까? 자기 나라에 들어와 모든 백성에게 부담을 지워 재산을 긁어모으려 하고 낯선 규범을 도입해 인정이

통하지 않는 상태에서 불친절하게 지배하는 이방인보다는 동포에 의해 자기들 방식대로 통치되기를 바라지 않는 민족이 있겠사옵니까? (48면)

신앙의 문제가 네덜란드인들의 권익 및 자율적 주권의 문제와 직결되어 있음을 꿰뚫어보고 있는 마히아벌의 이러한 진언은 에흐몬트의 생각을 대변하는 것이기도 하다. 에흐몬트가 섭정에게 "네덜란드인들의 헌법(Verfassung)에 대한 불안감만 해소되면 나머지 일들은 저절로 쉽게 풀릴 것입니다"(같은 곳)라고 간언하는 것도 네덜란드 고유의 전통과 법을 인정하고 네덜란드의 자치를 허용할 때만 민심이 수습될 수 있기 때문이다. 그러나 구교를 왕권과 동일시하는 펠리페 왕에게 신앙의 자유를 허용하는 것은 곧 왕권을 포기하는 것이나 다를 바 없다. 펠리페 왕의 의중을 익히 아는 섭정은 그런 이유에서 신앙 문제에 관대한 에흐몬트에게 성상파괴 폭동에 대한 책임을 묻는다.

섭정: 플랑드르 지방을 휩쓸고 있는 불행한 사태는 전적으로 그가 혼자 책임져야 하오. 처음부터 이방인 선교사들을 관대하게 대하고 엄하게 조치하지 않았던 사람이 그였으며, 어쩌면 우리에게 골칫거리가 생긴 걸 보고 몰래 좋아했는지도 모르오. (51면)

섭정의 이러한 추정이 스페인 조정에서는 기정사실이 되어 펠리페 왕은 무장병력과 함께 알바를 네덜란드로 파견한다. 이미 언급한 대로 알바는 역모 혐의가 있는 고위 귀족을 재판에 회부하여 처형할 수 있는 전권을 위임받은 상태이다. 네덜란드 백성의 영도자가 될 수 있는 위험인물을 제거하는 것이 스페인 조정의 확고한 목적이었고, 이러한 사태를 정확히 파악했던 오라닌은 에흐몬트에게 임박한 위협을 피해 함께 피신하자고 설득하나 에흐몬트는 이에 응하지 않는다. 에흐몬트의 논변은 크게 두가지로 집약될 수 있다. 첫째는 펠리페 2세에 대한 절대적 신뢰이다. 에흐몬트는 카를 5세의 아들인 펠리페 2세가 정당한 법적 절차도 거치지 않고 자신을 비롯한 네덜란드의 고위 귀족을 살해하는 위법적이고 비열한 행동을 절대로 하지 않을 거라고 확신했다. 게다가 이미 언급한 대로 부왕 카를 5세가 자신을 금양모피 기사단의 단원으로 임명했기 때문에 정식 재판은 기사단 전체회의를 통해서만 이루어질 수 있으며, 기사단이 자신에게 유죄판결을 내릴 리는 만무하다고 에흐몬트는 철석같이 믿었다. 둘째로는 자신과 오라닌처럼 네덜란드 백성의 추앙을 받는 고위 귀족을 건드렸다가는 네덜란드 백성들의 분노가 전면적인 항거로 분출할 터이므로 펠리페 2세가 그렇게 무모한 행동을 하지 않을 거라고 에흐몬트는 확신했다. 이러한 확신은 나중에 에흐몬트가 처형된 이후 결국 실제 현실에서 확인되지만, 펠리페 왕에 대한 과도한 신뢰는 눈앞에 닥친 위험을 보지 못하게 했다. 냉정한 정치인이자 지략가인 오라닌은 절대군주인 펠리페 2세가 기사단의 특권 따위는 안중에도 없으며 절대권력을 휘두르는 데 걸림돌이 되는 것은 무엇이든 제거할 만큼 무모하다는 사실을 꿰뚫어보고 있었다. 반면에 매사에 진솔하고 신의를 중히 여기는 에흐몬트는 자신의 충정에 상응하여 펠리페 2세가 신의를 지켜줄 거라고 굳게 믿었다. 진솔하고 활달하며 인간미 넘치는 에흐몬트의 성품은 그의 인간성을 돋보이게 하는 미덕임에는 틀림없지만, 위급한 상황에서는 권력의 논리나 정치적 계산에 어두운 약점으로 작용하기 때문에 비극적 운명을 면하기 어려운 요인이 된다.

다른 한편 펠리페 2세에 대한 충정과 신뢰보다 에흐몬트에게 더 중요한 문제는 네덜란드 백성들의 안위를 지키는 일이었다. 알바는 펠리페 2세의 어명을 받들어 에흐몬트와 오라닌 등에게 접견을 요청한다. 만약 이를 거부한다면 곧 어명을 어기는 모양새가 되고, 그렇게 되면 스페인 조정은 에흐몬트와 오라닌을 반역자로 단정하여 전쟁을 선포할 터이다.

함께 피신하자는 오라닌에게 에흐몬트는 이렇게 말한다.

> **에흐몬트**: 공이 잘못을 범한다면 어떤 재앙이 뒤따를지 생각해보시오. (…) 공의 거부는 우리나라의 모든 주들에게 일제히 무기를 들라고 외치는 신호가 될 것이며, 모든 가혹행위를 정당화하는 구실이 될 것이오. 스페인 사람들은 오래전부터 그런 구실을 찾으려고 혈안이 되어 있었지요. 우리가 오랫동안 힘들게 진정시켜놓은 것을 공이 단 한번의 손짓으로 선동하여 끔찍한 혼란이 일어나게 되는 것이오. 도시들을, 귀족들을, 백성들을, 장사를, 농사를, 수공업을 생각해보시오! 그리고 황폐화된 나라를, 살육을 생각해보시오! 병사는 전쟁터에서 자기 옆의 전우가 쓰러지는 것을 태연히 바라보겠지만, 시민들과 아녀자들의 시체가 강물을 따라 떼지어 떠내려오면 공은 대경실색하여 누구를 위해 싸우는지 모르게 될 것이오. 공이 무기를 들고 싸우는 것은 백성들의 자유를 위해서인데, 그 백성들이 죽어나간다면. (79면)

어떻게 해서든 백성들이 피를 흘리거나 생존을 위협받는 상황은 피해야 한다는 일념으로 일신상의 위험을 불사하는 에흐몬트는 끝내 피신하지 않고 남아 있다가 결국 알바와 맞닥뜨리게 된다. 알바의 함정에 걸려들어 체포당하기 전 알바와 에흐몬트 사이에 벌어진 논쟁에서 알바는 절대왕권의 논리를 충실하게 대변한다. 그에 맞서 에흐몬트는 백성을 위하는 발언을 하는데 이 과정에서 에흐몬트의 통치관이 명확하게 드러난다. 알바와 에흐몬트의 논쟁에서 핵심적인 쟁점은 왕과 백성의 관계이다. 에흐몬트는 모든 백성이 국왕을 위하고 국왕은 백성을 위할 때 비로소 왕권이 확고해질 수 있다고 하면서 펠리페 왕이 대사면령을 내려 민심을 달랜다면 백성들의 충성심도 회복될 수 있을 거라고 진언한다. 하지만 알바는 그러한 관용은 곧 범법행위를 용인하는 것이라고 하며 일언지하에 에흐몬트의 말을 묵살한다. 그래도 에흐몬트가 소신을 굽히지 않고 네덜란드 백성들을 강압적으로 다스리고 자유를 제한하는 강압통치를 비판하자 알바는 백성들은 원래 '어린아이처럼 유치한' 까닭에 백성들의 자유를 제한하는 것은 당연하다고 논박한다.

> **알바:** 백성들의 자유를 제한하고 어린아이처럼 다루어서 좋은 길로 이끌어주는 것이 훨씬 더 좋지. 백성들은 결코 철이 들지 않으며 현명해지지 않는다는 걸 명심하게. 백성들은 언제까지고 유치한 상태에서 벗어나지 못하지. (110면)

이처럼 백성을 스스로 생각하고 판단할 능력이 없는 어린아이처럼 취급하는 것은 군주와 백성의 관계를 엄격한 지배와 예속의 관계로 보는 독단적 사고의 당연한 귀결이다. 그렇지만 이미 앞에서 살펴본 대로 스페인의 폭정과 지배욕에 대한 일반 평민들의 비판적 의식은 백성을 무지몽매한 우민으로 매도하는 알바의 시각이 터무니없음을 여실히 입증한다. 알바의 그러한 강압적이고 독단적인 사고에 맞서서 에흐몬트는 네덜란드 백성들 한사람 한사람이 온전한 인격체임을 강조한다.

> **에흐몬트:** 나는 내 동포들을 잘 알지. 신이 창조하신 이 땅에 살아갈 자격이 있는 사람들일세. 한사람 한사람이 온전한 인간이며 작은 왕으로서 의지가 굳고 부지런하고 능력이 있고 충직하며 전해 내려오는 관습을 지키지. 그들의 믿음을 얻기는 어렵지만 얻은 믿음을 지키기는 쉽네. 우직하고 단단하지! 누를 수는 있어도 압제할 수는 없어. (같은 곳)

무지렁이 백성 한사람 한사람을 '온전한 인간'으로 존중하고 '작은 왕'으로 받들어야 함에도 불구하고 가혹한 압제로 탄압하려 든다는 스페인 조정에 대한 이러한 비판은 알바가 보기에 왕권에 대한 항명과 다를 바 없는 것이다. 그래서 알바는 에흐몬트에게 어전에서도 이런 발언을 할 수 있겠느냐고 다그치는데, 누구에게도 속을 숨기지 않는 거침없는 성격의 에흐몬트는 어전에서라면 더더욱 직언을 서슴지 않겠다고 하며 당당한 태도를 보인다. 스페인 조정에 대한 에흐몬트의 비판은 여기에 그치지 않고 네덜란드인들이 원하는 것은 스페인 왕이나 그 대리자에 의한 통치가 아니라 네덜란드인에 의한 자치라는 입장을 분명히 밝힌다.

> **에흐몬트:** 기품있는 말을 타려면 그 말의 생각을 읽어내야 하고 그 말에게 어리석은 일을 요구해서도 안되고 어리석게 무엇을 강요해서도 안되네. 시민들은 옛 통치제도를 유지하려 하고, 동족에 의해 통치되기를 바라고 있네. 그들은 동족이 어떻게 통치할 것인지 알며, 동족이 사리사욕을 채우지 않고 시민의 운명을 자신의 운명으로 생각하리란 희망을 가질 수 있기 때문이지. (111면)

통치자와 백성의 관계를 기사와 말에 비유하는 에흐몬트의 발언은 통치를 인위적 강제가 아니라 자연스러운 순리에 따라야 하는 것으로 보는 괴테의 유기체적 통치관을 대변한다고 할 수 있다. 네덜란드인들이 외부로부터 강요된 법규에 의해 타율적인 지배를 받아서는 안되며 그들 고유의 전통에 따라 동족에 의해 다스려져야 한다고 보는 것도 같은 맥락으로 이해할 수 있다. 에흐몬트는 "최고 권력의 자의적인 개정과 무제한적인 개입은 수많은 사람들이 해서는 안될 일을 한사람의 특정인이 하려고 하는 것"(같은 곳)이며 백성들의 자유를 박탈하고 최고 권력자의 자유만 추구하는 전횡이라고 비판한다. 그러나 절대왕권의 신성불가침을 신봉하는 알바는 최고 권력자는 명령을 내리는 존재이고 아랫사람들과 백성들은 그 명령을 무조건 집행해야 한다는 입장을 고수한다.

이처럼 알바와 에흐몬트의 생각이 그 어떤 접점도 찾지 못한 채 끝까지 평행선을 달리자 알바는 자신이 에흐몬트의 의견을 구하러 온 것이 아니라 이미 결정되어 있는 어명을 통보하러 온 것일 뿐이며, 따라서 에흐몬트를 비롯한 네덜란드 귀족들은 어명을 집행할 의무밖에 없다고 강변한다. 이런 알바의 관점에서 보면 줄곧 강압통치를 비판하는 에흐몬트는 스페인의 압제에 항거하는 백성들과 한통속이고, 이는 에흐몬트를 대역죄로 옭아넣을 근거가 된다. 알바 휘하의 병사들이 알바의 사람됨을 "출입구가 없는 청동탑 같아서 그 안에 사는 사람들이 날아서 들어가야 하는"(99면) 존재라고 한다거나 아랫사람에게 명령을 내릴 때 그 옆의 사람이 어떤 명령이 내려졌는지 알 수 없게 하는 사람이라고 하며 속을 알 수 없는 음모가 타입으로 규정하는 것은 알바와 에흐몬트의 논쟁과정에서도 그대로 적용된다. 알바는 에흐몬트의 생각과 상충되는 주장을 계속 밀고 나가 에흐몬트로 하여금 속내를 모두 털어놓게 만들고, 어명에 항명하는 대역죄가 성립되도록 치밀히 계산하여 함정을 판 것이다. 결국 알바는 미리 짜놓은 각본대로 에흐몬트를 무장해제하고 체포해 감옥에 구금한다. 쉴러가 말한 에흐몬트의 '성격의 통일성' 내지 일관성은 상황과의 해소될 수 없는 갈등을 통해 그의 운명적 비극성을 규정한다.

희생의 제의

앞에서 살펴본 알바와 에흐몬트의 논쟁은 작품 4막의 대부분을 차지한다. 전통적인 드라마 교본대로라면 5막극의 4막은 이전까지 누적된 갈등이 정점에 이르러 극적 반전의 계기를 맞이하도록 구성하는 것이 통례이다. 펠리페 2세의 어명을 받들어 알바가 눈에 거슬리는 네덜란드 고위 귀족들을 제거하려고 무장병력을 이끌고 브뤼셀에 당도했고, 그런 알바와 에흐몬트가 정면으로 맞닥뜨려 일대 논전을 벌이는 것까지는 클라이맥스로 이어지는 과정이라 보아도 무방하다. 그렇지만 여러차례의 대전투를 승리로 이끈 바 있는 용장 에흐몬트가 알바의 함정에 걸려들어 속수무책으로 무장해제를 당하고 감옥에 갇히는 것은 좀더 극적인 반전을 기대하는 관객의 눈에는 맥빠지는 일이 아닐 수 없다. 더구나 알바와 에흐몬트가 장시간 언쟁을 벌이는 동안 무대 위에는 논쟁의 당사자인 두사람밖에는 없다. 네덜란드 민중의 권익을 옹호하는 에흐몬트의 웅변은 듣는 사람도 없는 외로운 절규인 셈이다. 괴테 자신도 4막을 어떻게 처리할지 아주 고심했다고 하지만,[8] 에흐몬트를 고립무원의 막다른 골목으로 몰아가는 이러한 상황은 극의 대미를 장식하는 5막에 이르러 뜻밖의 반전을 맞이한다.

5막은 네 장면으로 구성되어 있다. 첫번째 '길거리' 장면과 세번째 '클레르헨의 집' 장면에서는 클레르헨이 중심인물로 등장하고, 두번째 '감옥' 장면에서는 에흐몬트가 홀로 등장하며 마지막 '감옥' 장면에서는 에흐몬트와 알바의 아들 페르디난트가 등장한다. 이러한 장면 배치는 작품의 대미가 클레르헨과 에흐몬트의 관계로 압축되고 있음을 보여준다. 먼저 '길거리' 장면에서 클레르헨은 감옥에 갇혀 있는 에흐몬트를 구출해야 한다고 거리의 시민들에게 호소하지만, 스페인 병사들이 거리 곳곳에서 삼엄한 경비를 서고 있는 공포 분위기에 질린 시민들은 모두 클레르헨의 애절한 호소를 외면한다. 그다음 장면에서 옥중의 에흐몬트는 자신의 죽음을 예감하고 난생처음 고립무원의 처지가 된 자신의 기구한 운명을 한탄하면서 그런 자신을 향해 "너는 오랫동안 간직해온 행복을 뒤돌아보는 꿈의 영상일 뿐이로구나"(122면)라고 탄식한다. 백성들의 추앙을 받던 행

---

8 『에흐몬트』의 첫 무대공연을 위해 각색을 맡았던 쉴러는 알바와 에흐몬트의 논쟁 장면에서 알바가 가면을 쓰고 등장하게 하고 마지막에 에흐몬트가 그 가면을 벗김으로써 알바의 음모가적 성격을 폭로하도록 변형시켰다.

복한 지난 시절은 이제 희미한 기억의 그림자로만 남아 있을 뿐이고, 그 모든 행복을 반납하고 빈손으로 죽음을 맞이해야 하는 에흐몬트의 탄식에는 피할 수 없는 죽음 앞에 무력한 인간 에흐몬트의 뼈저린 비애와 고적감이 배어 있다. 그러면서도 에흐몬트는 훗날을 기약하며 피신한 오라닌과 네덜란드 민중이 자신을 구하러 올 거라는 한가닥 희망을 버리지 않는다.

에흐몬트: 오라닌이 그대 친구들의 선두에 서서 그대를 구해낼 궁리를 하지 않겠느냐? 민중이 모여들어 점점 불어나는 힘으로 옛 친구를 구출하지 않겠는가?

오, 나를 가두고 있는 벽아, 그런 수많은 영혼들이 호의를 가지고 뚫고 들어오는 것을 막지 말아다오! 전에는 나의 시선을 통해 용기가 사람들에게 전파되었으니, 이제 그 용기가 사람들로부터 내 가슴속으로 역류해 들어오리라! 오, 그래, 수천의 사람들이 움직인다! 사람들이 몰려와 내 곁에 선다! 사람들의 경건한 소망이 신속하게 하늘로 올라가 기적을 간구한다. 그리고 나를 구출하기 위해 천사가 내려오지 않으니 사람들이 창검을 잡는구나. 그들의 손에 의해 문이 박살나고 창살이 뜯겨지며 담이 허물어진다. 그래서 에흐몬트가 동터오는 새날의 자유를 맞이한다. 얼마나 많은 낯익은 얼굴들이 환호하며 나를 맞이하는가! 아, 클레르헨, 그대가 남자라면 여기서도 내가 맨 먼저 보게 될 사람은 틀림없이 그대일 것이며, 왕의 힘으로도 얻기 힘든 자유를 그대 덕분에 얻게 될 것이오. (같은 곳)

한때 자신이 이끌었던 네덜란드 민중이 자신을 구해줄 거라는 기대와 클레르헨에 대한 사랑이 겹쳐져서 다시 자유를 되찾는다는 이러한 '기적'은 당연히 옥중에 갇혀 있는 에흐몬트에게 일어날 수 없는 꿈이다. 에흐몬트 자신의 힘으로 이룰 수 없는 그 꿈이 '기적'의 형태로 실현되는 것은 클레르헨의 희생을 통해서이다. 5막의 세번째 장면에서 클레르헨은 에흐 몬트의 죽음이 피할 수 없는 운명임을 직시하고 "죽음은 모든 걸 하나로 만들어요"(127면)라는 말과 더불어 독을 마시고 스스로 목숨을 끊는다. 클 레르헨의 이러한 자기희생은 죽음을 통해 에흐몬트와 결합할 수 있기를 소망하는 지순한 사랑에 의한 죽음이면서 자신의 죽음이 도화선이 되어 네덜란드 민중이 스페인의 압제에 맞서 궐기하기를 바라는 자유를 위한 순사(殉死)이기도 하다. 클레르헨의 이러한 소망은 작품의 대미에서 에 흐몬트의 꿈에 현몽한다. 처형 바로 전날 밤 클레르헨은 천상에서 내려온 자유의 여신으로 에흐몬트의 꿈속에 나타나는 것이다.

에흐몬트가 잠든다. 그가 잠자는 동안 음악이 흐른다. 잠자리 뒤쪽의 벽이 열리는 것처럼 보이고 어떤 찬란한 형상이 나타난다. 천상의 옷을 입은 자유의 여신이 광명에 둘러싸여 구름 위에 서 있다. 클레르헨의 얼 굴을 닮은 여신은 잠자고 있는 주인공을 향해 몸을 구부린다. 여신이 애 석한 감정을 표하고 그를 애도하는 것처럼 보인다. 여신은 이내 감정을 수습하고 격려하는 몸짓으로 그에게 화살 한묶음과 모자 그리고 지팡 이를 보여준다. 여신이 그에게 기뻐하라고 이른다. 그리고 그의 죽음이 네덜란드의 모든 주에 자유를 가져다줄 것임을 암시하면서 그를 승자 로 인정하고 그에게 월계관을 수여한다. 여신이 월계관을 가지고 에흐 몬트의 머리 쪽으로 다가가자 에흐몬트는 잠자면서 몸을 뒤척이는 사 람처럼 몸을 움직여 여신이 다가오는 위쪽으로 얼굴이 향하도록 돌아 눕는다. 여신이 월계관을 그의 머리 위에 쳐들고 있다. 아주 멀리서 북 과 화살 소리의 전쟁음악이 들려온다. 음악소리가 낮아지자 여신의 형 상이 사라진다. 다시 음악소리가 커진다. 에흐몬트가 깨어난다. (139면)

일종의 극중극에 해당되는 이 무언극 장면을 쉴러는 '오페라의 세계로 비약'한 것이라고 비판했는데,[9] 그는 『에흐몬트』 무대공연을 위한 각색 대본에서 이 꿈 장면을 모두 생략하고 잠에서 깨어난 에흐몬트가 짤막하게 간밤의 꿈을 회상하는 방식으로 처리한다.[10] 전통적인 드라마의 사실적 개연성이라는 측면에서 보면 쉴러의 지적이 일리가 있다. 그렇지만 작품의 이러한 결말부는 네덜란드 역사에서 실제로 에흐몬트의 죽음이 불씨가 되어 독립투쟁의 불이 지펴진 역사적 사실의 단순한 재현을 넘어서, 괴테 당대의 맥락과 결부된 또다른 상징성을 갖는다는 점에 유의할 필요가 있다. 이 장면에서 네덜란드의 독립은 여러 주들의 단결을 상징하는 '화살 한묶음'과 자유의 상징인 '모자'(고대 로마에서는 노예가 자유인이 되면 그것을 알리는 표시로 모자를 썼다고 한다) 그리고 주권의 상징인 '지팡이'로 간결하게 압축되는 반면 텍스트 자체에서 더 중요하게 부각되는 것은 클레르헨과 에흐몬트의 상징적 결합이다. 가난하고 미천한 평민 집안의 딸 클레르헨이 네덜란드 백성의 추앙을 받는 최고위 귀족 에흐몬트와 사랑해 그 결실을 맺는 일은 승천한 클레르헨이 자유의 여신으로 강림하는 것만큼이나 현실적 가능성을 믿을 수 없는 기적이다. 그렇기 때문에 이것은 이미 목숨을 버린 클레르헨과 죽음을 앞두고 있는 에흐몬트의 만남이라는 생과 사의 경계를 넘어선 꿈속의 이적으로 상징화될 수밖에 없었던 것이다. 그렇게 보면 클레르헨이 자유의 여신으로 변용된 것은 인간적 한계와 현실적 제약을 초극한 숭고함의 표현이라 할 수 있다.

마지막 장면에서 에흐몬트가 잠든 채 누워 있고 자유의 여신으로 변용된 클레르헨이 천상에서 내려와 에흐몬트를 굽어본다는 공간적 대비 역시 미천한 평민 출신의 여인이 스페인 왕에 충성할 수밖에 없었던 에흐몬

---

9 Hans Wagener, 앞의 책 104면 참조.
10 Schiller, *Werke,* Nationalausgabe, Bd. 13.1, Weimar 1996, 71면 참조.

트와의 신분 차이를 거뜬히 넘어서서 지고지순한 존재로 받들어지는 숭고함에 상응한다. 마치 『파우스트』 2부의 결말부에서 1부 끝부분에서 비운에 희생된 그레트헨(Gretchen)이 천상의 천사로 변용하여 파우스트에게 구원의 빛을 비추듯이, 클레르헨의 숭고한 희생을 통해 에흐몬트는 "나는 자유를 위해 죽는다. 나는 자유를 위해 살았고 투쟁했으며 이제 자유를 위해 고통 속에서 내 목숨을 바친다"(140면)는 확신에 도달한다. 작품에 관한 메모에서 괴테는 클레르헨을 '자연의 딸'(Naturmädchen)이라 적고 있는데,[11] 18세기의 자연권(Naturrecht) 사상에 비추어보면 미천한 평민의 딸에서 자유의 여신으로 드높여지는 클레르헨의 변용은 천양지차의 신분 격차까지도 뛰어넘는 진정한 인간해방의 비전을 형상화한 것이라 할 수 있다. 에커만(Eckermann)이 괴테의 만년에 『에흐몬트』를 가리켜 "이 작품보다 더 민중의 자유를 옹호하고 있는 독일의 작품을 저는 알지 못합니다"[12]라고 한 것은 그런 맥락에서 이해되어야 할 것이다.

---

11 HA 4, 626면.

12 1824년 1월 4일자 괴테와의 대화. 에커만 『괴테와의 대화』 2, 장희창 옮김, 민음사 2008, 53면.

제 2 부

『빌헬름 마이스터의 수업시대』와 사회개혁 구상

'신분을 뛰어넘은 결혼'과 '아름다운 영혼'의 이상

『빌헬름 마이스터의 수업시대』에서 미뇽의 비극과 계몽의 변증법

고전극의 근대적 재해석

『빌헬름 마이스터의 수업시대』와
사회개혁 구상

　괴테가 마흔살이 되던 해(1789년)에 경험한 프랑스대혁명은 이후 괴테
의 문학에 심대한 영향을 미쳤다. 혁명 후 3년이 지난 1792년 프랑스와 독
일·오스트리아 연합군 사이에 전쟁이 발발하자 바이마르 궁정에 봉직하
던 괴테는 주군 아우구스트 공을 수행하여 1792~93년 사이에 두차례 프
랑스 원정에 직접 종군하기도 했다. 1793년 3월에 프랑스군이 라인 강을
끼고 있는 접경도시 마인츠를 점령하자 마인츠의 자꼬뱅주의자들은 프랑
스군의 비호하에 임시혁명정부에 해당되는 '마인츠 공화국'을 수립하는
데, 이때도 괴테는 진압군의 일원으로 참전한 바 있다. 바이마르 궁정에
몸담고 있던 정치적 입지로 인해 괴테는 원칙적으로 시민혁명에 반대하
는 입장을 취할 수밖에 없었다. 일찍이 역사학자 몸젠(W. Mommsen)은
충실한 문헌고증을 통해 괴테가 당대의 주도적 지식인 가운데 생애의 어
느 시기에도 프랑스혁명에 동조하지 않았던 유일한 인물이라 보았으며,[1]
이 견해는 문학사의 통설로 되어 있다. 몸젠은 결론적으로 괴테가 프랑스

---

[1] Wilhelm Mommsen, *Die politischen Anschauungen Goethes*, Stuttgart 1948, 91면.

혁명에 반대했을 뿐만 아니라 "프랑스혁명을 통해 제기된 정치적 문제들과 진지하게 대결하지 못했으며 그러한 문제들을 극히 불완전하게 의식하였다"[2]고 평가한다. 하지만 그런 평가와 달리 괴테는 누구보다 치열하게 프랑스혁명이 제기한 정치·사회적 문제들과 씨름하였고, 혁명 이후에 나온 중요한 작품들에는 그러한 고투의 흔적이 역력하다는 것이 필자의 생각이다. 이 글에서는 우선 프랑스혁명에 대한 괴테의 발언을 중심으로 괴테가 프랑스혁명과 독일에서의 시민혁명에 대해 어떤 생각을 했는지 살펴보고, 그다음으로 혁명 이후 발표된 최초의 대작인 『빌헬름 마이스터의 수업시대』(*Wilhelm Meisters Lehrjahre*, 1796)에서 혁명 이전의 봉건적 구체제에 대해 어떻게 생각하고 있는지 구체제를 대변하는 귀족층에 대한 묘사를 중심으로 살펴보고자 한다. 그리고 프랑스에서는 혁명이 역사적 필연이었지만 독일에서는 혁명이 불가능할뿐더러 바람직하지도 않다고 보았던 괴테가 구체제를 극복할 대안으로 구상했던 점진적 개혁의 내용을 『빌헬름 마이스터의 수업시대』에서 개혁적인 귀족으로 등장하는 로타리오(Lothario)라는 인물의 생각을 통해 살펴보고자 한다.

프랑스혁명과 괴테

괴테가 프랑스혁명에 대해 직접적으로 언급한 것은 혁명 이후 30여년이 지나서 에커만과의 대화형식으로 구술한 회고록에서이다. 1824년 괴테는 프랑스혁명 시기에 집필했던 짧은 희곡 「격분한 사람들」(Die Aufgeregten, 1793)에 관해 언급하면서 이 작품에 '귀족의 대표자'로 등장하는 백작 부인의 말을 빌려 다음과 같이 얘기하고 있다.

---

2 같은 책 99면.

그녀의 확신에 의하면 민중은 일시적으로 누를 수는 있어도 영원히 억압할 수는 없으며, 하층 계급의 혁명적 봉기는 제후들이 저지른 부당한 행위의 결과라는 것이네. 그녀는 이렇게 말했지. '앞으로 나는 부당해 보이는 일체의 행위를 삼갈 것이고, 또한 사교장에서든 궁정에서든 다른 사람들이 저지르는 부당한 행위에 맞서서 내 의견을 말하겠어요. 어떠한 불의에 대해서도 나는 침묵하지 않을 것입니다. 여성 민주주의자라는 비난을 듣는 일이 있더라도 말입니다.'[3]

독자들이 백작 부인의 발언을 작가의 '정치적 신앙고백'으로 여길 거라는 전제하에 나온 이 언명에서 혁명 당시 괴테의 생각이 분명히 드러난다. 하층민의 혁명적 봉기는 제후들의 부당한 억압 때문에 일어나며 따라서 그런 부당한 억압과 불의를 저지르지 않아야 민심을 얻을 수 있다는 것이다. 빠리에서 직접 혁명을 목격하고 온 여성을 '귀족의 대표자'로 내세워 발언을 하게 한 것은 통념상 정치와 무관한 여성조차도 프랑스혁명을 교훈 삼아 이런 자각에 도달했으니 독일의 귀족층과 제후들은 대오각성해야 한다는 메시지를 함축한 것이라 볼 수 있다.

괴테는 앞의 대화에 이어서 1824년의 시점에서 프랑스혁명과 독일에서의 혁명 문제에 대하여 좀더 분명한 입장을 피력한다.

내가 프랑스혁명의 벗이 될 수 없었던 것은 사실이지. 나는 혁명의 만행에 소름이 끼쳤고 매일같이 격분했으며, 당시에는 아직 혁명의 유익한 결과가 보이지 않았기 때문이라네. 또한 나는 프랑스에서는 돌이

---

3 1824년 1월 4일자 괴테와의 대화. 에커만 『괴테와의 대화』 2, 장희창 옮김, 민음사 2008, 52~53면. 번역은 필자가 부분적으로 수정하였다.

킬 수 없는 필연의 결과로 일어난 일과 비슷한 일을 독일인들이 인위적으로 도모하려는 것을 보고 모른 체할 수가 없었지.[4]

요컨대 괴테는 혁명 이후 공포정치에 격분했고 장기적으로 혁명이 어떤 유익한 결과를 가져올지 예측할 수 없었지만, 프랑스에서 위정자들의 부당한 통치 때문에 혁명이 필연적으로 일어날 수밖에 없었다고 보았던 것이다. 18세기 후반에 이르러 프랑스 루이 왕조의 권력은 사실상 허울뿐이었다는 것은 잘 알려진 사실이다. 예컨대 1789년 7월 14일 바스띠유 감옥이 함락되던 바로 그날, 대신들과 어울려 별궁에서 사냥과 연회를 즐기던 루이 왕의 어전 일지에 '아무 일도 없음'(rien)이라고 기록되었다는 사실은 그런 실상을 단적으로 보여준다.[5] 또한 독일과 달리 진작부터 중앙집권 국가를 수립한 프랑스에서 국가권력의 그러한 공동화는 권력의 전복을 한층 용이하게 하는 조건이 된다. 혁명의 주체 내지 동력이라는 측면에서 프랑스혁명은 일정한 사회적 기반을 확보하고 있었던 것이다. 역사학자 엘리아스(N. Elias)에 따르면 프랑스에서는 이미 17세기부터 신분 이동이 대단히 활발하였다.[6] 시민계급도 관직에 진출하여 이른바 '법복귀족'(Robeadel) 즉 관료귀족이 되거나 재력으로 금융귀족(Finanzadel)이 되는 등 신분 상승으로 전통적 귀족층의 기득권을 잠식하고 있었다. 그런 반면 당시 독일에서는 시민계급의 형성이 극히 미약했고 신분 간의 장벽도 그만큼 높았다는 것은 잘 알려진 역사적 사실이다. 괴테 당대의 역사가 뤼케르트(Rückert)가 바이마르를 표본 삼아 증언한 바 있듯이,[7] 군주와 귀족과 평민 사이에는 서로 넘을 수 없는 높은

---

4 같은 책 53~54면. 강조는 원문.

5 Dennis F. Mahoney, "The French Revolution and the Bildungsroman," Gerhart Hoffmeister 엮음, *The French Revolution and the Age of Goethe*, Olms 1989, 132면.

6 Norbert Elias, *Die höfische Gesellschaft*, Frankfurt a. M. 1983, 246면 이하.

장벽으로 가로막혀 있었고 그런 만큼 신분 간의 갈등과 반목은 자심했지만, 그러한 갈등이 혁명의 형태로 분출될 여지는 거의 전무했다. 게다가 18세기까지 3백여개의 군소 영주국으로 분열되어 있던 상황은 독일의 혁명 가능성을 차단하는 결정적인 방호벽이 되었다. 설령 어느 지역에서 혁명이 일어나더라도 나머지 영주국들의 연합에 의해 바로 진압될 터이기 때문이었다.

짐작건대 이런 독일적 상황에서 괴테는 프랑스혁명을 모방하려는 시도를 전혀 실현 가능성이 없는 무모한 모험으로 보았을 것이다. 그러나 괴테는 어떠한 혁명도 잘못된 통치 때문이라는 소신을 거듭 밝히면서, 정부가 아래로부터의 요구를 헤아려서 시의적절한 개혁조치를 취해야 한다고 말한다.

하지만 내가 지배자들의 전횡을 두둔했던 것은 아니네. 나는 어떠한 대혁명도 백성의 잘못이 아니라 위정자의 잘못 때문이라는 것을 확신하고 있었다네. 정부가 늘 정의로우며 깨어 있어서 시의적절한 개혁조치를 취해야만 하는 것이지. 그렇게 해서 아래로부터 필요한 것을 해달라고 강요하는 지경이 되도록 내버려두지만 않는다면 결코 혁명은 일어날 수 없는 것이지.[8]

요컨대 괴테는 정부가 주도하는 개혁노선을 옹호하는 입장이었다. 1824년의 시점에서 괴테가 이런 생각을 피력한 것은 당시 독일 군주국의

---

7 "대개의 귀족들은 그만큼 더 뻣뻣하고 오만하게 굴었다. 그들은 군주의 위세를 등에 업고 평민들을 형편없이 업신여겼는데, 말하자면 그들 자신이 군주의 측근으로서 겪어야 했던 굴욕감을 보상하기 위함이었다. 그들은 거의 어디서나 그러했듯이 바이마르에서도 평민들에게 지독한 미움을 샀다."(Gert Ueding, *Klassik und Romantik*, München 1987, 71면에서 재인용)

8 에커만, 앞의 책 54면.

맹주였던 프로이센의 개혁정책을 염두에 두었을 공산이 크다. 프로이센은 1810년대에 들어 봉건적 유제를 청산하고 근대적 개혁정책을 도입하는 등 본격적인 근대화를 추진하기 시작했다. 이미 19세기 당대의 역사가 또끄빌(A. Tocqueville)은 프로이센의 개혁이 독일혁명의 '예방책'으로서 주효했다는 평가를 내린 바 있다.[9] 괴테가 『빌헬름 마이스터의 수업시대』에서 서술한 개혁노선은 개혁적인 귀족층이 주도하는 '위로부터의 개혁'이라는 점에서 프로이센의 개혁정책과 유사한 면이 있지만 그러한 개혁의 현실적 결과에 대해서는 비판적으로 진단하는데, 이 문제는 나중에 작품분석에서 다시 살펴볼 것이다.

괴테가 혁명이 아닌 개혁노선을 견지한 것은 독일 상황의 낙후성에 대한 냉철한 현실주의적 인식에서 연유하며, 다른 한편으로는 근본적으로 역사에서 단절과 비약은 없다고 보는 나름의 역사관이 그 바탕에 깔려 있다. 괴테는 에커만과의 대화에서 자신의 정치적 입장이 민중의 이해와 상치되는 것이라 매도하는 일부 여론에 불만을 토로하면서 이렇게 부연하고 있다.

나는 루이 15세 같은 군주의 벗이 아닌 것과 똑같이, 그런 사람들(혁명적 하층민―인용자)의 벗도 아닐세. 나는 그 어떤 폭력적인 전복도 증오하네. 좋은 것을 얻는 만큼 반드시 파괴하게 마련이니까. 나는 혁명적 전복의 수행자들을 그 원인의 제공자들과 마찬가지로 증오해. (…) 우리에게 미래의 전망을 틔워줄 그런 개선이라면 나는 어떤 것이든 대환영일세. 그렇지만 이미 언급한 대로 폭력적인 것, 단숨에 뛰어넘으려는 것은 무엇이든 내 영혼에 거슬린다네. 그런 것은 자연의 이치에 합당치 않기 때문이지.[10]

---

9 알렉시스 또끄빌 『구체제와 혁명』, 이용재 옮김, 일월서각 1988, 제1장 참조.

폭력을 동반하는 혁명은 좋은 결과를 얻는 만큼 동시에 좋은 것들을 파괴하기 때문에 폭력혁명을 단호히 반대한다는 것이다. 역사에서의 급격한 단절과 비약이 '자연의 이치에 합당하지 않다'는 발언에서 보듯이 괴테는 역사의 진보와 발전을 자연의 유기적 성장과 비슷한 것으로 상정하고 있었다. 이와 관련하여 루카치는 괴테의 역사 이해가 기본적으로 진보적 휴머니즘에 바탕을 두고 있지만 '변증법적 도약'의 계기를 인정하지 않는다는 점에서 19세기의 진화론적 발전사관과 어느정도의 친화성을 갖는다고 비판한 바 있다.[11] 여기서 괴테가 말하는 '자연의 이치'를 어떻게 이해할 것인가 하는 문제가 제기된다. 예컨대 라이프니츠의 고전적 명제처럼 "자연은 비약을 모른다"는 예정조화론의 맥락에서 순전히 '연속성의 원리'(lex continua)로만 그것을 이해한다면[12] 괴테의 자연관/역사관은 소박한 계몽적 낙관주의의 연장선상에 있거나 또는 역사를 미리 예정된 목적(Telos)의 자기실현이라고 보는 관념적 실체론으로 떨어지게 된다. 그러나 자서전『시와 진실』에서 괴테는 "자연은 신성으로도 전혀 변경할 수 없는 영원하고도 필연적이며 신성한 법칙에 따라 작용한다"[13]고 말한 바 있다. 자연 자체에 내재하는 창조적 생성의 원리에 주목하고 또 그러한 자연의 일부인 인간 자신의 역사적 창조력을 신의 섭리보다 더 신뢰하는 이러한 생각은 기계적·관념적인 목적론과는 정면으로 배치된다. 자연의 과정이 그러하듯, 역사에서 진보를 도모하는 일은 변화의 토대가 다져지고 주체의 역량이 성숙해서 서로 맞아떨어질 때라야 온전

---

10 1825년 4월 27일자 괴테와의 대화. 에커만, 앞의 책 93면. 강조는 원문.

11 Georg Lukács, "Goethe und die Dialektik," Alfred Klein 엮음, *Georg Lukács in Berlin*, Berlin 1990, 415면 이하.

12 위딩(G. Ueding)은 본문의 인용문과 관련하여 괴테의 자연관 및 역사관을 이렇게 보고 있다. Gert Ueding, 앞의 책 37면 참조.

13 괴테『시와 진실』, 전영애·최민숙 옮김, 민음사 2009, 882면.

한 개선을 기약할 수 있다. 그렇게 보면 괴테의 자연관은 오히려 현실 역사의 변증법에 충실한 유연한 사유의 소산이라 할 수 있다. 프랑스혁명의 공포정치 국면에서 명확히 드러났듯이 폭력적 전복을 통해 일거에 역사의 단계를 뛰어넘으려는 조급증은 결국 혁명 자체를 유산시키고 반혁명을 불러오게 되는 것이다.

폭력혁명을 단호히 거부한 괴테의 입장은 그와 동시대인으로 프랑스혁명을 '철학적 혁명' 즉 관념적 행동주의라고 비판했던 영국 철학자 에드먼드 버크(Edmund Burke)의 논리에 비견되기도 한다. 버크의 프랑스혁명 비판은 당시 독일 지식인 사회에 커다란 반향을 불러일으켰는데, 특히 프랑스혁명에 열광했던 독일 지식인들의 보수적 입장으로의 선회에 결정적인 영향을 끼쳤다.[14] 그렇지만 버크의 생각과 괴테의 입장을 동일시할 수는 없다. 버크가 혁명 이후 시대를 가리켜 '이해타산에 도통한 자들이 판치는 세상'[15]이라고 한 것은 쉴러가 '이윤이라는 이 시대의 거대한 우상'을 비판한 것과 비슷한 맥락에서 새로운 시대의 부르주아 이데올로기에 대한 정당한 비판이다. 그리고 『빌헬름 마이스터의 수업시대』에서 철저한 중상주의적 자본가로 등장하는 베르너에 대한 비판적 묘사에서 보듯이 괴테 역시 그러한 비판적 인식을 공유하고 있다. 그러나 버크는 다른 한편으로 혁명 이후 시대에 '기사도'가 사라졌음을 개탄하는 등 중세 지향적 복고주의 성향을 보이기도 했으며, 그런 만큼 당대의 첨예한 문제를 회피한 채 복고적 퇴행으로 기울었던 것이 사실이다. 그러나 독일의 후기 낭만주의자들이 중세 지향적 복고주의에 빠져든 것과는 달리 괴테는 그런 복고주의에 단호히 반대했고 봉건적 구체제에 대해서 일관되게 비판적 입장을 견지했는데, 이런 점은 『빌헬름 마이스터의 수업시대』

---

14 Gert Ueding, 앞의 책 40면 참조.

15 Dieter Borchmeyer, *Höfische Gesellschaft und Französische Revolution bei Goethe*, Frankfurt a. M. 1977, 49면에서 재인용.

에서도 여실히 드러난다.

구체제 귀족사회에 대한 비판

유랑극단의 일원으로 이곳저곳을 떠돌아다니던 소설 주인공 빌헬름 (Wilhelm)은 한동안 어느 백작의 성에 머물면서 귀족사회의 속내를 경험하게 된다. 백작의 성에는 공작을 비롯한 여러 귀족들이 수시로 내방하여 손님으로 머무는데, 귀족들은 극단의 여배우들과 거리낌 없는 애정행각을 벌이고, 귀족 부인들도 젊은 남자 배우들과 몰래 사귀는 등 집단적 추태가 벌어진다. 그중의 어떤 남작 부인은 극단에서 잘생긴 남자 배우에게 접근하여 거의 유혹에 성공하나, 바로 그때 남편인 남작이 남자 배우에게 경고를 하면서 부인의 바람둥이 기질에 대해 농담조로 "우리 귀여운 아씨께서 또 한 사나이를 그녀의 마구간 안으로 몰아들인 모양이군요"(1권 239면)[16]라고 말한다. 남작 부인의 남성편력이 거의 동물적 수준이라는 말이다. 작품의 화자는 이 망측한 비유가 '키르케의 위험한 애무를 시사한다'라고 논평하는데, 호메로스(Homeros)의 작품에 나오는 마녀 키르케 (Circe)는 자기 섬에 오는 남자들을 처음에는 다정하게 맞이하지만 나중에는 돼지나 다른 짐승으로 둔갑시키는 것으로 악명이 높다. 화자의 말은 욕망을 채운 다음에는 매정하게 내친다는 뜻으로 이해될 수 있을 것이다. 남작은 조심하라는 뜻으로 남자 배우에게 이렇게 말한다.

처음 오는 사람은 누구나 이런 흐뭇한 대접을 받는 건 자기가 처음이

---

[16] 괴테 『빌헬름 마이스터의 수업시대』, 안삼환 옮김, 민음사 1996. 작품 인용은 괄호 안에 권수와 면수만 표기하되, 번역은 필자가 부분적으로 수정하였다.

라고 여기지요. 그러나 그건 큰 착각입니다. 우리 모두가 한번은 같은 코스로 끌려다녔거든요. 어른이건 젊은이이건 소년이건 누구건 간에 한동안 부인에게 복종하고 애정을 느끼고 애타게 그리워하면서 부인의 환심을 사기 위해 애쓰지 않으면 안되는 것이지요. (같은 곳)

어른 젊은이 소년 할 것 없이 뭇 남성들이 남작 부인의 유혹에 의해 '같은 코스로' 끌려다녔다는 말이다. 그런데 다른 사람도 아니고 남작 부인의 남편 되는 사람이 자기 아내의 나쁜 행실에 대해 마치 타인을 흉보듯이 아무렇지도 않게 농담처럼 말하는 것 자체가 무엇보다 해괴망측한 노릇이다. 그렇다면 남작 자신도 그런 코스에 걸려들어서 법적인 남편이 되었다는 말이며, 그럴진대 남편이라는 지위는 이름뿐인 껍데기에 불과한 셈이 된다. 귀족세계의 이러한 타락상에 대해 일찍이 슐레겔(F. Schlegel)은 "신분이 다르다는 점을 차치하면 이 귀족들이 배우들보다 더 두드러진 것이라곤 오로지 배우들보다 더 철저히 천박하다는 사실뿐이다"[17]라고 통렬히 비판한 바 있다.

남편의 개입 때문에 남자 배우를 유혹하는 데 실패한 남작 부인은 다시 백작의 수행비서 격으로 귀족인지 평민인지 내력을 알 수 없는 야르노(Jarno)라는 청년에게 접근하여 결국 두사람은 '확고부동한 애인 사이'가 된다. 그런 관계가 백작 부인에게 들키자 남작 부인은 "순수한 영혼의 소유자인 백작 부인이 그와 같은 경박한 처신을 못마땅해하면서 부드럽게 질책하는 말을 할지도 모르기 때문"(1권 253면)에 백작 부인을 이런 애정 행각에 끌어들여서 타락시킬 궁리를 한다. 때마침 빌헬름이 이 백작 부인의 미모와 다소곳한 태도에 반해 있는 상태이고 백작 부인 역시 빌헬름에게 마음이 있다는 것을 알아차린 남작 부인은 백작이 1박 예정으로 사냥

---

17 Friedrich Schlegel, "Über Goethes *Meister*," (1798) HA 7, 670면에서 재인용.

을 나가는 틈을 노려서 해괴한 음모를 꾸민다. 그것은 빌헬름에게 백작의 잠옷을 입혀서 백작으로 분장시키고 저녁에 백작의 침실에 들게 하는 것이었다. 그런데 백작이 예정과 달리 일찍 귀가하는 돌발사태가 벌어지고 빌헬름은 대경실색하지만, 정작 백작 자신은 침실 문을 열고는 거울에 비친 빌헬름을 본 후 아무 말 없이 조용히 문을 닫고 가버리는 기묘한 일이 벌어진다. 나중에 밝혀지지만 백작은 거울에 비친 빌헬름의 모습을 자신의 분신으로 착각했으며, 이를 육신과 영혼이 분리되는 죽음의 전조로 받아들여 불길한 망상에 사로잡혔던 것이다. 이런 사실을 알게 된 야르노는 남작 부인에게 "그건 마치 미개인들이 과거에 아무도 피할 수 없었고 앞으로도 피할 수 없는 죽음을 생각하면서 순해지는 것과 같지요"(1권 266면)라고 농담처럼 말하면서 차제에 백작을 '더욱더 온순하게 길들이자'고 제안한다. 백작이 앞으로 다가올 개명한 시대에는 더이상 살아남을 수 없는 '미개인'으로 간주되고, 백작의 수행비서인 야르노가 주군을 길들이겠다는 발상은 백작이 누리고 있는 '주인'의 지위가 언제라도 뒤집힐 수 있음을 시사한다. 또한 백작의 '침실'은 프랑스의 루이 왕이 아침마다 어전회의를 열었다는 왕의 침실을 연상시키는 면도 있는데, 그렇게 보면 이 기괴한 에피소드는 단지 백작 개인이나 구귀족 계층의 몰락뿐 아니라 구체제의 몰락까지도 암시한다고 볼 수 있다.

이 사건으로 불안한 망상에 시달리던 백작은 결국 전재산을 신흥 교단에 헌납하고 세상을 등진 채 광신적 신앙에 몰입하는데, 심지어 '순교' 각오까지 하면서 '성자'의 반열에 오르기를 꿈꾼다. 중세도 아닌 계몽의 시대에 '성자'가 되기를 꿈꾸는 백작의 이러한 허황된 망상은 봉건적 구체제에서 무위도식하며 특권을 누려온 귀족층이 역사의 무대에서 퇴출될 수밖에 없다는 의미로 읽어도 무방할 것이다.

백작의 결혼생활 역시 귀족가정의 공허한 실상을 여실히 드러낸다. 설령 빌헬름과 백작 부인 사이의 연애사건이 벌어지지 않았다 하더라도 백작 부부의 관계가 과연 원만하게 유지될 수 있었을지는 의문이다. 젊고 아름다우며 치장을 좋아하는 백작 부인은 귀금속 목걸이 속에 백작의 초상화를 넣고 다니는데, 그 초상화를 본 어떤 여배우가 초상화의 주인공이 백작님이 맞느냐고 묻는다. 백작 부인이 '새신랑일 때의 모습'을 그린 거라고 답하자, 다시 여배우는 결혼한 지 몇년밖에 안되었는데 그렇게 젊을 수가 있느냐고 반문하고, 이에 백작 부인은 화가가 그냥 젊게 그린 거라고 얼버무린다. 이런 대화를 종합하면 백작 부부는 나이 차이가 많이 나며, 백작 부인의 집안에서 부유한 귀족 집안으로 시집을 보낸 전형적인 정략결혼의 경우라 짐작된다. 여배우가 초상화 속의 인물을 '미남'이라고 추켜세우는 듯하면서 짓궂게 "이 비밀의 상자 안으로 다른 초상화가 살짝 비집고 들어간 적은 한번도 없을까요?"(1권 271면)라고 백작 부인을 놀려대거니와, 남편인 늙은 백작의 모습과는 아무런 관련 없는 젊은 미남자로 그린 초상화야말로 백작과의 사이를 떼어놓으면서 다른 남성에 대한 연정을 키우게 하는 부적이나 다름없는 것이다. 나중에 이 백작 부인은 다름 아닌 로타리오의 여동생으로 밝혀지지만, 끝까지 백작 부부의 실명이 드러나지 않는 것도 두사람의 결혼생활이 인간적 신뢰와 애정에 바탕을 둔 것이 아니라 귀족계층의 정략결혼 양상을 익명의 사례로 보여준 공허한 것임을 시사한다.

백작은 작품 말미에 다시 한번 등장하여 오랜만에 만난 빌헬름을 엉뚱하게도 영국의 지체 높은 귀족으로 오인한다. 빌헬름이 자신은 영국인이 아니고 독일인이라고 거듭 말해도 백작은 빌헬름의 아버지 되는 사람은 틀림없이 영국의 명문 귀족일 거라며 주장을 굽히지 않고 '족보'를 캐서 확인하겠다고 한다. 평범한 장사꾼 집안 출신의 빌헬름을 고귀한 영국 귀족으로 떠받드는 데서도 새로 도래할 시대의 주인공이 과연 누구일지 다시 생각해보게 되며, '족보' 운운하는 것도 능력이 아니라 물려받은 세습특권에만 연연하는 귀족층의 허약한 기반을 상기시켜준다.

그런데 백작의 재등장은 이런 해프닝에 그치지 않고 한사람을 죽음으로 몰고 가는 비극의 화근이 된다. 작품 말미의 공간적 배경은 로타리오가 유산으로 물려받은 외종조부의 대저택인데, 이런저런 연유로 작품에 등장하는 주요 인물들이 거의 모두 모여 있는 상황이다. 집이 비좁게 되자 백작은 '젊은 시절의 실력'을 발휘하여 모든 사람들에게 빠짐없이 방을 배정하는데, 유랑극단에서 하프 악사로 일하던 인물을 신부와 같은 방에 배정한다. 다른 곳에서 상세히 설명하겠지만,[18] 아우구스띤(Augustin)이라는 이 하프 악사는 원래 이딸리아 태생으로 성장기에 기구한 운명으로 누이동생과 사랑에 빠졌다가 수도원에 감금된 적이 있고, 그곳을 탈출한 후에는 독일 땅에 흘러들어온 인물이다. 아우구스띤은 지난날의 고통을 잊기 위해 유랑극단에서 수염을 기른 노인네로 변장하고 하프 악사로 지내왔으며, 그사이에 정신적인 치료를 받고 간신히 지난날의 트라우마에서 벗어나 '정상인'으로 살아갈 준비를 하고 있는 처지이다. 그런데 신부는 아우구스띤의 그러한 과거사를 낱낱이 글로 기록해서 보관하고 있는 중이었다. 공교롭게 신부와 같은 방을 배정받은 아우구스띤은 그 기록을 다시 읽고서 지난날의 악몽이 고스란히 되살아나 다시 걷잡을 수 없는 자살충동에 빠져들고 만다. 자살을 결심한 아우구스띤은 늘 몸에 지니고 다니던 치사량의 아편 원액을 꺼내지만 죽음의 공포로 인해 행동으로 옮기지는 못한다. 그가 잠시 방을 비운 사이에 빌헬름의 어린 아들 펠릭스(Felix)가 방에 들어와 아편 원액 옆에 놓여 있던 분홍색 주스를 마시는데, 사람들은 펠릭스가 아편이 든 잔을 마신 것으로 착각하여 의사를 부르는 등 소동을 벌인다. 이런 소동에 놀란 펠릭스는 정말 아픈 것처럼 드러눕고, 이에 아우구스띤은 자신의 잘못으로 아이가 죽게 생겼다는 자책감을

---

18 본서의 제2부에 수록된 『『빌헬름 마이스터의 수업시대』에서 미뇽의 비극과 계몽의 변증법」 참조.

견디지 못해 결국 스스로 목숨을 끊고 만다. 백작이 신부와 아우구스띤을 같은 방에 배정한 것 자체는 우연이지만, 단순히 우연으로 넘기기에는 그 결과가 너무나 비극적이다. 광신적 신앙에 빠져 현실감각을 완전히 상실한 채 사람도 제대로 알아보지 못하는 백작이 다시 현실문제에 관여한 것 자체가 결코 용납되어선 안될 일로 묘사되고 있는 것이다.

사회개혁 구상

『빌헬름 마이스터의 수업시대』에서 주인공 빌헬름은 한동안 유랑 극단의 일원으로 떠돌다가 극단생활을 청산하고 이른바 '탑의 결사' (Turmgesellschaft)[19]라 불리는 개혁주의자 집단에 합류한다. 로타리오라는 인물이 구심적인 역할을 하는 이 단체는 봉건적 구체제에서 귀족층이 누리던 특권을 상당 부분 폐지해야 한다는 일련의 사회개혁 프로그램을 구상하고 실행에 옮기기도 하는데, 여기서는 '탑의 결사'가 지향하는 사회개혁 구상을 당대의 맥락에서 살펴보기로 하자.

로타리오는 우선 자신의 영지 경영이 상당 부분 영지 주민들의 부역에 의존하고 있기 때문에 불어나는 수입을 자신이 독차지하는 것은 부당하다고 생각한다.

이렇게 늘어나는 이득을 나 혼자 누려야 한다는 말입니까? 지식의

---

19 이 단체는 괴테 당대에 유럽 전역에 퍼져 있던 프리메이슨을 모델로 삼은 것으로 추정된다. 당시 프리메이슨은 대체로 진취적인 계몽사상을 표방했는데, 그중 일부는 급진적 정치성향을 띠었고 건전한 지적 교류를 도모하는 경우도 있었다. 자세한 설명은 김대권 「레싱과 헤르더의 프리메이슨 담론 및 『빌헬름 마이스터의 수업시대』의 탑의 결사」, 『독일 문학』 115호(2010), 5~33면 참조.

증대와 시대의 진보에서 얻는 이득을 나와 더불어 일하고 나를 위해 일하는 사람들과 나누어 써서는 안될 까닭이 있습니까? (2권 613면)

부의 창출은 사회적 협업과 역사의 진보에 힘입은 것이기 때문에 영지에서 생기는 이득은 더불어 일하는 사람들과 공유해야 한다는 것이다. 로타리오가 자신의 영지에서 생기는 수입을 과연 어느 범위까지 영지의 주민들에게 되돌려주어야 한다고 생각하는지 작품에서 명확히 드러나지는 않지만, 적어도 영지의 주인인 귀족이 영지의 수입을 독차지해서는 안된다는 소신만큼은 확고하다.

로타리오의 이러한 생각에 맞서서 야르노는 최소한 로타리오의 재정상태를 압박하는 '부채'를 청산할 때까지는 개혁을 미루라고 제안한다. 여기서 말하는 '부채'는 로타리오의 개인사와 시대사가 만나는 중대한 체험과 결부되어 있다. 로타리오의 회고에 따르면 그는 어떤 이념을 실현하기 위해 한동안 미국에 건너가 활동한 적이 있다. 이 대목에 대한 해석에서는 대개 로타리오가 역사적 실존인물 라파예뜨(Lafayette) 휘하의 부대에서 미국독립전쟁에 참전했음을 가리킨다는 데 의견의 일치를 보이고 있다.[20] 알다시피 라파예뜨는 미국독립전쟁 참전 후 프랑스로 돌아와 프랑스혁명 당시 인권선언문을 기초하는 데 참여한 인물이다. 로타리오는 자신의 진보적 이념을 좇아 모험을 감행했으며, 그러는 와중에 가족 친지들과도 사이가 벌어져 상당한 빚까지 지게 되었던 것이다. 미국독립전쟁 당시 독일 귀족이 미국의 독립을 위해 참전한 경우는 극소수에 불과했기 때문에 로타리오는 당연히 집안의 반대에 직면했을 것으로 추정된다. 또한 그러한 참전으로 인해 상당한 빚을 졌다는 것은 전쟁 수행에 필요한 경비를 상당

---

20 Wilfried Barner, "Geheime Lenkung: Zur Turmgesellschaft in Goethes *Wilhelm Meister*," William J. Lillyman 엮음, *Goethe's Narrative Fiction*, de Gruyter 1983, 90면 참조.

부분 스스로 부담했다는 뜻이다. 여기서 흥미로운 것은 로타리오가 한때 자신의 신념에 따라 결행한 그러한 모험을 스스로 해석하고 평가하는 방식이다.

　내가 무엇 때문에 빚을 지게 되었습니까? 어째서 외종조부님과 의가 상하고 형제자매들을 그렇게 오래도록 내팽개쳐두었겠습니까? 다름 아닌 이념 때문이 아니었습니까? 나는 미국에서 뭔가 활약할 수 있다고 믿었던 것이지요. 바다 너머에서는 쓸모있고 꼭 필요한 존재가 될 수 있을 거라고 믿었지요. 어떤 행동이 온갖 위험에 둘러싸여 있지 않으면 무의미하고 시시해 보였던 것입니다. 그런데 지금은 사물을 보는 눈이 얼마나 달라졌습니까! 바로 가까이 있는 것이야말로 얼마나 값지고 소중한 것입니까! (2권 614면)

미국독립전쟁 참전 체험을 반성적으로 돌아보는 로타리오의 이러한 발언은 자신이 몸담고 있는 독일 사회와 동떨어진 엉뚱한 곳에서 이상을 펼치고자 했던 시도가 이념적 정당성에도 불구하고 바로 가까이 있는 현실을 외면한 것이라는 자성을 보여준다. 이러한 비판적 자기성찰을 통해 로타리오가 강조하는 것은 자신이 몸담고 살아가는 구체적 사회현실에 대한 개선방안을 실행에 옮겨야 한다는 것이다. 그런 취지에서 로타리오는 "다름 아닌 이곳이 바로 미국이다!"라는 슬로건을 제창한다.

로타리오가 추진하려는 개혁의 실질적 내용은 크게 두가지로 집약할 수 있다. 하나는 '토지의 자유화'이며 다른 하나는 '소유의 정당성'에 관한 문제이다. 봉건적 구체제가 온존하던 당시 독일에서 귀족의 세습영지는 자유로운 매매나 양도가 법으로 금지되어 있었다. 따라서 '토지의 자유화'는 그러한 법적 금제를 철폐하려는 것이다. 이러한 토지 자유화는 우선 봉건적 신분관계에서 보면 귀족과 농민 모두에게 유리하다. 귀족이 자신의 영지를 자유롭게 처분할 수 있게 되면 군주에 대한 종속관계가 한결 느슨해지고, 아울러 자영농이 성장할 여지를 높여준다는 점에서 영지에 예속된 농민들의 권익에도 획기적인 진전을 가져오게 된다. 그리고 전 사회적 차원에서 보면 토지의 '자유화'는 곧 토지의 '자본화'를 뜻한다. 실제로 로타리오는 나중에 빌헬름의 매제가 되는 베르너(Werner)라는 수완 좋은 사업가와 손잡고 차압된 토지를 사들이는데, 베르너는 그 농지를 개량하여 되팔면 몇배의 수익을 남길 거라고 계산한다. 철저한 자본가로 등장하는 베르너에 대한 판단을 유보하고 보면, 토지 자유화는 봉건적 세습권에 의해 소유 자체가 제한되어 있는 농지의 유동성을 높이고 사회적 부를 증대시킨다는 점에서는 일단 전진적 변화라고 할 수 있다.

그러나 이와 동시에 '소유의 정당성' 문제가 제기된다. 베르너는 자기 소유의 재산에서 증식되는 이윤에 대해 국가가 세금을 거두는 것을 부당하다고 생각하면서도, 다만 '관례'에 따라 세금을 납부하고 있을 뿐이다. 그렇게 보면 베르너는 영리와 관계된 일에 아예 국가가 관여하지 않도록 하자는 철저한 자유방임주의자이다. 그 반면 로타리오는 지금까지 면세특권을 누려온 귀족의 토지 역시 다른 모든 토지나 재산과 마찬가지로 국가에 세금을 바쳐야만 '합법적'인 것이 된다고 말한다. 로타리오에 따르면 대다수의 농민들은 귀족의 토지소유가 농민들의 토지소유에 비해 정당성이 떨어진다는 생각을 갖고 있는데, 로타리오는 농민들의 그러한 생각을 당연하다고 여긴다. 귀족층이 소유한 토지는 그들 자신의 노력에 의해 취득한 것이 아니라 세습으로 물려받은 것인 반면 자영농이 소유한 토지는 땀 흘려 일해서 획득한 것이기 때문이다. 그럼에도 귀족층이 토지에 대한 납세의 의무를 면제받는 것은 이중의 특혜이며, 그런 부당한 특권이 철폐되지 않는 한 귀족층은 토지소유의 정당성을 주장할 수 없다는 것이다. 나아가 소유의 정당성을 확보하지 못하면 '소유의 안정성'도 확보될 수 없다는 것이 로타리오의 생각이다. 다시 말해 귀족층이 부당한 특권으로 토지를 차지하고 있는 것에 대한 농민층의 불만이 사회적 갈등으로 비화할 수도 있음을 그는 직시하고 있는 것이다. 뿐만 아니라 세습특권은 오히려 그 수혜자인 후손들을 불편하고 부자유스럽게 만들고, 개개인이 '훌륭한 공민'이 되는 것을 가로막기 때문에 국가로서도 손실이 된다고 본다. 다시 말해 귀족층도 국가에 대한 의무를 다해야만 공민으로서 정당성을 확보할 수 있다는 것이다. 이러한 이유를 들어 로타리오는 식탁에서 아이들에게 수저를 놓아주는 것이 부모의 도리이듯 나라에 바칠 몫을 떼어놓는 것이 공민의 도리가 아니겠느냐고 말한다. 이러한 발언은 그가 구상하는 개혁이 귀족의 영지와 관련된 경제적 문제에만 한정되는 것이 아니라, 근대적 시민권과 근대국가의 관계에 대한 새로운 정립까지도 포함하는 것임을 시사한다. 그러면서 부모와 자식의 비유에서 보듯이 귀족층이 부당하게 누리는 특권의 철폐를 단순히 신분 간의 이해관계 조정이라는 차원을 넘어서 보편적인 인류의 문제로 제기하고 있다.

로타리오의 이러한 개혁 구상은 당시 시민계급과 개혁주의적 귀족층의 공통된 이해를 대변한다고 보는 것이 일반적 시각이다.[21] 이러한 해석은 로타리오가 봉건귀족과 대비되는 개혁귀족의 면모를 보여주고 '토지의 자유화'를 개혁의 물적 토대로 설정하고 있으며 근대적 시민권을 강조한다는 점에서 타당성을 지닌다. 그렇지만『빌헬름 마이스터의 수업시대』에서 그러한 개혁 구상이 묘사되는 방식과 당대의 역사적 맥락을 함께 고려하면 이 문제는 좀더 면밀히 살펴볼 필요가 있다.

먼저 개혁의 주체라는 관점에서 보면, 여기서 개혁은 어디까지나 로타리오처럼 각성된 귀족층의 자발적 결단에 의해서만 가능한 것으로 묘사되고 있다. 다시 말해 개혁에서 시민계급의 역할은 철저한 자본가인 베르너의 모습에서 보듯이 사업적 이해관계가 맞아떨어지는 범위에만 한정되

---

21 Wilhelm Mommsen, 앞의 책 265면 이하 참조.

며 소설에서 시민계급의 역사적 진취성은 찾아보기 어렵다. 독일 시민계급의 역사적 미성숙은 이 작품에서도 예외가 아닌 것이다. 베르너라는 인물이 속된 장사꾼에 지나지 않음은 두말할 나위도 없지만, 신분적 차별이 '사회체제의 문제'라는 점은 올바르게 보고 있는 빌헬름 역시 앞에서 살펴본 개혁 논의에서 시종 구경꾼의 위치에 머물 뿐이며 어떤 견해도 피력하지 않는다. 역사학자 엘리아스에 따르면 괴테 시대에 독일 시민계급 일반은 물론 지식인 계층 역시 대다수는 비정치적이었다고 한다.[22] 베르너와 달리 예술적 교양을 갖춘 지식인 범주에 넣을 수 있는 빌헬름도 정치의식의 측면에서 보면 자기가 속한 계급의 역사적 한계를 고스란히 안고있는 존재이다. 로타리오 같은 개혁귀족은 당시로서는 매우 드문 예외였던 것으로 보인다. 가령 쉴러는 "로타리오의 발언에서 풍기는 쌍뀔로뜨적 성향"[23]을 언급한 바 있다. 알다시피 쌍뀔로뜨란 프랑스혁명 당시 급진적 성향의 하층민을 가리키는데, 쉴러는 로타리오의 개혁주의가 급진적 평등주의를 대변한다고 보았던 것이다. 『빌헬름 마이스터의 수업시대』 출간 전에 이미 초고를 면밀히 읽고 검토했던 당대 최고의 비평가 쉴러의 그러한 실감이 틀리지 않는다면 로타리오는 매우 특이한 독일적 전형이라고 할 수 있다. 앞서 언급한 대로 로타리오는 프랑스혁명 이전에 라파예뜨와 행동을 같이한 바 있는 급진적 지식인에 속한다. 그러나 다시 '독일인'으로 되돌아와 '탑의 결사'를 구심점으로 하여 사회개혁을 도모하는 로타리오는 체제전복 혁명에 관한 한 단호히 반대한다. 보르히마이어(D. Borchmeyer)에 따르면 실제 역사에서 라파예뜨가 프랑스혁명의 선두에 섰던 반면 작중의 로타리오가 혁명의 문제에 다른 입장을 취하는 것은 당대의 '개혁적 보수주의자' 그룹인 영국의 에드먼드 버크, 그리고 버크의

---

22 Norbert Elias, 앞의 책 246면.
23 1796년 7월 5일자 괴테에게 보낸 편지. HA 7, 637면.

책을 독일에 번역 소개한 겐츠(Gentz), 19세기 초반 프로이센의 개혁을 주도한 슈타인(Stein) 남작 등과 공통된 것이라고 한다.[24] 그렇게 보면 작중인물 로타리오의 내적 모순은 유별난 예외가 아니라 당대 독일 지식인의 한 전형에 해당되는 셈이다. 프랑스대혁명과 같은 혁명이 독일에서 일어나는 것에 원칙적으로 반대했던 괴테는 당대 독일의 역사적 한계를 현실로 인정하면서, 로타리오의 온건한 개혁주의자적 면모를 부각시켰다고 볼 수 있다.

로타리오가 군주의 궁정에 기반을 둔 관료귀족이 아니라 토지귀족 즉 융커로 설정되어 있는 것도 독일적 낙후성과 무관하지 않다. 다시 엘리아스의 견해를 빌리면, 대혁명 이전 시기 프랑스에서는 관료귀족이 절대왕정의 권력에 가까이 있으면서도 봉건영지에 기반을 둔 전통적 귀족층과 달리 신흥귀족으로서 진취적 면모를 보였다고 한다.[25] 그와 달리 독일의 궁정귀족은 『빌헬름 마이스터의 수업시대』에 나오는 아주 무능하고 현실 물정에 어두운 '백작' 같은 인물이 단적으로 보여주듯이 기껏해야 군소 군주의 가신(家臣) 노릇밖에 하지 못했으며, 궁정이라는 통치기구의 바깥에 있는 로타리오 같은 인물이 오히려 진취적인 입장을 보여주었다. 로타리오의 개혁주의는 그의 주변부적 지위에도 '불구하고' 성취된 것이 아니라 바로 그 주변부적 지위에 '힘입어' 비로소 가능해진 것이다. 여기서도 구체제의 권력 중심부에서 과연 진정한 개혁을 기대할 수 있겠는가 하는 괴테의 회의와 불신을 엿볼 수 있다.

다른 한편 로타리오가 구상하는 개혁의 현실적 가능성 내지 그 '근대

---

24 Dieter Borchmeyer, 앞의 책 180면. 여기서 '보수주의'란 당연히 프랑스혁명에 반대한다는 제한된 의미만 갖는다. 그렇지만 영국의 버크는 복고적 성향이 강했고 겐츠는 버크의 『프랑스혁명론』을 독일에 소개하면서 버크의 입장을 대변했음을 상기하면 로타리오는 이들의 경우와 반드시 동일하다고 볼 수만은 없다.
25 Norbert Elias, 앞의 책 257면.

적' 성격에 의구심이 드는 것도 사실이다. 예컨대 그의 개혁논리에서 구 귀족과 개혁귀족 간의 차별성이 귀족층과 시민계급 간의 그것보다 더 크 게 부각되거나 '개혁적' 성향에 비해 '반혁명적' 성향이 더 큰 무게를 지 닌다면, 로타리오의 개혁주의는 자신의 소신과 무관하게 봉건적 토지소 유를 적법한 것으로 변환해 일종의 '연착륙'을 유도하는 것이 될 수 있기 때문이다. 다시 말해 다가올 시대의 대세에 순응하면서 나름의 연명을 도 모하려는 귀족층의 자구책에 그칠 수도 있는 것이다. 이러한 해석의 논거 로 흔히 인용되는 것이 다음 대목이다.

> 오늘날에는 재산을 단지 한곳에만 몰아가지고 있거나 돈을 한곳에만 믿고 맡기는 것은 바람직하지 않습니다. 그렇다고 재산을 여기저기 분 산시켜 관리하는 것도 힘든 일이지요. 그래서 우리는 약간 다른 방책을 생각해냈습니다. 그러니까 우리의 유서 깊은 탑으로부터 한 인간공동 체가 세상으로 나가서 세계 각처에 퍼지고 또 세계 각처에서도 사람들 이 이 공동체에 가입할 수 있게 하자는 것이지요. 국가혁명이 일어나서 구성원들 중의 누군가가 자기 영지나 재산을 완전히 잃게 되는 비상시 국에도 살아나갈 수 있는 길을 우리끼리 담보해두자는 것입니다. 나는 이제 미국으로 건너가 로타리오 씨가 그곳에 체류할 때 개척해놓은 좋 은 여건을 활용할 생각입니다. (2권 812~13면)

이것은 로타리오가 아니라 야르노의 말이다. 야르노가 '탑의 결사'의 장기적인 계획을 밝히면서 빌헬름에게 진로를 정할 것을 권유하는 맥락 에서 한 말이다. 위의 내용은 '탑의 결사'가 전체 조직 차원에서 추진하려 는 계획인 만큼 앞에서 언급한 로타리오와 야르노의 견해 차이는 부차적 인 문제라 할 수 있다. 여기서 보듯이 매우 국지적인 작은 모임에서 시작 된 '탑의 결사'는 장차 세계적인 차원에서 '혁명의 위협'에 대비하는 국

제적인 '보험조합'을 구상하고 있다. 야르노의 부연에 따르면 그런 목적
에서 신부는 러시아로 갈 예정이고, 로타리오는 그대로 독일에 남아서 활
동하기로 되어 있다. 이 대목과 관련하여 훗날 괴테는 비망록에서 "프랑
스혁명 이래로 사람들 사이에는 상황을 변화시키든지 아니면 적어도 사
는 곳을 옮겨서라도 상황을 변화시켜야겠다는 생각이 들 정도로 불안이
조성되었다"[26]고 언급한 바 있다. 로타리오가 독일 땅에서 개혁을 추진하
고 여타 구성원들이 세계 각처로 흩어진다는 것은 프랑스혁명 이래 독일
인들에게 유포된 불안을 상기시킨다. 그렇게 볼 때 여기서 '탑의 결사'가
지향하는 '국제주의'는 두 측면에서 짚어볼 수가 있다. 첫째로 그러한 세
계주의적 지향은 사실상 지리멸렬하게 분열되어 있는 독일적 '지방주의'
의 한계를 반증하는 것이라는 점이다. 아직 근대적 의미에서 통일된 국민
국가를 이루지 못한 독일에서 시민혁명의 가능성이 희박함은 재론의 여
지가 없다.[27] 설령 어느 한 지역에서 시민혁명이 일어난다고 하더라도 그
지역을 에워싸고 있는 주위의 보수세력 연합에 의해 금방 진압될 것이 뻔
했기 때문이다. 혁명을 피해가는 근대적 개혁을 추구한다 하더라도 극심
한 사회적 갈등과 혼란을 피하리라는 보장은 없다. '혁명에 대비한 국제
보험'이 불가피해지는 것은 그 때문이다. 적어도 작품의 맥락에서만 보면
로타리오가 추구하는 개혁조차도 온전한 실현 가능성을 장담할 수 없는
실정이다.

　'국제보험'의 또다른 측면은 개혁의 추진주체가 귀족층이라는 사실과
연관되어 있다. 프랑스혁명의 평등권 요구가 사적 소유의 제한이나 '소
유의 사회화'까지는 나아가지 않았다는 것은 주지의 사실이다. 누구보다

---

26 Goethe, *Tag- und Jahreshefte*, HA 10, 459면.
27 엄밀히 따지면 독일의 통일(근대적 국민국가 수립)과 시민혁명은 하나의 과제였다고
　할 수 있다. 나중에 강대국 프로이센의 주도에 의한 독일 통일과정에서 시민혁명적 요소
　가 봉쇄됨으로써 군국주의화가 가속화한 독일사의 불행이 그것을 입증한다.

세상물정에 밝은 합리주의자인 야르노가 그 점을 모를 리 없다. 그런데도 야르노가 '누군가의 재산이 송두리째 강탈당할 경우'까지 상정할 때 그런 '기우'를 진지하게 받아들이는 쪽은 귀족층이 될 수밖에 없다. 따라서 각성한 귀족층의 진보적 개혁주의는 귀족이라는 신분적 한계를 온전히 극복하는 것은 아니다. 앞서 로타리오가 소유의 '정당성'이 곧 '안정성'의 전제라고 했던 것도 그런 맥락에서 이해될 여지를 남긴다.

개혁의 역사적 한계와 전망

로타리오가 추진하려는 개혁정책 중 독일의 근대화 과정과 가장 부합하는 것은 앞에서 언급한 토지의 자유화이다. 토지의 자유화는 1810년경부터 프로이센이 추진한 근대적 개혁의 핵심이기도 한데, 이를 통해 프로이센은 막강한 국부를 축적하여 독일의 자본주의적 근대화를 이끈다. 그런 맥락에서 로타리오가 베르너 같은 속물적인 자본가와 합작하여 사업을 벌인다는 것은 로타리오의 개혁노선이 결국 어느 방향으로 수렴될 것인가를 예고하는 것이다. 빌헬름이 집을 떠나서 바깥세상을 떠도는 사이에 베르너는 빌헬름의 여동생과 결혼하는데, 빌헬름의 부친이 세상을 떠나자 처갓집의 가산을 모두 매각하여 투자할 만큼 오로지 사업에만 혈안이 되어 있다. 그런 베르너를 오랜만에 다시 만난 빌헬름은 "움푹 팬 가슴, 앞으로 튀어나온 양어깨, 혈색이 없는 두 뺨은 그가 열심히 일만 하는 우울증 환자라는 사실을 의심할 나위 없이 잘 드러내주고 있었다"(2권 716면)라고 그를 묘사하고 있다. 사업가로서 아무리 수완이 좋고 막대한 부를 축적했다 하더라도 베르너가 뼛속까지 황폐한 삶을 살고 있음을 드러내 보여주고 있는 것이다. 더구나 베르너는 오랜만에 만난 친구이자 처남인 빌헬름에게 '풍채가 훤칠하니 많은 유산을 물려받을 미인이나 후려

보라'고 진지하게 조언한다. 그러자 빌헬름은 그에게 오랜만에 만난 친구를 '상품'과 '투자대상'으로 취급하고 '이윤'이나 챙길 궁리를 한다며 점잖게 타박하는데, 이는 베르너가 모든 인간관계를 오로지 상품적 투자가치로만 타산하는 철저한 자본가의 전형임을 정확히 꿰뚫어본 것이다. 로타리오가 아무리 봉건적 유제를 타파하고 근대적 개혁을 추구한다 하더라도 결국 그의 개혁노선은 베르너 같은 자본가가 주도하는 자본주의적 발전에 흡수될 수밖에 없고, 그럴진대 로타리오가 염원하는 보다 평등한 세상은 결코 그의 소망대로 이루어질 수는 없을 것이다. 베르너의 피폐한 몰골에서 보듯이 새로 도래할 자본의 시대가 과연 인간다운 삶을 보장해줄 것인가 하는 물음에 대해서 이 소설의 진단은 매우 회의적이다. 『빌헬름 마이스터의 수업시대』의 주된 배경은 봉건적 구체제가 온존해 있는 독일 사회지만, 이처럼 구체적인 사람살이의 실상에 즉하여 심대한 시대변화의 추이를 예리하게 짚어내는 솜씨야말로 괴테의 진정한 리얼리스트적 면모라 하겠다.

'신분을 뛰어넘은 결혼'과 '아름다운 영혼'의 이상

◆

『빌헬름 마이스터의 수업시대』 소론

갈랑뜨리: 역사적 과도기의 개혁귀족

로타리오의 진취적 개혁노선이 귀족층이 주도하는 개혁의 역사적 한계를 넘어서지 못한다면, 그가 테레제(Therese)라는 여성과 결혼에 이르기까지의 과정 역시 그의 타고난 신분과 무관하지 않은 복잡한 문제를 드러낸다. 로타리오의 성격에서 특이한 것은 진취적 개혁주의자이면서 애정편력에 관한 한 거의 돈 후안을 무색케 한다는 점이다. 그는 소작인의 딸, 연극배우, 하녀, 상류층의 이혼녀에 이르기까지 온갖 계층의 여성과 애정행각을 벌인다. 로타리오가 그처럼 애정편력이 심한 것은 무엇보다 그가 역사적 과도기의 개혁귀족이라는 사실과 무관하지 않다.

로타리오는 미국에서의 모험 탓에 많은 빚을 졌는데, 일찍 부모를 여읜 로타리오 형제를 친자식처럼 키운 그의 외종조부는 로타리오가 처해 있는 재정적 어려움을 감안하여 부유한 귀족 가문의 규수와 결혼하기를 바란다. 외종조부는 '탑의 결사'의 창시자인 만큼 로타리오의 정신적 대부나 다름없지만, 외종조부의 이런 소망은 로타리오의 개혁적 사고와는 합치되기 힘든 것이었다. 먼저 부채를 청산한 다음에 개혁을 하자는 야르노의 개혁유보론을 현상유지론이라고 비판한 그의 단호함을 떠올리면, 부채를 탕감하기 위해 부유한 귀족 집안과 정략결혼을 하라는 것은 받아들이기 어려운 요구이다. 이러한 딜레마에서 로타리오는 애정문제에 관한 한 여전히 모험가적 기질을 버리지 못한다. 거의 모든 신분의 여성에게 '개방적'인 그의 자유분방함을 고리타분한 귀족사회의 구속으로부터 자유롭기 때문이라고 보는 해석도 있다.[1] 물론 로타리오의 모험가적 기질은 그의 미국독립전쟁 참전이 말해주듯이 구체제의 인습에 대한 저항과 긴밀히 결부되어 있다. 하지만 로타리오의 정치적 성향만을 강조하면 그의 방탕아적 기질은 개혁주의자 로타리오의 인간적 약점 정도로 치부되거나, 아예 정치의식과 감정생활이 따로 노는 이중인격자로 그를 단정할 수밖에 없을 것이다. 그렇지만 로타리오의 애정편력은 단지 도덕적 척도로만 재단할 문제가 아니고 그가 살아온 내력에서 그 연원을 추적해볼 수 있다. 짐작건대 이는 그의 핏줄에 흐르는 귀족적 생활감정과 무관하지 않을 것이다. 특히 아우렐리에(Aurelie)라는 여배우와의 관계는 그런 관점에서 살펴볼 수 있다.

아우렐리에와 로타리오는 작품에서 한번도 동시에 등장하지 않으며 오직 각자의 회상을 통해서만 상대방에 대한 태도가 드러난다. 그런 만큼 어느 한쪽의 말을 그대로 믿기는 곤란하나, 먼저 작가는 아우렐리에의 회고담을 통해 두사람의 관계를 재현한다. 그녀의 회고를 종합해보면 두사람의 관계에서 감정의 고양과 추락은 선명하게 대비된다. 요컨대 서로가 진실된 우애로 맺어져 있는 동안 그녀는 더없이 행복했지만 점차 격정적 감정이 압도하면서부터는 비참한 불행에 빠지게 된 것이다. 먼저 두사람

---

1 Hans Rolf Vaget, "Liebe und Grundeigentum in *Wilhelm Meisters Lehrjahren*," Peter Uwe Hohendahl u. Paul Michael Lützeler 엮음, *Legitimationskrisen des deutschen Adels 1200-1900*, Stuttgart 1979, 148면.

이 진실한 인간적 교감을 나누던 시절을 아우렐리에는 이렇게 회고한다.

> 그는 제게 자신의 깊은 속을 다 펼쳐 보였으며, 저로 하여금 자기 영
> 혼의 가장 내밀한 구석구석까지도 다 들여다보게 했어요. 그래서 저는
> 그의 갖가지 능력들, 그가 좋아하는 일들을 다 알게 되었어요. 난생처
> 음으로 저는 인정과 지성이 넘치는 교제를 하게 되었답니다. 저는 미처
> 저 자신에 대해 성찰해보기도 전에 그에게 끌리고 매료당하고 말았던
> 것입니다. (1권 363면)[2]

'난생처음의 인정과 지성이 넘치는 교제'에서 아우렐리에는 처음으로
타자의 눈에 비친 자기 존재의 가치를 확인하며 배우로서의 긍지를 자각
하고, 무대에 오를 적마다 영감으로 충만해지는 경험을 하면서 희열을 느
낀다. 자신의 처지를 돌아볼 겨를도 없이 로타리오에게 마음이 '끌리고
매료당한' 상태에서 아우렐리에는 더없이 '내밀하고 완전한 마음의 합일'
을 경험한다.

> 그는 저 없이 지내기가 어렵게 되었고, 또 저도 그가 제 곁에 있지 않
> 으면 너무나 불행한 심정이었답니다. (⋯) 그는 저의 처지에서 일어나
> 는 온갖 자질구레한 일에도 일일이 관심을 가져주었죠. 그보다 더 내
> 밀하고 완전한 마음의 합일은 상상할 수 없었지요. 다만 사랑이란 말이
> 입에 오르지 않았을 뿐이죠. (1권 365면)

아우렐리에의 회상에는 감정의 윤색이 없지는 않겠지만, 적어도 아우

---

2 괴테『빌헬름 마이스터의 수업시대』, 안삼환 옮김, 민음사 1996. 직접 인용은 괄호 안에
   권수와 면수만 표기하되, 번역은 필자가 부분적으로 수정하였다.

'신분을 뛰어넘은 결혼'과 '아름다운 영혼'의 이상 139

렐리에가 느낀 우애의 감정은 이미 참된 사랑과 구분되기 힘들었다. 굳이 사랑이라는 말을 입에 올리지 않은 것도 그런 뜻으로 이해될 수 있을 것이다. 실제로 자신의 연기가 오직 로타리오를 위한 것이라고 믿는 아우렐리에는 이미 한 남자를 원하고 사랑했던 것이다. 그러나 이로써 그녀는 결코 충족될 가망이 없는 허망한 욕구에 사로잡히게 되는데, 스스로 자책하듯이 그녀는 어느 모로 보나 로타리오에게 어울리는 짝은 아니었다. 순수한 마음 외에 아무것도 가진 게 없는 아우렐리에는 로타리오와의 거리를 의식하면 할수록 감정 자체에 탐닉하게 된다. 아우렐리에가 그런 소모적인 감정에 빠져들자 한때 극진하던 로타리오의 우애는 일종의 애정유희로 변질된다. 아우렐리에의 회고에 따르면, 성실하던 때의 로타리오는 진실한 감정이 넘치는 독일어로 편지를 써서 보냈지만 자기를 떼어놓으려고 마음먹고부터는 프랑스어로 편지를 써서 보냈다고 한다. 모국어로는 차마 입에 담기 어려운 낯 뜨거운 표현도 프랑스어로는 거침없이 발설했는데, 애매하게 얼버무리거나 거짓말을 하는 데는 단연 프랑스어가 제격이었기 때문이다. 가령 독일어의 treulos라는 형용사는 단순소박하게 '부정(不貞)'이라는 뜻만 전달해서 마치 '순진한 아이'가 쓰는 말처럼 들리지만, 비슷한 뜻의 프랑스어 perfid는 '쾌락'과 '오만함'과 '남의 불행을 즐기는 심술'이란 뉘앙스까지 곁들어 있는 고약한 표현이라는 것이다. 아우렐리에는 로타리오의 편지가 이렇듯 프랑스어로 쓰이면서 그의 우애가 변질되었다고 보는 것이다.

이처럼 교제의 형식이 세련될수록 감정의 진정성이 희석되는 애정관계는 이른바 '갈랑뜨리'(Galanterie)라는 사교문화에 속하는 전형적인 감정유희이다. 하우저(A. Hauser)에 따르면 갈랑뜨리는 궁정사회에서 관례화된 귀족층의 애정유희 형식이자 예술적 유희 양식이기도 했는데, 그것은 사랑의 감정에 거리를 두고 열정을 배제한 채 애정을 단지 사교의 방편으로만 삼는 태도를 가리킨다.[3] 결혼이 오로지 신분질서를 유지하기 위한

계약이자 통과의례로 굳어졌던 전근대 귀족사회에서 남녀 간의 교제는 굳이 진실한 감정의 결합을 전제로 할 필요가 없었을뿐더러, 진실한 감정을 피할수록 오히려 사교적 향락에는 더 편리했던 것이다. 아우렐리에의 진지한 감정으로부터 도망치려 하면서 감정의 유희를 일삼는 로타리오는 감정생활의 측면에서는 여전히 전근대 귀족사회의 갈랑뜨리적 사교문화에 젖어 있는 인물이라고 할 수 있다. 정치적으로 개혁주의자인 로타리오의 이러한 자기모순은 단지 이성적 자제력이 남달리 약한 탓이라기보다는(그러기에 로타리오는 너무나 명석한 인간형이다) 그가 대변하는 개혁 귀족의 사회적 토대가 아직은 취약하다는 방증일 것이다.

　나중에 로타리오는 아우렐리에와 사귀던 당시를 회고하면서 '우정'을 '사랑의 감정'과 혼동한 것이 잘못이었다고 뉘우치지만, 그것은 사태의 핵심을 비켜간 말일 뿐이다. 그는 모든 면에서 아우렐리에가 감히 넘볼 수 없는 우월한 위치에 있었고, 그런 만큼 그가 아우렐리에가 '사랑'과 동일시했던 진실한 '우정'에서 사랑의 감정을 배제한다는 것은 결국 아우렐레에게 치명적인 상처를 안겨주는 것이기 때문이다. 만일 아우렐리에가 로타리오와 신분이 같은 상류층의 '새침데기'였다면 그녀에 대한 로타리오의 '우정'뿐 아니라 '사랑'조차도 세련된 사교놀음으로 끝날 수 있었을 것이다.[4] 그러나 로타리오에 대한 우정과 사랑에 목을 매고 있던 그녀는 억지로 감정을 억누르려 했지만 고통을 견디지 못하고 결국 베르터가 그러했듯이 '죽음에 이르는 병'을 앓게 된다.

---

3 아르놀트 하우저『문학과 예술의 사회사』3, 염무웅·반성완 옮김, 창작과비평사 1999, 40면 참조.

4 루만(N. Luhmann)에 의하면 갈랑뜨리 사교문화에서 '방탕아'에 가장 어울리는 여성은 '새침데기'(Preziöse)라고 한다. 그런 문화에서는 여성 쪽이 짐짓 '무관심한' 태도를 보일수록 남성은 그만큼 더 모험적인 유혹자의 역할을 하도록 자극받기 때문이다. Niklas Luhmann, *Liebe als Passion: Zur Codierung von Intimität*, Frankfurt a. M. 1994, 100면 참조.

억지로 자기 자신으로부터 멀어진다는 것은 얼마나 끔찍한 일입니까! 맨정신으로는 견디기 힘들고 머리가 조여들어요. 그래서 결국 미치지 않기 위해 다시금 그를 사랑한다는 감정에 저 자신을 내맡겨버리는 거예요. (…) 저는 그를 사랑하고 있어요. 그래서 이대로 죽으려는 겁니다. (1권 386면)

결국 응답받지 못하는 사랑의 감정에 자신을 내맡긴 그녀는 생명력이 소진되고 만다. 아우렐리에의 비극은 그녀가 뛰어난 배우이기 전에 한사람의 여성이라는 사실에서 비롯된 숙명이다. 「우미(優美)와 품위에 관하여」(1793)라는 글에서 쉴러는 이념적 숭고함이 대체로 남성적 특성인 반면 감성적 우아함은 여성적 특성이라는 생각에 덧붙여서 이렇게 말하고 있다.

여성의 섬세한 마음결은 가녀린 갈대와 같아서 아무리 나직한 정념의 입김에도 흔들리게 마련이다. (…) 여성의 성정이 윤리적 순수함의 지고한 이념으로까지 고양되기란 드문 일이며, 여간해서는 **감정에 사로잡힌 행동** 이상으로 나아가기 힘들다. 여성의 성정은 곧잘 영웅적인 강인함으로 감정에 맞서기도 하지만, 어디까지나 오직 감정**을 통해** 맞설 뿐이다.[5]

인용문을 괴테 시대의 여성현실에 대한 간접적 진단으로 읽어도 무방하다면 아우렐리에의 비극은 그녀가 여성이라는 사실 때문에 더더욱 피

---

5 Schiller, "Über Anmut und Würde," *Sämtliche Werke*, Bd. 5, München 1984, 469~70면. 강조는 원문.

할 수 없는 숙명이 된다. 그녀의 자조 섞인 고백을 빌리면, 여성은 혼자일 때는 잘난 체하지만 일단 사랑에 빠지면 남자의 발밑에 몸을 내던진다고 한다. 그러기에 그녀는 자기 몸속에 흐르는 피의 마지막 한방울까지도 단죄하고 싶다면서 자신의 여성적 나약함을 자책한다. 하지만 그러한 자학의 감정마저도 그녀의 말대로 이성으로 제어되지 않는 '격정'(Leidenschaft)의 소산일 따름이다. 로타리오에 대한 사랑도, 그리고 사랑의 상처에서 헤어나려는 몸부림도 결국 '감정에 사로잡힌 행동'인 것이다. 인용문에서 쉴러는 그것을 여성의 타고난 본성인 것처럼 언급하고 있지만, 적어도 『빌헬름 마이스터의 수업시대』에서 아우렐리에는 가난한 여배우의 처지에서는 귀족청년의 유희대상이 될 수밖에 없다는, 사회적 약자에게 부과된 비극적 운명을 죽음으로 증거하고 있다.

신분을 뛰어넘은 결혼(1): 테레제와 로타리오

로타리오의 방황을 잠재우고 한 여자의 남편 역할을 받아들이게 만든 테레제는 모든 면에서 아우렐리에와 대비되는 여성이다. 아우렐리에가 자신의 감정을 주체하지 못하는 성격이라면 테레제는 어떤 상황에서도 감정에 휘둘리지 않는 이성적인 여성이다. 감정생활에 무관심하고 너무나 사리분별이 밝기 때문에 어떤 면에서는 남성적으로 보이기까지 하는 테레제를 가리켜 일찍이 슐레겔은 부정적인 뜻으로 '오성적 인간'(Verstandesmensch)이라 평했지만,[6] 그녀는 야르노처럼 타산적인 인간형과는 구별되는 나름의 신념과 미덕을 갖추고 있다. 테레제의 면모는 무엇보다 그녀의 윤리관에서 가장 잘 드러난다. 그녀는 격정적인 연애에 곧잘

---

6 Friedrich Schlegel, "Über Goethes *Meister*," HA 7, 671면에서 재인용.

빠져드는 리디에(Lydie)가 실연만 하면 고통을 달래기 위해 신앙서적을 탐독하곤 하는 습관을 꼬집으며 이렇게 말한다.

일년 내내 세속적인 일에만 매여서 사는 사람들일수록 고난이 닥치면 신앙에 귀의해야 한다고 생각하지요. 그런 사람들은 모든 선과 윤리를 마치 몸이 편치 않으면 마지못해 복용하는 약처럼 생각하는 거예요. (…) 하지만 솔직히 말하면 윤리란 다이어트와 같은 개념이지요. 다이어트라는 것은 그것을 생활의 규율로 삼아 일년 내내 게을리하지 않아야만 제대로 된 다이어트라 할 수 있으니까요. (2권 656면)

마치 일년 내내 규칙적인 생활로 다이어트를 하듯이 선과 윤리를 일상의 덕목으로 실행해야 한다는 것이다. 테레제가 그러한 생활신조를 체현하기까지는 어린 시절 부모의 불행한 결혼생활이 혹독한 반면교사의 역할을 했다. 테레제의 아버지는 유복한 귀족으로, 아내가 아이를 낳을 수 없자 하녀를 대리모로 삼아 테레제를 낳는다. 원래 자유분방한 성격에다 이런 일에 앙심을 품은 아내는 집에서 사교모임과 연극공연 등을 하면서 노골적으로 외간남자들과 애정행각을 벌인다. 더군다나 그녀는 테레제에게 단 한푼의 유산도 남기지 않는다는 유언장을 남편한테서 받아낸다. 이 때문에 테레제는 아버지 사후에 무일푼의 신세가 되어 갖은 고생을 겪는다. 그러나 그녀는 성실히 일한 덕분에 지금은 소규모 자영농으로 겨우 자립한 상태이다.

테레제의 이러한 성장배경과 자력갱생의 이력은 그녀의 결혼관에도 결정적인 영향을 미친다. 봉건적 신분사회에서 귀족과 평민의 결혼을 가리켜 문자 그대로 '어울리지 않는 결혼'(Mißheirat)이라 일컫고 금기시한 것은 귀족의 입장에서 미천한 평민 집안과 통혼을 해서는 안된다는 신분차별적 발상에서 비롯되었다. 그리고 평민과 결혼하는 귀족 자녀에게 상속권을 박탈하는 법적 규제는 그러한 신분차별의 제도화였다. 그런데 테레제는 그런 신분차별적 발상과는 전혀 다른 이유에서 귀족과 평민의 결혼을 '어울리지 않는 결혼'이라고 본다. 그녀의 말에 따르면 '계급'이 다르면 '생활방식'도 다른 까닭에 결코 생활에서 공통분모를 찾을 수 없고 그리하여 원만한 가정을 꾸릴 수 없다는 것이다. 테레제의 이러한 결혼관은 신분차별의 현실을 외면하거나 묵인해서가 아니라 오히려 신분차별이 부당하다고 보기 때문이다. '어울리지 않는 결혼'에 대한 사회적 통념을 뒤집으며 그녀는 이렇게 말한다.

> 제가 아는 단 하나의 어울리지 않는 결혼이란 엄숙한 연회를 벌이고 자기 신분의 대표자로 처신해야 하는 경우지요. 그럴 바에는 차라리 누구라도 좋으니 이웃에 사는 성실한 소작인 아들과 결혼하겠어요. (2권 659면. 강조는 원문)

"엄숙한 연회를 벌이고 자기 신분의 대표자로 처신해야 하는" 결혼은 귀족 가문의 정략결혼을 빗댄 말이며, 『빌헬름 마이스터의 수업시대』에서 그런 '어울리지 않는 결혼'의 표본은 백작 부부라 할 수 있다.[7] 테레제는 그런 귀족과 결혼하느니 차라리 '성실한 소작인 아들'과 결혼하겠다는 것이다. 테레제는 비록 귀족 태생이긴 하지만 아버지 사후에 무일푼의 처지로 집에서 쫓겨나 최하층의 삶을 살았으며 자신의 정직한 노동으로 생활을 일구었기에 새롭게 속한 '계급'의 윤리에 충실한 결혼관을 피력하고 있는 것이다. 그녀는 귀족과 결혼해서 무위도식하는 생활보다는 차라리 남의 땅이라도 경작하는 소작농의 노역이 단연코 보람된 삶이라 여기는

---

7 이에 대해서는 이 글의 앞에 있는 「『빌헬름 마이스터의 수업시대』와 사회개혁 구상」의 두번째 절 '구체제 귀족사회에 대한 비판' 참조.

것이다.

이처럼 당대의 신분차별을 거뜬히 극복하고 평등주의와 정직한 노동윤리를 어떤 이념적 학습을 통해서가 아니라 바로 자신의 삶에서 체득했다는 점에서 테레제는 로타리오의 개혁사상을 자신의 삶으로 실천하고 있는 존재라 할 수 있다. 테레제는 로타리오의 기대 이상으로 그에게 어울리는 신붓감인 것이다. 로타리오의 찬사에 따르면, 역사에서 남성보다 뛰어난 존재로 이름을 남긴 여장부들은 테레제의 내면에 깃든 소양을 구현한 인물들이다. 그리고 테레제와 맺어질 수만 있다면 새로운 여성을 만나서 '사랑'을 느끼던 지난 시절의 '행복'도 앞으로는 평생 단념할 수 있다고 생각한다.[8] 이렇게 해서 로타리오는 테레제를 통해 한때 그를 끝 모를 애정편력으로 내몰던 구체제 귀족의 허위를 비로소 벗고 거듭날 기회를 부여받게 된다. 귀족 신분으로 자신의 영지가 있는 로타리오와 가난한 자작농인 테레제의 결혼은 당대의 신분차별적 관점에서 보면 엄연히 '어울리지 않는 결혼'이다. 그러나 두사람이 신분차별의 벽을 허물고 '어울리는 결혼' 생활을 영위하기 위해서는 무엇보다 로타리오가 테레제가 속한 '계급'의 생활방식을 공유하는 거듭남의 과정을 거쳐야만 한다. 약혼한 두사람이 뜻밖의 장애로 결혼을 유보하다가 다시 그 장애를 넘어서는 과정도 그런 과정으로 이해할 필요가 있다. 로타리오가 방황하던 시절 스위스에서 잠시 사귀었던 귀부인이 하필이면 테레제의 어머니였음이 밝혀지면서 두사람은 파혼의 위기에 봉착하는데, 그 어머니가 생모가 아니라는 사실이 뒤늦게 확인되자 가까스로 결혼이 성사된다. 생모가 아니더라도 (특히 비서구 독자의 눈에는) 망측하다고 할 수밖에 없는 이 아슬아슬

---

8 루만의 견해에 따르면 18세기 서구 소설의 애정묘사에서 가장 두드러진 특징은 '정열적 사랑'(amour passion)이 '이성적 사랑'(amour raisonnable)으로 옮겨간다는 것이다. 로타리오가 갖은 곡절 끝에 테레제와의 결합에 성공하는 것은 '정열적 사랑'을 극복하려는 힘겨운 노력의 결실이자 보상이라 할 수 있다. Niklas Luhmann, 앞의 책 99면 참조.

한 상황설정은 테레제가 법적 강제에 의해 상속권을 박탈당하고 귀족 가문에서 적출되면서 새로운 신분으로 태어났듯이, 로타리오 역시 그의 핏줄에 남아 있는 전근대적 귀족의 구태를 말끔히 씻어내지 않고는 두사람의 결혼생활이 결코 온전할 수 없음을 시사하고 있다.

신분을 뛰어넘은 결혼(2): 나탈리에와 빌헬름

소설의 말미에서 빌헬름은 나탈리에(Natalie)라는 여성과 결혼한다. 로타리오의 여동생인 나탈리에는 귀족 신분이므로 두사람의 결혼 역시 신분이 다른 남녀 사이의 '어울리지 않는 결혼'에 해당된다. 로타리오와 테레제의 결합이 다분히 공통의 가치관을 지향하는 의지적 결단의 양상을 띤다면, 빌헬름과 나탈리에의 결합에는 신분의 차이를 극복한다는 공통점 못지않게 다른 요인들이 작용한다. 나탈리에의 성품에서 주목할 점은 그녀가 '화폐' 개념을 모르고 자랐다는 사실이다. 그녀는 어릴 적부터 가난한 사람들에게 금전으로 자선을 베풀기보다는 옷가지 등 꼭 필요한 물건을 직접 만들어서 나누어주었다. 나탈리에의 성품에 대한 이러한 묘사는 그녀가 화폐와는 무관하게 사람들과 관계맺는다는 것을 말해주며, 그런 점에서 자본가적 속물인 베르너(Werner) 같은 인물의 대척점에 있다고 할 수 있다. 그녀가 사람들에게 '꼭 필요한 물건을 직접 만들어서 나누어주는' 것은 단지 종교적 의미의 카리타스(caritas)적 사랑이 아니라 자연스럽게 몸에 배어 저절로 우러나오는 선행이라고 할 수 있다. 빌헬름이 나탈리에를 처음 만난 계기도 바로 이런 선행과 관련이 있다. 유랑극단 시절에 산속에서 도적떼의 습격을 받고 심한 부상을 입었던 빌헬름은 우연히 마주친 나탈리에의 도움으로 상처를 치료받았던 것이다. 그러고 보면 나탈리에는 빌헬름에게 생명의 은인으로 처음 다가온 셈이다. 그 장면에서 빌헬름은 나탈리에를 보고 "지금까지 이보다 더 고귀한 얼굴, 이보다 더 사랑스러운 얼굴을 본 적이 없는 것 같았다"(1권 310면)고 느낀다. 그러나 '백마를 탄 미인'으로 등장하는 나탈리에에게는 유랑극단의 배우로 떠돌아다니는 빌헬름이 감히 범접하기 힘든 어떤 고결함이 있었다. 두사람의 그러한 대조적인 면은 단지 신분의 차이를 넘어서, 아직도 삶의 좌표를 찾지 못하고 방황하는 빌헬름의 인간적 미성숙과 나탈리에의 온전한 인간적 성숙을 드러내는 것이라 할 수 있다.

그런데 작품에서 두사람은 결혼에 이르는 마지막 순간까지도 대등한 호혜적 관계로 발전하지 못하고 언제나 나탈리에가 빌헬름에게 뭔가를 베풀어주는 양상으로 전개된다. 작품 말미에서 나탈리에가 빌헬름과 결혼하기로 결심하는 결정적인 계기 역시 빌헬름이 도움을 절실히 필요로 하는 상황에서 그녀 스스로 도움을 주는 존재가 되기로 마음먹었기 때문이다. 그러기 전에 빌헬름이 나탈리에의 절친한 친구이기도 한 테레제에게 청혼을 하는 돌발적인 에피소드를 잠시 살펴볼 필요가 있다. 빌헬름은 한때 사귀었던 여배우 마리아네(Mariane)와의 사이에서 아들 펠릭스(Felix)를 얻지만, 마리아네는 산후통으로 죽고 빌헬름 혼자서 아이를 거두어 키우고 있는 상태였다. 하루빨리 펠릭스의 엄마 노릇을 해줄 사람을 아내로 맞이해야 한다는 조바심에서 빌헬름은 생활력이 강한 여장부 타입의 테레제에게 청혼을 한다. 테레제는 로타리오와 약혼한 사이였지만, 앞에서 언급한 고약한 사정으로 로타리오와의 결합이 무산될 위기를 맞았고, 이에 빌헬름은 두사람 사이를 비집고 들어와서 불쑥 청혼을 한 것이다. 마음은 나탈리에한테 끌리고 있었지만 감히 청혼할 엄두를 내지 못하고 단지 아버지로서의 의무감을 다해야 한다는 생각에서 나온 빌헬름의 이러한 '패착'은 그가 여전히 신분상의 열등감 내지 자의식에서 자유롭지 못하다는 사실을 분명히 보여준다. 다른 한편 어린 아들에게 좋은 엄마가 필요하다고 해서 진실한 사랑의 감정과 무관하게 그저 아이 잘 키우고 살림 잘할 여성을 아내로 맞이하려는 태도가 과연 온당한 것인가 하는 의구심도 생긴다.

이런저런 면에서 빌헬름은 여전히 미성숙한 존재라 할 수 있다. 테레제는 그런 빌헬름의 청혼을 처음에는 수락하지만, 곧이어 자신의 어머니가 생모가 아니라는 사실이 밝혀지자 곧바로 청혼 수락을 철회하고 원래 계획대로 로타리오와 결혼하기로 결심한다. 그런데 사리분별이 밝은데다 다른 사람의 마음을 잘 헤아리는 테레제는 빌헬름의 마음이 온통 나탈리에한테 쏠려 있다는 것을 이미 알고 있다. 그래서 테레제는 빌헬름의 청혼을 수락했다가 금방 철회한 것에 대한 '보상'으로 나탈리에와 빌헬름이 결혼할 수 있도록 분위기를 만들어보자고 로타리오에게 제안한다. 이런 이야기를 빌헬름에게 들려주는 로타리오의 말에 따르면 테레제는 나탈리에와 빌헬름 간의 결혼 성사를 '조건'으로 자신과의 결혼을 수락했다고 한다. 로타리오가 테레제의 말을 다소 과장했을 수도 있지만, 선행을 '일상의 다이어트'처럼 하는 테레제의 성품에 비추어볼 때 테레제가 실제로 그런 조건을 내걸었을 개연성이 크다. 테레제는 두쌍이 '같은 날'에 결혼식을 올리자는 제안까지 했다고 한다. 그런데 로타리오가 빌헬름에게 이런 내막을 상세히 들려주는 것은 이미 나탈리에가 빌헬름과 결혼하기로 결심한 것을 알기에 마음 편히 저간의 사정을 털어놓을 수 있었던 것이다. 그럼에도 정작 당사자인 빌헬름은 나탈리에가 자신과 결혼하기로 결심했다는 사실을 여전히 모르고 있는 상태이다. 직접 상대방의 고백을 들어서가 아니라 제3자의 전언을 통해 자신의 배우자가 정해졌다는 사실을 아는 형국이다. 이처럼 미묘한 상황설정은 괴테 특유의 아이러니가 작용한 결과로 보인다.

우선 빌헬름이 나탈리에를 진심으로 좋아하면서도 자신의 감정을 떳떳이 고백하지 못하고 줄곧 수동적인 자세로만 일관하는 것은 자신이 과연 나발리에를 신부로 맞이할 자격을 갖추었는지 확신이 서지 않았기 때문이다. 그런데도 나탈리에가 빌헬름의 마음을 받아주고 결혼하기로 결심하는 데는 빌헬름의 아들 펠릭스가 결정적인 역할을 한다. 나탈리에는 펠릭스가 불의의 사고에 몹시 놀라 아프게 되자 빌헬름과 함께 밤새도록 아이를 보살피면서 만약 아이가 죽는다면 빌헬름과 결혼하겠다고 결심한다. 다행히 아이는 멀쩡히 살아났으며 빌헬름이 자신을 좋아한다는 것을 잘 아는 나탈리에는 집안의 정신적 대부 격인 신부님에게 빌헬름에 대한 사랑을 고백하고 결혼의사를 밝힌다. 이로써 빌헬름은 펠릭스의 '엄마'도 얻고 사랑도 얻는 이중의 행운을 차지한다. 나탈리에가 결혼을 결심하게 된 동기가 펠릭스와 빌헬름에 대한 사랑이라는 것은 분명하지만, 굳이 따지자면 펠릭스에 대한 사랑이 더 결정적인 동기로 작용했음을 부인할 수는 없다. 나탈리에는 어릴 적부터 몸에 밴 성품대로 자신을 바쳐서 사랑을 베푼 것이다. 그전에 나탈리에는 단 한번도 남자를 사랑한 적이 없다고 고백하는데, 그 말이 사랑의 '감정'에 빠진 적이 없다는 뜻이라면 빌헬름과 펠릭스에 대한 사랑 역시 그런 감정적 사랑이라기보다는 순결한 영혼에서 우러나온 것임이 분명하다. 그런 나탈리에를 가리켜 오빠인 로타리오는 '진정으로 아름다운 영혼'이라고 일컫는다. 이 '아름다운 영혼'은 괴테와 쉴러가 고전적 미의 이상으로 추구한 진·선·미의 합일을 상기시키거니와, 그렇다면 나탈리에의 아름다운 영혼은 고전적 미의 이상을 구현한 인간적 완성의 경지에 해당되는 셈이다. 쉴러에 따르면 "아름다운 영혼 안에서는 감성과 이성, 의무와 사랑이 조화를 이루어서 아름다운 영혼은 우아함(Grazie)으로 그 모습이 드러난다."[9] 그런 의미에서 빌헬름과 펠릭스에 대한 나탈리에의 사랑은 단지 선행의 실천이 아니라 '의무와 사랑'이 조화를 이룬 '아름다운 영혼'의 드러남이라 할 수 있다.

---

9 Schiller, 앞의 글 468면.

'아름다운 영혼'의 이상

로타리오는 나탈리에의 '아름다운 영혼'을 '인류에게 기쁨을 선사하는' 귀감이라고 하며 찬사를 아끼지 않는데, 나탈리에가 구현한 인간적 완성의 경지에 이처럼 인류사적 의의를 부여하는 데는 그럴 만한 이유가 있다. 나탈리에가 빌헬름과 결혼하는 것은 로타리오가 주장한 귀족적 특권의 자발적 포기에 해당된다. 이미 언급한 대로 당시의 실정법에 따르면 귀족인 나탈리에가 평민인 빌헬름과 결혼할 경우 상속권이 박탈되므로 나탈리에는 사실상 귀족 신분을 버리고 평민이 되는 셈이다. 일찍이 낭만주의 작가 노발리스(Novalis)는 빌헬름이 나탈리에와 결혼하는 대목을 가리켜 "귀족 작위를 얻기 위한 순례"[10]라고 비꼬았지만, 그것은 작품의 실상에 맞지 않는 해석이다. 다른 한편 두사람의 결혼은 단지 귀족과 평민의 신분을 뛰어넘었다는 의미보다 더 포괄적인 역사적 상징성을 갖는다. 작품에 등장하는 「병든 왕자」 그림 모티프에서 그러한 상징성이 암시되는데, 원래 빌헬름의 조부가 소장한 미술품 가운데 하나였던 이 그림은 빌헬름의 아버지가 다른 미술 소장품과 함께 나탈리에 가문에 팔아넘긴 것이었다. 빌헬름은 어린 시절부터 유독 이 그림에 마음이 끌렸었는데, 그림의 소재는 『플루타르크의 영웅전』에 나오는 이야기로, 새로 맞이한 왕비를 왕자가 사모하여 상사병을 앓게 되자 결국 부왕이 새 왕비를 아들에게 양보하고 왕위까지 물려줌으로써 병을 낫게 한다는 내용이다.[11] 따라서 빌헬름이 나탈리에와 결혼함으로써 그 그림을 되찾은 것은 그림 속의

---

10 HA 7, 685면에서 재인용.

11 이 그림 모티프에 관해서는 Erika Nolan, "Wilhelm Meisters Lieblingsbild: Der kranke Königssohn—Quelle und Funktion," *Jahrbuch des Frein Deutschen Hochstifts*(1979), 132~52면 참조.

이야기가 실현된 것이라는 유추가 가능하다. 부왕이 왕위를 물려준 것은 단순한 왕위 세습이라 볼 수도 있지만, 그보다 새 왕비에 대한 왕자의 사랑을 인정한 것이기 때문에 엄밀히 말하면 왕권을 포기하고 아들의 마음이 원하는 '자연권'(Naturrecht)을 존중한 결단이라 보는 편이 타당할 것이다. 18세기 계몽사상의 맥락에서 '천부인권'으로 번역되기도 하는 자연권이란 인간은 신분 고하를 막론하고 누구나 동등한 존엄성을 타고났다는 평등주의 사상의 근간을 이룬다. 그런 맥락에서 보면 빌헬름이 나탈리에와 결혼해 그림을 되찾는 것은 절대왕정이 지배하는 앙시앵 레짐을 무너뜨리고 만인의 자연권을 실현해야 한다는 세계사적 소명을 일깨워주는 환유라 할 수 있다.

한편 빌헬름의 아버지가 미술 소장품을 모조리 매각한 이유도 짚어볼 필요가 있다. 부유한 상인이었던 빌헬름의 아버지는 아들 빌헬름이 대를 이어서 상인이 되기를 바랐으며, 미술품을 판 이유도 사업자금을 마련하기 위해서였다. 그렇지만 빌헬름은 일찍이 상인이 되라는 아버지의 뜻을 거역하고 가출했던 것이다. 그가 나탈리에와 결혼하여 그림을 되찾는 사건은 최종적으로 아버지의 뜻을 거역하는 행위에 해당된다.『빌헬름 마이스터의 수업시대』에서는 빌헬름이 장차 사회에서 어떤 일을 할지 분명히 드러나 있지 않지만, 적어도 베르너 같은 부르주아가 되는 길은 택하지 않을 것임은 예고되어 있는 셈이다. 특히 나탈리에는 어릴 적부터 화폐에 초연한 삶을 살아왔기에 그런 나탈리에와의 결합을 통해 이루게 될 가정 공동체는 결코 보통의 부르주아 가정이 될 수 없다는 점도 분명하다. 바로 그런 맥락에서 나탈리에의 '아름다운 영혼'이 가리키는 고전미의 이상 내지 인간적 완성이라는 교양의 이상은 구체제의 몰락과 더불어 도래한 자본주의체제의 내적 모순마저 극복한 인류사적 이상과 연결되는 것이라 할 수 있다. 작품의 대미에서 신부의 입회하에 테레제와 로타리오, 나탈리에와 빌헬름 등이 동시 등장하는 사실상의 결혼식 장면을 가리켜 나탈리에의 남동생 프리드리히는 '온갖 신분의 사람들이 함께 춤추며 어울리는 가장무도회'라고 일컫거니와 신분차별을 허무는 이 '가장무도회'는 귀족과 평민의 차별 철폐뿐만 아니라 인류가 언젠가는 맞이해야 할 만민평등의 축제를 미리 보여주는 것이기도 하다. 일찍이 가다머(Gadamer)는 독일 고전주의가 추구한 교양이념이 인류적·정치적 자유를 외면하고 탈정치적 '미적' 교양으로 수렴되었다고 비판한 바 있지만,[12] 『빌헬름 마이스터의 수업시대』에서 나탈리에로 구현된 '아름다운 영혼'은 고전미의 이상과 인류사적 소명이 하나의 과제임을 분명히 보여주고 있다.

---

12 "예술이 마련해줄 것이라던 진정한 인류적·정치적 자유 대신에 '미적 국가', 즉 예술에만 관심을 쏟는 교양사회가 형성돼다"(가다머 『진리와 방법』 1, 이길우 외 옮김, 문학동네 2012, 125면)

『빌헬름 마이스터의 수업시대』에서
미뇽의 비극과 계몽의 변증법

머리말

괴테의 문학을 통틀어 가장 신비로운 인물 중의 하나는 『빌헬름 마이스터의 수업시대』에 등장하는 미뇽(Mignon)이다. 소설의 주인공 빌헬름이 유랑 곡예단의 일원인 미뇽을 처음 만나는 장면에서 이 '수수께끼 같은 아이'의 인상은 이렇게 묘사되고 있다.

> 그녀의 신체적 모습에는 균형이 결여되어 있었으나, 무엇인지 사람의 눈을 끄는 데가 있었다. 아이는 비밀에 가득 찬 듯하고 코는 유별나게 아름다웠으며, 입은 나이에 비해 너무 꼭 다문 것처럼 보였고 가끔 입술이 한쪽으로 실룩거리긴 했지만, 그래도 아주 순박해 보였고 매력이 넘쳐흘렀다. 갈색이 감도는 얼굴빛은 화장 때문에 거의 알아볼 수 없었다. 이런 모습이 빌헬름에게 매우 깊은 인상을 주었다. (1권 129면)[1]

신체적 균형의 결여는 미뇽이 보통의 소녀처럼 정상적인 성장과정을 거치지 못했음을 암시하지만, 단지 신체적 불균형만을 가리키는 것이 아니라 내력을 짐작할 수 없는 신비로운 매력의 맥락에서도 언급되고 있다. 그리고 '나이에 비해 너무 꼭 다문 입'은 열두세살 소녀의 천진난만한 발랄함이 그 어떤 알 수 없는 이유로 인해 무겁게 억눌려 있음을 시사하고, 이따금 경련하듯 떨리는 입술은 그러한 억눌림이 제어되지 않는 고통의 요인임을 짐작하게 한다. 하지만 그녀는 곡예 연기를 위해 화장을 하고 있기 때문에 그러한 고통이 어떤 표정으로 나타나는지 확인할 길이 없다. 빌헬름이 처음으로 미뇽과 말하는 장면에서 미뇽은 자신의 본래 이름도 나이도 모르는 고아라는 사실을 밝히긴 하지만, 아버지가 누구냐는 질문에 대한 그녀의 대답은 여전히 수수께끼로 들린다.

"이름이 뭐지?" 그가 물었다.
"사람들이 저를 미뇽이라 불러요."
"몇살이지?"
"아무도 헤아리지 않았어요."
"아버지가 누구지?"
"큰 악마는 죽었어요." (같은 곳)

나중에야 밝혀지지만 '큰 악마'라는 인물은 곡예단장의 형으로, 워낙 수완이 좋아서 사람들이 그런 별명을 붙여주었다고 한다. 이딸리아 태생인 미뇽은 어릴 적에 그 '큰 악마'에 의해 유괴되어 곡예단에 넘겨졌고, 지금은 독일 땅에서 노예나 다름없는 신세로 유랑 곡예단의 흥행을 위한 노리개가 되어 있다. 이런 처지의 미뇽에게 구원자로 나타난 존재가 바로

| 괴테『빌헬름 마이스터의 수업시대』, 안삼환 옮김, 민음사 1996. 작품 인용은 괄호 안에 권수와 면수만 표기하되, 번역은 필자가 부분적으로 수정하였다.

빌헬름이다. 어느날 연기를 실수했다는 이유로 미뇽이 곡예단장에게 매를 맞고 있는 것을 본 빌헬름은 은화 30냥을 몸값으로 치르고 그녀를 곡예단에서 빼내준다. 그 보답으로 미뇽은 빌헬름이 홀로 있는 방에서 그녀의 장기인 계란춤을 선보인다. 판당고(fandango)라는 스페인 춤곡에 맞추어 추는 그녀의 율동은 언어로는 표현할 수 없는 내면의 정열을 몸짓으로 풀어낸 것이었다. 원래 구애의 춤인 판당고의 경쾌하고 정열적인 몸짓과는 달리 춤을 추는 미뇽의 태도가 자못 엄숙하고 진지한 이유는 이제 오로지 빌헬름에게 자신의 운명을 맡기겠다는 애틋한 마음 때문일 것이다. 빌헬름 역시 "이 버림받은 아이를 자신의 아이로서 가슴에 받아들이고 이 아이를 품 안에 안고 아버지와 같은 사랑을 다하여 이 아이의 마음속에 삶의 기쁨을 일깨워줄 수 있기를"(1권 153면) 다짐한다. 춤에 대한 보답으로 빌헬름이 옷을 한벌 해주겠다고 하자 미뇽은 '선생님의 것으로' (즉 남자 옷으로) 달라고 하는데, 이때부터 미뇽은 언제나 남장을 하고 다닌다. 이제 막 피어나는 꽃망울 같은 사춘기의 소녀가 "저는 사내아이예요! 여자애가 되고 싶지 않아요!"(1권 282면)라며 한사코 여성이기를 거부하는 것은 자신의 수호자인 빌헬름 말고는 어느 누구에게도 마음을 주지 않겠다는 것이다. 무대에서 계란춤을 보여달라고 하는 유랑극단 단원들의 요구에 일절 응하지 않는 것도 같은 이유에서이다. 빌헬름에게 자신의 운명을 맡겼으니 이제는 어느 누구의 구경거리도 되지 않겠다는 것이다.

그런데 미뇽은 이처럼 오직 빌헬름에게만 매달림으로써 비극의 씨앗을 키운다. 유랑극단 단원들과의 인간관계에서 환멸을 느낀 빌헬름이 극단을 떠날 결심을 하고 미뇽에게 자신의 뜻을 밝히자 미뇽은 슬픔을 못 이긴 채 가슴을 움켜쥐고 쓰러지고 만다. 극심한 충격으로 심장경련을 일으킨 것이다. 빌헬름은 미뇽이 기절 상태에서 다시 깨어나 자신의 품에 안겨 눈물 흘리는 것을 보면서 "이 아이가 그의 품 안에서 그만 녹아버려서 아무 흔적도 없이 사라져버리지나 않을까"(1권 192면) 노심초사한다. 결국 빌헬름은 미뇽을 딸로 받아들여 그녀 곁을 떠나지 않겠다고 약속함으로써 겨우 사태를 수습한다. 하지만 빌헬름이 미뇽의 아버지로서 함께 있는다고 문제가 풀리는 것은 아니며 단지 파국이 유예될 뿐이다. 시간이 흐를수록 빌헬름에 대한 미뇽의 감정은 그녀의 의지와 무관하게 아버지에 대한 딸의 사랑에만 머무르지 않고 연모의 정으로 발전하기 때문이다.

유랑극단에서 「햄릿」 공연이 있던 날 밤의 에피소드는 미뇽의 내면에서 꿈틀거리는 미묘하고도 위태로운 감정의 변화를 잘 보여준다. 공연이 끝난 후 뒷풀이 잔치에서 폭음을 하고 자기 방에 돌아와 침대에 누운 빌헬름을 누군가가 끌어안고 격렬한 입맞춤을 하는데, 빌헬름은 비몽사몽하여 상대방이 누구인지도 모른다. 결국 "누군가의 가슴이 자신의 가슴을 짓누르는 것을 느꼈으나 그에게는 그것을 밀쳐낼 기력이 남아 있지 않았다."(1권 456면) 이튿날 아침 빌헬름 앞에 나타난 미뇽은 전혀 딴사람이 된 것처럼 보인다. "그녀는 밤사이에 더 성숙한 것같이 보였으며, 고상하고 우아한 몸가짐으로 그의 앞으로 다가와서는 매우 진지한 표정으로 그의 눈을 바라보았기 때문에 그는 그 눈길을 피해버리지 않을 수 없었다."(1권 457면) 게다가 어제까지만 해도 빌헬름을 '주인님'이나 '선생님' 또는 '아버지'라고 부르던 미뇽이 갑자기 '마이스터 씨'라고 호칭을 바꾸기까지 한다. 여기까지 읽은 독자는 전날 밤 문제의 여성이 미뇽일 거라는 상상을 하기 쉽다. 빌헬름에게도 이 문제는 한참이 지나도록 수수께끼로 남는데, 훨씬 나중에야 문제의 여성이 자유분방하기 이를 데 없는 여배우 필리네(Philine)라는 사실이 밝혀진다. 그런데도 미뇽이 밤사이에 달라진 까닭은 무엇인가. 그녀는 뒷풀이 자리의 들뜬 기분이 채 가라앉지 않은 흥분상태에서 성적 호기심을 이기지 못하여 빌헬름의 방에 숨어들었고, 커튼 뒤에 숨어 있다가 난데없이 나타난 필리네가 빌헬름을 덮치는 현장을 목격했던 것이다. 미뇽은 이로 인한 충격 때문에 쓰러지기 직전의 위급한 상태에 빠지는데, 다행히 하프 악사의 도움을 받아 겨우 안정을 되찾는다. 이 불의의 사건은 비록 미뇽이 빌헬름의 딸로 그의 곁에 머문다 하더라도 아버지와 딸의 관계로는 온전한 평온함을 누리기는 힘들 것임을 강하게 암시한다. 더구나 빌헬름에게 그날밤의 일이 풀리지 않는 의문으로 남아 있는 한에는 더더욱 그럴 수밖에 없을 것이다.

낭만적 동경의 비극

결국 빌헬름은 유랑극단을 떠나게 되며, 미뇽과 빌헬름도 한동안 떨어져 지내게 된다. 떠나는 빌헬름에게 미뇽은 그의 곁에 머물 수 없다면 하프 악사나 빌헬름의 아들 펠릭스와 함께 지내게 해달라고 애원한다. 뒤에서 다시 언급하겠지만, 하프 악사는 원래 미뇽의 생부였으나 기구한 사연으로 미뇽과 마찬가지로 낯선 이국 땅을 떠돌고 있는 처지이다. 미뇽은 하프 악사가 자신의 진짜 아버지라는 사실을 모르지만, 핏줄의 본능과 운명적 일체감에 의해 자신도 모르게 그에게 이끌린다. 그런가 하면 펠릭스라는 아이는 빌헬름이 집을 떠나오기 전 사랑했던 마리아네라는 여배우와의 사이에서 낳은 아들이다. 이 아이는 빌헬름이 마리아네와 이별한 후 빌헬름도 모르는 사이에 태어났다가 마리아네가 산후통으로 죽고 사생아로 자라다 뒤늦게 빌헬름을 만나게 된다. 그런데 빌헬름은 처음에 펠릭스가 자기 아들인 줄 알지 못한다. 그러나 우연치 않게 미뇽이 펠릭스를 위급한 상황에서 구해주는 과정에서 이 아이가 빌헬름의 아들임을 직감한다. 이처럼 다른 사람이 아닌 미뇽이 빌헬름의 잃어버린 아들을 되찾아준다는 사실은 미뇽이 빌헬름에게 딸과는 다른 어떤 존재로 성숙하고 있음을 말해준다. 다시 말해 미뇽의 내면에는 빌헬름을 보호자가 아닌 이성으로 보려는 감정이 꿈틀거리고 있는 것이다. 따라서 미뇽이 빌헬름의 아들 펠릭스와 함께 있고 싶다는 말은 빌헬름을 대신하는 존재인 펠릭스를 통해서 그의 부재 때 마음의 위안을 얻고자 하는 애절한 소망의 표현인 것이다.

그리하여 미뇽은 펠릭스와 함께 나탈리에라는 여성에게 맡겨진다. 나탈리에는 빌헬름이 여행 도중 산적의 습격을 받아 심한 부상을 당했을 때 백마의 기사처럼 나타나 빌헬름을 치료해준 여성이다. 빌헬름에겐 생명의 은인이나 다름없는 나탈리에는 귀족 출신다운 우아한 기품과 사려 깊은 심성을 지닌 현명한 여성이다. 나탈리에는 미뇽을 '정상적인' 소녀로 키우려고 하나 그 노력은 물거품이 되고 만다. 미뇽을 나탈리에의 집에 맡기고 여행을 떠났다가 한참 만에 다시 돌아온 빌헬름의 눈에 미뇽은 "완전히 이 세상을 떠난 혼백"(2권 756면)처럼 보인다. 미뇽의 생명이 시들어가는 이유는 물론 빌헬름의 부재로 인한 고통을 견디지 못해서이지만, 미뇽을 정상적인 소녀로 교육하려는 나탈리에의 노력 역시 본의 아니게 미뇽의 고통을 가중시키는 데 일조한 것으로 밝혀진다. 나탈리에는 미뇽이 앓고 있는 마음의 병을 알아내기 위해 이리저리 이야기를 시키다가 결국 앞서 말한 공연날 밤에 벌어진 사건의 진상을 미뇽의 입을 통해 듣게 되고, 그 사건이 '아직 못다 핀 꽃봉오리'에 치명적인 충격을 주었다는 사실을 알게 된다. 그런데 미뇽은 그 사건의 진상을 말함으로써 그 끔찍한 날 밤의 악몽이 고스란히 되살아나는 고통을 겪게 된다. 강인한 정신의 소유자라면 자신의 어두운 기억을 다른 사람에게 털어놓는 자기고백의 과정을 통해 고통에서 벗어날 수도 있겠지만, 그럴 힘이 없는 미뇽에게 그러한 고백은 다시 환부를 들추어 상처를 덧나게 한 치명적 자극이 된 것이다. 나탈리에 역시 사려 깊은 여성답게 미뇽에게 "고백을 하도록 유도함으로써 그 착한 아이의 기억을 그토록 잔인하게 되살려놓은 데 대한 심한 자책감"(2권 754면)을 실토하지만 이미 때늦은 후회일 뿐이다. 나탈리에의 '과잉' 교육은 여기에 그치지 않고 미뇽에겐 빌헬름의 분신이나 다름없는 펠릭스를 미뇽에게서 떼어놓는 과오마저 범한다. 빌헬름이 돌아옴으로써 다시 펠릭스와 함께 있을 수 있게 된 미뇽은 펠릭스를 가까이서 볼 수 없었던 고통을 빌헬름에게 이렇게 하소연한다.

"저에게 이 아이를 다시 데려다주셔서 고맙습니다. 어떻게 그런 일이 일어날 수 있었는지는 몰라도 사람들은 이 아이를 저에게서 빼앗아가 버렸어요. 그때 이래로 저는 살아도 사는 것 같지가 않았습니다. 제 마음이 이 지상에서 아직도 무엇인가 원하는 것이 있는 한, 이 아이가 그 빈틈을 채워줄 거예요." (2권 756면)

여기서도 분명히 드러나지만 미뇽이 이 지상에서 아직도 무엇인가 원하는 것을 가지고 있다면 그것은 빌헬름을 향한 그리움이다. 하지만 미뇽을 어디까지나 딸로만 여기는 빌헬름에게서 미뇽의 그리움은 아무런 응답도 받지 못했으며, 그 공백을 채워주는 존재가 바로 펠릭스였던 것이다. 나탈리에 역시 그 점을 모르지 않았겠지만, 그럼에도 한창 크는 아이답게 개구쟁이로 뛰어노는 펠릭스의 과도한 활기가 미뇽의 연약한 심장에 무리한 부담을 줄까봐 일부러 펠릭스를 떼어놓았다. 미뇽이 무리하게 움직이는 것을 피하고 규칙적인 생활을 할 수 있도록 배려한 것이다. 그러면서 나탈리에는 인간존재의 결핍이 '명확히 규정된 법칙'을 통해서만 메워질 수 있다고 보는 경직된 교육철학을 고수한다.

"인생을 살아가는 데 의지가 될 만한 몇몇 법칙들을 분명히 말해주고 아이들에게 엄하게 가르쳐주는 것은 꼭 필요하다고 봅니다. 그렇습니다. 우리의 본성이 제멋대로 충동질하는 데에 따라 방황하느니보다는 차라리 규칙들을 따르면서 방황하는 것이 낫다고까지 주장하고 싶을 정도입니다. 그리고 제가 보는 바에 의하면, 우리 인간의 본성에는 항상 어떤 결함이 남아 있는데, 이것은 명확히 규정된 법칙을 통해서만 메워

질 수 있는 것 같아요."(2권 759면)

이런 생각은 미뇽의 가녀린 영혼을 짓누르고 생명을 잠식하는 억압으로 작용하게 된다. "이성은 잔인해요"(2권 699면)라는 미뇽의 한마디 말이 그 점을 잘 말해주고 있다. 나탈리에의 교육을 통해 미뇽이 '정상인'으로 순치되는 것처럼 보이지만, 미뇽의 가슴속에 쌓여 있는 해소할 길 없는 그리움은 가라앉기는커녕 점점 커질 수밖에 없었다.

"이제 미뇽은 더이상 나무에 기어오르거나 풀쩍 뛰는 짓 같은 건 하지 않아요." 하고 미뇽이 말했다. "하지만 아직도 여전히 산꼭대기들 위로 성큼성큼 걸어다니고 싶고 이 집 지붕에서 저 집 지붕으로, 이 나무에서 저 나무로 건너다니고 싶은 욕망을 느낍니다. 저 새들이 참 부러워요! 특히 그렇게 예쁘장하고 정다운 보금자리를 만드는 걸 보면 더욱 그래요!"(같은 곳)

빌헬름에게 이렇게 말하는 미뇽의 말투에는 소녀다운 천진함이 배어 있지만, 하늘을 나는 새가 '예쁘장하고 정다운 보금자리'를 만드는 것을 부러워하는 마음은 단지 잃어버린 가족에 대한 그리움만은 아닐 것이다. 고향과 가족을 잃고 사고무친으로 떠도는 방랑생활을 접고 그녀 자신도 이제 가정이라는 둥지를 틀고 싶은 것이다. 유일하게 자신을 이해하고 깊은 연민의 정으로 따뜻하게 대해주는 빌헬름과 한 가족이 되고 싶었으니, 그것만이 그녀를 지상의 삶에 붙들어둘 수 있는 마지막 가능성이었다.

이 착한 소녀는 때로는 이 지상을 완전히 떠나버린 존재처럼 보이다가도 또 어떤 순간에는 미처 다시금 지상으로 되돌아와서 빌헬름과 펠릭스 부자를 꽉 붙들고서 자신의 존재를 지탱하는 것처럼 보였으며,

이 두사람과 떨어지는 것을 그 무엇보다도 두려워하고 있는 것 같았다.
(2권 760면)

그러나 미뇽이 가장 두려워하던 일이 결국 실제로 벌어지고 만다. 여전히 미뇽을 딸로만 여기는 빌헬름은 펠릭스의 자상한 어머니가 되어줄 사람을 찾을 궁리를 하던 끝에 나탈리에의 친구인 테레제라는 여성에게 청혼을 한 것이다. 펠릭스 역시 비록 개구쟁이 꼬마이지만 어린아이 나름의 눈치로 아버지의 심중을 읽고 있었는데, 어느날 테레제가 빌헬름을 방문하자 펠릭스는 '어머니가 왔다'며 빌헬름이 있는 곳으로 달려와 테레제의 내방을 알린다. 그런데 숨이 가쁘게 펠릭스와 함께 달려온 미뇽은 빌헬름이 테레제를 포옹하는 바로 그 순간 충격을 가누지 못하고 심장이 멎어버린다.

모레띠(F. Moretti)는 미뇽을 죽음으로 몰아가는 이러한 일련의 얘기를 가리켜 "세계문학을 통틀어 가장 마음에 거슬리는 잔혹사의 하나"[2]라고 언급한 바 있다. 미뇽을 죽음에 이르게 한 이 잔혹한 이야기는 독자에게 가슴 저미는 비애감과 더불어 많은 생각을 불러일으키게 만든다. 결국 사랑하는 이에 대한 그리움으로 인해 자신의 생명력을 소진시킨 미뇽의 비극적 운명은 지상의 삶에서 충족될 수 없는 동경을 숙명으로 타고난 낭만적 영혼의 비극이다. 미뇽이 불렀던 노래 중 하나인 다음 노래는 그녀의 가슴속에 품고 있는 그리움이 이 지상에서는 결코 응답받을 수 없으며 그녀의 영혼은 오로지 '저 하늘가 다른 세상'에서나 안식을 찾을 수 있다는 것을 애절하게 토로하고 있다.

---

2 프랑꼬 모레띠 『세상의 이치: 유럽 문화 속의 교양소설』, 성은애 옮김, 문학동네 2005, 99면.

그리움을 아는 이만이

나의 괴로움을 알리!

모든 기쁨

빼앗긴 채 홀로

저 하늘가

다른 세상을 바라보네.

아! 나를 사랑하고 알아주는 이

먼 곳에 있네.

어지러워라,

애간장이 타네.

그리움을 아는 이만이

나의 괴로움을 알리! (1권 329~30면)

괴테 다음 세대의 낭만주의 작가 노발리스는 '삶은 죽음의 시작'이라고
했다. 그런 의미에서 미뇽은 지상에서의 짧은 방황을 마감하고 자신의 운
명을 점지한 하늘나라로 돌아감으로써 비로소 지상에서 못 이룬 귀향의
꿈을 이룬 셈이다.

계몽의 훈육

다른 한편 미뇽의 비극은 편협한 합리주의 정신의 계몽적 훈육이 야기
한 사회적 비극이기도 하다. 잠시 미뇽의 보호자 역할을 맡았던 나탈리에
의 교육방식이 미뇽의 가슴앓이를 치유하기는커녕 상처를 더 키웠다는
점은 앞에서도 언급했지만, 미뇽이 죽은 후의 이야기에서도 그와 유사한
사태가 벌어진다. 미뇽의 죽음 직후 빌헬름은 비통한 상태에서 테레제의

품에 안겨 위로를 받는다. 테레제를 포옹한 것이 미뇽이 죽게 된 직접적인 계기였다는 사실을 상기하면 미뇽의 죽음 앞에서 그런 태도를 보인 것은 내면적 분열의 극한상태가 아니고서는 납득하기 힘들다.

더욱 납득하기 힘든 것은 '탑의 결사'에 속해 있는 인물들의 반응이다. 겨우 정신을 수습한 빌헬름이 자기가 미뇽을 죽음으로 내몰았다는 회한에 휩싸여서 미뇽의 시신으로 다가가려 하자 의사들은 그를 제지하며 미뇽의 주검을 생시의 모습 그대로 보존하는 '멋진 기술'(schöne Kunst)을 시술하겠다고 나선다. 시신 속에 방부제를 주입하여 미라를 만드는 이 '시술' 혹은 '실험'은 성공을 거두어서, 장례를 집전한 신부는 장례식을 마친 직후 '기술과 정성이 낳은 기적'을 사람들에게 공개한다. 살아서는 감정을 내색조차 못한 채 창백하던 얼굴이 홍조를 띠고, 팔목에는 '십자가에 못 박힌 예수의 형상'까지 나타나니 가히 '기적'이라 할 만했다. 그렇다면 이 '기적'은 삶과 죽음의 경계를 뛰어넘는 과학의 경이거나 자연을 극복한 문명의 광휘인가? 장례식에 참석한 사람들의 반응은 그렇다고 말하는 것처럼 보이기도 한다. 사람들은 모두 '미라'에 다가가 '기술의 경이'에 경탄과 호기심을 억누르지 못했던 것이다.

그러나 사태의 진실은 빌헬름의 태도에서 엿보인다. 오직 빌헬름만이 미뇽의 주검에 감히 접근하지 못하고 형언키 어려운 두려움과 절망감에 빠진다. 빌헬름의 이 절망과 두려움은 '기적'을 낳은 의사들이나 신부의 사고에 근본적인 의문을 품게 한다. 신부가 실토했듯이, 노련한 의사의 치료도 그 '아름다운 생명'을 붙들지는 못했고 떠나가는 영혼을 잡지 못했다. 이성은 차가운 것이라고 했던 미뇽의 말을 떠올리면, 아름다운 생명을 시들게 하고 얼어붙게 만든 것은 그들의 차갑고 메마른 이성으로, 그 논리에 호응했던 빌헬름의 행위는 미뇽을 죽음에 이르게 한 직접적인 계기였던 것이다. 이미 영혼이 떠난 육신에 새삼 '영원한 생명'을 부여하려는 시도는 자가당착이라고 할 수밖에 없다. 하넬로레 슐라퍼(Hannelore

Schlaffer)는 여기서 '탑의 결사'에 속한 의사들이 시술하는 '영생술'이야
말로 바로 그들의 합리주의적 관점에서 보더라도 미신적 퇴행이 아닌가
하는 의문을 제기한 바 있다.[3] 영원한 삶을 믿기보다는 그날그날의 삶에
충실하겠다는 것이 이들의 철석같은 신조이기에 더욱 그러하다. 결국 이
들의 '멋진 기술'은 아름다운 생명을 두번 죽이는 꼴이 된다. 생명의 아름
다움을 피어나게 하는 '아름다운 예술'(schöne Kunst)과는 정반대인 냉
혹한 과학기술인 것이다. 근대문명의 집약체인 과학은 오늘에 와서 더욱
위기적 양상으로 문제가 되는 근대의 우상이기도 하다. 그렇다면 미뇽의
주검에 떠오른 십자고상(十字苦像)은 그리스도의 고난과 죽음이 그러하
듯 내세의 영생을 기리는 축성이기 이전에 지상에서 어떠한 우상도 섬기
지 말라는 경고로 읽어야 할 것이다. 우상이 늘 진리의 너울을 취하듯이
여기서도 '기술의 경이'는 현혹의 마력을 동반한다. 전통적인 기독교 장
례의식의 외양에다 바로끄 드라마의 양식요소가 독특하게 결합된 이 장
면에서 독자는 신부의 시선을 따라가며 영원한 신성의 분위기에 빠져들
지만, 그러한 몰입의 어느 고비에 이르면 예기치 못한 의미의 반전을 보
게 된다. 발터 벤야민(Walter Benjamin)은 "알레고리는 무상성과 영원성
이 가장 가까이서 충돌하는 곳에서 가장 지속적인 효력을 발휘한다"[4]고
한 바 있다. 영원성과 무상성이 교차되는 그러한 이원성에 주목했던 벤야
민의 알레고리 개념을 빌리면, 여기서 '십자고상'은 일단 기독교의 교의
대로 읽으면 덧없이 스러져갈 지상에서의 고난을 견뎌내고 부활과 영생
을 축원하는 것이라 할 수 있다. 미뇽의 생시 모습을 그대로 영구히 보존
하려는 의술은 그런 기독교 교의를 과학의 논리가 차용한 것이다. 하지만

---

3 Hannelore Schlaffer, *Wilhelm Meister: Das Ende der Kunst und die Wiederkehr des Mythos*,
  Stuttgart 1980, 71면.
4 Walter Benjamin, *Ursprung des deutschen Trauerspiels, Gesammelte Schriften*, Bd. 1-1,
  Frankfurt a. M. 1991, 397면.

그것은 미뇽으로 하여금 지상의 삶을 견디지 못하게 몰아간 차가운 이성의 논리로 영생의 믿음을 설파하는 자가당착일 뿐이다. 바로 이런 의미에서 미뇽의 시신에 나타난 십자고상은 '무상성과 영원성이 가장 가까이서 충돌하는' 알레고리로서, 이성에 대한 맹신에 의거하는 과학의 자기모순을 일깨워주는 것이다.

이러한 해석에 대한 유력한 반대논거로 미뇽의 출생내력을 들 수 있다. 미뇽이 죽은 뒤 그녀의 백부인 끼아리니(Chiarini) 후작의 구술을 통해 밝혀지지만, 미뇽은 하프 악사 아우구스띤과 그의 누이 스뻬라따(Sperata) 사이에 태어난 근친상간의 소생이었다. 그렇게 보면 미뇽의 비극은 타고난 원죄의 숙명적 귀결인지도 모른다. 그리고 그녀를 치유하고자 하는 의사들의 노력은 선악의 피안에 있는 본능적 충동을 문명사회의 질서 속에 끌어들이려는 시도로 이해될 여지도 있다. 하지만 그렇게만 보면 미뇽의 비극적 운명은 지극히 평면화되고 만다. 우선 소설의 내재적 논리에 비추어보더라도 그런 관점에서는 미뇽의 삶과 죽음이 현실에 선행하여 이미 예정되어 있는 비극의 산문적 확장에 지나지 않는다. 다시 말해 소설의 현재적 시공간에서 벌어지는 이야기가 거꾸로 그 전사(前史)에 해당하는 일종의 원죄설화에 부속된다는 것이다. 소설의 서사를 설화로 되돌리는 것은 전근대적 설화의 모호한 신비주의를 극복하고 성립된 근대 소설 장르와는 상충되는 퇴행적 논리이다. 살아 있는 역사를 선험적 질서에 귀속시키는 그러한 논법은 괴테의 역동적인 역사적 상상력에도 어긋난다. 괴테가 살던 시대의 문제의식은 배제되는 것이다. 근친상간의 윤리적 무정부 상태가 문명사회와 양립할 수 없음은 당연하며, 마찬가지로 그 자명한 도덕교훈의 설교에서 작가적 의도를 찾는다면 소설의 서사는 상투적인 윤리규범의 전달에 그칠 뿐이다. 따라서 미뇽의 비극성은 자연에 대한 문명의 우위라든가 도덕적 유죄평결의 관점보다는 문명화 과정 자체의 내적 모순으로 이해하는 편이 작품 자체와 시대적 문맥에도 합당하다. 사회에 적응하지 못하고 '정상적인' 사람들과의 소통이 불가능한 미뇽의 비극성은, 본래의 창조성을 간직한 '거친 자연'과 불모성에 기우는 '형식화된 문명' 사이의 충돌에 기인한다고 보는 것이 합당하다. 그 내면적 갈등을 좀더 역사적으로 일반화하면, 형식화된 문명이 자신의 울타리 밖에 있는 세계에 대하여 배타적 우월성을 주장할 때는 언제라도 반문명적 야만으로 떨어질 수 있다는 것이다.

사실 미뇽의 출생내력을 이야기하는 대목도 윤리적 무정부 상태를 자초하는 사회질서에 대한 비판으로 읽을 때 비로소 과거의 내력과 현재의 삶이 더 유기적으로 연결된다. 아우구스띤이 성장기에 자폐적 몽상가로 자란 것은 원래 예술과 학문에 끌리는 그를 군인으로 만들어서 입신케 하려던 부친의 그릇된 고집 때문이었다. 그 부친은 또한 노년에 얻은 딸 스뻬라따를 엄연히 자신의 딸임에도 불구하고 노욕의 소생이라 체면이 깎일까 두려워 출생 사실을 숨긴 채 친구한테 맡겨서 키웠다. 더구나 그 비밀의 열쇠를 쥐고 있던 부친이 세상을 떠나자 스뻬라따와 아우구스띤은 당연히 남매지간이 아닌 남남으로 만날 수밖에 없었으며, 집안의 고해신부를 통해 사태의 진실이 밝혀진 것은 벌써 미뇽이 잉태된 뒤의 일이었다. 죄 없는 생명에 원죄의 업보를 지우고 꽃다운 젊음을 숙명의 광기로 몰아넣은 것은 지체 높은 귀족의 어이없는 체면의식이었던 것이다. 따라서 반신반의 상태에서 거의 실성해 있는 아우구스띤에게 가족들이 '자연법칙과 같은 순리'인 '사회체제'에 순응해야 한다고 타이르는 것은 사후 약방문처럼 부질없을뿐더러 온존하는 사회적 모순의 고백일 뿐이다. 결국 수도원에 감금되는 아우구스띤에게는 광기를 불러일으킨 사회 전체가 곧 감옥이었다.

수도원에 감금되어 있던 아우구스띤은 그곳에서 탈출하여 고향을 등지고 독일 땅으로 흘러들어 우리가 익히 아는 바대로 노인으로 변장하고서 하프 악사로 정처 없이 떠돌아다닌다. 기구한 운명의 장난으로 딸 미뇽을 만나긴 하지만, 결국 미뇽은 하프 악사가 자신의 생부라는 사실을 알지 못한 채 생을 마감하고 만다. 하프 악사가 미뇽이 자기 딸이라는 사실을 알게 되는 때는 미뇽이 죽은 다음이다. 그리고 하프 악사 역시 스스로 죽음을 택함으로써 미뇽의 뒤를 따른다. 하프 악사가 목숨을 버리는 경위역시 살아 있는 자들에게 석연치 않은 여운을 남긴다. '탑의 결사'에 속해 있던 사람들은 이딸리아에서 온 미뇽의 백부(즉 하프 악사의 형) 끼아리니를 통해 전해들은 부녀의 내력을 기록으로 남겨놓는데, 공교롭게도 그 기록을 읽은 하프 악사는 봉합되어 있던 과거의 끔찍한 기억을 떠올리면서 결국 죽음의 충동을 견디지 못하고 스스로 목숨을 끊은 것이다. 계몽적 이성의 코드인 이 '문자' 기록은 그 기록자의 의도와는 상반되게 한 인간의 생명줄을 끊는 끔찍한 위해의 도구가 되어버린 것이다. 노발리스는 '문자'가 '정신'을 질식시킨 것이야말로 근대 합리주의 문명의 해독이라고 비판했거니와, 죽음을 통해서만 고향을 찾을 수 있었던 이 부녀의 운명은 우리의 삶을 지탱하는 문명이 과연 진정으로 인간다운 삶을 위한 것인지 되묻게 한다.

고전극의 근대적 재해석

◆

에우리피데스와 괴테의『이피게니에』

머리말

괴테의 희곡『타우리스의 이피게니에』(*Iphigenie in Tauris*)는 원래 1779년에 초고를 산문극으로 집필했다가 1787년 운문극으로 개작한 작품이다. 괴테는 이 작품의 제재를 고대 그리스의 극작가 에우리피데스 (Euripides, B.C. 485?~406?)의 동일한 제목의 희곡에서 차용하였다. 2천여 년의 시차를 두고 있는 두 작품은 신화적 모티프를 시대의 갈등과 결부 지어 주제화하고 있다. 작품의 주인공으로 등장하는 여성 이피게니에는 탄탈로스 일족의 마지막 후예로 전해진다. 탄탈로스는 고대 그리스 신화 에서 올림포스 신들의 지혜를 시험하기 위해 아들을 살해하여 그 인육으 로 신들을 접대하려 하였고 결국 신성모독의 죄로 영겁의 저주에 떨어진 거인족이었다. 친족 살해의 잔혹사로 얼룩진 탄탈로스 일족의 계보는 트 로이전쟁의 영웅 아가멤논 왕에게까지 이어지며, 이피게니에는 바로 그 아가멤논의 맏딸이다. 그리스의 왕국 중 하나인 미케네의 왕으로 트로이 전쟁에서 그리스 연합군의 총사령관이 된 아가멤논은 출정을 앞두고 해신(海神) 포세이돈의 진노로 출항할 수 없게 되자 신탁을 구하는데, '그리스에서 가장 소중한 보물'을 제물로 바쳐야 한다는 신탁이 내려진다. 예언자 칼카스(Kalchas)는 그 보물이 다름 아닌 아가멤논 왕의 맏딸 이피게니에라고 해석하고, 아가멤논은 그리스 연합군 총사령관이라는 막중한 지위로 인해 마침내 자기 딸 이피게니에를 제물로 바치려 한다. 하지만 그녀가 제물로 바쳐지는 순간 디아나 여신이 개입하여 사람들 몰래 이피게니에 대신 암사슴을 제물로 바꾸어놓고 이피게니에를 그리스에서 멀리 떨어진 야만족의 땅 타우리스 섬으로 데려다놓는다.

에우리피데스와 괴테의 작품은 야만족의 땅에 유폐된 이피게니에가 역시 그리스에서 추방된 남동생 오레스트(Orest)와 재회하여 귀향하기까지의 과정을 다루고 있다. 이피게니에의 핏줄에 흐르는 숙명의 저주와 친부의 손에 의해 제물로 바쳐질 뻔한 이야기에서 짐작되듯이, 두 작품에서 극적 갈등의 주축이 되는 것은 (지략가 오디세우스도 용장 아킬레우스도 아닌) 힘없는 여성 이피게니에의 운명 극복의 과정이며, 두 작품 모두 신화로 전해오는 이야기대로 이피게니에의 귀향으로 끝난다. 그렇지만 두 작품의 심층을 이루는 것은 '해피엔딩'처럼 보이는 결말이나 그것을 가능케 하는 플롯이라기보다는 극적 긴장을 이완시키거나 해체하는 요소들로서, 작중인물의 관점에서 보면 그것은 자신의 의지와 무관하게 부과된 운명에 대한 끝없는 회의의 양상으로 나타난다. 이는 두 작가가 신화적 소재를 역사적 상징체계로 새롭게 해석한 것과 무관하지 않다. 이 글에서는 두 작품의 바탕이 되는 신화적 내용이 어떻게 휴머니즘에 입각한 계몽적 시각에서 새롭게 조명되는가를 살펴보고자 한다.

폴리스의 통치규범과 개인의 운명: 에우리피데스의 『이피게네이아』

에우리피데스의 『이피게네이아』[1]는 비극적 신화에 대한 회의의 표현이자, 당시 폴리스 공동체에서 종교적 교훈담으로 기능했던 그 신화의 제의적 성격에 대한 비판적 문제제기로 읽을 수 있다. 이러한 가설은 당대 그리스인들의 믿음대로 인간의 운명을 좌우하는 것은 신들의 뜻이라고 보는[2] 통설에서 벗어난다. 먼저 그런 통설에 따라 작품의 기본윤곽을 살펴보기로 하자. 이피게네이아는 아가멤논 왕의 친딸로 절대적 권능을 지닌 신탁을 계기로 타우리스에까지 오게 되었으며, 이 낯선 땅에서 이방인들이 섬기는 디아나 신전의 여사제 역할을 맡는다. 그리스 문화권에서 벗어나 있는 야만족의 이방인들조차도 디아나 신을 섬긴다는 것은 그리스인들이 믿고 받드는 신화의 체계가 그만큼 보편적 가치로 통용되고 있음을 방증하는 것이라 하겠다. 그녀가 남동생 오레스테스를 다시 만나기까지의 곡절 역시 신의 섭리로밖에는 설명되지 않는다. 트로이전쟁에서 승리를 거두고 개선한 아가멤논 왕은 정부(情夫)와 공모한 아내 클리타임네스트라(Klytaimnestra)의 계략에 의해 살해당한다. 그러자 오레스테스는 아버지의 복수를 하라는 아폴론의 신탁에 따라 누나 엘렉트라(Elektra)와 공모하여 어머니를 죽인다. 친모 살해범이 된 오레스테스는 신들의 재판에서 아폴론 신의 개입으로 겨우 목숨을 건지지만, 그 판결에 승복하지 않는 복수의 여신들에 쫓기며 방랑하는 신세가 된다. 끝없이 복수의 여신들에게 쫓기며 추적망상에 시달리던 위기상황에서 벗어나기 위해 오레

---

1 에우리피데스의 작품명과 등장인물 이름은 그리스어 발음대로 표기하며, 작품 인용은 천병희 옮김 『타우리케의 이피게네이아』(단국대학교출판부 1998)를 따른다.

2 괴테의 『이피게니에』에 대한 에리히 트룬츠(Erich Trunz)의 해설 참조. HA 5, 427면.

스테스는 다시 아폴론 신의 신탁을 받는다. 그는 타우리스에 가서 디아나 여신상을 되찾아오라는 신탁을 받고 그곳까지 가게 된다. 집안에 숙명의 저주를 내린 것도 신들의 뜻이고, 그 저주에서 벗어나는 것도 오로지 신들에게 의존하는 방법뿐이다. 그런데 타우리스인들은 오랜 관습에 따라 해안에 도착한 모든 이방인을 디아나 여신에게 제물로 바친다. 오레스테스 역시 타우리스인들에게 잡혀서 제물로 바쳐질 뻔하나 위기의 순간에 이피게네이아가 남동생을 알아보아서 목숨을 건진다. 이피게네이아가 집에서 벌어진 끔찍한 사건들을 듣기까지의 이 모든 경위는 아리스토텔레스(Aristoteles)가 『시학』에서 모범적인 플롯 구성의 본보기로 거론할 만큼 정교하게 짜여 있다.[3] 그 치밀한 극적 구성이 곧 신들의 섭리에 상응한다는 점에서 극적 형식과 극적 교훈은 완벽하게 맞아떨어지는 것처럼 보인다. 오레스테스의 말을 통해 복원되는 진실과 대면하고 난 뒤 이피게네이아가 빠져드는 '전율과 공포'는 아리스토텔레스가 말한 '카타르시스'의 핵심으로, 두 남매의 운명에 '연민'을 느끼는 관객이라면 신의 노여움을 사는 '만용'을 버리고 주어진 운명에 순응해야 한다는 교훈을 배울 것이기 때문이다.

　비극적 파국을 절묘하게 피해가는 작품의 결말부 역시 신들의 섭리에 이끌려가기는 마찬가지다. 야만족의 왕 토아스(Thoas)를 계책으로 속이고 타우리스를 빠져나가려던 이피게네이아 일행은 이방인을 반기지 않는 심술궂은 바다의 방해로 다시 야만족의 포로가 되어 잔인한 죽음을 맞이할 처지에 놓이는데, 이 절체절명의 순간에 아테나 여신이 나타나서 이들을 구해주는 것이다. 에우리피데스가 즐겨 사용한 것으로 알려져 있는 이 '기계신'(deus ex machina, 플롯의 내적 논리와 무관하게 갑자기 신이 출현하여 사건을 해결하는 극적 장치)의 갑작스러운 출현은 어떠한 곤경에도 신은 결코

---

3 아리스토텔레스 『시학』, 천병희 옮김, 문예출판사 2004, 89면 참조.

침묵하지 않고 지고의 권능을 발휘할 거라는 신앙고백이라고 보아도 무방하다. 그러나 이 마지막 장면이 함축하는 의미는 그리 간단치 않다. 아테나 여신의 개입으로 토아스 왕은 신에게 바칠 '제물'(오레스테스)과 신전의 '사제'(이피게네이아) 그리고 왕권의 상징이기도 한 '여신상'까지 모두 잃게 되는 상황에 처한 것이다. 한마디로 왕의 위신이 땅에 떨어지게 된 판국에 토아스 왕은 이피게네이아 일행을 사로잡아 "가파른 암벽에서 떨어뜨리거나/아니면 몸에 말뚝을 박자꾸나!"(1429~30행)라며 분을 삭이지 못하는데, 그런 왕에게 아테나 여신이 "그대는 화내지 말라, 토아스여!"(1474행)라고 타이르자 토아스 왕은 이렇게 답한다.

> 아테나여, 여왕이여, 신들의 말씀을 듣고도
> 복종하지 않는 자는 생각이 바르지 못한 자입니다.
> 나는 오레스테스가 우리의 여신상을 훔쳐간다고 해서
> 화내지 않을 것이며, 그의 누이에게도 화내지 않을 것입니다.
> 그토록 막강한 신들과 싸운들 우리에게 무슨 좋은 일이 있겠습니까?
>
> (1475~79행)

토아스 왕은 정의의 여신 아테나의 판결에 승복하는 것 같지만, 마지막 행에서 보듯이 그가 승복하는 이유는 여신의 정의를 믿어서가 아니라 그 힘에 굴복할 수밖에 없기 때문이다. 아테나 여신의 출현과 더불어 신화로 회귀하는 듯한 작품의 결말은 이렇게 해서 '기계신'이라는 돌발적 장치를 통해 스스로 그 가상의 베일을 벗는다.[4] 신화의 차용이 여기서 역설적이게도 신화체계에 관철되는 논리를 드러내는 장치가 되는 것이다.[5] 토

---

4 아리스토텔레스 역시 사건의 해결은 플롯 자체의 개연성에 의거해야 하며 '기계신'에 의존해서는 안된다는 점을 강조한 바 있다. 아리스토텔레스, 앞의 책 94면 참조.
5 블루멘베르크(H. Blumenberg)는 "원래의 의미를 잊는 것이야말로 신화를 구성하는 메

아스 왕의 '승복'에 대해 아테나 여신은 "그럼, 그래야지. 그대와 나를 모두 다스리는 것이 운명이거늘"(1486행)이라고 하며 만족감을 표한다. 그러나 아테나 여신의 이 마지막 발언이야말로 극적 아이러니의 정점을 이룬다. 아테나는 신의 뜻을 모르면서 산 사람을 제물로 바치는 야만족들조차도 '정의의 여신'으로 섬기는 막강한 존재인데, 그런 막강한 신의 권능에서 벗어나 있는 것이 '운명'이라면 그 운명은 당연히 인간의 어떤 지혜로도 헤아릴 길이 없는 눈먼 우연의 다른 이름일 것이기 때문이다. 토아스 왕의 말대로 그 우연을 통제하는 '정의'는 다름 아닌 힘이다. 이 대목에서 독자는 지금까지 이피게네이아와 오레스테스의 삶을 인도해온 운명의 신빙성과 신적 섭리의 정당성에 대해 의문을 품게 되며, 극중인물의 발언들에 섞여 있는 '서사적 화자'의 시각에 따라 작품을 처음부터 다시 생각해보지 않을 수 없게 된다. 그러나 그것은 에우리피데스 당대의 관객들에겐 불가능한 요구였을 것이다. 당시 희곡작품은 책으로 읽혀지기보다는 폴리스의 단합을 도모하는 군중집회의 성격을 띤 비극경연대회(Agon)에서 참가작으로 공연되었으며, 따라서 대다수의 관객들은 작품을 '텍스트'로 다시 읽는 수고를 하지 않았던 것이다.

이것은 단지 형식의 문제에만 국한되지 않는다. 여기서 문제가 되는 '서사적 화자'의 주된 역할은 (관객을 몰입시키고 모종의 교훈을 유도하는) 극적 사건의 제의적 성격을 해체하는 것이기 때문이다. 니체(F. Nietzsche)가 에우리피데스 극을 '연극화된 서사시'(das dramatisierte Epos)라 일컫고 무대 위의 발언자를 '극작가'가 아닌 '소피스트적 사상가' 에우리피데스라고 했던 주된 이유도 여기에 있다.[6] 아테나 여신의 '운

커니즘"이라고 말한다. Hans Blumenberg, "Wirklichkeitsbegriff und Wirkungspotential des Mythos," Manfred Fuhrmann 엮음, *Terror und Spiel,* Poetik und Hermeneutik, Bd. 4, München 1971, 50면.
6 니체 『비극의 탄생』, 박찬국 옮김, 아카넷 2007, 156~62면 참조.

명론'은 당시 연극축제 겸 군중집회를 주관했던 위정자와 사제들의 입장에서 해석하면 폴리스의 모든 구성원들이 운명공동체로 단합해야 한다는 점을 역설한 설교이며, 축제 겸 군중집회의 형식으로 매년 비극 공연을 했던 것도 역시 그러한 의도에서이다. 에우리피데스 이전 시대의 통치자 솔론(Solon)은 종교적 제의의 정착을 통해 폴리스의 모든 성원에게 공평하게 적용될 법을 제정하는 데 주력했다고 전해지며, 디오니소스 제전을 장려한 것도 그런 정치적 동기에서 연유했다고 한다. 당시까지만 해도 살인을 포함한 모든 범죄는 대개 당사자들 사이의 복수와 보복에 의한 자력 구제 방식으로 해결되었는데, 그런 관점에서 보면 탄탈로스 일족의 '친족 살해'는 공적인 법률 규범이 미처 확립되기 이전에 빚어진 폴리스 사회의 무정부상태와 공포분위기에 상응하는 신화적 모티프라고 볼 수도 있다.[7] 이미 살펴본 대로 토아스 왕의 발언은 그 자신의 의중이야 어떠했든 간에 무정부상태를 제어하고 폴리스의 시민들을 순치하려는 통치이념이 허구적 조화론에 바탕을 두고 있음을 은근히 비꼬는 것으로 읽힐 수도 있다.

오레스테스가 유랑 중에 아테네인들에게 따돌림을 당하는 에피소드 역시 그런 맥락에서 이해할 수 있다. 오레스테스에게 말도 걸지 않던 아테네인들은 엉뚱하게도 디오니소스 제전 중에 그의 불행을 상기하는 별도의 의식을 연출하는데, 서로 외면하면서 제각기 따로 술을 마시는 제의 동작은 실제로 오레스테스가 아테네인들에게 따돌림 당한 체험을 그대로 재현한 것이다. 원래 디오니소스 축제에 들어 있던 의식에 오레스테스의 체험을 허구로 엮어서 넣은 이 장면은 극적 아이러니의 일부라 할 수 있다. 아테네인들이 오레스테스를 배척한 이유는 물론 그가 친모 살해범이기 때문이다. 그렇지만 그의 불행을 소재 삼아 비난과 저주의 의식을 벌

---

7 Jean-Pierre Vernant, *Die Entstehung des griechischen Denkens*, Frankfurt a. M. 1982, 73면 이하 참조.

이는 것은 오레스테스를 불행으로 몰아넣은 발단이 아가멤논의 출정에까지 소급되고 그리스 전체의 명예를 지킨다는 명분에서 시작된 트로이전쟁에까지 소급된다는 사실을 의식적으로 망각할 때만 가능하다. 전쟁이 계속되는 동안 아가멤논은 미케네의 왕이요 그리스 전체의 영웅이었지만, 그가 돌아와서 한낱 간부(姦婦)의 손에 죽은 것은 더이상 영웅의 죽음이 아니라 남편을 전쟁터로 보낸 그리스의 어느 가정에서나 일어날 수 있는 시민적 비극일 뿐이다. 르네 지라르(René Girard)는 신화의 세계에서 '귀향하는 전사'는 원래의 신화와 무관하다고 말한다.[8] 아가멤논의 경우를 보면, 그리스의 승리를 기원하는 단계에서는 신화체계의 요구대로 '신탁'과 '희생' 제의가 필요했지만, 전쟁이 끝난 뒤에는 그런 신화적 영향권으로 포괄되지 않는 적나라한 현실의 실상에 직면하게 된다. 다시 말해 전쟁을 치른 댓가로 새로운 현실적 갈등이 빚어진 것이다. 그렇게 보면 오레스테스의 불행은 탄탈로스 일족에 대한 저주라는 신화적 기원에서 유래한 것이라기보다는 전쟁고아의 불행에 해당된다. 실제로 전쟁고아들에게 성년식(Initiation)을 거행하는 것은 당시 디오니소스 축제의 중요한 일부였다고 한다.[9] 니체의 설명을 빌리면 디오니소스 축제의 원래 기능은, 신들의 격정과 분방함을 열광적인 도취상태로 풀어놓고 한꺼번에 발산시킴으로써 평온함을 되찾으려는 것에서 연유하며, 광란의 율동에 동반되는 '선율'(melos)은 어원상 '진정제'를 뜻한다고 한다.[10] 그렇다면 그 축제의 의식을 통해 오레스테스의 '시민권'을 사실상 박탈하는 것은 신성한 제의에 의해서도 치유될 수 없는 상처를 ─ 그것도 '내부의 적'을 만들어서 ─ 잊으려는 몸부림일 뿐이다.[11]

---

8 René Girard, *Das Heilige und die Gewalt*, Frankfurt a. M. 1992, 66면 참조.
9 Christian Meier, *Die politische Kunst der griechischen Tragödie*, München 1988, 68면 참조.
10 니체 『즐거운 학문』, 안성찬 옮김, 책세상 2005, 151면.
11 이 작품에서 문제가 되는 '따로 술 마시기' 동작이 이런 의도의 변형이라 볼 수도 있겠

오레스테스 사건을 계기로 아테나 여신이 새로운 '법'을 선포한다는 작품의 마지막 대목에서도 극적 아이러니가 엿보인다. 아테나 여신은 앞으로 죄인을 신들이 심판할 때 재판결과가 '가부 동수'인 경우에는 죄인에게 '승소'의 판결을 내리라고 명한다. 그런데 오레스테스가 끝없이 방랑하면서 고난을 겪게 된 이유는 바로 자신에게 내려진 '가부 동수'의 판결을 아테나 여신이 승소로 판정했으나 복수의 여신들이 그 판정에 불복하고 오레스테스를 징벌하고자 계속 추적했기 때문이다. 그렇다면 새로운 '입법자' 아테나 여신의 힘을 빌려 귀향하는 오레스테스는 결과적으로 자신을 추방했던 당시의 원점으로 되돌아가는 셈이 된다. 하우저(A. Hauser)가 말하듯이 에우리피데스의 극에서 "끝에 가서 찾아오는 행복이라는 것도 실은 주인공을 불행으로 내몰았던 것과 똑같은 눈먼 우연의 선물"[12]인 것이다. 그런 의미에서 오레스테스의 귀향은 저주의 사슬에서 온전히 벗어난 것이 아니라 새로운 방랑의 시작일 뿐이다.

비극의 전반부와 희극의 후반부를 합쳐놓은 듯한 이 작품의 결말이 아테나 여신의 개입에도 불구하고 정작 순탄한 '해피엔딩'으로 끝나지 않는 것은 또다른 차원에서 의미심장하다. 이피게네이아의 소망은 고향으로 돌아가 가정의 평온을 되찾는 것이지만, 아테나 여신의 명령은 그런 소망과는 사뭇 거리가 멀다. 아테나 여신은 한때 야만의 땅 타우리스에 버려졌던 자신의 신상을 아테네로 가져가서 새 신전을 세우고, 이피게네이아로 하여금 그 신전의 사제직을 맡도록 명한다. 그리고 '타우로폴로스'(Tauropolos, '타우리스 땅에 머물던 성물'이라는 뜻)라 명명되는 이 신전에 아테나 여신은 다음과 같은 제의를 올리게 한다.

지만, 어디까지나 극중 허구로 삽입된 대목일 뿐이며 적어도 오레스테스에겐 '진정제'의 효과는커녕 오히려 고통스런 기억을 자극한다는 점에서 작가는 축제가 원래 가지는 제의적 기능에 의문을 제기하는 것이라 보아야 할 것이다.

12 아르놀트 하우저 『문학과 예술의 사회사』 1, 백낙청 옮김, 창작과비평사 1999, 135면.

그대가 제물로 바쳐지는 죽음을 면한 댓가로
축제를 거행하면 여사제의 칼로
한 남자의 목에 상처만 내어 피가 나오게 하라,
여신의 신성한 권리가 지켜지도록. (1458~61행)

역시 신화의 기원으로 회귀하는 듯한 이 대목에서 우리는 '문명국' 그
리스와 '야만국' 타우리스의 대비가 어떤 역사적 의미를 갖게 되는지 다
시 생각하게 된다. 에우리피데스 시대의 그리스는 군소 도시국가 연합에
서 벗어나 지중해 최대의 강국으로 부상했으며, 이와 함께 당시만 해도
'야만족의 땅'으로 치부되던 지중해 문명권 이북 지역에서도 국가 건설이
시작되었다고 한다.[13] 이런 사정에 비추어보면 야만족의 땅에서 되찾아온
디아나 여신상으로 신전을 세우는 일은 야만족의 왕을 굴복시키고 그리
스 문명의 우월성을 과시하는 역사적 기념비가 된다. 더구나 오레스테스
가 죽음을 면한 댓가로 '피의 의식'이 거행된다면 그것은 다시 전쟁의 승
리를 염원하는 제의에 해당될 것이다. 여기서 작품의 전반부에서 '여신
상'을 되찾기 위해 항해하는 오레스테스를 향해 극중 코러스가 다음과 같
이 합창하는 대목을 상기할 필요가 있다.

그래서 인간들은 부의 짐을 획득하려고
바다를 떠돌아다니기도 하고 이방인들의 나라를
찾아가기도 한다네, 누구나 허황된 망상을 품고서. (415~17행)

---

13 Christian Meier, "Zur Funktion der Feste in Athen," Walter Haug u. Rainer Warning
엮음, *Das Fest*, Poetik und Hermeneutik, Bd. 14, München 1989, 583면 이하 참조.

코러스의 이러한 주석은 아테네인들이 받드는 '신성한 권리'의 가면 뒤에 숨겨진 집단적 욕망의 정체를 분명히 드러낸다. 신화의 외피를 벗기고 구체적 현실의 맥락에서 재구성해보면 '부의 짐'을 얻고자 '이방인들의 나라'를 찾아가는 오레스테스의 방랑은 바로 에우리피데스 시대에 그리스인들이 추구했던 그리스 패권주의를 그대로 드러낸 것이다. 그러나 '망상'의 포로가 되어 '제물'로 바쳐질 뻔한 오레스테스의 귀향은 일찍이 그 자신을 고향에서 추방했던 운명을 다시 반복하는 것일 뿐이다. 이피게네이아 역시 고향 미케네로 돌아가지 못하고 그리스의 맹주국 아테네에서 '전승기념비'의 관리인이 된다는 점에서 불행하기는 마찬가지다. 저승의 아가멤논 왕도 에우리피데스 시대에 환생한 두 남매의 운명이 이런 악순환에 빠지기를 바라지는 않을 것이다. 그러나 공격적인 식민정책에 몰두하던 폴리스 시대의 아테네 위정자들은 폴리스 시민들의 희생을 요구하며 그 희생에 정당한 명분을 붙여 제의화할 충분한 이유가 있었던 것이다.

에우리피데스는 폴리스의 낡은 통치규범과 가치에 반기를 들었던 소피스트들과 교류했으며 그들의 생각에 익숙했었다고 전해진다.[14] 그의 정치적 입장이 어떠했든 간에 이 작품은 퇴색된 신화가 권력의 수단으로 차용되는 경위를 심층에서 비판적으로 살펴보고 있다. 그래서인지 에우리피데스는 그의 당대에 환영받지 못했으며, 말년에는 결국 그리스 땅을 떠나게 된다.[15] 일종의 자발적 망명을 한 것이다. 이런 사실은 그의 삐딱한 시

---

14 당시 소피스트들은 대부분 아테네 출신이 아니라 그리스 변방 출신의 지식인이었다는 사실은 시사적이다. Albin Lesky, *Die griechische Tragödie*, Stuttgart 1984, 172면 참조.

15 에우리피데스는 아테네의 비극경연대회에 22차례 참가하여 겨우 네번 우승한 반면 아이스킬로스와 소포클레스는 둘이 합쳐서 서른한번이나 우승했다고 한다. 사제로서도 신망을 얻었던 두 선배 작가와 달리 에우리피데스의 행적에 관해서는 거의 전해지는 바가 없고 죽은 뒤 그 시신을 개들에게 내주었다는 흉흉한 뒷소문이 있는 것으로 보아 그가 얼마나 '반항적 아웃사이더'였는지 짐작할 수 있다. Christian Meier, 앞의 책, 65면 참조.

각이 팽창일로에 있던 그리스에서 배척당했음을 말해준다.

'문명'과 '야만'의 전복: 괴테의 『이피게니에』

에우리피데스의 작품에서 신화적 요소가 개인의 운명을 좌우하는 역사적 힘의 상징으로 나타난다면, 괴테의 『이피게니에』에서 신화의 세계는 아주 희미한 배경으로만 등장한다. 이러한 차이는 극적 갈등의 구도에 커다란 변화를 가져온다. 에우리피데스의 이피게네이아는 귀향에 대한 간절한 소망 못지않게 디아나 여신상을 탈취하려는 오레스테스의 야심까지도 똑같이 공유하고 있다. 두 남매가 재회한 이후 토아스 왕을 계략으로 속이는 과정에서 그녀가 오히려 주도적인 역할을 하는 것도 그 때문이다. 이런 점에서 그녀는 ─ 그녀의 성격을 규정하는 불행의 발단이 다르다는 차이를 제외하면 ─ 오레스테스라는 인간형과 뚜렷이 구별되지 않는데, 그 둘은 요컨대 전통적 운명비극의 전형에 속하는 인물이라고 할 수 있다.[16] 그 반면 괴테의 이피게니에는 그녀의 의지와 무관하게 덧씌워진 과거의 숙명적 구속에서 멀리 벗어나 있으며, 이 점은 작중의 다른 인물들도 마찬가지다. 그리하여 새롭게 전개되는 인간관계 및 갈등의 양상은 주어진 운명과의 싸움이나 승패 여부가 아니라 개개인이 어떻게 자율적 주체로 성숙할 수 있는가로 모아진다. 여기서 에우리피데스의 작품과 다르게 부각되는 측면을 중심으로 이 문제를 살펴보기로 하겠다.

---

16 에우리피데스의 비극은 대개 '운명비극'에서 '성격비극'으로 전환하는 과도기의 작품으로 평가되며 앞에서 살펴본 대로 극적 플롯을 거스르는 요소들에서 그 점을 확인할 수 있는데, 그럼에도 괴테에 비하면 여전히 운명극의 요소가 압도적이다. Albrecht Dihle, *Griechische Literaturgeschichte: Von Homer bis zum Hellenismus*, München 1998, 147면 이하 참조.

작품의 발단부에서부터 가장 두드러진 차이는 이피게니에의 역할이다. 타우리스에서 신전의 사제 노릇을 하고 있다는 기본상황은 같지만, 그녀는 토아스 왕을 설득하여 이방인을 제물로 바치는 잔인한 제의를 중단시킨다. 이런 사실보다 더 중요한 것은, 괴테의 작품에서도 '야만족'의 왕으로 등장하는 토아스 왕이 그녀의 말에 설득되는 경위이다. 이피게니에는 처음부터 자기 신분을 솔직히 밝힘으로써 토아스 왕의 신임을 얻는다. 그 반면 에우리피데스의 작품에서 그녀는 남동생과 재회한 뒤 함께 토아스 왕을 속이고 도망가려는 계획이 좌절당하고 궁지에 몰려서야 비로소 자신의 신분을 밝힌다. 여기에는 '야만족'의 왕 토아스는 결코 자신과 대등한 대화 파트너가 될 수 없다는 우월의식이 전제되어 있는 것이다. 그녀가 꾸며낸 꾀에 순진하게 넘어가는 토아스 왕의 우스꽝스러운 모습도 그런 태도와 짝을 이룬다. 그리스인의 눈에 비친 토아스 왕은 어디까지나 '야만인'이며, 결말에 이르기까지 토아스 왕은 야만인이라는 낙인이 지워지지 않는다.

그에 비해 괴테의 작품에서는 그리스와 타우리스를 나누는 '문명'과 '야만'의 격차라는 것이 이피게니에와 토아스 사이의 인간적 관계에 비하면 부차적인 문제에 불과하다. 두사람의 관계는, 적어도 토아스 왕이 보기에는, 대등한 인격적 관계 이상이다. 토아스 왕은 이피게니에한테 청혼을 한 상태인데, 괴테의 작품에서 극적 갈등의 양상이 판이해질 뿐 아니라 두사람의 관계가 에우리피데스의 작품과는 달리 중심적 비중을 차지하게 되는 근거도 바로 여기에 있다.

갈등의 한가닥은 토아스 왕의 청혼을 이피게니에가 받아들이지 못하는 데서 비롯된다. 이피게니에는 피의 제물을 바치는 악습을 중단시킴으로써 전쟁의 참화를 겪고 난 타우리스 백성들에게 새로운 평화를 가져온 여사제로서 큰 신망을 얻은 상태이다. 따라서 그녀가 이방인이라는 사실은 이 혼사에 하등의 걸림돌이 되지 않는다. 한편 전쟁에서 아들을 잃은 토아스 왕은 왕통을 잇기 위해서라도 이 혼사를 반드시 성사시켜야만 하는 입장이다. 토아스 왕의 말을 빌리면 전란을 겪은 뒤 민심이 흔들리는 상황이므로 이 혼사는 그에게 왕권의 존립이 달린 문제이기도 하다. 이피게니에의 입장에서도 토아스 왕에게 입은 은혜는 그의 청혼을 받아들이기에 모자람이 없어 보인다. 이방인인 이피게니에에게 자비를 베풀어 목숨을 구해주었을 뿐만 아니라 그녀의 요구를 받아들여 타우리스의 국가적 정통성을 상징하는 오랜 관습까지 바꾸어놓았다면 토아스 왕의 열린 마음과 관용정신은 이미 충분히 입증된 셈이다. 이 모든 사정을 잘 아는 이피게니에가 청혼을 받아들이지 못하는 까닭은 타우리스의 왕비가 되어 누릴 행복보다 풍비박산이 난 가족사의 고통이 더 큰 무게로 그녀를 짓누르고 있기 때문이다. 그래서 토아스 왕의 호의에도 불구하고 여전히 버림받은 존재라는 고적감에서 헤어나지 못하고 있으며, '여건이 허락하면 무사히 고향으로 돌아가게 해주겠다'는 토아스 왕의 약속에만 희망을 걸고 있는 상태이다. 이렇듯 두사람의 소망은 제각기 절실하지만 절박한 사정과는 다른 차원에서, 이피게니에의 거부가 무엇보다 남녀 간의 '감정' 문제임을 알아본 쪽은 토아스 왕이라는 사실에 유의할 필요가 있다. 청혼수락을 압박해오는 토아스 왕과 이피게니에가 주고받는 다음 대화에서 그 점은 완곡하게 드러난다.

> **이피게니에:** 그러나 소녀는 신들이 동의하지 않는
>   결합을 맺지 말라는 확고한 신념을
>   주신 신들에게 감사합니다.
> **토아스:** 그렇게 말하는 것은 신이 아니라 그대의 마음이오.
> **이피게니에:** 신은 우리 인간의 마음을 통해서만 인간에게 말씀하옵니다.
>   (490~94행)[17]

이피게니에가 '신의 뜻'을 입에 올리는 까닭은 자기 가족에게 내린 신의 저주가 지금의 불행한 현실의 원인이라고 생각하고 있기 때문이다. 또한 자신이 탄탈로스 일족의 딸임을 알고 있는 토아스 왕에게 이 혼사로 인하여 어떤 불행이 또 닥칠지 모른다는 경고와 배려의 뜻도 함께 함축하고 있다. 더구나 그녀는 지금 타우리스인들이 숭배하는 신이기 전에 그리스 전체의 신인 디아나 여신을 모시는 사제이다. 그런데 토아스 왕이 피의 제물을 바치는 의식을 거두어들였다면, 신의 뜻인 줄 알았던 그 의식이 실은 인간에 의해 만들어진 악습임을 시인한 셈이 된다. 같은 이유에서 이피게니에의 몸에 탄탈로스의 피가 흐른다는 사실이 토아스 왕에겐 결코 결합의 장애가 되지 않는다. 따라서 '신은 인간의 마음을 통해서만 인간에게 말씀하신다'라는 이피게니에의 말은 결국 그녀의 '마음'이 문제라는 토아스 왕의 해석에서 크게 벗어나지 않는다. 두사람의 마음과 요구가 이렇게 어긋나 있는 교착상태가 새 국면을 맞게 되는 것은 오레스트의 등장을 통해서이다.

괴테의 작품에서도 오레스트와 그의 사촌 필라데스(Phylades)는 아폴론의 신탁을 받고 타우리스에 오며 결국 타우리스인들에게 붙잡히는 신세가 된다. 오레스트와 이피게니에가 남매간인 줄 아직 아무도 모르는 시점에서 토아스 왕은 두 포로를 이피게니에에 대한 청혼 압박의 수단으로 삼는다. 토아스 왕의 말에 따르면, 백성들 사이에서 왕자의 전사는 왕의 부덕 탓이며 타우리스의 오랜 관습인 제물공양을 중단한 것은 불경한 처사라는 소문이 나돈다는 것이다. 전란 후 민심을 수습해야 하는 토아스 왕의 처지에서 보면 그런 소문은 '그리스 여자'에게 마음이 빼앗겨 예전과 달리 우유부단해진 토아스 왕에 대한 불만의 소리이며, 그 불만의 배

---

17 작품 인용은 윤도중 옮김 『괴테 고전주의 대표희곡선집』(집문당 1996)을 따르되, 번역은 필자가 부분적으로 수정하였다.

후에는 왕권을 넘보는 세력이 있을 거라는 추측도 가능하다. 따라서 토아스 왕으로서는 이피게니에와의 결혼이야말로 이 위기를 타개할 유력한 방책으로 더이상 미룰 수 없는 문제가 된다. 이런 곤경에서 토아스 왕은 강제로 그녀를 아내로 삼는 최악의 경우——이피게니에 자신도 그럴 가능성을 상상할 만큼 궁지에 몰려 있긴 하다——는 피한 채 백성들의 요구에 따라 다시 피의 제물을 바쳐야겠다고 한다. 때마침 타우리스에 무단침입한 이방인 오레스트와 필라데스가 제물로 바쳐지기 위해 잡혀 있는 상황이다. 협박하는 왕과 저항하는 이피게니에 사이의 설전에서 두사람은 제각기 앞에서 인용한 대화 때와는 정반대의 논리를 취한다.

> **이피게니에:** 하늘에 계신 신들이 피에 굶주려 있다고 믿는 자는
> 신을 잘 모르는 사람이옵니다. 자기 자신의 잔인한 욕구를
> 신들에게 전가하는 것일 뿐이옵니다.
> (…)
> **토아스:** 성스러운 관습을 쉽게 변하는 이성으로
> 우리의 뜻에 따라 이리저리 해석하는 것은
> 우리 인간에게 합당한 일이 아니오. (523~30행)

지금까지 관용의 미덕을 보여오던 토아스 왕은 폭력을 정당화하는 제의적 의식에 호소하려 하며, 이피게니에를 만나기 이전의 야만으로 떨어질 위기에 이른다. 이 문맥에서 토아스 왕의 주장은 이피게니에의 말대로 그의 '욕구'를 채우기 위한 구실일 뿐이다. 그러나 '이성의 변덕'에 관한 토아스 왕의 언급은 이피게니에가 오레스트와 재회한 이후 작품의 결말까지 이어지는 또다른 문맥에서 조명될 필요가 있다.

피의 의식을 다시 시작하려는 토아스 왕의 의지는 확고하며, 바로 그런 시점에 재회한 두 남매는 결국 타우리스 탈출을 시도한다. 이 대목에

서 토아스 왕을 속이기 위해 계책을 꾸미는 사람은 에우리피데스의 작품과 달리 오레스트의 사촌형제 필라데스이며, 이피게니에는 그의 각본대로 토아스 왕을 따돌리는 소극적인 역할만 맡는다. 그렇지만 토아스 왕의 은혜를 잊지 않고 그를 마지막까지 '제2의 아버지'라 여기는 이피게니에는 차마 그를 속이지 못한다. 그리하여 결국 그녀는 제물로 잡혀 있는 청년이 자신의 남동생이라는 사실을 고백하고 자기 남매를 고향으로 돌려보내달라고 인륜에 호소한다. 그러나 토아스 왕은 "그리스인 아트레우스가 듣지 않았던/진리와 인정의 목소리를/거친 오랑캐 스키타이인이 들을 거라 생각하시오?"(1937~39행)라며 분노를 터트릴 뿐이다. 이 위기상황에 뛰어든 오레스트는 아가멤논 왕의 후예답게 타우리스에서 가장 뛰어난 장수와 결투하여 승부를 판가름하게 해달라고 토아스 왕에게 청하며, 그러자 뜻밖에도 토아스 왕 자신이 그 결투상대로 나선다. 이 장면에서 이피게니에는 사내들의 '공명심'보다 소중한 것은 '여인의 눈물'임을 애절하게 호소하면서 결투를 막으려 하고, 그녀의 호소에 토아스 왕은 분노를 억누르면서 결코 결투를 철회할 수 없는 이유를 이렇게 밝힌다.

그대 스스로 고백했듯이 그들은
짐에게서 성스러운 여신상을 탈취하러 왔소.
그대들은 짐이 그것을 수수방관하리라 생각하오?
그리스인들은 수시로 탐욕의 눈길로
값진 모피와 준마, 아름다운 여인 등등
저 멀리 야만족들의 보물을 넘보고 있소.
그러나 아무리 폭력과 간계를 쓴다고 해도 그들은
획득한 재물과 함께 늘 무사히 돌아가지는 못할 것이오. (2099~106행)

에우리피데스의 토아스 왕이 그리스의 '힘'에 굴복한 것과 같은 논리에서 괴테의 토아스 왕은 힘에는 힘으로 맞서겠다고 한 것이다. 괴테의 작품에서 오레스트는 신상 탈취를 위해 간계를 정당화하는 필라데스를 '지략가 오디세우스'라 비꼴 만큼 정직한 성격의 소유자로서, 그는 신성한 정의감에서 결투 신청을 한다. 그러나 토아스 왕이 보기에 그 당당한 영웅심의 밑바닥에는 '변방의 보물'을 탈취하기 위한 야욕이 도사리고 있다. 더이상 이피게니에의 마음을 돌릴 수 없게 된 토아스가 왕의 직분에 충실하려면 나라의 보물을 지킬 권리와 의무를 다하는 도리밖에 없다. 이피게니에를 소재로 한 괴테 시대의 다른 작품들은 대개 이 장면을 토아스 왕의 죽음으로 끝내면서 막을 내렸다고 한다.[18] 에우리피데스 시대 때 그리스인이 그리스 중심주의에 빠졌던 것과는 비교가 되지 않게 서구중심주의의 환상에 들떠 있던 18세기 유럽의 관객들은 그런 결말을 반겼을 것이다. 그러나 괴테의 작품에서 마지막 장면은 파국을 피해가는 기사회생의 화해로 마무리된다. 토아스 왕의 항변을 들은 오레스트는 자기가 되찾아야 할 것은 '야만족의 보물'이 아니라 누이 이피게니에라는 사실을 깨닫게 된다. 원래 아폴론 신은 오레스트에게 "네가 본의와 다르게 타우리스 해변의/성전에 머물고 있는 누이를 그리스로/데려온다면 저주가 풀릴 것이다"(2113~15행)라는 신탁을 내렸는데, 지금까지 오레스트는 아폴론 신이 말한 '누이'를 아폴론 신의 누이인 디아나 여신으로 생각하여 그 여신상을 되찾아오라는 뜻으로 신탁을 이해했던 것이다. 오레스트는 '아폴론의 누이' 디아나 여신을 섬기기 위한 돌덩어리 신상이 아니라 '혈육의 누이' 이피게니에를 그리스로 데려가야 한다는 깨달음과 더불어 마침내 복수의 여신들에게 쫓기던 추적망상에서 벗어나 마음의 평정을 되찾는다. 니체의 설명에 따르면 고대 그리스인들은 아폴론 신을 미래의 운명

---

18 괴테의 『이피게니에』와 거의 같은 시기에 발표된 글루크(Gluck)의 오페라가 대표적인 경우라 할 수 있다. Dieter Borchmeyer, *Goethe: Der Zeitbürger*, München/Wien 1999, 196면 참조.

을 점지하는 예언의 신으로 섬겼으며, 아폴론 신을 자기 편으로 삼으면 자신의 뜻대로 미래를 개척할 수 있다고 믿었다고 한다.[19] 오레스트 역시 그런 맥락에서 아폴론의 신탁을 받은 것이지만, 디아나 여신상이 아닌 자신의 누이를 데려와야 한다는 이 깨달음은 신들을 인간 운명의 주재자로 받들어 신탁을 무조건 맹종할 게 아니라 인간 스스로 사람살이의 도리가 무엇인가를 자각해야 한다는 괴테의 인본주의적 재해석이라 할 수 있다. 오레스트와 이피게니에가 남매간의 정을 나누는 모습을 지켜본 토아스 왕은 결국 마음을 풀고 관용을 베풀어 잘 가라는 마지막 인사와 함께 이들을 순순히 보내준다.

이 마지막 장면은 여러가지 생각을 불러일으킨다. 무엇보다 오레스트가 신탁을 받들어 탈취하고자 했던 '여신상'은 신탁을 맹종하는 고정관념의 알레고리로서, 그리스인이든 타우리스인이든 피차 똑같이 섬기는 우상임이 밝혀진다. 그 우상의 실체가 명예와 부와 권력을 탐하는 인간 자신의 욕망임은 물론이다. 또한 우상숭배를 정당화하는 모든 주장은 힘의 논리에 근거해 있으며, 여신상과 이피게니에를 두고 결투를 벌이려는 위기상황에서 보듯이 힘과 힘의 충돌은 결국 파멸로 귀착되리라는 것도 분명하다. 이렇듯 괴테는 에우리피데스 시대 때 인간에게 억압적 숙명의 악순환을 강요하던 여신상을 폴리스의 신전에서 끌어내리면서 근대의 토양 위에 휴머니즘의 새로운 기념비를 세우고 있다. 토아스 왕의 마음이 풀어지자 이피게니에는 그 너그러운 관용에 대한 응답으로 진심을 다해 이렇게 말한다.

전하의 백성 가운데 가장 미천한 자가
언제라도 제 고향에 와서 여기서 익히 들었던

---

19 니체, 앞의 책(2005) 151면 참조.

스키타이어를 제 귀에 들리게 한다면 그리고
그 불쌍한 자가 입은 옷이 스키타이 복장임을
보게 되면 그 자를 신처럼 영접하겠나이다. (2158~62행)

　타우리스의 가장 미천한 자까지 신을 대하듯 영접하겠다는 이러한 발
언은 타우리스인들을 더이상 야만족으로 여기지 않고 대등한 존재로 대
할 뿐만 아니라 오히려 그리스인들보다 더 높이 받들겠다는 말이다. 그리
스 최고의 왕족인 이피게니에 가족이 친족 살해의 저주에서 헤어나지 못
했던 것과는 사뭇 대조적으로, 토아스 왕이 나라의 법도를 어기면서까지
저주받은 그리스 왕족의 마지막 후손을 살려주어서 숙명의 저주를 풀어
주었다면 토아스 왕이야말로 그리스 최고의 신으로 받들어져도 손색이
없는 존재이다. 이처럼 괴테의 작품은 그리스인이 그리스 중심주의에 빠
져서 문명인임을 자부하고 타우리스를 야만국으로 비하하던 오랜 전통
을 일거에 전복하고 문명과 야만의 이항대립을 근본적으로 새롭게 고찰
하도록 일깨운다. 바로 그런 점에서 괴테의 『이피게니에』는 바이마르 고
전주의가 추구한 휴머니즘의 정수를 보여주는 작품이라 할 수 있다. 괴테
당대의 역사적 맥락에서 보면 호전적 민족주의가 발호하고 서구 열강이
패권을 위한 각축전을 벌이는 상황에서 침략을 정당화하는 그 어떤 자국
중심주의적 명분도 결코 용인될 수 없으며, 오로지 상생의 길을 모색하는
것만이 전란의 소용돌이에서 벗어날 수 있는 유일한 출구임을 설파하고
있는 것이다.
　괴테가 이 작품을 쓰던 당시 독일의 강대국 프로이센은 바이에른 왕위
계승전쟁에서 유럽의 최강국 오스트리아에 대항하기 위해 작센-튀링엔
공국에 군사지원을 요청했는데, 당시 바이마르에서 '전시(戰時)위원회'
관리책임을 맡아 징집업무를 총괄하고 있던 괴테는 여러 지방을 돌아다
니며 '지원병들을 면접하면서 다른 한 손으로는 『이피게니에』를 써야 하

는' 괴로운 심경을 토로하기도 했다.[20] 그리고 그런 난리 통에 생계가 끊긴 '양말 직조공들의 비참한 생활상을 외면한 채 토아스 왕이 너그럽게 말하도록 해야 한다'고 자조하기도 했다. 이방인들을 살려서 보내준 토아스 왕의 너그러운 자비가 이 전란의 시대에 과연 먹힐 수 있을까 하는 막막함을 하소연하는 괴테의 이 발언은 이 작품이 추구하는 이상과 괴테 당대의 살풍경한 현실 사이의 괴리를 선명히 보여준다. 그렇게 보면 아도르노(Adorno)가 지적했듯이 괴테가 이 작품에서 설파하는 휴머니즘은 '이상적인 화해를 표현하는 듯한 자유로운 예술형식 속에서 현실에서는 화해 불가능한 긴장을 응축시킨' 것인지도 모른다.[21] 실은 그 화해 불가능한 긴장이 작품의 마지막에 미묘한 여운을 남긴다. 토아스 왕과의 화해를 통해 이피게니에는 마음으로 '제2의 아버지'를 얻으며, 그 화해를 통해 비로소 가능해진 그녀의 귀향은 자신을 제물로 바치려 했고 결국 아내에 의해 죽임을 당한 생부 아가멤논의 죄를 씻고 원한을 풀어줄 진정한 화해의 가능성을 담보한다. 그러나 홀로 남겨진 토아스 왕은 온 나라가 섬기는 여신상이 한낱 돌덩어리에 불과하다는 깨달음을 얻었을지는 몰라도, 이피게니에를 잃은 슬픔을 지울 수는 없었을 것이다. 줄곧 몰랐던 신탁의 숨은 비밀을 남매가 알게 된 순간부터 남매의 긴 호소가 끝날 때까지 토아스 왕이 지키는 무거운 침묵은 사랑하는 여인 이피게니에를 떠나보내는 비애를 텍스트의 여백으로 응축한 것이라고 볼 수 있다. 20세기 극작가 베데킨트(Wedekind)는 「괴테의 『타우리스의 이피게니에』」에 부치는 에필로그」라는 글에서 이피게니에를 떠나보내는 토아스 왕의 쓸쓸한 심경을 이렇게 서술하고 있다.

---

20 HA 5, 418면.

21 Theodor W. Adorno, "Zum Klassizismus von Goethes *Iphigenie*," *Noten zur Literatur*, Frankfurt a. M. 1981, 502면.

내 눈은 침침해지고, 지팡이를 끄는 이 손은 뻣뻣하구나.

이제 아무도 날 사랑할 사람 없구나.

다정하던 우정의 끈은 끊어졌고

그 고결한 존재는 타우리스의 거친 해안에서 달아났으니,

미움과 역정만 남아 있구나……[22]

그리스 최고 왕족의 마지막 후손을 숙명의 저주에서 구해준 '영웅' 토아스가 아니라 사랑하는 여인을 떠나보낸 평범한 '인간' 토아스의 이 스산한 독백은 진정한 관용과 사랑에 기초한 사람살이의 도리가 무엇인지 다시 헤아려보게 한다.

맺음말

지금까지 살펴보았듯이 에우리피데스와 괴테는 트로이전쟁의 후일담 전설에 해당하는 한 여인의 이야기를 통해 그들이 살았던 시대의 역사적 갈등에 대한 비판적 성찰을 시도하고 있다. 에우리피데스는 신화적 소재 자체에 내재한 운명비극의 요소가 당시의 관객층이었던 폴리스 시민들에게 폴리스 국가의 (근대의 호전적 민족주의 내지 식민주의와 논리가 같은) 패권주의적 통치이념을 불가침의 권위로 강요하는 지배이데올로기의 신화적 신비화임을 드러낸다. 여기서 일체의 인간적 척도에서 벗어나 있는 불가항력의 운명은 통치이념에 신성불가침의 정당성을 부여하려는 제의적 장치에 해당된다. 에우리피데스는 그리스적 가치관의 집약이라 할 수 있는 전래의 신화가 그런 의미에서 억압적 국가주의와 순응주의

---

22 Dieter Borchmeyer, 앞의 책 133면에서 재인용.

를 설파하는 세속화된 제의로 변형되어 있음을 보여주었으며, 그런 점에서 비판적 계몽의식에 투철한 작가였다 할 수 있다. 그러나 다른 한편 토아스 왕이 작품의 결말까지 끝내 '문명국'의 그리스인이 상종할 수 없는 '야만족' 왕으로 그려진 데서 당대의 비판적 아웃사이더였던 에우리피데스조차도 결국 그리스 중심주의의 한계를 극복하지 못했다는 사실을 간과할 수는 없다.

그 반면 괴테의 『이피게니에』는 고대 그리스인들이 신봉했던 '문명'과 '야만'의 이원적 대립구도가 실상은 그리스 중심주의의 산물에 불과하다는 사실을 날카롭게 파헤치고 있다. 그리스 문명에 제의적 정당성을 부여하는 신화체계는 이피게니에 집안에 내린 친족 살해의 저주에서 보듯이 문명의 외피에 가려진 야만의 모습을 오히려 적나라하게 드러내고 있다. 만약 오레스트가 아폴론의 신탁을 액면 그대로 맹신하여 디아나 여신상을 탈취하는 데만 골몰했다면 이피게니에가 누이임을 알지도 못했을 것이며, 토아스 왕과의 무력대결도 피할 수 없었을 것이다. 만일 그랬더라면 친족 살해의 저주는 계속되었을 것이다. 설령 오레스트가 토아스 왕을 제압한다 하더라도 오레스트와 이피게니에는 분노한 타우리스인들에 의해 죽음을 면치 못했을 것이며, 결국 오레스트는 이피게니에를 죽음으로 몰고 갔다는 책임을 면할 수 없었을 것이기 때문이다. 신탁에 대한 맹신의 미망에서 벗어난 각성이야말로 끝없이 대물림되어온 친족 살해의 저주에서 풀려나는 결정적 계기가 되었던 것이다. 그리고 다른 사람도 아닌 야만족의 왕 토아스가 이방인 살해의 오랜 관습을 버리고 인륜을 존중하여 남매를 살려서 돌려보낸 관용을 통해 이피게니에 집안의 오랜 저주를 종식시켰다는 점에서 '문명국' 그리스와 '야만족' 타우리스의 관계는 역전된다. 괴테가 이 작품을 쓰던 시기에 독일 고전주의는 고대 그리스 문화를 예술적 이상으로 삼고 있었는데, 문학사에서 독일 고전주의 문학이념을 구현한 대표작의 하나로 평가되는 바로 이 작품에서 괴테는 고대 그리스 문화를 절대적 전범으로 신봉하는 동시대의 또다른 신화를 해체하고 있는 셈이다. 역사적 맥락에서 볼 때 이 작품이 괴테 당대에는 물론 오늘날까지도 현실적 의의를 갖는 것은 '문명화'라는 명분을 앞세워 '미개한' 타자를 지배하려는 온갖 책략이 여전히 횡행하기 때문일 것이다.

제3부

프랑스혁명과 독일 시민계급의 역사적 선택

사회소설로서의 『친화력』 (1)

사회소설로서의 『친화력』 (2)

프랑스혁명과 독일 시민계급의 역사적 선택

◆

『헤르만과 도로테아』

문제제기

장편서사시 『헤르만과 도로테아』(*Hermann und Dorothea*, 1797)는 괴테가 '프랑스혁명과 대결하는 과정에서 얻은 가장 중요한 문학적 성과의 하나'[1]로 꼽힌다. 슐레겔(Schlegel) 형제를 비롯한 낭만주의자들은 이 작품을 독일 시민가정의 이상을 대변하는 최고의 서사시로 상찬하였고 일반 독자들도 큰 호응을 보였다. 그뿐만 아니라 19세기 말까지 독일 교양시민층은 이 작품에서 그들 자신의 계급적 정체성을 확인하고 마치 가정기도서처럼 애독했다고 알려져 있다.[2] 그런 맥락에서 19세기 내내 독일 중고등학교 과정의 필독서로 맨 앞자리를 차지했던 이 작품은 특히 19세기 말 빌헬름 제국 시대에 이르러서는 독일 민족주의 이념의 정수를 구현한 것으로

---

[1] Yahya A. Elsaghe, "Hermann und Dorothea," *Goethe-Handbuch*, Bd. 1, Stuttgart 1996, 519면.

[2] 작품의 수용사에 관한 상세한 설명은 Paul M. Lützeler, "Hermann und Dorothea," Paul M. Lützeler u. James E. Mcleod 엮음, *Goethes Erzählwerk*, Stuttgart 1985, 216면 이하 참조.

평가받으며 독일 시민의 집단적 정체성을 대변하는 작품으로 받아들여졌다. 이처럼 『헤르만과 도로테아』가 독일 시민계급의 집단적 정체성을 대변하는 '민족서사시'[3]로 열광적 호응을 받으며 수용된 과정이 과연 작품의 실상에 부합하는지 작품 자체에 입각하여 규명하려는 것이 이 글의 목적이다. 미리 밝히자면 이 작품은 그런 맥락에서 읽혀질 여지가 다분한 것이 사실이지만, 그러한 민족주의적 맥락의 수용과정에서는 시민혁명 정신을 어떻게 계승할 것인가 하는 핵심적 문제의식은 사장되고 만다. 그러한 편향적 수용은 19세기 중반 이후 시민혁명의 가능성이 결정적으로 좌절된 독일 시민계급의 역사적 운명에 상응하는 것이라 할 수 있다.

다른 한편 독자층의 편향된 수용은 '서사시'(Epos)라는 장르의 문제와도 무관하지 않다. 알다시피 서사시는 고대 그리스의 최고의 문학형식으로 호메로스(Homeros)의 『일리아스』 『오디세우스』가 보여주듯 트로이 전쟁과 같은 세계사적 사건의 무대에서 주인공으로 활약한 영웅들의 운명을 다룬다. 『헤르만과 도로테아』의 역사적 배경이 되는 프랑스혁명도 물론 세계사적 사건이지만, 작품의 주인공인 헤르만과 도로테아는 더이상 영웅적 개인이 아니며 오히려 18세기 말 독일 시민층의 전형적인 인간상을 속속들이 보여주는 인물이다. 따라서 세계사적 개인이 주인공으로 등장하던 서사시가 어떻게 영웅이 사라진 근대 시민사회의 역사적 조건에서 새롭게 탄생할 수 있는가 하는 문제가 제기된다. 다시 말해 서사시의 원형인 영웅서사시가 시민적 서사시로 탈바꿈해야 하는 것이다. 괴테는 이 작품에서 프랑스혁명이라는 세계사적 격변에 대하여 독일의 시민적 개인은 어떤 태도를 취할 것인가 하는 문제에 초점을 맞추고 있다. 이 작품을 집필하면서 괴테는 한 작가의 '일생에서 두번 다시 발견하기 어려운 소재'라며 고무된 창작의욕을 피력한 바 있다.[4] 이는 프랑스혁명을 독

---

3 같은 글 247면.

일 시민계급의 입장에서 어떻게 받아들이고 어떤 태도를 취할 것인가라는 역사적 과제에 직면하여 그가 남다른 소명의식으로 창작에 임했다는 뜻으로 이해할 수 있겠다. 이 글에서는 『헤르만과 도로테아』에서 프랑스혁명과 그 여파를 독일 시민계급이 어떻게 보고 있는가를 헤르만과 도로테아의 결합과정을 중심으로 분석한 다음, 19세기의 편향된 수용이 작품의 장르적 특성과 어떻게 연관되어 있는지 살펴보고자 한다.

'세계시민' 정신의 옹호

작품은 프랑스 군대가 독일을 침공해오자 라인강 서안 지역에 살던 독일인들이 피난민 신세가 되어 라인강 동쪽 지역으로 몰려오는 상황에서부터 시작된다. 이러한 상황 설정은 1792~93년 괴테 자신이 바이마르의 아우구스트 공을 보필하면서 프로이센·오스트리아 연합군의 일원으로 프랑스 원정에 참여했던 경험과 맞닿아 있다. 다만 작품은 괴테 자신이 직접 현장에서 경험한 실제 역사적 사건 중에서 특정 국면에만 국한되어 있다. 프랑스와 독일 사이의 전쟁은 프로이센·오스트리아 연합군이 혁명의 확산을 저지하고 프랑스에서 왕정을 복구하기 위해 프랑스를 선제공격하면서 촉발된 것이다. 하지만 독일 연합군은 프랑스 원정에서 패퇴하고 프랑스군의 역공을 받게 된다. 프랑스 군대는 라인강 동쪽 지역까지 진격해오는데, 『헤르만과 도로테아』는 바로 그 무렵 라인강 동쪽 지역에 자리잡은 소도시를 공간적 배경으로 하고 있다. 이러한 역사적 배경을 염두에 두고 작품 첫머리를 살펴보자. 라인강 동쪽 소도시의 주민들 대다수

---

4 Josef Schmidt 엮음, *Erläuterungen und Dokumente: Hermann und Dorothea*, Stuttgart 1970, 83면.

는 프랑스 군대에 쫓겨서 피난 가는 난민들의 행렬을 강 건너 불구경하듯
이 바라본다. 비록 소도시이긴 하지만 농업과 상공업이 활발하여 인구가
많다고 묘사되는 이 도시에는 주민들이 불과 오십명도 남지 않을 만큼 사
람들이 피난민 행렬을 구경하기 위해 한시간 넘는 거리까지 달려간다. 이
를 두고 양식있는 시민인 약국 주인은 다음과 같이 개탄한다.

> 인간이란 정말 다 그런 모양입니다! 너 나 할 것 없이
> 이웃 사람들에게 불행이 닥치면 입을 헤벌리고 좋아한단 말입니다!
> 파괴적인 불길이 치솟기라도 하면 그걸 보러 달려가고,
> 가련한 죄인이 고통스럽게 형장으로 끌려가면 모두가 달려가지요.
> 오늘만 해도 선량한 피난민들의 불행을 구경하러 멀리까지 나들이를
> 했지요.
> 그러면서도 자신에게 그들과 비슷한 운명이 어쩌면 바로 다음날,
> 아니면 먼 훗날에 닥칠지도 모른다고 걱정하는 사람은 없더군요.
>
> (1장 70~76행)[5]

이러한 방관자적 태도를 약국 주인은 '인간의 본성' 탓으로 돌리지만,
수많은 동족을 피난민 신세로 내몬 세계사적 사건에 독일 시민층의 대다
수가 얼마나 무지하고 무관심한가를 여실히 드러내고 있다. 정치적으로
지둔하고 몰인정한 대다수 시민들과 달리 주인공 헤르만의 아버지는 아
들을 시켜서 피난민들에게 옷가지와 먹을거리를 나누어주게 할 만큼 박
애정신이 남다르고, 하루빨리 전쟁이 끝나고 평화가 찾아오기를 간절히
소망한다. 헤르만의 아버지는 독일과 프랑스가 전쟁을 종식하고 화친을

---

5 작품 인용은 이인웅 옮김 『헤르만과 도로테아』(지식을만드는지식 2011)를 따르되, 번
  역은 필자가 부분적으로 수정하였다.

맺는 '평화의 축제'가 열리는 날 아들 헤르만의 혼례식을 올리고 그래서 "온 나라에서 벌어지는 경사스러운 축제가 / 앞으로는 우리 집안의 즐거운 기념일이 되었으면 좋겠다"(1장 204~205행)는 소망을 피력한다. 나라와 국민의 안위를 가정의 평화를 위한 전제조건으로 여기는 이러한 태도는 헤르만의 아버지가 공적인 책임감을 지닌 훌륭한 시민임을 말해준다. 부유한 농장주이면서 시의회에서 토목감독관을 여섯차례나 지낸 헤르만의 아버지는 실제로 하수도 건설을 비롯한 도시정비 등의 공적인 일에도 솔선수범한다. 그는 "앞으로 나아가지 못하는 자는 퇴보하리라"(3장 65행)는 격언을 삶의 모토로 삼을 만큼 진취적인데, 아들 헤르만에 대해서는 불만을 갖고 있다. 아버지가 보기에 아들 헤르만은 집안일과 농사일에는 열심이지만 바깥에 나가면 너무 수줍음을 타고 과묵해 동네 처녀들과 어울리지도 못하기 때문이다. 실제로 헤르만의 친구들은 헤르만을 가리켜 남녀관계에 대해서는 '아담과 이브밖에 모른다'고 놀려대기까지 한다. 이런 헤르만을 두고 아버지는 '밭일만 열심히 하면 부잣집 머슴과 다를 바 없다'고 타박하며, 아들에게 유복한 부잣집 딸과 결혼하기를 종용한다. 그렇지만 헤르만은 피난민 행렬의 도로테아에게 반해 있는 상태로서, 아버지의 요구를 단호히 거부한다. 도로테아는 그녀 자신 아무것도 가진 것 없이 피난길에 오른 기구한 처지임에도 피난 중에 출산한 산모와 아이들을 돌보는 등 갸륵한 선행으로 헤르만의 마음을 사로잡는다. 도로테아가 처녀의 몸으로 아이들의 '엄마' 역할을 훌륭히 수행하는 장면은 『젊은 베르터의 고뇌』에서 로테가 어린 동생들에게 빵을 나눠주고 돌보는 등 '엄마' 역할을 하는 것을 보고 베르터가 로테에게 한눈에 반하는 대목에 비견할 만하다. 여기에 더하여 도로테아는 황소 두마리가 끄는 수레를 능숙하게 부리는 씩씩한 여장부의 면모까지 갖추고 있다. 그런 도로테아를 만난 이후 헤르만은 '완전히 다른 사람이 된 것처럼' 환골탈태하는 모습을 보인다.

정말이지 지금 쫓겨서 떠돌아다니는 저 사람들의 고난을 보고도
아무렇지 않다고 느끼는 자는 놋쇠 가슴에 심장도 없는 인간입니다.
지금 이런 시절에 자기 자신의 안녕이나 조국의 안녕을
걱정하지 않는 자는 머릿속이 텅 빈 지각없는 인간이지요. (4장 72~75행)

조국을 위해 살고 죽으며
다른 사람들에게 고귀한 모범을 보여주고 싶은
용기와 욕망이 가슴속 깊은 곳에서 꿈틀거리고 있어요. (4장 95~97행)

이처럼 아버지 이상으로 조국의 안위를 생각하고 이웃의 불행과 고난
에 진심 어린 동정을 표하는 헤르만은 도로테아라는 처녀가 바로 '고귀
한 모범'을 보여주고 있다며 자신의 목격담을 벅찬 감동으로 부모님에게
자세히 들려준다. 뿐만 아니라 헤르만은 말에 그치지 않고 자신의 결심을
실행에 옮기기 위하여 당장 전선으로 달려가겠다며 나서는데, 사려 깊은
어머니는 헤르만의 이러한 결심이 도로테아 때문이라는 것을 간파하고
아들을 타이른다.

넌 네 마음을 숨기고 완전히 딴생각을 하고 있어.
북소리가 너를 부르는 것도 아니고 나팔소리도 아니며
멋진 군복을 입고 처녀들 앞에서 뽐내려는 것도 아니란 걸 난 안다.
네가 아무리 성실하고 용감하다 할지라도 너의 천직은
가정을 잘 지키며 조용히 밭일을 돌보는 것이기 때문이란다.

(4장 120~24행)

아들이 바깥세상에서 공적인 활동을 하기를 바라는 아버지와는 달리
어머니는 조용하고 성실한 지금까지의 성품대로 '가정을 잘 지키며 조용

히 밭일을 돌보는 것'이 아들의 '천직'이라며 위험한 전쟁터에 나가지 말라고 만류한다. 하지만 헤르만은 그러한 어머니의 말이 틀렸다고 반박하면서 당당히 자신의 소신을 밝힌다.

어머님 말씀은 틀렸어요. 오늘이 어제와 같지는 않아요.
젊은이는 어른으로 성장해가는 법입니다. (4장 126~27행)

저는 조용히 살아왔고 지금도 그렇지만, 가슴속에는 이미
불의와 부정을 증오하는 마음이 생겨났고
세상사의 옳고 그름을 제대로 구별할 줄도 알아요. (4장 130~32행)

재산이 쌓이고 밭들이 줄지어 있고
많은 재산을 모았다고 해서 행복해지는 것은 아니랍니다. (4장 182~83행)

세상물정을 모르던 젊은이에서 '세상사의 옳고 그름을 제대로 구별할 줄 아는' 어른으로 성장했다면서 자부심을 당당히 피력하는 헤르만의 모습에서 특히 주목할 것은 재산이 행복을 보장하는 것은 아니라는 그의 각성이다. 이는 이 도시에서 가장 크게 상업을 하는 부잣집 딸과 결혼하라는 아버지의 요구에 응하지 않겠다는 단호한 의지의 표현이기도 하다. 헤르만의 아버지가 그런 부잣집과 통혼하려고 한다는 것은 헤르만의 집 역시 그 집 못지않게 부유하다는 뜻이다. 따라서 아버지의 요구를 거부한다는 것은 사실상 신분의 한계를 뛰어넘는 용단이라 할 수 있다. 실제로 헤르만은 도로테아가 만약 전란의 와중에 휩쓸려 죽기라도 하면 재산도 집도 부모도 아무런 의미가 없다고 하면서 이렇게 말한다.

왜냐하면 사랑이란 사기 사랑의 끈과 연결되기만 하면

여타의 모든 관계를 끊어버린다는 걸 알기 때문이죠. 처녀들만이
자기가 선택한 남자를 따라갈 때 부모님을 버리는 것이 아닙니다.
젊은 남자도 자기가 사랑하는 단 한사람의 처녀가 떠나가는 것을
바라볼 때는 더이상 부모님 생각을 하지 않으니까요. (4장 219~23행)

이처럼 부모와의 연이 끊어지는 한이 있더라도 결코 도로테아를 포기
하지 않겠다는 헤르만의 결의는 혁명과 전쟁이 초래한 세상의 격변을 제
대로 읽고 그런 격변에 휩쓸린 개인의 운명을 올바르게 통찰한 후에 얻어
진 것이기에 그만큼 더 값진 진정한 성숙의 징표라 할 수 있다.

　　세상을 파괴하고 수많은 견고한 건물들을
　　토대에서부터 뒤집어엎고 모든 것을 망쳐버리는
　　전란의 광포한 운명이 그 가련한 처녀까지 내몰아버린 것입니다.
　　지체 높은 가문의 훌륭한 분들도 지금은 비참하게 유랑하고 있지 않
습니까?
　　제후들도 변장한 채 도망가고 왕족들도 추방된 채 살아갑니다.
　　아아, 모든 여자들 중에서 가장 훌륭한 그 처녀도
　　그렇게 자기 고향에서 쫓겨났지요. 그럼에도 자신의 불행은 잊은 채
　　다른 사람을 돕고, 의지할 곳이 없으면서도 남들을 돌보고 있습니다.

(5장 96~103행)

여기서 헤르만은 '세상을 파괴하고 건물들을 토대에서부터 뒤집어엎
고 모든 것을 망쳐버리는 전란의 광포한 운명'을 비판적 시각에서 바라보
고 있지만, 그와 동시에 왕족과 제후들도 도망자 신세가 될 만큼 구시대의
질서가 무너져가는 역사적 격변을 불가역의 현실로 인식하고 있다. 헤르
만 자신의 개인사적 운명과 관련지으면 그의 발언은 왕과 귀족의 권위마

저 여지없이 짓밟히고 전통적인 신분사회의 질서가 송두리째 무너진 상황에서 재산과 지위를 남녀 간의 결혼의 조건으로 내세우는 것이 도대체 무슨 소용이 있겠는가 하는 냉철한 현실인식과 자기인식을 함축하고 있다. 여기서 헤르만이 도로테아를 가리켜 '모든 여자들 중에서 가장 훌륭한 처녀'라 일컫는 까닭은 그녀가 전란에 휩쓸려 오갈 데 없는 난민의 처지에 있음에도 불구하고 불행에 처한 사람들을 돌보기 때문이다.

이처럼 헤르만이 도로테아의 아름다운 선행에 감동받고 매료된 것은 진정한 인간성이야말로 그 어떤 시련과 역경도 견디고 이겨낼 수 있다는 믿음의 표명이라 할 수 있다. 헤르만이 도로테아의 선행을 예찬하고 그녀에 대한 사랑을 부모님과 지인들 앞에서 고백하는 5장에 '폴리힘니아: 세계시민'(Polyhymnia: Der Weltbürger)이라는 표제가 붙어 있다는 사실에 유의할 필요가 있다. 작품에서 '세계시민'이라는 덕목이 프랑스에 대항한 전쟁에서 이겨야 한다는 애국주의보다 더욱 보편적인 가치로 설정되어 있는 것이다. 다시 말해 이 작품에서 괴테는 도로테아의 숭고한 박애정신을 전란의 역경을 견디고 극복할 수 있는 보편인간적 가치로 설정하고 있는 것이다. 그런 점에서 보면 도로테아가 실천하는 숭고한 인간애는 역사의 격변과 소용돌이 속에서도 보편인간적 가치를 옹호하는 바이마르 고전주의 정신과 연결되어 있다고 할 수 있다. 고대 그리스의 뮤즈로 문학예술의 수호신인 '폴리힘니아'가 등장하는 것은 이런 맥락에서 이해할 수 있다. 혁명과 전쟁이 초래한 가혹한 운명에 맞서는 문학적 대응은 뮤즈에 의해 승화된 '세계시민' 정신을 옹호하는 것으로 귀결되며, 그것은 괴테가 당대 현실의 참상에 맞서 고대 그리스의 서사시 형식을 되살린 이유이기도 하다. 고전주의 시기의 괴테에게 고대 그리스는 진·선·미의 종합이라는 미적 이상의 궁극적인 준거였던 것이다.

물론 보는 시각에 따라서는 어떤 역경에도 굴하지 않는 인간성에 대한 옹호가 프랑스혁명이라는 세계사적 사건에 견주어볼 때 지나치게 이상주의적인 대답이 아닌가 하는 의문을 제기할 수도 있다. 이와 관련하여 도로테아의 지극한 선행에 감동을 받아 '젊은이에서 어른으로' 성숙했다고 자부하는 헤르만에 대한 목사의 반응을 눈여겨볼 필요가 있다. 헤르만의 아버지와 절친한 친구 사이인 목사는 "진정한 사랑은 젊은이를 당장에 어른이 되도록 만든다"(5장 76행)고 하면서 도로테아에 대한 헤르만의 사랑이 진정한 인간적 성숙의 징표라고 전적으로 긍정한다. 그리고 헤르만의 인간적 성숙이 평소 농사일에 열심이던 헤르만의 성품에서 우러나온 '자연스럽고도 이성적인' 것임을 강조한다. 헤르만의 아버지가 아들이 바깥 세상에 나가 공적 활동으로 위신을 세우기를 바라는 반면 목사는 '계절의 요구에 따라 신중히 대지를 돌보는 침착한 시민'도 소중한 존재라며 다음과 같이 말한다.

> 가꾸어놓는 대지에 불과 얼마 안되는 씨앗을 뿌리고
> 몇마리 안되는 가축을 길러 숫자를 늘려가기 때문입니다.
> 농부들의 생각이란 온통 유용한 것에만 머물러 있으니까요.
> 천성적으로 그런 감정을 가진 사람은 행복하지요!
> 그런 사람이 우리 모두를 부양하는 것입니다. 그리고 농업과
> 상업을 겸할 수 있는 이런 소도시의 시민은 복도 많지요!
> 걱정스레 농부를 괴롭히는 흉년의 압박감도 없고
> 욕심 많은 대도시 사람들처럼 걱정으로 마음이 어지럽지도 않습니다.
>
> (5장 27~34행)

대지의 질서에 순응하여 농사를 짓는 일은 '우리 모두를 부양하는 것'이고 그러면서도 상업을 겸할 수 있어서 흉년의 압박에 시달리지 않는 그런 생활양식은 자연의 질서에 슬기롭게 순응하면서도 자연의 맹목적인 힘에서 벗어나 있는 이상적인 상태를 가리킨다. 아울러 아직은 자본주의

시장경제의 전면적인 압박에 노출되지 않고 농업의 공백을 보완할 정도로만 상업이 발달한 것은 이 소도시의 자족적 삶을 가능하게 해주는 절묘한 생활조건이다. 그런 점에서 거대한 세계사적 소용돌이에 휘말리지 않게끔 바깥세상과 차단된 이 소도시의 생활환경은 마치 '자연적 질서를 그대로 간직한 듯한 자율적인 소공화국'의 느낌을 주는 것도 사실이다.[6] 헤르만이 추구하는 '세계시민'의 박애주의는 본격적인 근대적 생활양식과는 일정한 거리가 있는 목가적인 생활양식에 상응하는 것이라 할 수 있다. 그런 점에서 5장의 표제로 등장하는 뮤즈 폴리힘니아가 문학예술의 수호신이자 농경의 수호신이라는 것은 의미심장하다. 헤르만이 '젊은이에서 어른으로' 성숙해간 거듭남의 과정은 대지와 자연의 질서에 따라 씨앗을 뿌리고 수확을 하듯이 자연의 순리에 맞게 인간사를 개척해가야 한다는 의미를 함축하고 있는 것이다. 헤겔(Hegel)은 그의 『미학』에서 다분히 목가적 이상향을 떠올리게 하는 이러한 시공간적 설정에 대하여 다음과 같이 말한 바 있다.

괴테는 비록 서사시의 확장을 위해 혁명을 절묘하게 이용하긴 했지만, 그러면서도 혁명을 완벽하게 원경으로 밀어내며 소박한 인간성과 가족 및 소도시의 관계와 상황에 무리 없이 연결될 수 있는 그런 정황들만 이야기 속에 엮어넣었다.[7]

고대의 서사시가 그러하듯 『헤르만과 도로테아』에서도 거대한 역사적 사건은 그것이 개개인의 운명과 생생하게 연결될 수 있는 범위 안에서만 포착되며, 그것은 서사시의 품격을 유지하게 하는 비결이기도 하다. 그렇

6 Gerhard Kaiser, "Französische Revolution und deutsche Hexameter: Goethes *Hermann und Dorothea* nach 200 Jahren," *Goethe — Nähe durch Abstand*, Jena 2001, 65면.
7 Hegel, *Ästhetik*, Bd. 2, Berlin/Weimar 1955, 468면.

지만 '소박한 인간성'과 구체적인 인간관계를 생동감 있게 보여주기 위해서 '혁명을 완벽하게 원경으로 밀어냈다'면 개개인을 비참한 상황으로 몰아간 대혁명의 여파를 지나치게 단순화한 것이라 해야 할 것이다. 이 문제를 해명하기 위해서는 괴테가 과연 어떤 방식으로 '서사시의 확장을 위해 혁명을 절묘하게 이용'하고 있는지 그 구체적 양상을 살펴볼 필요가 있다. 미리 밝히자면, 괴테의 작품 중에서는 매우 드물게 이 작품은 프랑스혁명이 애초에 표방했던 이상적 가치들을 긍정적으로 서술하고 있으며, 그런 한에는 혁명이 '완벽하게' 원경으로 밀려났다는 헤겔의 해석은 수정될 여지가 있다.

프랑스혁명을 보는 시각

'클리오: 시대'(Klio: Das Zeitalter)라는 표제가 붙은 6장에는 '재판관'(Richter)이라 일컬어지는 한 노인이 등장하는데, 피난민들이 지도자로 받드는 그의 입을 통해 프랑스혁명의 정신과 그에 대한 반응이 비교적 소상히 웅대한 서사시의 톤으로 이야기된다. 6장 서두에서 노인은 혁명의 서광을 '새로운 태양'이 솟아오르는 것에 견주면서 이렇게 말한다.

> 새로운 태양이 솟아오르며 첫번째 서광을 비춰주었을 때,
> 모든 사람에게 통용되는 인간의 권리라든가
> 고무적인 자유라든가 찬양할 만한 평등에 관한 말을 들었을 때,
> 마음은 들뜰 대로 들뜨고, 자유로워진 가슴에
> 순수한 맥박이 고동치던 것을 누가 부정할 수 있겠소이까!
> 당시에는 누구나 자기 자신의 삶을 살기를 희망했지요.
> 태만과 사리사욕에 젖은 자가 손아귀에 움켜쥐고

여러 나라들을 휘감고 있던 속박의 굴레가 풀어지는가 싶었지요.
그 절박한 시절에 이 세상 모든 민족들은 세계의 수도를 향해
우러러보지 않았습니까? 그곳은 오래전부터 세계의 수도였는데
이제 그전보다 더욱 영광스러운 명성을 얻게 되었지요.
그 복음을 처음 전파한 사람들의 이름이
하늘의 별 아래에까지 다다른 최고의 위인들과 대등하지 않겠소?

(6장 6~18행)

천부인권에 입각한 자유와 평등의 혁명이념이 '복음'처럼 전파되고 그 복음의 전파자들이 '천상에 오른 위인들'처럼 받들어지며, 모든 민족이 혁명의 발원지인 빠리를 '세계의 수도'로 우러러본다는 것이다. 혁명 초기의 순수한 혁명이념에 대한 이러한 예찬은 혁명에 대한 과도한 열광을 빗대기 위해 혁명이념을 '복음'이라는 종교적 차원으로 과장하여 반어적으로 묘사한 것이라는 해석도 있다.[8] 작품에서 목사가 노인을 일컬어 마치 '여호수아나 모세'를 만난 것 같다고 지극한 경외심을 표한 것도 그런 반어적 해석을 뒷받침하는 것으로 볼 여지가 없지 않다. 그렇지만 노인은 '재판관'이라는 호칭에 걸맞게 피난민들 내부의 분란을 능숙하게 조정하며 피난민들의 지도자로서 통솔력을 잘 발휘한다는 점에서 단순한 종교적 지도자와는 거리가 멀다. 또한 노인은 목사에게 도로테아가 어린 처자들을 겁탈하려는 프랑스 병사들을 용감하게 물리친 이야기를 들려주는 증언자의 역할까지 수행한다. 목사는 헤르만의 아버지로부터 과연 도로테아라는 여성이 며느리로 맞아들이기에 충분한 자격을 갖춘 여성인지 알아봐달라는 부탁을 받고 피난민 행렬로 가던 중 노인을 만나 혁명에 관한 이야기와 도로테아에 관한 증언을 동시에 듣게 된다. 따라서 도로테

---

8 Oskar Seidlin, *Klassische und moderne Klassiker*, Göttingen 1971, 26면 이하 참조.

아의 의기와 선행에 대한 증언이 엄연한 사실인 만큼 혁명 초기의 순수한 혁명이념에 대한 노인의 예찬을 작가의 비판적 의도가 개입된 반어적 묘사라고 볼 이유는 없다. 위의 대사에 이어서 노인은 다음과 같이 말한다.

> 이웃 나라 민족으로서 우리가 제일 먼저 열광했지요.
> 그러자 전쟁이 시작되었고, 무장한 프랑스 군대들이
> 진격해왔습니다. 하지만 그들은 우의(友誼)를 가져온 것 같았지요.
> 실제로 우의를 가져오기도 했지요. 그들 모두의 정신이 고양되어 있었고,
> 모두들 기꺼이 명랑한 자유의 나무를 심었으며,
> 모두에게 그들의 원칙과 자치를 약속했지요.
> 그래서 젊은이들도 크게 기뻐하고 늙은이들도 기뻐했으며
> 새로운 깃발을 둘러싸고 흥겨운 춤을 추기 시작했지요. (6장 20~27행)

여기서 특기할 만한 것은 프랑스 군대가 침공해왔음에도 불구하고 그들이 '우의'를 가져왔다고 하며 혁명의 '원칙'을 지키고 '자치'를 약속했기 때문에 독일인들이 그들을 환호했다고 이야기한 대목이다. 프랑스 군대에 대한 이러한 환대는 독불전쟁 당시 독일인들의 전반적인 반응과는 거리가 멀고 상당히 과장된 것임이 분명하다. 독일·오스트리아 연합군의 프랑스 원정이 실패로 끝난 이후인 1792년 여름에 프랑스군은 라인강 동안으로 진격하여 마인츠 일대를 점령하고 마인츠에 '혁명평의회'를 설치하는데, 당시 프랑스혁명의 열렬한 지지자였던 게오르크 포르스터(Georg Forster)가 혁명평의회 의장의 직책을 맡고 그의 주위에 혁명을 지지하는 그룹이 형성되었다. 따라서 당시 소수에 불과했던 혁명지지 그룹의 환호를 위와 같이 묘사한 것은 과도한 일반화임이 분명하다. 작품의 문맥으로 국한해서 보면 이런 이야기를 전하는 노인 자신이 애초에 혁명의 이상을

열렬히 옹호했던 지지자였다고 추정할 수 있다. 혁명이 약속하는 '희망찬 미래'를 노인이 신랑·신부의 결혼식에 견준 것은 그런 맥락에서 이해할 수 있다.

> 오, 약혼한 총각이 소망하는 결혼식 날을 기다리면서
> 신부와 더불어 덩실덩실 춤을 춘다면, 그때는 얼마나 즐겁겠소!
> 그런데 인간이 생각할 수 있는 최고의 이상이
> 우리에게 성취될 듯 가까이 나타났던 그때는 더욱 찬란했다오.
> 모든 사람들의 혀가 살아나서, 노인이나 어른이나 젊은이
> 할 것 없이 지고한 정신과 감정에 충만해 소리 높이 떠들어댔지요.
>
> (6장 34~39행)

이처럼 자유·평등·박애의 혁명이념이 약속하는 새로운 삶은 마치 한 개인의 삶에서 결혼식과 같은 새 출발로 받아들여졌다. 적어도 노인처럼 혁명이념에 전적으로 공감하는 입장에서 보면 혁명이 곧 새로운 삶의 기점으로 받아들여지는 것은 당연한 일이다. 하지만 혁명이 공포정치의 국면으로 이행하고 '혁명의 수출'이 타민족에 대한 탄압과 약탈로 변질되면서부터 혁명 초기의 들뜬 기대가 참담한 환멸과 분노로 바뀌게 된다.

> 그러나 하늘은 금방 흐려지고 말았습니다. 선한 일을 행할
> 자격도 없는 타락한 족속이 서로 세력다툼을 하기 시작했지요.
> 그들은 서로 살육을 일삼고, 새로운 이웃과 형제들을 탄압하고,
> 사리사욕에 빠진 무리들을 파견했습니다.
> 우리가 살던 곳에서 높은 놈들은 흥청거리며 대대적인 약탈을 했고
> 가장 아래 낮은 놈들은 정도만 덜할 뿐 약탈하며 호사스럽게 지냈지요.

(…)

그러자 착한 마음씨를 가진 사람들도 비애와 분노에 떨었고

모두들 자신이 당한 온갖 수모와 이중으로 기만당한

희망의 상실에 대한 복수만 생각하겠다고 맹세했습니다.

다행히 행운은 독일인들 편으로 기울었고

프랑스 놈들은 허겁지겁 도망치듯 퇴각했지요. (6장 40~53행)

여기서 '희망의 상실'은 애초에 프랑스혁명에 적극 동조했던 일부 독일인들의 급격한 태도 변화를 예고한다. 앞에서 살펴본 대로 프랑스혁명의 숭고한 대의에 공감한 독일인들은 프랑스 군대가 혁명의 '원칙'과 '자치'를 약속했기 때문에 그들을 환영하지만, 역으로 프랑스 군대가 약탈을 자행하는 점령군으로 돌변하자 애초에 민족주의적 감정마저 초극하여 공감했던 혁명이념에 대한 믿음마저 무너지게 된 것이다. 혁명의 변질에 대한 위와 같은 묘사가 혁명노선을 둘러싼 갈등 같은 중요한 문제를 누락한 채 단지 도덕적 타락으로만 다루고 있다고 비판적으로 보는 시각도 있다.[9] 물론 공포정치가 혁명노선을 둘러싼 갈등과정에서 불거진 것은 사실이지만, 그렇다고 해서 혁명의 동지들마저 단두대로 보내는 무자비한 숙청의 테러정치는 어떤 이유로도 용인될 수는 없을 것이다. 위의 인용문에서 작품의 맥락과 역사의 맥락이 맞아떨어지는 결정적인 대목은 '희망의 상실'로 인한 '비애와 분노'가 집단적 애국주의로 수렴된다는 것이다. '희망의 상실에 대한 복수'는 훼손된 혁명정신을 되살리는 것과는 전혀 무관하게 '프랑스 놈들'에 대한 복수심으로 귀결된다. 애초에 혁명에 열광했던 독일인마저 혁명의 변질을 경험하고 참담한 환멸을 맛보면서 애국적 민족주의에 의탁할 수밖에 없는 것, 바로 그것이 노인의 삶이 보여

---

9 Gerhard Kaiser, 앞의 글 28면.

주는 작품의 진실이자 역사를 관장하는 뮤즈 '클리오'가 서술하는 독일 사의 진실이다.

혁명정신의 유증과 독일 시민계급의 선택

그렇다고 작품에서 자유·평등·박애의 혁명이념이 역사의 저편으로 완전히 사라지게 되는 것은 아니다. 헤르만과 도로테아가 결혼에 이르는 과정은 인간의 존엄을 실현하고자 했던 혁명이념이 과연 어떻게 진정한 역사적 기억으로 내면화될 수 있으며, 특히 그러한 과정이 어떻게 독일적 방식으로 미묘하게 굴절되는가 하는 맥락에서 세심히 살펴볼 필요가 있다. 그런 면에서 무엇보다 주목할 것은 도로테아가 헤르만을 만나기 전에 겪었던 개인사적 이력이다. 그녀에겐 원래 약혼자가 있었고 그 약혼자는 프랑스혁명의 열렬한 지지자로 빠리까지 달려가 혁명에 동참했으나 끝내 희생되고 만 비운의 인물이다. 앞에서 언급한 노인은 그의 행적을 이렇게 전하고 있다.

> 그 약혼자는 고귀한 청년이었는데,
> 숭고한 자유를 위해 싸운다는 지고한 사상의 불길이 타오르자
> 자진해서 빠리로 달려갔지만, 얼마 안 가서 무참한 죽임을 당하고 말았소.
> 고국에서와 마찬가지로 거기서도 횡포와 음모를 공격했기 때문이었소. (6장 187~90행)

여기서 '횡포와 음모'는 공포정치의 전횡과 혁명진영 내부의 권력투쟁을 가리킬 것이다. 그렇다면 도로테아의 약혼자는 혁명이 공포정치로 치

닫는 사태에 맞서서 끝까지 혁명이념을 수호하기 위해 싸우다가 희생되었다고 추정할 수 있다. 도로테아는 그 약혼자에게서 받은 약혼반지를 여전히 손에 끼고 있으며, 헤르만과의 혼약이 성립되는 대목에서도 굳이 그 반지를 숨기지 않는다. 목사가 헤르만과 도로테아의 혼약이 성립되었음을 선언하면서 헤르만의 어머니가 끼고 있던 반지를 뽑아 도로테아에게 끼워주려 하다가 전 약혼자가 끼워준 반지를 발견하고 의아해하자 도로테아는 약혼자에 관해 다음과 같이 말한다.

> 그분은 자유를 사랑하는 마음과 개혁적인 새로운 제도 속에서
> 활동하고자 하는 욕구에 이끌려 서둘러 빠리로 떠나갈 때
> 모든 일을 예견했고, 거기서 투옥되어 세상을 떠났어요. (9장 259~61행)

도로테아의 약혼자는 자신이 혁명의 와중에 희생될 것이며 다시는 도로테아를 보지 못할 것임을 예견했지만 그럼에도 모든 걸 버리고 혁명에 투신했던 것이다. 헤르만과 그의 부모 그리고 목사 앞에서 도로테아는 전 약혼자가 남긴 마지막 말을 그대로 다시 들려준다.

> 행복하게 살아주오. 난 떠나가오. 지금은
> 지상의 모든 것이 흔들리고 모든 것이 서로 분열하는 것 같기 때문이오.
> 가장 굳건한 국가에서조차 기본법이 해이해지고
> 재산은 본래의 옛 소유주로부터 떨어져나가고
> 친구는 친구와 작별하고 애인은 애인에게서 떠나고 있소.
>   (…)
> 대지는 더이상 우리의 것이 아니고, 보화들도 이리저리 옮겨가며,
> 금과 은도 녹아내려서 성스럽던 옛 형상을 지우고 있소.
> 모든 것이 동요하니, 이미 형성되어 있는 세계가

다시 혼돈과 암흑으로 되돌아가 새로운 형상을 빚어내려는 것 같소.
당신이 마음을 그대로 간직해주고, 언젠가 우리가 이 세상의
폐허 위에서 다시 만나게 된다면, 우리는 새로워진 인간으로서
변화된 형상에 자유로운 몸으로 운명으로부터도 해방될 거요.
그 무엇도 이런 시대를 살아온 사람을 속박하지는 못할 테니까요!

(9장 263~78행)

금과 은도 녹아내릴 만큼 종전의 모든 견고한 질서가 붕괴되는 격변의 시대는 "세계가 다시 혼돈과 암흑으로 되돌아가 새로운 형상을 빚어내려는 것 같소"라는 말에서 알 수 있듯이 태초의 혼돈에서 천지가 개벽하는 우주적 사건에 비견되고 있다. 작품의 마지막 장인 9장에 '우라니아: 전망'(Urania: Aussicht)이라는 표제가 붙은 것은 그런 맥락에서 이해할 수 있다. 우주의 질서를 관장하는 천문의 뮤즈 우라니아가 이야기하는 혁명기의 혼돈은 천지개벽에 비견되는 세계사의 신기원을 잉태하고 있는 것이다. 도로테아의 약혼자가 지금까지의 모든 속박에서 벗어나 새로운 세상에서 '새로워진 인간'으로 다시 만나리라고 한 비원(悲願)은 — 혁명의 혼란 속에서 희생되리라는 것을 예감하고서 하는 말이기에 — 비록 자신은 죽더라도 순수한 혁명정신을 끝까지 지켜달라는 유언이나 다름없다. 그런 관점에서 보면 도로테아가 자신의 불행에도 아랑곳하지 않고 헌신적으로 피난민들을 돌본 숭고한 박애의 실천은 죽은 약혼자의 유언을 집행하는 행위라 할 수 있다. 헤르만과 결합하는 과정에서도 도로테아가 단지 일신상의 안위를 구한 것이 아니라는 점을 상기할 필요가 있다. 헤르만이 도로테아에게 자기 집으로 가서 부모님께 봉사해달라고 하자 도로테아는 그 말을 헤르만의 집에서 '하녀'로 일해달라는 뜻으로 받아들이고, 자신에게 선행을 베푼 헤르만에 대한 보답으로 그런 제안을 기꺼이 받아들인다. 끝까지 사심에 얽매이지 않고 오로지 봉사와 헌신으로 일관

하는 도로테아의 지순한 모습은 그녀의 이름이 뜻하는 바처럼(Dorothea
는 그리스어로 '신의 선물'이라는 뜻이다) 인간의 주관적 욕망과 소망을
뛰어넘은 천상의 모습으로 변용된다. 헤르만의 아버지가 처음에 오갈 데
없는 피난민 신세인 도로테아를 못마땅해하자 목사가 "인간의 소망은 진
정으로 바라는 바를 은폐하지만 / 하늘에서 내려온 선물은 그 본래의 형상
대로 나타난다"(5장 69~70행)고 하면서 헤르만의 선택을 두둔한 것은 그런
맥락에서 이해된다.

　헤르만 역시 애초에 부유한 집안의 딸을 아내로 맞이하라는 아버지
의 뜻을 거역하고 기꺼이 하녀가 되기를 자청하는 도로테아를 아내로 맞
이한 만큼 도로테아의 사심 없는 헌신에 화답한 것이라 할 수 있다. 그리
고 헤르만이 유복한 자산가의 아들임에도 불구하고 가진 것 없이 길거리
에 내몰린 피난민 처지의 한 여성을 순수하고 고결한 인간성에 이끌려 아
내로 맞이한 일은 도로테아의 약혼자가 목숨을 바쳐 투신했던 혁명의 평
등·박애 정신에도 부응하는 것이다. 하지만 헤르만의 마지막 대사는 장차
도로테아와 함께 일굴 가정의 행복이 도로테아의 약혼자가 추구했던 것
과는 다른 방향으로 모색되어야 함을 역설하고 있다.

　도로테아, 온 세상이 진동하고 있는 이때 우리의 결합은
　더욱 단단히 맺어져야겠소! 우리는 지탱하고 인내하면서
　우리 자신과 이 아름다운 재산을 확고히 보존하도록 합시다.
　동요하는 시대에 덩달아 동요하는 생각을 하는 사람은
　불행만 가중하며, 화를 점점 널리 퍼뜨리오.
　하지만 자신의 마음을 굳게 지키는 자는 자기 세계를 형성해내오.
　무시무시한 동요를 계속하고 자기 자신도 이리저리
　비틀거리는 것은 우리 독일인에게 어울리지 않소.
　'이것이 우리의 길이다!' 우리 이렇게 말하고 주장합시다!

하느님과 법을 위해, 부모와 아내와 자식을 위해 싸우고,

또 적군에 대항해 싸우다가 쓰러져 죽는

결단성 있는 민족은 언제나 찬양받는 법이니까 말이오.

(…)

지금이든 장래든 적군이 위협해오면

당신이 나를 무장시켜주고 무기를 건네주시오.

당신이 집안과 사랑하는 부모님을 돌보리라는 것을 알기만 하면

오, 나는 안심하고 이 가슴으로 적에 대항해 싸울 것이오.

그리고 누구나 나와 같이 생각한다면, 힘에는 힘으로

대항하여 우리 모두가 평화를 즐길 수 있을 것이오. (9장 299~318행)

'동요하는 시대에 덩달아 동요하는 생각을 하는 사람은 불행과 화만 키운다'는 헤르만의 말은 혁명 동조세력에 부화뇌동하지 말아야 한다는 의미이다. 더구나 그런 동요가 독일인에게는 어울리지 않는다고 함으로써 독일 국민의 역사적 진로는 프랑스혁명과는 다른 경로로 나아가야 한다는 점을 강조하고 있다. 그 다른 경로란 "하느님과 법을 위해, 부모와 아내와 자식을 위해" 싸우고 조국을 위해 싸우는 것이다. 다시 말해 기존의 질서를 수호하고 가정과 조국의 안위를 지키는 일이 민족 구성원으로서 추구해야 할 최고의 덕목이라는 것이다. 작품의 대미를 장식하는 헤르만의 이러한 발언은 『헤르만과 도로테아』가 19세기를 경과하는 동안 독일 시민계급의 민족서사시로 수용될 수 있었던 근거를 설명해준다. 또한 여성의 역할은 집안과 부모님을 돌보는 일에 충실해야 한다고 함으로써 가정의 울타리에 갇히게 된 여성의 역할은 남성적 애국주의와 표리관계를 이루게 된다.

이 모든 이유에서 『헤르만과 도로테아』의 결말부는 시민혁명의 길을 택하지 않고 기존 질서에 순응하며 애국주의에서 집단적 정체성을 찾은 독

일 시민계급의 역사적 모습을 예견한 것이라 해도 과언이 아니다. 작품의 이러한 결말이 도로테아의 약혼자가 유증으로 남긴 혁명정신의 계승이라는 문제를 미완의 과제로 남겨놓게 된다는 것도 분명한 사실이다. 도로테아의 손가락에는 약혼자가 준 반지와 헤르만의 어머니가 끼고 있던 반지가 나란히 끼워져 있지만, 도로테아가 남편 헤르만의 요구를 충실하게 따르는 한 '새로운 세상에서 새로워진 인간'으로 다시 만나자는 약혼자의 유언은 더이상 이행될 수 없을 것이기 때문이다. 시민계급 독자의 입장에서 보면 도로테아가 피난민의 행렬 속에서 자신을 돌보지 않고 베풀었던 선행이 아름다운 인간성의 승리로 기억될 수는 있을 것이다. 하지만 도로테아로 하여금 그처럼 헌신적인 사랑을 가능하게 했던 약혼자의 혁명적 열정을 '부질없는 동요'라고 일축하는 헤르만의 말에 의해 애초에 진·선·미의 화신으로, 이름 그대로 '신의 선물'로 변용되었던 도로테아는 가장 전형적인 독일 남성의 이름인 '헤르만'의 그림자 속에 가려지게 된다.

맺음말

도로테아의 약혼자와 헤르만 사이의 메울 수 없는 간극은 독일 시민계급이 시민혁명의 길을 포기하고 보수적 애국주의를 택한 역사적 과정에 상응하는 것이다. 그러한 역사적 간극은 이 작품에서 서사시의 장르적 특성으로도 고스란히 드러난다. 이미 언급한 대로 재판관 노인이 이야기하는 혁명의 전말은 세계사적 격변을 다루는 만큼 숭고한 톤으로 서술되며, 화자인 노인이 구약성서의 선지자인 여호수아나 모세에 비견되는 것도 그러한 스타일에 상응한다. 이와 더불어 노인과 도로테아가 들려주는 약혼자의 숭고한 혁명적 열정과 끝까지 순수한 혁명정신을 지키고자 했던 모습 역시 세계사적 사건의 무대에 등장하는 영웅적 개인의 면모에 가깝다는 측면에서 고대 서사시의 원형에 근접한다. 반면에 작품의 시공간적 배경이 되는 라인강 동쪽의 소도시는 이미 살펴본 대로 거대한 역사적 격변의 소용돌이에서 비켜나 있는 목가적 전원을 떠올리게 하며, 여기에 등장하는 인물들 역시 그런 전원적 배경에 어울리는 소박한 모습을 보여준다. 요컨대 웅대한 서사시보다는 목가적인 전원시(Idylle)에 가깝다고 할 수 있다. 괴테 자신도 이 작품을 '전원시'라 하기도 하고 때로는 '전원적 서사시'(Idyllisches Epos)라 일컫기도 했거니와, 이 작품에는 두 장르의 속성이 혼재해 있다. 특히 헤르만과 도로테아가 맑은 샘물가에서 재회하는 장면은 전원시의 원형이라 할 수 있다. 도로테아는 피난민들이 있는 곳의 샘물이 흙탕물에 더러워져서 새로운 샘물을 찾아나섰다가 우연히 헤르만을 만나 마음의 교감을 나눈다. 이 대목을 읽는 독자는 매일 마시는 샘물마저 더럽히는 바깥세상의 혼란을 피해 맑은 샘물가에서 사랑하는 여인과 정겨운 시간을 갖고 싶다는 마음이 절로 생겨날 것이다. 이렇듯 이 작품의 전원시적 요소는 독자를 격동의 시대와 거리를 두게 하면서 소박한 인간적 교감에 바탕을 둔 가정의 행복을 소망하는 방향으로 유인한다. 혁명에 대한 서사가 이미 지나간 과거로 서술됨으로써 그러한 가족로맨스의 측면이 한층 더해지는 것도 사실이다.

다른 한편 이 작품이 프랑스혁명의 직접적인 여파로 불거진 독불전쟁을 역사적 배경으로 하고 있음에도 작품 어디에서도 독일 연합군이 먼저 프랑스를 공격했다는 역사적 사실이 전혀 언급되지 않는 것도 특이하다. 작품의 역사적 배경을 이루는 독불전쟁이 혁명의 봉쇄와 왕정복고를 위한 독일 연합군의 선제공격에 의해 비롯되었다는 중대한 역사적 맥락이 생략되어 있는 것이다. 그렇다면 이러한 결락이 과연 어떤 효과를 낳고 또 어떤 작가적 의도와 관련되어 있는 것인가 하는 의문이 제기된다. 혁명에 대한 서사가 과거의 원경으로 밀려나는 데서도 확인할 수 있듯이 전쟁의 발단경위를 생략한 것은 일단 혁명과 반혁명의 대립구도가 더이상 작가의 주된 관심사가 아님을 말해준다. 그 대신 전란으로 고통받는 평범한 시민들이 전면에 부각되고 있다는 것은 전쟁의 발단이 어떠하든 전쟁의 종식과 평화의 정착이 최우선의 관심사임을 말해주는 것이라 하겠다. 그런 측면에서도 이 작품은 독일 시민계급의 소박한 여망에 부응한다. 그리고 애초에 혁명의 지지자였던 재판관 노인이 혁명이념의 변질과 희망의 상실로 인해 프랑스에 대한 적대의식을 정당화하는 데서 극명히 드러나듯이 혁명정신의 기각과 애국주의의 옹호가 표리관계에 있다는 점에서 작품 자체에 내재한 문제성은 수용과정의 문제성을 더욱 증폭시키는 효과를 낳는다.

사회소설로서의 『친화력』(1)

◆

부권의 몰락과 구체제의 붕괴

문제제기: '사회적 관계의 상징적 서술'

괴테의 후기 소설 『친화력』(*Die Wahlverwandtschaften*, 1809)은 원래 노년기의 대작 『빌헬름 마이스터의 편력시대』(*Wilhelm Meisters Wanderjahre oder die Entsagenden*, 1829)에 삽입될 노벨레(Novelle, 극적 요소가 강한 단편소설)의 하나로 구상되었다가 장편소설로 확대된 작품이다. 괴테가 이 소설을 집필하던 시기는 그의 삶에서 개인적 시련과 역사적 격변기의 혼란이 중첩된 일대 전환기라 할 수 있다. 1780년대 이래 문학적 동반자로서 긴밀한 교분을 맺어오던 쉴러(Schiller)가 1805년에 타계했고, 1808년에는 예나전투에서 승리한 나뽈레옹 군대가 바이마르를 점령하고 자행한 방화와 약탈의 참상을 직접 겪기도 했다.[1] 『친화력』은 이러한 격변기의

---

1 1808년 10월 14일자 일기에서 괴테는 이렇게 적고 있다. "저녁 5시에 포탄이 지붕을 뚫고 날아왔다. 5시 반에 저격병들이 들이닥쳤다. 7시에 방화와 약탈이 자행되었다. 끔찍한 밤이었다. 확고한 자세와 행운 넉분에 우리 집이 보전되었다."(페터 뵈르너 『괴테』, 송동준 옮김, 한길사 1998, 145면)

혼돈 속에서 탄생했음에도 불구하고 흔히 절박한 시대상황과 당대 사회의 구체적 현실과는 동떨어진 작품으로 평가되어왔다. 단적인 예로 『친화력』에 관해 소설 분량의 절반 가까이 되는 방대한 평문을 남긴 벤야민(W. Benjamin)은 이 소설을 "괴테 시대의 옷을 입힌 신화적인 그림자극"[2]이라 평하기도 했다. 요컨대 이 소설에서 이야기되는 파국은 시대적 연관성이나 구체적인 사회상황과는 무관한 '신화적' 힘의 발현이며 소설의 시공간은 그러한 신화적 힘을 드러내기 위한 외피에 불과하다는 것이다.

이처럼 『친화력』에 대해 사회·역사적 맥락의 탈각이 강조되는 한편으로, 작품의 정교하고 복잡한 서술구조에 관해서는 다양한 관점에서 집중적인 연구가 이루어졌다. 예컨대 의사소통 이론과 수용미학을 원용하여 이 소설의 핵심적인 서술구조를 괴테 자신이 언급한 '반복투영'(wiederholte Spiegelung)의 원리로 설명한 블레신(S. Blessin)의 연구[3]에서부터 데리다(J. Derrida)와 라깡(J. Lacan)을 원용한 탈구조주의적 해석[4]에 이르기까지 『친화력』의 복잡한 서술구조는 다양한 이론들의 실험장을 방불케 할 만큼 집중적인 조명을 받아왔다. 『친화력』이 괴테의 작품 중에서도 『파우스트』 2부와 더불어 "가장 비의(秘儀)적인 작품"[5]이라 일컬어지는 만큼 새로운 해석들이 이 소설의 '수수께끼'를 푸는 데 일조하리라

---

2 Walter Benjamin, "Goethes *Wahlverwandtschaften*," *Gesammelte Schriften*, Bd. I-1, Frankfurt a. M. 1974, 140면.

3 Stefan Blessin, *Erzählstruktur und Leserhandlung: Zur Theorie der literarischen Kommunikation am Beispiel von Goethes "Wahlverwandschaften"*, Heidelberg 1974.

4 이에 대한 대표적인 논저로는 Norbert Bolz 엮음, *Goethes Wahlverwandtschaften: Kritische Modelle und Diskursanalysen zum Mythos Literatur*, Hildesheim 1981 참조. 『친화력』에 대한 탈구조주의적 해석의 개관으로는 Martin Stingelin, "Goethes Roman *Die Wahlverwandtschaften* im Spiegel des Poststrukturalismus," Gerhard Neumann 엮음, *Poststrukturalismus: Herausforderung an die Literaturwissenschaft*, Stuttgart 1997, 399~411면 참조.

5 Norbert Bolz 엮음, 앞의 책 8면.

는 것은 분명하다. 하지만 그럴수록 겉으로 잘 드러나지 않는 작품의 사회·역사적 맥락에 대한 연구 공백이 더 크게 느껴지는 것도 사실이다. 괴테가 자신의 '최고의 작품'이라 자평하기도 했던 이 소설이 작가가 직접 겪었던 역사적 격변기의 사회·역사적 문제들과 과연 무관한 작품일까?

이 글은 바로 그런 의문에서 출발하여 『친화력』을 사회소설로 해석하고자 한다. 누구보다 괴테 자신이 이 소설의 집필 초기에 "사회적 관계와 그 갈등을 상징적으로 파악하여 서술하고자 하는 것"[6]이 작품의 기본구상이라고 피력한 바 있다. 또한 『친화력』은 출간 직후부터 당시 지식인 사회에서 뜨거운 논란을 불러일으켰는데, 이러한 논란은 이 작품이 당대의 시대적 분위기와 무관하지 않았다는 것을 짐작하게 한다. 가령 소설 결말부에서 오틸리에가 '성녀 오틸리아'로 변용되는 장면을 두고서 야코비(H. Jacobi)는 "사악한 욕망을 천국으로 인도하는 것"[7]이라고 분개한 반면, 괴테가 이 소설의 구상에서 '최초의 자극'을 얻었다고 고백한 바 있는 철학자 셸링(Schelling)은 '성녀' 오틸리에의 '천상의 모습에 매료되었다'[8]고 한 바 있다. 이처럼 당대 지식인들 사이에서도 극단적으로 엇갈린 평가가 나온 것은 저마다 상이한 가치관의 잣대로 작품을 평가했기 때문이겠지만, 그 이전에 소설 텍스트 자체가 다의적 해석의 여지를 내장하고 있기 때문이다. 다시 말해 '사회적 관계와 그 갈등을 **상징적으로** 서술하고자 한' 작가의 구상은 사회현실의 사실적 재현을 염두에 둔 것이 아니라, 여러 층위의 상징적 장치를 매개로 당대 사회를 해석하고자 한 것이라고 이해할 수 있다. 가령 작품의 표제인 '친화력'은 원래 자연원소들 사이의 분리와 결합 관계를 가리키는 과학용어로서 그것을 인간관계에 적용하여 일종의 비유로 차용한 것도 하나의 상징적 장치로 이해할 수 있다. 그

---

6 1808년 8월 28일자 리머(Riemer)가 기록한 일지. HA 6, 638면.
7 1810년 1월 12일지 쾨펜(Friedrich Köppen)에게 보낸 편지. HA 6, 663면.
8 1810년 2월 16일자 라인하르트(Reinhard)가 괴테에게 보낸 편지. HA 6, 670면.

런데 이 비유가 소설의 갈등구조나 핵심주제와 명확하게 맞아떨어지지 않는다는 데 '상징'의 묘미가 있다. '친화력'(Wahlverwandtschaften)이라는 용어에서 'Wahl'은 '선택'의 자유 즉 인간의 자유의지를 가리키고, 'Verwandtschaften'은 그러한 자유의지와 충돌하는 인과적 필연성을 암시한다. 따라서 이 비유는 소설의 기본 갈등구조인 자유와 필연의 대립구도에 상응한다. 그런데 소설의 제1부 4장에서 에두아르트와 그의 친구인 대위의 대화에서 인용되고 있는 과학용어로서의 '친화력' 개념은 엄밀히 말하면 인과적 필연성에 의해 작동하는 화학작용에 해당되며, 그것은 뉴턴(Newton)의 역학에 바탕을 둔 기계론적 자연관의 연장선에 있다는 점에 유의할 필요가 있다. 『친화력』을 집필하던 무렵 색채론 연구를 병행했던 괴테가 무엇보다 골몰했던 관심사는 자연을 기계적 법칙으로 설명할 수 있다고 본 뉴턴의 패러다임을 논파하는 것이었다. 그러니까 괴테는 자신이 이미 단호하게 비판적 거리를 두고 있던 자연과학 모델을 『친화력』의 화두로 삼은 셈이다. 최근의 연구에 따르면 1800년 무렵 당대 자연과학에서 최첨단의 위치에 있던 화학 분야에서 기계적 인과론에 바탕을 둔 '친화력' 개념을 대체하려는 시도로 '우발성'(Kontingenz) 이론이 새롭게 대두하고 있었다고 한다.[9] '친화력' 개념이 인과법칙에 의한 설명 가능성을 전제하는 것과는 달리 '우발성'은 기본적으로 '예측 불가능성'을 전제로 하는 개념이다. 뉴턴의 패러다임에 반기를 든 괴테의 소설 『친화력』에서도 작품의 표제가 표방하는 인식모델로는 설명할 수 없는 어떤 사태가 작품의 심층적인 위치를 차지할 거라는 짐작을 할 수 있다. 작중인물 샤를로테가 '친화력'은 어디까지나 '자연의 필연성'을 가리킬 뿐이며 인간

---

9 Dietrich von Engelhardt, "Der chemie- und medizinhistorische Hintergrund von Goethes *Wahlverwandtschaften*," Gabriele Brandstetter 엮음, *Erzählen und Wissen: Paradigmen und Aporien ihrer Inszenierung in Goethes Wahlverwandtschaften*, Freiburg 2003, 285면 이하 참조.

관계에서는 "기회가 상황을 만든다"(49면)[10]고 한 것도 ─ 물론 샤를로테 자신이 동시대 자연과학의 패러다임 전환을 인지하고서 하는 말은 아니지만 ─ 바로 인간사의 예측 불가능성을 염두에 둔 발언이라 하겠다. 소설의 내적 논리로 말하면 『친화력』의 내러티브는 경험적 인과율이나 합리적 개연성에 의거한 독자의 기대지평을 허물어뜨리는 방식으로 전개된다. 또한 사회·역사적 맥락에서 보면 그러한 예측 불가능성은 낡은 질서가 붕괴하고 미래가 불투명해진 격변기의 혼돈을 가늠하는 하나의 지표라고 할 수 있다.

이 글에서는 『친화력』의 이러한 '상징적' 서술구조를 염두에 두면서 이 소설이 당대의 사회현실과 동떨어진 작품이 아니라 프랑스대혁명 이후부터 나뽈레옹전쟁 시기에 이르는 역사적 격변기의 독일 사회에 대한 치열한 성찰의 산물이라는 점을 밝히고자 한다.

부권의 몰락

『친화력』을 사회소설로 읽을 수 있는 일차적 근거는 소설 첫 문장에서 "남자 나이로 한창 좋을 때를 맞은 한 부유한 남작"(9면)으로 소개되는 에두아르트(Eduard)의 연애담이 이야기의 기본골격을 이루기 때문이다. 이 글에서는 먼저 에두아르트의 행보를 중심으로 전통사회의 가부장적 권위와 부권이 몰락하는 양상을 살펴보고, 그의 개인사가 당대의 시대상황과 관련하여 어떤 집단적 상징성을 갖는지 생각해보고자 한다.

소설은 에두아르트가 젊은 시절의 연인이었던 샤를로테(Charlotte)와

---

10 괴테 『친화력』, 김래인 옮김, 민음사 2001. 작품 인용은 괄호 안에 면수만 표기하되, 번역은 필자가 부분적으로 수정하였다.

재회하여 뒤늦게 재혼한 시점에서 시작된다. 한때 "궁정에서 가장 아름다운 한쌍"(69면)으로 뭇사람의 선망을 받았던 두사람이 과거에 결혼하지 못했던 이유는 에두아르트의 아버지가 "지칠 줄 모르는 재산 욕심"(14면) 때문에 부유하고 나이 많은 여자한테 아들을 장가보냈기 때문이다. 이 '기이한 정략결혼'의 파트너가 '어머니뻘 되는 여자'임을 감안하고 다음 구절을 읽으면 에두아르트라는 인물의 문제적인 성격이 드러난다.

> 에두아르트는 절제를 하는 데 익숙하지 않았다. 부유한 부모의 응석받이 외아들인 그는 어려서부터 부모에 의해 자기보다 훨씬 나이가 많은 여자와 기이한 정략결혼을 하도록 설득을 당했고, 상대방 여자는 자기를 잘 대해주는 데 대해 극도로 후하게 보답을 하며 역시 온갖 방법으로 그를 떠받들어주었다. (18~19면)

요컨대 '아들' 연배의 어린 남편을 '떠받들어' 주는 부인과의 관계에서 에두아르트는 여전히 '응석받이 외아들' 노릇을 했다고 볼 수 있다. 첫번째 결혼생활에서 에두아르트는 남편으로서나 가장으로서 자립적 주체가 되지 못하고 — 예컨대 칸트(Kant)가 언급한 것처럼 다른 사람이 이끌어주지 않으면 스스로 판단하지 못하는 정신적 '미성년 상태'와 같은 의미에서 — 미성년 상태에 머물러 있었던 셈이다.[11] 첫 부인이 일찍 죽자 그제서야 '자기 자신의 주인'이 된 듯한 해방감을 맛보는 에두아르트는 그 사이에 결혼했다가 남편과 사별한 샤를로테와 재혼함으로써 젊은 시절의 꿈을 뒤늦게 이루는 것처럼 보인다. 샤를로테에 대한 에두아르트의 감

---

11 "계몽이란 우리 자신의 잘못으로 인해 초래된 미성년 상태로부터 벗어나는 것이다. 미성년 상태라는 것은 다른 사람의 지도 없이는 자신의 지성을 사용할 수 없는 상태이다."(칸트 「계몽이란 무엇인가에 대한 답변」(1784), 『칸트의 역사철학』, 이한구 옮김, 문예출판사 1992, 13면)

정을 화자가 "소설에서나 있을 법한 일편단심"(19면)이라고 추켜세우는 것도 그런 추정을 뒷받침해준다. 그러나 두사람의 재결합은 에두아르트의 입장에서 보면 첫 결혼의 기이한 양상을 반복하는 측면이 없지 않다. 에두아르트와 동년배인 샤를로테는 이미 중년에 접어들었으므로 여자로서는 '한창 좋을 때'를 훨씬 넘긴 셈이며, 딸의 결혼식을 앞두고 있으므로 조만간 '할머니'가 될 처지인 것이다. 그렇게 보면 에두아르트의 '일편단심'은 이미 돌이킬 수 없는 젊은 시절의 잃어버린 꿈을 뒤늦게 실현하려는 한낱 미련에 불과하다. 나중에 샤를로테가 에두아르트와 재회했을 때를 회상하면서 "우리는 추억을 사랑했어요"(14면)라고 하는 것도 두사람을 연결해주는 것이 현재의 사랑이 아니라 젊은 시절의 사랑에 대한 추억일 뿐임을 말해준다. 그리고 에두아르트가 친구인 대위를 불러오자고 제안하는 표면상의 이유는 샤를로테의 영지 관리를 도와줄 수 있도록 하려는 것이지만, 실질적인 이유는 샤를로테와 재혼한 지 일년 남짓 되면서 결혼생활이 견딜 수 없을 정도로 권태로워졌기 때문이다. 에두아르트가 대위와 함께 새 식구로 합류한 오틸리에(Ottilie)에게 금방 빠져드는 것도 그 때문이다. 그런데 오틸리에와의 관계는 첫 부인이나 샤를로테와의 관계보다 훨씬 더 문제적이다.

오틸리에는 어머니와 아버지에 대한 기억이 전혀 없을 만큼 아주 어린 나이에 부모를 여의고 고아나 다름없는 처지가 되었으나, 어머니의 절친한 친구인 샤를로테가 그녀를 거두어 키워주었다. 따라서 오틸리에는 샤를로테에겐 수양딸과 다름없는 존재이다. 반면에 샤를로테가 첫 결혼에서 얻은 친딸 루치아네(Luciane)는 구태의연한 귀족사회의 사교모임에서 온갖 볼썽사나운 추태를 부리는 속물로 묘사되고 있는 만큼 샤를로테의 성품과는 상극을 이룬다. 그렇게 보면 매사에 겸손하고 착하고 고운 오틸리에가 어느 모로 보든 루치아네보다 더 친밀에 가까운 존재라 할 수 있다. 그런데 지금 샤를로테는 에두아르트와 재혼한 처지이므로 에두아르트와 오틸리에는 양아버지와 양녀의 관계나 다름없다. 적어도 법적으로는 오틸리에가 에두아르트의 양녀인 것은 분명하다. 당연히 이런 사실을 잘 알고 있는 에두아르트가 오틸리에를 처음 언급할 때 엉뚱하게 '질녀'라고 얼버무린 것은 은연중에 양부와 양녀의 관계를 희석시키려 한 것이며, 나중에 오틸리에에 대한 사랑에 빠진 시점에서 소급해보면 이미 무의식중에 근친상간의 두려움을 예감하고서 그 두려움을 몰아내려고 하는 방어기제가 작동한 것이라 보아도 무방하다. 오틸리에가 목걸이에 걸고 다니는 아버지의 미니어처 초상에 에두아르트가 극도의 혐기증을 보이는 것도 그 때문이다. 에두아르트는 그 초상이 자신에게 '온갖 불안감'을 안겨주므로 오틸리에에게 목걸이에서 떼어내라고 종용한다. 집요한 요구에 못 이겨 오틸리에가 아버지의 초상을 떼어내자 에두아르트는 "가슴을 짓누르던 돌덩이가 떨어져나가는 듯했고 그와 오틸리에 사이를 갈라놓던 장막이 걷히는 것 같았다"(293면)고 안도감을 느끼는데, 이는 오틸리에가 자신을 (양)아버지로 받아들일지도 모른다는 두려움의 표현에 다름 아니다.

오틸리에에 대한 에두아르트의 감정이 시종 나르시시즘에 고착되는 양상도 문제적이다. 예컨대 에두아르트는 오틸리에가 필사한 전답 매매계약서의 글씨체가 자신의 필체를 닮았다는 이유만으로 "당신은 나를 사랑하고 있어!"(109면)라고 단정해버린다. 아직까지 에두아르트가 사랑고백도 하지 않은 상태에서 한낱 토지계약서의 필체만 보고 상대방의 속마음을 아전인수 격으로 해석하는데, 이 특이한 '독심술'은 모든 사물을 자기가 보고 싶은 대로만 보는 자기중심적이고 나르시시즘적인 성격의 일단을 드러낸다. 나중에 집을 떠나 있는 에두아르트가 오틸리에의 이름으로 자기 자신에게 편지를 쓰고 그것에 답장을 하는 기이한 자가발전의 장면은 자아도취의 완결판이라 할 수 있다. 그가 키우는 욕망은 굳이 수신자를 거칠 필요도 없이 발신자에게서 발신자로 되돌아오는 폐쇄회로에 갇혀 있는 셈이다.

  에두아르트가 '우연'을 운명적 사랑의 징표로 받아들이는 태도 역시 그러한 자아도취의 연장선에 있다. 에두아르트는 젊은 시절 부친의 성 주변에 있는 호숫가에 포플러와 플라타너스 나무를 심은 적이 있는데, 부친이 생시에 기록했던 일지를 통해 나무를 심은 연도와 날짜가 오틸리에의 생년월일과 일치한다는 사실을 확인하고서 이러한 우연의 일치를 오틸리에와 맺어질 수밖에 없는 운명의 증좌라 여긴다. 그러나 그의 아전인수식 해석과 달리 이 우연의 일치는 오틸리에가 목에 걸고 다녔던 아버지의 초상 이상으로 불길한 조짐이다. 괴테 시대에는 아이가 태어나면 무럭무럭 잘 자라라는 뜻으로 나무를 심는 관례가 있었는데,[12] 그렇다면 오틸리에의 생일에 에두아르트가 나무를 심었다는 것은 오틸리에가 그의 친딸('사생아')일 수도 있다는 의구심을 불러일으키기 때문이다. (앞에서 언급한 대로 오틸리에의 부모가 오틸리에가 아주 어릴 적에 사망했다는 것도 이런 맥락과 연결시켜보면 그녀의 부모가 누구인지 알 수 없다는 뜻으로 해석될 여지를 남긴다.) 특히 에두아르트의 부친이 나중에 그 나무들을 베어내려고 했다는 사실은 그런 의구심을 증폭시킨다. 적어도 에두아르트의 부친 입장에서는 오틸리에의 출생에 때맞추어 에두아르트가 나무를 심은 것은 뭔가 불미스러운 일로 여겨졌던 것이다. 이 대목은 사실에 대한 확증이 불가능한 텍스트의 공백으로 남아 있어서 더이상의 추측은 독자의 상상에 맡길 수밖에 없다. 하지만 에두아르트는 '절제를 모르는' 인물일 뿐 아니라, 자기 소유의 영지도 친구인 대위가 직접 측량해서 그려준 지적도(地籍圖)를 보고서야 '새로운 창조물'인 양 새삼스레 알아볼 만큼 등잔 밑이 어두운 인물이다. 그런 점에서 자유분방하던 젊은 시

---

12 Wolf Kittler, "Sociale Verhältnisse symbolisch dargestellt," Norbert Bolz 엮음, 앞의 책 257면 참조.

절 자기도 모르는 사이에 사생아가 태어났을 가능성도 완전히 배제할 수 없는 것이다.

에두아르트의 나르시시즘은 페티시즘(Fetischismus)의 양상으로 나아가면서 점점 더 심각한 병리적 증상으로 치닫는다. 가령 새로 짓는 별장의 기공식에서 축성을 위해 허공에 던진 유리 술잔이 깨지지 않자 에두아르트는 이 '우연'을 '행운의 징표'로 여기면서 그 술잔을 자신의 행운을 담보해주는 부적처럼 간직한다. 원래 에두아르트가 성장기에 선물로 받은 이 잔에는 E와 O라는 철자가 새겨져 있는데, E는 '에두아르트'의 이니셜이며 O는 그의 원래 이름인 '오토'(Otto)의 이니셜이다. 에두아르트의 설명에 따르면 '오토'라는 이름은 어릴 적부터 친구인 대위의 이름과 같기 때문에 혼동을 피하기 위해 그 이름을 친구에게 '양도'하고, 그 대신 '여성들이 발음하면 듣기 좋은' 에두아르트라는 이름으로 자신이 개명을 했다고 한다. 그러나 에두아르트의 이러한 설명 내지 변명과는 무관하게 지체 높은 귀족 집안에서 아버지가 지어준 이름을 버리고 아들이 스스로 개명한다는 것은 아버지의 권위에 대한 일종의 반항이라고 볼 수 있다. 이미 언급한 대로 '지칠 줄 모르는 재산 욕심' 때문에 젊은 아들을 '어머니뻘 되는 여자'에게 장가보낸 에두아르트의 아버지는 사실상 아들을 '거세'한 것이나 진배없다. 그렇게 보면 에두아르트가 이름을 바꾸어서라도 아버지의 그늘에서 벗어나고자 했던 마음은 짐작되고도 남는다. 자신의 행복을 짓밟고 정략결혼을 시킨 아버지에 대한 반항이었던 것이다. 그런데 지금 에두아르트는 스스로 개명한 이름과 아버지가 지어준 이름이 함께 새겨져 있는 술잔을 부적으로 삼을 뿐만 아니라, 한술 더 떠서 술잔에 새겨진 O라는 철자를 엉뚱하게도 '오틸리에'의 이니셜이라고 여기면서 이 부적의 영험을 더욱 철석같이 믿는다. 이러한 것을 그의 주관적 소망에 충실하게 읽으면 아버지의 권위가 각인된 이름인 '오토'를 부정하고 일찍이 아버지에 의해 거세되었던 젊은 시절의 욕망을 '오틸리에'를 통해 충족하고자 하는 마음의 우회적 표현이라 할 수 있다. 그렇지만 지금 법적인 부부가 되어 있는 샤를로테와의 관계에서 보면 오틸리에는 엄연히 '수양딸'이기 때문에 '오토'란 이름을 부정하고 대체하는 '오틸리에'라는 이름은 부녀지간의 인륜에 의해 터부시되는 금기의 대상일 뿐이다. 요컨대 아무리 '오토'란 이름을 부정한다 해도 그럴수록 그 이름이 상기시키는 계율의 자장에서 결코 벗어날 수 없는 것이다. 술잔이 오틸리에에 대한 상상을 불러일으키는 매개물의 수준을 넘어서 오틸리에라는 욕망의 대상을 대체하는 일종의 주물(呪物)로 고착되는 것은 그 때문이다. E와 O라는 철자가 서로 "너무나 우아하게 뒤엉켜 있는"(85면) 형상에서 에두아르트는 오틸리에와 하나가 되는 일체감을 맛보기까지 하는데, 이 표현의 에로틱한 뉘앙스를 생각하면 에두아르트는 이 술잔에서 모종의 성적인 대리만족을 느낀다고 할 수 있다. 페티시즘에 관한 프로이트(S. Freud)의 해석에 따르면 사랑하는 대상의 신체 일부나 장신구 혹은 상대방을 연상시키는 사물에 집착하는 것은 누구나 그럴 수 있는 '정상적'인 심리지만, 그 사물이 욕망의 대상을 대체하는 단계에 접어들면 '병리적'인 증상이 된다고 한다.[13] 프로이트는 이처럼 병리적 증상으로 고착된 페티시즘의 발생학적 원인을 유아기 남아의 거세공포에서 찾는다. 이미 살펴본 대로 에두아르트의 삶에서 그러한 거세공포는 첫번째 결혼생활까지 지속되었다고 볼 수 있으며, 지금 오틸리에와의 관계에서는 근친상간의 공포까지 중첩된 형국이라 할 수 있다.[14]

이처럼 병리적 증상으로 치닫는 에두아르트의 페티시즘은 필연적으로

---

13 Sigmund Freud, "Fetischismus," *Gesammelte Werke*, Bd. Ⅲ, Frankfurt a. M. 2000, 386면 이하 참조.

14 프로이트가 페티시즘의 원인으로 지목하는 거세공포는 일차적으로 근친에 대한 성적 호기심의 규제를 뜻하기 때문에 오틸리에와의 관계에서 에두아르트가 보여주는 페티시즘 역시 그러한 거세공포의 증상이라 할 수 있다.

자아의 분열을 수반하게 된다. 욕망에 충실하려는 쾌락원칙은 오틸리에에를 갈망하지만 인륜상 용납될 수 없는 불순한 사랑을 제어하려는 현실원칙은 오틸리에와의 결합을 금하기 때문이다. 에두아르트가 쾌락원칙에 충실할수록 오틸리에는 오로지 상상의 대상으로만 남는다. 에두아르트의 '술잔'에 새겨진 이니셜은 이처럼 쾌락원칙과 현실원칙을 매개할 출구가 없는 에두아르트의 내면심리를 상징적으로 보여주는 '환유적 전치(轉置)'[15]에 해당한다.

이 환유적 전치가 단지 사물상징이 아니라 소설 속의 사건으로 재현된 해괴한 장면이 샤를로테와 잠자리를 함께하는 대목이다. 법적으로 부부 사이인 두사람의 잠자리가 해괴한 것은 에두아르트는 오틸리에를, 샤를로테는 대위를 상상하면서 동침을 하기 때문이다. 우선 에두아르트가 샤를로테에게 접근하는 경위 역시 페티시즘에 의존한다는 점에 주목할 필요가 있다. 에두아르트의 친구인 백작이 샤를로테에 대해 비록 젊은 시절의 미모는 퇴색했지만 "그녀의 발은 여전히 입을 맞추고 싶을 정도"(101면)라며 뜬금없이 그녀의 발을 예찬하는데, 이 말을 들은 에두아르트는 오히려 오틸리에에 대한 감정이 달아올라서 그녀의 방 쪽으로 가지만 통로가 막혀 있자 엉뚱하게 샤를로테의 침실로 가서 "오늘밤이 가기 전에 당신의 발에 입을 맞추기로 맹세했소"(320면)라며 잠자리를 함께한다. 제각기 다른 연인을 상상하면서 상대방을 끌어안는 이 '이중의 불륜'에 대

---

15 하르트무트 뵈메(Hartmut Böhme)는 페티시즘의 특징을 가장 잘 보여주는 내러티브 구조를 '환유적 전치'(metonymische Verschiebung)로 설명한다. 사랑하는 대상에 직접 접근할 수 없으므로 그 대상의 환유적 등가물에 집착하게 되고, 그 환유적 등가물은 극히 자의적으로 선택되기 때문에 마치 자유연상의 작동원리처럼 얼마든지 임의의 다른 대상으로 '전치'될 수 있다는 것이다. Hartmut Böhme, *Fetischismus und Kultur: Eine andere Theorie der Moderne*, Hamburg 2006, 392면 이하.『친화력』의 서술구조가 전통소설의 '줄거리'(Handlung) 중심이 아니라 '환유적 전치'의 구조를 보여준다는 점은 이미 여러 연구자들이 지적한 바 있다.『친화력』의 프랑크푸르트 판본(FA) 편집자 발트라우트 비트휠터(Waltraud Wiethölter)의 해설 참조. FA 8, 1013면.

하여 일찍이 장 파울(Jean Paul)은 "이 대목의 정신적 불륜은 마음에 들지 않는다. 만약 실제로 불륜을 저질렀더라면 차라리 더 윤리적일 텐데"[16]라고 하며 불만을 토로했다. 그렇지만 에두아르트의 감정생활에서 이 사건은 일회적인 일탈이라기보다는 이미 오래전부터 고착된 "근본적인 자기분열"[17]의 징후를 드러낸 일이기 때문에 윤리의 잣대로 판단할 수 있는 성질의 것이 아니다. 백작이 샤를로테의 '발'을 예찬하자 오틸리에를 상상하고, 오틸리에한테로 가는 길이 가로막히자 다시 샤를로테의 몸을 '페티시'로 삼아 오틸리에와 상상의 동침을 하는 전 과정이 극한의 병리적 분열증에 해당됨은 물론이다. 그런데 이러한 행태는 갑자기 백작의 엉뚱한 말에 자극받아 촉발된 것이라기보다는 이미 첫 부인과의 결혼생활에서 고착된 '습관'일 가능성이 크다는 데 문제의 심각성이 있다. '어머니뻘'되는 첫 부인과의 부부생활에서 에두아르트는 이와 같은 상황에서 그가 원래 좋아하던 샤를로테 혹은 또다른 여성을 상상하지 않았을까? 이 의문에 대한 해답은 독자의 상상에 맡길 수밖에 없다. 그렇지만 명시적인 언술에 비해 침묵의 여백이 더 심층적인 의미망을 구성하는 이 소설의 서술구조에 비추어보면[18] 독자의 상상이 어느 쪽으로 기울지는 자명하다.

에두아르트의 병리적 증상은 오틸리에에 대한 생각 말고는 그 어떤 일에도 무관심하고 일체의 판단력이 마비되는 양상으로 치닫는다. 가령 별장의 상량식 날 호숫가의 둑이 무너지고 한 소년이 물에 빠지는 불상사가 일어났는데도 에두아르트는 오틸리에에게 "특별한 일이란 순탄하고 평

---

16 Norbert Bolz, "Die Wahlverwandtschaften," *Goethe-Handbuch,* Bd. 3, Stuttgart 1997, 180면에서 재인용.

17 Waltraud Wiethölter, "Legenden: Zur Mythologie von Goethes *Wahlverwandtschaften,*" *Deutsche Vierteljahresschrift für Literaturwissenschaft und Geistesgeschichte* 56(1982), 12면.

18 하인츠 슐라퍼는 침묵의 여백이 명시적인 언술보다 우위를 점하는 이러한 특성을 『친화력』의 '양식화 원리'(Stilisationsprinzip)라고 말한다. Heinz Schlaffer, "Namen und Buchstaben in Goethes *Wahlverwandtschaften,*" Norbert Bolz 엮음, 앞의 책(1981) 222면.

범하게 진행되지 않는 법이야. 오늘밤 이 뜻밖의 사건이 우리를 더욱 가깝게 해주고 있어"(127면)라고 하면서 원래 계획했던 폭죽놀이를 강행한다. 그런가 하면 에두아르트는 샤를로테가 아이를 잉태했다는 사실을 알고는 절망에 빠져 심각한 조울증 상태에서 문자 그대로 "시간을 죽이기 위해"(154면) 전쟁에 참전하기도 한다. 여기서 언급되는 전쟁이 다름 아닌 나뽈레옹전쟁이라는 사실을 감안하면 국운을 송두리째 흔드는 위급한 사태조차도 에두아르트에겐 지극히 사적인 감정풀이의 수단 이상의 의미가 없음을 알 수 있다.

지금까지 살펴본 에두아르트의 모습에서 고위 귀족의 체통은 고사하고 한 집안의 가장으로서 가져야 할 덕목도 찾아볼 수 없다. 그렇다면 괴테가 의도한 '사회적 관계의 상징적 서술'은 단지 시대에 뒤처진 함량 미달의 예외적 개인을 희화화하는 것이었을까? 괴테 당대에 헤르만 그림(Herman Grimm)은 "괴테는 이미 존재하지도 않는 지난 시대의 독자층을 위해 이 작품을 썼다"[19]고 평한 바 있다. 말하자면 에두아르트처럼 시대에 뒤처진 인물은 이미 오래전에 역사 속으로 사라진 인간형이라는 것이다. 그렇지만 괴테는 훗날 에커만(Eckermann)과의 대화에서 이렇게 말한 바 있다.

나는 사실을 있는 그대로 부각시키기 위해 에두아르트라는 인물을 그렇게 묘사할 수밖에 없었네. 뿐만 아니라 이 인물은 많은 진실을 보여주지. 상류층 사람들 중에는 이 인물과 꼭 마찬가지로 인품은 간데없고 옹고집만 부리는 경우가 허다하기 때문일세.[20]

요컨대 에두아르트 같은 인물은 당시 상류층 귀족사회에서 흔해빠진

---

19 Norbert Bolz, 앞의 글(1997) 153면에서 재인용.
20 1827년 1월 21일자 괴테와의 대화. 에커만 『괴테와의 대화』1, 장희창 옮김, 민음사 2008, 310면. 번역은 필자가 부분적으로 수정하였다.

전형적 인간형이라는 것이다. 또한 에커만과의 대화에서 괴테는 "『친화력』에는 나 자신이 직접 겪지 않은 일은 단 한줄도 들어 있지 않다"[21]고 확언한 바 있다. 괴테 자신의 이러한 증언에 비추어보면 에두아르트는 당시 독일 귀족층에서 홀로 동떨어진 예외적 존재가 아니라 귀족층의 실상을 '있는 그대로' 보여주는 집단적 대표성을 갖는다 하겠다. 사회 지도층으로서 공동체의 운명을 고민하고 책임지려는 자세가 전혀 없을 뿐만 아니라 한 집안에서 온전한 가장 노릇을 하기에도 역부족이라는 것이 당대의 '상류층' 귀족에 대한 괴테의 통렬한 진단인 셈이다. 그럼에도 불구하고 에두아르트는 "명령을 내리는 입장이 아니면 평민들이나 농민들과는 상종도 하고 싶지 않다"(64면)고 단언한다. 그는 귀족층의 특권의식만큼은 확고하게 고수하고 있는 것이다. 프랑스대혁명의 여파가 독일로 번져오는 시대의 격랑 속에서 그런 고루한 생각이 발붙일 자리는 없을 것이다. 공인으로서의 에두아르트의 무기력과 무능력, 일체의 공적인 일에 대한 절대적 무관심은 감정생활이 아버지가 명한 정략결혼의 원초적인 불모성에 갇힌 채 유아적인 자기도취에 허덕이는 사태에 상응한다 하겠다.

'교환'의 법칙

에두아르트의 감정생활은 나중에 거의 광기에 가까운 폭력성을 동반하는데, 그와 샤를로테 사이에 태어나는 아이의 운명은 그런 관점에서 눈여겨볼 필요가 있다. 이 아이의 인상착의에서 특이한 것은 눈은 오틸리에를 닮았고, 얼굴 생김새는 대위를 닮았다는 것이다. 에두아르트와 샤를로테가 상상으로 '이중의 불륜'을 범하던 당시 에두아르트는 오틸리

---

21 1829년 2월 9일자 괴테와의 대화. 같은 책 442면.

에를 상상하고 샤를로테는 대위를 상상한 상황을 떠올리면 이 불가사의한 '기적'은 아이가 생부와 생모의 육신과는 상관없는 순전한 상상의 산물임을 말해준다. 그런 점에서 『파우스트』 2부에 나오는 인조인간 호문쿨루스(Homunculus)에 비견되기도 하는[22] 이 아이는——인공실험실에서 물질의 조작에 의해 태어난 호문쿨루스가 인간의 생명을 지속할 수 없듯이——영육이 분리된 상태에서 순전히 공상에 의해 잉태된 만큼, 어쩌면 수태의 순간에 이미 죽을 운명이 예정된 존재라 할 수 있다. 이 아이의 세례식 장면은 그런 맥락에서 매우 복합적인 상징성을 띤다.

우선 아이의 생부인 에두아르트가 세례식에 입회하지 않은 까닭은 이 아이가 샤를로테와의 이혼을 가로막는 장애물이라고 여겼기 때문이다. 그런 점에서 이 아이는 태어난 순간부터 이미 아버지로부터 버림받은 사생아나 다름없는 존재이다. 그런데 생부를 대신하여 아이의 이름을 지어주는 사람이 미틀러(Mittler)라는 인물이고, 게다가 하필이면 '오토'(Otto)라는 이름을 지어주는 것은 심상치 않다. 미틀러라는 인물은 원래 성직자였으나 신도들 사이의 분쟁해결사 역할을 도맡아 하다가 아예 율사로 전업했고, 그러다가 엄청난 거액의 '복권'에 당첨되어 넓은 전답을 사들여서 대지주가 된 특이한 이력의 소유자이다. 이러한 개인사를 거시적인 역사의 맥락에서 유추해보면 기독교의 세속화 과정을 한 몸에 구현한 인물이라 할 수 있다. 그런 그가 아이의 '대부'로 나서서 세례명을 짓고 세례식 집전까지 맡는다는 것은 그가 살아온 시간의 화살을 거꾸로 되돌리는 행위이며, 따라서 이 아이에겐 결코 밝은 미래가 기약될 수 없음을 시사한다. 그런데 미틀러가 이 일을 자청해서 맡은 주관적인 의도는 다른 데 있다. 분쟁해결사 역할을 하던 당시 그가 주로 한 일은 부부가 이혼을 하지 못하게 막는 일이었는데, 당시 그의 교구에서는 단 한쌍도 이

---

22 Waltraud Wiethölter, 앞의 해설(2006) 994면.

혼한 부부가 없을 정도로 그는 자신의 이름에 걸맞게(Mittler는 '중재자'라는 뜻이다) '중재자' 노릇을 열성적으로 수행한 바 있다. "결혼은 모든 문명의 시작이요 정점"(89면)이라는 확고한 신념을 여전히 갖고 있는 미틀러는 어떻게 해서든 에두아르트와 샤를로테가 이혼하지 못하게 막으려고 나선 것이었다. 아이에게 '오토'라는 이름을 지어주는 것도 그런 맥락으로 이해된다. 이미 언급한 대로 에두아르트가 아버지가 지어준 '오토'라는 이름을 버리고 개명한 것은 아버지의 권위에 대한 반항의 표시였다. 그런데 가부장의 권한을 존중하는 미틀러의 입장에서 보면 그러한 반항은 곧 그릇된 일탈이며, 지금 에두아르트가 수양딸인 오틸리에한테 빠져 있는 것도 당연히 그런 일탈에 해당된다. 따라서 미틀러가 '오토'라는 이름을 아이에게 지어준 것은 에두아르트가 지금까지의 일탈행위를 접고 개과천선하여 아이의 아버지로서, 그리고 한 집안의 가장으로서 책무를 다하라는 뜻이다. 하지만 에두아르트의 입장에서 보면 그것은 그가 일찍이 개명을 통해 거부하고 부정한 아버지의 권위를 인정하라는 것이므로 결코 수용할 수 없는 요구인 셈이다. 마찬가지로 그는 오틸리에를 포기하는 것 역시 수용할 수 없다.

이러한 딜레마가 더욱 복잡한 양상을 띠는 것은 아이의 이름을 지어주는 대목이 "아버지와 그의 친구의 이름인 오토 말고는 달리 다른 이름을 지어줄 수 없었다"(232면)라고 서술되어 있기 때문이다. '아버지의 원래 이름'이라 하지 않고 '아버지와 그의 친구의 이름'이라고 하는 말을 액면 그대로 읽으면 아이의 아버지는 둘이 되는 셈이다. 세례식 직전에 아이의 얼굴이 대위를 빼닮았다는 사실을 확인한 미틀러가 '아버지'와 함께 '그의 친구' 즉 대위의 이름을 동시에 거명한 것은 아이가 샤를로테와 대위 사이의 불륜의 소생일 거라고 속으로 의심했기 때문일 것이다. 성직을 버린 이력이 말해주듯 '미신'이라면 질색인 미틀러의 입장에서는 아이의 기이한 용모가 '상상'의 산물이라는 것은 도저히 수긍할 수 없는 '미신'

일 뿐이다. 그런즉 아이가 대위의 용모를 빼닮았다는 사실은 불륜의 결과로 보는 수밖에는 달리 납득할 길이 없는 것이다. 그러나 미틀러는 설령 이 아이가 샤를로테와 대위 사이의 불륜의 소생이라고 할지라도 에두아르트가 '법률상의 아버지'가 되어야 하고, 그렇게 함으로써 이 아이를 담보로 에두아르트와 샤를로테의 이혼을 막아야 한다고 생각한다. 일찍이 그의 교구에서 이혼한 부부가 한쌍도 없었던 전설적인 '중재자'의 역할이 어떤 성질의 것이며 "결혼은 모든 문명의 시작이요 정점"이라고 할 때의 '문명'이 어떤 것인지 짐작할 수 있게 하는 대목이다. 세례식 장면에서 미틀러가 이 아이를 가리켜 '이 집안의 구세주'라고 하는 것은 아이를 담보로 에두아르트의 일탈을 바로잡고 샤를로테와의 부부관계를 유지시키려는 의지의 표명이다. 미틀러는 세례식의 형식적인 집전자인 고령의 목사대신 장황한 연설을 늘어놓은 다음 목사를 향해 이렇게 말한다.

존경하는 목사님, 이제 목사님은 시몬의 말을 빌려 이렇게 말씀하셔도 되겠습니다. "주여, 제 눈으로 이 집안의 구세주를 보았으니 이제 당신의 종을 편히 쉬게 하소서." (234면)

「누가복음」 제2장 29~30절에 나오는 이 성경구절은 구세주 그리스도를 보기 전에는 죽지 않을 거라는 계시를 받은 선지자 시몬이 아기 예수를 보고서 한 말이다. 그러니까 미틀러는 아기 오토를 아기 예수에 견준 것인데, 오토가 불륜의 소생임을 확신하면서도 예수 그리스도의 탄생에 빗댄 것은 언어도단의 신성모독이다. 따라서 미틀러의 말은 축복이 아니라 저주를 불러오는 주문이나 마찬가지이다. 미틀러가 이 말을 마치자마자 아기를 안고 서 있던 늙은 목사가 기운이 부쳐서 쓰러지고 그대로 세상을 하직하는 불상사가 발생한 것은 결코 우연이 아니다. "당신의 종을 편히 쉬게 하소서"라는 성경구절은 문자 그대로 목사에 대한 사망선고가

된 것이다. 그러나 세례식에 입회해 있던 좌중은 "탄생과 죽음, 무덤과 요람"(같은 곳)[23]의 엄청난 상극이 단지 상상이 아니라 현실에서 이렇게 가까이 병존할 수 있다는 것을 받아들이기 힘들어한다. 좌중의 이러한 반응은 아기 오토의 운명 역시 사신(死神)의 손아귀에서 벗어나지 못할 거라는 불길한 예감을 심어준다. 괴테 당대의 도덕적인 독자들은 '이중의 불륜'으로 태어난 이 아이에 대해 몹시 불편한 심기를 드러냈는데, 그러한 독자반응에 대하여 괴테는 다음과 같이 묘한 말을 남긴 바 있다.

　독자들, 특히 독일의 독자들이란 우중(愚衆)의 바보 같은 캐리캐처라고 할 수 있습니다. 그들은 (작품을 심판하기 위한—인용자) 모종의 법정이나 평의회 같은 것을 소집할 수 있다고 생각하고, 인생에서나 책을 읽을 때나 마음에 들지 않는 것은 표결에 부쳐서 삭제해버릴 수 있다고 생각하지요. (…) 독자들이 아무리 비난하고 아우성을 쳐도 이 작품 속에 들어 있는 것은 불변의 사실로서 우리의 상상력을 자극하며, 아무리 좋든 싫든 간에 작품 자체를 임의로 바꾸지는 못합니다. 그런 사실을 염두에 둘 때 이 이야기에서 독자들의 우려를 자아내는 기이한 아기

---

23 '탄생과 죽음, 무덤과 요람'이라는 어구는 오토(Otto)라는 이름과 마찬가지로 수사학에서 거꾸로 읽어도 뜻이 같은 회문(Palindrom)에 해당된다. 그런 관점에서 보면 오토(Otto)라는 이름은 '탄생과 죽음, 무덤과 요람'이 동시적으로 맞물려 있는 상황의 기호적 등가물이라 할 수 있다. 오토(Otto)는 거꾸로 읽어도 같은 음가를 갖는다는 점에서 '처음'과 '끝'이 없는 기표이며, 시간의 차원에서 말하면 현실적 지속성이 없는 무시간적 존재라 할 수 있다. 비트횔터(W. Wiethölter)가 오토(Otto)라는 씨니피앙의 의미가 '제로'(Null) 즉 '무(無)'로 수렴된다고 한 것은 그런 맥락에서 이해할 수 있다. Waltraud Wiethölter, 앞의 해설(2006) 1011면 참조. 오토(Otto)라는 이름이 수사학의 회문에 해당된다는 것을 처음으로 지적한 글은 노르베르트 욀러스의 다음 글이다. Norbert Oellers, "Warum eigentlich Eduard? Zur Namen-Wahl in Goethes *Wahlverwandtschaften*," Dorothea Kuhn u. Bernhard Zeller 엮음, *Genio huius loci*, Köln 1982, 222면.

도 결국에는 수긍할 수 있을 것입니다. 그것은 마치 역사 속에서 옛 왕
이 처형되고 여러해가 지나면 새로운 황제의 즉위가 수긍되는 것과 같
은 이치라 하겠습니다. 실제로 일어난 역사적 사건과 마찬가지로 허구
로 지어낸 이야기도 정당한 권리가 있는 법이지요.[24]

여기서 특이한 것은 아기 오토의 운명을 '옛 왕의 처형'과 '새로운 황
제의 즉위'라는 거시사와 관련해 언급하고 있다는 점이다. 편지의 문맥에
서 '옛 왕'은 프랑스대혁명 당시 처형된 루이 16세를, 그리고 '새로운 황
제'는 나뽈레옹을 가리킨다는 것은 쉽게 짐작할 수 있다. 괴테가 구체제
의 몰락과 나뽈레옹의 등극을 돌이킬 수 없는 역사적 필연으로 받아들이
고 있다는 것은 분명하다. 그런데 아기 오토의 운명이 역사의 그러한 필
연적 추세와 무슨 상관이 있다는 것일까?『친화력』연구에서 공백으로 남
아 있던 이 의문을 밝혀낸 최근 연구에 따르면 이 대목은 앞서 언급한 성
경구절의 상호텍스트적 맥락과 관련이 있다.[25] 알다시피 프랑스대혁명 직
후 유럽 지식인들 사이에는 혁명에 대한 찬반논쟁이 뜨겁게 달아올랐는
데, 영국의 자유주의 신학자로 혁명의 열렬한 옹호자였던 리처드 프라이
스(Richard Price)는 바로 이 성경구절("주여, 제 눈으로 이 집안의 구세주
를 보았으니 이제 당신의 종을 편히 쉬게 하소서.")을 인용하면서 프랑스
대혁명을 구세주 예수의 탄생에 견주었다. 그러자 반혁명론자로 프랑스
대혁명을 비판한 저서를 발표하여 유럽 지식인 사회에서 큰 반향을 불러
일으켰던[26] 영국의 철학자 에드먼드 버크(Edmund Burke)는 프라이스의

---

24 1809년 12월 31일자 라인하르트에게 보낸 편지. HA 6, 640~41면.

25 Nils Reschke, *"Zeit der Umwendung"*: *Lektüren der Revolution in Goethes Roman "Die Wahlverwandtschaften"*, Freiburg 2006, 146~61면.

26 Edmund Burke, *Reflexions on the Revolution in France*, 1790. 이 책은 곧바로 독일어로 번역되어 독일 지식인들 사이에서 널리 회자되었는데, 노발리스는 이 책을 '혁명에 반대하는 가장 혁명적인 책'이라고 평한 바 있다. 독일어판 번역자 겐츠(Gentz)와 교분이

성경구절 인용이 150년 전 영국 내전에서 패배한 찰스 1세의 사형집행 때 성직자가 읽었던 기도문을 그대로 반복한 '표절'이라고 논박한다. 요컨대 프라이스가 성경구절까지 인용하며 혁명에 열광하는 것은 진정성이 결여된 허세에 불과하며 사실에도 맞지 않는 견강부회라는 것이다. 뿐만 아니라 버크는 "당신이 말하는 아기(프라이스가 아기 예수의 탄생에 견준 프랑스혁명 —인용자)는 죽을 운명을 안고 세상에 태어났다"[27]며 한낱 공상의 산물에 불과한 혁명은 금방 자멸할 수밖에 없다고 단언한다.

괴테 당대의 그러한 논의맥락에 비추어보면 미틀러가 예의 성경구절을 인용할 때 아기 오토는 그런 역사적 맥락과 연관된 알레고리로 해석될 여지가 있다. 눈은 오틸리에를 닮았고 얼굴은 대위를 닮은 아기 오토의 기이한 생김새가 순전히 상상의 산물이라는 점에서 아기 오토 역시 조만간 죽을 운명이라는 것은 예상할 수 있다. 그렇게 보면 "주여, 당신의 종을 편히 쉬게 하소서"라는 미틀러의 성경구절 인용은 아기 오토에게도 사망선고가 되는 셈이다. 다른 한편 오토를 잉태시킨 에두아르트의 상상은 그 기원을 소급해서 보면 아들에게 거세공포를 고착시킨 아버지의 부권에 대한 반항에서 비롯된 것이므로, 오토가 곧 죽을 운명이라는 것은 그러한 반항이 결국 자멸로 귀결되리라는 예상을 할 수 있게 한다. 이미 언급한 대로 에두아르트가 귀족층의 집단적 대표성을 갖는다는 측면에서 보면 독일에서 전통적 권위와 구체제에 대한 저항은 결국 수포로 돌아갈 수밖에 없다는 이야기가 된다. 물론 에두아르트가 상류 귀족층에 속하는 만큼 부권에 대한 그의 반항은 프랑스혁명의 씨나리오와는 맞아떨어지지 않으며, 엄밀히 말하면 귀족층 내부의 자기쇄신 가능성의 문제라고 할 수 있다. 샤를로테가 부자간의 갈등을 피하고 화목하게 지낼 수 있는 방안

있던 괴테 역시 이 책을 읽었을 가능성이 크다.
27 Nils Reschke, 앞의 책 159면에서 재인용.

을 묻자 기숙학교의 교사는 "아버지가 아들을 공동소유주로 격상시키는"(231면) 방안을 제시하는데, 아버지와 아들을 집단적 상징으로 변환해서 보면 그런 해결책은 곧 귀족층과 평민층이 사회적 부의 공동소유주가 되어야 한다는 것으로 해석할 수 있다. 그렇지만 한 집안에서 아버지와 아들이 동등한 소유권을 갖는다는 것은 실현 가능성이 요원하므로 귀족층과 평민층의 평등은 괴테가 보기에 실현 불가능한 유토피아적 이상일 뿐이다. 그런 관점에서 보면 에두아르트의 앞날을 예견케 하는 아기 오토의 운명은 결국 독일에서는 귀족층의 자기쇄신을 통해 구체제를 극복할 가능성이 없다는 뜻으로도 이해할 수 있겠다.

다시 작품 자체로 돌아와서 보면 무엇보다 아기 오토가 생부로부터 버림받는 존재라는 사실을 상기할 필요가 있다. 이미 언급한 대로 샤를로테가 임신했다는 사실을 알기 무섭게 에두아르트는 전쟁터로 도망을 간다. 그리고 전쟁터에서 돌아온 후에는 죽지 않고 살아서 돌아온 '포상'으로 오틸리에는 '나의 것'이 되었다는 기이한 확신을 한다. 대위가 '아들'을 생각해야 하지 않느냐고 타이르자 에두아르트는 아들이 "아버지를 일찍 여읠수록 세상에 더 빨리 적응할 것"(266면)이라는 궤변을 늘어놓는다. 샤를로테와의 이혼에 걸림돌이 되는 아기가 제발 사라져주기를 바라는 속내의 완곡한 표현이다. 그러면서 에두아르트는 대위에게 '기이한 거래'를 제안하는데, 그동안 살아오면서 대위에게 빚진 것이 있다면 이제 '이자'까지 얹어서 갚겠다고 하면서 한시바삐 샤를로테를 데려가달라고 한다. 그러니까 샤를로테는 '원금'에 해당되고 아기 오토는 '이자'로서 얹어줄 테니 맡아서 키우라는 해괴한 제안이다. 더구나 이미 샤를로테와 대위는 서로를 단념한 지 오래되었음에도 에두아르트는 순전히 자신의 욕망을 위해 그런 '거래'를 강요할 만큼 눈이 멀어 있다. 소설 화자의 말을 그대로 빌리면 에두아르트는 "자신의 소망을 샤를로테와 대위에게 전가한"(272면) 셈이다. 그러면서 에두아르트는 대위가 아기의 아버지가 될 터이므로 '오토'라는 이름을 지어주길 잘했다고 여긴다. '사생아'로 내버리고 싶었던 아기가 기이한 거래의 '이자'가 되기도 하고, 이제는 자신의 행운을 담보해줄 '로또'[28]로 바뀌는 형국이다. 이런 상황에서 아기 오토가 호수에 빠져 죽음을 맞이한 것은 단지 불의의 사고 탓이라고 할 수만은 없다. 아기를 돌보던 오틸리에의 실수가 직접적인 원인이긴 하지만, 앞에서 살펴본 대로 오틸리에는 에두아르트의 나르시시즘적인 욕망의 투사물인 만큼 치명적인 화를 불러온 일차적인 원인 제공자는 에두아르트라 할 수 있다. 실제로 에두아르트는 아이의 죽음에 대해 전혀 슬퍼하지 않을 뿐만 아니라 "자신의 행복을 가로막는 장애물을 제거해준 운명적 사건"(283면)이라고 여기기까지 한다. 괴테의 작품을 통틀어 가장 섬뜩한 장면 중 하나인 이 대목은 에두아르트의 욕망이 인류의 근본까지도 허물어뜨리는 맹목적인 자기애에 불과하다는 점을 여실히 드러낸다.

이 대목이 더욱 섬뜩한 것은 지금까지 매사에 유능하고 이성적인 판단을 내리던 대위마저도 에두아르트가 제안한 기이한 거래에 말려들기 때문이다. 하필이면 아이가 죽던 날 밤 샤를로테를 찾아간 대위는 에두아르트가 요청한 대로 샤를로테에게 에두아르트의 이혼 의사를 전달한다. 차갑게 식은 아기의 주검 앞에서 넋을 잃은 샤를로테에게 이혼 이야기를 할 만큼 대위 또한 이성이 마비된 상태에 이른 것이다. 자신의 얼굴을 닮은 아기의 주검에서 대위가 "뻣뻣하게 굳어 있는 그 자신의 자화상"(283면)을 발견하게 되는 것은 결코 우연이 아니다. 그럼에도 대위는 오틸리에가 에두아르트와 결혼하여 그녀 자신의 아이를 갖게 되면 죽은 아이에 대한 '완벽한 보상'이 될 거라고 생각한다. 뿐만 아니라 대위 자신도 샤를로테와 결혼하여 자신을 빼닮은 아이를 안고 있는 모습을 상상하며 "샤를로테

---

28 비트횔터는 이 대목에서 아이의 이름 'OTTO'는 'L-OTTO'가 된다고 말한다. 'L'은 샤를로테의 애칭인 로테(Lotte)를 가리킨다. Waltraud Wiethölter, 앞의 글(1982) 49면.

의 온전한 행복을 위해 이런 희생이 불가피했다"(282면)고 생각하는데 이 장면은 그가 이제 완벽하게 에두아르트의 쌍생아와 다름없는 '분신'임을 보여준다.

여기서 에두아르트가 일찍이 자신의 이름을 대위에게 '양도'한 사건의 의미를 다시 한번 짚어볼 필요가 있다. 에두아르트는 공과 사를 구분하지 못하고 매사에 아마추어 티를 벗지 못하는 "인생의 딜레땅뜨"[29]이다. 그런 점에서 친구인 대위가 '오토'라는 이름을 양도받은 것은 에두아르트가 수행하지 못하는 공적인 일을 대신해주는 "제2의 자아"(40면) 역할을 떠맡았다는 상징적 의미를 지닌다. 그런데 대위는 자기 땅도 없을 만큼 몰락한 귀족 출신으로 다른 귀족 후원자의 의뢰를 받지 못하면 일정한 일자리도 없는 빈한한 처지이다. 따라서 대위는 출신배경과 무관하게 시민계급에 가까운 인물이라 할 수 있다. 그런 그가 직업군인으로서 제대로 된 교육을 받고 공적인 일에 봉사하는 유능한 장교로 인정받은 사실은 공적인 통치능력을 상실한 귀족층의 역할을 대신하며 상승계급으로 부상하는 시민계급 관료로서의 대표성을 보여주는 것이다. 에두아르트와의 관계에서 보면 대위가 그런 역할에 충실한 한에는 '제2의 자아'로서 적절한 역할분담을 해주는 상호보완적인 관계에 있다고 할 수 있다. 그렇지만 에두아르트가 애초에 대위에게 위임한 역할을 무시하고 그 자신의 사적인 욕망을 충족시키기 위한 도구로 끌어들이는 순간부터 대위는 자신의 본분에서 벗어나 악역을 떠맡게 되고, 에두아르트에게 받은 '오토'라는 이름은 부메랑이 되어 치명적인 화를 자초한다. 에두아르트가 제안한 '거래'는 '오토'라는 이름을 지어준 그의 아버지가 일찍이 아들의 운명을 정략결혼으로 '흥정'했던 처사를 구제불능으로 반복하는 것이기 때문이다.

---

29 Arthur Henkel, "Beim Wiederlesen von Goethes *Wahlverwandtschaften*," *Jahrbuch des Freien Deutschen Hochstifts*(1985), 19면.

맺음말

　이상에서 살펴본 부권의 몰락은 프랑스대혁명이라는 역사적 맥락과 관련지을 때 그 상징성이 온전히 이해될 수 있다. 대혁명 이전 시기 구체제의 가부장적 국가에서 국왕은 곧 '국부'로서 만백성의 '아버지'로 받들어졌으며, 따라서 프랑스대혁명 때 '국부'인 루이 16세가 처형된 사건은 가족단위로 보면 '아버지 살해'에 상응하는 사건이다.[30] 그런 맥락에서 보면 『친화력』에서 에두아르트가 가부장의 자리에서 밀려나 파멸에 이르게 되는 과정은 전통적인 가부장적 권위의 몰락임과 동시에 '가부장'으로 표상되는 구체제의 권력중심 즉 왕권의 몰락으로 봐도 무방하다.[31] 이미 살펴본 대로 에두아르트의 파멸은 애초에 그의 아버지의 끝없는 '소유욕'에서 기인하듯 부권 내지 왕권의 몰락은 구체제의 폭력적 억압성에 기인한다는 것이 괴테의 진단이다. 독일의 고위 귀족을 대표하는 에두아르트는 '아버지의 이름'을 부정함으로써 그러한 폭력적 억압에 저항하고 세습적 신분질서의 바깥에 있는 '자연적 친화력'의 부름에 따라 새로운 가정을 이루려고 시도한다. 하지만 혈통으로 물려받은 특권의식과 나르시시즘의 불모성에 갇힌 그의 자기쇄신 시도는 결국 자멸의 파국으로 끝난다. 더

---

30 프랑스대혁명을 '가족로망스'의 집단적 심리극으로 변환해서 해석한 린 헌트(Lynn Hunt)에 따르면, 루이 16세가 처형된 이듬해부터 혁명기념일에 프랑스 전역에서 루이 16세의 '마네킹'을 단두대에서 처형하는 '카니발적인 축제'는 프로이트가 『토템과 터부』에서 말한, 아버지에 의해 씨족으로부터 추방되었던 형제들이 단합하여 아버지를 살해한 후 아버지의 상징물인 '토템'을 죽이는 카니발 축제에 상응한다고 한다. Lynn A. Hunt, *The Family Romance of the French Revolution*, Routledge 1992, 62면 이하 참조.

31 그런 점에서 『친화력』에서 묘사되고 있는 부권의 몰락을 전통사회를 유지하는 일체의 '상징적 질서'의 몰락으로 해석하는 견해도 있다. David E. Wellbery, "Die Wahlverwandtschaften," Paul M. Lützeler u. James E. Mcleod 엮음, *Goethes Erzählwerk*, Stuttgart 1985, 291~318면 참조.

구나 자신의 아들마저 욕망 충족을 위한 '기이한 거래'의 '판돈' 또는 '로 또'로 여기는 에두아르트의 눈먼 욕망은 부친의 끝없는 소유욕을 구제불 능의 형태로 반복 재생산한다. 그의 가족사를 당시의 독일 사회와 국가의 '환유적 전치'로 읽으면 독일의 귀족층은 위로부터의 개혁을 통한 자기쇄 신을 수행할 의지와 능력이 결여된 상태이고 현 상황을 고수하는 한 자멸 의 길을 갈 수밖에 없다는 시대진단이라 할 수 있다.

아버지의 권위가 땅에 떨어진 사회, 아버지의 자리가 비어 있는 사회는 원시 모계사회와 마찬가지로 근친상간의 혼돈으로 끓어오르는 위험사회 가 된다. 프로이트는 『토템과 터부』에서 아버지를 살해한 형제들이 같은 씨족 내의 여자를 차지하려는 '만인에 대한 만인의 투쟁'이라는 아노미 상태를 피하기 위해 근친상간에 해당하는 족내혼(族內婚)을 터부로 금지 했고, 양심의 가책을 수반하는 그러한 금기가 곧 가족의 기원이자 문명의 시초라고 말한다.[32] 그렇게 보면 오틸리에가 에두아르트의 '양녀'일뿐 아 니라 '사생아'로 버려진 '친딸'일 수도 있다는 텍스트의 암시는 낡은 질서 의 붕괴가 역사의 돌이킬 수 없는 대세로 흘러가는 역사적 격변기에 대처 할 의지와 능력을 상실한 채 구시대의 특권의식에만 사로잡혀 있는 독일 귀족층이 자초하는 위기가 문명 이전으로의 퇴행을 초래할 만큼 심각한 것이라는 도발적인 문제제기라 할 수 있다.

---

32 지그문트 프로이트 『토템과 타부』, 김종엽 옮김, 문예마당 1995, 19~42면 참조.

사회소설로서의 『친화력』(2)

◆

이상적인 여성상?

머리말

괴테의 후기 소설 『친화력』은 프랑스대혁명에서부터 나뽈레옹전쟁 시기에 이르는 역사적 격변기의 독일 사회를 배경으로 에두아르트라는 '부유한 남작'으로 대표되는 봉건 귀족층의 무능과 몰락상을 비판적으로 진단하는 사회소설이라 할 수 있다. 작품에서 에두아르트의 파멸로 귀결되는 부권의 몰락은 전통사회 가부장적 권위의 몰락을 상징하는 집단적 대표성을 갖는다고 할 수 있다. 나아가 프랑스대혁명의 과정에서 루이 16세의 처형이 곧 국부(國父)의 처형으로 받아들여졌다는 사실을 상기해볼 때 『친화력』에서 묘사되는 부권의 몰락은 넓게 보면 가부장적 왕권의 몰락과 구체제 자체의 와해를 함축한다고도 할 수 있다. 훗날 발자끄(H. Balzac)는 "루이 16세의 머리를 자름으로써 공화국은 모든 가정의 아버지의 머리도 잘랐다"[1]고 말한 바 있거니와, 폭군인 국부의 처형과 더불어

---

1 Lynn A. Hunt, *The Family Romance of the French Revolution*, Routledge 1992, 73면에서

한 집안의 가부장 역시 과거에 누리던 절대적 권위를 상실하게 되었던 것이다.

그런 맥락에서 소설 『친화력』의 남자 주인공이 원래 아버지가 지어준 '오토'라는 이름을 버리고 스스로 '에두아르트'로 개명한 일은 의미심장한 상징성을 지닌다. 헤르더(Herder)가 번역하여 펴낸 스코틀랜드 민중 담시집 중에는 「에드워드」(Edward)라는 담시가 들어 있는데, 괴테가 이 시를 예술담시의 전범으로 꼽았다는 사실을 감안하면 '에두아르트'라는 이름을 이 담시에서 차용했을 가능성도 배제할 수 없다.[2] 만약 그런 가정이 성립한다면 어머니의 사주에 의해 친아버지를 살해한 아들이 느끼는 극한의 죄책감을 묘사하고 있는 담시 「에드워드」와 소설 『친화력』 사이에는 모종의 상징적 연관성이 있다고 볼 수 있다. 우선 에두아르트로의 개명이 아버지의 전횡에 대한 저항이자 부권에 대한 부정이라는 점은 분명하다. 그런데 샤를로테와의 사이에서 태어난 아들이 '오토'라는 세례명을 받고, 수양딸 오틸리에에 대한 불순한 사랑에 눈먼 에두아르트가 아기 오토의 죽음을 "자신의 행복을 가로막는 장애물을 제거해준 운명적 사건"(283면)[3]이라며 반긴 것으로 볼 때, 에두아르트는 자신의 아버지가 지어준 이름을 물려받은 아들이 제발 죽어 사라지기를 바랐던 셈이다. 그렇게 보면 에두아르트는 상징적 친부 살해와 친자 살해를 동시에 범한 셈이다. 이는 그 자신의 부권을 물려준 아버지의 권위와 그의 부권을 승계해줄 아들의 존재 자체를 인정하지 않는 것이기 때문에 결국 자신의 부권을 부정하는 것이 된다. 에두아르트의 파멸이 불가항력의 외적 강제에 의한 비극

재인용.

2 Nils Reschke, *"Zeit der Umwendung": Lektüren der Revolution in Goethes Roman "Die Wahlverwandtschaften"*, Freiburg 2006, 52면 이하 참조.

3 괴테 『친화력』, 김래현 옮김, 민음사 2001. 작품 인용은 괄호 안에 면수만 표기하되, 번역은 필자가 부분적으로 수정하였다.

적 파멸이 아니라 스스로 자초한 파멸이라고 할 수밖에 없는 것은 바로 이 때문이다.

『친화력』에서 이처럼 부권의 몰락이 돌이킬 수 없는 사태로 묘사되고 있는 것과는 달리 샤를로테나 오틸리에 같은 여성인물들은 처음부터 남성들에 비해 우월한 위치를 점하고 있는 것으로 보인다. 예컨대 에두아르트와 샤를로테의 가정 내 역할분담을 보면 실질적인 가장 역할은 샤를로테가 맡고 있는데, 그러한 역전은 소설 초반에서부터 뚜렷이 드러난다. 에두아르트는 '정원'의 온실에서 어린 묘목을 접붙이는 수작업을 하는 반면, 샤를로테는 에두아르트의 성 주변의 드넓은 자연경관 전체를 '공원'으로 일구는 조경사업을 벌인다. 이처럼 활동범위가 현저하게 대비되는 점은 에두아르트가 일하는 정원이 인공적 장식성과 폐쇄성을 특징으로 하는 '바로끄식 정원'으로 이미 한물간 구시대의 모델인 반면, 샤를로테가 일구는 공원은 자연경관을 그대로 살리면서 탁 트인 전망을 가진 '영국식 공원'으로 진취적인 모델이라는 공간상징에서도 확인된다.[4] 게다가 에두아르트 소유의 광대한 영지에 딸린 소작인들을 관리하는 일도 전적으로 샤를로테의 몫이다. 어느 모로 보나 이 부유한 귀족 집안의 실질적인 가장은 샤를로테라 할 수 있다. 에두아르트의 나이 많은 첫 부인이 젊은 남편의 응석을 받아주는 '어머니' 같은 존재였다면 이제 샤를로테는 에두아르트의 후견인 내지 주인이나 다름없는 존재인 것이다. 또한 샤를로테가 일구어놓은 공원에 새로 지을 별장의 집터를 정하는 것도 남성인 에두아르트나 대위가 아니라 여성인 오틸리에이다. 새로 지을 집의 위치를 정하는 것은 "영주의 권리"(81면)라는 말에 비추어보면 새 집의 주권은

---

4 『친화력』에서 자연묘사가 가지는 역사적 상징성에 관해서는 Helmut J. Schneider, "Mobilisierung der Natur und Darstellungsprobleme der Moderne in Goethes *Wahlverwandtschaften*," Martha B. Helfer 엮음, *Rereading Romanticism*, Rodopi 2000, 282~300면 참조.

에두아르트와 샤를로테의 수양딸로 사생아나 다름없는 오틸리에에게 귀속되는 셈이다.

이처럼 전통적인 가부장의 주권이 박탈되고 오히려 여성인물이 가장의 자리를 대신하는 양상은 전통적 질서가 와해되는 역사적 격변기의 혼돈을 극복하고 새로운 질서와 규범을 확립하는 과정에서 여성성이 대안 모색의 척도가 되는 것이 아닌가 하는 추측을 불러일으키게 한다. 가령 샤를로테가 "남자들은 하나만 생각하고 현재만 생각하는" 반면 "여자들은 삶에서 전체적인 연관성을 생각한다"(14면)고 말하는데, 이는 에두아르트와의 관계에 들어맞는 올바른 통찰인 동시에, 이제부터 여성이 새로운 사회질서를 기획하는 주체가 되어야 한다는 당위적 요청까지 함축하는 발언이라고 할 수 있다. 그러나 이러한 당위적 요청과 현실에서 여성에게 기대하는 역할 사이에는 여전히 깊은 간극이 가로놓여 있으며, 『친화력』의 갈등구조가 파국으로 치닫는 것도 바로 이런 연유 때문이다. 이 글에서는 이러한 문제의식을 염두에 두고 작품의 대표적인 여성인물인 샤를로테와 오틸리에를 중심으로 여성성과 성 담론 문제를 작품의 사회·역사적 맥락과 관련지어 살펴보고자 한다.

샤를로테: 이성적 금욕주의와 여성의 역할

이미 언급한 대로 샤를로테는 무능한 남편 에두아르트를 대신하여 실질적인 가장 역할을 할 정도로 유능하고 사려 깊은 여성이다. 에두아르트와 샤를로테는 각자 첫 아내와 첫 남편과 사별한 후 다시 재회했는데, 에두아르트가 청혼하자 샤를로테는 그의 짝이 되기에는 이제 여자로서 늙은 나이라는 이유를 들어 처음에는 청혼에 응하지 않고 신중한 모습을 보인다. 두사람은 젊은 시절 "궁정에서 가장 아름다운 한쌍"(69면)으로 선망의 대상이었으나, 에두아르트는 아버지의 맹목적인 재산 욕심 때문에 '어머니뻘 되는 여자'와 정략결혼을 해야만 했고, 샤를로테 역시 정략결혼을 감수해야만 했다. 그렇게 보면 샤를로테에 대한 에두아르트의 감정은 젊은 시절의 감정에 고착되어 있는 상태라 할 수 있으며, 따라서 이루지 못한 사랑에 대한 기억이 현재의 그를 지배하고 있는 형국이다. 샤를로테가 에두아르트의 청혼에 선뜻 응하지 않은 것은 이런 정황을 두루 꿰뚫어보는 사리분별이 있었기 때문이다.

샤를로테가 에두아르트와 재회한 직후 그에게 오틸리에를 신붓감으로 선보인 것은 그런 신중한 배려의 연장선으로 이해할 수 있다. 오틸리에는 부모에 대한 기억이 전혀 없을 정도로 어릴 적에 부모를 여의었고 그녀의 어머니의 절친한 친구인 샤를로테가 그녀를 거두어 키웠으므로 그녀는 샤를로테에게 친딸과 다름없는 수양딸이다. 샤를로테는 그런 오틸리에를 위해 '근사한 배필'을 구해주려고 그녀를 에두아르트에게 선보인 것이다. 샤를로테의 이러한 배려는 수양딸 오틸리에가 유복한 가정을 이루기를 바라는 마음이 젊은 시절의 연인에 대한 해묵은 감정보다도 훨씬 더 지극하다는 것을 말해준다. 하지만 에두아르트는 샤를로테가 이런 생각에서 오틸리에를 선보인다는 것을 인지하지 못한 채 처음에는 어린 오틸리에한테 별 관심을 갖지 않는다. 이처럼 신중한 '검증'의 과정을 거친 후에야 비로소 샤를로테는 에두아르트의 청혼을 받아들였던 것이다. 에두아르트와 재혼한 후의 시점에서 샤를로테는 그 일을 이렇게 회상한다.

> 그 아이가 저보다 훨씬 젊은데도 옛 애인이 눈앞에 있다는 사실에 매료되어 당신은 이제 막 피어나는, 그리고 앞으로 더 활짝 피어날 아름다움을 아랑곳하지 않았지요. (23면)

샤를로테에 대한 에두아르트의 감정이 다른 여성과의 첫 결혼에 의해 억눌러진 젊은 시절의 추억에 고착되어 있는 한에는 샤를로테의 이러한 생각이 타당할 것이다. 하지만 '옛 애인'을 아내로 맞이함으로써 그러한 상태에서 풀려난 에두아르트에게 고착의 해소는 곧 감정의 해소를 뜻한다. 바꾸어 말하면 에두아르트와 동년배로 이미 중년기에 접어들었고 더구나 첫 결혼에서 얻은 딸 루치아네가 곧 결혼할 예정이므로 조만간 '할머니'가 될 샤를로테는 에두아르트가 첫 결혼생활에서 그리워하던 '젊은 시절의 애인'이 더이상 아닌 것이다. 샤를로테가 에두아르트와 재혼을 하자마자 오직 둘만의 시간을 갖기 위해 루치아네와 오틸리에를 기숙학교로 떠나보낸 것도 그런 현실을 모르지 않는 샤를로테의 불안감을 말해준다. 둘만의 생활에서 무료함을 느끼던 에두아르트가 친구인 대위와 오틸리에를 다시 집으로 불러들이자고 하자 샤를로테가 '제3자'의 틈입으로 두사람의 평온한 관계가 깨어질지 모른다며 불안감을 느끼는 것도 같은 맥락이다. '남자 나이로 한창 좋을 때를 맞은' 에두아르트의 입장에서 보면 조만간 딸을 시집보내고 할머니가 될 처지인 지금의 샤를로테는 또다른 의미에서 '어머니뻘 되는 여자'라 해도 과언이 아니다.[5] 그렇게 보면 에두아르트에게 샤를로테와의 재혼은 첫 결혼의 실패를 반복하는 양상을 띤다. 따라서 에두아르트가 "이제 막 피어나는, 그리고 앞으로 더 활짝 피어날 아름다움"을 간직한 오틸리에한테 끌리게 되는 것은 당연하다 하겠다.

다른 한편 샤를로테가 에두아르트와 재혼한 시점에서 보면 한때 오틸리에를 에두아르트의 신붓감으로 추천했던 일은 다른 각도에서 조명될 여지를 남긴다. 자신의 '남편'이 될 가능성도 열어두고 있는 '옛 애인'에

---

5 잉에 슈테판(Inge Stefan)은 첫 부인과 마찬가지로 샤를로테 역시 에두아르트에겐 '어머니뻘 되는 여자'라고 지적한다. Inge Stefan, "Schatten, die einander gegenüberstehen— Das Scheitern familialer Genealogien in Goethes *Wahlverwandtschaften*," Giesela Greve 엮음, *Goethe: Die Wahlverwandtschaften*, Tübingen 1999, 57면 참조.

게 하필이면 '수양딸'을 천거한 것이기 때문이다. 그러한 행동은 우선 자신의 첫 결혼의 불행을 망각한 것이라는 점에서 문제적이다. 에두아르트가 했던 정략결혼과 마찬가지로 '부유하지만 사랑하지는 않는 나이 많은 남자'와 했던 샤를로테의 첫 결혼을 가리켜 젊은 시절 그녀를 좋아했던 백작은 '결혼을 하고서도 부부가 각자의 길을 가는 의례적인 결합'이요 한마디로 "혐오스러운 부류의 결혼"(96면)이었다고 단언한다. 그렇다면 오틸리에가 비록 고아의 처지이긴 하지만 그녀의 감정과 상관없이 오로지 부자라는 이유로 중년의 남자와 결혼시키려는 것은 샤를로테가 뼈저리게 겪었을 정략결혼의 실패를 반복하는 일일 뿐이다. 더구나 친어머니와 다름없는 양모 샤를로테의 옛 애인과 맺어진다면 그 기묘한 삼각관계가 어떻게 꼬일지는 상상을 불허한다.

그럼에도 샤를로테가 오틸리에를 에두아르트의 신붓감으로 추천할 생각을 할 수 있었던 것은 그녀가 남달리 감정의 제어에 능하기 때문이다. 오틸리에가 부유한 남자와 맺어져 사고무친의 궁핍한 처지에서 벗어날 수 있다면 설령 그 남자가 자신의 옛 애인이라 하더라도 해묵은 감정 따위는 쉽게 정리할 수 있다고 그녀는 자신했던 것이다. 감정 처리에 능숙한 샤를로테의 면모는 대위와의 관계에서도 잘 드러난다. 에두아르트가 오틸리에한테 빠져드는 사이에 일시적으로 대위와의 사랑에 빠진 샤를로테는 대위와 포옹하는 순간에 "바로 이 순간이 우리 인생에서 결정적인 전기가 되는 것을 우리가 막을 수는 없겠지요"(112면)라고 자신의 감정을 솔직히 드러낸다. 하지만 금방 자신의 일탈을 뉘우친 그녀는 마치 없었던 일처럼 깨끗이 대위를 단념하는데, 이성으로 감정을 다스리는 이러한 모습은 오로지 남편에게만 충실하려는 주부의 덕목임에 틀림없다. 그러하기에 샤를로테는 에두아르트가 오틸리에한테 빠져 있다는 사실을 인지하자 "자기 자신을 제어할 수 있듯이 다른 사람에게도 자제를 요구할 수 있다고"(130면) 보는 것이다. 그러나 이성적 자제력에 대한 과신으로 인해 오히려 사태는 그녀가 제어할 수 없는 방향으로 나아가기 시작한다. 에두아르트의 마음이 이미 자기를 떠났음에도 샤를로테는 "예전의 단순한 상태로 되돌아갈 수 있고 강제로 분리된 것을 다시 짜맞출 수 있을 거라는 망상에 점점 깊이 빠져들었다"(112면)[6]고 화자는 지적한다. 그녀의 이러한 자기중심적인 확신은 사태를 오판하는 화근이 된다. 에두아르트가 오틸리에한테 빠져드는 것은 이미 여성으로서의 매력을 상실한 샤를로테에 대한 감정이 식고 젊은 여성의 매력에 이끌리는 남성적 본능의 분출일 뿐으로서 결코 '강제로 분리된' 것이 아니라는 극히 단순한 사실을 샤를로테는 보지 못한 것이다.

샤를로테가 에두아르트와의 '이중의 불륜'으로 생긴 아이를 에두아르트를 붙잡아두는 방편으로 여기는 것도 화를 키우는 오판이다. 그녀가 아이를 가졌다는 말을 들은 미틀러가 '남자의 마음을 붙잡아둘 수 있는 확실한 근거'가 생겼다고 반기자 샤를로테는 이에 고무되어 에두아르트에게 편지를 쓰는데, 아이가 생겼다는 사실을 알리는 편지의 한 대목은 다음과 같다.

당신이 이상하게 연인처럼 당신의 아내를 찾아갔던 날 밤 시간을 생각해보세요. 당신은 저를 뿌리칠 수 없도록 끌어안고 마치 애인처럼, 신부처럼 포옹했지요. 우리 이 기이한 우연을 하늘의 뜻으로 존중하도록 해요. 우리 인생의 행복이 산산이 부서져 사라질 뻔한 바로 그 순간에 우리의 관계를 다시 묶어줄 끈을 하늘이 내려준 거예요. (154면)

---

6 여기서 "강제로 분리된 것을 다시 짜맞출 수 있을 거라는" 구절의 독일어 원문은 "ein gewaltsam Entbundenes lasse sich wieder ins Enge bringen"인데, 이 구절은 "강제로 탯줄을 끊고 나온 아이는 다시 죽을 수도 있다"는 의미로도 해석될 수 있으므로 아기 오토의 불행한 운명을 암시하는 대목이라고 할 수 있다. Peter Dettmering, "Reglose und entfesselte Natur in Goethes *Wahlverwandtschaften*," *Dichtung und Psychoanalyse* II, München 1974, 60면.

'당신의 아내'를 '애인'이나 '신부'처럼 포용했다는 말은 에두아르트의 차갑게 식은 마음을 되돌리려는 의도로 이해할 수도 있을 것이다. 하지만 샤를로테가 그날밤 아이가 잉태된 것을 가리켜 '기이한 우연'이라고 한 것은 에두아르트의 그날밤 태도가 심상치 않았음을 깨달은 표현이라 하겠다. 특히 에두아르트가 샤를로테와 동침하며 오틸리에를 상상한 것과 마찬가지로 샤를로테 자신도 에두아르트의 품에 안겨 대위를 상상했으므로 '애인'이니 '신부'니 하는 말은 피차 몸과 마음이 분리되었던 이중의 소외감을 의식한 표현임이 분명하다. 그럼에도 이 '기이한 우연'으로 생긴 아이를 서로의 관계를 묶어줄 '하늘의 뜻'으로 받아들이자는 것은 이미 대위를 단념한 샤를로테의 입장에서는 온당한 소망이지만, 오틸리에를 포기하지 못하는 에두아르트에겐 부질없는 요구일 뿐이었다. 아이가 생겼다는 소식을 전해들은 에두아르트는 곧바로 전쟁터로 도망쳐버린 것이다.

서로 다른 연인을 상상하며 수태된 아기 오토가 '오틸리에의 눈'과 '대위의 얼굴'을 빼닮은 '기이한 우연'에 대해 모두가 놀라지만, 유독 샤를로테만 끝까지 아무런 반응을 보이지 않는 것은 어쩌면 이 아이가 에두아르트의 이혼 요구를 저지할 확실한 담보라고 철석같이 믿고 있기 때문이다. 하지만 바로 그렇기 때문에 에두아르트는 어떻게든 아이가 사라져주기만 바랄 뿐이다. 그의 바람대로 불의의 사고로 아이가 죽자 샤를로테는 에두아르트의 이혼 요구에 응하지 않고 버티다가 괜히 아이를 죽였다는 때늦은 자책을 하며 이혼에 동의하겠다고 하지만, 오틸리에가 에두아르트와의 결혼에 동의할 때만 그렇게 하겠다는 단서를 단다. 그렇지만 오틸리에는 자신의 실수로 아이를 죽였다는 죄책감에서 헤어나지 못한 상태였고 만약 샤를로테가 에두아르트의 이혼 요구를 수락한다면 호수에 몸을 던져 죽음으로 속죄하겠다며 단호한 태도를 보인다. 샤를로테가 제시한 조건은 애초부터 실현 불가능한 것이었다. 누구보다 오틸리에의 착한 성품을 잘 알면서도 그런 조건을 내세운 것은 결과적으로 오틸리에의 마음을 시험대에 올려놓은 셈이다. 그렇기에 결국 오틸리에가 아무도 모르게 식음을 끊고 굶어죽는 속죄의 길을 택한 데에는 샤를로테의 책임이 없다고 할 수 없는 것이다.[7] 일찍이 샤를로테가 에두아르트에게 "의식이란 결코 믿을 만한 무기가 못돼요. 특히 그것을 앞세우는 사람에겐 위험한 무기가 되기도 하거든요"(17면)라고 한 말은 누구보다 샤를로테 자신에게 해당하는 것이었다. 냉철한 이성으로 욕망을 다스리려는 샤를로테의 금욕주의는 그것이 타인에게 강요될 때는 '위험한 무기'가 되는 것이다. 그러한 금욕주의를 정신적 우월성의 징표라고 볼 수 없는 또다른 이유는 1800년 무렵의 성 담론에서 금욕주의는 여성의 성적 욕망을 억압하는 남성중심주의 이데올로기였기 때문이다. 예컨대 루소는 『에밀』(Émile)에서 여성이 성적 욕망을 다스리기 위해서는 '이성'으로 단련되어 '남성적 미덕'을 길러야 한다고 설파한 바 있다.[8] 여성의 성적 욕망은 이성적 존재인 남성보다 감정에 치우치기 쉬운 나약함에서 연유하며 여성은 이성적 단련을 통해 남성적 강인함을 배워야 한다는 것이다. 그런 맥락에서 보면 샤를로테가 이성적 금욕주의로 감정을 억누르고 '가장'의 역할까지 맡은 것은 여성성을 억압한 댓가로 얻어진 것인 만큼 이상적인 여성상과는 거리가 멀다 하겠다.

---

7 괴테 다음 세대의 여성 작가 베티나 폰 아르님(Betina von Arnim)은 괴테에게 보낸 편지에서 샤를로테의 '치밀한 계산'이 파국의 화를 키웠다는 생각을 밝힌 바 있다. 1809년 11월 8일자 괴테에게 보낸 편지 참조. HA 6, 668면.
8 루소 『에밀』, 김중현 옮김, 한길사 2005, 제5장 참조.

오틸리에: 낭만적 사랑의 승화?

이미 살펴본 대로 오틸리에에 대한 에두아르트의 욕망은 거세공포와 근친상간의 불안이 중첩된 나르시시즘에 갇혀 있으며,[9] 그런 한에는 두사람의 육체적 결합은 금기시된다. 소설의 제2부에서 오틸리에가 성모 마리아로 변용되는 것도 '양녀'에 대한 '양부'의 눈먼 욕망을 몹시 불쾌하게 받아들인 당대 독자들의 도덕규범을 의식한 대목이라 할 수 있다. 소설 2부에 등장하는 건축기사는 성탄절을 앞두고 예배당 벽에 오틸리에를 모델로 해서 성모 마리아를 그릴 뿐 아니라 오틸리에를 성모 마리아로 분장시켜 '신성가족'을 재현하는 이른바 '살아 있는 그림'(lebende Bilder, 그림 속의 장면을 실제 상황으로 재현하는 연기) 퍼포먼스를 하는데, 이 장면은 오틸리에에 대한 당대 독자층의 생각을 가늠해볼 수 있는 대목이다. 화자에 의해 '딜레땅뜨' 즉 아마추어 예술가로 소개되는 건축기사가 오틸리에를 성모 마리아 이미지로 변용시키는 것은 오틸리에에 대한 에두아르트의 불순한 사랑이 순수하게 정화되고 승화되기를 바라는 도덕적인 독자들의 소망을 반영한 것이라 할 수 있다. 건축기사 역시 내심 오틸리에를 흠모하고 있는 상황이므로 이는 건축기사의 소망이기도 하다. 그런 점에서 보면 이 장면은 에두아르트의 또다른 선택 가능성을 비춰주는 거울로 해석될 여지가 있다. 만약 건축기사의 소망대로 에두아르트의 불순한 사랑이 그런 식으로 승화된다면 '상상'에 의해 수태된 아기 오토가 오틸리에를 빼닮은 '기적'도 신성가족의 계보 안에서 정당성을 얻게 된다. 성모 마리아가 성령에 의해 아기 예수를 수태한 것과 같은 이치로, 사랑하는 사람에 대한 '상상'만으로 사랑하는 사람을 닮은 아기가 탄생하는 '기적'은

---

9 이 글 앞에 수록된 「사회소설로서의 『친화력』(1)」 참조.

신앙의 신비로 설명될 수 있기 때문이다. 나중에 죽은 후 예배당에 안치된 오틸리에의 유해가 가톨릭에서 받드는 성녀 오틸리아처럼 아픈 사람을 치유하는 이적을 행하는 것도 마찬가지로 설명될 수 있다. 만약 이러하다면 오틸리에는 에두아르트의 불순한 사랑이 범접할 수 없는 신성한 존재가 되고, 아기 오토의 상징적 어머니가 된다. 샤를로테의 입장에서 보면 남편 에두아르트의 바람기를 잠재우고 부부관계를 지속할 수 있는 확실한 방호벽이 생기는 셈이다. 아기 오토가 아기 예수로 분장하여 등장하는 이 살아 있는 '신성가족' 그림을 보면서 샤를로테가 흐뭇해한 것은 그 때문이다.

하지만 언제나 시인으로서는 '다신론자'임을 자처했던 — 다시 말해 배타적 기독교 신앙에는 거리를 두었던 — 괴테가 종교적 교의에 귀속하는 그런 소설 내용을 진지하게 구상했을 리는 없다. 『친화력』에는 "독자가 처음 한번 읽고 파악한 것과는 다른 의도가 숨겨져 있다"[10]고 했던 괴테의 말에 유의하여 신성가족을 재현하는 듯한 이 장면의 이면에 감춰진 의미가 무엇인지 생각해볼 필요가 있다. 이 퍼포먼스를 지켜보는 좌중은 "경탄과 공경심보다는 오히려 기묘한 느낌과 흥미"(212면)를 느끼는데, 좌중의 이러한 반응에서 작가의 반어적 의도를 엿볼 수 있다. 이 장면에서 좌중은 독실한 신앙인의 입장에서 신성가족을 경배하는 것이 아니라 기묘한 구경거리에 흥미진진한 호기심을 발동하는 것이다. 요컨대 신성화된 오틸리에의 이미지가 먹혀들지 않는 것이다. 누구보다 오틸리에 자신이 가면극의 성모 마리아 역이 자신에게 맞지 않는 역할이라고 느끼며 자신이 연기하는 "뻣뻣하게 굳어버린 상(像)"(213면)에서 자신의 존재감이 사라지는 듯한 혼란을 느낀다. 볼프강 이저(Wolfgang Iser)에 따르면 소설의

---

10 1829년 2월 9일자 괴테와의 대화. 에커만 『괴테와의 대화』 1, 장희창 옮김, 민음사 2008, 442면.

내러티브에서 "재현의 대상적 지시관계가 불확실할수록 퍼포먼스적 요소는 증가"하며, 그런 의미에서 퍼포먼스적 서술은 '실질적 현존성'이 결여된 '환영'(Phantasma)의 성격을 띤다고 한다.[11] 그런 관점에서 보면 오틸리에를 성모 마리아로 변용시키는 것은 오틸리에의 실존과 무관한 환상적인 동일시일 뿐이다. 이 퍼포먼스를 연출하는 건축기사는 인생에서 가장 아름다운 시절의 모습을 있는 그대로 초상으로 옮겨놓는 것이 한사람에게 바칠 수 있는 최고의 비문(碑文)이라는 예술관을 피력한다. 그런 생각을 이 장면에 적용해보면 오틸리에를 성모 마리아 상으로 기념비화하는 행위야말로 멀쩡히 살아 있는 오틸리에를 사후의 관점에서 '비문'으로 세우는 것이며, 죽은 사람 취급하는 셈이 된다. 그림 속의 장면을 실제 상황으로 연출하는 '살아 있는 그림' 퍼포먼스는 오히려 살아 있는 사람을 사후의 무덤 앞에 세우는 '비문'으로 박제화하는 것이 된다. '살아 있는 그림'이 애초의 연출의도와 상반되게 '죽은 그림'으로 바뀌는 셈이다. 오틸리에가 자신의 연기를 '뻣뻣하게 굳어버린 상'으로 느낀 까닭도 바로 여기에 있다. 이러한 의미 반전은 당대 독자층의 고식적인 도덕주의에 상응한다. 오틸리에를 성녀화해야 직성이 풀리는 도덕적인 독자들은 결국 수양아버지를 욕정에 눈멀게 만든 오틸리에는 하루빨리 죽어 마땅하다고 단죄하는 것이다.

오틸리에는 아기 오토를 죽게 만들었다는 죄책감을 견디지 못하고 결국 식음을 끊고 죽음을 택한다. 이 대목에서 오틸리에는 하필이면 미틀러가 '간음하지 마라'라는 십계명을 들먹이는 순간 쓰러지는데, 이는 수양아버지를 욕정에 눈멀게 만든 오틸리에를 징벌해야 한다는 도덕적인 독자들의 요구를 의식한 것이라 할 수 있다. 그렇지만 작가의 진의는 바로 그런 편협한 도덕주의를 비판하는 데 있다. 괴테는 이 소설이 '이교도적'

---

11 Wolfgang Iser, *Das Fiktive und das Imaginäre*, Frankfurt a. M. 1993, 502면.

(즉 신성모독적)이라는 독자들의 반응에 대하여 '나는 오틸리에를 굶어 죽게 만들었는데, 이보다 더 기독교적인 어떤 것을 원한단 말인가?'라고 화를 내며 편협한 기독교 모럴을 공박한 바 있다.[12]

죽은 오틸리에의 시신을 마치 '살아 있는' 것처럼 보존하여 속이 들여다보이는 유리 관(棺)에 넣어 '전시'하면서 '성녀'로 받드는 행위는 결코 신성한 의식이 아니라 살아 있는 자들이 불편한 양심을 호도하기 위한 것일 뿐이다. 괴테가 이 소설에서 "순수한 카타르시스를 완벽하게 배제하고자 했"[13]던 것도 그런 맥락에서이다. '순수한 카타르시스' 즉 고전적 의미의 비극적 카타르시스는 신의 섭리를 거역한 인간의 오만함이 벌을 받고 그로 인한 두려움의 감정으로 마음의 정화작용을 하는 도덕적 순치의 기능을 갖는다. 괴테가 그런 뜻의 카타르시스를 배제하려 했다는 것은 자발적인 죽음을 택하는 오틸리에의 '속죄'를 결코 비극적 징벌에 상응하는 것으로 해석해서는 안된다는 뜻으로 이해할 수 있다. 기독교의 맥락에서 보더라도 그녀가 안치된 예배당이 '개신교'로 바뀐 교회라는 사실은 그녀의 죽음을 빌미로 '성녀 오틸리아'의 '성녀전'을 부활시키려는 도덕주의적 발상이 중세로 퇴행하는 시대착오일 뿐임을 말해준다.

맺음말

숨을 거두는 오틸리에를 향해 에두아르트는 "나는 당신의 뒤를 따르리다. 그곳에서 우리 다른 언어로 이야기를 나눕시다"(312면)라고 말한다. 그러나 에두아르트가 말하는 '다른 언어'란 인간이 알아들을 수 없는 다른

---

12 1843년 6월 28일자 파른하겐 폰 엔제(Varnhagen von Ense)의 일기 참조. HA 6, 641면.
13 1830년 1월 13일~25일 사이에 쓴 것으로 추정되는, 첼터(Zelter)에게 보낸 편지. HA 6, 644면.

세상의 언어일 뿐이다. 결국 오틸리에를 따라 죽는 에두아르트가 마지막으로 남기는 말은 그의 인생 전부가 "모방할 수 없는 것을 모방하려 한" (319면) 헛수고에 바쳐졌다는 것이다. 살아온 인생에서 최후의 선택인 그의 죽음 역시 오틸리에의 '순교'를 모방한 것이므로 '모방할 수 없는 것을 모방하려 한 헛수고'에 해당된다. 에두아르트의 이 마지막 헛수고는 오틸리에의 '순교'에서 눈먼 자들의 눈을 치유하는 이적을 행한 성녀 오틸리아의 부활을 바라는 동시대 독자들의 기대가 허망한 미몽에 불과하다는 점을 일깨워준다. 괴테가 『친화력』의 대미에서 해체한 그러한 미몽은 그러나 1810년대 이후 후기 낭만주의의 집단적 열망으로 부활하게 된다. 오틸리에의 '순교'로 표상되는 구원의 여성상이 낭만적 사랑의 이상으로 예찬되고, '성녀'로 변용된 오틸리에의 이미지는 기독교가 분열되기 이전의 가톨릭 질서로 유럽이 거듭나야 한다고 설파했던 후기 낭만주의 이념을 상기시켰던 것이다. 후기 낭만주의의 이러한 종교적 이념은 그 정치적 맥락을 보면 프랑스대혁명의 여파로 서유럽 전체가 거대한 내전상태에 빠진 상태에서 중세 '황금시대'의 '사랑의 종교'에서 구원을 찾아야 한다는 의미를 지닌다.[14] 그런 맥락에서 보면 괴테가 오틸리에의 성녀적 이미지를 해체한 것은 후기 낭만주의의 그러한 복고적 이상에 대한 냉정한 비판으로 읽을 수 있다.[15] 중세 '황금시대'의 부활을 꿈꾸는 것은 역사적 격변기의 혼란에 대한 올바른 처방이 아니라 중세로의 퇴행에서 자기위안을 찾는 시대착오적 미망에 불과하다는 것이다.

---

14 Markus Schwering, "Politische Romantik," Helmut Schanze 엮음, *Romantik-Handbuch*, Tübingen 1994, 497면 이하 참조.

15 『친화력』을 낭만주의에 대한 비판의 관점에서 분석한 대표적인 글로는 Hans-Jürgen Schings, "Willkür und Notwendigkeit: Goethes *Wahlverwandtschaften* als Kritik an der Romantik," *Jahrbuch der Berliner Wissenschaftlichen Gesellschaft*, Berlin 1990, 165~81면 참조.

제4부

괴테가 예감한 근대의 이중과제

◆

『빌헬름 마이스터의 수업시대』와 『파우스트』 2부를 중심으로

머리말

괴테가 살던 시대의 독일은 전근대적 봉건체제가 온존해 있는 가운데 근대화의 초입에 들어서는 역사적 과도기를 맞이하고 있었다. 인구 1퍼센트의 귀족층이 국토의 대부분을 분할 소유한 채 세금 면제 등의 특권을 누리며 지배층으로 군림하고, 그들을 먹여 살리는 국민의 40퍼센트는 자기 땅을 갖지 못한 농노 상태로 평생 노예노동에 종사하고 있었다. 국부를 뒷받침할 산업기반도 취약했으며, 정치적으로 신성로마제국이라는 중세의 낡은 지붕 아래 3백여개의 군소 영방(領邦)국가가 난립하는 혼란상을 면치 못하고 있었다. 이런 시대를 산 괴테의 문학을 두고 근대 적응과 극복의 이중과제를 논하는 것은 일견 시대착오처럼 보인다. 근대의 이중과제가 자본주의 세계체제의 압박을 감당해내면서도 국가와 지역 및 지구적 차원에서 다양한 형태로 발현되는 구조적 모순들을 직시하여 근대 극복의 가능성을 탐색하자는 취지에서 제기된 것이라면,[1] 괴테 당대의 독일은 봉건성의 극복과 근대화 자체를 절박한 시대적 과제로 안고 있었던

것이다. 그런데 독일이 19세기 후반 압축적 근대화를 통해 열강에 진입하는 과정에서 민주주의를 비롯한 근대적 가치의 핵심이 부국강병론에 파묻혀서 실종되고 그 파국적 결과가 두차례의 세계대전과 파시즘으로 이어졌다는 사실은 우리가 익히 아는 바이다. 이처럼 맹목적 근대주의가 초래한 독일사의 참화는 근대화와 근대극복이 결코 단계적 과제가 아님은 물론이요 근대적응과 근대극복 역시 '두개의 동시적 과제들'이 아니라 '양면적 성격을 지닌 단일과제'[2]임을 되새기게 해준다. 그런 맥락에서 괴테의 문학은 독일의 봉건적 낙후성을 직시하고 근대화라는 시대적 과제를 수용하면서도 결코 근대주의에 매몰되지 않고 근대세계의 복합적 모순을 동시에 천착했다는 점에서 이중과제론과 연결될 법한 맹아적 단서를 함축하고 있다. 예컨대 괴테의 출세작 『젊은 베르터의 고뇌』(1774)는 전인적 자아실현을 꿈꾸는 젊은이를 자살로 몰아가는 봉건적 질곡의 시대상을 증언하는 동시에 단지 봉건성의 극복에만 한정되지 않는 인간해방의 열망을 보여준다. 베르터의 비극적 좌절과 더불어 미완의 과제로 이월되는 근대로의 이행 문제는 중년기의 대표작 『빌헬름 마이스터의 수업시대』(*Wilhelm Meisters Lehrjahre*, 1796. 이하 『수업시대』로 약칭)에서 핵심주제로 부상한다. 서구 문학사에서 교양소설의 전범으로 평가되는 이 작품에서 괴테는 개개인의 온전한 인간적 완성과 평등한 사회공동체 실현이 과연 어떻게 합치될 수 있을 것인가라는 난제와 씨름한다. 이 소설의 집필 시기에 일어난 프랑스대혁명은 괴테의 역사관을 가늠하는 시금석이 되는데, 다음 발언에서 보듯이 괴테는 폭력혁명에 단호히 반대하고 점진적 개혁을 옹호하는 입장이었다.

---

1 근대의 이중과제에 대한 개괄적 설명은 이남주 「이중과제란 무엇인가」, 『이중과제론: 근대적응과 근대극복의 이중과제』, 창비 2009, 11~26면 참조.
2 백낙청 「다시 지혜의 시대를 위하여」, 『한반도식 통일, 현재진행형』, 창비 2006, 115면.

내가 프랑스혁명의 벗이 될 수 없었던 것은 사실이지. 나는 혁명의 만행에 소름이 끼쳤고 매일같이 격분했으며, 당시에는 아직 혁명의 유익한 결과가 보이지 않았기 때문이라네. 또한 나는 프랑스에서는 돌이킬 수 없는 필연의 결과로 일어난 일과 비슷한 일을 독일인들이 인위적으로 도모하려는 것을 보고 모른 체할 수가 없었지. 하지만 내가 지배자들의 전횡을 두둔했던 것은 아니네. 나는 어떠한 대혁명도 백성의 잘못이 아니라 위정자의 잘못 때문이라는 것을 확신하고 있었다네. (…) 나는 그 어떤 폭력적 전복도 증오하네. 좋은 것을 얻는 만큼 반드시 파괴하게 마련이니까. (…) 우리에게 미래의 전망을 틔워줄 그런 개선이라면 나는 어떤 것이든 대환영일세. 그렇지만 이미 언급한 대로 폭력적인 것, 단숨에 뛰어넘으려는 것은 무엇이든 내 영혼에 거슬린다네. 그런 것은 자연의 이치에 합당치 않기 때문이지.[3]

프랑스에서는 혁명의 발생과 구체제의 붕괴가 역사적 필연이었다면 독일에서는 그럴 여건이 성숙하지 않았을뿐더러 역사에서 폭력을 수반하는 급격한 도약은 자연의 순리에 어긋난다는 것이다. 여기서 '자연의 순리'란 단순히 자연으로 돌아가자는 말이 아니라, 신분차별과 온갖 악습을 정당화하는 실정법에 맞서 모든 인간의 타고난 존엄을 '천부인권'으로 존중해야 한다는 자연법(Naturrecht) 사상과 일맥상통한다는 것을 새겨둘 필요가 있다. 이런 복합적 맥락에서 괴테는 일관되게 중도적 개혁노선을 견지했지만 그 '중도'가 신구의 적당한 절충에 머물지 않고 인간과 사회에 대한 근본적 성찰로 나아가기에 괴테 특유의 고전적 성취가 비로소 가능해졌다. 이 글에서는 괴테의 그러한 문제의식을 염두에 두고 『수업시대』

---

3 1024년 1월 4일자 괴테와의 대화. 에커만 『괴테와의 대화』 2, 장희창 옮김, 민음사 2008, 53~54면. 강조는 원문을 따른 것이며, 번역은 필자가 부분적으로 수정하였다.

와 『파우스트』(*Faust*, 1831) 2부를 중심으로 괴테가 근대적 이행의 과제에 수반되는 복합적 모순을 어떻게 천착하고 있는지 살펴보고자 한다.

교양소설과 근대적 이행의 문제

발자끄의 『잃어버린 환상』(1843)에는 고위 귀족과 국왕을 우롱하며 무소불위의 권력을 휘두르는 언론의 활극상이 이야기의 한 축을 이루는데, 이를 지켜보는 빠리 주재 독일 공사가 독일에는 이런 신문이 없어서 천만다행이라며 가슴을 쓸어내리는 장면이 나온다. 작품의 배경이 되는 1830년대까지도 여론을 주도할 공론장이 부재한 독일의 후진성을 꼬집는 대목이다. 『수업시대』에서 부유한 상인의 아들인 주인공 빌헬름이 평범한 시민의 삶에서 절감하는 열패감은 독일에서는 공론장이 여전히 궁정의 밀실에 갇혀 있으며 시민계급에게는 철저히 차단되어 있다는 착잡한 현실인식의 소산이다. 빌헬름이 보기에 귀족은 '공인'의 지위로 사회적 영향력을 행사하지만, 시민(Bürger, 중산층 시민)으로 태어난 자는 협소한 전문직능에 매몰되어 타고난 소양을 조화롭게 완성하여 '보편적 교양'에 도달할 가능성이 가로막혀 있다. 그러하기에 시민은 '나는 어떤 사람인가' 하는 인격적 '존재'에서가 아니라 '나는 무엇을 갖고 있는가' 하는 '소유'의 측면에서만 사람 구실을 할 수 있다.[4] 빌헬름은 그런 신분적 제약을 극복하고 '더 넓은 사회에서 공인으로 활동하고 싶은 억누를 수 없는 욕구'를 느끼는데, 바로 그것이 빌헬름이 추구하는 교양의 이상이다. 그는 공인으로서의 활동을 온전한 인간적 도야의 전제조건으로 상정하고

---

4 괴테 『빌헬름 마이스터의 수업시대』 1, 안삼환 옮김, 민음사 1996, 402~403면 참조. 앞으로 작품 인용은 괄호 안에 권수와 면수만 표기하되, 번역은 필자가 부분적으로 수정하였다.

있지만 공적 활동은 귀족층의 전유물이므로 귀족과 평민의 신분차별이 극복되지 않는 한 그의 전인적 교양의 욕구는 결코 충족될 수 없다. 빌헬름은 신분차별이 '귀족의 오만'이나 '시민의 순종' 탓이 아니라 '사회구조'의 문제라고 올바르게 인식하고 있지만, 정작 그 자신은 '정치'에 관심이 없다고 하면서 스스로의 한계를 드러낸다. 이것은 당연히 개인적 한계이기 전에 시민혁명을 넘볼 처지가 못되는 독일 시민계급의 역사적 한계이자, 폭력혁명의 가능성 자체를 차단하려는 작가의 생각이 작용한 결과이다.

이와 관련하여 작품에는 귀족과 평민의 충돌 가능성을 가상 씨나리오처럼 제시하는 에피소드가 등장한다. 가업을 승계하라는 아버지의 뜻을 어기고 유랑극단의 배우로 떠돌아다니는 빌헬름이 어느 백작 부인과 잠시 사랑에 빠져서 부인의 남편을 광신자로 만드는 기이한 사건이 그것이다. 빌헬름과 백작 부인이 피차 연정을 품고 있음을 눈치챈 남작 부인은 백작이 멀리 나간 사이에 빌헬름에게 백작의 잠옷을 입혀서 대역을 하게 하는 해괴한 음모를 꾸미는데, 침실에서 백작 부인을 기다리던 빌헬름은 예정에 없이 일찍 귀가한 백작과 맞닥뜨린다. 그런데 백작은 거울에 비친 빌헬름의 모습을 자신의 분신으로 착각하여 이를 영혼과 육신이 분리되는 죽음의 전조로 받아들이는 망상에 시달리다가 결국 현실을 등지고 광적인 신앙인이 된다. 작품 말미에 다시 등장하는 백작은 전재산을 헌납하며 새로운 교단의 개척에 열을 올리고 '순교'의 각오까지 하며 '성자'의 반열에 오르기를 꿈꾸는데, 오랜만에 재회한 빌헬름을 엉뚱하게도 '영국자작'으로 오인한다. 이 짤막한 에피소드는 허울뿐인 무능한 귀족층이 역사의 무대에서 퇴출될 수밖에 없는 불가역의 시대적 변화를 압축해서 보여주거니와, 백작의 '침실'이 어전회의 장소를 겸했던 루이 14세의 침실을 연상케 하는 환유라고 보면 봉건적 구체제의 몰락이 돌이킬 수 없는 역사적 필연임을 시사한다. 더 나아가 백작이 평범한 시민계급 출신의 빌헬름을 '영국 자작'으로 올려다보는 것은 장차 도래할 새 시대의 주인이 과연 누구인가를 환기하는 바 있다.[5] 다른 한편 신앙에 대한 백작의 광신적 몰입은 괴테 다음 세대인 독일 낭만주의자들이 계산적 이성이 압도하는 근대에 적응하지 못하고 중세를 황금시대로 예찬한 시대착오적 퇴행을 예견하게 하는 측면도 있는데, 이렇게 근대에 대한 낭만적 저항이 복고적 퇴행으로 귀결되는 양상도 독일식 근대이행의 복합성을 보여준다.

『수업시대』에서 근대로의 이행의 과제는 빌헬름에 대한 교육을 수행하는 '탑의 결사'라는 비밀단체와 그 중심에 있는 '로타리오'라는 인물을 통해 표현된다. 로타리오는 귀족이긴 하지만 '지식의 증대와 시대의 진보'가 가져다주는 이익을 두루 공유해야 한다는 진취적 생각을 갖고 있는 인물이다. 그는 자영농에겐 세금을 부과하면서 귀족의 영지에는 면세 특권을 주는 것은 부당하며, 그런 특권을 폐지해야 귀족도 소유의 정당성을 인정받고 제대로 공민 노릇을 할 수 있다고 역설한다. 또한 영지 내의 농민들에게 영주의 허가가 필요 없는 자유결혼을 허용해야 그들이 더 행복해질 것이고, 그래야 국가도 더 훌륭한 국민을 얻을 테니 국익에도 보탬이 될 것이라고 말한다. 그의 이러한 공리주의적 평등주의 지향은 시민권이 확립된 후대의 관점에서 보면 딱히 새로울 것이 없는 온건한 상식에 속하지만, 일찍이 쉴러가 로타리오를 가리켜 '쌍뀔로뜨적'이라 했을 만큼 괴테 당대에는 실현 가능성이 희박한 급진적 발상이었다. 진취적인 계몽주의자들의 모임인 '탑의 결사'가 비밀리에 활동하는 것도 (괴테가 모델로 삼았던 프리메이슨의 활동방식을 상기시키는 면도 있지만) 그런 온건한 사회개혁 구상조차 거의 반향을 얻지 못하는 독일의 후진성을 방증하

---

5 바흐쩐(M. Bakhtin)은 이처럼 아주 사소해 보이는 작은 시공간을 역동적인 역사적 시공간으로 변환시키는 괴테 특유의 상상력을 교양소설의 리얼리즘적 가능성으로 높이 평가한 바 있다. 미하일 바흐쩐 「교양소설과 리얼리즘 역사 속에서의 그 의미」, 『말의 미학』, 김희숙·박종소 옮김, 길 2006, 287~347면 참조.

는 것이다. 아울러 이는 독일에서의 근대적 개혁이 19세기 독일사가 입증하듯 공적 영역에서 배제된 시민계급의 힘으로는 불가능하며 위로부터의 개혁만이 현실적 대안임을 확인시켜준다.

다른 한편 로타리오의 개혁노선이 현실에서는 이미 부르주아적 전망에 흡수되고 있다는 점도 유의할 대목이다. 당시 귀족의 영지 가운데 왕이 하사한 세습봉토는 자유매매가 금지되어 있었다. 로타리오는 귀족의 특권을 뒷받침해온 그런 봉토가 오히려 부의 증진을 가로막는 족쇄가 되고 있다고 개탄하면서 토지매매의 자유화를 주장하는데, 실제로 베르너라는 투기꾼과 합작하여 차압당한 농지를 사들인 후 되파는 토지투기 사업에 뛰어든다. 빌헬름의 여동생과 결혼하는 베르너는 빌헬름이 상속으로 물려받은 재산을 몇배로 불려줄 만큼 수완 좋은 사업가이긴 하지만 '복식부기'를 '인류 최고의 발명품'으로 여기면서[6] 인척지간인 빌헬름이 보기에도 사람을 '상품'과 '투자대상'으로만 취급하는 철저한 자본가적 속물이자 '열심히 일만 하는 우울증 환자'이다. 괴테 다음 시대에 승승장구하는 부르주아지의 모습을 선취하고 있는 베르너의 일그러진 인간상은 그의 사업 파트너로 변신하는 로타리오의 개혁노선이 장차 현실화되었을 때 도래할 자본의 시대가 과연 진정한 인간적 가치 및 행복과 양립할 수 있을까 하는 의혹을 강하게 불러일으킨다.

작품의 대미를 장식하는 '신분을 뛰어넘는 결혼'은 그런 의문과 결부지어 생각해볼 필요가 있다. 빌헬름과 결혼하는 나탈리에는 로타리오의 여동생으로 엄연히 귀족 신분이다. 당시 평민과 결혼하는 귀족은 남녀 불문

---

6 당시 소설에서 복식부기는 부르주아적 사업수완의 코드로 통했다. 가령 괴테 다음 세대의 작품인 스땅달(Stendhal)의 『적과 흑』(1830)에서 가난한 목수의 아들 쥘리앙 쏘렐은 라 몰 후작 댁에 집사로 들어가 후작 자신도 다 꿰지 못하는 재산상태를 '복식부기'로 일목요연하게 정리해주는데, 이에 감동한 후작은 친아들에게도 주지 않았던 훈장을 조정에서 받아내어 쏘렐에게 수여한다.

하고 상속권을 박탈당한다는 현실적 제약을 감안하면 다분히 추상적 담론의 수준에 머무는 사회개혁 논의보다도 평민과 귀족의 결혼이야말로 오히려 더 급진적인 사회계약 실험이라 할 만하다. 나탈리에의 성격에서 주목할 점은 어릴 적부터 가난한 사람들을 도울 때 금전으로 적선을 베푸는 게 아니라 헌옷을 수선해서 주는 데서 드러나듯 '화폐'라는 개념을 모르고 자랐으며, 그런 선행을 삶의 유일한 기쁨으로 알고 살아왔다는 사실이다. 그런 점에서 빌헬름과 나탈리에의 결합에서 귀족적 특권의 자발적 포기보다 더 무게가 실리는 전언은 참된 인간적 행복은 인간을 포함한 모든 가치를 상품적 교환가치로 환산하는 화폐를 초극할 때에만 비로소 가능하다는 것이다. 오로지 부의 증식만을 유일한 행복으로 아는 베르너류의 물신주의와 대비되는 나탈리에의 '아름다운 영혼'은 그런 점에서 모든 인간관계를 이윤의 동기로 환원하는 자본주의적 근대의 극복을 통해 획득할 새로운 인간상의 본보기라 할 수 있으며, 빌헬름이 보편적 교양의 요건으로 여기는 공인으로서의 활동만으로는 담보되지 않는 전인적 덕목을 체현하고 있다.

빌헬름이 선망하는 공인의 지위가 온전한 인간됨과는 딴판으로 어긋날 수도 있음을 보여주는 표본적 사례가 다름 아닌 로타리오의 어지러운 애정행각이다. 그는 시대의 추이를 훤히 꿰뚫어보는 진취적 개혁사상의 소유자이지만, 다른 한편으로는 소작인의 딸, 미천한 연극배우, 귀족 부인 등과 어지러운 애정행각을 벌인다. 그러다가 결국 여동생 나탈리에 못지않게 빼어난 성품의 소유자인 테레제라는 여성을 진심으로 사랑하면서 마침내 결혼을 결심하기에 이른다. 하지만 한때 사귀었던 귀부인이 하필이면 테레제의 어머니라는 사실이 뒤늦게 밝혀지면서 결혼계획은 수포로 돌아간다. 로타리오는 그러는 중에도 또다른 유부녀와 정분이 났으며 그 남편과의 결투로 부상을 입기까지 한다. 로타리오의 이 위태로운 곡예는 비록 머리로는 진보적 시대정신을 가졌지만 타고난 성격만큼은 여전히 구체제의 귀족티를 조금도 벗지 못했음을 여실히 보여준다. 그런 점에서 "마음속이 광석 찌꺼기로 가득 차 있다면 좋은 철을 생산한들 무슨 소용이 있으며, 내가 나 자신과 합일을 이루지 못한다면 농지를 정리한들 무슨 소용이 있겠는가?"(1권 402면)라는 빌헬름의 자문은 누구보다 로타리오에게 들어맞는 말이다. 그가 한때 집안의 반대를 무릅쓰고 미국독립전쟁에 미국 편으로 참전했다가 그로 인해 큰 빚을 지게 된 상황은, 프랑스 루이 왕조가 미국독립전쟁을 지원하느라 떠안은 막대한 부채의 해결을 위해 소집했던 삼부회의가 결국 루이 왕조를 무너뜨리는 혁명의 도화선이 되었다는 역사적 사실과 겹쳐지면서 미묘한 상징성을 갖는다. 로타리오의 위태로운 귀족적 모험주의는 굳이 자진해서 귀족의 특권을 포기하지 않더라도 귀족신분과 구체제의 자멸을 불러오는 태생적 요인인 셈이다. 하지만 나탈리에가 빌헬름과 결혼함으로써 그를 구원하는 것과는 또 다른 양상으로 로타리오는 테레제에 의해 구제된다. 테레제의 어머니가 생모가 아니라는 사실이 밝혀지면서 결국 테레제와의 결혼이 성사되는 것이다. 테레제의 아버지는 아내가 아이를 가질 수 없었기에 아내의 허락을 얻어 집안 하녀를 대리모로 삼아 테레제를 얻었는데, 이에 앙심을 품은 부인은 공공연히 문란한 생활을 하여 남편에게 수모를 주는가 하면 남편의 유산을 독차지하기 위해 테레제에게 유산을 물려주지 않는다는 유언장을 남편에게서 받아낸다. 이로 인해 적빈의 처지가 되는 테레제는 부모의 불행한 결혼생활을 반면교사로 삼아 굳건한 여성으로 성장한다. 나탈리에와 더불어 그녀가 '아마존'이라 일컬어지는 까닭은 두 여성이 남성(주의)적 편벽과 결함뿐만 아니라 인습적인 여성상까지 모두 넘어선 인간적 완성의 경지를 보여주기 때문으로, 이러한 점은 『수업시대』에서 기억함직한 대목이다. 『파우스트』 2부의 결어인 "영원히 여성적인 것이 우리를 이끌어올린다"는 말은 두 여성에게도 그대로 해당된다.

테레제의 출생내력이 반전을 거듭하며 밝혀지는 과정은 루카치가 발자

끄의 리얼리즘 소설에서 만개한 서사양식이라고 했던 '극적' 요소에 해당
된다.[7] 그런데 괴테의 교양소설에서 발자끄의 사회소설로 이행하는 과정
을 단지 서사적 진화로만 보기에는 양자 사이에 현격한 차이가 나는 것이
사실이다. 예컨대 발자끄의 『잃어버린 환상』에서 두드러진 극적 반전은
벼락출세를 노리는 인물들 사이의 냉혹한 경쟁이 어김없이 부와 권력의
논리가 그것을 좌우하며, 그런 만큼 어느정도 예측 가능한 면이 있다. 그
러나 다른 한편 그러한 경쟁은 결코 충족을 모르는 자본주의적 욕망의 악
마적 역동성에 의해 추동되기 때문에 마치 거대한 도박판에 휩쓸리는 듯
한 예측불허의 항구적 불안정성이 끝없이 증폭되며, 그러한 혼돈의 극적
반전으로 이어지는 플롯은 일체의 비판적 성찰을 무효화하면서 흡인하는
양상을 보인다.[8] 예컨대 주인공 뤼시엥은 오로지 출세만을 위해 열렬한
자유주의자에서 '진성' 왕당파로 하루아침에 변신하면서 추호도 양심의
가책을 느끼지 않는 반면, 급진적 공화주의자 그룹인 다르떼즈 일행이 피
력하는 고답적 담론은 막장 드라마를 방불케 하는 온갖 추문의 써스펜스
에 비하면 차라리 공허한 메아리처럼 들린다. 이와 달리 『수업시대』의 극
적 요소는 대부분 등장인물들이 미처 몰랐던 자신과 주변인물들의 과거
사를 재구성하는 방식으로 전개된다. 과거와 현재를 씨줄과 날줄처럼 교
직하는 이러한 기억술로 인해 자신과 세상을 부단히 새로운 관점에서 바
라보고 판단할 수 있게 해주는 깊은 내면적 성찰의 공간이 생겨나며, 다
양한 세상경험을 발자끄 소설처럼 환멸이 아닌 인간적 성숙의 과정으로
소화해낼 가능성이 열리게 된다.

---

7 루카치 「빌헬름 마이스터의 수업시대」, 『리얼리즘 문학의 실제 비평』, 반성완 외 옮김,
  까치 1987, 76면 참조.
8 그런 의미에서 모레띠는 발자끄 소설의 플롯이 일체의 내면적 성찰을 배제하는 '산문'
  (provorsa, 뒤돌아보지 않고 '앞으로만 나아가는 이야기'라는 뜻)의 완벽한 승리를 보
  여준다고 말한다. 프랑꼬 모레띠 『세상의 이치: 유럽 문화 속의 교양소설』, 성은애 옮김,
  문학동네 2005, 297면 참조.

『수업시대』가 교양소설이면서도 후대의 사회소설에서는 오히려 찾아보기 힘든 독특한 사회적 총체성을 구현한 비결은 그처럼 서로 환치될 수 없는 다양한 개인들의 경험들이 서로 되비추고 어우러져서 개인적 시야를 넘어 사회 전체에 대한 입체적 조망을 가능하게 해주는 데서 찾을 수 있다. 그에 비하면 온갖 선진적 교육이념을 설파하는 '탑의 결사'가 모든 인물의 행적을 '기록'으로 남겨 '교재'로 삼는 것은 근대적 계몽의 훈육이 체계적 억압의 메커니즘으로 바뀔 위험에 노출되도록 한다는 점에서 이른바 '계몽의 변증법'을 예견한 괴테의 탁견을 보여준다.[9] 발자끄 소설에서 다르떼즈 일행은 '독일인들의 존경을 받고 있는 범신론자' 괴테에 대항하여 '정밀한 분석과학'을 주장하기도 하지만,[10] 스피노자의 영향을 받은 괴테의 범신론은 시대착오적 신정(神政)복귀론이 아니라 인간사와 자연사를 아우르며 천지간 만물의 유기적 상관성, 개체와 전체 사이의 총체적인 연관성을 강조하는 발상이다. 미시적인 개인사와 거시적 시대사를 조밀하게 결합해 생동하는 인간상으로 조형해낸 괴테적 상상력은 바로 이런 사유에 힘입은 것이다. 괴테적 서사가 동일한 형태로는 반복될 수 없겠지만, 원자화된 개인들을 관리감독하는 고도화된 억압체계가 감각적 쇄말주의를 부추기는 지금 시대야말로 '정밀한 분석과학'이 결코 대신할 수 없는 그런 창작태도가 절실히 요청되는 것도 사실이다.

---

9 예컨대 미뇽과 하프 악사의 죽음은 그런 의미에서 '탑의 결사'의 일률적인 계몽의 훈육이 초래한 비극이라 할 수 있다. 앞서 언급한 백작이 난데없이 개입하여 이 비극에 가세하는 양상은 일방적 근대주의가 여차하면 복고적 퇴행과 맞물릴 수 있음을 보여준다. 졸고 「미뇽 ─ 낭만적 동경의 비극적 초상」, 안삼환 엮음 『괴테, 그리고 그의 영원한 여성들』, 서울대학교출판부 2005, 215~31면 참조.
10 발자끄 『잃어버린 환상』, 이철 옮김, 서울대학교출판부 1999, 243면 참조.

파우스트의 백야

『수업시대』결말부에는 '탑의 결사'가 세계 도처에 퍼져 만약의 '혁명'
에 대비하여 안전을 도모하자는 다소 엉뚱한 이야기가 나온다.

> 오늘날에는 재산을 단지 한곳에만 몰아가지고 있거나 돈을 한곳에만
> 믿고 맡기는 것은 바람직하지 않습니다. 그렇다고 재산을 여기저기 분
> 산시켜 관리하는 것도 힘든 일이지요. 그래서 우리는 약간 다른 방책을
> 생각해냈습니다. 그러니까 우리의 유서 깊은 탑으로부터 한 인간공동
> 체가 세상으로 나가서 세계 각처에 퍼지고 또 세계 각처에서도 사람들
> 이 이 공동체에 가입할 수 있게 하자는 것이지요. 국가혁명이 일어나서
> 구성원들 중의 누군가가 자기 영지나 재산을 완전히 잃게 되는 비상시
> 국에도 살아나갈 수 있는 길을 우리끼리 담보해두자는 것입니다. 나는
> 이제 미국으로 건너가 로타리오 씨가 그곳에 체류할 때 개척해놓은 좋
> 은 여건을 활용할 생각입니다. (2권 812~13면)

이런 취지에서 '세계동맹'을 결성하려는 이들의 구상은 작중인물의 의
도를 뛰어넘어 새로운 시대를 추동하는 자본의 세계화를 암시한다.『수
업시대』에서는 아직 모호한 형태로 제시되는 이러한 세계사적 변화 모습
이 결국 자본주의 세계체제의 성립으로 귀결됨을 보여주는 드라마가 바
로『파우스트』2부이다. 이미 1부 초입에서 파우스트는 "태초에 말씀이
있었다"라는 성경구절을 "태초에 행동이 있었다"로 새롭게 번역함으로써
천지창조의 신적 권능을 참칭하며 자신의 뜻대로 세상을 재창조하겠다
는 포부를 피력하거니와 "나 자신의 자아를 전 인류의 자아로 확대하려"
(1774행)[11]는 그의 야심은 이 세계사적 개인의 운명이 곧 인류사적 드라마

로 전개될 것임을 예고한다.

2부 1막에서 부의 신 플루토스로 분장한 파우스트가 목양신(牧羊神) 파운으로 분장한 황제를 '피처럼 끓어오르며 솟구치는 황금의 불'로 태워 죽이고 황제의 부귀영화를 하룻밤 사이에 잿더미로 만드는 '가장무도회'가 펼쳐진다. 메피스토가 연출하는 이 환상극은 결코 악마의 마법이 아니라 구시대의 낡은 권력을 무너뜨리고 권좌에 오르는 현대의 새로운 군주가 다름 아닌 자본권력임을 보여주는 알레고리이다. 여기서 '유행' '시인' '지혜' '희망' '두려움' 등이 가면을 쓰고 배역으로 등장하는데, 이런 알레고리적 기호들의 어지러운 난무는 자본의 위력에 휩쓸려가는 모든 가치의 몰락과 무정부 상태를 암시한다. 그리고 2부 전체의 독특한 구성원리로 신화와 현실, 고대 그리스와 현대 유럽, 지상과 지하, 심산유곡(深山幽谷)과 세계의 대양이 뫼비우스의 띠처럼 뒤엉키는 시공간의 압축 역시 고정된 전통적 세계를 일거에 허물어뜨리면서 지리적 경계를 뛰어넘는 자본주의의 지구적 확산이라는 역사적 맥락에서 이해할 필요가 있다. 그런 의미에서 파우스트가 '자본의 지구적 야망을 보여주는 부동의 원형'[12]이라는 점은 폭압적 자본가 겸 식민지 정복자로 등장하는 파우스트의 면모에서 여실히 확인된다.

2부 후반부에서 파우스트는 해안의 광대한 늪지대를 육지로 바꾸는 대규모 간척사업을 벌임과 동시에 항구를 건설하여 해상진출을 통한 부의 축적을 시도한다. 이에 현장 지휘관으로 앞장서는 메피스토는 단 '두척'의 배로 출항하여 '여러 이국땅에서 생산된 다채로운 산물'을 가득 실은 '스무척'의 거대한 선단을 이끌고 귀항한다. 그러면서 "자유로운 바다는 정신도 자유롭게 해방시켜주니"(11177행) 어떻게 재화를 긁어모으든 그

---

11 작품 인용은 김수용 옮김 『파우스트』(책세상 2006)를 따르되, 번역은 필자가 다소 수정하였다.
12 프랑꼬 모레띠 『근대의 서사시』, 조형준 옮김, 새물결 2001, 89면.

수단을 따질 필요는 없으며 '힘이 있으면 권리도 있는 법'이니 '힘'이 곧 '정의'라는 약육강식의 논리를 정당화한다. 그뿐 아니라 '전쟁과 무역 그리고 해적질은 서로 떼어놓을 수 없는 삼위일체'라고 주장하는데, 이는 서구 열강의 식민지 쟁탈전과 수탈이 야만적 미개지에 대한 서구적 문명화라는 궤변에 불과하다. 수단과 방법을 가리지 않는 이러한 식민지 수탈을 통해 '온 세계를 품 안에 거머쥔' 파우스트는 자본의 세계화를 통해 구축된 새로운 세계제국의 주인인 셈이다.

파우스트의 간척사업은 비록 '백성을 위해 살기 좋은 땅'을 마련해준다는 거창한 명분을 내세우지만 정작 사업을 구체적으로 추진하면서는 인명의 희생도 불사하는 등 가혹한 노동착취에 기반한 자본축적과 자본주의적 근대화의 어두운 이면을 드러낸다. 간척사업을 지켜보는 필레몬과 바우키스라는 노부부의 증언이 그 점을 단적으로 말해준다.

> 사람을 제물로 바친 것이 틀림없어요.
> 밤중에 고통에 찬 비명소리가 들렸거든요.
> 활활 타오르는 불길이 바다 쪽으로 흘러가면
> 이튿날 아침에 운하 하나가 완성되어 있었지요. (11127~30행)

사람을 제물로 바쳐서 초고속으로 진행하는 이 공사를 '인간정신의 걸작품'이라 여기는 파우스트는 노부부가 사는 작은 동산마저도 차지하지 못해 안달한다. "내 눈앞의 제국은 무한히 넓은데"(11153행) 그 동산의 보리수 몇그루가 "나의 세계소유를 망치고 있다"(11226행)며 분통을 터뜨리는 파우스트의 끝없는 탐욕은 자본의 포식성에는 그 어떤 한계도 없음을 보여준다. 결국 파우스트의 욕망 충족을 위해 메피스토는 노부부의 오두막과 저항하는 노부부를 함께 불태워버린다. 개발지상주의가 빚은 용산참사를 떠올리게 하는 이 장면에 이어서 여인네의 형상으로 등장하는 '근심'이라는 알레고리는 파우스트에게 이렇게 경고한다.

> 일단 내 수중에 들어온 자에겐
> 온 세상이 쓸모없게 되지요.
> 영원한 어둠이 드리워서
> 해가 뜨지도 지지도 않고,
> 밖을 향한 감각은 온전해도
> 내면에는 암흑이 들어앉지요.
> 온갖 보화를 차지하고도
> 진정 자기 것이 아니지요.
> 행복과 불행은 변덕스러운 환상일 뿐이니
> 풍요 속에서도 굶주립니다. (11452~61행)

영혼이 암흑에 갇혀 있는 터에 온 세상을 다 가진다 한들 무슨 소용이 있으며, 아무리 부강해진다 해도 결국 마음의 궁핍을 면치 못하리라는 것이다. 그러나 '무한히 넓은 제국'을 소유하고도 만족할 줄 모르는 파우스트는 당연히 이 경고를 알아듣지 못하며, 그런 파우스트에게 '근심'이 "인간들은 평생 눈먼 존재들이니／그런즉 파우스트여, 그대도 결국 장님이 되리라!"(11497~98행)고 저주를 내리자 눈이 멀게 되는 파우스트는 간척사업의 완공을 다그치며 이렇게 외친다.

> (눈이 멀어서) 밤이 점점 깊어가는 듯하구나.
> 하지만 나의 내면에는 밝은 빛이 비치고 있다.
> 내가 생각했던 것을 이제 서둘러 완성해야겠다.
> 주인의 말, 그것만이 중요한 것이다.
> 자리에서 일어나라, 너희 졸개들아, 모조리!

내가 대담하게 구상한 것을 행복하게 바라보게 해다오.
연장을 잡아라, 삽과 괭이를 놀려라!
맡은 일은 즉시 해치워야 한다.
엄격한 규칙대로 열심히 일하면
더없이 좋은 보수를 받으리라.
이 위대한 과업을 완성하는 데는
수천의 수족을 부리는 하나의 정신으로 족하리라. (11499~510행)

인명을 제물로 바치는 폭압적 착취와 더불어 이 장면은 노동자의 고혈을 짜내는 '자본의 본원적 축적'[13]을 보여주는 축소판이자 일사분란한 노동과정을 '수천의 수족을 부리는 하나의 정신'으로 표상한다는 점에서 노동자들이 자동화된 기계적 생산체계의 지체('수족')로 편입되는 현대적 집단노동을 떠올리게 하는 면도 없지 않다.[14] 눈이 멀었음에도 '내면의 밝은 빛'에 현혹되는 정신적 백야(白夜) 상태에서 파우스트는 자유와 평등의 지상낙원을 꿈꾼다.

자유도 생명도 날마다 싸워서 얻는 자만이
누릴 자격이 있다.
그래서 여기에선 위험에 둘러싸여서도
남녀노소 모두 값진 나날을 보내는 것이다.

---

13 Georg Lukács, "Faust-Studien," *Probleme des Realismus* 3, Berlin 1965, 568면.
14 "노동수단은 자본의 생산과정에 편입되면 다양한 형태변환을 거치는데, 그 마지막 형태가 기계이거나, 또는 차라리 자동장치(Automat)에 의해, 자동으로 운동하는 동력에 의해 가동되는 자동화된 기계적 생산체계이다. (…) 이 자동장치는 다수의 기계적이고 지능적인 기관들로 구성되어 있어서 노동자들 자신은 그것의 의식적 지체(肢體)로만 규정될 뿐이다."(맑스 『정치경제학 비판 요강』 2, 김호균 옮김, 백의 2000, 369면. 번역은 필자가 부분적으로 수정하였다)

이렇게 북적대는 군중을 지켜보며

자유로운 땅에서 자유로운 사람들과 함께 살고 싶다. (11575~80행)

파우스트의 이 마지막 대사는 훗날 구동독 학계에서 사회주의 건설의 정당성을 옹호하는 전거로 곧잘 인용되곤 했는데, 괴테 자신은 쌩시몽 (Saint-Simon)이 주창한 범세계적 노동자 국가를 비판의 대상으로 삼았다. 쌩시몽은 사회를 거대한 공장으로 조직하고 철저히 통제된 집단노동으로 자연을 정복하여 자유와 평등의 지상낙원을 건설해야 한다고 주장했다는 점에서는 초기 사회주의 이념의 선창자였지만, 철저한 산업주의의 세계화를 기독교를 대체할 새로운 '세계종교'로 설파했다는 점에서는 자신의 의도와 무관하게 자본주의 세계체제의 도래를 예견한 인물이기도 하다. 지금까지 살펴본 바처럼 파우스트식 근대화 기획은 현실사회주의가 자본주의 세계체제의 하위체제로 존속했던 20세기 지구적 현실과 들어맞는 것도 사실이다. 나아가 '호문쿨루스'라는 인조인간까지 만들어내어 폭력적 지배와 전쟁의 도구로 삼으려는 기술만능의 근대주의에 대한 비판적 성찰은 『파우스트』를 21세기의 드라마로 읽을 수 있는 여지도 제공한다.

맺음말

괴테는 이십대 후반에 바이마르 공국의 부름을 받은 이후 평생 동안 국정의 중책을 맡아 현실정치에 몸을 담았다. 당시 바이마르가 속해 있던 소공국은 인구 10만의 군단위 규모에 영토의 대부분이 산림지대여서 자원이 부족한 빈궁한 소국이었던 만큼 정치인 괴테는 독일의 낙후성을 누구보다 절감하며 국부를 증진시키는 일에 전력을 기울였다. 아울러 근대화를 선도하던 프랑스나 영국의 움직임을 주시하고 세계사적 동향에 대한 학습에 정진했던 괴테는 급변하는 진보의 시대를 맞아 모든 역사적 경험은 부단히 새로운 관점에 의해 수시로 재조명되어야 한다는 소신을 피력하기도 했다.

그러면서 괴테는 유럽의 반주변부였던 당시의 독일에서 봉건적 낙후성이 온존해 있는 가운데 근대적 이행의 기운이 공존하고 있는 역사적 과도기의 복합적 발전양상을 단순히 순차적 진화로만 보지 않고, 『수업시대』의 로타리오 같은 인물이 온몸으로 보여주듯, 여러 시대의 모순과 갈등이 뒤엉켜 있는 복합체로 파악했다. 괴테가 당대의 선진적 이념들에 주목하면서도 선뜻 동조하지 않고 그 현실적 구현이 과연 사람살이의 실상에 어떤 변화를 가져올 것인가를 천착하는 방식으로 창작에 임했던 것은 역사적 균형감각의 소산이라 할 수 있다. 괴테는 죽기 한해 전에 탈고한 『파우스트』 최종본을 생시에 출간하지 못하게 봉인했는데, '혼란스러운 상거래와 학설들'이 난무하는 작금의 시대정신은 결코 이 작품을 이해하지 못할 것이라고 그 이유를 밝힌 바 있다. 근대세계를 견인해가고 있는 시대정신의 대세에 거슬러서 탄생한 이 작품을 일찍이 헤겔은 '세계정신'이 확고한 자기의식에 도달해 자유를 향해 발전해가는 '인류사의 변증법적 완성'의 드라마로 상찬했지만,[15] 그런 오독과 달리 실제 작품은 서구중심주의와 식민지배, 노동착취에 기반한 폭압적 근대화와 기술적 근대주의에 대한 날카로운 비판을 보여준다. 가속화하는 근대적 발전을 균질적 총체가 아니라 복합적 모순이 균열을 일으키며 인간다운 삶을 위협하는 위기의 중첩과 가속화로 통찰했다는 점에서 『파우스트』의 진정한 현대성을 엿볼 수 있다. 괴테는 파우스트의 성격을 가리켜 '최고의 지식, 온갖 쾌락과 재화에도 만족할 줄 모르기 때문에 전방위로 돌진하지만 결국 더 불행

---

15 Hegel, *Vorlesungen über die Ästhetik* III, Frankfurt a. M. 1986, 557면 참조.

해지기만 할 뿐인 근대인의 본성'에 부합한다고 말한 바 있거니와, 자본
이라는 물신이 지배하는 시대에 적응하지 않고는 인간다운 삶은커녕 생
존조차 힘들어진 지금 이 인류사의 드라마를 다시 읽어야 하는 까닭은 우
리가 사는 시대가 여전히 파우스트적 욕망에 지배되고 있기 때문이다.

『빌헬름 마이스터의 편력시대』와
근대화의 문제(1)

머리말

『빌헬름 마이스터의 편력시대』(*Wilhelm Meisters Wanderjahre oder die Entsagenden*, 이하『편력시대』로 약칭)는 괴테가 1821년에 초고를 쓴 후 1829년에 대폭 확대 개작하여 탈고한 후기의 대표작으로,[1] 제목에서 알 수 있듯이『빌헬름 마이스터의 수업시대』의 후속편에 해당하는 작품이다. 중세 이래 서양의 수공업 장인(Meister)제도에서 '수업시대'가 초보적인 기술을 습득하는 수련과정에 해당한다면 '편력시대'는 스승으로 모시던 장인의 문하를 떠나서 여러 지역을 돌아다니며 다른 장인들의 공방에서 새로운 기술을 익히는 일종의 '심화학습' 단계에 해당한다. 따라서 '편력시대'에는 '수업시대'에 비해 폭넓은 사회적 경험이 전면에 부각된다. 당시 나뽈레옹전쟁의 여파로 유럽 전역에서 복고체제가 공고해지는 시류에

---

1 두가지 판본을 모두 수록하고 있는 프랑크푸르트 판본(FA)을 보면 초판본이 250여면, 개정판이 520여면이므로 전면적으로 확대 개작한 개정판이라 할 수 있다.

편승하여 독일 사회 역시 그런 복고 분위기가 압도하는 가운데 '청년독일파'처럼 급진적인 경향도 존재하였으며, 정치적 면과는 다른 차원에서 사회구조 전반의 봉건성에도 불구하고 넓은 의미에서의 본격적인 근대화도 시작되고 있었다. 이처럼 여러 시대가 겹쳐지면서 모순이 뒤엉켜 있던 당시의 상황에 주목할 때 『편력시대』의 해석을 둘러싼 쟁점은 이 작품이 새로운 시대의 도전에 어떻게 대응하고 있는가 하는 문제로 집약될 수 있다. 이와 관련하여 이 작품의 출간 후 한 세대 동안의 수용양상은 그후 오늘에 이르기까지의 해석방향을 어느정도 예상케 한다. 예컨대 헤겔 미학의 충실한 계승자였던 호토(H. G. Hotho)는 이 소설에서 헤겔이 '산문적 현실'이라 일컬은 바 있는 시민사회의 현실과 개인 사이의 갈등이 상호 조화와 균형을 추구하는 방향으로 해소되고 있다고 보았다.[2] 그렇게 보면 작품의 부제로 붙은 '체념하는 사람들'(die Entsagenden)의 의미는 사회규범에 대한 순응의 미덕을 가리키는 것으로 해석되기 쉽다. 그런가 하면 초기의 공상적 사회주의 내지 쌩시몽주의에 경도되어 있던 파른하겐 폰 엔제(Varnhagen von Ense)라든가 카를 그륀(Karl Grün) 등의 급진적 비평가들은 시민사회의 경계를 넘어서는 대안적 공동체 이념이 이 작품에 구현되어 있다고 말한 바 있는데,[3] 이들은 다가올 미래사회를 선취하는 유토피아적 공동체가 이 소설에서 모색되고 있다고 본 것이다.

동일한 작품에 대하여 이처럼 상반된 해석이 나오는 것은 무엇보다 역

---

2 이에 관해서는 Klaus F. Gille, "*Wilhelm Meister*" im Urteil der Zeitgenossen, Assen 1971, 289~97면; Michael Pleister, "Zu einem Kapitel vergessener Rezeptionsgeschichte: Heinrich Gustav Hotho—Rezension der *Wanderjahre* von Goethe, analysiert unter Einbeziehung der Hegelschen Epos- und Romantheorie," *Euphorion* 87(1993), 387~407면 참조.
3 Klaus F. Gille, 앞의 책 306~12면; Pierre-Paul Sagave, "*Wilhelm Meisters Wanderjahre* und die sozialistische Kritik(1830-1848)," Hans Adler 엮음, *Der deutsche soziale Roman des 18. und 19. Jahrhunderts*, Darmstadt 1990, 157~70면 참조.

사를 보는 괴테의 시각이 동시대 해석자들의 편향된 주장과는 달리 하나의 고정된 관점으로 환원되지 않기 때문일 것이다. 예컨대 역사서술에 관한 괴테의 다음과 같은 발언은 그런 짐작을 가능케 한다.

> 세계사가 수시로 다시 씌어져야 한다는 데 대해 우리 시대에는 아마 더이상 의문의 여지가 없을 것이다. 이렇게 세계사가 다시 씌어질 수밖에 없는 것은 이를테면 많은 사건이 드러났기 때문이 아니라 새로운 견해들이 나오기 때문이며, 진보하는 시대와 더불어 살아가는 사람은 지나온 일을 새로운 방식으로 굽어보고 판단할 수 있는 그런 관점들로 인도되기 때문이다.[4]

새로운 사실의 발견에 의해서가 아니라 새로운 견해, 새로운 관점에 따라 세계사가 다시 씌어질 수밖에 없다는 이러한 생각에 따르면 역사의 의미는 시간과 더불어 변화하는 서술자의 시각에 의해 끊임없이 재구성될 수밖에 없으며, 나아가 특정한 시대의 새로운 '견해'와 '관점'은 결코 배타적 정당성을 주장할 수 없게 된다. 따라서 중요한 것은 어떤 입장을 고수하려는 태도가 아니라 문제의 실상에 접근하려는 열린 자세이며, 그럴 때만 역사의 의미를 찾아가는 올바른 문제제기도 가능해질 것이다.

역사서술에 관한 이러한 생각은 문학의 내적 논리와도 무관하지 않다. 작품세계를 해석자의 주관적 이념으로 재단하거나 다수의 동의에 기대어 특정한 시대정신과 곧바로 동일시하면 작품에서 다뤄지는 현실과 작품에 즉한 충실한 해석을 기대하기 어렵게 된다. 괴테는 이 소설의 독자들에게 바로 그러한 위험을 경계하도록 하면서, 언급한 역사서술에 대한 견해를 상기시키는 독법을 권유하고 있다.

---

4 Goethe, *Die Schriften zur Naturwissenschaft*, Abt. I, Bd. 6, Weimar 1957, 149면.

이 소설에서 모든 것은 당연히 상징적으로만 받아들여야 할 것입니다. 어느 대목을 보더라도 그 이면에는 뭔가 또다른 것이 감춰져 있지요. 하나의 문제를 풀 때마다 또 하나의 새로운 문제가 생겨나는 것입니다.[5]

이처럼 작품 전체가 부단한 문제제기로 짜여져 있다면 작품의 모든 요소들은 총체적인 연관 속에서 이해되어야 할 것이다. 어느 대목에서나 단정적 판단을 유보하는 이러한 서술태도는 단지 서술형식의 문제만은 아니다. 이 글에서는 그러한 서술태도가 작품의 리얼리티를 확보하기 위한 내적 형식인 동시에 작가의 세계관과 긴밀히 결부되어 있다는 가정에서 출발하여, 당시 독일 사회의 근대화 과정이 이 작품에서 어떻게 조명되고 있는지 살펴보고자 한다.

근대화의 양면성

이 소설의 등장인물들은 대개 공동활동을 통해 서로의 생각을 공유하면서 새로운 삶의 방식을 모색하기 위해 결성된 하나의 집단과 직간접으로 관련되어 있다. 이들은 새로운 삶의 터전을 찾아서 집단이주를 계획하고 있는데, 그중 일부는 '해외이주단'(Auswandererbund)을 모집하여 아메리카 신대륙에서 그들이 생각하는 공동체의 이상을 펼치고자 하며, 또다른 일부는 '유럽 내 이주단'(Innenwandererbund)의 형태로 독일과 유럽 대륙 안에서 해외이주단과 동일한 목표를 추구하려 한다. 이 집

---

5 1821년 6월 8일자 뮐러(F. Müller)와의 대화. HA 8, 521면.

단이 추구하는 공동체의 이상은 주로 두 이주단의 핵심인물인 레나르도 (Lenardo)와 오도아르트(Odoard)의 생각을 통해 드러난다. 먼저 작품의 시대적 배경을 전체적으로 조망하려면 레나르도의 백부로부터 살펴볼 필요가 있다.

　레나르도의 백부는 3대에 걸친 그의 집안내력으로 보아 18세기부터 19세기 초반에 이르는 독일사의 중요한 시대적 흐름을 표본으로 보여주는 가문에 속한 인물이다. 일찍이 그의 조부는 영국 주재 외교관으로 있다가 신대륙으로 건너가서 그곳에 정착한 개화주의자였으며, 그의 부친은 다시 독일로 돌아와 미국에서 경험한 자유주의를 자신의 영지에서 실현하고자 한 계몽적인 지주였다. 레나르도의 백부는 말하자면 개화와 계몽의 정신적 유산을 이어받은 자유주의자이면서 토지확장과 상업활동을 통해 사업가로의 변신을 꾀하는 대지주에 해당한다. 가계와 결부된 백부의 이러한 면모는 '위로부터의 계몽'이라는 18세기 독일 계몽사상의 현실적 한계와 관련지어 생각해볼 수도 있다. 즉 자신의 영지에서 전권을 행사하는 봉건 영주라는 신분적 규정으로 인해 그가 추구하는 개혁은 한계가 분명한 것이다. 그러나 엄밀히 말하면 그는 지나간 시대의 전형적 인물이라기보다는 바로 당대 독일의 중요한 발전경향을 대변하는 현재적 인물이다. 독일에서 봉건적 세습영지의 자유화가 이루어진 것은 1810년대 무렵이며, 프로이센이 주도한 그러한 '위로부터의 개혁'은 19세기 독일 근대화의 시발점이 된다. 이러한 역사적 맥락에서 보면 레나르도의 백부는 결코 구시대의 인물이 아니라 '진보하는 시대'의 대세를 주도하는 인물인 셈이다. 작가는 이 시대의 새로운 경향을 반드시 긍정적인 시각으로만 보지 않는데, 이 대목을 이해하려면 백부의 생각을 좀더 구체적으로 검토할 필요가 있다. '최대 다수에게 최선의 것을!'이라는 유명한 공리주의 구호를 '많은 사람들에게 원하는 것을!'이라는 생활신조로 받아들여 실천하는 그는 독특한 소유관념을 다음과 같이 표방한다.

인간은 어떤 형태의 소유물이든 꽉 붙들어야 하며, 자기 자신을 공동자산의 원천이 될 구심점으로 삼아야 한다. 이기주의자가 되지 않기 위하여 이기주의자가 되어야 하며, 베풀 수 있기 위하여 움켜쥐어야 하는 것이다. 소유물과 자산을 가난한 사람들에게 나누어준들 무슨 의미가 있겠는가? 그들을 위하여 관리자로 행동하는 편이 차라리 더 칭찬받을 만하다. 이것이 "소유 겸 공동자산"이라는 말의 의미다. 누구도 자본에 손을 대서는 안된다. 그러지 않아도 자본이 낳는 이자는 세상이 돌아가는 이치에 따라 어차피 각자의 소유가 될 것이기 때문이다. (1권 90면)[6]

요컨대 자본의 운동은 누구에게나 혜택을 가져다줄 것이므로 각자 열심히 부를 축적하는 것이 공익에 기여하는 길이라는 것이다. 그러나 이러한 생각은 현실에서 '이기주의자가 되지 않기 위해 이기주의자가 되어야 하는' 자기모순을 피할 수 없다. 가령 조카인 레나르도에게 세상에 대한 견문을 넓히도록 세계여행을 시킬 때 백부는 그 비용을 자기 재산을 축내지 않고 충당하기 위해 밀린 소작료를 강제 징수하며, 그 의무를 이행하지 못한 소작인을 그의 영지에서 추방한다. 백부는 자신의 영리활동을 통해 '많은 사람들에게 원하는 것을' 베풀어주려 했지만 생각과는 달리 누구도 원하지 않는 희생을 초래하고 만 것이다. 또한 그는 신앙을 어디까지나 양심의 문제로 받아들여 자기 영지 내에서 신앙의 자유를 허용하지만 그의 영지에서 추방된 소작인은 주류 신앙인 기독교와 교회에 거리를 두고 자기만의 내면적 믿음에 충실한 신앙인이었다. 이러한 점은 백부의 자유주의 신앙관이 과연 실제로 기독교 이외의 다른 믿음에 대해 관용을

---

6 작품 인용은 김숙희 외 옮김 『빌헬름 마이스터의 편력시대』 1, 2(민음사 1999)를 따르고 괄호 안에 권수와 면수만 표기하되, 번역은 필자가 부분적으로 수정하였다.

베풀고 있는지 의구심을 자아내게 한다.

레나르도의 백부에 대한 묘사에서 작가가 어떻게 이 새로운 시대를 보고 있는지 그 기본적인 윤곽이 드러난다. 백부가 모범으로 삼는 '최대 다수에게 최선의 것을!'이라는 구호는 알다시피 개개인의 이윤추구를 극대화하는 것이 국익에 보탬이 되며 영리활동의 자유를 최대한 보장하는 것이 곧 국가의 역할이라고 보았던 영국의 고전적 자유주의 경제사상을 그대로 옮겨놓은 것이다.[7] 산업화와 근대국가의 형성이 지체되었던 독일의 상황에서 봉건적 토지자산의 자유화를 통해 자본축적을 가속화하고자 했던 프로이센의 개혁정책도 기본적으로 이러한 생각에 바탕을 둔 것이라 할 수 있다. 자신의 영지를 일종의 자치구역으로 삼아 그런 생각을 실행하려 한 백부의 모습은 따라서 독일식 근대화 과정을 보여주는 하나의 축소판이라고 할 수 있다. 이처럼 작품에는 이 새로운 시대의 발전경향이 객관적으로 드러나 있다. 그러나 소작인의 불행한 운명은 이러한 사회발전의 추이가 과연 인간적인 공동체의 형성으로 이어질 수 있을까 하는 강한 의문을 불러일으킨다. 봉건성의 극복은 여전히 당대 독일 사회의 절실한 과제지만, 이 문제의 해결은 동시에 또다른 모순을 낳게 되는 것이다. 앞에서 언급한 대로 『편력시대』가 당시의 초기 사회주의자들에게 주목받았던 것도 바로 이 때문이다. 특히 노년기의 괴테가 쌩시몽주의의 기관지 격인 『글로브』(Le Globe)지를 탐독했다는 사실은 이런 맥락에서 부각되기도 하지만,[8] 작가의 행적은 어디까지나 작품해석의 참고자료로만 보아야 할 것이며, 이 문제 역시 작품 자체를 통해 해명될 필요가 있다 하겠다.

---

7 특히 애덤 스미스(Adam Smith)의 경제사상과 『편력시대』 사이의 연관성에 관해서는 Anneliese Klingenberg, *Goethes Roman "Wilhelm Meisters Wanderjahre"*, Berlin/Weimar 1972, 109면 이하 참조.

8 가령 20세기 초반의 저명한 법학자 라트부르흐(G. Radbruch)는 이 소설이 '사회주의적 사명'을 수행하고 있다는 견해를 피력한 바 있다. Gustav Radbruch, "Goethe: Wilhelm Meisters sozialistische Sendung," Hans Adler 엮음, 앞의 책 129~56면 참조.

여기서 레나르도의 신대륙 이주 구상이 문제가 된다.

아메리칸드림의 실상

레나르도는 그의 백부에 비해 다음 세대에 속하는 만큼 백부가 지닌 사고의 한계를 여러 면에서 뛰어넘는다. 예컨대 백부가 토지에 기반을 둔 소유를 절대시하는 반면 레나르도는 인간의 활동 즉 노동을 더 중시하며 "누구나 어디서든 자신과 타인에게 유익하도록 힘쓰라!"(2권 106면)는 원칙을 단순한 신조가 아닌 삶 자체의 요구로 받아들인다. 또한 레나르도는 자신의 여행 때문에 소작인 가족이 추방된 사실을 평생의 짐으로 여긴다. 더 나아가 자기가 이끄는 신대륙 이주단이 장차 '세계동맹'(Weltbund)이라는 전세계를 아우르는 단체로 발전할 것이라는 신념과 포부에 차 있다. 자의든 타의든 생존을 위해서는 누구나 쉴 새 없이 이동하며 살 수밖에 없는 역동적인 변화의 시대에 지역이나 민족 혹은 국가 간의 공간적 경계는 현저히 사라진다고 레나르도는 보는데, 그가 구상한 '세계동맹'은 이전 시대의 다분히 관념적인 '세계시민주의'와는 엄연히 구별되는 냉철한 현실인식과 세계사적 시야에서 나온 발상임을 알 수 있다.

이 모든 사실에 비추어볼 때 레나르도 일행이 구상하는 새로운 공동체는 당연히 공동의 노동과 참된 인간애에 바탕을 둔 이상향일 것으로 기대된다. 실제로 이 무렵 영국의 초기 사회주의자 로버트 오언(Robert Owen)은 신대륙으로 건너가서 완전한 공동소유에 기초한 '새로운 조화의 공동체'(New Harmony Society)를 실험했던 것으로 알려져 있다.[9] 그

---

9 로버트 오언의 실험적인 공동체가 미국에서 존속한 기간은 1825년부터 4년 동안이며, 이 실험이 실패로 끝나자 그는 1829년에 다시 영국으로 돌아간다. 괴테가 봉직한 작센·바이마르·아이제나흐 공국의 군주 베른하르트 공작은 아메리카 여행 도중에 오언

러나 정작 아메리칸드림에 부푼 출항을 앞둔 시점에서 제시된 규약은 그러한 역사적 사실이나 독자의 기대와는 너무나 동떨어진 내용이다. 그중에는 공동체 생활의 규범을 강조하는 온당한 논리도 있지만, 예컨대 '15분마다 울리는' 시계 종소리에 맞추어 밤낮없이 일해야 한다는 조항은 단지 시간을 아끼고 근면의 미덕을 강조하는 수준을 넘어서 공동체 구성원 전체가 빈틈없이 조직적인 통제를 받으며 강제노동에 종사해야 한다는 섬뜩한 요구이다. 더구나 이주단의 구성원들이 모두 '공격훈련과 방어훈련'을 쌓아야 한다는 요구는 아메리카 신대륙이 새 공동체의 건설에 적대적인 환경임을 시사한다. 공동체의 통치방식을 거론하는 대목에 이르면 문제는 더욱 심각해진다. 이주단이 가장 필요하다고 역설하는 '용기있는 당국'은 '사법권'보다는 '경찰권'을 강화해야 하며, 주야로 순찰을 도는 경찰은 타인에게 불편을 끼치는 자를 사회에서 '격리'해야 한다고 한다. 시간의 강박에 쫓기며 강제노동을 해야 하고, 자신을 지키기 위해 타인을 공격해야 하며, 일탈적인 존재를 사회에서 격리하는 이 미지의 '신세계'는 아메리카 이주단이 질곡이라 여기는 구대륙에 비해 나을 게 없을뿐더러 오히려 어떤 면에서는 체계적인 강압성을 보이는 근대 '경찰국가'[10]를 떠올리게 한다.

"타인의 안녕에 유해하다고 판명된 자는 그가 이 사회에 받아들여지기 위해서 어떻게 처신해야 하는지 알게 될 때까지 집단에서 격리시킵

의 공동체를 직접 방문한 적이 있으며, 이 공동체에 대한 인상을 '신대륙 여행기'에 서술한 바 있다. 괴테 자신이 '신대륙 여행기'의 원고를 직접 감수하였기에 『편력시대』에서 말하는 신대륙 이주단이라는 공동체 모델은 오언의 공동체를 그대로 원용한 것이라 볼 수 있다. Karl J. R. Arndt, "The Harmony Society and *Wilhelm Meisters Wanderjahre*," *Comparative Literature* 10(1958), 193~202면 참조.

10 Hannelore Schlaffer, *Wilhelm Meister: Das Ende der Kunst und die Wiederkehr des Mythos*, Stuttgart 1980, 115면.

니다. 무기력한 것, 비이성적인 일이 문제 될 경우에도 적절하게 제거하여 균형을 잡아주어야 합니다."(2권 132면)

여기서 보듯이 이 경찰국가의 감옥은 단지 범죄자만 가두는 격리시설이 아니라 정상인과 비정상인을 구분하여 비정상인('무기력한 것' '비이성적인 것')을 사회로부터 격리하는 '보호감호소'의 기능까지 겸하는 곳이다. 뿐만 아니라 이 공동체에서는 "꼭 필요할 때는 다수결을 허용하지만 다수결이라는 것을 그다지 신뢰하지는 않으며"(2권 133면) 필요할 때는 국민의 재산을 국가가 징발할 수도 있다고 한다.[11] 여기에 그치지 않고 "우리는 어떠한 유대인도 친구로 받아들일 수 없다"(2권 131면)고 언명함으로써 유대인을 이 공동체에 받아들일 수 없다는 반유대주의까지 표방하고 있다.[12]

20세기 전체주의 국가의 억압적 요소들을 두루 갖추고 있는 이 기이한 공동체 모델은 이주단의 근사한 교육철학이나 종교관과는 정면으로 모순되는데, 이러한 모순은 두가지 측면으로 해석할 수 있다. 첫째는 신대륙 이주단이라는 조직 자체의 모순이다. 『빌헬름 마이스터의 수업시대』에서 '탑의 결사'는 주인공 빌헬름의 교육을 보이지 않게 이끌어주는 등 정신적 지도자 역할을 하기도 하지만, 다른 한편으로 그것이 표방하는 이성의 빛은 현실에 잘 적응하지 못하는 보헤미안 타입의 미뇽(Mignon)이나 하프 악사의 내면에 응어리진 트라우마를 치유해주기보다는 그것에 치명적 파괴력으로 작용하기도 한다.[13] 『편력시대』에서 신대륙 이주단을 조

---

11 이런 측면에서 이주단이 구상하는 공동체는 훗날 스딸린 시대의 '집단농장의 맹아 형태'를 보여준다는 신랄한 비판도 있다. Adolf Muschg, *Goethe als Emigrant*, Frankfurt a. M. 1986, 114면 참조.

12 이러한 규약은 나중에 영국으로 돌아온 로버트 오언이 공공연히 유대인을 배격했던 것과 관련이 있어 보인다. 만년의 괴테는 유대인의 재능을 높이 평가했으므로 소설 속의 이러한 서술을 괴테 자신의 생각으로 보긴 어렵다. FA 10, 1235면 참조.

직하는 주체 역시 '탑의 결사'이므로 아직 이러한 자기모순을 충분히 극복하지 못한 상태라고 본다면 이들의 머릿속에 들어 있는 교육철학과 신대륙에 세울 공동체의 설계도 사이에는 메울 수 없는 간극이 존재하는 셈이다. 이를테면 이들이 후진을 양성하는 시설인 '교육촌'에서는 종교의 다원성을 인정하지만, 신대륙에 세울 공동체에 유대인은 절대로 들어올 수 없다는 것은 명백한 자기모순이다. 요컨대 이론과 실천 사이의 모순이라 할 수 있다. 둘째, 이미 언급한 대로 신대륙 이주단이 구상하는 공동체는 상당 부분 19세기 초반의 초기 사회주의자들이 실제로 구상한 바 있는 사회모델의 요소를 담고 있는데, 그런 관점에서 보면 괴테가 소설 속에서 신대륙 이주단이 구상하는 공동체를 극히 부정적으로 묘사한 것은 공상적 사회주의자들의 생각에 대한 간접적인 비판이라고 할 수 있을 것이다. 신대륙 이주단의 실천강령들이 좌우 양극단으로 치달은 20세기 전체주의 국가들의 억압적 폭력성을 놀라울 정도로 선취해서 보여주고 있다는 점도 그런 해석을 뒷받침하는 것이라 하겠다.

그런데 소설의 내적 논리로 보면 이 억압적인 사회는 앞에서 언급한 레나르도의 진취적이고 공평무사한 성격과는 합치되기 어려운 면이 있다. 소설에서 언급되는 공동체가 실제의 역사적 모델과 다르다는 것은 분명하지만, 이 대목은 무엇보다 이야기가 전달되는 형식적 특성과 결부지어 다시 살펴볼 필요가 있다. 이야기는 레나르도와 오도아르트가 나눈 대화 내용을 프리드리히(Friedrich)라는 작중인물이 기록하고, 그 기록을 다시 소설의 '편집자'[14]가 정리한 것으로 되어 있다. 소설 화자의 역할이 작중 이

---

13 본서의 제2부에 수록된 「『빌헬름 마이스터의 수업시대』에서 미뇽의 비극과 계몽의 변증법」 참조.
14 마치 『젊은 베르터의 고뇌』에서 생시에 베르터가 남긴 편지와 일기 등을 작중의 '편집자'가 소설 형식으로 편찬했다고 하는 것과 마찬가지로, 『편력시대』 역시 작중인물들의 다양한 행적과 기록 등을 가상의 '편집자'가 소설 형식으로 편찬한 것으로 되어 있다.

야기의 '기록자'와 '편집자'로 분산되어 있는 셈이다. 이처럼 특이한 구성방식은 얼핏 보면 이 소설이 실제 인물의 '기록'을 별도의 가공 없이 그대로 '편집'했다는 점을 부각해서 서술내용의 신빙성을 강조하려는 것처럼 보인다. 하지만 이 경우 소설의 저자 내지 작가는 작중인물과 가상의 편집자 뒤에 숨어서 사라지는 효과가 연출된다. 다시 말해 서술내용의 사실적 신빙성보다는 오히려 허구적 성격이 더 부각되는 것이다. 따라서 이런 구성방식은 서술된 내용이 어디까지나 소설적 허구라는 점을 환기함으로써 독자로 하여금 서술내용에 비판적 거리를 두게 하고 이게 과연 말이 되는 소리인지 곰곰이 따져보게 만든다. 그런 점에서 이런 구성방식은 괴테 소설의 중요한 특징인 반어적 서술의 한 유형으로 볼 수 있다. 실제로 이야기의 마지막 무렵에 가면 구대륙의 장단점을 취사선택하여 그 장점을 살리는 것이 이주단 구상의 골자가 되는데, 예컨대 '선술집'과 '순회도서실'은 금지하되 과연 '술'과 '책'까지 금지할 것인지는 더 논의해보아야겠다는 식의 언급이 나온다.[15] 줄곧 진지하게 이어져온 이야기 분위기를 한순간에 허물어뜨리는 이 황당한 말에서 화자를 앞세운 작가의 반어적 태도가 숨김없이 드러난다. 여기서 신대륙 이주 구상은 레나르도라는 인물의 입을 통해 독자들에게 토론거리로 던져지게 된다.

이런 관점에서 보면 신대륙 이주 구상은 구대륙의 낡은 질서에 대한 진지한 대안으로 제시된 것이라기보다는, 18세기 이래 일부 유럽 지식인들을 사로잡은 모종의 유토피아적 사유에 대한 비판적 문제제기라 할 수 있다. 신대륙을 자유의 땅으로 여기는 것은 엄밀히 말해 그들 자신의 역사

---

15 괴테가 참조한 아메리카 여행기 중 하나로 루트비히 갈(Ludwig Gall)이 저술한 『미국 이민 탐방기』(*Auswanderung nach Vereinigten Staaten*, 1822)는 이민자들이 폭음하는 것을 매우 부정적으로 묘사하였다고 한다. 또 '책'이 언급되는 것은 종교와 사상의 자유를 과연 금지할 것인가 하는 문제와 연결되는데, 로버트 오언의 개척촌에서는 종교의 지유가 허용되었다고 한다. 따라서 작품에서의 이러한 언급은 작가의 의도가 강하게 개입된 허구라 할 수 있다. FA 10, 1236면 참조.

적 시공간과 절연되어 있는 또다른 세계가 존재할 수 있다는 사고의 소산이다. 그것은 '로빈슨 크루소우' 시대의 독자들에게나 가능한 환상일 테지만, 사실 '로빈슨 크루소우'라는 발상 자체는 유럽 사회가 하나의 단일한 질서로 수렴되어가는 역사적 추이를 반증하고 있는 것이다. 그럼에도 또다른 세계에 대한 환상이 당시 독일 사회에서 강한 호소력을 가진 것은 19세기 초반까지도 봉건사회의 터널에서 빠져나오지 못한 독일의 낙후성을 보여주는 것이다. 그렇지만 레나르도의 백부를 통해 살펴보았듯이, 영국식의 '선진국' 모델을 이식하는 근대화 과정 역시 근대화 일반의 내적 모순을 비켜가지는 못한다. 더구나 레나르도 일행이 이주하려는 땅은 다름 아닌 백부의 부친 즉 레나르도의 조부가 신대륙에 사놓은 땅이며 또 그들은 운하 건설이 예상되는 인접 지역의 땅까지도 사들일 계획을 가지고 있다. 그리고 그들은 자신들이 관리하는 가내수공업의 생산품을 이미 신대륙으로 수출까지 하고 있다. 그렇다면 이들이 세우려는 공동체의 경제적 기반은 레나르도가 유능한 무역업자에다 토지 투기꾼으로 변신하지 않고서는 형성된다고 볼 수 없다. 짐작건대 그것은 소유관념에 투철했던 백부의 욕망을 그의 소망 이상으로 충족시키는 길이 될 것이다. 따라서 레나르도가 그리는 미래상은 백부의 삶에서 이미 예정된 가능성이 한층 더 확장되고 강화된 것일 뿐이다. 레나르도에게 신대륙으로의 공간적 이동은 독일 사회에 머지않아 다가올 미래로의 여행이 되는 것이다. 이 소설에 나오는 '신대륙 이주'라는 허구적 장치를 괴테가 말한 대로 '상징적'으로 받아들인다면 그 상징성의 역사적 지평은 이렇게 드러난다. 자신들이 발 딛고 있는 현실을 일거에 뛰어넘으려는 집단적 욕구가 당시의 독일 사회에서 충분히 품었음직한 환상임을 여실히 보여줌으로써, 그것이 어디까지나 환상임을 드러내는 동시에 실제 현실의 지반에서 진행 중인 불가역의 시대적 변화가 날카롭게 포착되고 있는 것이다.

초기 산업화의 갈등

『편력시대』를 당대 독일 사회의 근대화 과정에 대한 비판적 성찰로 이해할 때 제기될 수 있는 또다른 문제는 초기 산업화 과정에서 생겨난 갈등이다. 알다시피 괴테 생시에 독일에서의 산업화는 아직 초보적인 단계에 머물러 있었고, 작품에서도 이 문제가 전면에 부각되지는 않는다. 예컨대 레나르도가 산간 지방의 가내수공업을 견학하면서 기록한 일기에는 직조공의 작업과정에 대한 묘사가 여러번 나오는데, 실을 잣는 아낙네들의 손놀림을 마치 현악기를 다루는 듯한 우아한 모습으로 묘사한 장면이 있는가 하면, 수동식 직조기의 작업공정을 자연주의적 묘사를 방불케 할 만큼 세밀하게 재현한 장면도 있다. 그런데 주로 가내수공업에 종사하는 산간 지방 사람들의 근면함과 활달함이 언급되기는 하지만, 실제 현실에서 중노동에 시달릴 직조공들의 고단한 삶은 어디에서도 느껴지지 않는다. 여기까지만 보면 작업 장면들은 대개 가족 단위로 꾸려지는 전통적인 수공업의 테두리 안에서 자족적인 삶을 영위하는 산간 촌락의 평화로운 일상을 묘사한 것처럼 보이며, 이러한 서술태도는 단지 근면을 그 자체로 미화하는 데 기여할 뿐이라고 보는 비판적 견해도 있다.[16] 그러나 작품의 전후 맥락을 보면 여기서 드러난 모습들은 낯선 고장에 처음 발을 들여놓은 레나르도의 호기심과 새로운 기술에 유달리 관심이 많은 그의 타고난 성향을 그대로 반영하는 외면적인 풍경일 뿐이다. 실제로 이어지는 이야기는 이 산간 벽촌도 시대의 거대한 흐름에서 동떨어져 있지 않다는 것을 보여준다. 여기서 레나르도의 백부가 예전에 영지에서 추방했던 그 소작인의 딸과 레나르도의 관계가 문제가 된다.

---

16 Adolf Muschg, 앞의 책 112면 참조.

이미 언급한 대로 레나르도는 자신의 여행 때문에 소작인 가족이 추방당한 사건에 깊은 양심의 가책을 느끼고 있었다. 특히 소작인의 딸인 나호디네(Nachodine)의 간절한 애원과 레나르도의 선의의 노력에도 불구하고 결국 강제추방을 막지는 못했다. 그 일로 인해 레나르도는 나호디네가 어디서 잘 살고 있다는 소식을 듣지 못한다면 자신은 그 아픈 기억으로부터 영원히 자유롭지 못할 거라고 자책한다. 그런데 오랜 시간이 지난 후 레나르도가 다시 찾아낸 나호디네는 뜻밖에도 그사이에 가내 직조업의 운영주가 되어 경제적으로 풍족한 생활을 하고 있다. 따라서 레나르도의 마음속에 응어리져 있던 가책은 말끔히 사라지는 것처럼 보인다. 그녀의 이러한 변신은 물론 그녀 자신의 성실과 근면에 힘입은 바지만, 이 무렵 직조업의 특성에 비추어보더라도 억지로 지어낸 이야기는 아니다. 가내수공업 단계를 벗어나지 못한 당시 독일 사회에서 직조업은 "부지런한 손에서 부가 창출된다"는 구호가 강한 호소력을 지닐 정도로 빈곤에서 탈출할 수 있는 유력한 방편으로 널리 알려져 있었던 것이다.[17] 그러므로 성장기에 가난의 고통을 뼈저리게 겪은 나호디네가 직조공에서 출발하여 자수성가하기까지의 과정을 짐작하기란 어렵지 않다. 더구나 인근 주민들의 신망까지 두터운 나호디네는 어느 모로 보든 레나르도의 염원대로 행복해 보이지만 정작 그녀는 또다른 현실적 난관에 직면해 있다. 여기서 그녀를 괴롭히는 것은 새로운 기계의 도입을 둘러싼 갈등이다. 절망적인 빈곤의 그늘에서 막 벗어난 나호디네에게 새로운 직조기의 도입은 더 많은 부를 안겨줄 절호의 기회가 될 수 있지만, 그럼에도 기계화를 마치 조만간 닥쳐올 '뇌우'처럼 심각한 위협으로 받아들이는데, 그 이유를 그녀는 이렇게 말하고 있다.

---

17 Monika Wagner, "Der Bergmann in *Wilhelm Meisters Wanderjahre*," *Internationales Archiv für Sozialgeschichte der Literatur* 8(1983), 145면 이하 참조.

인근에 사는 사람들이 직접 기계를 도입하여 많은 사람들의 생계수단을 빼앗을 궁리를 하고 있다는 사실을 너무나 잘 알고 있어요. (…) 그렇지만 만일 제가 이 선량한 사람들을 착취하여 그들이 결국 가난에 허덕이며 의지할 데 없어 떠돌아다니는 모습을 보게 된다면 저 자신이 경멸스러울 거예요. 하기야 그들은 조만간 떠돌이 신세가 될 수밖에 없긴 하지만 말이에요. (2권 164면)

나호디네의 이러한 말은 고향 땅에서 쫓겨난 그녀 자신의 불행을 결코 다른 사람들이 또다시 되풀이하게 할 수 없다는 올곧은 소신의 표명이다. 그러나 일찍이 레나르도의 선의가 그녀의 불행을 막지 못했듯이, 그녀가 아니더라도 누군가가 그 악역을 대신할 것이며, 기계가 아닌 자신의 노동력에만 의지하여 생계를 꾸려가는 다수의 주민들은 조만간 일터에서 쫓겨날 수밖에 없는 운명이다. 냉혹한 현실의 논리는 다수의 희생을 강요하고 있는 것이다. 나호디네의 입장에서는 기계를 도입하지 않아서 경쟁에서 밀려나 다시 가난했던 과거로 추락하든지 아니면 다른 사람들의 희생을 통해 살아남든지 선택의 기로에 서게 되었다. 그렇지만 다른 사람의 고통을 외면하지 못하는 그녀의 성품으로 비추어볼 때 후자의 길은 결코 그녀에게 더 나은 선택이 아니다. 이 진퇴양난의 고비에서 그녀 역시 신대륙 이주를 고려하게 된다. 따라서 신대륙 이주단의 지도자인 레나르도의 출현은 그녀에게 마지막 희망의 출구인 것처럼 보인다. 실제로 이야기의 결말도 나호디네가 레나르도와 결혼하면서 신대륙 이주단에 합류하는 것으로 끝나는데, 여기서는 그러한 결말 자체보다도 거기에 이르기까지의 과정을 좀더 자세히 살펴볼 필요가 있다. 얼핏 보아 두사람은 동일한 결론에 도달한 것 같지만, 정작 그 구체적 동기와 계기는 너무나 대조적이다.

레나르도가 나타나기 전에 나호디네에겐 약혼자가 있었다. 직조업의 앞날에 대해 그녀와 같은 생각을 가졌던 약혼자는 가업을 정리하고 이민을 떠날 생각을 하고 있었다. 그러나 뜻하지 않게 약혼자가 죽고 그의 가족마저 모두 세상을 떠나자 그의 가업을 나호디네가 물려받게 된 것이다. 따라서 신대륙 이주가 비록 약혼자 생시의 생각이었다고는 하지만, 막상 사별한 약혼자에게서 물려받은 가업을 나호디네 자신의 손으로 정리하고 떠난다는 것은 그녀 스스로 토로하듯 새 직조기를 도입하여 선량한 이웃들의 파멸을 앞당기는 것만큼이나 슬픈 일이다. 게다가 사실상 그녀의 동업자나 다름없는 '직공장'[18]이라는 인물이 끼어들면서 문제는 더욱 복잡해진다. 약혼자의 오랜 친구이기도 한 그는 나호디네의 약혼자가 죽자 그의 자리에 비집고 들어와서 그녀에게 청혼을 했으며, 이민계획을 철회하고 새 직조기를 도입하자고 종용한다. 그러나 나호디네와 레나르도의 결합이 거의 확실해지자 그는 그녀의 원래 생각대로 자기가 미리 이민을 떠나겠다고 거짓말을 하면서, 그녀에게 그 비용을 대라고 은근히 강요한다. 결국 그녀가 운영하던 공장을 물려받은 그는 새 직조기를 도입하려는 유복한 이웃집의 사위가 된다.

나호디네의 삶에서 또 하나의 결정적 전기를 이루는 이 이야기는 산업화의 초기 단계에서 벌어진 사회적 갈등의 전형적인 양상을 드러내고 있다. 여기서 직공장의 행태는 새로운 기계의 도입에서 생기는 이득이 누구의 독점이 될 것인가를 말해주며, 나호디네에게 접근한 애초의 동기를 수상쩍게 만드는 그의 마지막 선택은 맹목적인 물욕에 눈먼 인간의 타락상을 여실히 보여준다. 그러나 이러한 비판의 측면보다 주목해야 할 것은 나호디네의 태도이다. 세상물정에 어둡지도 않고 가난의 고통을 모르지

---

18 핑크(Fink)의 주석에 따르면 당시 가내수공업에서 '직공장'(Fabrikant)은 원료 조달과 완제품 판매를 맡고 있어서 사업주 못지않은 실권을 지녔다고 한다. Gonthier-Louis Fink 외 엮음, *Wilhelm Meisters Wanderjahre*, München 1991, 1198면 주석 참조.

도 않는 그녀가 자신의 몫으로 정해진 소유를 포기하기까지의 과정은 인간이 인간에게 수단이 되는 이 험난한 시대에 가져야 할 삶의 자세를 생각하게 만든다. 물론 보기에 따라서 레나르도와의 결혼은 궁지에 몰린 나호디네에게 하나의 탈출구일 뿐만 아니라 현실적으로 더 '유리한' 선택일 수도 있다. 어떻든 그녀가 가난한 소작인의 딸이고 레나르도가 대지주 집안의 상속자라면 둘의 결혼은 그녀에게 믿기 힘든 행운이 될 수도 있는 것이다. 그러나 그녀가 레나르도와 맺어지는 것은 단지 상황에 강제로 떠밀리거나 어떤 실익을 기대했기 때문이 아니라 끝까지 그 누구에게도 ── 자신을 몰아내고 재산을 가로채려는 인물에게조차 ── 해악을 가하지 않고 타인의 불행을 온전히 자신의 것으로 받아들이는 참된 양심의 실천에 의해 주어진 결과일 뿐이다. 레나르도의 입장에서 보더라도 단지 나호디네에 대한 양심의 가책을 덜거나 선행을 베푸는 차원이었다면 그녀와의 결혼까지 고려할 필요는 없었을 것이다. 레나르도가 그녀에 대한 사랑을 "양심에서 우러나온 정열"(2권 187면)이라고 말하는 것은 그녀가 '양심에서 우러나온 사랑'이 무엇인지 구체적인 삶으로 깨우쳐주었기 때문일 것이다. 나호디네를 다시 만나면서부터 그녀를 둘러싼 갈등이 매듭지어질 때까지 레나르도가 거의 침묵으로 일관하며 수동적인 태도를 보이는 것도 그녀에게서 전해오는 감동의 여파 때문이라고 볼 수도 있을 것이다.

　여기서 레나르도의 침묵은 또다른 시각에서 살펴볼 필요가 있다. 활달한 성격과 진취적 사고의 레나르도를 기억하는 독자들에게 그의 수동적인 태도는 무척 낯설어 보인다. 그것을 사태가 순리대로 풀리기를 기다리는 '사려 깊은 행동'으로 보는 견해도 있지만,[19] 작품의 문맥에서는 전혀 다르게 읽힌다. 나호디네의 이야기에서 분명히 드러나듯 적어도 이 산간 지방에 들어서면서부터는 레나르도가 그녀에 비해 현실에 무지하며, 따

---

19 Stefan Blessin, *Goethes Romane: Aufbruch in die Moderne*, Königstein 1996, 311면.

라서 그녀가 처한 갈등을 풀어가는 과정에서 그는 무기력한 모습을 보인다. 인식의 격차는 더 나아가 레나르도가 자신의 생각을 반추해보게 만드는 계기가 된다. 가령 이 고장에서 마주친 '직조기 수리공'의 뛰어난 기술지식에 솔깃한 레나르도는 그를 신대륙에 꼭 필요한 인물이라 여기고 이주단에 합류할 것을 권한다. 그러자 직조기 수리공은 그 제안을 가볍게 물리치면서 이 고장에는 신대륙으로 이민 가려는 움직임이 전혀 없다고 단언하며, 그럼에도 나호디네가 이민을 고려하는 것을 이상하게 여긴다. 나중에 밝혀지지만, 직조업의 실상에 누구보다 밝은 직조기 수리공이 그런 태도를 보인 것은 주민들에게 닥칠 생계의 위협이나 나호디네의 고민을 몰라서가 아니라, 기계 도입이 이루어지면 앞으로 자신의 기술이 더욱 각광받을 거라는 치밀한 계산 때문이다. 그런 점에서 그는 직공장의 실질적 동업자이며, 결국에는 직공장을 사위로 맞이한 그 부유한 집안의 또다른 딸과 결혼하여 직공장의 동서가 된다. 나호디네를 둘러싼 갈등의 작은 곁가지에 지나지 않는 이 사건을 통해 레나르도의 신대륙 이주 구상은 마지막 시험대에 오른다. 여기서 이 작품을 언급하고 있는 괴테의 편지 한 대목을 인용할 필요가 있겠다.

"사려 깊게 행동하라"는 말은 "너 자신을 알라"는 말의 실천적 측면입니다. 이 두가지를 법칙이나 요구로 여겨서는 안될 것입니다. 그것은 마치 과녁의 표적처럼 제시되어 있는 것이어서, 반드시 늘 맞히지는 못하더라도 항상 염두에 두고 있어야만 합니다. 무한한 목표와 제한된 목표의 차이가 무엇인지 찾아낼 줄 알고 또 자신의 수단이 도대체 어디까지 미칠지 차근차근 한걸음씩 탐색해간다면 사람들은 좀더 분별심이 생기고 더 행복해질 것입니다.[20]

20 1829년 11월 23일자 로흐리츠(Rochlitz)에게 보낸 편지. HA 8, 526면.

직조기 수리공의 뛰어난 '기술'만 보는 레나르도는 그 기술이 어떻게 자본과 결합해 구체적인 인간관계를 바꾸어놓는가를 제대로 간파하지 못한다. 그가 선택하는 기술이라는 '수단'이 과연 어떤 파급력을 미칠지 보지 못하는 것이다. 그런 한에는 유용한 수단이 저절로 선한 목적에 기여할 거라는 그의 안이한 낙관주의는 여전히 관념적인 현실인식 속에 갇혀 있게 될 것이다. 레나르도가 그런 추상적 관념에 갇혀 있는 한, 구대륙의 '장단점'을 실용적으로 '취사선택'하여 새 공동체를 이룰 수 있다고 믿는 그의 이주계획은 사상누각이 되기 쉽다. 그런 가공의 관념을 좇는 그의 행위는 자신의 생각과는 다른 결과를 가져올 수밖에 없으며, 그런 의미에서 그는 현실에 무지할 뿐 아니라 자기 자신에 대해서도 무지한 사람이다. 자신의 생각에 끌려다닐 뿐이지 매 순간의 행동에서 진정으로 스스로의 주인이 못되는 것이다. 그에 비하면 나호디네가 자신이 힘겹게 일궈놓은 삶의 터전을 결연히 떠날 수 있는 것은 미리 정해놓은 그 어떤 신조나 당위적인 도덕률을 지키고자 해서가 아니라, 자신이 살아온 쓰라린 삶의 경험에서 체득한 값진 깨달음에 의한 것이다. 그런 점에서 그녀는 생각과 행동이 진정으로 자유로운 존재라 할 수 있다. 레나르도가 나호디네에게 "착하고도 아름다운 여인"(2권 161면)이라는 호칭을 붙여주는 것은 단순한 찬사가 아니라 진정한 감동과 사랑의 고백인 것이다.

맺음말

지금까지 살펴본 대로 『편력시대』는 본격적인 근대화의 국면에 접어든 19세기 초의 독일 사회에 대한 충실한 역사적 증인이자 치열한 문학적 대응으로 볼 수 있다. 이 시기를 흔히 시민계급의 상승기로 규정하는 역사

서술의 일반적 통념은 적어도 이 작품에 나타나 있는 시대현실에 비추어 볼 때 여러 측면에서 재고의 여지가 있다. 레나르도의 가족사를 통해 드러난 독일의 근대화 과정은 봉건적 제약에서 크게 벗어나지 못한다. 그의 백부가 확보하려는 근대적 의미의 소유권은 봉건적 특권에 기초한 경제적 기반을 떠나서는 생각할 수 없으며, 그의 자유주의 사상은 대등한 시민권을 누리지 못하는 다수 하층민들의 이해관계와 충돌을 일으킨다. 그럼에도 불구하고 레나르도의 백부로 대변되는 세력이 근대적 개혁을 주도했다면, 봉건성의 극복은 바로 그들 자신의 태생적 한계를 떨쳐내는 힘겨운 과제였음이 분명하다. 시민적 주체의 형성을 근대화의 주된 동력으로 보는 시각은 제한된 의미에서만 타당할 것이다. 레나르도의 세대에 이르러서도 여전히 독일 땅을 떠나 신대륙으로 이주하려는 집단적 열망이 팽배한 것은, 자생적인 시민층이 근대화 과정에 폭넓게 참여할 수 없는 열악한 현실상황 때문일 것이다. 레나르도 일행이 자유의 공동체로 추구하는 새로운 사회상이 역설적이게도 억압적인 경찰국가의 형태를 띠는 데서는 굴절된 근대화의 귀결을 예감할 수 있다. 여기서 작품세계의 리얼리티와 작가의 역사인식이 만나고 있는 것이다. 작가가 만일 이런저런 유토피아적 미래상을 제시하는 데 골몰했더라면 오히려 냉철한 현실인식은 가려졌을 것이며, 작품의 리얼리티는 단지 그 시대의 특정한 경향을 예시하는 차원으로 한정되었을 것이다. 따라서 이 작품에서 다뤄지는 '신대륙 이주'라는 소설적 허구는 현실의 조건을 일거에 뛰어넘으려는 생각을 교정한다는 의미에서 괴테가 말한 새로운 역사서술의 시도로 볼 수도 있다. 그러나 이는 역사 '서술'의 문제이기 전에 한 시대를 사는 삶의 문제일 것이다. 나호디네의 이야기가 말해주듯이, 보편인간적 진실의 구현은 그 어떤 시대정신이나 역사의 '법칙'을 추종해서가 아니라 자신의 구체적 삶에서 인간으로서의 도리에 충실하려는 노력을 통해서만 가능할 것이기 때문이다. 그렇게 보면 자신이 몸담고 있는 현실을 직시하면서 비록

작으나마 한 개인이 감당할 수 있는 몫을 온전히 해내는 나호디네의 구체적인 실천이야말로 레나르도의 거대 구상에 못지않은 무게를 지니며, 시류에 편승하지 않고는 살아남기 힘든 급격한 변화의 시대일수록 이는 더 소중한 미덕이 될 것이다.

『빌헬름 마이스터의 편력시대』와
근대화의 문제(2)

◆

교양이념의 변화와 종교의 세속화 과정

'전문성의 시대'

『빌헬름 마이스터의 편력시대』(1829)는『빌헬름 마이스터의 수업시대』
(1796)의 속편에 해당되는 만큼 두 작품 사이에는 긴밀한 연관성이 있다.
그렇지만 두 작품은 발표 시기의 격차만큼이나 작품에 드러난 현실인식
과 시대진단 역시 뚜렷한 차이를 보이는데, 특히 두 작품에 공통된 핵심
주제인 '교양'(Bildung)이념도 시대의 변화가 실감될 만큼 현저히 변화한
다.『수업시대』에서 추구되는 교양의 이상은 빌헬름 자신의 말을 빌리면
"있는 그대로의 나 자신을 완성시켜나간다"는 의미에서 한 개인이 타고
난 소양을 최대한 다양하게 발현시켜 인간적 완성을 추구하는 '보편적 교
양'이다.[1] 그리고 그러한 교양이념은『수업시대』에서 정점을 이루는 고전
주의 시기의 전인적 인간상에 대한 추구와 맥을 같이한다. 이와 달리『편
력시대』에서 추구되는 교양이념은 새로 도래하는 시대가 '전문성의 시

---

1 괴테『빌헬름 마이스터의 수업시대』1, 안삼환 옮김, 민음사 1996, 402면 참조.

대'라는 현실인식에 입각하여 각자가 특정한 직능을 수련해야 한다는 것이다. 예컨대『수업시대』에서 하급귀족으로 등장하여 특별한 일거리도 없이 빈둥거리던 야르노(Jarno)는『편력시대』에서 전문직능을 익혀 그사이에 광산 전문가가 되었고 이름도 아예 '산'을 뜻하는 '몬탄'으로 개명하였다. 몬탄과 빌헬름이 주고받는 다음 대화를 보면 여기서 말하는 '전문적 직능'이 어떤 성질의 것인지 짐작할 수 있다.

"인간이 어떤 일을 실행하려면 일단 자신의 제2의 자아가 되어 본래의 자기 자신으로부터 떨어져나와야 합니다. 그런데 만약 제1의 자아가 제2의 자아로 가득 차 있지 않다면 어떻게 그것이 가능하겠습니까?"

"그렇지만 지금까지는 다방면의 교양이 유익하고도 필요한 것으로 간주되어 오지 않았습니까." 몬탄이 대답했다. "지난 시대엔 그럴 수도 있었지요. 다양성이란 원래 특정한 전문성이 활동할 수 있는 환경을 마련해줄 뿐이지요. 지금은 전문적인 것이 활동할 여지가 충분합니다. 지금은 전문성의 시대입니다." (1권 47면)[2]

'수업시대'에는 '다방면의 교양'을 권면했다면 지금 시대에는 개개인이 '특정한 전문성'을 습득하여 사회에 기여해야 한다는 것이다. 다방면의 교양이 전문성을 실현하기 위한 바탕이 된다는 생각은 오늘날 대학교에서 일반적인 교양교육이 전공교육을 위한 토대로 설정되는 것과 상통하는 발상으로, 19세기 초반에서 오늘날까지 이어지는 근대적인 대학교육 모델의 형성과 무관하지 않다. 어떻든 교양이『수업시대』에서는 무엇보다 '자아의 완성'이라는 개인적 이상이었다면『편력시대』에서는 개개

---

2 작품 인용은 김숙희 외 옮김『빌헬름 마이스터의 편력시대』1, 2(민음사 1999)를 따르고 괄호 안에 권수와 면수만 표기하되, 번역은 필자가 부분적으로 수정하였다.

인이 과연 어떻게 사회공동체에 기여할 것인가 하는 쪽으로 무게중심이 이동한다. 위의 대화에서 몬탄이 "제2의 자아가 되어 본래의 자기 자신으로부터 떨어져나와야 한다"고 한 것은 자신의 타고난 소양과 잠재력을 구체적인 활동과 그 결과물로 드러내야 한다는 뜻이며, 그런 의미에서 헤겔이 말한 '외화'(Entäußerung)의 개념에 상응한다고 보는 견해도 있다.[3] 타고난 정신적 소양의 실천적 발현이라는 것이다. 그렇게 보면 "제1의 자아가 제2의 자아로 가득 차 있다"는 말은 인간의 타고난 소양은 그러한 실천의 구체적 산물을 얼마든지 생산해낼 수 있는 무한한 잠재력을 갖고 있다는 뜻이 된다. 그러한 잠재력을 특정한 기능 혹은 직능에 집중하여 전문성을 연마하는 것이 '전문성의 시대'에 부응하는 교양의 이상이라는 것이다. 이러한 주장을 펴면서 몬탄은 구체적인 예로 오케스트라에서 각자 맡은 악기를 최고로 연주할 수 있는 능력을 갖춘 사람이야말로 오케스트라에 가장 필요한 사람이라고 말한다. 그런 점에서 몬탄의 교육철학은 "그대 자신을 하나의 기관(Organ)으로 만들어라!"(1권 48면)라는 슬로건으로 집약된다. 마치 인체의 모든 기관 하나하나가 온몸의 원활한 순환과 활동을 위해 어느 것 하나 없어서는 안되듯이, 특정한 전문성을 익혀서 공동체의 요구에 봉사함으로써 공동체가 꼭 필요로 하는 '유기적' 구성원이 되라는 것이다. 그런 의미에서 몬탄은 한가지 일을 제대로 행하는 것이 곧 '제대로 행한 모든 일의 비유'라고 말한다.

　　"최상의 두뇌를 가진 사람이 한가지 일을 하면 그는 모든 일을 하는 셈이지요. (⋯) 한가지 일을 제대로 행하는 사람은 그 한가지 일에서 제대로 행한 모든 일의 비유를 발견하게 된다는 말입니다." (같은 곳)

---

3 Stefan Blessin, *Goethes Romane: Aufbruch in die Moderne*, Königstein 1996, 265면 참조.

각자가 행하는 특정한 일이 전체에서 없어선 안될 유기적인 일부가 되면 각 개인은 자신이 행하는 특정한 일을 통해 전체와 연결될 수 있다는 말이다. 이런 맥락에서 『편력시대』에서 이야기되는 전문성은 개개인을 전체의 단순한 기능적·기계적 부품으로 전락시키는 소외된 전문성과는 구별된다. 부분과 전체의 유기적 결합을 강조하는 '기관'이라는 표현을 사용한 이유도 바로 이 때문이다. 이런 전문성은 '기계제 생산'이 아니라 육체노동을 통한 생산 즉 '수공업'을 적극 권장하는 것과도 결부되어 있다. 『편력시대』를 다룬 바로 앞 논문의 네번째 절 '초기 산업화의 갈등'에서 살펴본 대로 산간의 직물 수공업자들이 대량생산 기계의 도입을 꺼린 이유는 대량 실직을 우려했기 때문인데, 여기서 육체노동을 통한 수공업적 생산을 전문성의 구체적 내용으로 적극 추천하는 바를 앞의 몬탄의 용어로 설명하자면 '제1의 자아'와 '제2의 자아' 사이의 유기적 통일성을 확보하기 위한 것이라 할 수 있다. 다시 말해 인간의 타고난 소양과 잠재력이 —기계를 통한 변형과 변질을 거치지 않고— 역시 타고난 능력의 일부인 육체노동을 통해 '제2의 자아' 즉 노동의 결과물로 나타남으로써 노동과정과 그 결과물까지도 유기적 자연의 일부가 된다는 것이다. 그리하여 자연이 신의 창조물이듯 인간노동의 결과물도 그러한 자연의 유기적 순환에 합치되므로 창조적 행위로서의 생산활동은 자아의 실현과 공동체의 순환에 기여하게 된다. "자연은 오직 하나의 문자만 갖고 있다"(2권 44면)라는 경구는 바로 그런 의미로 이해할 수 있다. 공동체 안에서 개개인이 구체적 직능으로 수행하는 생산활동은 단지 나날의 생계를 위한 방편만이 아니라, 인간과 자연의 교호적인 신진대사를 통해 대자연의 생산적 역능이 발현되는 과정이기도 한 것이다. 그런 의미에서 '오직 하나의 문자'(nur Eine Schrift)라고 할 때의 '대문자(Eine) 문자'는 예컨대 『파우스트』에서 인용되는 "태초에 말씀이 있었다"는 「요한복음」 1장 1절의 '말씀'에 비견될 수 있다.

이처럼 『편력시대』에서 언급되는 '전문성'과 그것의 구현방편인 (육체)노동은 훗날 맑스가 비판한 소외된 노동이 아니라 인간의 자아실현과 공동체적 기여를 동시에 담보하는 노동의 개념에 바탕을 두고 있다. 직조공들의 노동과정이 자연주의 소설을 방불케 할 만큼 정밀하게 묘사되면서도 전혀 궁핍한 삶의 피폐된 노동으로 묘사되지 않고 직물을 짜는 과정의 정교함과 섬세함이 부각되는 것도 이런 노동 개념에서 연유한다.

나는 이제 실 감아올리기를 세심하게 살펴보았다. 이 일을 위해 사람들은 날실의 여러 가닥을 순서에 따라 커다란 빗 모양의 톱대 속으로 통과시켰는데, 톱대의 폭은 바로 그 위에 실이 감겨지는 직기의 축(도투마리)의 넓이와 같았다. 직기의 실 감는 축에는 갈라진 곳이 있었는데, 그 속에 동그란 작은 봉(棒)이 꽂혀 있었고, 그 봉은 날실의 끝에 의해 절개부 속에 고정되어 있었다. 어린 소년이나 소녀가 베틀 아래 앉아서 날실 타래를 세게 잡아당기며 붙들고 있으면, 그러는 동안 베 짜는 아가씨는 직기축 지렛대 손잡이를 손으로 잡고 힘차게 돌리면서 동시에 모든 것이 가지런해지도록 주의를 쏟았다. 실이 모두 감겨 올라가면, 아래위 분사(分絲)를 통해 한개의 둥근 막대기와 두개의 납작한 막대기, 즉 부목을 밀어넣는다. 분사가 걸려 지탱되도록 하기 위한 것인데, 그런 다음에 말아넣기가 시작된다. (2권 59면)

하인리히 마이어(Heinrich Meyer)라는 사람이 스위스 산간지대에서 운영되는 직물 수공업을 시찰한 뒤 서술한 기록의 일부를 괴테가 거의 그대로 소설에 삽입한[4] 이 대목은 당시까지의 소설에서는 전례가 없는 '즉물적 산문'(Sachprosa)이라는 평가와 더불어 소설의 다른 대목들과 유기

---

[4] 1810년에 출간된 하인리히 마이어의 관찰기록 전문은 FA 10, 878면 이하 참조.

적으로 어울리기 힘든 '이물질'처럼 평가되기도 한다.[5] 그렇지만 이러한 노동을 가리켜 레나르도가 그의 일기에 "제한된 곳에서도 멀리까지 뻗어나가는 작용력이 있고, 두루 살피는 마음과 분별심, 순수함과 활동이 함께하고 있다"(2권 60면)고 적고 있듯이, 이러한 노동의 에토스는 다름 아닌 이 작품 전체에서 새로운 교양이념으로 주창되는 '전문성'의 구체적 모습을 여실히 보여준다.

이처럼 『수업시대』에서 개인의 자기완성을 표방하던 교양이념이 『편력시대』에 이르러 공동체를 위한 전문성 연마로 그 중심축이 이동하는 것은 그사이에 커다란 지각변동을 겪은 시대현실을 반영한다. 『수업시대』에서 빌헬름은 '보편적 교양'이 사회에서 '공인(公人)'의 지위를 누리는 귀족층만의 특권임을 강조하는데, 그런 관점에서 보자면 빌헬름이 생각하는 교양이념의 물적 토대는 귀족층의 세습영지가 된다. 그렇지만 『편력시대』에서는 국제적인 교역이 활발해지고 점점 더 역동적으로 변화하는 새 시대를 맞이해 영지라는 '고정자산'보다는 '동적인 활동으로 획득한 것'에 더 높은 가치를 부여한다.

하지만 인간이 소유한 것이 큰 가치가 있다면 인간이 행하고 이룩한 것에는 더더욱 큰 가치를 부여해야 한다고 할 수 있습니다. 따라서 전체적으로 조망해볼 때 토지소유란 우리에게 주어진 재산들 중 작은 일부분일 뿐입니다. 우리에게 주어진 가장 훌륭한 재산은 동적인 것, 동적인 활동으로 획득한 것에 있습니다. (2권 105면)

레나르도는 신대륙 이주단 앞에서 이렇게 말하면서, 특히 젊은이들은

---

5 Ehrhard Bahr, "Wilhelm Meisters Wanderjahre," Paul M. Lützeler u. James E. Mcleod 엮음, *Goethes Erzählwerk*, Stuttgart 1985, 370면 참조.

조상으로부터 물려받은 유산에 안주해서는 안되며 세상에 펼쳐져 있는 '광활한 활동공간'에 주목해야 한다고 강조한다. 레나르도가 강조하는 '동적인 활동'의 가치는 심지어 '조국'보다도 더 중시되는데, 그런 의미에서 레나르도는 "내가 편한 곳이 곧 내 나라다"라는 낡은 관념을 버리고 "내가 쓸모있는 곳이 곧 내 나라다"라고 역설한다.(2권 106면) 신대륙 이주단에 합류한 사람들이 '한 장소에 사흘 이상 머물러서는 안된다'는 특이한 규칙을 만들어서 준수하는 것도 조직의 구성원을 단속하기 위한 규제장치라기보다는 하루가 다르게 역동적으로 변화해가는 새로운 시대에 대처하기 위해서는 현 상황에 안주하지 않고 전방위로 부단히 움직이고 활동해야 함을 일깨우기 위한 것이다.

'조형 해부학': 기술과 예술의 결합

이미 언급한 대로 『편력시대』에서 '전문성'의 연마를 위해 가장 강조하는 육체노동의 구체적 형태는 '수공예'(Handwerk)[6]이다. 만년의 괴테는 "수공예에 종사하는 사람이야말로 가장 행복한 사람이다"[7]라고 했을 정도로 수공예를 높이 평가했는데, 『편력시대』에는 수공예의 교육적 의의가 다음과 같이 설명되고 있다.

　　모든 생활, 모든 행위, 모든 예술에는 수공예가 선행되어야 합니다. 수공예는 자신의 역량을 제한된 곳에 쏟을 때만 획득할 수 있습니다.

---

6 기존에는 Handwerk를 '수공업' 또는 '손기술' 등으로 번역해왔으나, 소설 문맥을 보면 예술과 기술의 상호수렴과 통일성을 강조하고 있으므로 그러한 취지를 살려서 여기서는 '수공예'로 번역하기로 한다.

7 FA 10, 1237면.

한가지를 제대로 알고 익히면 백가지를 어설프게 아는 것보다 더 높은 수준의 교양을 얻을 수 있습니다. 제가 당신에게 소개하려는 곳에서는 모든 활동이 세분되어 있습니다. 생도들은 단계마다 시험을 치릅니다. 그렇게 함으로써 생도는 일관성 없이 우왕좌왕하더라도 자신의 본성이 본래 지향하는 바가 무엇인지 깨닫게 되는 것입니다. 현명한 어른들이라면 어린아이가 자기도 모르는 사이에 자신에게 적합한 일을 발견하도록 보살필 것입니다. 인간이 자신의 타고난 사명에서 지나치게 벗어나 방황하는 우회로를 단축시켜주는 것이지요. (1권 190면)

'전문성'과 '수공예'에 대한 지나친 강조는 타고난 소양을 특정한 기능으로 제한하게 된다는 부정적인 평가가 진작부터 있어왔지만,[8] 여기서 보듯이 모든 활동의 필수적인 준비과정으로서 수공예를 강조하는 까닭은 한가지 일에 집중하면서 자신의 본성에 맞는 일을 일찍 발견할 수 있기 때문이다.

다른 한편, 일반적으로 '순수예술'이라 일컬어지는 전통적인 예술 개념과 달리 여기서 예술은 수공예 내지 기술이 그 진가를 발휘할 수 있도록 보조하는 역할로 설정된다.

예술은 대지의 소금이지요. 예술과 기술의 관계는 소금과 음식물의 관계에 견줄 수 있습니다. 우리가 예술을 받아들이는 것은 오로지 수공예가 몰취미해지지 않도록 하기 위해서입니다. (2권 314면)

예술을 단지 기술의 보조물로 폄하하는 것이 아니라 수공예에 종사하는 기술자의 입장에서는 수공예가 예술의 경지에 근접할 수 있도록 진력

---

8 Arthur Henkel, *Entsagung: Eine Studie zu Goethes Altersroman*, Tübingen 1964, 39면 참조.

해야 한다는 말이다. 전통적인 예술을 가리키는 이른바 '자유로운 예술'과 수공예로 대표되는 '엄격한 예술'에 관한 다음의 발언은 예술과 기술의 관계에 대한 흥미로운 성찰을 보여준다.

바로 이런 면에서 엄격한 예술은 자유로운 예술의 모범이 되어야 하며, 자유로운 예술을 부끄럽게 해주어야 합니다. 이른바 자유로운 예술이라는 것을 살펴봅시다. 원래 고상한 의미로 받아들여서 그렇게 일컬어지는 자유로운 예술에서는 작업이 잘되었는가 잘못되었는가는 전혀 상관이 없다는 것을 알 수 있습니다. 너무나 치졸한 조각 입상도 아주 훌륭한 입상과 똑같이 세워져 있고, 그림 속의 인물은 두 발이 잘못 그려졌어도 힘차게 앞으로 나아가고, 두 팔이 잘못 그려졌어도 힘차게 무언가를 잡으려 합니다. 인물들이 제 위치에 바로 서 있지 않다고 해서 땅이 무너져내리지는 않습니다. 음악의 경우 이런 현상은 더욱 뚜렷합니다. 마을의 목로주점에서 깽깽거리는 바이올린 소리는 억센 팔다리를 아주 힘차게 흥분시킵니다. 또한 신자들이 아주 형편없는 교회음악을 듣고도 만족하는 것을 보게 됩니다. 만약 여러분이 시문학 역시 자유로운 예술로 간주하려 든다면 시문학의 경계가 과연 어디까지 갈지 전혀 알 수 없다는 것을 깨닫게 될 것입니다. 그렇지만 각각의 예술에는 나름의 내적 법칙이 있습니다. 하지만 그것을 지키지 않는다고 해서 인류에게 해를 끼치지는 않습니다. 반면에 엄격한 예술은 그 어떤 자의성도 허용해서는 안됩니다. (2권 140면)

전통적으로 자유로운 예술 즉 순수예술에 비해 저급한 기능으로 취급받아온 '엄격한 예술'이 오히려 '자유로운 예술'의 모범이 되어야 하고 심지어 자유로운 예술을 부끄럽게 해주어야 한다는 말의 취지는 자유로운 예술이 자의적으로 남용되는 다양한 사례를 통해서 짐작할 수 있다. 조각과 회화에 관한 예시는 예술성을 담보하는 기본규칙들마저 무시하는 자유로운 예술의 쇠락현상에 대한 비판으로 읽을 수 있다. 음악의 예는 시류에 영합하여 상업적인 오락의 수단으로 전락한 예술의 타락상, 그리고 여전히 종교적 제의의 도구로 기능하는 데 만족하는 시대착오적인 낙후성을 비판하고 있다. 그리고 시문학마저 이런 시류에 휩쓸린다면 진정한 예술성을 구현한 시문학과 거기에서 일탈한 시문학의 경계를 과연 어떻게 구획해야 할지 난감하게 되리라는 것이다. 더 나아가 예술 나름의 고유한 내적 법칙을 지키지 않는다고 해서 인류에게 해를 끼치는 게 아니라는 말은 예술의 내적 법칙을 무시해도 좋다는 말이 아니라, 앞에서 예시한 다양한 형태의 일탈현상이 예술의 시대적 소명을 외면함으로 인해 야기된 사태임을 환기시키는 것이다. '자유로운 예술'의 그러한 자유방임주의에 맞서서 '엄격한 예술'은 그 어떤 자의성도 허용해서는 안된다고 한 것은 단순히 기능적인 규칙을 엄수해야 한다는 말은 아니다.

> 엄격한 예술에 종사하는 사람은 평생을 그 일에 바쳐야 합니다. 지금까지 그것을 수공예라 일컬었는데 이는 매우 적절하고도 온당한 말입니다. 이 일에 헌신하려는 사람은 손으로 작업을 하기 때문입니다. 그리고 손이 제대로 일을 하려면 손이 그 자신의 생명으로 자신의 일에 혼을 불어넣어야 합니다. 손은 그 자체로 하나의 자연이어야 하며, 자신의 생각과 의지를 가져야 합니다. (2권 141면)

수공예의 기초가 되는 '손'은 단순히 주인이 시키는 대로 움직이는 도구가 아니라 "그 자신의 생명으로 자신의 일에 혼을 불어넣어야" 하고 그러기 위해서는 "자신의 생각과 의지를 가져야" 한다. 또한 '손'이 "그 자체로 하나의 자연이어야" 한다는 말은 '손'이 단순히 인간의 의지대로 자연을 가공·변형하는 도구가 아니라 인간의 노동이 자연의 법칙에 합당한 방식으로 작용할 수 있도록 능동적인 매개역할을 하는 '기관'(Organ)이어야 한다는 뜻으로 이해할 수 있다. 이러한 '손'의 활동을 통해 실행되는 수공예가 예술의 모범이 되어서 예술을 교정해야 한다는 말을 되새겨보면 여기서 말하는 수공예의 새로운 모형은 서양 예술사에서 기능적인 '기술'과 현실로부터 유리된 '자유로운 예술'의 한계를 동시에 극복하면서 이를 한 단계 높은 차원에서 종합하려는 시도라 할 수 있다. 다시 말해 기술은 기능주의를 극복하고 '손'의 활동에 영혼을 불어넣어 그것이 진정한 예술의 경지로 나아가게 해야 하고, 다른 한편 자의적인 몰취미에 빠져든 예술은 시대적 소명을 다하는 예술성의 회복을 위해 그러한 기술에서 자양분을 취해야 한다는 것이다. 이는 넓게 보면 원래 고대 그리스적 전통에서 하나였던 '예술'과 '기술'의 새로운 종합을 지향하는 것이라 할 수 있다.

이와 같은 '엄격한 예술'에 종사하는 사람이 이 일에 평생을 바쳐야 한다는 말은 앞에서 언급한 "그대 자신을 하나의 기관(Organ)으로 만들어라"라는 슬로건에 비추어보면 이 일을 통해 평생 공동체에 봉사해야 한다는 의미로 해석할 수도 있다. 『편력시대』에서 주인공 빌헬름은 그러한 요청을 실행에 옮기기 위해 '외과의'(Wundarzt)가 된다. 『수업시대』에서는 무대에서 화려한 각광을 받는 연극배우가 되기를 원했던 빌헬름이 『편력시대』에서는 외과의라는 '전문직'을 택하는 것이다. 빌헬름이 이러한 선택을 한 데는 두가지 계기가 결정적으로 작용한다. 빌헬름이 처음으로 의사가 되겠다고 결심한 것은 어린 시절 동네 친구들이 강에서 가재를 잡다가 익사했을 때이다. 물에 빠진 아이를 건져올렸을 때 사혈법(瀉血法)을 써서 숨통을 트이게 하는 적절한 응급조치만 취했더라면 살릴 수도 있었는데 속수무책으로 있어서 아이를 죽인 거나 다름없다는 어른들의 말을 듣고 어린 소년 빌헬름은 나중에 크면 사람의 생명을 구하는 일을 해야겠다고 생각한다. 또 하나의 결정적 계기로는 『수업시대』에서 빌헬름이 도

적폐의 습격을 받고 부상당했을 때 나탈리에 일행의 도움으로 치료를 받아서 쾌유했던 경험이 있다. 나중에 배필이 될 나탈리에의 손길에 의해 치료를 받고 목숨을 건졌으므로 빌헬름에게 이 일은 그의 인생을 바꾸어 놓는 운명적 사건이 됨은 두말할 나위도 없다. 이런 점에서 빌헬름이 의사의 길을 택한 것은 야르노의 표현을 빌리면 "모든 일중에서도 가장 신성한 일"이요 "치료를 통해 말없이 기적을 행하는 것"(2권 368면)이라 할 수 있다.

그런데 빌헬름은 의사가 되기 위한 수련을 쌓는 과정에서 해부학 실습 대상의 부족으로 인해 기이한 사태에 직면하게 된다. 해부학의 실습대상, 즉 장기가 온전하게 보존되어 있는 시신이 절대적으로 부족하자 당국에서는 중범죄로 사형을 당한 자들이나 '정신적·육체적으로 버림받은 사망자들'의 시신을 해부용으로 쓸 수 있도록 인가하는 법을 제정한다. 하지만 이처럼 '가혹한 법'으로도 해부학 실습대상의 수요를 충당할 수 없게 되자 이른바 '시체 도굴꾼'(Auferstehungsmänner)이 극성을 부리는 사태가 벌어지는데, 그들은 갓 장례를 치르고 안장한 시신을 몰래 파내어 해부학 실험실에 팔아넘기곤 했다.[9] 이런 사태가 작품에서는 다음과 같이 서술되어 있다.

연령이나 지체의 고하를 막론하고 어떤 시체도 안전하지 않게 되었

---

[9] 이 장면은 영국에서 실제로 벌어진 실화를 바탕으로 한 것인데, 끔찍한 범죄집단인 시체 도굴꾼을 가리켜 '부활시켜주는 자들'(Auferstehungsmänner)이라는 독신(瀆神)적이고 희화적 말로 표현한 것은 당시 이 사건을 보도한 영국 언론이 쓴 'resurrection men'이라는 표현을 그대로 직역한 것이다. 당시 영국 언론이 이 끔찍한 반인륜적 범죄를 얼마나 선정적으로 다루었는지 짐작할 수 있는 조어라 하겠다. 당시 영국에서 일어난 시체 도굴범 실화에 대한 상세한 설명은 Moritz Baßler, "Goethe und die Bodysnatcher: Ein Kommentar zum Anatomie-Kapitel in den *Wanderjahren*," Moritz Baßler 외 엮음, *Von der Natur zur Kunst zurück: Neue Beiträge zur Goethe-Forschung*, Tübingen 1997, 181~97면 참조.

습니다. 꽃으로 장식된 언덕 위의 무덤도, 추억을 간직하기 위해 새겨 넣은 비문도 돈벌이를 위한 약탈욕에는 당해낼 도리가 없었습니다. 너무나 고통스러운 작별이 너무나 끔찍하게 유린되었습니다. 사람들은 무덤에서 몸을 돌리자마자 잘 꾸미면서 안치한 사랑하는 사람의 사지가 금방이라도 끌려나가 훼손당할 것 같은 공포를 느껴야 했습니다. (2권 28면)

이처럼 시체 도굴범들이 극성을 부리자 고인의 가족들은 묘지에 파수꾼을 세워서 묘지를 지키게 했는데, 그러자 도굴범들이 무장을 하고 떼지어 몰려다니면서 시신을 탈취하는 최악의 사태가 벌어진다. 흉악한 시체 도굴범들의 만행은 그렇다 치더라도, 그런 끔찍한 '장물'을 병원들이 해부실습용 시신으로 사들였다는 것은 의료 '기술'의 발전논리에 맹목적으로 함몰될 때에는 인명을 구하는 의학조차도 얼마나 반인륜적일 수 있는가를 여실히 보여준다. 앞의 인용문에서 '손'이 "자신의 생각과 의지를 가져야 한다"고 했던 진의가 여기서 분명해지거니와, 이는 기술이 기능주의적으로 악용될 때의 위험을 보여준다. 더구나 국가의 법적 비호하에 의료기관이 시체 도굴범들과 결탁하고 있는 사태는 그러한 반인륜적 만행이 국가기구와 법에 의해 '합법적인' 씨스템으로 작동할 수도 있다는 극단의 상황을 보여주는 것이라 하겠다.

빌헬름이 의사가 되기 위해 수련을 거치는 과정에서 봉착하는 딜레마도 그런 문제의식과 연결되어 있다. 실연으로 비관한 어떤 처녀가 물에 빠져 자살하자 그녀의 시신은 유족들의 반대에도 불구하고 '법에 따라' 해부학 실험실에 넘겨지는데, 하필이면 빌헬름이 그 시신을 대상으로 해부실습을 하게 된다. "한때 젊은 남자의 목에 감기었을 너무나 아름다운 여자의 팔"을 보면서 빌헬름은 "이 찬란한 자연의 피조물을 다시 훼손해야 한다는 반감"(2권 29면)을 느끼면서도 해부실습을 포기할 수 없다는 갈등을 경험한다. 이런 상황에서 '조각가' 혹은 '연금술사'로 보이는 어떤 사람이 나타나 실물과 똑같은 인체모형을 만들어서 해부학 실습에 사용하면 그런 딜레마를 해결할 수 있다고 말한다. 그 '연금술사'는 도굴꾼들에 의해 죽임을 당해서 팔려온 시신을 자신이 직접 목격한 이후 이런 해결책을 모색하게 되었다고 하면서 인체모형으로 실습하는 것이야말로 "외과의사가 조형의 개념을 파악하여 영원히 이어지는 자연의 생명을 살리는 것"이라고 말한다.

허물어뜨리는 것보다는 일으켜세우는 것, 분리하는 것보다는 결합하는 것, 죽은 것을 또 죽이는 것보다는 죽은 것을 살리는 것을 경험하게 될 것입니다. (2권 30면)

이처럼 '죽은 것을 살리는' 경험을 할 수 있다는 확신은 생명 파괴를 곧잘 동반하는 근대과학의 맹목적 발전지상주의에 맞설 하나의 대안을 시사한다. 소설에서는 시신 대신 인체모형을 사용하는 해부학 실습을 '조형해부학'(Plastische Anatomie)이라 일컫는데,[10] '해부학자'와 '조각가'와 '석고 제작공'의 긴밀한 협업에 의해 이루어지는 이러한 작업은 '과학'과 '예술'과 '수공예'가 인도주의를 실현하는 방향으로 결합할 가능성을 상징적으로 보여주는 것이라 하겠다.

---

10 실제로 만년의 괴테는 해부학자, 조각가, 석고 제작공이 협업해서 해부학 실습모형을 제작할 것을 제안하는 의견서를 예나 대학과 베를린 과학원에 제출하나 별 반향을 얻지는 못했다. 이것은 괴테 생시에는 도입되지 않았고 괴테 사후에야 일반화되었다. 괴테의 제안은 「조형 해부학」(Plastische Anatomie, 1832)이라는 글로 남아 있다. HA 8, 646면 이하 참조.

종교의 세속화와 실천윤리

『편력시대』를 근대화에 대한 문학적 대응으로 파악할 때 또 하나 주목할 것은 전통적인 초월종교의 특권적 위상이 거의 해체되고 인본주의적 관점에서 재해석되는 그것의 세속화 과정이다. 새로운 교육이념을 가르치는 시설인 '교육촌'(Pädagogische Provinz)[11]에서는 정통 교리에 입각한 기성 교회의 가르침과는 사뭇 다른 종교교육이 이루어지는데, '보편적 교양'을 '전문적 직능교육'으로 대체하는 실천적이고 실용적인 개혁이 진행됨과 더불어 정신생활의 측면에서도 심대한 변화가 진행된다. 여기서 시행하는 종교교육의 핵심은 '세가지 외경심'과 '세가지 종교'라는 개념 쌍으로 집약된다. 이 세가지 외경심과 세가지 종교의 역사적 연원과 관련해서는 이 교육촌을 건설한 주체인 '탑의 결사'(Turmgesellschaft)의 역사적 모델인 프리메이슨을 지목하기도 하고, 더 멀리는 근세 초기의 신비주의 내지 경건주의 조류를 언급하기도 하는 등 다양한 해석들이 존재하지만,[12] 여기서는 일단 텍스트 자체에 충실하기로 하겠다.

우선 '세가지 외경심'이란 것은 작품에 나오는 표현을 그대로 적으면 '우리 인간보다 위에 있는 것에 대한 외경심' '우리보다 아래에 있는 것에 대한 외경심' 그리고 '우리와 대등한 것에 대한 외경심'으로 나누어진

---

11 괴테 시대는 독일의 일반 시민들이 국가에 의해 교육의 기회를 제공받는 보통교육이 도입된 시대이기도 하다. 시민층의 자녀도 받을 수 있는 이러한 보통교육을 불신한 귀족들은 예전과 마찬가지로 집에 가정교사를 두고 자녀에게 특별교육을 시켰으며, 괴테도 대학에 입학하기 전까지는 그런 교육을 받았다. 이 소설에 나오는 '교육촌'은 그러한 두 교육체계에서는 감당할 수 없는 교육이념을 가르치기 위해 괴테 당대에도 시도된 대안교육 모델을 각색한 측면이 있다. 소설에 나오는 '교육촌'의 구체적 모델들에 관해서는 FA 10, 1092~97면; HA 8, 610~13면 참조.

12 FA 10, 1101면; HA 8, 603~15면 참조.

다. '우리보다 위에 있는 것에 대한 외경심'은 '신이 존재한다는 증거'를 '부모와 자식의 관계' '스승과 제자의 관계' 같은 데서 확인할 수 있는 것이라고 한다. 이러한 논법은 신의 존재 여부를 인간 삶의 척도로부터 유추한다는 점에서 이신론(理神論)적 발상이며,[13] 따라서 이 첫번째 명제에서 사실상 초월종교는 부정된다. 그다음으로 '우리보다 아래에 있는 것에 대한 외경심'은 "비천함과 가난, 조소와 경멸, 수치와 역경, 고통과 죽음" 등 인간이 지상에서 겪는 온갖 불행과 고통까지도 "신의 뜻으로 수긍해야 한다"(1권 205면)는 것이므로 또다른 주장이라기보다는 첫번째 명제에서 파생된 논리이다. 그리고 이 둘을 통합하는 세번째 명제 '우리와 동등한 것에 대한 외경심'은 '철학적 성찰'에 해당하는 것으로 설명된다. 다시 말해 하늘과 땅, 신적인 숭고함과 지상의 비루함을 똑같이 인식의 대상으로 삼고 탐구하는 지적 인식의 영역 안에서는 하늘과 땅, 신과 인간 사이의 이원적 위계에 의한 모든 절대적 경계는 사라진다. 이렇게 해서 '인식'이 '믿음'의 시녀 역할을 하던 전근대적 사유의 위계질서는 완전히 해체되고, 역으로 '믿음'의 문제도 '인식'의 검증을 거쳐야 하는 형국이 된다.

이러한 '세가지 외경심'에 상응하는 '세가지 종교'는 그 세속화 과정을 더욱 분명히 보여주는데, 설명의 편의상 작품에서 설명하고 있는(1권 201~202면) 두가지 범주의 상응관계를 도식화하면 다음과 같다.

우리보다 위에 있는 것에 대한 외경심 → 민족종교
우리보다 아래에 있는 것에 대한 외경심 → 기독종교
우리와 대등한 것에 대한 외경심 → 철학종교

---

13 에리히 트룬츠(Erich Trunz)는 그런 의미에서 이 세가지 외경심과 세가지 종교가 '종교적·우주적 이신론'(der religiös-universale Theismus)이라고 본다. HA 8, 611면 참조.

여기서 '우리(인간)보다 위에 있는 것에 대한 외경심'을 '민족종교' (ethnische Religion)라 하는 까닭은 모든 초월종교는 민족마다 제각기 다를 수밖에 없다는 그 다원성을 인정하기 때문이다. 따라서 기독교 역시 여러 종교들 중의 하나로 상대화된다. 그런데 '우리보다 아래에 있는 것에 대한 외경심'을 '기독종교'와 등치시킨 것은 '외경심'과 '종교'의 상응 관계를 상당히 복잡하게 만든다. '민족적'(ethnisch)이라는 말이 기독교를 믿는 민족을 제외한 다른 민족 즉 '이교도'를 가리킨다는 개념 고증에 따르면,[14] '민족종교'와 다른 차원에서 '기독종교'를 별도로 설정하는 것은 무리가 없어 보인다. '민족종교'와 '기독종교'의 특징에 관한 부연설명을 참조하면, '민족종교'는 '인간보다 위에 있는 것에 대한 **두려움**'을 극복하고 '인간 내면에서 우러나오는 진정한 **외경심**'을 획득하는 것이라고 본다. 또한 '두려움'(Furcht)에 기반한 믿음은 타인으로부터 존중받지 못하고 우리 자신을 분열시키지만, 진정한 '외경심'(Ehrfurcht)에 기반한 믿음은 타인으로부터 존중을 받기 때문에 이를 통해 진정한 평정심으로 자중자애(自重自愛)의 상태로 나아갈 수 있다고 본다. 이렇게 보면 기독교를 제외한 여타의 종교들도 인본주의적 사유의 다양한 발현형태로 인정되고 있는 셈이다.

다른 한편 '우리보다 아래에 있는 것에 대한 외경심'을 믿음의 근간으로 하는 기독교에 대해서는 인간사의 온갖 불행과 고통을 감내하고 감싸안는 사랑의 종교임을 역설한다. 그리고 그러한 기독교야말로 '인류가 도달한 최후의 종교'라고 함으로써 여타의 '민족종교'들보다 더 진화한 것으로 간주한다. 이러한 논리는 기독교 중심주의라고 비판받을 소지가 다분히 있다. 하지만 더 큰 틀에서 볼 때 '인간보다 위에 있는 것'에 대한 외경심에 기반한 종교보다는 '인간보다 아래에 있는 것'에 대한 외경심이,

---

14 FA 10, 1102면.

그리고 천상의 권능에 대한 외경심보다는 지상의 고통을 포용하는 사랑의 종교가 더 진화한 것이라고 해석할 수도 있다. 그런 점에서 이는 기독교와 여타 종교를 비교우위 차원에서 판단하는 것이라기보다는 더 넓은 맥락에서 초월적인 것보다 인간적인 것을 중심에 두는 발상이라고 보는 편이 타당할 것이다. 이러한 종교관을 설명하는 장로에게 빌헬름이 그중 어느 종교를 믿느냐고 묻자 장로는 세 종교를 모두 믿는다고 하면서 다음과 같이 말한다.

"세가지 모두입니다. 이 세가지 경외심으로부터 최고의 경외심, 즉 자기 자신에 대한 경외심이 생겨나는데, 세가지 경외심은 또한 자기 자신에 대한 경외심에서부터 생겨납니다. 이렇게 해서 인간은 자신이 도달할 수 있는 최상의 것에 이르게 되고, 자기 자신을 신과 자연이 이룩해놓은 최상의 존재로 여기며, 이 지고의 경지에 머물면서 다시는 오만과 자만으로 인한 비천한 상태로 전락하지 않게 됩니다." (1권 206면)

앞에서 살펴본 이론적 설명과 달리 세 종교 사이에 전혀 차등을 두지 않는다는 점이 여기서 분명히 드러난다. 그리고 특기할 것은 '세가지 경외심'이 총화를 이룰 때 '최고의 경외심'이 생겨나고 그것은 다름 아닌 '자기 자신에 대한 경외심'이라는 것이다. 달리 말하면 하늘과 땅과 인간에 대한 진정한 경외심이 하나로 통일될 때 '나'라는 개체는 그러한 삼위일체의 우주적 작용의 산물 —— 그러므로 허튼 '오만과 자만'에 빠질 수 없는 것이다 —— 이라는 뜻으로 이해할 수 있는 것이다. 이런 맥락에서 보면 '세가지 경외심'과 '세가지 종교'에 관한 가르침은 '교육촌'에서 배움의 길을 걷는 생도 개개인으로 하여금 자아와 세계의 총체적 관련성에 대한 통찰을 통해 진정한 자아의 정립에 도달할 수 있도록 하는 교양이념에 해당한다. '전문성의 시대'에 걸맞게 '보편적 교양'보다는 '전문적 기능'의 수련을 중시한다고 해서 인간활동을 단순히 실용적 기능주의에 예속시키지 않는다는 점은 여기서도 확인된다. 다른 한편 이러한 교육은 단지 정신적 수련만을 지향하는 것이 아니라, 궁극적으로는 세상을 바꾸어나가는 실천까지 지향한다. 『수업시대』에서부터 빌헬름의 교사 역할을 했던 신부는 빌헬름에게 보내는 편지에서 자신의 가정과 이웃뿐 아니라 넓은 세상까지 바꾸어가야 한다며 실천윤리를 강조한다.

우리 개개인의 안정은 가정에서의 경건함에 바탕을 두고 있는데, 세계 전체의 공고함과 위엄도 가정에서의 경건함에 바탕을 두고 있습니다. 하지만 더이상 가정에서의 경건함만으로는 충분치 않습니다. 우리는 세상에 대한 경건함의 개념을 확립해야 합니다. 진정으로 인간적인 우리의 신념이 넓은 세계와 실천적인 관계를 맺도록 해서 우리의 이웃을 개선하는 데 그치지 말고 전 인류를 함께 이끌어가야 할 것입니다. (1권 314면)

'가정에서의 경건함'(Hausfrömmigkeit)에, 즉 가정을 튼실히 꾸리는 일에 안주하지 않고 넓은 세상과 실천적 관계를 맺어서 '전 인류를 함께 이끌어가야' 한다는 것이 '세상에 대한 경건함'(Weltfrömmigkeit)으로 정의되고 있다. 여기서 '경건함'은 앞서 살펴본 '세가지 경외심'과 '세가지 종교'에 의해 길러진 심성을 가리킨다. 결국 종교의 존재 이유는 나 자신을 바로 깨우치고 이웃과 세계를 더 나은 삶의 터전으로 바꾸어나가는 실천적 활동의 길잡이 역할을 하는 데 있는 것이다. 여기서 '외경심'을 구체적인 몸동작으로 표현한다거나 그리스도의 수난사를 그림으로 전시하여 교육단계에 맞게 필요한 시기에 감상하도록 한다거나 기예를 익히게 하는 등 감성교육 내지 예술교육을 중시하는 데서도 종교의 교리 자체보다는 실천윤리적 성격이 강조되고 있음을 알 수 있다.

이처럼 감성교육 내지 예술교육을 중시하는 것과 관련하여 괴테가 『편력시대』를 집필하던 무렵 종교·예술·학문의 상호관계에 관해 어떤 생각을 갖고 있었는지 간명하게 보여주는 다이어그램 형태의 흥미로운 개념도를 소개하는 것으로 글을 맺기로 하겠다.

신의 후의를 입은 인간의

종교　　　　예술　　　　학문은
믿음　　　　사랑　　　　소망에
바탕을 둔 것인즉, 이 세 영역은
기도하고　창조하고　통찰하려는
욕구를 길러주고 충족시켜준다
시작과 끝에서 보면
세 영역은 하나다
비록 중간에는 분리되어 있을지라도

Auf

Glaube　　　Liebe　　　Hoffnung
ruht des gottbegünstigten Menschen
Religion　　　Kunst　　　Wissenschaft
diese nähren und befriedigen
das Bedürfnis
anzubeten　hervorzubringen　zu schauen
alle drei sind eins
von Anfang und am Ende
wenngleich in der Mitte getrennt[15]

여기서 보듯이 기독교의 핵심덕목이라 일컬어지는 믿음과 사랑과 소망은 종교뿐만 아니라 예술과 학문의 바탕이기도 하다. 그리고 종교와 예술과 학문의 '시작'과 '끝'이 같다는 것은 인용구의 표현을 빌리면 종교적 '기도'와 예술적 '창조'와 학문적 '통찰'이 넓게 보면 동일한 근원적 욕구에서 발원하여 궁극적으로는 동일한 목표를 추구한다는 뜻이다. 그 궁극의 목표가 『편력시대』에서는 나와 세계의 연관성에 대한 올바른 통찰을 바탕으로 나 자신과 이웃과 세상을 더 나은 모습으로 바꾸어나가는 실천으로 설정되어 있다. 특히 종교·예술·학문의 삼위일체에서 예술을 중심적 위치에 놓은 것은 예술이 전통적 의미의 '아름다운 예술'이라는 고답적 위치에 안주해서는 안되고 이 세계와의 실천적 관련성을 강화하는 방향으로 정진해야 한다는 요청을 함축하는 것이라 하겠다. 또한 그러기 위해서는 종교가 도그마로 굳어질 위험뿐만 아니라 학문(과학)이 도구화될 위험까지도 바로잡아주는 구심의 역할을 예술이 해야 한다는 의식까지도 엿볼 수 있다.

---

15 1819년 4월 21일자 카를 에른스트 슈바르트(Karl Ernst Schubarth)에게 보낸 편지. HA 8, 616면.

기술만능주의와 진화론을 넘어서

◆

『파우스트』 2부의 호문쿨루스

호문쿨루스의 탄생

『파우스트』(*Faust*, 1831) 2부에서 헬레나 극에 못지않게 환상적인 장면은 인조인간 호문쿨루스(Homunculus)가 나오는 대목이다. 호문쿨루스는 『파우스트』 1부에서 파우스트의 제자로 등장하는 바그너(Wagner)가 만들어낸 존재인데, 바그너의 실험실 장면에 대한 지문 설명에서는 실험이 문자 그대로 '환상적인 목적'을 위한 것이라고 명시되어 있다. 여기서 호문쿨루스가 어떤 '판타지'의 산물인지 이해하려면 우선 바그너가 『파우스트』 1부에서 2부로 넘어오는 사이에 당대 최고의 과학자로 등극한다는 사실을 상기할 필요가 있다. 메피스토(Mephisto)는 바그너를 '학계의 일인자'라고 하며 이렇게 소개한다.

> 그는 성 베드로처럼 열쇠를 다루어서
> 지상의 것이든 천상의 것이든 열어젖혀 보여주지.
> 그는 어느 누구보다도 찬연히 빛나기에

어떤 명성, 어떤 명예도 그에겐 견줄 수 없다네.
파우스트의 이름조차도 그늘에 가려지고,
오직 그만이 새로운 것을 발명해내지. (6650~55행)[1]

『파우스트』 1부에서 "내가 아는 것이 많긴 하지만 모든 것을 알고 싶
다"(601행)고 했던 바그너는 '지식' 자체를 갈구하는 스콜라풍의 고루한
학자였고, "모든 것을 알고 싶다"는 말에서 짐작할 수 있듯이 앎의 '끝'
이 있다고 믿는 편협한 지식관을 갖고 있었다. 그러나 이제 '지상의 것'과
'천상의 것' 즉 우주 만물의 이치를 해명할 수 있는 능력을 보유하게 된
바그너는 '새로운 것을 발명'하는 능력을 발휘한다. '발명'의 능력은 갈릴
레이와 뉴턴 이래 근대과학의 핵심적 권능으로 간주되는데, 그런 점에서
바그너가 '학계의 일인자'라는 것은 근대과학을 최고도로 습득한 첨단의
과학자라는 말이다. 메피스토는 바그너의 명성에 비하면 이제 파우스트
의 명성은 퇴색했다고 말하기까지 한다. 새로운 것을 '만들어내는 능력'
을 학문의 최고봉으로 여긴다는 점에서 바그너는 「요한복음」 1장 1절에
나오는 창조주의 '말씀'(Wort)을 인간의 실천적 '행위'(Tat)로 해석하는
파우스트의 멘털리티를 그대로 계승하고 있는 수제자인 셈이다. '성 베드
로의 열쇠' 운운은 그런 맥락에서 바그너의 발명능력이 하늘과 땅의 섭리
를 주재하는 신적 권능에 버금간다는 말이다.[2] 그러한 전지전능의 모습은
『파우스트』 2부에서 파우스트가 정치인과 식민지 개척자 등으로 나서서
세상을 자신의 뜻대로 변화시키려 하는 것과 연결된다. 바그너와 파우스

---

1 작품 인용은 김수용 옮김 『파우스트』(책세상 2006)를 따르되, 번역은 필자가 다소 수정
  하였다.
2 "내가 천국의 열쇠를 네게 주리니 네가 땅에서 무엇이든지 매면 하늘에서도 매일 것이
  요 네가 땅에서 무엇이든지 풀면 하늘에서도 풀리리라 하시고."(「마태복음」 16장 19절
  에 나오는, 예수가 베드로에게 한 말)

트의 이러한 내밀한 친화성과 아울러 바그너의 제자인 학사(Bacalaureus)가 "내가 이 세상을 창조하기 전에는 이 세상은 존재하지도 않았다"(6794행)라고 말하는 대목도 유의할 필요가 있다. 세계를 자아의 구성물로 본 피히테(Fichte)의 유아론적 관념론을 연상케 하는 이러한 발언은 무엇이든 창안해낼 수 있다고 믿는 바그너의 과학만능주의와 인간정신을 절대화하는 독일 이상주의 철학 사이의 내밀한 친화성을 시사한다. 파우스트, 바그너, 학사라는 이 세가지 인간 유형이 서로 긴밀한 연관성을 갖고 있다는 설정은 과학만능주의와 절대적 정신주의 그리고 극단의 행동주의를 근대적 인간중심주의의 다양한 발현양태로 간주하는 것이다.

메피스토가 당대 최고의 과학자인 바그너에게 어떤 실험을 하고 있느냐고 묻자 바그너는 "인간이 만들어지는 중이오"(6836행)라고 답한다. 『파우스트』 1부에서는 기껏해야 '모방'밖에 할 줄 모르는 평범한 학자였던 바그너는 이제 조물주의 권능을 참칭하는 최첨단의 과학자로 변신해 있는 것이다. 그는 과학실험을 통해 인간을 만들려고 하는 이유를 자연적인 생식과정은 '짐승들'에게나 어울리는 저급한 것이기 때문이라고 설명한다.

> 짐승들이야 앞으로도 계속 그런 걸 즐기겠지만
> 위대한 재능을 타고난 인간은 장차
> 더욱 고귀한 근원에서 탄생해야 합니다. (6845~47행)

'더욱 고귀한 근원'이 인간의 '육체'보다 절대적으로 우월한 위치에 있는 '정신'을 가리킴은 두말할 나위도 없다. 인간의 탄생을 창조주의 역사로 받들던 믿음도 무너지고, 뭇 생명의 탄생을 '자연의 신비'로 여기던 믿음도 인간 정신과 이성의 빛 앞에서는 한낱 미몽에 불과한 것이 된다.

사람들이 자연의 신비라고 찬양하던 것,

그것을 우리는 오성의 힘으로 만들어보는 것입니다.
지금까지는 자연이 유기적으로 만들어내던 것을
우리는 인공적으로 결정체로 만들어내는 거지요. (6857~60행)

여기서 바그너가 '유기적 생성'(Organisation)과 '결정화'(Kristallisation)를 각각 자연과 인공에 대비하는 것에 주목할 필요가 있다. 이딸리아 여행 이후 평생 자연 연구에 몰두했던 괴테에 따르면 생명이 없는 무기물의 합성을 가리키는 '결정화'는 생명체의 '유기적 합성'과 엄연히 구별된다.[3] 따라서 바그너가 인조인간 호문쿨루스를 '인공적인 결정체'로 만들었다는 것은 생명이 없는 무기물에서 최고의 생명체인 인간을 만들어냈다는 말이다. 그런 의미에서 바그너는 "우리는 수백가지의 물질을 혼합해서/(⋯)/인간의 원소를 적절히 구성해내지요"(6849~51행)라고 말하기도 한다. 창조주의 권능까지도 능가하는 과학의 기적을 실행한다는 말이다. 그런데 괴테가 바그너에게 이런 능력을 부여한 것은 단지 상상의 산물이 아니라 근대과학의 발전맥락과 긴밀하게 연관되어 있다. 호문쿨루스라는 이름이 처음 등장하는 것은 중세 후기의 자연과학자 파라켈수스(Paracelsus)의 저작으로 추정되는 『물질의 본성에 대하여』(De natura rerum, 1572)라는 책인데, 여기에는 '하느님이 죄 많은 인간에게 알려준 최고의 비밀'이라며 '여성의 자궁 밖에서 인간을 만드는' 이론과 구체적인 '생산방법'이 기술되어 있다.[4] 요즘 방식으로 말하자면 생체 배양액으로 채워져 있는 인큐베이터에 남성의 정액을 주입하여 10개월 동안 온도를 조절해주면 '난쟁이 아이'가 탄생한다는 것인데, 그렇게 태어난 아이를 파라켈수스는 '난쟁이 인간'이라는

---

[3] 괴테는 동물의 생장을 '유기적 합성'(Organisation)으로, 무기물의 합성을 '결정화'(Kristallisation)로 구분하였다. Albrecht Schöne 엮음, *Faust: Kommentare*, Frankfurt a. M. 1999, 511면 참조.
[4] Albrecht Schöne 엮음, 앞의 책 504면 이하 참조.

〈그림 1〉 바그너와 호문쿨루스(19세기 동판화)

뜻인 '호문쿨룸'(homunculum)이라고 불렸다. 그런데 『파우스트』에서 바그너가 이러한 '수중배양' 모델을 따르지 않고 〈그림 1〉에서 보듯이 시험관에 열을 가하여 인조인간을 만들어낸 것은 이 실험실 장면을 집필하던 바로 직전에 실제로 무기물에서 유기물을 만들어낸 과학적 성과가 있었기 때문이다. 1828년 무기물 결정체를 변형해 인체의 신장(腎臟)에서 생성되는 요소(尿素)와 동일한 유기물을 합성해낸 이 획기적 '발명'에 즈음하여 화학자 베르첼리우스(Berzelius)는 '어쩌면 실험실에서 어린아이를 만들어낼 수도 있는 멋진 신기술'의 가능성을 언급한다.[5] 괴테가 실험실 장면을 집필한 때가 1830년이므로 1828년에 베르첼리우스를 직접 만나기도 했던 괴테가 무기물에서 유기물을 합성해낸 최첨단의 과학적 성과를 인조인간 호문쿨루스를 창조하는 실험실 장면의 밑그림으로 삼았을 가능성은 크다고 하겠다.

5 1828년 화학자 프리드리히 뷜러(Friedrich Wöhler)는 시안산암모늄에서 추출한 결정체를 변형해서 인체의 신장에서 생성되는 요소(尿素)와 동일한 유기물을 만들어냈다. 뷜러는 이 획기적 발견을 그의 스승 베르첼리우스(Berzelius)에게 편지로 알렸고, 베르첼리우스는 뷜러에게 보낸 답장에서 '어쩌면 실험실에서 어린아이도 만들어낼 수도 있는 멋진 신기술'의 가능성에 대해 언급한 바 있다. 괴테는 과학계의 최신 동향을 늘 알려주던 예나 대학의 화학자 되버라이너(Döbereiner)를 통해 이 사실을 전해들었을 뿐 아니라 1828년 8월 베르첼리우스를 초대하여 직접 만나기까지 했다. Albrecht Schöne 엮음, 앞의 책 506면 이하 참조.

초인적 '인공지능'과 반쪽의 생명

바그너가 만들어낸 인조인간 호문쿨루스는 시험관 밖으로 나오면 목숨을 부지할 수 없기 때문에 시험관 속에 갇혀 있어야만 하는 불완전한 존재이지만 그야말로 '기적'이라 할 수밖에 없는 비범한 능력을 타고난다. 예컨대 인간의 형상으로 막 태어난 호문쿨루스는 시험관 속에서 밖에 있는 '아버지' 즉 바그너에게 인사를 하면서 이렇게 말한다.

> 아빠! 어떠세요? 정말 농담이 아니었군요.
> 자, 저를 아주 다정하게 가슴에 안아주세요.
> 그렇다고 너무 힘을 주진 마시고요, 유리가 깨지면 안되니까요.
> 사물의 속성이 그러하지요.
> 자연적인 것을 담아내려면 우주도 충분치 않지만
> 인공적인 것은 제한된 공간만을 필요로 하니까요. (6879~84행)

우선 호문쿨루스가 눈을 뜨자마자 바로 말을 하는 것부터가 경이롭다. 그리고 밀폐된 시험관 속에 갇혀 있는 호문쿨루스의 말이 밖에 있는 바그너에게 전달된다는 사실도 현대과학으로는 설명할 수 없는 또다른 기적이다. 이는 과연 무대공연에서 어떻게 처리할 수 있을까 하는 연출상의 어려움도 수반한다. 생시에 이 장면의 공연을 보지 못한 괴테 자신도 그런 난관을 예측했는데, 무대에서 이 장면을 공연할 때 호문쿨루스가 시험관 속에서 하는 말은 유리 시험관을 투과하여 전달되는 것처럼 금속성의 새된 소리로 발성하고, 그런 발성을 하기 위한 하나의 방편으로 입을 다문 채 배로 새된 소리를 내는 '복화술사'의 발성법을 따를 것을 권했다고 한다.[6] 그런데 시험관 밖으로 나오지 못하는 유폐상태가 모태의 자궁 속에 있는 미숙한 상태를 연상시키는 측면이 있음을 감안하면 자궁 안에서 태아가 말을 하는 이 장면은 마냥 신기하다기보다는 매우 그로테스크한 효과를 연출한다. 다시 말해 관객의 입장에서 보면 놀라운 과학의 경이에 빠져들면서도 다른 한편 뭔가 인간의 척도로는 납득할 수 없는 해괴한 일이 벌어지고 있다는 뜨악한 느낌을 받게 되는 것이다.

바그너가 자신을 만든 '아버지'라는 사실을 아이가 금방 알아보는 것도 기이할뿐더러, 그러면서 "농담이 아니었군요"라고 말하는 것은 더더욱 기이한 느낌을 불러일으킨다. 아직 태어나기 전의 호문쿨루스가 — 다시 말해 단백질 혹은 무기물 상태로 '제조 중'에 있는 '물질'이 — 자신의 '조물주'인 바그너가 '인조인간'을 만들어낼 계획을 갖고 있음을 이미 알고 있었다는 뜻이기 때문이다. 실험실 장면 서두에서 바그너는 메피스토에게 장차 과학자들이 '훌륭하게 생각하는 두뇌'를 만들 수 있을 것이라고 장담하기도 하는데, 호문쿨루스는 이미 엄청난 능력의 '인공지능'[7]을 구현하고 있는 것이다. 요컨대 아직 완성되지 않은 '부품'이 제작자의 최종 설계도까지 미리 꿰뚫어보는 놀라운 초능력은 오늘날 공상과학영화에서나 나올 법한 슈퍼인공지능을 떠올리게 한다.

호문쿨루스가 시공간을 초월하여 파우스트와 메피스토를 고대 그리스와 신화의 세계로 안내하는 것도 그러한 능력의 하나라 하겠다. 고대의 세계로 여행을 떠나면서 메피스토가 관객을 향해 "결국 우리 인간은 우리 손으로/만들어낸 피조물에 의존하게 된답니다"(7003~7004행)라고 코멘트하거니와, 인간이 만들어낸 인공물이 거꾸로 인간을 조종하는 이러한 주객전도에서 맹목적 과학주의에 대한 괴테의 비판적 문제의식을 엿볼 수 있다. 앞의 인용문에서 호문쿨루스가 우주로도 다 담아낼 수 없는 자연의

---

6 1829년 12월 20일자 괴테와의 대화. 에커만 『괴테와의 대화』 1, 장희창 옮김, 민음사 2008, 543면 참조.

7 Jochen Schmidt, *Goethes Faust*, Stuttgart 1999, 268면.

광대무변(廣大無邊)함과 '인공적인 것의 제한성'을 대비시키는 것은 그런 맥락으로 이해할 수 있다. 시험관 속에 갇힌 채 마치 공중부양을 하듯이 허공을 떠다니며 움직이는 호문쿨루스의 동태는 첨단과 불구의 양면을 동시에 보여준다.

고대 그리스의 세계로 시공간 이동을 하여 에게 해 위에 떠 있는 호문쿨루스를 보면서 고대 그리스의 자연철학자 탈레스(Thales)와 해신 포세이돈(Poseidon)의 아들로 일컬어지는 프로테우스(Proteus)는 호문쿨루스의 불완전함을 이렇게 말한다.

> **탈레스:** 기이하게도 절반만 세상에 태어났다네.
> 정신적인 자질은 부족한 것이 없으나
> 구체적인 육신은 부족한 게 너무나 많다네.
> (⋯)
> **프로테우스:** 너야말로 정녕 숫처녀의 아들이로다.
> 태어나선 안될 때에 벌써 태어났으니!
> **탈레스:** (목소리를 낮추어서) 내가 보기엔 다른 면에서도 문제가 있는데,
> 남녀추니인 것 같군. (8248~56행)

지적 능력의 과잉과 신체적 결손이라는 불균형은 '절반의 탄생'이라는 말로 명확히 그 한계가 그어진다. 프로테우스가 '때 이른 탄생'을 '숫처녀의 아들'이라고 비아냥대는 것은 문자 그대로 호문쿨루스가 남녀의 교접을 거치지 않고 실험실에서 만들어진 생명체임을 가리킨다. 다른 한편 성모 마리아의 처녀 수태를 상기시킨다는 측면에서 보면 호문쿨루스를 탄생시킨 과학의 기적은 결국 하느님의 아들 예수의 존재 자체를 무화시키는 사태라 할 수 있다. 그런 호문쿨루스가 남녀 양성을 갖춘 존재란 점은 여러가지 의미를 함축한다. '절반만 태어난' 불완전성을 언급하고 있는

문맥에 비추어보면 이는 아직 남녀의 성이 분화되지 않은 미숙함을 가리킨다. 그런데 여기서 '남녀 양성'을 생물학적 의미에서 자웅동체를 뜻하는 'androgyn'으로 표현하지 않고, 그리스 신화에서 헤르메스(Hermes)와 아프로디테(Aphrodite) 사이에서 남녀추니로 태어난 헤르마프로디토스(Hermaphroditos)의 형용사형(hermaphroditisch)으로 남녀추니를 표현하고 있다는 사실에 유의할 필요가 있다. 알다시피 헤르메스는 신들의 전령으로 지혜와 소통의 신이고, 아프로디테는 미의 여신이다. 그리고 헤르메스가 해석학(Hermeneutik)의 어원과 관련된 존재임을 떠올리면 남녀추니의 혼종성은 다양한 맥락에서 해석될 수 있는 해석학적 코드인 셈이다. 일단 신화적 기원에 충실하게 해석하면 호문쿨루스의 놀라운 지능은 헤르메스와 연결되며, 파우스트를 그리스 최고의 미인 헬레나에게 데려다준다는 점에서는 아프로디테와도 연결된다. 다른 한편 탁월한 지능에 비해 아직 육체가 온전치 못하다는 점에서 호문쿨루스는 모성 유전자가 억압된 존재라 할 수 있다. 이러한 모성 유전자에 대한 억압은 바그너의 '발명정신'이 파우스트의 '행동주의'와 짝을 이룬다는 점에서 철저한 남성주의의 결과라 할 수 있다. 따라서 바그너가 실험실에서 인간을 만들어낸 것은 한 인간의 탄생과정에서 여성의 역할이 필요 없다는 남성 전일주의의 과학적 실천인 셈이다. 오늘날 인공수정과 동물복제를 주도하는 과학자들이 모두 남성 과학자라는 사실에 대한 비판적 문제제기[8] 역시 이런 사정과 무관하지 않다. 어쨌든 그런 남성 전일주의 정신의 소산인 호문쿨루스는 남성성만으로 뭉쳐진 불구라는 점에서도 미완의 존재이다.

괴테 자신은 호문쿨루스를 데몬(Dämon)에 견주기도 했다.[9] 데몬의 원

---

8 동물복제 논란에서 동물복제 프로젝트를 '남성의 프로젝트'라고 비판하는 것이 그 한 예이다. Gena Corea, *Mutter Maschine: Reproduktionstechnologien, von der künstlichen Befruchtung zur künstlichen Gebärmutter*, Frankfurt a. M. 1988.
9 1829년 12월 16일자 괴테와의 대화. 에커만, 앞의 책 538면 참조.

〈그림 2〉 '인간 배아' 호문쿨루스

래 뜻인 신과 인간을 연결해주는 영매(靈媒)로서의 특성, 또한 인간의 이성적 판단으로는 가늠할 수 없는 존재라는 사실, 그리고 그 자체로는 선악의 피안에 있는 가치중립적 존재라는 사실 모두 괴테가 말하는 데몬의 속성에 부합한다. 그런데 남녀 양성의 미숙한 존재를 가리킨다는 점에서 호문쿨루스라는 이름은 18세기의 과학사 논쟁에서 중요한 용어로 등장하게 된다. 생물학에서 이른바 전성설(前成說)과 후성설(後成說)의 대립이라 일컫는 당시의 논쟁에서 전성설은 개체의 맹아 속에 이미 온전히 성장한 개체의 모든 요소가 다 들어 있다고 보았고, 후성설은 후천적 환경의 작용에 의해 비로소 개체가 성숙해간다는 입장을 취했다. 그리고 괴테 시대 이전까지는——정확히 말하면 찰스 다윈(Charles Darwin)의 진화론이 득세하기 전까지는——아직 새로운 '종'의 탄생이나 진화에 대한 관찰이 보고되지 않은 상태여서 계란이 부화하는 과정에 대한 관찰 등에 힘입어 전성설이 우세했던 것으로 알려져 있다.[10] 그런데 전성설의 주창자 가운데 한 사람이었던 네덜란드 생물학자 니콜라스 하르추커르(Nicolas Hartsoeker, 1656~1725)는 그가 직접 그린 것으로 알려져 있는 〈그림 2〉에서 보듯이 남성의 정자 속에 남녀 양성을 다 갖춘 '인간 배아'가 들어 있다고 주장하면서 이 인간 배아를 호문쿨루스라 명명하였다. 하르추커르의 이러한 주장은 남성의 정자 속에 이미 남녀 각각의 개체로서도 완성되어 있는 존재인

---

10 Gernot Böhme, *Goethes Faust als philosophischer Text*, Baden-Baden 2005, 140면.

호문쿨루스가 들어 있다고 보기 때문에 『파우스트』에 나오는 과학자 바그너보다 한술 더 뜨고 있는 셈이다. 그렇지만 『파우스트』의 호문쿨루스가 '절반만 태어난' 불완전한 존재로 묘사되고 있다는 사실에 비추어보면 괴테가 하르추커르류의 전성설에는 비판적 거리를 두고 있었다는 해석도 가능하다. 특히 호문쿨루스의 불완전함이 다름 아닌 모성의 결핍에서 연유하는 것으로 진단하고 있는 것은 인간과 자연과 과학의 총체적 상관성에 대한 괴테의 생각을 가늠해볼 수 있는 결정적 단서일 뿐 아니라, 『파우스트』 2부에서 호문쿨루스가 등장하는 대목 전체의 미학적 해명을 위해서도 중요한 단서가 된다. 호문쿨루스가 탈레스와 프로테우스의 인도를 받아 바다의 여신 갈라테이아(Galateia)와 결합하는 장면은 그런 점에서 눈여겨볼 필요가 있다.

지배의 도구로서의 과학

호문쿨루스가 고대 그리스의 세계로 거슬러올라가 자연철학자 아낙사고라스(Anaxagoras)와 탈레스를 만나면서부터 그의 운명은 기로에 서게 된다. 알다시피 불이 곧 만물의 근원이라고 보는 화성설(火成說)의 주창자였던 아낙사고라스는 호문쿨루스를 자신의 세계로 끌어들이기 위하여 거대한 화산 폭발로 '하룻밤 사이에 거대한 산을 만들어내는' 불의 위력을 자랑한 다음, 화산 폭발로 생겨난 지하 동굴의 왕국에 난쟁이족들이 살고 있는데 만약 호문쿨루스가 원한다면 그 왕국의 옥좌에 그를 앉혀주겠다고 한다.

지낸 힌번도 위대한 일을 도모하지 않고
은둔자처럼 갇혀서 살아왔지.

자네가 지배하는 일에 익숙해질 수 있다면
자네에게 왕관을 씌워주겠네. (7877~80행)

　"위대한 일을 도모하지 않고/은둔자처럼 갇혀서 살아왔지"라는 말은 물론 시험관 속에 갇혀서 아무런 활동도 할 수 없는 상태를 가리킨다. 호문쿨루스가 첨단과학의 성과를 집약적으로 상징하는 존재라는 사실을 상기하면 이는 실험실 안에 갇혀 있는 과학과 그렇지 않은 현실 사이의 괴리를 암시하는 것이라 할 수도 있다. 그런데 '지배하는 일'에 익숙해질 수만 있다면 '왕권'을 주겠다는 것은 과학이 현실을 다스리는 통치의 도구로서 순응하기만 하면 과학이 곧 세상의 주인으로 군림할 수 있다는 뜻으로 이해할 수도 있다. 이미 언급한 대로 메피스토가 호문쿨루스를 가리켜 "인간은 인간 스스로 만들어낸 피조물에 의존하게 된다"라고 한 것과 통하는 발상이자, 과학기술이 지배의 도구로서 위세를 떨치면서 세상의 주인으로 군림하는 오늘날의 현실을 그대로 예견한 것이라 하겠다.
　과학이 지배의 도구가 될 때의 가공할 파국적 사태는 작품에서 상징적으로 묘사되고 있다. 호문쿨루스가 아낙사고라스의 제안에 대해 선뜻 판단을 내리지 못하고 수성설(水成說)의 주창자인 탈레스에게 조언을 구하자 탈레스는 난쟁이족이 평화롭게 연못에서 노는 왜가리들을 무자비하게 죽여 왜가리의 '친척'인 학의 분노와 '복수심'을 사서 몰살의 위기에 처하게 되었다고 말한다. 포악한 난쟁이족들이 평화롭게 노는 왜가리들을 무자비하게 살육하여 그 보복으로 학들의 공격을 받아 자멸의 위기에 내몰리는 양상은 ─ 난쟁이족의 포악함이 거대한 화산 폭발로 하룻밤에 산을 만들어내는 거친 화염의 성질과 연결되어 있다는 사실을 상기하면 ─ 자연의 힘을 지배와 정복을 위한 거대한 파괴적 힘으로 전환시키는 과학이 인간에게 자멸의 파국적 사태를 초래하는 부메랑이 될 수 있다는 경고로 읽을 수 있다. 그리고 괴테의 문학에서 학(鶴)이 '자연'과 '신성'이 일체화된 최고의 지혜를 상징하는 존재임을 염두에 두면[11] 학의 응징은 다름 아닌 자연의 순리에 따른 것이라 할 수 있다. 젊은 시절부터 스피노자(Spinoza)에 심취했던 괴테는 스피노자의 자연관을 일컬어 "신의 뜻으로도 바꿀 수 없는 것이 곧 자연의 법칙"이라고 했거니와,[12] 자연의 힘을 지배와 정복을 위한 무자비한 파괴력으로 전환시키는 인간의 오만은 자연의 순리에 의해 다스려지게 되는 것이다.

이처럼 난쟁이족이 학의 공격을 받고 궁지에 몰리자 아낙사고라스는 학들을 무찌르게 해달라고 다시 천공의 신들에게 기원한다. 그러자 하늘에서 거대한 불덩어리가 떨어지면서 학들은 물론 난쟁이족까지 무차별적으로 죽이는 사태가 벌어지고, "우리 인간과 육지와 바다를 모두 파멸시킬"(7919행) 듯한 이 무서운 재앙에 질겁한 아낙사고라스는 천지신명에게 사죄하며 자신의 기원을 철회하기에 이른다. 여기서 하늘에서 떨어지는 불덩어리는 자연현상으로서의 거대한 유성을 가리키지만, 그 가공할 파괴력에 대한 시청각적 묘사를 보면 단순한 자연재앙이 아니라 가공할 전쟁무기인 폭탄을 연상시킨다.

환하게 밝은 원반의 주위가 어두워지더니
갑자기 번쩍하고 불꽃을 튀기며 터지는구나.
저 요란한 폭발음! 쉬이익 하는 소리!
그러면서 천둥이 치고 폭풍이 몰아치는구나! (7924~27행)

---

11 예컨대 『젊은 베르터의 고뇌』에서 대자연 속에서 신성한 충일감을 맛보는 베르터는 '영원히 창조하는 정신'의 힘을 느끼면서 '학의 날개를 빌려' 비상할 수 있기를 꿈꾸는데, 이러한 동경은 자연이 그에게 부여한 모든 소양이 만물을 창조하는 자연/신의 역사처럼 남김없이 펼쳐지기를 갈망하는 것이다. 졸역 『젊은 베르터의 고뇌』, 창비 2012, 86면 참조.

12 Goethe, "Studien nach Spinoza," HA 13, 9면.

전쟁의 참화를 상기시키는 이러한 폭발 장면은 고대 그리스의 역사와 관련해서는 바다의 신 가운데 하나인 네레우스(Nereus)가 경고의 메시지로 들려주는 '트로이 심판의 날'의 참상과 연결된다.

> 대기에 자욱한 연기, 모든 것을 휩쓸어가는 시뻘건 불길,
> 불타오르는 대들보, 그 아래에서의 살육과 죽음,
> 트로이 심판의 날을 운율로 단단히 가두어서
> 수천년 동안 그 끔찍함을 전해왔건만. (8114~17행)

바로 앞에서 본 불덩어리가 다름 아닌 전쟁의 화마라는 것이 여기서 분명히 드러난다. '트로이 심판의 날'이라는 종말론적 언사를 쓴 것은 과학기술을 전쟁의 수단으로 악용하면 인류의 종말을 앞당길 수밖에 없다는 경고의 메시지라 할 수 있다. 트로이전쟁의 참상을 '운율' 즉 시문학에 담아서 수천년 동안 전해주어도 가공할 전쟁이 끊이질 않으므로 그리스 신화 속의 네레우스가 괴테 시대에 환생하여 다시 경고의 메시지를 전달하는 형국이다. 여기서 트로이 최후의 날의 참상을 '운율로 단단히 가두어서'(rythmisch festgebannt)라고 절묘하게 표현한 것에 유의할 필요가 있다. 'festbannen'이라는 단어는 인간의 힘으로 다스리기 힘든 '사악한 기운'이나 '천기'를 주술로써 꼼짝 못하게 가둔다는 의미를 지니고 있다. 따라서 역사의 저편에 파묻혀서 잊힌 트로이의 참상을 마치 주술을 부리듯이 다시 생생하게 재현한 이 구절은 인류가 미망에 휩쓸리지 않도록 진리의 '계시'에 동참하는 것이 곧 문학의 숭고한 소명임을 환기하고 있다고 하겠다.

다른 한편 극중에서 땅과 바다를 집어삼킬 듯한 화염 장면은 『파우스트』 2부 4막에서 파우스트가 황제를 도와 반란군을 진압할 때 자연력을 첨단무기로 변환하는 장면과도 연결된다. 이는 괴테 당대의 현실에서 대

량살상의 전쟁이야말로 자연의 힘을 지배와 정복을 위한 파괴력으로 전환하는 과학이 불러올 극단의 재앙임을 분명히 보여주는 것이다. 괴테는 그의 당대까지도 논란이 종식되지 않았던 화성설·수성설 논쟁에서 화성설에 거부감을 느꼈다.[13] 괴테가 화성설에 거부감을 느꼈던 이유는 아낙사고라스를 통해 제시되는 화력 장면에서 보듯이 지배와 정복을 위해 자연의 힘을 가공할 파괴력으로 전환하는 맹목적 과학주의에 대한 비판적 문제의식 때문이라 할 수 있다. 이는 당연히 과학기술을 그런 방식으로 악용하는 지배자들과 정복자들에 대한 비판이기도 하다. 그리고 자연법칙은 창조주도 바꿀 수 없다는 철칙과 더불어 괴테의 자연관에서 "자연은 결코 도약을 모른다"[14]는 또 하나의 핵심명제를 상기하면, 과학기술의 힘을 빌려 문명의 도약을 꿈꾸는 일체의 발상에 대한 근본적인 문제제기를 함축하는 것이라 하겠다.

그렇지만 극중의 호문쿨루스는 '친구'와 '적'을 가리지 않고 몰살시키는 이 거대한 화력에 움찔하면서도 하룻밤 사이에 그 폭발의 힘으로 산을 만들어내는 '기술의 창조성'을 보고 찬탄을 금치 못한다. 기술에 대한 이러한 몰가치적 인식 역시 '절반만 태어난' 반쪽짜리 인공지능의 불완전함을 보여준다고 하겠다. 요컨대 호문쿨루스가 이러한 '불'의 힘에 이끌린다면 자신을 반쪽짜리로 탄생시킨 바로 그 힘으로 되돌아가는 자멸의 악순환에 빠져들 수밖에 없는 것이다. 호문쿨루스가 아낙사고라스의 유혹에 넘어가지 않고 탈레스의 인도에 따르는 것은 바로 이 때문이다.

---

13 Otfried Wagenbreth, "Neptunismus/Vulkanismus," *Goethe-Handbuch*, Bd. 4-2, Stuttgart 1996, 801~803면 참조.

14 Albrecht Schöne 엮음, 앞의 책 531면에서 재인용.

호문쿨루스의 재탄생

탈레스의 충고에 따라 육신을 갖춘 온전한 존재가 되기 위해 '불'이 아닌 '물'을 택한 호문쿨루스는 돌고래로 변신한 프로테우스의 등에 업혀에게 해의 넓은 바다로 향한다. 그런 호문쿨루스를 향해 탈레스는 이렇게 말한다.

> 창조를 처음부터 새로 시작하려는
> 그 가상한 용기에 응해주어라!
> 재빨리 작용할 수 있도록 준비할지어다!
> 너는 이제 영원한 법칙에 따라 움직일 것이니,
> 수없이 많은 형태들을 거쳐
> 인간이 되기까지는 많은 시간이 걸릴 것이다. (8321~26행)

"창조를 처음부터 새로 시작한다"는 것은 첨단과학이 개입하여 자연의 순리에 따른 성장과정을 건너뛰는 무리한 도약을 철회하고 자연의 순리에 자신을 온전히 내맡긴다는 뜻이다. 자연은 비약을 모르기 때문에 자연의 '영원한 법칙'에 따라 '수많은 형태'를 거쳐 온전한 인간이 되려면 '많은 시간'이 걸리는데, 여기서 '수많은 형태'란 텍스트의 문면 그대로 해석하면 아직 육신이 없는 호문쿨루스가 온전한 육신을 가지려면 인체를 구성하는 수많은 기관들이 각자 제 기능을 할 정도까지 발육되어야 한다는 뜻이다. 그런데 인용문의 첫 3행은 물이 만물의 근원이라고 보는 탈레스가 생명의 근원인 물을 향하여 호문쿨루스가 인간이 되도록 '작용'하라고 기원하는 내용이다. 이런 맥락에서 보면 '수많은 형태'를 거친다는 것은 물에 의해 형성된 생명체는 일정한 형태로 고정되지 않는 물의 순리대로 성장해야 한다는 뜻으로 읽을 수도 있다. 불의 순간적 폭발과 대비되는 '작용'(Wirken)이라는 표현을 쓴 것도 그런 맥락에서 이해할 수 있다. 불의 세례를 받아 태어난 호문쿨루스가 다시 물의 세례를 받아야 하므로 호문쿨루스가 제대로 인간이 되려면 문자 그대로 죽었다가 다시 태어나는 거듭남의 과정을 거쳐야 한다.

여기서 "인간이 되기까지는 많은 시간이 걸린다"라고 할 때의 '인간'이 과연 어떤 차원의 인간을 가리키는지도 생각해볼 필요가 있다. 호문쿨루스라는 한 개체를 가리킬 수도 있지만, 호문쿨루스는 인류가 이룩한 과학기술의 정수를 나타내는 알레고리적 존재, 다시 말해 인류의 유적 능력을 집약한 존재이다. 그렇게 보면 여기서 탈레스가 말하는 '인간'은 예컨대 다윈이 말한 인간이라는 '종' 혹은 '유적 존재'(Gattungswesen)로서의 인간 내지 인류를 가리킨다고 보는 쪽이 더 설득력이 있다. 그 구절이 인간이라는 종의 탄생을 가리킨다고 보면 최초의 원시 인류가 탄생하기까지의 장구한 진화과정을 떠올리게 된다. 괴테는 말이라는 새로운 종이 탄생하려면 말의 형상과 특성과 신체기관들을 구현할 수 있는 모든 요소들이 빠짐없이 준비된 단계로까지 자연이 발전해야 비로소 가능하다고 보았는데,[15] 여기서 '단계'(Leiter)라는 표현은 진화론에서 말하는 진화의 '사다리'를 암시한다고 볼 수도 있다. 하지만 자연의 유기적 발전은 인정하지만 '순서를 건너뛴 도약'은 결코 인정하지 않는 괴테의 자연관에 비추어보면 인간이 아닌 종에서 인간이라는 새로운 종으로의 '진화'는 결코 상정될 수 없다. 따라서 호문쿨루스가 인간이 된다는 것은 다윈적 의미의 진화와는 전혀 무관하다. 그렇게 보면 결국 탈레스가 말한 '인간'이란 '유

---

15 "자연이 새로운 단계로 발전하는 것은 오직 일정한 순서에 따라서만 가능하다. 자연은 결코 그런 순서를 건너뛰지 않는다. 이를테면 말이라는 종이 탄생하려면, 말의 구조를 완비할 수 있는 바로 그 단계까지 여타의 동물들이 미리 존재해야만 하는 것이다." (Albrecht Schöne 엮음, 앞의 책 531면에서 재인용. 강조는 원문)

적 인간'에 가장 근접한 개념이라고 할 수 있다. 그렇다면 "인간이 되기까지는 많은 시간이 걸린다"라는 말은 인간이 '신의 형상을 닮은' 자신의 존엄에 값하는 존재로 성숙하여 정말로 인간다운 세상을 만들기까지는 실로 장구한 세월이 걸린다는 뜻이 된다. 또한 '수많은 형태를 거쳐'라는 말도 지금까지 진보와 퇴행, 건설과 파괴, 도약과 추락을 거듭해왔고 앞으로도 장구한 세월 동안 그것을 반복할 인류 역사의 시간대를 가리키는 시각적 환유라 할 수 있다. 요컨대 온갖 영욕으로 점철된 인간 역사는 자연의 '영원한 법칙'을 따를 때만 온전한 상태로 거듭날 수 있다는 말이다.

돌고래로 변신한 프로테우스가 호문쿨루스에게 '바다와 혼약을 맺도록' 해주겠다며 드넓은 바다로 데려가는 것은 그러한 자연사적·역사적 상징성을 갖는다. 호문쿨루스와 혼약을 맺을 바다의 여신 갈라테이아가 시녀들에 의해 다음과 같이 소개되는 것도 그런 맥락에서 이해할 수 있다.

> 조용히 일하는 우리들은
> 독수리도 날개 달린 사자도,
> 십자가도 달도 겁내지 않지요,
> 저 위 세상에 누가 살고 지배하든,
> 번갈아서 흥하고 망하든,
> 서로 쫓고 쫓기든 죽고 죽이든,
> 곡식과 도시들을 폐허로 만들든,
> 우리는 늘 그랬듯이
> 더없이 사랑스러운 여주인님을 모셔옵니다. (8370~78행)

첫 대목에 나오는 독수리는 고대 로마의 국장(國章)이었으며, 사자는 해상왕국 베네찌아, 십자가는 십자군, 달은 터키 왕국을 상징한다.[16] 요컨대 유사 이래 에게 해를 누비며 정복전쟁과 약탈을 일삼았던 역사적 세력들이다. 바다의 여신을 섬기는 시녀들이 그들을 조금도 두려워하지 않는 다는 것은 영원한 생명의 원천인 '물'의 힘이 '불'의 파괴력보다 더욱 근 원적인 자연의 생성원리임을 말해준다. 또한 인간사의 흥망성쇠와 죽고 죽임에 아랑곳하지 않는다는 것은 인간의 역사에 비해 자연의 역사가 더 욱 근원적인 힘에 의해 운행한다는 것을 보여준다. 프로테우스가 호문쿨 루스와 맺어주려 하는 바다의 여신 갈라테이아는 바로 그러한 대자연의 알레고리이다. 호문쿨루스는 "사랑의 충동에 따라"(8468행) 조개수레를 탄 갈라테이아에게 이끌려가고 마침내 조개로 만들어진 옥좌에 부딪혀서 그를 감싸고 있던 유리 시험관이 산산이 부서지며, 호문쿨루스는 불길 속 에서 형체가 사라진다. 괴테가 로마 여행 당시 직접 감상한 적이 있는 라 파엘로(Raffaello)의 벽화「갈라테이아의 승리」를 이 이미지의 밑그림으 로 삼았다고 알려져 있는[17] 이 장면에서 탈레스는 호문쿨루스가 산화하면 서 갈라테이아와 결합하는 모습을 다음과 같이 묘사하고 있다.

저 현상들은 도저히 거역할 수 없는 갈망의 징후들이네.
이제 불안에 떨며 몸부림치는 신음소리가 들릴 걸세.
그가 빛나는 옥좌에 몸을 던져 산산조각이 날 거야.
아, 막 불길이 솟아오르고 번쩍이는군. 벌써 쏟아지고 있어. (8470~73행)

호문쿨루스의 탄생과정에서는 없던 남녀 간의 사랑행위를 상기시키기 도 하는 이 장면에서 호문쿨루스는 문자 그대로 '정사(情死)'하지만, 그것 은 자연으로부터 차단된 유리 시험관이라는 감옥을 깨고 나오는 신생의 과정이기도 하다. "불안에 떨며 몸부림치는 신음소리"에서 불안에 떨다

16 같은 책 573면.
17 같은 책 574면.

(beängstet)라는 표현은 호문쿨루스의 '반쪽짜리' 생명을 지켜주는 거소이기도 한 유리 시험관이 깨지는 것에 대한 두려움이 아니라, 그 반대로 밀봉상태로 유폐되어 있는 '숨막히는 갑갑함의 불안'을 표현하고 있는 것이다.('불안'을 뜻하는 Angst는 '좁다'란 뜻의 eng에서 파생된 말이다.) 요컨대 죽어서 거듭나는 장면이며, 후기 괴테의 세계관을 집약하는 핵심적 모토 중 하나인 "죽어서 되라!"(Stirb und werde!)라는 시구[18]를 상기시키는 대목이기도 하다. 이러한 거듭남은 자연을 배제하고 있던 인공의 껍질을 깨고 대자연의 품으로 회귀하는 것이자, 파괴의 도구로 악용된 과학의 감옥을 깨부수는 것이기도 하다. 그리고 모성을 배제한 남성 전일주의의 사슬을 끊고 바다의 여신 갈라테이아가 상징하는 영원한 모성에 의해 '반쪽짜리' 인공생명이 온전한 생명체로 거듭나는 과정이기도 하다. 이러한 신생의 제의가 2막 결말부에서 에로스의 향연에 비견되는 것은 이 모든 의미의 총화라 할 수 있다.

> 이대로 다스리시오, 모든 것의 시작인 에로스여!
> 성스러운 불길에 싸인
> 바다에 축복 있으라! 파도에 축복 있으라!
> 물에 축복 있으라! 파도에 축복 있으라!
> 이 진기한 모험에 축복 있으라!
> (…)
> 그대들 4대 원소 모두에게! (8479~87행)

고대 그리스 신화에서 에로스는 생명체를 탄생시키는 근원적인 창조력에 해당한다. 불의 힘으로 만들어졌던 호문쿨루스는 물과 결합했다가

---

18 괴테 『서동시집』(West-östlicher Divan)에 수록된 「복된 동경」(Selige Sehnsucht) 참조.

다시 만물의 근원인 4대 원소로 분해되어 탈레스가 기원한 대로 "창조를 처음부터 새로 시작하는" 대자연의 운행에 동참한다. 여기서 이것은 완성이 아니라 어디까지나 새로운 시작이라는 사실이 중요하다. 그러기에 온전한 인간이 되기까지는 — 어쩌면 지금까지 인류가 살아온 시간보다도 훨씬 더 장구한 — '많은 시간'이 걸릴 거라는 것은 인류가 지금도 헤어나지 못하고 있는 고질적인 조급증에서 벗어나기 위한 요긴한 통찰이다. 고대 그리스 설화에서 에로스가 남녀 양성의 완벽한 인간존재를 뜻했다는 사실 역시 그런 맥락에서 되새겨볼 필요가 있다. 플라톤(Platon)의 『향연』에서 희극 작가 아리스토파네스(Aristophanes)가 들려주는 이야기에 의하면 인간은 원래 자웅동체의 원만구족한 존재였으나 이러한 인간의 완벽함을 못마땅히 여긴 신이 인간을 남자와 여자로 갈라놓았으며, 따라서 남녀 간의 사랑은 원래 둘이 함께 온전한 하나였던 상태로 되돌아가려는 자연적인 본성의 표현이라는 것이다.[19] 그런 점에서 여성을 배제하고 불의 힘이 상징하는 남성성만으로 태어난 호문쿨루스가 모성의 상징인 물의 세례를 받아 거듭나는 과정은 영원한 여성성과의 결합을 통해 온전한 인간됨을 지향하는 에로스의 향연인 것이다. 2막의 이러한 결말부는 『파우스트』 2부 전체의 대미를 장식하는 "영원히 여성적인 것이 / 우리를 이끌어올린다"(12110~11행)라는 구절을 연상시키며, 2부 전체의 절정 가운데 하나로 꼽힌다. 에게 해 장면의 무대 지시문 '하늘 높이 떠 있는 달'이 중세 신비주의 전통 이래 '영원'의 표상으로 통용되어온 '정지된 현재'(nunc stans)[20]를 상징하고, 에로스의 향연 대목이 송가(頌歌)풍의 코러스로 끝나는 것도 이 절정을 한껏 고조시키기 위함이라 하겠다.

---

19 플라톤 『향연』, 박희영 옮김, 문학과지성사 2003, 119~22면 참조.

20 과거·현재·미래로 분절된 시간경험이 신생·변화·소멸의 과정을 겪는 유한성의 경험인 반면, '영원'은 불변의 현재성으로 경험된다는 의미에서 '정지된(=조시산석) 현재'로 표상된다.

진화론을 넘어서

진화론으로 자연사 인식의 코페르니쿠스적 전환을 가져온 찰스 다윈은 『종의 기원』(1859) 서두에서 괴테의 자연관이 자신의 생각과 너무나 흡사하다고 강조한 바 있다.[21] 다윈의 그러한 말을 들으면, 머리만 발달한 육신 없는 호문쿨루스를 다시 인간으로 만들기 위해 만물의 근원인 '4대 원소'로 해체한다는 것은 역으로 말하면 그러한 물질에서 진화되어온 존재가 곧 인간이 아닌가 하는 생각이 들게 된다. 만약 이런 해석이 타당하다면 『파우스트』 2부의 호문쿨루스 장면은 다윈의 주장을 입증하는 훌륭한 전거가 될 수도 있다. 그렇지만 여기서 『파우스트』 2부의 끝부분에 나오는 구절 "일체의 무상한 것은/한낱 비유일 뿐이니"(12104~105행)라는 말을 되새겨볼 필요가 있다. 무기물을 가지고 유리 시험관에 불을 지펴서 만들어낸 호문쿨루스의 탄생과 고대 그리스까지 거슬러올라가는 시공간의 초월이 하나의 '비유'이듯, 불의 힘으로 만들어진 호문쿨루스가 물과 결합하여 대자연으로 회귀하는 것도 하나의 비유이다. 즉 과학이 더이상 지배와 정복을 위해 파괴적 폭력을 제공하는 도구로 전락해서는 안되며, 여성성을 배제하고 억압하는 남성 전일주의가 대자연의 근원과 맞닿아 있는 모성에 의해 순치되어야 한다는 비유인 것이다. 더 나아가 지금까지 그러한 '반쪽'의 힘으로 맹목적인 질주를 해온 인류의 역사가 자연의 순리를 회복해야 하며, 그러기 위해서는 인류가 거듭나야 한다는 점을 일깨우는 비유이기도 하다. 무엇보다 호문쿨루스가 온전한 '인간'이 되기 위한 출발점이 폭력에 의해서가 아니라 물의 부드러운 '작용'을 거쳐야만 도달할 수 있게 설정되어 있다는 점에서 2막에서 엿볼 수 있는 괴테

---

21 찰스 다윈 『종의 기원』, 송철용 옮김, 동서문화사 2009, 16면 참조.

의 자연관은 약육강식에 의한 '적자생존'과 자연운행의 급격한 단절과 비약에 의한 '돌연변이'를 근간으로 하는 다윈의 진화론과는 아무런 관련성이 없다. 물론 괴테는 자연만물이 궁극의 완성태를 지향하는 '형성인'(形成因, Entelechie)의 작용에 의해 부단히 성장, 발전해간다는 것을 굳게 믿었고,[22] 그런 생각을 '변형론'(Metamorphose)과 같은 구체적인 가설로 제시하기도 했다.[23] 하지만 괴테가 자연사에서나 역사에서 힘의 논리에 의한 단절과 비약은 반드시 파괴적 폭력을 수반하기 때문에 이를 단호히 거부했다는 것은 거듭 되새길 필요가 있다.

---

22 Andreas Anglet, "Entelechie," *Goethe-Handbuch*, Bd. 4-1, 264~65면 참조.

23 Hans Joachim Becker, "Metamorphose," *Goethe-Handbuch*, Bd. 4-2, 700~702면 참조.

제 5 부

괴테의 상징과 알레고리 개념

루카치의 괴테 수용에 대하여

지구화시대에 다시 읽는 괴테의 세계문학론

괴테의 상징과 알레고리 개념

◆

총체성과 감각적 구체성의 변증법

머리말

독일 문학사에서 1800년 전후의 시기는 고전주의와 낭만주의 문학이념이 정립되고 그에 상응하여 풍요로운 창작의 결실을 거둔 때라는 점에서 독일 문학사를 통틀어 가장 생산적인 시기의 하나로 꼽힌다. 이 무렵 창작활동의 전성기를 맞은 괴테는 시·소설·희곡 등 다양한 장르에서 이전 시기의 문학과는 구별되는 새로운 전범을 창조한다. 괴테 이전 시대의 독일 문학은 17세기 말 이래 프랑스 의(擬)고전주의 전통의 경직된 규범시학에 얽매여 있었다. 그와 달리 괴테는 현실과 유리된 관념적 규범시학을 거부하고 시대가 제기하는 다양한 문제에 대응하는 것을 자신의 문학적 과제로 삼았으며, 그 과정에서 자연스럽게 창작방법론을 포함한 문학이론에 본격적인 관심을 갖게 된다. 특히 이딸리아 여행 이후 쉴러(Schiller)와 긴밀한 지적 교류를 시작하는 1790년대부터 괴테의 문학예술관은 비교적 분명한 윤곽을 드러낸다. 그중에서도 상징과 알레고리 개념은 원숙기에 접어든 괴테의 문학예술관을 해명하는 데 핵심적인 실마리를 제공할 뿐만 아니라, 1800년을 전후한 시기의 문학예술 담론에서 패러다임의 전환을 가늠할 하나의 준거가 된다.

괴테 시대 이전까지 상징과 알레고리 개념은 고대 수사학의 전통을 이어받아 문학적 비유의 한 형식으로만 받아들여졌다.[1] 다시 말해 종래의 상징 개념은 좁은 의미에서 문학적 표현수단의 한 요소였을 뿐 넓은 의미의 양식(Stil) 개념과는 무관했고, 더구나 문학예술의 본질적인 문제와는 깊은 관련이 없었다. 18세기 중반까지도 상징은 흔히 알레고리와 같은 뜻으로 혼용되었거니와, 그러한 개념 혼용에서도 짐작할 수 있듯이 상징과 알레고리는 괴테 시대 이전까지 예술적 형상화의 문제에서 극히 지엽적인 문제로만 취급되었다. 그러나 괴테는 상징이 '문학의 본성'과 긴밀히 관련되어 있음을 강조한다.[2] 오늘날 보편적으로 통용되는 상징과 알레고리에 관한 개념 규정은 기본적으로 괴테의 정의에 바탕을 두고 있는 만큼[3] 상징과 알레고리에 관한 괴테의 논의를 살펴보는 것은 이 개념쌍의 이해를 위해 불가결한 작업이라 할 수 있다.

이 글에서는 괴테의 문학예술론에서 중요한 위치를 차지하는 상징과 알레고리 개념을 괴테의 발언에 근거하여 주요 쟁점별로 살펴보고자 한다. 우선 괴테가 상징과 알레고리를 서로 비교하지 않고 주로 상징에 관해서만 언급하는 1790년대의 발언들을 검토한 다음, 상징을 알레고리에 비해 우위에 두고 시문학의 본령으로 간주하는 이후의 발언들을 분석하

---

1 상징과 알레고리의 개념사에 대해서는 Heinz Hamm, "Symbol," *Ästhetische Grundbegriffe*, Bd. 5, Stuttgart 2002, 805~808면 참조.

2 Goethe, "Maximen und Reflexionen," HA 12, 471면.

3 가령 독일어권에서 표준적인 문학용어 사전으로 통용되는 『메츨러 문학용어 사전』에서는 상징을 "이념적인 내용에 감각적인 표현을 부여하기 위한 비유의 일종"이라 정의하고 있고, 알레고리를 "추상적인 개념을 형상적 이미지로 표현하는 비유법"이라 정의하고 있는데, 나중에 살펴보겠지만 이러한 정의는 상징과 알레고리에 관한 괴테의 정의와 거의 일치한다. Günther Schweikle u. Irmgard Schweikle 엮음, *Metzler Literatur Lexikon: Begriffe und Definitionen*, Stuttgart 1990, 9면과 450면 참조.

고, 마지막으로 괴테의 상징과 알레고리 개념이 문학사의 맥락에서 어떤 의미를 함축하는지 평가하고자 한다.

상징론의 출발점과 고전주의 미학

괴테가 상징에 관해 처음으로 비교적 소상히 언급한 것은 1797년 8월 16일자 쉴러에게 보낸 편지에서이다. 이 편지에서 괴테는 상징적 표현에 적합한 대상을 가리켜 이렇게 말하고 있다.

(상징적 표현에 적합한 대상이란 — 인용자) 제각기 다양한 특색을 지니면서도 다른 수많은 것들의 대표자로 현존하면서 일정한 총체성 (Totalität)을 내포하고, 일련의 다른 대상들에 대한 사유를 촉진하며, 나의 정신 속에 그와 유사한 대상이나 다른 생소한 대상에 대한 사유를 촉발함으로써, 현실과의 관계에서든 내면적으로든 모종의 통일성과 전일성(Allheit)을 추구하게 만드는 탁월한 사례들이지요.[4]

요컨대 예술창작 과정에서는 현실의 개별 사물을 다른 사물들과의 총체적 연관성 속에서 파악해야 하고, 주관적 경험의 제약을 극복하고 객관적 통일성을 추구해야 한다는 것이다. 이러한 생각은 청년기 괴테의 체험문학에서 두드러졌던 주관주의와 경험주의의 극복이 고전기의 괴테에게 새로운 관심사로 부상하고 있음을 시사한다. 실제로 이 편지 말미에서 괴테는 이제까지 자신의 '천성'과 '직접적인 경험' 사이의 모순을 한번도

---

4 Siegfried Seidel 엮음, *Der Briefwechsel zwischen Schiller und Goethe*, Bd. 1, Leipzig 1984, 383~84면.

극복하지 못했음을 실토한 다음, 그 모순을 풀지 못하고 "난마처럼 뒤엉킨 경험과 씨름을 하느니 차라리 당장 낙향하여 온갖 허깨비들을 마음 바깥으로 몰아내고 싶은" 심정을 쉴러에게 고백하고 있다.[5] 여기서 괴테가 말한 '천성'과 '경험' 사이의 모순은 '시문학'(Poesie)을 지향하는 마음과 이에 거슬리는 산문적 현실 사이의 대립과 긴장을 가리킨다. 그리고 그 양자 사이의 모순을 해소하지 못한 상태에서는 '난마처럼 뒤엉킨 경험'에 휘둘리는 경험주의에 매몰될 수밖에 없었음을 우회적으로 술회하고 있다.

그런데 흥미로운 것은 괴테가 이제까지 한번도 해결하지 못한 이러한 모순을 처음으로 극복할 수 있도록 실마리를 제공해주는 '상징적' 대상이 "그 자체로는 그다지 시적이지 않은 범용한 대상"임에도 '다른 수많은 것들의 대표자로 현존하면서 총체성을 내포하고 모종의 통일성을 추구하게 만드는 탁월한 사례'라는 것이다.[6] 여기서 괴테가 구체적 사례로 예시하는 것이 그의 조부 때부터 살아온 프랑크푸르트 생가이다. 괴테의 설명에 따르면 그 주거공간은 한때 '프랑크푸르트의 옛 촌장'이 살던 협소하고 정적인 공간이었으나, 독불전쟁의 와중에 폐허가 되었다가 다시 신축된 다른 수많은 건축물과 마찬가지로 이제는 활발한 '상거래와 교역의 거점'이자 '영리한 사업가들의 투자대상'으로 바뀌었다는 것이다. 다시 말해 과거에는 바깥세계와 격절되어 있던 주거공간이 이제는 현대적 대도시의 유기적 일부로 편입되어 주거공간의 안팎을 구획하던 경계도 없어졌으며, 과거의 안온하고 정감 어린 사적 공간은 예외 없이 시대의 변화를 반영하는 공적 공간의 축소판으로 탈바꿈했다는 것이다. 그런 맥락에서 하인츠 슐라퍼(Heinz Schlaffer)는 괴테가 쉴러에게 보낸 편지에서 말

---

5 같은 책 385면.
6 Goethe, 앞의 글 383면.

한 상징 개념은 오히려 노년기의 괴테 문학(예컨대 『파우스트』 2부)에 두드러진 알레고리에 가깝다고 해석한 바 있다.[7] 즉 괴테가 상징적 대상이라고 말한 주거공간은 국제적 상업도시 프랑크푸르트의 자본주의적 변화를 단적으로 보여주는 '표본'에 해당된다는 것이다. 나중에 다시 논의하겠지만, 괴테가 다양한 사례의 '표본' 또는 특정한 개념으로 환원될 수 있는 표현대상을 알레고리라 지칭하기 때문에 슐라퍼의 이러한 해석은 일리가 있다. 그러나 괴테의 모든 저작에서 상징을 알레고리와 혼용한 예는 찾아볼 수 없다. 그리고 상징이라고 할 때는 경험적 개별성을 넘어서는 총체성을 내포하되 결코 특정 개념으로 환원될 수 없는 표현대상의 고유한 독자성을 강조하기 때문에 이 편지에서 괴테가 말한 상징 개념을 알레고리 개념으로 치환하는 데는 상당한 무리가 따른다. 괴테가 상징적 대상의 사례로 언급한 그의 생가만 하더라도 사적 생활공간에까지 침투한 자본주의적 삶의 변화를 보여주는 표본임은 사실이지만, 다른 한편 그의 생가는 자본주의라는 거대 개념으로는 설명할 수 없는 개인사와 가족사 그리고 시대사를 아우르는 다양한 경험과 기억의 집적물로서, 괴테가 총체성을 상징 개념의 핵심으로 강조할 때는 그 총체성의 구성요건으로 이런 측면을 결코 간과할 수 없는 것이다.

다른 한편 이 편지에서 괴테가 말한 상징 개념이 엄밀히 말해 미적인 범주라기보다는 아직 '경험현실' 자체를 가리키는 범주에 머물러 있다고 비판하는 견해도 있다. 가령 이러한 상징 개념은 "예술 이전에 존재하는 실재를 전제하고 있다"[8]거나 "실재 자체가 이미 의미를 지니기 때문에 굳이 예술이 별도의 부가적 의미를 가질 필요는 없다"[9]고 보는 견해가 그러하

7 Heinz Schlaffer, *Faust Zweiter Teil: Die Allegorie des 19. Jahrhunderts*, Stuttgart 1981, 13~38면 참조,
8 Heinz Hamm, 앞의 글 807면.
9 Michael Titzmann, "Allegorie und Symbol im Denksystem der Goethezeit," Walter

다. 이미 살펴본 대로 괴테가 구체적 현실대상을 사례로 들어 논의한 만큼 미적 범주로서의 엄밀한 의미가 명확하게 드러나지 않는 것은 사실이다. 이 문제를 좀더 분명히 해명하기 위해서는 같은 편지에서 괴테가 그러한 '상징적' 현실대상을 쉴러가 말한 의미에서 '감상적'(sentimentalisch) 문학의 '제재'라고 일컫는 대목에 유의할 필요가 있다. 쉴러가 말하는 '소박한'(naiv) 문학과 '감상적' 문학을 괴테는 '고대'(antik)문학과 '현대' (modern)문학의 특징으로 이해한다.[10] 그런 관점에서 보면 '감상'문학의 범주에 드는 '상징'은 고대 그리스·로마 문학의 전범이 보여주는 감각적 구체성에 의존하지 않고 현대의 산문적인 삶의 조건에서 '그 자체로는 그다지 시적이지 않은' 대상에 대한 지적 성찰을 통해 구현된 새로운 현대적 양식 내지 그 현대성을 가리킨다고 볼 수 있다.

그렇다면 괴테가 말하는 '상징' 개념은 감각적 구체성을 배제한 이념적 지향성을 가리키는 것일까? 그러나 괴테는 창작활동의 모든 시기에 관념적 이상주의에 대해서는 늘 비판적 거리를 두었던 만큼, 감각적 구체성을 배제한 문학예술 양식을 옹호한다는 것은 괴테 문학의 기본 특성과 양립하기 어렵다. 오히려 그 반대로 괴테가 상징 개념을 통해 추구하는 것은 가다머(Gadamer)가 올바르게 지적했듯이 "감각적 현상과 초감각적 의미의 합일"[11]이다. 여기서 '감각적 현상'과 '초감각적 의미'의 매개 가능성을 보여주는 하나의 단서는 이딸리아 여행 이후 그의 새로운 관심사로 떠오른 자연에 대한 성찰과 연관되어 있다. 쉴러에게 보낸 이 편지 직후에 쓴 소논문 「조형예술의 대상에 관하여」(1798)에서 괴테는 "인간 정신이 가장 내밀하게 자연과 결합되어 온전한 형상으로 창조한 대상"을 '상징적 대상'이라 일컫고 있다.[12] 여기서 괴테가 강조하는 것은 자연의 소박한 외

Haug 엮음, *Formen und Funktion der Allegorie*, Stuttgart 1979, 658면.

10 Goethe, "Shakespeare, verglichen mit den Alten und Neusten," HA 12, 291면.

11 가다머 『진리와 방법』 1, 이길우 외 옮김, 문학동네 2012, 118면.

적·평면적 모방이 아니라 자연법칙과 인간정신의 통일을 통해서만 진정한 예술적 형상화에 도달할 수 있다는 점이다. 자연을 예술의 준거로 삼는 이러한 예술관은 고전기 이래 괴테의 예술관에서 결정적 중요성을 갖는다. 「디드로의 회화론」(1799)에서도 괴테는 '자연에 내재하는 법칙성'의 예술적 형상화를 통해서만 진정한 '양식'(Stil) 즉 상징적 형상화를 이룰 수 있다고 말한다.[13] 나중에 「잠언과 성찰」에서도 괴테는 '미'를 '숨겨져 있는 자연법칙의 발현'이라고 정의하거니와,[14] 자연의 생성원리를 예술창작의 기본모델로 설정하는 것은 괴테의 예술관에서 바탕을 이룬다. 괴테의 이러한 예술관은 전래의 관습과 규범에 의존하는 예술창작에 대한 비판이자 다른 한편 괴테 스스로 사상적으로 가장 깊은 감화를 받았다고 고백한 바 있는 스피노자(Spinoza)의 영향을 강하게 암시한다. 즉 자연에 내재하는 ─ 일체의 종교적 도그마에서 벗어난 근본적인 의미에서의 ─ '신성'의 발견 내지 발현이 곧 예술 본래의 창조성과 등치되는 것이다. 여기서 말하는 자연이 인간사회의 바깥에 외경(外景)으로 존재하는 좁은 의미의 자연이 아니라 인간을 그 일부로 포함하는 넓은 의미의 자연임은 물론이다.

다른 한편 괴테의 상징 개념은 예술의 자율성 문제와도 깊이 연관되어 있다. 괴테에 따르면 진정한 예술적 형상화로서의 상징은 표현대상을 초월한 어떤 관념에 의탁하지도 않고 또 예술가의 주관성이 대상에 투사된 것도 아니며, 표현대상 자체가 의미를 구현하는 방식으로 구체화된 것이다. 그런 방식으로 형상화된 대상은 "순전히 그 자체로만 존재하는 것처럼 보이면서도 언제나 보편적인 것을 수반하는 이상을 지향하기 때문에 실로 심오한 의미를 드러낸다."[15] 이러한 생각은 고전주의 미학의 준거가

12 Goethe, "Über die Gegenstände der bildenden Kunst," *Ästhetische Schriften*, FA 8, 441면.
13 Goethe, Diderots Versuch über die Malerei, FA 8, 565면.
14 Goethe, "Maximen und Reflexionen," HA 12, 467면.

되는 자율성의 미학과 그 맥이 닿아 있다. 동시대의 미학자 카를 필리프 모리츠(Karl Philipp Moritz)는 이러한 자율성의 미학을 다음과 같이 명료하게 정의하고 있다. "진정한 아름다움은 어떤 사물이 순전히 스스로 의미를 드러내고, 자기 자신만을 가리키고, 자신의 내용을 표현하면서도 그 자체로 완결된 전체를 이루는 데 있다."[16] 이전과 달리 예술은 종교나 철학 혹은 다른 어떤 가치체계에 종속되거나 그것들에 의존하지 않으면서 온전히 자립적으로 진·선·미의 통일체를 구현한다는 것이다. 종래의 전통적인 가치체계에서는 그러한 통합적 인식이 신학이나 철학만이 누린 특권이었다면, 이제 예술 역시 진리의 '계시'에 동참하는 소명을 부여받게 된 것이다. 괴테는 '진정한 상징'을 '진정한 예술'과 동렬에 올려놓음으로써 상징이 단순히 표현의 형식적 요소나 스타일에만 관련된 것이 아니라 예술적 성패를 가늠하는 관건이 되는 것으로 보았다. 이러한 자율성의 미학은 미적 표현을 통해 인간적 가치를 실현하고 인간적 완성을 추구하는 휴머니즘의 이상과 일맥상통한다.

상징의 옹호와 알레고리 비판

고전주의 시기 이후 괴테는 상징과 알레고리 개념을 좀더 명확하게 규정하면서 상징을 진정한 예술적 형상화의 원리로 높이 평가하는 반면 알레고리는 자의적이고 관습적인 도식적 창작방법이라고 부정적인 평가를 내린다. 괴테가 상징과 알레고리를 비교한 글 중에서 가장 널리 알려진 다음 구절에서 그런 생각을 엿볼 수 있다.

---

15 Goethe, "Über die Gegenstände der bildenden Kunst," FA 8, 443면.

16 Bengt A. Sørensen, *Allegorie und Symbol: Texte zur Theorie des dichterischen Bildes im 18. und frühen 19. Jahrhundert*, Frankfurt a. M. 1972, 115면에서 재인용.

시인이 보편적인 것을 표현하기 위해 특수한 것을 찾아내는가 아니면 특수한 것 속에서 보편적인 것을 직관하는가 하는 것은 판이하게 다르다. 전자에서 알레고리가 생겨나는데, 그 경우 특수한 것은 단지 보편적인 것을 예시하는 사례나 표본으로서만 그 의미가 있다. 그러나 후자의 경우가 본래 시문학의 본성이라 할 수 있는데, 시문학은 그 본성상 보편적인 것을 염두에 두거나 가리키지 않은 채 특수한 것을 표현하는 것이다. 바로 이 특수한 것을 생생하게 포착하는 시인이야말로 보편적인 것까지도 동시에 또는 — 시인 자신도 미처 알아차리지 못하는 사이에 — 나중에 구현하게 된다.[17]

상징과 알레고리를 '보편'과 '특수'의 관계로 보는 이러한 설명에 따르면 우선 알레고리는 '보편적인 것을 예시하는 사례나 표본으로서만' 유효하기 때문에 문학적 형상으로서의 자족적 근거를 상실하고 있다. 다시 말해 기성의 보편관념을 전달하는 수단에 불과하기 때문에 다른 무수한 '사례'들로 얼마든지 대체될 수 있고, 그런 점에서 문학적 표현 자체의 고유한 독자성을 상실하고 있다. 따라서 이런 의미에서의 알레고리는 문학적 표현 이전에 존재하는 다른 어떤 관념의 표현수단으로 격하될 수밖에 없다. 그에 비해 상징은 바로 '특수한 것' 자체에 즉하여 '보편적인 것'을 '직관'하게 한다. 여기서 괴테가 보편과 특수의 통합적 구현을 가능하게 하는 미적 지각의 고유한 원리로 상정하는 '직관'의 의미를 되새겨볼 필요가 있다. 즉 작가 자신의 의식적 통제를 벗어나서, 생생한 특수성의 포착이 과연 보편을 담보할지 작가 자신도 헤아리지 못하는 상태에서, 보편과 특수를 아우르는 통합을 구현해야 한다는 것이다. 요컨대 '보편'으로

---

17 Goethe, "Maximen und Reflexionen," HA 12, 471면.

공유되어온 기성 관념을 — 심지어 작가의 의도까지도 넘어서서 — 일거에 허물 수 있는 전복적인 잠재력을 내장할 때 비로소 '시문학의 본성'에 값하는 '상징'이 성립될 수 있다는 것이다.

괴테가 상징 개념을 보편과 특수의 맥락에서 언급하면서 '무궁무진한 탐구대상의 생생하고 순간적인 발현'을 '진정한 상징'의 요건으로 강조하는 것도 그런 이유에서이다.

특수한 것이 보편적인 것을 드러내되 보편적인 것에 관한 몽상이나 보편적인 것의 한낱 그림자로서 드러내는 것이 아니라, 온전히 탐구될 수 없는 대상의 생생하고도 순간적인 발현을 통해서만 비로소 진정한 상징이 성립된다.[18]

특수한 것의 독자적 정립, 다시 말해 구체적이고 개별적인 일회적 표현을 통해 보편적인 것을 일거에 구현하는 상징이 작가의 의식적 통제에서 벗어나 있다고 해서 아무렇게나 자의적으로 — '보편적인 것에 관한 몽상이나 한낱 그림자로서' — 실현될 수 있는 성질의 것이 아님을 엄정하게 분별하고, 그런 의미에서 온전한 앎을 추구하는 것은 의당 작가의 몫이다. 그러나 작가의 앎이 다시 창작의 지속적인 규제원리로 타성화될 때는 문학의 본령에서 멀어진다는 뜻에서 괴테는 '온전히 탐구될 수 없는 대상의 생생하고도 순간적인 발현'을 '진정한 상징'의 요건으로 강조하고 있다. 범박하게 말하자면 이는 매너리즘을 경계하는 것으로 해석할 수도 있다. 그렇지만 '발현'(Offenbarung)이라는 개념이 서양의 지적 전통에서 원래 '종교적 계시'를 뜻한다는 사실을 상기하면 단지 매너리즘을 경계하는 것 이상의 의미를 담은 발언이라 하겠다. '종교적 계시'에 담긴 뜻

---

18 같은 곳.

을 인간의 이성으로 온전히 파헤칠 수 없듯이, 상징을 통해 환기되는 이념 혹은 이데아는 '설령 그 어떤 언어로 표현된다 하더라도 남김없이 표현될 수 없는 상태'로 구현된다.

상징(Symbolik)은 현상을 이념(Idee)으로, 이념을 하나의 형상(Bild)으로 변형시키거니와, 그 과정에서 이념은 형상 속에서 언제나 무궁무진한 작용을 일으켜서 결코 그 궁극에 도달할 수 없으며, 설령 그 어떤 언어로 표현한다 하더라도 남김없이 표현될 수 없는 상태에 머물게 된다.[19]

이 말은 언어 무용론이나 인식론적 불가지론을 주장하려는 것이 아니라 진정한 문학적 표현은 지시적 기능에만 머물지 않고 특정한 의미내용으로도 환원되지 않는 무한한 창조성을 추구한다는 점을 강조하려는 것이다. "예술은 말로 표현할 수 없는 것의 매개자다"[20]라는 괴테의 말도 이런 맥락에서 이해할 수 있다. 그렇기 때문에 괴테가 말하는 보편과 특수의 관계를 예컨대 "보편과 특수의 조화로운 균형상태"[21]로만 이해하는 것은 사태를 단순화하는 일면적 해석이다. 흔히 고전주의의 미적 이상과 동일시되기도 하는 그러한 '조화로운 균형상태'라는 것은 현실의 복잡다기한 모순을 걸러내고 승화시킨 정제된 상태, 즉 의미의 완결성을 가리키는 만큼 상징적 형상의 '무궁무진한 의미작용'과는 상충한다. 그리고 앞의 인용문에서 '상징'을 수사학적 전통의 연장선에 있는 Symbol 대신 보편적 총괄개념인 Symbolik이라고 칭하는 것도 후기 괴테의 상징 개념이

19 같은 글 470면.
20 같은 글 468면.
21 Bengt A. Sørensen, "Altersstil und Symboltheorie: Zum Problem des Symbols und der Allegorie bei Goethe," *Goethe-Jahrbuch* 94(1977), 75면.

단지 표현형식의 문제가 아니라 보편적인 문학이념의 차원에서 사유되고 있음을 시사한다.

이처럼 괴테가 상징을 문학 본래의 창조성과 결부해 높이 평가하는 반면 알레고리는 기성 관념과 지식의 개념적 도해로 간주한다.

알레고리는 현상을 하나의 개념으로 바꾸고 그 개념을 형상으로 바꾸는데, 그 과정에서 개념은 형상 속에서 언제나 제한된 채로 포착되기 때문에 남김없이 드러날 수 있으며 형상을 통해 온전히 표현될 수 있다.[22]

알레고리는 현실에서 추상된 개념의 '도해'라는 것이다. 알레고리적 형상 역시 문학적 형상인 한에는 감각적 구체성을 지니지만, 바로 그렇기 때문에 개념이 현실과의 관계에서 내포하는 다양한 함의는 감각적 구체성이 허용하는 범위 내로 제한될 수밖에 없다. 알레고리적 형상은 일견 그 지시대상이 명확하고 의미가 명료해 보이지만, 그 명확성이 오히려 의미에 제한을 가하는 것이다. "개념은 형상 속에서 제한된 채로 포착되기 때문에 남김없이 드러날 수 있다"는 역설이 뜻하는 바는 이것이다. 이처럼 알레고리는 예술가가 기성 관념으로 이미 습득하고 있는 어떤 내용을 전달하기 위한 수단이다. 그런 알레고리는 당연히 기존의 예술규범이나 관습에 의존할 수밖에 없기 때문에 새로운 예술적 형상화의 영역을 개척하지 못하고 기존의 것을 답습하는 데 그칠 우려가 크다. 따라서 기존의 표현관습과 현실적 대상 사이의 유추를 통해 획득되는 알레고리는 당연히 자의적인 것이 될 수밖에 없다. 괴테가 알레고리적 예술을 '자의적인 것, 관습적인 것, 우발적인 것'이라고 비판하는 이유가 여기에 있다.

---

22 Goethe, "Maximen und Reflexionen," HA 12, 471면.

이처럼 문학적 형상의 풍부한 함의를 제한하고 개념의 예시에 그치는 알레고리는 예술가의 정신을 자족적인 폐쇄성 속에 가두어버리고 형상화 대상과의 생산적인 교섭을 가로막기 때문에 결과적으로 예술적 상상력을 제약한다.

오성과 기지와 세련된 기교를 통해 빛을 발하는 예술작품들도 있는데, 그런 예술작품은 모두 알레고리적이라 할 수 있다. 그런 작품에서는 좀처럼 훌륭한 것을 기대하기 어려운데, 왜냐하면 (…) 그런 작품들은 표현의 흥미 자체를 파괴하고 정신을 유폐시켜서 실제로 표현되는 대상을 보지 못하게 정신의 눈을 가리기 때문이다.[23]

알레고리에 대한 비판의 문맥을 상징과 결부지어 재구성할 때 이 인용문은 온전히 이해될 수 있다. 여기서 '정신의 눈'은 (알레고리가 아닌) 제대로 된 예술작품에서 예술적 표현대상과의 생산적인 교호작용을 통해 예술적 창조성을 담보하는 미적 지각을 가리키는 것으로, 앞에서 상징의 핵심범주로 언급된 '직관'에 상응하는 것이다. '정신'의 '눈'이라는 조어에서 알 수 있듯이 '직관'은 정신적인 것과 감각적인 것을 매개하는 것으로, 여기서 '눈'으로 비유된 감각적 지각은 단지 정신적인 것의 보완물이 아니라 인간과 세계의 총체적인 소통을 가능케 하는 매개체이다. 『색채론』에서 괴테는 이렇게 말한다.

빛의 창조물인 눈은 빛 자체가 해낼 수 있는 모든 것을 해낼 수 있다. 빛은 가시적인 것을 눈에 제공하고, 눈은 자기가 본 것을 인간의 온몸에 제공한다. 귀는 말하지 못하고 입은 보지 못한다. 그러나 눈은 알아

---

23 Goethe, *Über die Gegenstände der bildenden Kunst*, FA 8, 443면.

듣고, 말한다. 눈에서는 바깥으로부터 세계가 투영되고, 안으로부터는 인간이 투영된다. 안과 밖의 총체가 눈을 통해 완성된다.[24]

이 인용문은 『색채론』의 문맥에서만 보면 시각에는 다른 감각에 비해 특출하게 월등한 지각능력이 있음을 강조하는 것으로 이해할 수 있지만, 일반화하면 괴테의 문학예술론에서 감각적 지각이 얼마나 막대한 비중을 차지하는가를 알 수 있는 대목이기도 하다. 괴테가 알레고리를 일관되게 비판하는 근본적인 동기 중 하나도 총체적인 세계인식을 매개하는 감각적 구체성을 알레고리에서는 기대할 수 없다고 보기 때문이다.

결론에 대신하여

괴테의 상징론은 독일 고전주의 미학의 형성에 결정적인 역할을 수행하게 되지만, 상징과 알레고리에 대한 그의 생각은 이미 당대에서부터 엇갈린 평가를 받아왔다. 가령 낭만주의 문학이론의 기수 슐레겔(F. Schlegel)은 『시문학에 관한 대화』에서 "지고의 것은 다름 아니라 그것이 결코 표현될 수 없기 때문에 오로지 알레고리로 말할 수밖에 없다"[25]고 함으로써 상징에 관한 괴테의 발언을 거꾸로 뒤집어서 알레고리에 적용하기도 했다. 그런가 하면 같은 글의 새 판본에서는 별다른 설명 없이 '알레고리'를 다시 '상징'으로 고쳐쓰기도 했는데,[26] 괴테의 관점에서 보면 상징과 알레고리의 이러한 자의적 대체는 개념의 엄밀성을 결여한 것이라 할수 있다. 그러나 일체의 형식규범을 해체하고 이질적 형식들의 아라베스

---

24 Goethe, *Zur Farbenlehre*, HA 13, 642면.

25 Friedrich Schlegel, *Gespräch über die Poesie*, Padeborn 1985, 158면.

26 같은 곳, 주 3번 참조.

끄적 혼용을 예술적 이상으로 표방한 초기 낭만주의 미학에 입각해서 보면, 이는 괴테가 설정한 상징과 알레고리의 이분법 자체를 허물어뜨림으로써 고전주의 미학의 기본틀을 해체하려는 시도라고 해석할 수도 있다.

실제로 괴테가 규정한 상징과 알레고리의 엄격한 구분을 해체하는 대표적인 사례는 다름 아닌 괴테 자신의 후기 작품에서 찾아볼 수 있다. 슐라퍼가 설득력 있게 입증한 바 있듯이[27] 『파우스트』 2부는 알레고리의 관점에서 접근할 때만 작품에 대한 적확하고 풍부한 이해가 가능하다. 다만 이 경우에도 『파우스트』 2부의 알레고리가 과연 괴테 자신이 비판한 알레고리 개념과 일치하느냐 하는 문제는 쟁점으로 남는다. 앞에서 살펴본 괴테의 견해에 따르면 알레고리는 개념적 도식이나 이념내용으로 명확하게 환원될 수 있는 특성을 지니지만, 『파우스트』 2부에 나오는 알레고리적 요소들은 거의 예외 없이 명확한 의미로 환원되지 않고 풍부한 다의성을 보여주기 때문이다. 가령 파우스트가 헬레네와의 사이에서 낳은 아들 '오이포리온'(Euphorion)은 단지 신화적 인물의 차용이라거나 낭만주의 예술을 가리키는 알레고리, 또는 터키의 그리스 침공 때 유럽 문화의 성지를 수호하기 위해 출정했다가 사망한 영국 시인 바이런(Byron), 혹은 순전히 파우스트 자신의 환영에 의한 산물 등 그 어느 쪽으로 해석하더라도 모두 일면적인 해석이 될 수밖에 없다. 요컨대 오이포리온 같은 문학적 형상은 괴테가 이론적 논의에서 규정한 알레고리 개념의 틀로는 적절히 설명되지 않는 다의성을 내포하고 있는 것이다.

『파우스트』 2부에 등장하는 이 새로운 유형의 알레고리는 괴테 이후의 문학전통에서 다채롭게 변주된다. 가령 보들레르(Baudelaire)의 대표작 중의 하나인 「백조」(Le Cygne)에 등장하는 '백조'가 그러하다.[28] 빠리

27 Heinz Schlaffer, 앞의 책 참조.
28 보들레르 『악의 꽃』, 윤영애 옮김, 문학과지성사 2003, 218~21면 참조.

의 포장도로에서 우리 바깥으로 기어나온 백조를 보면서 시의 화자는 가장 먼저 '앙드로마끄'(Andromaque, 그리스 신화의 안드로마케)를 떠올린다. 앙드로마끄는 트로이의 용장 헥토르의 미망인으로, 트로이 함락 후 적장에게 끌려가 그의 세 아들을 낳지만 끝까지 헥토르를 잊지 못하는 비운의 여인이다. 삶의 터전인 호수에서 잡혀와 우리에 갇혔다가 그것으로도 모자라 폭염이 이글거리는 대도시의 포장도로 위에 내버려진 백조의 모습에서 시의 화자는 앙드로마끄의 비운을 떠올리는 것이다. 하지만 시의 후반부로 가면 앙드로마끄는 빠리 빈민굴의 노파로, 또 빠리의 우울한 산책자인 시인 자신의 모습으로 다양하게 변주되면서 복수화(複數化)한다. 그런데 이 시에는 빅또르 위고(Victor-Marie Hugo)에게 바치는 헌사가 붙어 있기도 하다. 보들레르가 이 시를 쓰던 무렵 불순한 공화주의자로 낙인찍혀 외딴섬에 유배되어 있던 빅또르 위고는 백조의 운명에 상응하는 듯한 공감을 불러일으킨다. 『파우스트』 2부의 알레고리와 마찬가지로 상징주의자들이 즐겨 구사한 이러한 알레고리는 문학적 기호와 의미 사이에 일의적 연관성을 부여하는 방식으로는 삶의 복잡다기한 양상을 파악하기 힘든 현대로 올수록 오히려 생산적인 표현수단이 된다. 괴테가 말한 알레고리 개념은 괴테 시대 이후 시대환경의 변화에 따라 그 기능이 지속적으로 변환되었다고 할 수 있겠다.

알레고리가 괴테의 개념 정의를 넘어 다양한 형태로 변주되면서 생명을 이어간 것과는 달리 괴테의 상징 개념은 고전주의 미학에 대한 평가와 부침을 같이하여 현대로 올수록 강력한 비판에 직면한다. 괴테의 상징 개념은 칸트(Kant)가 '윤리성(Sittlichkeit)의 상징으로서의 아름다움'을 말한 것과 같은 맥락에서 진·선·미의 조화와 통일을 지향한다.[29] 그리고 이러한 상징론은 곧 인간의 조화로운 완성이라는 '교양'(Bildung)이념을 근

---

29 칸트 『판단력 비판』, 백종현 옮김, 아카넷 2009, 399~403면 참조.

간으로 하는 고전주의 미학의 예술적 이상과 직결된다. 휴머니즘에 바탕을 둔 이러한 고전주의 예술관은 근대 시민사회의 형성과정에서 인간 개개인의 자아 실현과 자유의 실현을 지고의 가치로 추구한 시대정신의 산물이기도 하다. 그런데 조화와 통일성을 지향하는 고전주의적 예술 이상과 상징의 예술이 윤리적·정치적 자율성의 실현을 가로막는 사회적 모순이 이전 시대와는 또다른 차원에서 심화되는 현대사회에서 과연 그 계몽적 효용성을 발휘할 수 있는가 하는 문제가 제기된다. 그런 점에서 벤야민은 괴테의 상징 개념이 현대적 삶의 조건에서 "총체성이라는 거짓된 가상"[30]을 통해 야만적 현실을 은폐하고 '교양'이라는 허위의식을 조장하는 결과를 초래한다고 보았다. 그와 달리 루카치는 괴테의 상징 개념이 현대적 삶의 조건에서도 현실을 총체적으로 인식하고 전형을 창조하기 위한 유력한 수단이라고 높이 평가하면서 알레고리는 아방가르드 예술의 해체주의적 경향에 부합하는 예술형식이라고 부정적으로 평가한다.[31] 유기적 역사발전론 내지 역사주의를 비판하는 입장을 취했던 벤야민이 전통예술을 해체하려는 아방가르드 조류에서 새로운 예술의 가능성을 찾으려 했다면, 그와 달리 일관되게 리얼리즘 미학을 견지한 루카치는 괴테의 상징 개념에서 리얼리즘론의 핵심범주 중 하나인 전형성 개념을 도출한다. 이처럼 벤야민과 루카치는 괴테의 상징 개념에 대해 상반된 평가를 내리지만, 양자 모두 괴테의 상징 개념을 현대적 상황에서 재해석하고 있고 특히 세계관의 문제와 결부시키고 있음을 알 수 있다.

전통적인 문예학의 입장을 고수하는 개념 서술에서는 세계관과 이념의 과부하가 걸린 상징 개념 자체를 부정하면서 논의를 철저하게 예술적 표현형식 내지 수사학의 문제로 제한하려고 한다. 가령 코베(P. Kobbe)는

---

30 Walter Benjamin, *Ursprung des deutschen Trauerspiels, Gesammelte Schriften*, Bd. I-1, Frankfurt a. M. 1991, 352면.
31 루카치 『미학』 4, 반성완 옮김, 미술문화 2002, 147~77면 참조.

상징 개념이 주로 '기호론에 역행하는'(para-semiotisch) 맥락에서 논의
된 결과 세계관 논쟁으로 치우친 점을 지적하면서 상징이 '은유'나 '환유'
등의 표현형식으로 어떻게 구체화되는가 하는 유형학적 분류로 논의방
향을 돌리고 있다.[32] 이러한 지적은 상징론을 지나치게 세계관의 문제로
끌고 간 편향을 수정할 여지가 있다는 면에서 일리가 있으나 상징을 '기
호'의 차원으로만 좁혀서 해석하는 것은 반대의 역편향에 치우치는 결과
를 가져오게 된다. 지금까지 살펴보았듯이 상징과 알레고리에 대한 괴테
의 생각은 그의 시대가 요구하는 문학예술의 새로운 형식에 대한 치열한
문제의식의 소산이다. 따라서 괴테의 상징과 알레고리 개념을 괴테 시대
당대의 사회·역사적 맥락과 무관한 형식의 문제로만 접근할 때는 현실과
유리된 관념적 공론에 그칠 우려가 있다 하겠다. 문학예술 작품을 특정한
세계관의 표현으로만 이해하거나 특정한 예술형식의 구현으로만 환원하
는 것은 모두 편향된 해석이며, 상징과 알레고리에 대한 괴테의 생각 역
시 양자를 동시에 고려하는 균형있는 시각을 통해서만 제대로 이해될 수
있을 것이다.

---

32 Peter Kobbe, "Symbol," Klaus Kanzog u. Achim Masser 엮음, *Reallexikon der deutschen
Literaturgeschichte*, Berlin 1984, 310면.

루카치의 괴테 수용에 대하여

머리말

헝가리의 미학자이자 비평가 루카치(G. Lukács, 1885~1971)는 1970년 괴테의 고향도시인 프랑크푸르트 시가 수여하는 괴테상을 수상하였다. 수상 소감문에서 루카치는 그가 살아온 시대현실과의 대결에서 괴테의 문학이 결정적인 의미를 지닌다고 고백한 바 있다.[1] 50년 넘게 맑스주의 자의 길을 걸어온 헝가리의 한 지식인에게 독일 시민문화의 전통을 기리는 특별한 상이 수여된 것도 우연이 아니겠지만, 죽음을 한해 앞둔 루카치의 회고도 단지 수상의 영예에 대한 의례적인 답사만은 아닐 것이다. 그렇지만 루카치의 괴테 수용에 대한 본격적인 연구가 의외로 드문 것이 사실이다.[2] 양자의 관계를 다루는 경우에도 대체로 루카치의 사상이 맑

---

1 Georg Lukács, "Goethe und Marx," Frank Benseler 엮음, *Revolutionäres Denken—Georg Lukács*, Darmstadt 1984, 154면 참조.
2 필자가 아는 바로는 반성완 교수의 「루카치 현대문학사관의 비판적 고찰」이 이 주제를 가장 집중적으로 다루고 있는데, 그 글 역시 괴테의 문학관과 후대의 문학사 서술에서

스의 인식론 및 역사철학과 독일 고전주의 미학을 결합하려는 시도[3]라거나 루카치의 '괴테주의'가 18세기의 계몽주의 전통 속에서 괴테를 재해석하려는 시도의 결과[4]라는 개괄적인 진단과 추상적인 평가에 그칠 뿐이다. 루카치의 문학관이 괴테의 문학적 유산에 크게 빚지고 있음을 당연한 사실로 인정하면서도 이에 대한 연구가 부진한 데에는 크게 두가지 요인이 있는 것으로 보인다. 첫째는 1930년대의 표현주의 논쟁과 1950년대 말의 문학논의에서 루카치와 견해를 달리하던 브레히트(Brecht)와 아도르노(Adorno) 등이 기본적으로 독일 고전주의 문학전통을 단호하게 거부하는 입장이었고, 따라서 이러한 논의구도를 이어받아 대개는 루카치를 비판하는 쪽으로 기울었던 지난 1970~80년대의 루카치 연구에서 괴테 혹은 독일 고전주의와의 연관성을 적극적으로 조명할 논의기반은 그만큼 더 협소해졌다는 것이다. 둘째는 이러한 지적 배경과 무관하지 않은 사실이지만, 1970년대 독일의 '비판적' 문예학이 문학사 재평가의 차원에서 이른바 '고전주의 신화'를 해체하는 데 집중함으로써 결과적으로 고전주의 자체의 현재적 의미가 부각될 여지는 희박했다는 것이다. 더구나 고전주의에 대한 연구를 통해 다시 루카치의 문학론을 다룰 때 루카치가 '고전주의 신화'를 형성하는 데 일조한 요소들을 들춰내는 것 이상의 연구성과는 기대하기 힘들었다.[5] 결국 독일 고전주의와 괴테에 대한 관심에서 출

'고전주의'로 양식화된 사조 사이의 차별성이 고려되고 있지는 않다. 반성완 「루카치 현대문학사관의 비판적 고찰」, 백낙청 엮음 『서구 리얼리즘 소설 연구』, 창작과비평사 1982, 328면 이하 참조.

3 Werner Jung, *Georg Lukács*, Stuttgart 1989, 22~29면 참조.

4 Ehrhard Bahr, "Georg Lukács's 'Goetheanism': Its Relevance for His Literary Theory," Judith Marcus & Zoltán Tarr 엮음, *Georg Lukács: Theory, Culture, and Politics*, Transaction 1989, 89~96면 참조.

5 대표적인 경우로는 다음의 글을 들 수 있다. Walter Hinderer, "Die regressive Universalideologie: Zum Klassikbild der marxistischen Literaturkritik von Franz Mehring bis zu den *Weimarer Beiträgen*," Reinhold Grimm u. Jost Hermand 엮음, *Die*

발하든 아니면 루카치에 대한 관심에서 접근하든 간에 루카치의 괴테 수용에 대한 평가는, 루카치의 생각에 동의하는 경우 루카치 자신의 연구성과를 재확인하는 수준에 머물렀고 루카치에 대해 비판적인 입장에서는 아예 논외로 밀어놓았던 것이다.

1920년대 이래 루카치의 삶과 사상을 규정했던 이데올로기적 긴장과 대결이 냉전체제의 붕괴와 더불어 해소된 1990년대에 들어와서는 루카치에 대한 관심 자체가 공백기에 접어든 느낌마저 없지 않다.[6] 루카치 문학이론의 기본골격을 이루는 리얼리즘론, 특히 1930년대의 리얼리즘론을 "냉전체제의 산물"[7]로 보는 견해는 일정한 설득력을 얻고 있다. 루카치의 삶에서 이념적 대결과 실존적 결단은 분리할 수 없는 하나의 문제였으며, 삶의 중대한 고비마다 치열하게 겪은 격동기의 시대적 체험은 그의 문학론 전개에 결정적 추진력이 됨과 동시에 쉽게 넘어설 수 없는 제약으로 작용했던 것이다. 뒤에서 다시 살펴보겠지만, 시대가 강요한 첨예한 이념적 갈등의 압박과 그 제약을 극복하려는 루카치의 노력은 때때로 그 자

Klassik-Legende, Frankfurt a. M. 1971, 141~75면. 이 글은 프란츠 메링(Franz Mehring, 1846~1919) 이래 맑스주의에 입각한 문학사 서술이 보수적 민족주의에 입각한 문학사 서술과 '구조적 유사성'을 보이는 측면을 괴테 시대를 모델로 삼아 예리하게 지적하고 있으나, 그 유사성이 강조되는 정도에 비례하여 각 논자 사이의 ── 이를테면 메링과 루카치 사이의 ── 차이점이 희석되는 방법론적 한계를 드러내며, 특히 루카치에 대한 평가에서는 '비판을 위한 비판'에 치우쳐 있다.

6 1990년대의 루카치 연구에서 눈에 띄는 성과로는 다음의 두 저서 정도를 꼽을 수 있다. Árpád Kadarkay, *Georg Lukács: Life, Thought, and Politics*, Blackwell 1991; Mathias Marquadt, *Georg Lukács in der DDR: Muster und Entwicklung seiner Rezeption*, Berlin 1996. 700면이 넘는 커더르커이(Á. Kadarkay)의 방대한 평전은 오랜 기간에 걸친 충실한 고증을 바탕으로 루카치의 개인사와 시대사 간의 연관성을 치밀하게 재구성하고 있으며, 학위논문으로 출간된 마르크바트(M. Marquadt)의 저서는 구동독의 문학논의 과정에서 루카치의 문학론이 수용된 역사와 그 이데올로기적 배경을 다루고 있다.

7 Peter Uwe Hohendahl, "Art Work and Modernity: The Legacy of Georg Lukács," *New German Critique* 42(1987), 33면.

신이 늘 비판했던 관념적 이상주의로 귀결되는 경향을 보이면서, 그가 추구하던 리얼리즘의 이상과 실제는 심각한 괴리를 빚기도 했다. 그럼에도 루카치 자신은 대담형식으로 구술한 자전적 회고록에서 "나의 지적 발전 과정에서 유기적이지 않은 요소는 없다고 생각합니다"[8]라고 말한 바 있다. 이 발언은 자신의 사상적 일관성을 주장하는 사후적인 변호라기보다는, 자신이 겪은 사상적 변화와 삶의 굴절에도 불구하고 자신의 리얼리즘론이 지향하는 '유기적 총체성'에 대한 집념만큼은 끝까지 포기하지 않았다는 뜻으로 받아들일 수 있을 것이다. 루카치의 문학관에서 괴테 문학이 바로 그런 문제의식과 결부되어 있다면, 루카치의 괴테 수용에 대한 검토는 루카치의 리얼리즘론을 평가하는 하나의 준거가 될 수 있을 것이다.

이 글에서는 루카치의 괴테 수용을 크게 루카치의 고전주의론과 리얼리즘론으로 나누어 살펴보고자 한다. 괴테 시대의 문학, 특히 독일 고전주의에 대한 루카치의 연구는 그의 리얼리즘론이 문학사 서술의 형태로 구체화된 것이라 볼 수도 있는데, 독일 고전주의는 루카치의 리얼리즘론의 모델로 곧잘 언급되는 19세기의 '위대한 리얼리즘' 문학의 전 단계로서 중요하게 거론되고 있기 때문이다. 따라서 루카치에게 독일 고전주의 연구는 리얼리즘론의 바탕이 되기 때문에 리얼리즘론에 대한 예비적 검토의 차원에서도 살펴볼 필요가 있다. 다른 한편 문학사 서술의 문제와는 다른 차원에서 루카치의 리얼리즘론을 다룰 때 그 중심범주인 특수성, 총체성, 전형 등의 개념을 포괄하면서 이에 대응할 만한 논리를 괴테의 문학론에서 찾아내기란 쉽지 않다. 괴테는 문학형식에 대한 고정관념이나 독자의 기대지평을 무시하기 일쑤인 자신의 작가적 기질을 가리켜 "리얼리스트적인 변덕"[9]이라는 표현을 쓰기는 했어도 딱히 '리얼리즘'이라는

8 Georg Lukács, *Gelebtes Denken: Eine Autobiographie im Dialog*, Frankfurt a. M. 1981, 132면.
9 1796년 7월 9일자 쉴러에게 보낸 편지. HA 7, 643면.

명칭을 앞세워 별도의 문학론을 펼친 적은 없기 때문이다. 이러한 난점을 고려하여 이 글에서는 현대문학을 보는 루카치의 시각이 그대로 투영되어 있는 그의 표현주의 비판을 괴테의 문학관에 비추어 검토하는 방식을 취하고자 한다.

고전주의를 보는 시각

독일 문학사에서 '고전주의' 혹은 '바이마르 고전주의'로 지칭되는 시기는 대개 괴테가 바이마르에서의 정치생활을 마감하고 이딸리아 여행을 하고 돌아온 1780년대 후반부터 쉴러와의 공동작업이 지속되는 1805년까지를 가리킨다는 것이 문학사의 정설로 되어 있다. 더 좁혀서 고전주의의 기관지 격인『호렌』(*Die Horen*)이 발간되고 괴테와 쉴러 사이의 서신교환이 시작되는 1794년을 기점으로 잡는다면 10년 남짓한 짧은 시기가 고전주의에 해당되는 셈인데, 그나마 1790년대 말에 이르면 괴테와 쉴러의 '고전주의'에 대한 강력한 반동으로 이미 초기 낭만주의가 등장하기 때문에 그 기간은 더욱 짧아지고 애매해진다. 그러나 중요한 것은 세부적인 시기 구분의 문제가 아니라, 이 시기의 고전주의를 고정된 양식으로 파악할 경우 배타적 규범화의 위험이 따를 뿐만 아니라 당시 문학의 실제와도 멀어진다는 사실이다.

우선 이 시기에 나온 괴테와 쉴러의 작품이 당시 유럽 문학의 전반적인 흐름에서 전혀 '고전주의'라는 틀로 이해되지 않았다는 사실부터가 흥미롭다. 17세기에 이미 고전주의를 경험한 프랑스에서는 독일 문학의 뒤늦은 '고전주의적' 경향에 대해 애초부터 무관심했을 뿐만 아니라, 19세기 초 영국 낭만주의 문학의 주창자로 꼽히는 콜리지(S. Coleridge), 워즈워스(W. Wordsworth) 등은 괴테와 쉴러를 그들이 생각하는 낭만주의 문학

의 위대한 선구자로 보았던 것이다.[10] 유럽 문학에서 17~18세기의 의고전
주의적 경향 — 영미 학계에서 말하는 '신고전주의'(Neo-classicism) —
전체에 대한 비판적 조류를 '낭만주의'라고 본다면, 17세기의 프랑스 고
전주의에 대해 누구보다 비판적이었던[11] 괴테가 '유럽 문학에서 낭만주
의 시대의 대표자'[12]로 규정되는 것도 무리는 아니다. 그럼에도 이 시기의
괴테 문학을 굳이 '고전주의적'이라고 할 때는 당연히 고대 그리스의 고
전주의를 떠올리게 마련이다.[13] 그런데 이딸리아 여행 이후의 괴테가 고
대 그리스 예술의 '완벽성'(Vollkommenheit)을 예술적 완성의 이상형으
로 높이 평가한 것은 사실이긴 하나, 이 경우 '우리가 소망하지만 결코 도
달할 수 없는' 완벽성이라는 단서를 달고 있는 만큼 '고대'와 '현대'의 차
별성에 대한 역사적 인식이 이미 전제되어 있었다고 할 수 있다.[14]

고전주의 시기 괴테의 대표작에 속하는 『타우리스의 이피게니에』
(*Iphigenie auf Tauris*, 1787) 같은 극작품을 보더라도 고대적 고전주의와의

---

10 Peter Boerner, "Die deutsche Klassik im Urteil des Auslands," Reinhold Grimm u. Jost
Hermand 엮음, 앞의 책 80면 이하 참조. 여기서 뵈르너(P. Boerner)는 쉴러의 『도적떼』
(*Die Räuber*)를 읽은 청년 콜리지의 열광적 감격을 예로 들고 있는데, '슈투름 운트 드
랑'(Sturm und Drang) 시기와 고전주의 시기를 구분해서 보면 전자에 속하는 이 작품
이 적절한 예가 될 수는 없겠지만, 그러한 사조 구분을 넘어서 괴테와 쉴러가 영국 낭만
파에게 '낭만주의' 작가로 받아들여졌다는 사실이 중요하다.

11 특히 17세기 프랑스 고전극의 양식을 답습하던 18세기 독일 연극계의 전반적인 풍토
에 대해 괴테는 신랄하게 비판했으며, 이 점은 '고전주의' 시기의 대표작 『빌헬름 마이
스터의 수업시대』에서도 잘 드러나 있다. 괴테 『빌헬름 마이스터의 수업시대』 1, 안삼
환 옮김, 민음사 1996, 제3부 8장 참조.

12 백낙청 「리얼리즘에 관하여」, 『민족문학과 세계문학』 2, 창작과비평사 1985, 366면
참조.

13 괴테 시대의 독일 문학을 프랑스에 처음 소개한 것으로 유명한 스딸 부인(Madame de
Staël)의 저서 『독일에 관하여』(*De l'Allemagne*, 1810)에서 이미 독일의 '고전주의적' 문
학이 '고대' 취향인 반면 '낭만주의적' 문학이 '중세' 취향이라는 비교가 제시되고 있
다. Peter Boerner, 앞의 글 81면 참조.

14 Goethe, "Einleitung in die Propyläen," HA 12, 38면.

차별성이 분명히 드러난다.[15] 물론 이 작품에서는 고대의 전통적인 '운명 극'적 요소들이 극 전체의 줄거리를 구성하는 것이 사실이다. 그러나 이 피게니에의 삶을 겹겹이 얽어매고 있는 운명의 막강한 힘은 어디까지나 그녀의 자유의지를 시험하는 '실존적 조건'으로서만 제시될 뿐이며 작품의 핵심적 주제는 그 모든 숙명적 제약에도 불구하고 개인의 자유의지와 자발성에 기초한 휴머니즘의 가능성에 대한 탐색에 집중되고 있다. 그렇게 보면 지난 1970년대의 비판적 문예학에서 흔히 고전주의를 "고대의 이상적 형식세계로의 도피"[16]라고 부정적으로 평가했던 것은 '고전주의 신화'의 해체에 급급한 나머지 고전주의의 예술적 '이상'과 작품의 '실제' 사이에 존재하는 차이를 간과했기 때문일 것이다.

무엇보다 괴테는 당시 독일의 열악한 현실상황과 척박한 문화여건에서 독일 문학의 '고전주의'를 거론하는 것 자체가 일종의 시대착오적 발상임을 강조했다. 「문학적 급진주의」(1795)라는 글에서 괴테는 문필가로서 자기가 쓰는 말을 엄밀하게 특정 개념과 결부하고자 할 때는 '고전적 작가'니 '고전적 작품'이니 하는 표현은 극도로 삼가야 할 것이라고 하면서 '고전적 민족작가'가 나오기 위한 주객관적 조건을 다음과 같이 조목조목 열거하고 있다.

고전적 민족작가는 언제, 어디서 탄생하는가? 그가 자기 민족의 역사에서 위대한 사건들과 그 결과들이 복되고도 의미심장한 통일성을 이루는 것을 발견할 때, 자국민들의 생각 속에 위대함이 없고 그들의 감각 속에 깊이가 없으며 그들의 행위에 강렬함과 일관성이 없다고 한탄

---

15 이 작품에 대해서는 본서의 제2부에 수록된 「고전극의 근대적 재해석 — 에우리피데스와 괴테의 『이피게니에』」 참조.
16 Max L. Baeumer, "Der Begriff 'klassisch' bei Goethe und Schiller," Reinhold Grimm u. Jost Hermand 엮음, 앞의 책 40면.

할 필요가 없게 될 때, 작가 자신이 민족정신에 투철하여 자신만의 독창성을 가지고 과거의 것이나 현재의 것에 공감할 능력이 있다고 느낄 때, 자기 민족이 고도의 문화수준에 도달해 있어서 작가 자신의 수련이 수월해질 때, 수많은 자료들을 수집하고 자기보다 앞서간 사람들의 완벽한 실험 혹은 불완전한 실험들을 눈앞에서 볼 수 있고 또 안팎의 수많은 사정들이 맞아떨어져서 과중한 수업료를 지불할 필요가 없게 될 때, 그리하여 인생의 전성기에 하나의 대작을 조망하고 정리하여 일관된 생각으로 써나갈 수 있게 될 때이다.[17]

세계 문학사를 통틀어 이 모든 요건이 충족된 바탕 위에서 고전을 낳은 행복한 작가가 과연 몇이나 될지 의문이지만, 어떻든 자기 시대의 독일에 관한 한 그중 어떠한 요건도 갖춰져 있지 않다는 것이 괴테의 냉철한 현실진단이었다. 이어서 괴테는 특히 '산문' 작가에게 이러한 요건이 더 필수적이라고 덧붙이고 있다. 여전히 전통의 구속이 강한 시와 드라마보다는 괴테 이전의 독일 문학에서 사실상 미개척 분야였던 소설 장르에서야말로 작품의 현실적 기반은 더욱더 새로운 형식의 창조에 관건이 되며 이에 따라 고전의 창출 여부도 기대할 수 있다는 의미이다. 알다시피 괴테는 동서고금의 다양한 문학에 대해 거의 수집광에 가까운 관심을 보였고, 그의 인본주의적 세계관과 합치되기 힘든 중세적 문학전통도 자신을 포함한 근대문학의 중요한 자양분이 되었다고 여겼지만,[18] 이미 역사화된 그 어떤 전범의 모방을 통해서는 결코 자기 시대의 고전이 나올 수 없다는 인식에 누구보다 철저했다. 그렇기 때문에 외국의 풍속과 문학을 통해 길러진 독일 상류층의 교양이 독일 민족에게 아무리 많은 보탬이 된다 하

---

17 Goethe, "Literarischer Sansculottismus," HA 12, 240~41면. 강조는 원문.
18 Dieter Borchmeyer, "Wie aufgeklärt ist die Weimarer Klassik?," *Jahrbuch der Deutschen Schillergesellschaft* 36(1992), 438면 이하 참조.

더라도 독일인으로서 좀더 일찍 각성하는 데는 오히려 장애가 되었다고 비판한다.[19] 독일 작가와 독일인이 처한 불행은 정치적 분열과 문화적 구심의 부재에 기인한다고 생각한 괴테는 독일에서 고전적 작품의 창출에 기여할 수도 있을 그런 '변혁'은 결코 원하지 않는다고 단언한다.[20] 그렇게 보면 「문학적 급진주의」라는 글은 정치적 '급진주의'에 대한 반박문이자 그것에 바탕을 둔 문학관에 대한 반박문이기도 하다. 특히 이 글이 괴테와 쉴러의 긴밀한 공동작업이 시작되는 바로 그 시점에 그것도 두사람의 '고전주의적' 견해를 대변하는 『호렌』에 실렸기 때문에 일종의 고전주의 선언문에 해당한다고 볼 수 있다.

고전주의 시기 이래 괴테의 작품에 일관되게 나타나는 이러한 생각은 괴테가 구체제의 옹호자라는 의미와는 거리가 멀 뿐만 아니라 오히려 건강한 역사주의와 독특한 표리관계를 이루기 때문에 고전주의에 대한 평가와 관련하여 갖가지 논란의 빌미가 된다. 예컨대 괴테 당대에 이미 프리드리히 슐레겔(Friedrich Schlegel)이 괴테의 『빌헬름 마이스터의 수업시대』를 프랑스대혁명과 나란히 견주며 그 시대의 '가장 중요한 경향'이라고 언급한 것은 잘 알려진 사실이다.[21] 슐레겔의 생각을 좀더 일반화하면, 괴테의 고전주의는 프랑스에서와 같은 시민혁명을 비켜가는 동시에 그것과 대비되는 일종의 정신혁명을 예고한다는 해석도 가능하다. 여기서 더 나아가면 고전주의는 시민혁명을 경험하지 못한 독일사의 특수성을 정당화하고 그 댓가로 얻어진 독일적 정신문화를 예찬하는 논리의 전거가 될 수도 있다.[22] 고전주의적 교양이념을 당대의 첨예한 사회적 갈등

---

19 HA 12, 242면 참조.
20 HA 12, 241면 참조.
21 HA 7, 661면 참조.
22 19세기 후반의 문학사 서술에 만연했던 그런 논리에 대한 비판으로는 Klaus L. Berghahn, Von Weimar nach Versailles. Zur Entstehung der Klassik Legende im 19. Jahrhundert," Reinhold Grimm u. Jost Hermand 엮음, 앞의 책 50~78면 참조.

을 회피하기 위한 사고의 산물로 본다거나, 고전주의를 예술의 '자율성'에 대한 본보기로 거론하는 것도 그런 관점에서 이해될 수 있을 것이다. 이러한 쟁점들은 바로 루카치의 고전주의론과 직결된다.

루카치의 고전주의론

(1) 시민계급의 위기의식: 『영혼과 형식』 『소설의 이론』

독일 고전주의에 대한 루카치의 견해는 그의 사상적 변화에 따라 시기별로 상당한 편차를 보인다. 크게 보면 초기의 대표작인 『영혼과 형식』(*Die Seele und die Formen*, 1911)에서는 청년 루카치의 내밀한 '낭만주의적' 감성이 고전주의를 보는 시각에 그대로 투영되어 있는 반면, 1920년 무렵의 급격한 사상적·이념적 변화가 문학론으로 체계화되기 시작한 1930년대 이후로는 자신의 초기 입장에 대한 강한 부정과 함께 고전주의를 전혀 다르게 바라본다.

『영혼과 형식』에 수록된 노발리스(Novalis)에 관한 에세이에서 루카치는 18세기 말의 시대상황을 부정적인 의미에서 '합리주의의 시대'이자 '의기양양한 시민계급의 시대'라 일컫고 있는데, 그 '합리주의'가 무엇을 뜻하는가는 다음에서 분명히 드러난다.

파리에서 몽상적인 공론가들이 무자비하고 피비린내 나는 논리적 일관성을 가지고 합리주의의 모든 가능성들에 끝까지 몰입하고 있는 동안, 독일의 대학에서는 잇달아 나온 일련의 책들이 합리주의의 오만한 희망, 즉 오성의 힘으로 파악하지 못할 것은 아무것도 없노라는 식의 희망을 전복시키고 파괴하고 있었다. 나폴레옹과 정신적 반동의 조짐은 이미 불안할 정도로 임박해 있었다. 이제 새로 출현한 무정부 상태

가 이미 그 내부에서부터 붕괴됨으로써 바야흐로 낡은 질서가 다시 자리잡으려 하고 있었다.[23]

인용문에서 보듯이 루카치는 프랑스혁명이 공포정치의 파국을 거쳐 다시 복고체제로 회귀할 조짐을 보이던 과정에서 나타난 일련의 사태를 극단으로 치달은 편협한 합리주의의 자기모순과 그 역사적 귀결로 파악하고 있다. 그리고 이런 시대적 흐름에 맞서는 독일 지성의 대응을 '합리주의의 오만'에 대한 비판적 해체과정으로 이해하고 있다. 그런 맥락에서 루카치는 『빌헬름 마이스터의 수업시대』에 대한 슐레겔의 발언에 전적으로 공감하면서, 18세기 말의 독일 정신사가 '정신혁명의 길'로 나아가고 있다고 본다.

당시 독일에서 문화로 나아가는 길은 오직 하나밖에 없었으니, 그것은 바로 내면에로의 길이자 정신혁명의 길이었다. 어느 누구도 현실에서의 실제적인 혁명을 진지하게 생각할 수 없는 상황이었다. 행동해야만 할 사람들은 침묵하거나 몰락할 수밖에 없었다. 그렇지 않으면 한낱 유토피아주의자가 되어 대담무쌍한 생각의 가능성들을 가지고 유희를 일삼았다. 또한 라인 강 저편에서라면 당연히 비극의 주인공이 되었을 사람들이 여기서는 오로지 문학 속에서만 자신들의 운명을 살아갈 수 있었다.[24]

그런데 루카치는 이처럼 '내면에로의 길'을 선택한 정신혁명이 현실과는 절연된 내면세계에서 현실을 대체할 정신의 고향을 발견한 것이 아니

---

23 루카치 『영혼과 형식』, 빈 성인 심희섭 옮김, 신선당 1988, 75면
24 같은 책 76면.

라 결국에는 '죽음과 같은 고독'으로 귀결되었다고 보며, 막다른 골목에 이른 그 실존적 고독의 미적·세계관적 표현을 초기 낭만주의로 이해한다. 그렇게 보면 루카치가 초기 낭만주의의 중요한 특징으로 거론한 자아중심적 개성의 추구는 현실세계에서 자아의 존재근거를 찾지 못한 절대적 고립감의 또다른 표현이라고 할 수 있다. 초기 낭만주의에 대한 루카치의 이러한 해석에는 비록 명시적으로 드러나지는 않지만 고전주의에 대한 잠정적 판단이 함축되어 있는 것으로 보인다.

먼저 프랑스혁명에서 역사적 정점에 이른 18세기 계몽주의에 대한 비판적 대응이라는 측면에서 볼 때 고전주의와 초기 낭만주의의 차이는 양자의 공통된 정신적 기반에 비해 부차적인 것으로 평가된다. 『빌헬름 마이스터의 수업시대』에 대한 슐레겔의 견해를 루카치가 그대로 받아들였다는 것은 고전주의를 초기 낭만주의의 시각으로 보고 있다는 뜻이다. 그것은 당연히 루카치가 초기 낭만주의의 반(反)고전주의적 성향에 둔감해서가 아니라 어디까지나 18세기 말 독일 정신사의 일부로서 두 조류가 갖는 연속성에 더 주목했기 때문일 것이다. 고전주의와 초기 낭만주의의 바탕에 깔려 있는 공통의 정신적 기반은 당시의 문학지식인들에게 시민적 주체의 역사적 정체성 내지 정당성에 대한 근본적인 회의를 불러일으켰다는 점에서 일종의 자기분열의 체험이라고 할 수 있다. '라인 강 저편에 서라면 당연히 비극의 주인공이 되었을 사람들'이란 애초 프랑스혁명에 열광했던 독일의 시민적 문학지식인들을 가리키며, 프랑스에서 빚어진 공포정치의 '비극'을 목격한 후 입장이 선회한 그들이 기본적으로 반합리주의의 성향을 띠는 것은 시민계급의 주체적 의식형성에 가장 중요한 자양분이 되었던 계몽적 합리성 자체에 대한 부정을 뜻한다. 그들의 반합리주의는 단순히 인간의 감정이나 감각의 복권을 주장하는 것과는 거리가 멀었으며 초기 낭만주의에서 보듯이 자아의 존재근거에 대한 근원적인 불안감과 결부되어 있었고, 그런 만큼 비판적 자기성찰의 차원을 넘어선 분열과 위기의식의 징후이기도 했다.

다른 한편 초기 루카치가 초기 낭만주의자의 눈으로 고전주의를 보고, 더구나 합리주의에 대한 비판적 해체에서 두 조류의 공통점을 찾았다는 사실은 이 무렵의 루카치가 19세기 말의 실증주의에 대한 비판에서 출발하여 '생철학'(Lebensphilosophie)에 경도된 것과도 무관하지 않다.[25] 실증주의가 경험주의적 합리성을 신봉하는 한에서 루카치의 반(反)실증주의는 편협한 합리주의에 대한 비판의 연장선으로 이해할 수 있으며, 삶에 대한 일체의 체계적 의미 부여를 거부하고 삶의 계기적 체험을 중시하는 생철학의 기본입장은 어떠한 위계적 질서로의 통합도 거부한 채 오직 내면적 자아에 대한 탐색에 골몰하던 초기 낭만주의의 세계관과 일맥상통하는 면이 있다. 무엇보다 루카치가 노발리스의 삶과 문학을 묘사할 때 보인 명징한 시적 아포리즘은 단순한 감정이입 이상의 깊은 공감을 통해서나 얻어질 성질의 것이었다.

그렇지만 루카치가 초기 낭만주의의 세계관에 완전히 동화되어 있었던 것은 결코 아니었다. 결국에는 중세 기독교와 신화의 세계에서 안식처를 찾았던 후기 낭만주의에 대해 루카치가 "한때 세계 전체를 변형시켜 새로운 세계를 창조하고자 길을 떠났던 사람들이 이제 기도하는 개종자가 되었다"[26]고 한 데서 낭만주의에 대한 비판적 거리는 명확히 드러난다. 루카치가 보기에 낭만주의자들은 자신들이 꿈꾸고 만들어낸 우주를 실제의

---

25 루카치가 노발리스론을 쓴 것은 1907년으로서, 이 무렵 루카치의 지적 성장과정에 가장 큰 영향을 준 것은 1904년을 전후하여 루카치가 참여했던 이른바 '일요회'(Sonntagskreis) 써클에서의 지적 교류였다. 이 토론 써클의 주도적 인물 가운데 하나였던 카를 만하임(Karl Mannheim)은 당시 일요회의 지적 분위기에 대해 "19세기 말의 실증주의를 뒤로하고 형이상학적 이상주의로 나아가고 있었다"고 회고한 바 있다. Istvan Varkony, "Young Lukács, the Sunday Circle, and Their Critique of Aestheticism," Christian Berg 외 엮음, *The Turn of the Century: Modernism and Modernity in Literature and the Arts*, de Gruyter 1995, 282면 이하 참조.
26 루카치 『영혼과 형식』 90면.

세계와 동일시했기 때문에 결국 그 양자를 명확하게 분리해내지 못했다.

이처럼 합리주의에 대한 낭만주의적 반란이 미궁에 빠진 것과는 대조적으로 루카치는 괴테야말로 유일하게 '질서'를 창조한 작가라고 높이 평가한다. 루카치가 그 '질서'의 의미를 분석적으로 서술하고 있지는 않지만, 괴테가 '현재의 삶' 속에서 자신의 '고향'을 발견하였다고 한 데서 어느정도 그 방향은 암시되고 있다. 낭만주의자들에게는 현실의 삶이 환상의 세계로 대체되거나 그 환상을 강화하기 위한 한낱 소재에 불과한 반면, 괴테의 문학에서 구체적 현실의 삶은 그의 문학이 뿌리내리고 있는 기반인 동시에 궁극적인 귀향처였던 것이다. 루카치가 초기 낭만주의의 관점에서 고전주의를 바라보면서도 낭만주의자들에게 비판의 표적이 되었던 괴테의 현실주의적 균형감각을 새로이 긍정하기에 이른 것은 한편으로 생철학에 기운 자신의 상대주의적 가치관을 극복하려는 시도인 동시에 그의 문학론에서 고전주의가 새로운 출발점으로 자리잡기 시작한 징표라 볼 수 있다.

그러한 변화의 과도기적 특징을 잘 보여주는『소설의 이론』(*Die Theorie des Romans*, 1916)에서는 루카치가 생각하는 고전주의의 성격이 좀더 분명해진다. 여기서 루카치는 교양소설로서의『빌헬름 마이스터의 수업시대』를 근대소설의 전범으로 부각하고 있으며, 특히 공동체적 체험을 통한 자아의 성숙이라는 교양소설의 주제를 휴머니즘의 이상과 연결시키고 있다.

> 이러한 성숙의 내용은, 사회생활의 모든 구조물을 인간공동체의 불가결한 형식으로 파악하고 긍정하면서도 이와 동시에 (…) 그러한 구조물을 그 자체로 존재하는 경직된 국가적·법적 제도로서가 아니라 이를 넘어서는 목표에 도달하기 위해 필수적인 도구로서 받아들이는 그러한 자유로운 인간성의 이상이다.[27]

초기 낭만주의가 공동체적 삶의 형식을 외적 속박으로 보고 거부한 반면 고전적 교양소설의 '성숙한' 의식에서는 보편적 인간조건으로 받아들이고 있다는 루카치의 평가는 초기 낭만주의와 함께 고전주의까지도 반합리주의의 관점에서 파악하던 이전의 견해를 사실상 철회한 것이다. 나아가서 그러한 사회생활의 형식을 불변의 인간조건이 아니라 '자유로운 인간성의 이상'을 실현하기 위한 '수단'으로 본다는 점에서 괴테의 교양소설이 추구하는 고전적 휴머니즘을 성숙된 역사의식의 표현으로 평가한다. 그러나 『소설의 이론』에서 '타락한 세계'라 규정되는 근대 시민사회의 질서 속에서 그러한 휴머니즘의 이상은 어디까지나 '이상'으로 남을 수밖에 없게 된다. 루카치는 그러한 괴리를 『빌헬름 마이스터의 수업시대』의 딜레마인 동시에 괴테 시대에는 해결될 수 없었던 역사적 한계라고 보지만, 그것은 『소설의 이론』의 루카치가 도달한 한계이기도 하다. 나중에 루카치가 비관적인 현실인식과 유토피아적 희망이 착종된 양상을 '전통적 인식론'과 '좌파적 윤리학'이 뒤섞인 자기모순의 결과라고 회고한 데서도[28] 짐작되듯이 『소설의 이론』 이후 루카치는 그러한 모순을 인식론과 세계관의 전환을 통해 해소한다.

(2) 통합적 전망의 모색: 『괴테와 그의 시대』

루카치가 괴테론을 집중적으로 쓴 것은 1930년대 후반으로, 이 시기의 루카치에게 괴테의 문학은 이미 이데올로기 투쟁과 분리할 수 없는 것이었다. 그의 글이 나중에 『괴테와 그의 시대』(*Goethe und seine Zeit*, 1947)로 묶여서 나올 때 그 서문에서 루카치는 히틀러 시대를 겪은 독일에서 괴테

---

27 루카치 『소설의 이론』, 반성완 옮김, 심설당 1985, 178면.
28 같은 책 22면.

의 문학이 다시 평가되어야 하는 이유와 괴테 시대를 보는 자신의 입장을 소상히 밝히고 있다.[29] 여기서 루카치는 2차대전 직후 독일에서의 괴테 연구 '붐'이 '포츠담'의 굴욕을 '바이마르'를 통해 보상받으려는 국수주의적 민족감정과 연관된 현상이라고 진단한다. 말하자면 전쟁에서의 패배를 잊고, 현실정치와 무관한 바이마르 고전주의 문화에서 독일 민족정신의 정통성을 찾으려는 발상이라는 것이다. 루카치에 따르면 그러한 민족주의적 감정에 편승한 괴테 연구의 이면에는 파시즘의 죄과를 은폐하려는 불순한 동기가 숨어 있을 뿐만 아니라, 바이마르 고전주의의 비정치적 성격을 강조함으로써 결과적으로 괴테와 쉴러를 파시즘을 막지 못한 '독일 비극의 공범' 내지 방조자로 보려는 입장도 섞여 있다고 한다. 그런 이유에서 괴테 문학의 역사성에 대한 정당한 평가는 이데올로기 투쟁의 '이중전선'에서 각별한 중요성을 갖는다고 루카치는 말한다.

이러한 입장에서 출발하는 루카치는 18~19세기 독일 문학사 평가의 가장 중요한 기준으로 범유럽 차원의 계몽주의에 대한 태도를 들고 있는데, 『영혼과 형식』에서와는 정반대로 괴테를 18세기 계몽정신의 일관된 계승자로 간주한다. 특히 괴테의 청년기 대표작 『젊은 베르터의 고뇌』가 "유럽 계몽주의 운동의 혁명적 정점"[30]에 해당된다고 보는 루카치의 평가는, 고전주의에 선행하는 '슈투름 운트 드랑'을 계몽주의에 대한 반동으로 파악하고 슈투름 운트 드랑 시기를 대표하는 『젊은 베르터의 고뇌』를 그런 관점에서 해석해온 종래의 문학사 서술을 뒤집는다. 루카치 역시 슈투름 운트 드랑의 반합리주의적 경향을 인정하긴 하지만, 그것은 어디까지나 계몽주의가 편협한 합리주의로 왜곡된 측면에 대한 비판인 만큼 오히려 계몽주의의 심화로 보아야 한다고 주장한다. 『젊은 베르터의 고뇌』에서

---

29 이하의 서술내용은 Georg Lukács, *Goethe und seine Zeit*, Werke, Bd. 7, Neuwied/Berlin 1964, 41~52면 참조.
30 같은 책 57면.

핵심주제의 하나인 자연에 대한 태도만 가지고 보더라도 루카치의 이러한 해석은 설득력을 얻는다. 예컨대 베르터는 현실의 장벽에 부닥칠 때마다 순수한 자연감정에 몰입하는데, 이는 단순히 현실로부터의 도피나 감상적인 자기위안의 방편으로 자연에 기대는 것이 아니라, 무엇보다 인간 본연의 자연상태를 왜곡하고 억압하는 부자연스러운 신분사회에 대한 저항의 성격이 강하며, 편협한 속물적 합리성에 맞서 인간 본연의 기본권을 주장하는 것이라 볼 수 있다. 그런 의미에서 베르터는 "자연으로 돌아가라"라는 루소(Rousseau)의 초기 계몽주의적 명제를 전사회적 차원의 자연권에 대한 요구로까지 밀고 나아간 셈이며, 그렇게 보면 18세기 계몽사상의 가장 첨예한 관심사를 구현한 인물이 된다. 자연상태에 대한 인간의 갈망이 현실에서 끝내 출구를 찾지 못할 때 이는 자신을 송두리째 소모하고 파괴하는 "죽음에 이르는 병"[31]이 될 수밖에 없다는 베르터의 비극적 자기인식은 작품의 비극적 결말과 함께 전근대적 신분질서에 갇혀 있던 당시의 독일 사회에 대한 도전으로 해석될 수도 있다.

괴테의 청년기 작품을 유럽 계몽주의 운동의 '혁명적 정점'이라고 보는 평가에는 적어도 계몽주의의 계승이라는 측면에서 이후 고전기의 괴테 문학은 일종의 '하강' 국면에 속한다는 판단이 당연히 함축되어 있다. 괴테의 문학적 이력에서 청년기와 고전주의 시기의 단절을 보여주는 이딸리아 기행에 대해 바이마르의 정치생활에서 겪은 좌절과 환멸감이 그 주요한 동기라고 보는 데에도 그런 판단이 작용한다. 프랑스혁명 이후 괴테가 보인 단호한 반혁명적 태도는 그러한 입장 선회를 여실히 보여준다. 그럼에도 루카치는 고전기의 괴테 문학 역시 계몽정신의 발전과 심화라는 맥락에서 이해한다. 『젊은 베르터의 고뇌』와 관련해서 루카치는 완전한 사랑에 대한 베르터의 갈망이 반(半)봉건적 절대주의 체제에 대한 비

---

31 괴테 『젊은 베르터의 고뇌』, 임홍배 옮김, 창비 2012, 79면.

판과 저항의 차원을 넘어서 전인격적 존재로서의 개인의 자아실현의 요구와 이어져 있는 만큼 근대 시민사회 일반의 모순과 관련되어 있으며, 그런 점에서『빌헬름 마이스터의 수업시대』의 문제의식을 선취하고 있다고 본다.[32] 이처럼 슈투름 운트 드랑과 고전주의 사이의 연속성을 강조할 뿐만 아니라, 시민혁명의 문제에서도 괴테가 비록 시민혁명의 '급진주의적 방식'에는 반대하지만 그 실질적인 역사적 '내용'은 전적으로 수용하고 있다는 것이 루카치의 판단이다. 이러한 판단은『빌헬름 마이스터의 수업시대』에서 다뤄지는 교양이념의 역사적 지평을 상기할 때 충분히 일리가 있다. 이 작품에서 귀족과 평민 사이의 신분갈등이 결국에는 신분 간의 화해로 마무리되는 만큼은 괴테의 정치적 보수성을 부인할 수 없지만, 이때의 화해는 낡은 질서로의 복귀가 아니라 개개인의 대등한 인격적 결합을 바탕으로 새로운 공동체에 대한 모색으로 향하는 것이다.

또한 루카치는 이 작품의 바탕이 되는 '극적인 집중'의 구조가 작품의 통일성을 담보하는 동시에 사회현실의 총체적 인식을 가능케 하는 핵심적 요소라고 보며, 그러한 리얼리즘적 특성은 19세기의 프랑스 사회소설에서 발전적으로 계승된다고 평가한다.[33] 그러나 고전주의 시기의 괴테 문학을 리얼리즘 문학의 발전이라는 문학사의 계보에 편입하려는 이러한 시도에서 루카치의 문학사관은 다소 배타적인 경직성을 드러낸다. 루카치가 리얼리즘적 요소로서 강조하는 '극적인 집중'은 고전주의 시기 이후 만년의 괴테의 대표작인『빌헬름 마이스터의 편력시대』(*Wilhelm Meisters Wanderjahre*, 1821)나 특히 『친화력』(*Die Wahlverwandtschaften*, 1809) 같은 작품에서는 뚜렷이 이완 내지 해체되지만, 이들 작품에 대해 루카치는 거의 언급조차 하지 않는다. 뿐만 아니라『빌헬름 마이스터의

---

32 Georg Lukács, 앞의 책(1964) 58면 참조.
33 같은 책 85면 참조.

수업시대』만 보더라도 '극적인 집중'의 구조는 다양한 형식적 장치들에 의해 부단히 상대화되며, 바로 그런 점에서 괴테의 리얼리스트적 면모가 돋보인다는 사실이 루카치의 시야에서는 포착되지 않는다. 루카치는『빌헬름 마이스터의 수업시대』의 결말부에서 새로운 공동체의 모색이 다분히 이상주의적인 유토피아에 그치고 있다는 데서 괴테의 한계를 발견하지만, 괴테는 작품 결말부에서 귀족과 평민 사이의 대등한 인격적 결합이 그 시대의 사회현실에서는 그야말로 '이상주의적' 해결책에 불과하다는 점을 넌지시 반어적으로 내비치고 있다. 그렇게 보면 루카치가 말하는 괴테 문학의 "건강한 리얼리즘"[34]은 정작 루카치 자신이 의도하는 리얼리즘론과는 상당히 거리가 있으며, 여기에는 괴테 시대와 루카치 시대의 상이한 역사적 경험으로는 설명되기 힘든 세계관과 문학관의 차이가 작용하고 있는 것으로 보인다. 1930년대의 루카치는 괴테의 문학이 그의 사상적 한계로 인해 제약받았다는 입장을 분명히 밝히고 있다. 즉 루카치는 괴테가 당대의 작가 중 18세기 계몽사상의 가장 충실한 계승자임에도 불구하고 '변증법적 유물론'의 인식에 미치지 못하는 '소박한 유물론'에 갇혀 있었으며, 그렇기 때문에 역사를 보는 시각에서도 혁명의 필연성과 정당성을 끝까지 인정하지 않는 '유기체적 진화론'의 한계에서 벗어나지 못했다고 보는 것이다.[35] 이 시기의 루카치에겐 유물론과 관념론, 변증법과 형이상학의 구분이 진리와 거짓을 나누는 자명한 기준으로 전제되고 있었으며, 문학에 대한 가치판단 역시 기본적으로 이런 이분법에 근거하고 있었다. 여기서 루카치의 비평적 기준은 과연 그 자신이 주장하는 '변증법'의 원리에 충실한가 하는 의문이 제기되는데, 이와 관련하여 루카치의 표현주의 비판은 루카치와 괴테의 문학관을 비교해볼 수 있는 간접적인

---

34 Georg Lukács, "Goethe und die Dialektik," Alfred Klein 엮음, *Georg Lukács in Berlin*, Berlin/Weimar 1990, 411면.
35 같은 글 410면 이하.

단서를 제공한다.

괴테의 상징론에 비추어본 루카치의 리얼리즘론

(1) 루카치의 표현주의론

독일 표현주의는 1차대전을 전후한 시기에 범유럽 차원에서 전개된 전위주의적 문학운동의 하나였다. 표현주의의 전위주의적 성격은 우선 문학사의 관점에서 볼 때 표현주의가 19세기 사실주의와 특히 자연주의적 문학전통에 대한 전면적인 해체를 시도한 것에서 드러난다. 루카치가 비판한 표현주의 이론가 중의 한사람인 에트슈미트(K. Edschmid)는 표현주의의 그러한 반(反)자연주의적 지향을 이렇게 밝히고 있다.

리얼리티는 우리 자신에 의해 창조되어야 한다. 대상의 의미는 파헤쳐져야만 한다. (…) 그리하여 표현주의 예술가가 창조하는 모든 공간은 비전이 된다. 표현주의 예술가는 관찰하지 않고 직관한다. 그는 묘사하지 않고 체험한다. 그는 재현하지 않고 형상화한다. 그는 수동적으로 받아들이지 않고 탐색한다. 공장, 주택, 질병, 창녀, 비명 그리고 굶주림 같은 사실들의 고리는 이제 더이상 존재하지 않는다. 이제는 그런 사실들에 관한 비전이 있을 뿐이다.[36]

표현주의와는 다른 각도에서 현실비판적이었던 자연주의의 창작방법을 표현주의자들이 이처럼 단호하게 거부한 까닭은 무엇보다 이전 시대

---

[36] Kasimir Edschmid, "Über den dichterischen Expressionismus," Otto Best 엮음, *Theorie des Expressionismus*, Stuttgart 1982, 57면.

의 자연주의와 엄연히 구별되는 상이한 현실인식에서 연유한다. 19세기 말의 자연주의자들이 사회현실의 비참함을 충실히 묘사함으로써 현실을 비판적으로 인식함과 동시에 현실 변혁을 이룰 수 있다고 믿었던 반면, 표현주의자들은 그런 '사실적 재현'을 통해서는 현실을 인식할 수도 넘어설 수도 없는 새 시대를 맞이하고 있었던 것이다. 본격적인 산업화의 단계를 통과하던 자연주의 시대에는 현실 고발만으로도 문학의 비판적 기능을 다하고 있다는 생각이 지탱되었지만, 산업화의 결과가 일상의 틈새까지 파고들어 인간의 의식을 규정하는 현실에서 사회현상의 사실적 재현은 표현주의자들이 보기에는 현실의 표피들을 꿰맞추는 '수동적'인 행위 ──루카치의 말을 빌리면 '사물화'된 세계의 수동적 재현──에 지나지 않았다. 따라서 앞의 인용문에서 보듯이 표현주의가 인간의 주체성을 앞세우고 '사실'을 넘어서는 '비전'을 강조할 때는 그 바탕에 나름의 강렬한 저항의식이 깔려 있는 것이며, 특히 세계대전의 소용돌이를 거치면서 표현주의는 급진적 정치성을 띠게 된다. 당시의 표현주의 운동이 현대의 소외된 삶과 사물화된 세계에 대한 문학적 반란으로 오늘날 높이 평가되는 것은 바로 이 때문이다.[37] 그러나 루카치는 기본적으로 표현주의가 시민사회에 대한 추상적인 저항에 불과하다고 비판한다. 루카치의 이러한 비판은 표현주의의 세계관적 기반에 대한 것과 창작방법에 대한 것으로 나누어 살펴볼 수 있다.

우선 표현주의의 세계관적 기반에 대한 루카치의 비판은 표현주의자들이 자본주의체제의 모순과 그 운동법칙에 관한 올바른 인식을 결여한 채 현실을 주관적·관념적으로 이해한 까닭에 현실 비판이 낭만적 반자본주의에 머물고 있다는 것이다.[38] 표현주의자들의 저항 역시 기껏해야 무

37/ Silvio Vietta u. Dirk Kemper 엮음, *Der Expressionismus*, München 1995, 21면 이하 참조.
38 루카치 외 『문제는 리얼리즘이다』, 홍승용 옮김, 실천문학사 1985, 17면 이하.

루카치의 괴테 수용에 대하여 389

정부주의적 반란의 수준을 넘어서지 못하는 것으로 요약될 수 있다. 또한 루카치는 표현주의자들이 반전운동에 적극적이었음에도 전쟁의 제국주의적 성격을 간과한 탓에 그들의 이념적 요구는 그저 평화주의에 머물 뿐이라고 한다. 그런 맥락에서 루카치는 표현주의의 정치적 성격을 전쟁은 물론이고 혁명에도 반대했던 독일 독립사회민주당(USPD)의 정치적 이데올로기와 동일시하기까지 한다. 루카치는 표현주의의 정치적 스펙트럼이 결코 단일하지 않다는 사실을 인정하긴 했지만, 표현주의가 시민계급의 한계에서 벗어나지 못했다는 점에서 결국 동일한 정치적 이데올로기로 수렴될 수밖에 없다고 보았던 것이다.

실제로 표현주의의 세계관은 루카치와 상반된 세계인식을 바탕에 두고 있었다. 루카치가 비판한 또 한사람의 표현주의자인 막스 피카르트 (Max Picard)는 이 세계를 '뭐라고 이름 붙일 수 없는 카오스'로 받아들이기도 했고,[39] 루카치 사상의 핵심범주인 총체성에 관해 또다른 표현주의자는 "총체성은 통일성이 아니다"[40]라는 견해를 천명하기도 했다. 현실을 인식 가능한 통일된 질서로 보고 총체성을 현실의 범주인 동시에 인식의 범주로 파악하는 루카치의 입장에서 보면[41] 그와 같은 '카오스론'이나 '총체성론'은 일종의 불가지론에 해당되며, 현실역사에 대한 설명력을 상실한 이념적 쇠락 즉 '데까당스'의 징후일 뿐이다.[42] 그러나 표현주의자들의 저항의식 이면에는 서구문명 전반에 대한 근본적인 위기감이 작용하고 있었던 만큼 현실을 통일된 질서로 파악하려는 창작태도가 그들에겐 오히려 소박한 낙관주의의 소산으로 여겨졌을 법하다. "총체성은 통일

---

39 Max Picard, "Expressionismus," Otto Best 엮음, 앞의 책 73면 이하.

40 Carl Einstein, "Totalität," Otto Best 엮음, 앞의 책 113면.

41 『역사와 계급의식』에서 루카치는 '역사의 총체성'이 '실제로 역사를 움직이는 힘'이라고 말하고 있다. Georg Lukács, *Geschichte und Klassenbewußtsein*, Werke, Bd. 2, Neuwied/Berlin 1970, 271면 참조.

42 루카치 「문제는 리얼리즘이다」, 루카치 외 『문제는 리얼리즘이다』 92면 이하 참조.

성이 아니다"라는 그들의 주장에는 그런 의미에서 간단히 '불가지론'으로 단정하기 어려운 나름의 방법적 회의주의가 담겨 있다. 당시 표현주의 논쟁에서 블로흐(Bloch)가 루카치의 사고에는 '객관주의적으로 완결된 현실관'이 전제되어 있다고 비판한 것이나[43] 아도르노가 루카치의 표현주의론을 '청년기의 유토피아로 되돌아가려는 불가능한 시도'라고 보았던 것도[44] 이런 맥락에서 이해할 수 있다. 요컨대 루카치의 표현주의 비판이 그 자신의 의도와 상관없이 이상주의에 바탕을 두고 있다는 이들의 비판은 루카치의 문학관이 괴테 시대 고전주의의 틀에서 벗어나지 못하고 있다는 문제의식을 함축하고 있다. 그렇다면 루카치가 과연 괴테가 생각했던 고전주의 문학관의 충실한 계승자인가 하는 물음을 던져볼 수 있다. 이 문제는 표현주의의 창작방법에 대한 루카치의 비판과 관련하여 좀더 구체적으로 살펴볼 필요가 있다. 표현주의의 창작방법에 대한 루카치의 비판은 다양한 측면에서의 검토를 요하지만, 그 비판의 핵심은 표현주의가 전통적 리얼리즘 문학의 미덕인 구체적 형상화 능력을 상실한 채 추상적 알레고리에 빠져 있다는 것이다.[45] '시간과 공간의 명확한 감각적 통일성'이 리얼리즘 문학의 '자명하고도 자연스러운 형상화 방식'이라고 보는 루카치의 입장에서 보면 표현주의는 현실을 혼돈스러운 모순과 분열상 속에서 파편적으로만 묘사하고 있으며, 그런 현실을 초극하려는 표현주의자들의 시도는 바로끄 시대의 알레고리가 그러했듯이 이 세계가 인간에 의해 해명될 수 있다는 믿음을 포기한 채 관념적 초월을 꿈꾸는 것일 뿐이다. 그런 까닭에 루카치는 표현주의자들의 작품세계에서 하나하나의 표현대상이 그 일회적 고유성과 전체적 연관성을 상실하고서 다른 표

---

43 블로흐 「표현주의에 관한 토론」, 루카치 외 『문제는 리얼리즘이다』 63면.
44 아도르노 「강요된 화해」, 루카치 외 『문제는 리얼리즘이다』 223면.
45 Georg Lukács, *Die Gegenwartsbedeutung des kritischen Realismus*, Werke, Bd. 4, Neuwied/Berlin 1964, 491면 이하.

현대상들에 의해 언제든지 대체 가능한 추상성에 매몰되며, 표현주의의
창작방법으로 구축된 이런 작품세계는 자본주의 사회의 사물화된 세계
와 구조적으로 닮아 있다고 본다. 요컨대 루카치에게 표현주의는 반(反)
리얼리즘적 창작방법의 표본으로 평가된다. 실제로 표현주의는 '동시성'
(Simultaneität)이나 '병렬어법'(Parataxe) 혹은 '몽따주'(Montage) 등의
기법을 선호했던 만큼[46] '시간과 공간의 감각적 통일성'과 그에 따른 인과
율을 전제하는 루카치의 리얼리즘적 형상화 원리에 어긋날뿐더러 의식적
으로 그 해체까지도 지향한다. 또한 문학언어에 관한 기본적인 이해의 차
원에서도 표현주의자들은 전통적인 상징의 원리를 단호히 거부했으며,[47]
그런 점에서 표현주의적 창작방법이 알레고리적이라는 루카치의 비판은
양자의 대립점을 분명히 드러낸다.

　이상을 종합해보면 루카치가 표현주의의 반리얼리즘적 성격을 알레고
리 대 상징의 대립구도 속에서 이해하고 있음을 알 수 있다. 표현주의 논
쟁의 문맥에서 명시적으로 언급되지는 않지만, 여기서 루카치의 비평적
기준은 괴테의 상징론과 알레고리 비판에 기대고 있는 것으로 보인다.

(2) 루카치의 리얼리즘론과 괴테의 상징론

　상징과 알레고리에 관한 괴테의 생각은 다음 글에 그 기본윤곽이 드러
나 있다.

　　시인이 보편적인 것을 표현하기 위해 특수한 것을 찾아내는가 아니
　면 특수한 것 속에서 보편적인 것을 직관하는가 하는 것은 판이하게 다
　르다. 전자에서 알레고리가 생겨나는데, 그 경우 특수한 것은 단지 보편

---

46 Thomas Anz, "Expressionismus," Dieter Borchmeyer u. Viktor Žmegač 엮음, *Moderne Literatur in Grundbegriffen*, Stuttgart 1992, 148면 참조.
47 Max Picard, 앞의 글 76면 참조.

적인 것을 예시하는 사례나 표본으로서만 그 의미가 있다. 그러나 후자의 경우가 본래 시문학의 본성이라 할 수 있는데, 시문학은 그 본성상 보편적인 것을 염두에 두거나 가리키지 않은 채 특수한 것을 표현하는 것이다. 바로 이 특수한 것을 생생하게 포착하는 시인이야말로 보편적인 것까지도 동시에 또는 — 시인 자신도 미처 알아차리지 못하는 사이에 — 나중에 구현하게 된다.[48]

인용문을 보면 괴테의 상징론은 루카치의 리얼리즘론과 놀랍도록 유사해 보인다. 이미 살펴본 대로 루카치가 표현주의에 대해 문제 삼은 것은 개별 표현대상이 전체와의 연관성을 상실한 채 파편화되고 관념적 추상성을 띠게 된다는 점이다. 그런 면에서 표현주의 기법은 괴테가 비판하는 알레고리와 유사하다. 또한 하나하나의 특수한 표현대상이 그 일회적 고유성 속에서 보편성을 획득해야 한다는 루카치의 전형론 역시 괴테가 말하는 상징의 정의에 부합한다. 더 나아가 괴테가 그런 뜻의 상징적 형상화를 단지 표현기법의 문제가 아니라 '시문학의 본성'이라고까지 일컬은 취지 또한 전형적 형상화를 강조하는 루카치의 세계관적 배경과 일맥상통한다. 문학의 표현대상이 인간이든 자연이든 혹은 그 어떤 사회현상이든 간에 그 표현대상 자체의 개체적 고유성을 존중해야 한다는 괴테의 견해는 알레고리적 수법을 선호했던 바로끄 예술의 이원적 세계관에 대한 비판인 동시에 속류화된 후기 계몽주의의 편협한 합리주의에 대한 비판으로 볼 수 있으며,[49] 아울러 괴테의 인본주의적 세계관과 변증법적 사유를 단적으로 보여주는 것이다. 그리고 표현주의의 알레고리적 형식이 비인간화된 현실의 직접성에 매몰되어 있는 한에는 '인간 파괴의 형식'이라

---

48 Goethe, "Maximen und Reflexionen," HA 12, 471면.

49 Heinz Schlaffer, *Faust Zweiter Teil: Die Allegorie des 19. Jahrhunderts*, Stuttgart 1981, 35면 이하 참조.

고 한 루카치의 주장 역시 괴테와 비슷한 문제의식을 공유하고 있다고 볼 수 있다.

그러나 이러한 공통점에도 불구하고 괴테의 문학관은 루카치의 그것과 는 다른 토양에 뿌리내리고 있다. 이 점을 해명하려면 상징에 관한 괴테 의 또다른 언급을 참조할 필요가 있다.

상징은 현상을 이념으로, 이념을 하나의 형상으로 변형시키거니와, 그 과정에서 이념은 형상 속에서 언제나 무궁무진한 작용을 일으켜서 결코 그 궁극에 도달할 수 없으며, 설령 그 어떤 언어로 표현한다 하더 라도 남김없이 표현될 수 없는 상태에 머물게 된다.[50]

괴테가 이전의 인용문에서는 표현대상의 특수성에 구현된 보편성, 다 시 말해 특수성의 매개적 성격을 강조했다면 이 인용문에서는 특수성과 보편성의 상호관계가 어떤 성질의 것인가를 좀더 분명히 밝히고 있다. 여 기서 보듯이 개별적 '형상'을 통해 표현된 '이념', 즉 작품의 진리내용은 그 보편성에도 불구하고 결코 온전히 해명될 수 없다는 것이 괴테의 생 각이다. 이전의 인용문 후반부에서도 이미 어느정도 암시되고 있지만, 작 품에 구현된 이념은 그 어떤 언어를 동원하더라도 결코 '다 말할 수 없 는' 불가해한 국면을 지닌다는 것이다. 이러한 생각에는 문학작품의 진 리성은 결코 특정한 인식내용으로 환원될 수 없다는 올바른 통찰과 함께, 인간의 언어로 다 말할 수 없는 것을 말할 수 없는 채로 남겨두는 진리에 대한 겸허한 태도가 곧 문학의 본성에도 합치된다는 사려가 들어 있다. 다른 곳에서 괴테가 상징의 형식을 빌려 대상을 표현할 수밖에 없는 이 유에 대해 "말을 통해서는 대상도 우리 자신도 결코 완벽하게 표현할 수

---

50 HA 12, 470면.

없다"[51]고 밝힌 것도 그런 맥락에서이다.

괴테의 상징론에서 작품의 이념이 '도달할 수 없는' 상태라고 했을 때 이는 특수한 형상과 보편적 이념을 매개해주는 '법칙'이 미리 존재하는 것은 아니며, 설령 그런 법칙이 있다 하더라도 그 법칙으로 도달할 수 있는 것이 아니라 오직 문학의 창조행위를 통해서나 어렴풋이 포착되는 그 무엇일 뿐이다. '특수한 것'의 생생한 표현을 통해 '보편적인 것'에 이르더라도 정작 당사자인 작가 자신은 그것을 모른다는 것이다. 한편 루카치는 "객관적 현실의 합법칙성"[52]에 대한 올바른 인식만이 작품의 리얼리티를 보증한다고 본다. 작가 역시 한 시대를 살아가는 구체적 인간인 이상 자기가 사는 시대의 현실에 관한 인식이 작품세계에 기여할 것임을 역설하는 차원이라면 얼마든지 수긍할 수 있는 주장이다. 그러나 현실에 대한 '과학적' 인식이 작품의 진리성을 가늠하는 관건으로 전제될 때는 문제가 달라진다. 현실을 움직이는 힘이 그 어떤 '법칙들' —— 루카치의 입장에서는 '변증법적 유물론'의 원리와 그로부터 도출되는 정치경제학의 법칙들 —— 로 환원하여 설명될 수 있다고 보는 입장이라면 수긍하기 어려운 것이다. 더구나 그러한 '합법칙성'의 올바른 반영 여부가 작품의 리얼리티를 좌우한다고 보는 루카치의 문학관은 괴테의 문학관과는 어긋난다. 괴테의 상징론을 상기하면, 어떤 보편적 이념을 배타적인 진리로서 상정할 때 그것의 반영물로 이해되는 작품의 구체적인 형상들은 바로 괴테가 알레고리를 비판했던 것과 똑같은 의미에서 '보편적인 것'의 '사례'요 '표본'으로 전락할 수밖에 없다. 그렇다면 루카치의 리얼리즘론에서 엿보이는 도식성은 괴테가 비판한 알레고리로 기울 공산이 큰 것이다. 그 반면 루카치가 알레고리적이라고 비판했던 표현주의적 창작방법, 예컨대

---

51 Goethe, *Die Schriften zur Naturwissenschaft*, Abt. I, Bd. 6, Weimar 1957, 56면.
52 루카치 「문제는 리얼리즘이다」, 루카치 외 『문제는 리얼리즘이다』 85면.

"총체성은 통일성이 아니다"라는 취지에서 "하나하나의 개별적 유기체가 총체적이어야 한다"[53]고 보는 입장은 오히려 괴테가 말한 상징적 형상화의 의의를 새롭게 살릴 가능성을 열어주는 것이라고 볼 수도 있다.

한편 상징과 알레고리의 구분에서 시대를 초월한 도식적인 이분법이 적절치 않다는 것에 유의할 필요가 있다. 괴테가 상징적 형상화의 원리를 주된 창작방법으로 추구한 것은 사실이지만, 그의 작품에서 새로운 미적 발견이 이루어지고 진정한 창조성이 발휘되는 대목은 적지 않게 상징과 알레고리의 경계선에 위치하며, 특히 후기 괴테로 갈수록 알레고리화의 경향이 두드러지고 있다.[54] 또한 문학사와 관련지어 보더라도 고전주의적 의미에서 '체험문학'이 득세했던 시기에는 상징적 양식이 선호되었던 반면, 현실체험이 불투명해지는 현대로 올수록 작가의 직접적 체험보다는 체험에 대한 사변적 성찰이나 내면화 또는 추상화의 경향이 강해지는 만큼 전통적 의미에서의 상징적 형상화보다는 알레고리적 수법에 의존하게 마련이며,[55] 그럴 때의 알레고리는 작가와 작품마다 다르게 평가되어야 함은 물론이다. 이미 언급한 대로 표현주의의 '알레고리'에서 오히려 괴테의 '상징'이 살아나는 역설이 가능한 것도 이런 맥락에서이다.

맺음말

표현주의 논쟁 시기의 루카치가 다소 편향된 도식성을 띠면서 괴테의

---

53 Carl Einstein, 앞의 글 113면.

54 Heidi Krueger, "Allegorie and Symbol in the Goethezeit: A Critical Reassessment," Gertrud B. Pickar & Sabine Cramer 엮음, *The Age of Goethe Today*, Fink 1990, 52면 이하 참조.

55 가다머 『진리와 방법』 1, 이길우 외 옮김, 문학동네 2012, 110~23면 참조.

문학관과 상충하는 일면을 드러내긴 했지만, 그럼에도 루카치의 리얼리즘론은 궁극적으로 괴테의 문학관과 깊은 친화성을 보여준다. 표현주의 논쟁 시기에 쓴 또다른 글에서 루카치는 예술과 '객관적 진리'의 관계에 대해 이렇게 말하고 있다.

> 외부세계에 대한 일체의 파악은 인간의 의식과 상관없이 존재하는 세계를 인간의 의식을 통해 반영하는 것에 다름 아니다. 의식과 존재의 관계를 보여주는 이 기본적인 사실이 현실의 예술적 반영에서도 타당하다는 것은 자명하다.[56]

이처럼 인간의 의식에 대한 '외부세계'의 존재론적 우위를 주장하는 루카치의 반영론은 흔히 그 수동성으로 인해 비판을 받기도 했고, 또 인간 주체와 객관세계를 이원론적으로 분리하는 게 아닌가 하는 의혹을 사기도 했다. 그렇지만 루카치의 진의는 '인간의 의식과 상관없이 존재하는 세계'를 규명하려는 치열한 의식적 활동이 뒷받침될 때 비로소 작품의 리얼리티가 담보될 수 있다는 것이다. 여기에는 당연히 올바른 현실반영이 정당한 역사적 실천의 기본전제라는 생각이 깔려 있으며, 그런 점에서 그의 반영론은 역사현실이 인간 주체에 의해 온전히 변화될 수 있다는 확고한 믿음의 소산이기도 하다. 인간 주체와 역사현실의 역동적 상호작용을 지향하는 루카치의 사유는 인간과 세계를 서로에 대해 열려 있는 부단한 교호작용으로 파악한 괴테의 생각과 일맥상통한다.

> 인간은 세계를 인식할 때만 자기 자신을 인식한다. 인간은 세계를 오

---

56 Georg Lukács, "Kunst und objektive Wahrheit," Werke, Bd. 4, Neuwied/Berlin 1964, 607면.

직 자신의 내부에서만 인식할 수 있고 동시에 그 세계 속에서만 인간도 인식될 수 있다. 모든 새로운 대상은, 잘 들여다보면, 우리 인간의 내부에 새로운 기관(Organ)을 열어준다.[57]

세계를 주관적 관념의 구성물로 파악하려 했던 독일 낭만주의 조류에 대해 괴테와 루카치가 일관되게 비판하고 있다는 점에서 세계를 인식할 때만 자기 자신을 인식할 수 있다는 말은 양자의 공통된 견해라고 할 수 있다. 세계인식과 자기인식은 결코 순차적으로 분리되는 것이 아니라 항상 '동시적'으로 진행되는 과정이다. 그리고 그러한 인식과정에서 '새로운 대상'이 파악될 때는 동시에 '우리 인간의 내부에 새로운 기관'이 열리는 창조적 사태가 일어난다. 괴테에게 세계에 대한 인식은 ─ 하이데거(M. Heidegger)가 비판한 근대(주의)적 사유체계처럼 ─ 사물을 인간 주체의 고정된 인식틀에 의해 '대상화'(Vergegenständlichung)하고 도구화하는 그런 것이 아니라, 세계에 대한 인식과 더불어 인식의 주체인 우리 자신이 변화해가는 창조적 생성의 경험이다. 그런데 세계는 '우리 자신의 내부에서만 인식될' 수 있으므로 우리 안에 '새로운 기관'이 탄생하는 경험은 새로운 세계가 열리는 개벽의 사태이기도 하다. 바로 이것이야말로 예술적 창조의 경험으로서, 그 과정을 통해 우리는 새롭게 변화하고 새로운 세상을 만들어가는 동시적 사태를 경험함은 물론이다. 비록 괴테 자신은 프랑스대혁명과 같은 정치혁명을 지지하는 입장이 아니었지만 그의 사유 자체는 근본적으로 혁명적임을 여기서 확인할 수 있다. 아마 루카치가 일관되게 괴테의 문학을 위대한 전범으로 삼았던 까닭도 여기에 있을 것이다. 루카치의 문학관이 시대착오적인 '괴테주의'에 기울어 있다는 그릇된 통설은 문학사가들이 만들어낸 허구일 뿐이다. 후기의 루카치

---

57 Goethe, *Naturwissenschaftliche Schriften* I, HA 13, 38면.

가 자신을 체제의 희생양으로 옭아넣은 교조화된 사적 유물론을 비판했을 때[58] 그러한 자기쇄신의 시도야말로 진정으로 괴테의 정신을 끝까지 철저히 계승하고자 한 진면목이 아닐까 한다.

---

58 Georg Lukács, *Zur Ontologie des gesellschaftlichen Seins* I, Werke, Bd. 13, Neuwied/Berlin 1971, 643면 이하 참조. 여기서 루카치는 고대 노예제 사회에 뒤이어 중세 봉건제 사회가 출현했다는 역사적 사실을 사후적으로 인식할 수는 있지만, 그렇다고 해서 사회주의가 반드시 도래하리라는 '목적론적 필연성'은 성립되지 않는다고 말한다.

지구화시대에 다시 읽는 괴테의 세계문학론

'세계화'의 도전

이 시대의 구호로 통하는 '세계화'는 무엇보다 근대 자본주의의 전지구적 관철이라는 맥락에서 이해할 필요가 있다. 콜럼버스의 신대륙 발견 이래 서유럽의 경계를 넘어 팽창을 거듭해온 근대 자본주의는 오늘날 명실상부하게 세계체제로 실현되었다 해도 과언이 아니다. 그 과정에서 중심부 지위를 차지한 국가들의 공세는 지금처럼 주변부와의 시공간적 거리가 좁혀질수록 전면적인 양상을 띠게 마련이다. 세계화는 서구적 근대의 전지구적 보편화에 최적 조건을 제공하는 것이다.[1] 그런 관점에서 서구적 모형에 따른 근대성의 한계를 지적하는 두셀(E. Dussel)은 서구 근대문화가 애초에 계몽의 시대부터 자본주의적 합리성의 잣대로 서구 안팎의 '타자'를 배제하는 '단순화'로 치달았다고 본다.[2] 따라서 '자본주의적 합리

---

1 Ulrich Beck 엮음, *Politik der Globalisierung*, Frankfurt a. M. 1998, 60면 참조.
2 Enrique Dussel, "Beyond Eurocentrism: The World-System and the Limits of Modernity," Fredric Jameson & Masao Miyoshi 엮음, *The Cultures of Globalization*,

성' 자체를 문제 삼지 않고 '미완의 계몽' 운운하는 것은 결국 서구적 근대의 기원으로 회귀하는 꼴이 되기 쉽다. 그런가 하면 계몽적 기획의 해체를 주장하는 '포스트모던'의 입장 역시 다국적 문화산업의 첨단 테크놀로지의 위세를 등에 업고 있다는 점에서는 온전한 뜻의 '탈'근대를 지향하기는커녕 더욱 고도화된 서구중심적 근대주의의 또다른 모습이라고 할수 있다.

다른 한편 주변부 위치를 강요당하는 지역의 입장에서 보면 세계적 차원의 노동분업에 수반되는 풍요와 빈곤의 양극화 현상은 과거 식민지 시기 못지않게 심각한 문제가 되고 있다.[3] 절대적인 빈곤에서는 벗어났다고 자타가 공인하는 한국 사회의 경우도 사정은 다르지 않아 보인다. 이른바 '구조조정'과 결부된 산업질서의 재편은 부자들이 가난한 사람들을 필요로 하지 않는 사회를 정당화하고 있으며, 세계화에 대한 맹목적인 순응은 고스란히 민중의 고통으로 전환되면서 풍요와 빈곤의 양극화를 부추기고 있다. 그런 순응주의에 맞서 근래에 제기되는 '동북아 중심론'도 일방의 중심성을 내세운다는 점에서는 중심부의 논리를 이식하고 답습할 가능성이 크다. 세계화에 대한 도전이 지역주의적 저항을 넘어 전지구적 시야에서의 대응을 요구하는 것은 이 때문이다. 이러한 사정에 비추어 오늘날 전지구적 현실과 가치로 군림하는 서구적 근대에 대해선 좀더 냉철히 인식할 필요가 있다.

이 글에서는 대체로 이러한 문제의식에서 괴테의 세계문학론을 살펴보고자 한다. 괴테의 세계문학론이 '지구화시대의 민족문학과 세계문학'이라는 문제의식을 선취하고 있다는 것은 국내에서도 이미 적절히 소개된 바 있지만,[4] 기왕에 논의가 나온 김에 괴테의 세계문학론에서 서구적 근

Duke University Press 1998, 18면 이하.

3 Samir Amin, *Die Zukunft des Weltsystems*, Hamburg 1997, 17~23면 참조.

4 백낙청 「지구화시대의 민족과 문학」(『내일을 여는 작가』 1997년 1·2월호); 최원식 「문

대의 보편성과 독일 상황의 특수성이 얽혀 있는 대목들을 괴테의 발언에 충실하게 좀더 구체적으로 살펴볼 필요가 있다. 이 글에서는 먼저 괴테가 세계문학론을 구상하기 전에 세계문학과 개념쌍을 이루는 '국민문학'(Nationalliteratur) 내지 민족문학에 대한 견해를 살펴본 다음, 만년에 구상한 세계문학론의 주요한 논점과 논의배경을 살펴보고자 한다.

'보편적 세계문학'의 구상

아우어바흐(E. Auerbach)의 견해를 빌리면 서구 여러 나라가 중세 라틴문학의 그늘에서 벗어나 나름의 민족적 자각에 기초한 국민문학을 낳기 시작한 것은 대략 5백년 전의 일이다.[5] 그러나 이 기준은 독일 문학에는 적용되지 않는다. 르네상스 시기부터 영국, 프랑스, 스페인, 이딸리아 등지에서는 세계문학의 고전에 드는 걸작들이 나온 반면 독일 문학은 18세기 후반의 괴테 당대에 와서야 그런 수준에 도달하게 된 것이다. 거기에는 괴테의 기여가 결정적이었지만 중년의 괴테만 해도 독일의 '민족'문학이 세계문학의 '고전'에 진입할 가능성에는 지극히 회의적이었다. 괴테가 그 주된 근거로 든 것은 무엇보다 독일 역사 및 문화적 전통의 척박함이었다. 알다시피 영국과 프랑스가 진작부터 근대적인 국민국가의 모양새를 갖추고 산업혁명과 프랑스대혁명을 겪는 시점에서도 독일은 여전히 군소 국가들이 난립해 있는 봉건사회의 어두운 터널을 빠져나오지 못했으며, 독일 특유의 그러한 낙후성은 괴테가 살아 있는 동안 크게 나아지지 않았다. 그런데 만년의 괴테가 구상한 세계문학은 단지 독일의 민족문

학의 귀환」(『창작과비평』 1999년 여름호); 한기욱 「지구화시대의 세계문학」(『창작과비평』 1999년 가을호).

5 Erich Auerbach, *Philologie der Weltliteratur*, Frankfurt a. M. 1992, 84면 참조.

제5부

학이 세계적 고전의 수준에 드느냐 마느냐 하는 것과는 전혀 다른 차원에서 문제가 된다. 괴테는 문학이 '인류 공동의 자산'임을 전제하고 갈수록 여러 민족과 작가들의 문학에서 그 자산이 더욱 풍성하게 꽃피고 있다는 사실에 주목하면서 이렇게 덧붙인다.

그렇지만 물론 우리 독일인들 자신이 처해 있는 편협한 환경에서 벗어나 넓은 시야를 갖지 못한다면 설익은 자만에 빠지기 십상이지. 그래서 나는 다른 민족들의 경우를 찾아보기를 즐겨하며, 누구에게나 그렇게 하라고 충고한다네. 이제 민족문학이라는 것은 그다지 큰 의미가 없고 세계문학의 시대가 임박했으니 누구나 이 시대를 앞당기도록 힘써야 할 것이네.[6]

여기서 괴테는 서구 문학의 늦깎이 신세를 갓 면한 독일 문학이 봉건적 낙후성에 갇혀 있는 '편협한' 현실상황을 극복하기 위해 '넓은 시야'를 확보하지 못한다면 설령 서구 문학의 고전에 버금가는 작가나 작품이 나온다 하더라도 여전히 '설익은 자만에 빠지기 십상'임을 경고하고 있다. 여기에는 자국의 문학이 다른 민족의 문학에 '보편'으로 행세하는 또다른 자만에 대한 경고도 함축되어 있다. 실제로 만년의 괴테는 서구 문학의 중심에 해당되는 영국이나 프랑스 문학, 혹은 라틴 및 그리스의 고전에 못지않게 페르시아나 동구 여러 민족의 문학을 '즐겨' 찾아보았다. 그런 점에서 괴테의 삶의 지혜와 문학관의 정수가 담겨 있는 노년기의 대작 『서동(西東)시집』(West-östlicher Divan)이 페르시아 문학과 역사에 대한 깊은 탐구의 결실인 것은 우연만이 아니다. 『서동시집』 창작노트에서 괴

---

6 1827년 1월 31일자 괴테와의 대화. 에커만 『괴테와의 대화』 1, 장희창 옮김, 민음사 2008, 324면. 번역은 필자가 부분적으로 수정하였다.

테는 페르시아 문학의 정수를 이해하려면 "동방이 우리에게 건너오는 방식이 아니라 우리 자신을 동방화해야 한다"[7]고 역설한다. 이것이 단순히 난숙한 서구 문화에 대한 권태라든가 설익은 '오리엔탈리즘'에서 나온 발상이 아닌 것은 그가 찾아낸 페르시아 문학의 풍요가 '세상의 모든 대상에 대한 폭넓은 시야'에 힘입은 것임을 강조하는 데서도 알 수 있다. 또 세르비아 민요에 대하여 괴테는 "문명화된 세계에서 볼 때 이국적인 상황을 감상적으로 취하려 들지 말고 아주 특별한 종류의 즐거움을 받아들일 사전 교양을 갖추어야 한다. 세르비아인들을 그들의 거친 토양과 대지 위에서 이해하고, 그것도 마치 우리가 직접 현장을 찾아간 듯이 그들이 처한 상황을 통해 우리의 상상력을 풍요롭게 하여 보다 더 자유로운 판단을 할 수 있도록 해야 한다"[8]고 말하기도 했다. "이제 민족문학이라는 것은 그다지 큰 의미가 없다"는 괴테의 말은 우선 이런 문맥에서 이해될 필요가 있다. 자국 문학에 대한 우월감에 사로잡히거나 거꾸로 특정한 전범을 모방, 답습하는 수준이라면 민족문학은 더이상 의미가 없다는 뜻인 것이다. 그런 점에서 괴테는 앞의 인용문에 이어 "그렇지만 외국의 것을 그처럼 소중히 여긴다고 해서 특수한 것에 집착하여 그것을 모범이라 여겨서도 안 된다. (…) 모든 것은 오로지 역사적으로 고찰해야 하며, 그중 가능한 한 최상의 것을 역사적인 견지에서 우리 것으로 삼아야 한다"[9]고 강조한다.

그런데 "세계문학의 시대가 임박했으니 누구나 이 시대를 앞당기도록 힘써야 할 것"이라는 말은 좀 특별한 뜻을 담고 있다. 이때의 세계문학은 여러 민족문학의 고유한 특수성을 무시한 단일한 세계문학 ── 그것은 사실상 민족문학과 세계문학의 공멸을 뜻할 것이다 ── 과는 전혀 무관하다. 한편 괴테는 여러 민족들이 서로의 문학에 대해 이전보다 더 많이 알

---

7 HA 2, 181면.
8 FA 22, 686면.
9 에커만, 앞의 책 324면.

게 되었다는 뜻의 '세계문학'이라면 예전부터 있어왔지만 자신의 세계문학 구상은 결코 그런 차원으로 한정되지 않음을 강조한다. 괴테는 무엇보다 "생생하게 살아서 활동하고 무엇인가를 추구하는 작가들이 서로를 알게 되고 타고난 천성과 공동의 생각을 통해 사회적으로 작용할 계기를 마련한다는 사실"에 주목하여 '유럽의 세계문학'을 넘어선 '보편적 세계문학'을 주창한다.[10] 이는 뜻을 모아 공동의 실천을 도모하는 작가들의 국제적 연대를 염두에 두고 있는 말이다. 여기서 '공동의 생각'과 '사회적 작용'을 특정한 정치적 이념이나 행동과 결부시킨다면 편협한 해석이 되겠지만, 국제적 교류와 소통이 절실히 요구되는 현실적 배경에 대한 다음과 같은 괴테의 진단에서 '공동의 생각'이 무엇을 가리키는지 추정해볼 수 있다.

벌써 얼마 전부터 보편적 세계문학이 거론되고 있거니와, 틀린 얘기가 아니다. 끔찍한 전쟁들로 인해 만신창이가 된 모든 민족들이 전쟁을 겪고 나서 다시 자신의 처지를 되돌아보며 외국에 관해 여러가지를 알고 받아들이게 되었으며, 여태껏 알지 못하던 정신적 욕구를 도처에서 느끼게 되었음을 깨닫지 않을 수 없을 것이다. 이런 것에서 서로가 가까운 이웃의 관계에 있다는 감정이 생겨나며, 지금까지 그랬듯이 마음의 문을 닫아놓는 대신 다소간 자유로운 정신적 교류를 점차 받아들이라는 요구에 직면하게 되는 것이다.[11]

---

10 HA 12, 363면.
11 FA 22, 870면. 이 구절은 토머스 칼라일(Thomas Carlyle)이 쓴 『쉴러의 생애』 독일어 판에 괴테가 부친 서문의 일부이다. 칼라일은 괴테와 긴밀한 정신적 유대를 맺고 있었고 괴테의 대표작들을 처음으로 영역한 장본인이기도 하다. 괴테의 세계문학 구상이 실질적으로 '국제적 연대'의 체험에 바탕을 둔 것임은 여기서도 알 수 있다.

끔찍한 전쟁의 참상과 상처를 교훈 삼아 여러 민족들은 서로 '마음의 문'을 열고 '가까운 이웃의 관계'로 맺어져야 한다는 것이다. 민족적 고립에서 벗어난 '세계문학의 시대'를 추동하는 역사적 조건은 역설적이게도 바로 그런 전쟁을 통해 한층 가속화되고 전면화되었다. 따라서 세계문학의 시대를 앞당겨야 한다는 요구는 민족 간의 불균등한 발전에도 불구하고 유럽 사회가 하나의 질서로 얽혀드는 '세계화' 국면에 전면적으로 대응할 필요성이 그만큼 절박해졌음을 말해준다. 따라서 세계문학의 시대가 임박했다는 것은 당장 세계문학이 실현될 수 있다는 섣부른 낙관이 아니라 세계문학에 대한 제약과 도전을 두루 포괄하고 있는 시대진단으로 읽을 필요가 있다. 괴테는 앞의 발언에 덧붙여 뜻을 같이하는 작가들의 국제적 '운동'이 아직은 지속성도 없고 미흡한 수준에 머물러 있지만 그 운동에서 생기는 작은 힘은 '상품의 교역'에서 얻는 '이득과 즐거움'에 못지않다고 강조한다. 그런 뜻에서 민족 간 문학교류는 서로를 바로잡아 주고 신선한 활력을 제공하며, 이를 통해 "전반적인 평화가 도래하리라고 기대할 수는 없어도 불가피해 보이던 분쟁이 점차 그냥 넘어갈 만한 것이 되고, 전쟁이 덜 잔혹해지고, 승리가 덜 기고만장한 것이 되기를 바랄 수는 있겠다"[12]는 소망을 내비치기도 했으며, 또 "여러 민족들이 똑같은 생각을 하리라고 기대한다면 터무니없는 일이겠지만, 다만 서로를 알고 이해할 거라고 기대할 수는 있을 것이다. 또한 서로 사랑까지는 못하더라도 적어도 서로를 용인하는 법은 배우게 될 것"[13]이라는 기대를 조심스럽게 피력하기도 했다.

---

12 HA 12, 348면.
13 같은 곳.

'세계화'의 부정적 여파

괴테가 세계문학의 시대를 앞당겨야 한다는 절박한 요구를 내세우면서
도 정작 세계문학의 가능성과 역할에 대한 기대가 이처럼 신중한 것에는
그럴 만한 이유가 있다. 그것은 전쟁의 참상이 세계문학 차원의 대응을
절실히 요구하는 착잡한 상황 때문이기도 하지만, 굳이 물리적 폭력을 동
반하지 않더라도 자본주의의 진전이 민족 간의 지리적 경계를 현저히 좁
히고 있다는 현실인식과도 무관하지 않다. 이러한 복합적 인식을 통해 괴
테는 "만인과 만인이 대치하고 있는 상황을 여러 민족들이 제대로 인식할
때에만 보편적 세계문학이 생겨날 수 있다"[14]는 자각에 도달한다. 그러면
서 괴테는 세계문학의 역할을 나라 간의 무역에 견주기도 했는데, 세계문
학의 촉진을 통해 "갈수록 더 전면적인 양상을 띠는 상업 및 무역 활동에
도 아주 효과적으로 기여할 것"[15]이라는 다소 엉뚱한 발언을 하기도 한다.
이는 한낱 비유나 실언이 아니라 세계문학을 형성하는 토대가 되는 근대
자본주의의 세계화가 결코 피할 수 없는 대세로 인식되고 있음을 말해준
다. 다른 한편 독일 민족문학의 입장에서 보면 독일 사회의 봉건적 낙후
성을 극복해야 한다는 근대화 과제가 근대화에 앞선 다른 서구 나라들에
비해 훨씬 무거운 짐으로 다가오고 있다는 의미도 된다. 실제로 괴테는
자신이 봉직했던 바이마르의 물질적 곤궁을 절감했고, 광산 개발이나 증
기기관 도입 등을 통한 산업화, 무역을 통한 중상주의 정책에 엄청난 집
념과 열성을 보였다. 적어도 정치인 괴테의 입장은 그러했다. 그러나 작가
로서의 괴테는 자신이 주창하는 세계문학이 '갈수록 전면적인 양상을 띠

---

14 HA 12, 363면.
15 같은 곳.

는' 자본의 세계화에 힘입어 엉뚱한 방향으로 나아가는 것에 몹시 곤혹스러워한다. '통신의 가속화에 힘입은 세계문학'을 괴테는 무엇보다 '통속적인 대중문학의 세계화'로 경험하면서 '제대로 된 일급의 세계문학'은 결코 그만한 성공을 거두지 못할 것이라고 털어놓는다. 또 '세계의 도시' 빠리에서 흥행하는 저속한 노래극이 독일의 촌구석에까지 밀려오는 현상을 "당당하게 진군하는 세계문학의 여파"라고 하면서 대중문학과 대중문화가 '세계문학'의 주종으로 자리잡아가는 현실을 개탄하며 "내가 주창한 세계문학이 나도 익사할 지경으로 밀려들고 있다"고 자조하기도 한다.[16] 그럼에도 진정한 세계문학을 향한 괴테의 열망은 식지 않지만[17] 여기서 더 주목해야 할 것은 대중문학의 '당당한 진군'을 가능케 하는 새로운 현실을 괴테가 미심쩍게 바라보면서 모종의 불길한 예감에 사로잡힌다는 사실이다.

　　풍요와 속도는 온 세상이 경탄하고 누구나 추구하는 것들이지요. 교양이 있다는 사람들은 누구나 철도, 급송우편, 증기선과 통신 등 온갖 가능한 이기를 추구합니다. 하지만 너무 많은 것이 제공되어 있고 그런 부류의 교양이 지나치게 넘쳐나서 평균적인 것으로 굳어져버렸지요. 사실 이런 현상도 중간문화가 천박해지는 전반적인 추세의 결과라 할 수 있습니다. (…) 우리는 다시는 돌아오지 않을, 금방 사라져버릴 한 시대의 마지막 사람들입니다.[18]

---

16 같은 곳.

17 "그렇지만 더 숭고하고 더 생산적인 것에 자신을 바치는 사람들도 더 빨리 그리고 더 가까이 서로를 알게 될 것이다. 이 세상 어디를 가더라도 든든한 바탕을 다지는 데에 힘을 쏟고 그런 기반 위에서 인류의 참된 진보를 위해 힘을 쏟는 사람들은 얼마든지 찾아볼 수 있다. 하지만 이들이 들어선 길과 내디딘 발걸음이 한결같지는 않다."(Goethe, *Werke*, WA I, 42.2, Weimar 1907, 502~503면)

18 1825년 6월 6일자 첼터(Zelter)에게 보낸 편지. Goethe, *Briefe*, Bd. 4, München 1988,

증기차를 움직이는 증기를 이제 더이상 누그러뜨릴 수 없듯이 윤리적인 차원에서도 그런 제어는 불가능하게 되었다. 상업의 활기와 화폐의 범람, 부채를 갚기 위해 눈덩이처럼 불어나는 부채, 이 모든 것은 오늘날의 젊은이들이 추구하는 것들이다.[19]

봉건사회의 궁핍과 정체에서 벗어나기를 누구보다 열망한 진보주의자 괴테에게도 새 시대가 가져올 '풍요와 속도'를 근대의 축복으로 예감한 '젊은' 시절이 있었을 것이다. 그러나 '풍요와 속도'를 현실로 맞이하기 시작한 노년의 괴테는 위에서 보듯이 '증기차를 움직이는 증기'를 누그러뜨릴 수 없듯이 '제어 불가능한' 세계의 '풍요와 속도'에 전율하면서 자신이 '다시 돌아오지 않을 한 시대의 마지막 사람'으로 내몰리고 있다는 위기의식에 빠져들기도 한다. 통신의 가속화와 더불어 괴테는 "대중의 기호에 영합하는 문학이 무한정으로 확산될 것이며, 이미 목격하는 바와 같이 모든 지역과 나라에서 그런 문학이 선호될 것"[20]이라며 자본주의 세계시장의 형성과 더불어 문학이 대중의 기호에 영합하는 문화상품으로 소비되는 추세에 깊은 우려를 표명하기도 한다.

문화 간 상호소통과 국민문학의 자기쇄신

지구화시대를 사는 지금 세계문학과 세계화의 부정적 여파는 괴테가 살던 시대에 비하면 더욱 첨예한 문제로 제기되며, 괴테가 생각했던 세계

<hr>

146면.

19 HA 12, 389면.

20 FA 22, 866면.

문학론의 합리적 핵심을 발전적으로 계승할 필요성도 그만큼 더 절실해 보인다. 괴테의 논의 중에서 상이한 국민문학 사이의 창조적 소통과 그를 통한 국민문학의 자기쇄신이란 문제는 오늘의 시점에서 특히 주목을 요한다. 당대의 독일 문학을 영국에 번역 소개한 번역자이기도 했던 칼라일이 독일 소설들을 번역 출간한 것에 즈음하여 괴테는 에커만과의 대화에서 이렇게 말하고 있다.

미학의 분야에서 우리의 사정은 너무나 취약해 보이고, 칼라일 같은 사람이 나오려면 한참 더 기다려야 할 것이네. 그렇긴 하지만 이제 프랑스인과 영국인과 독일인 사이에 긴밀한 교류가 이루어져서 서로를 바로잡을 수 있는 계기가 마련된 것은 정말 다행한 일일세. 이것은 하나의 세계문학에서 생겨나는 커다란 이득이라네. 칼라일은 쉴러의 생애에 관해 저술하였는데, 모든 문제에서 독일인도 쉽게 해내지 못할 정도로 탁월하게 평가하고 있네. 그 반면 우리는 셰익스피어와 바이런에 관해서는 명확하게 파악하고 있고, 아마도 영국인 자신들보다 더 잘 평가할 줄 안다네.[21]

영국인이 저술한 쉴러 평전이 독일인의 안목보다 더 탁월하다는 것을 겸허하게 인정하는 한편 셰익스피어와 바이런에 관해서는 독일인이 영국인보다 오히려 더 잘 평가할 수 있다는 자부심을 피력함으로써 괴테는 그러한 상호소통을 통해 '프랑스인과 영국인과 독일인이 서로를 바로잡을 수 있는 계기'의 마련이 곧 '하나의 세계문학에서 생겨나는 커다란 이득'임을 역설하고 있다. 여기서 괴테가 '하나의 세계문학'이라고 표현한 것은 앞서 언급한 대로 문학이 일국의 경계를 넘어 '전인류의 자산'임을 강

---

21 1827년 7월 15일자 괴테와의 대화. 에커만, 앞의 책 374면.

조한 것이기도 하지만, 상이한 국민문학들 사이의 창조적 상호작용과 소통의 과정 자체를 '보편적' 세계문학의 근간으로 설정하고 있음을 시사한다. 그런 점에서 괴테가 생각하는 '하나의 세계문학' 내지 '보편적 세계문학'은 단지 선언적인 구상이나 추상적 이념형이 아니라 문화적 상호소통을 통해 일국적 한계를 지양해가고 보편적 공감대를 형성해가는 현재진행의 과정 자체에 중점을 둔 말이라 하겠다. 타국의 문학을 그 나라 사람보다 더 잘 평가할 수도 있는 그러한 상호소통은 당연히 특정한 전범의 일방적 수용이 아니라 비판적 긴장을 동반한다.

　내가 프랑스의 여러 잡지들에 대해 말하는 것은 독자들에게 나와 내 작품에 대한 기억을 상기시키기 위해서만은 아니다. 여기서 나는 내가 보다 높은 것을 목적으로 추구하고 있다는 사실만 우선 암시하고자 한다. 도처에서 우리는 인류의 진보에 대해, 그리고 세계의 여러 관계와 인간관계의 전망에 대해 듣거나 읽을 수 있다. 이것이 지금 전체적으로 어떤 상황에 처해 있는가를 연구하고 보다 명확히 밝히는 것은 내가 할 일은 아니지만, 그래도 나의 입장에서 친구들에게 주의를 환기시키고 싶은 것이 있으니, 바야흐로 보편적 세계문학이라는 것이 형성되고 있는 중이며 그 속에서 우리 독일인들에게도 명예로운 역할이 주어지고 있다는 확신이 그것이다. 모든 나라의 국민들이 우리를 주시하고 있다. 그들은 우리를 칭찬하고, 꾸짖고, 우리 문화를 받아들이기도 하고 거부하기도 하며, 모방하는가 하면 왜곡하기도 하고, 우리를 이해하거나 오해하고, 그들의 마음을 열거나 닫는다. 이러한 전반적 현상이 우리에게는 큰 가치를 지니기에 우리는 그들의 이 모든 행동을 담담한 심경으로 받아들이지 않으면 안된다.[22]

---

22 괴테『문학론』, 안삼환 옮김, 민음사 2010, 252~53면. 번역은 필자가 부분적으로 수정

프랑스인의 시각에서 독일 문학을 '칭찬'하기도 하고 '꾸짖기도' 하는 그러한 비판적 수용은 자국의 문화에 대한 나름의 이해와 자각을 가지고 타국의 문학을 폭넓은 시야로 조망할 때만 가능할 것이다. 괴테는 자신의 작품에 대한 프랑스와 영국의 수용에서 그러한 본보기를 발견한다.

외국에서도 나에게 바람직한 일이 일어나고 있습니다. 프랑스인들이 나의 희곡 작품들을 번역했는데, 편견에서 벗어난 높은 식견에 감탄하지 않을 수 없습니다. 우리 독일인들이 거의 이해하기 힘든 언어로 생각과 판단을 주고받고 있는 동안 프랑스인은 전래의 언어를 사용하면서도 마치 여러개의 평면거울을 합쳐 만든 오목거울을 들이대듯 대범하게 하나에다 초점을 맞출 줄 알지요. 영국에서는 쏜(Soane) 씨가 나의『파우스트』를 훌륭하게 이해하여 이 작품의 고유한 특성을 자국어의 고유한 특성 및 자국민의 요청과 조화시킬 줄 알지요. (…) 전반적으로 볼 때 나는 여러 민족들이 이전보다 더 잘 서로를 이해하는 법을 배우고 있다고 생각합니다. 오히려 자국민의 머릿속에서만 오해들이 벌어지고 있는 것 같습니다.[23]

여기서 "우리 독일인들이 거의 이해하기 힘든 언어로 생각과 판단을 주고받고 있는 동안"이라고 한 것은 짐작건대 독일의 후기 낭만주의가 복고적 중세 편향으로 기울면서 동시대의 문학과 현실에 대한 조망을 상실해가는 사태를 가리키고 있는 것으로 보인다. 그 반면 "프랑스인은 전래의 언어를 사용하면서도 마치 여러개의 평면거울을 합쳐 만든 오목거울을

하였다.

23 1822년 6월 10일자 라인하르트(Reinhard)에게 보낸 편지. Goethe, *Briefe*, Bd. 4, 38면.

들이대듯 대범하게 하나에다 초점을 맞출 줄” 안다고 한 것은 자국의 언어 및 문화적 전통을 숙지한 바탕 위에서 타국의 문학을 통합적 관점으로 해석해내는 창조적 수용태도를 높이 평가한 것이라 할 수 있다. 마찬가지로 영국에서의 『파우스트』 번역 역시 작품 자체의 고유한 특성을 영어의 고유한 특성 및 영국인의 요청과 조화시킨 바람직한 수용의 본보기로 거론된다. 이처럼 여러 민족들이 이전보다 더 잘 서로를 이해한다고 한 반면 오히려 “자국민의 머릿속에서만 오해들이 벌어지고 있는 것 같다”고 부정적으로 진단한 것은 외국인의 눈으로 새롭게 해석되고 평가되는 ‘재발견’을 통해 일국적 편협성을 극복해야 한다는 의미를 함축한 것이라 할 수 있다. 괴테는 이처럼 상이한 국민문학의 상호소통을 통해 자국의 국민문학이 쇄신되는 것을 세계문학 형성의 중요한 조건으로 강조한다. “제가 세계문학이라 일컫는 것이 생겨나려면 우선 한 나라 안에 존재하는 의견의 상충점들이 다른 나라들의 견해와 판단을 통해 조정되는 것이 급선무입니다”[24]라고 언명한 것도 그런 맥락에서 이해할 수 있다. 괴테가 세계문학의 형성과정에서 독일 문학이 많은 것을 잃을 것이라고 경고한 반면 프랑스인들이 가장 득을 보고 19세기는 프랑스 문학의 시대가 될 거라고 예측한 것은 독일 문단의 일국적 편협성과 프랑스의 개방적이고 진취적인 외국문학 수용태도를 대비해서 내린 엄정한 판단이다.[25]

괴테가 비판하는 일국적 편협성의 문제는 이미 언급한 대로 나뽈레옹

---

24 1827년 10월 12일자 부아스레(Boisserée)에게 보낸 편지. 괴테 『문학론』 254면.

25 “세계문학이라는 것이 출범하고 있는 지금, 자세히 검토해서 고찰해보면 독일인들이 가장 많은 것을 잃을 수밖에 없게 되어 있다. 독일인들은 이 경고를 생각해보는 것이 좋을 것이다.”(같은 책 256면); “세계문학의 상호작용은 대단히 활발하고 기묘합니다. 내가 잘못 본 것이 아니라면, 프랑스인들은 그들의 문학적 좌표를 둘러보거나 개관함으로써 세계문학으로부터 가장 많은 이득을 취하는 민족입니다. 또한 그들은 벌써 자긍심에 찬 어떤 예감까지도 갖고 있는데, 그것은 그들의 문학이 18세기 전반기에 유럽에 끼쳤던 것과 똑같은 영향력을 보다 높은 차원에서 향후 유럽에서도 지니게 될 것이라는 예감입니다.”(같은 책 256~57면)

전쟁의 여파로 유럽 전체가 전란의 소용돌이에 휩쓸린 시대상황에서 어느 나라를 막론하고 편협한 국수주의가 팽배해 있는 상황을 말한다. 그런 맥락에서 괴테는 '애국적 예술과 학문'의 편협함을 넘어 '모든 동시대인들과의 보편적이고 자유로운 상호작용'을 권면한다.

아마도 애국적 예술과 애국적 학문 같은 것은 존재하지 않는다는 것을 사람들은 확신하게 될 것이다. 모든 좋은 것이 그러하듯 예술과 학문은 전세계의 것이며, 우리가 과거로부터 물려받아서 익히 알고 있는 것을 부단히 고려하는 가운데 모든 동시대인들과 보편적이고 자유로운 상호작용을 함으로써만 예술과 학문은 촉진될 수 있을 것이다.[26]

마찬가지로 '선한 것, 고귀한 것, 아름다운 것'을 구현하려 하는 시인의 창조력과 창조활동 역시 편협한 지역주의나 국수주의를 넘어서야 한다는 것을 역설한다.

시인도 시민이자 인간인 한에는 조국을 사랑할 것이네. 하지만 시인의 창조적인 힘과 창조적인 활동의 조국은 그 어떤 지방이나 나라에도 얽매이지 않는 선한 것, 고귀한 것, 아름다운 것이지. 시인은 그런 것을 발견하는 곳에서 포착하고 형상화한다네. 그런 점에서 시인은 독수리에 비견되지. 독수리는 자유로운 시야로 여러 나라를 날아다니며, 그가 낚아챌 토끼가 프로이센에서 놀든 작센에서 놀든 아무 상관이 없는 법이지.[27]

보편적 세계문학의 형성에 기여하는 것이 '인류의 진보'에 부응하는 시

---

26 FA 18, 809면.
27 1832년 3월 초로 추정되는 괴테와의 대화. 에커만, 앞의 책 736면

대적 소명이라면, 같은 이유에서 민족 간의 반목과 증오심은 그러한 인류 진보의 시대적 흐름에 역행하는 문화적 낙후성의 징표라는 것이 괴테의 소신이다.

민족적 증오심이라는 것은 참으로 별난 것이지. 가장 낮은 단계의 문화에서 그러한 민족적 증오심이 아주 강하고 격렬하다는 것을 알 수 있지. 하지만 그러한 증오심이 완전히 사라지고 어느정도는 민족들을 넘어서는 단계 또한 존재한다네. 그러면 이웃 민족의 행복과 불행을 마치 자기 민족의 것처럼 느끼게 되지. 그러한 문화가 내 천성에 맞다네. 나는 육십세가 되기 전부터 이미 오래도록 그런 생각을 확고히 다졌지.[28]

이처럼 '이웃 민족의 행복과 불행을 자기 민족의 것처럼' 느끼고 받아들여야 한다는 세계시민적 관점에 대하여 토마스 만(Thomas Mann)은 "코즈모폴리턴적 역동성을 지닌 독일적 교양 개념"[29]이라 평가한 바 있다. 하지만 괴테의 이러한 세계시민적 시야를 '독일적' 교양 개념에 한정하기보다는 오늘날의 관점에서 볼 때 '세계화'라는 세계사적 변화를 민감하게 포착한 예리한 현실인식의 소산이라고 보는 것이 타당할 것이다.

전세계의 모든 지역으로부터 온갖 종류의 급보들이 쏟아져 들어오는 이 시대에 정진하는 사람은 누구나 자기 민족과 여타 민족들에 대해 어떤 태도를 취할 것인가를 배우는 것이 절실히 필요하다 하겠다. 그런즉 생각이 있는 문인이라면 일체의 구멍가게 근성을 버리고 그런 교역이

28 1830년 3월 14일자 괴테와의 대화. 에커만 『괴테와의 대화』 2, 장희창 옮김, 민음사 2008, 316면. 강조는 원문.

29 Thomas Mann, *Gesammelte Werke*, Bd. 10, Frankfurt a. M. 1990, 870면.

진행되는 원대한 세계로 눈을 돌려야 마땅할 것이다.[30]

　전세계의 모든 지역으로부터 온갖 급보들이 쏟아져 들어오는 시대적 추세를 '교역'이라 일컫는 데서도 알 수 있듯이 괴테는 자본주의 세계시장의 형성에 따른 세계화의 흐름을 읽어내고 있었다. 그런 점에서 괴테의 세계문학 구상은 훗날 맑스와 엥겔스가 『공산당 선언』에서 "개별 민족들의 정신적 생산물은 세계 공동의 자산이 된다. 민족적 일면성이나 편협성은 점점 불가능해지고, 수많은 민족문학과 지역문학에서 하나의 세계문학이 형성된다"[31]라고 했던 현실인식을 일찌감치 선취한 탁견이라 할 수 있다.

유럽의 변방과 바깥을 보는 시각

　괴테의 세계문학론이 선언적 구상이 아니라 유럽의 다양한 지역과 유럽 바깥의 문학에까지 두루 관심을 쏟았던 실천적 활동의 과정에서 얻어진 산물이라는 사실에 유념할 필요가 있다. 세계문학에 관한 괴테의 글은 주로 자신이 발행하던 잡지 『예술과 고대문화』(Über Kunst und Altertum)에 발표되었는데, 괴테는 1816년에 이 잡지를 창간하여 1832년 생을 마감할 때까지 16년 동안이나 발간했다. 제호를 통해 겉으로 표방하는 바와는 달리 이 잡지는 '고대문화'만 다룬 것이 아니었고 그보다는 오히려 동시대 유럽 전역의 문학예술이나 건축 등 여러 장르의 작품들에 관한 생생한 현장비평을 게재하였으며, 원고의 3분의 2를 괴테 자신이 집필할 만큼

---

30 FA 22, 280면.
31 맑스·엥겔스 『공산당 선언』, 이진우 옮김, 책세상 2005, 20면.

그는 이 잡지에 열정을 쏟았다. 다양한 지역의 문학예술의 활발한 소통이 '보편적 세계문학'의 요체인 만큼 괴테 자신이 세계문학 형성에 누구보다 매진했던 셈이다. 괴테는 프랑스에서 이와 비슷한 역할을 했던 잡지 『글로브』(*Le Globe*)를 애독했는데, 프랑스에서 자신의 세계문학 구상에 부응하는 지적 움직임이 일어나는 것에 고무되었다. 괴테는 특히 걸출한 작가뿐 아니라 폭넓은 많은 작가들이 두루 비평적 관심의 대상이 되는 현상에 주목했다. 그리고 프랑스·독일·영국 등 유럽의 중심부뿐만 아니라 상대적으로 낙후한 변방의 문학에까지도 관심의 폭을 넓히는 것을 높이 평가했다.

　그토록 많은 검증과 정화의 시기를 거친 민족이 바깥으로 눈을 돌려 신선한 원천을 찾으면서 새로운 활력을 얻고 스스로를 강화하고 새롭게 만들어가고 있다. 이런 이유에서 그들은 이전보다 더 많이 바깥세계를 참조하는데, 이미 인정받은 완성의 경지에 도달한 이웃 민족만 보는 것이 아니라 아직 노력과 고투를 하고 있는 생생한 이웃 민족들에게도 눈을 돌리고 있다. 그런 것을 보면 우리는 세계시민적 의미에서 기뻐해 ·도 무방할 것이다.[32]

　아직 완성의 경지에 도달하지 못한 이웃 민족들의 생생한 문학 동향까지도 편견 없이 평가할 줄 아는 '세계시민적' 시야를 괴테가 반겼던 것은 그의 세계문학 구상이 유럽중심주의를 거뜬히 극복하고 있었음을 보여준다. 그런 점에서 괴테 자신의 비평활동 중 세르비아 민요에 관한 논의는 그의 '세계시민적' 시야를 구체적으로 확인할 수 있는 본보기라 할 수 있다. 헤르더(Herder)의 영향으로 청년시절부터 유럽 주변부의 민속문학

---

32 FA 22, 259면.

에 관심을 갖기 시작했던 괴테는 1825년 『예술과 고대문화』에 발표한 「세르비아의 민요」라는 글에서 '원시민족'의 문학이 서구의 독자들에게 '훌륭한 시문학'으로 받아들여질 수 있기 위한 요건을 다음과 같이 말하고 있다.

(그 요건은—인용자) 어떤 원시민족의 고유성들을 직접적이고 내용으로 충만한 전승형식으로 우리에게 보여주는 시들이어야 하며, 상황을 제약하는 장소적 특징들과 거기서 연유하는 여러 상관관계들을 분명하고도 아주 독특하게 우리의 직관적 인식에 연결해주는 시들이어야 한다.[33]

말하자면 민족적 고유성과 지역적 특성 및 역사적 맥락을 그들의 고유한 전승형식으로 표현하되 다른 언어권의 독자들에게도 '직관적 인식'의 방식으로 소통이 가능해야 한다는 것이다. 괴테가 보편적 세계문학을 주창할 때 민족적 특성을 부정할 것이 아니라 제대로 살려야 한다고 했듯이 '원시민족'의 문학에 대해서도 그런 생각을 일관되게 견지하고 있었던 것이다. 세르비아 내에서 거의 활자화되지 못하고 주로 구전(口傳)으로 전승되어오던 민요가 독일어로 번역되어 읽히기까지의 경위에 관한 괴테의 상세한 언급은 그런 점에서 매우 흥미롭다. 괴테의 설명에 따르면 세르비아 민요집 번역자는 빈에서 세르비아 출신의 하층민들이 부르는 세르비아 민요를 듣고 그것을 채록을 했는데, 세르비아인들은 자국의 '교양있는 독자들'이 경멸하는 민요가 독일어로 번역되면 그들의 '자연스럽고 소박한' 노래가 독일의 '세련된' 시에 대비되어 폄하될 거라고 우려했다고 한다. 그러나 본국에서는 저속한 하층문화로 평가받던 세르비아 민요가 뜻

---

33 괴테 『문학론』 187면.

있는 독일인의 '진지한' 관심대상이 되어 훌륭한 독일어로 번역됨으로써 '민중시'(Volkspoesie)로서의 진가를 인정받는 형국이 되었다는 것이다. 이러한 문화적 매개와 소통 과정에 대하여 괴테는 이렇게 말한다.

외국인들이 우리나라에서 토착의 것이 아닌 외래적인 것을 발견하게 된다면 그것 또한 적지 않은 의미를 지닌다. 우리가 지금까지 그래왔듯 이 허세와 과장을 부리지 않고 이와 같은 접근을 여러 방면으로 해간 다면 머지않아 외국인들이 우리나라 시장으로 와서 그들이 직접 받아 들이기 어렵던 상품들을 우리의 중개를 통해 구하지 않으면 안될 것이 다.[34]

문화적 차이와 언어적 장벽으로 인해 접근할 수 없었던 낯선 이방의 문학을 제3국의 번역을 통해 접근하는 이러한 과정 역시 보편적 세계문학 형성의 중요한 일환이 된다는 말이다. 실제로 괴테는 세르비아 민요 중에 동시대 유럽 중심부의 문학에 견주어도 손색이 없는 탁월한 문학성을 구현한 작품이 있다는 것을 전적으로 인정한다. 예컨대 당대 프랑스 시인 베랑제(Béranger)의 시와 세르비아 민요의 놀라운 공통점을 발견한 괴테는 여기에서 지역적 특수성을 넘어선 보편적인 '세계시'의 가능성을 보기도 한다.

여기서 특기할 만한 것은 반쯤은 미개한 민족과 가장 세련된 민족이 경쾌하기 이를 데 없는 시의 경지에서는 합류하고 있다는 사실이다. 그런즉 우리는 세계시(Weltpoesie)라는 것이 존재하며 상황 여하에 따라 발현된다는 것을 다시금 확신하게 된다. 따라서 내용과 형식이 (중심부

---

34 같은 책 202면.

에서 주변부로—인용자) 굳이 전승될 필요는 없으니, 태양이 비치는 곳이면 어디서나 확실히 그러한 세계시가 발전할 것이다.[35]

의례적인 문학사의 기준으로 보면 낙후한 주변부의 문학으로 서열화되기 십상인 변방의 문학을 고도로 세련된 중심부의 문학과 동일한 수준의 문학성을 갖추었다고 평가하는 괴테의 이러한 공정하고 개방적인 시야에 힘입어 에드워드 싸이드(Edward Said) 같은 비평가는 괴테의 세계문학 구상이 "세계의 모든 문학들이 장엄한 교향곡과도 같은 전체를 만들어가는 보편주의적 구상"[36]이라고 높이 평가했으며 탈식민주의 문학론의 대표적인 이론가인 호미 바바(Homi K. Bhabha) 역시 '문화 간 차이와 타자성을 극복할 수 있는 시의적절하고 진취적인 구상'[37]이라고 적극적으로 평가한 바 있다.

만년의 괴테가 집필한『서동시집』은 그러한 문화 간 소통과 만남이 창작으로 결실을 맺은 중요한 성과이다. 여기서『서동시집』을 별도로 다루지는 못하지만, 괴테가 이 시집에서 피력한 생각을 세계문학론의 맥락에서 되새겨볼 필요가 있다. 고대 페르시아의 문학이 유럽에 소개된 이후로 유럽의 독자들이 유럽적 기준에서 오리엔트 문학을 평가하는 관행에 대하여 괴테는 '밀턴과 포프가 동방의 의상을 걸친다면 얼마나 황당할 것인가'라고 하면서 설익은 오리엔탈리즘을 경계했다. 그런 의미에서 "어떤 시인이든 그 시인의 언어와 시인이 살던 시대와 풍습의 독특한 환경 속에서 시인의 진면목을 찾고 깨닫고 존중해야 한다"[38]라고 한 괴테는『서동시

35 FA 22, 386~87면.
36 Edward Said, *Humanism and Democratic Criticism*, Columbia University Press 2004, 95면.
37 호미 바바『문화의 위치』, 나병철 옮김, 소명출판 2012, 49면.
38 괴테『서동시집』, 안문영 외 옮김, 문학과지성사 2006, 396면.

집』 뒤에 붙인 해설에서 문학에서 '보편적인 것'이 과연 무엇인지 묻고 있다. 여기서 괴테는 고대 페르시아 시의 중요한 특징으로 지극히 비천한 것과 한없이 숭고한 것을 결합하는 독특한 시적 상상력에 주목한다. 서구의 난숙한 문학적 취향에 길들여진 독자의 관점에서 보면 그처럼 이질적인 것의 결합은 몰취미의 징표가 되겠지만, 괴테는 고대 페르시아 시문학이 오히려 이렇게 양립 불가능해 보이는 상이성까지도 결합할 줄 아는 대범한 상상력에 힘입어 역사적으로 각인된 문화적 차이와 적대까지도 거뜬히 넘어서고 있다고 높이 평가한다. 그 구체적인 본보기로 괴테는 12세기 말의 페르시아 시인 니사미(Nisami)의 다음 시를 예로 들고 있다.

> 세상을 유랑하는 예수가
> 어느날 시장을 지나가고 있을 때
> 죽은 개 한마리가 길 위에 자빠져 있었다.
> 어떤 집 문 앞에 끌어다놓은
> 그 썩은 주검 주위에 한무리의 사람들이 모였다,
> 마치 독수리가 주검을 둘러싸고 모여들 듯.
> 한사람이 말했다. "지독한 냄새 때문에
> 내 골이 빠개지는군."
> 다른 사람이 말했다. "저걸 어디다 쓰나,
> 무덤에서 파낸 것은 불행만 가져오는데."
> 이렇게 각자 제멋대로
> 죽은 개의 시체를 비방했다.
> 이제 예수의 차례가 되자
> 그는 비방하지 않고 좋은 뜻으로 말했다.
> 착한 본성을 지닌 그가 말하기를,
> "이가 진주처럼 희구나."

이 말이 주변에 서 있는 사람들을
달구어진 조개처럼 뜨겁게 만들었다.[39]

　알라 신을 섬기고 성경 대신 코란을 읽는 페르시아인들의 관점에서 보면 예수는 적대 종교의 지도자에 불과할 것이다. 하지만 이슬람교도인 페르시아 시인 니사미는 죽은 개의 썩은 시체를 지극히 추한 흉물로만 여기는 페르시아인들의 고정관념을 일거에 깨뜨리고 죽은 개의 이에서 '진주처럼 흰' 아름다움을 발견하는 예수의 성스러운 혜안을 예찬한다. 너나없이 이 획일적 편견에 사로잡혀 있는 페르시아인들에게 '달구어진 조개처럼 뜨거운' 자괴감을 불러일으키고 타 문화와 종교에 대한 적대감을 단숨에 불식하는 거침없는 이런 상상력이야말로 괴테가 구상하고 실행하고자 했던 보편적 세계문학의 전범이라고 할 수 있다. 냉전체제가 무너지고 세계 전역에서 다시 온갖 형태의 지역주의와 패권주의, 종교적 반목과 적대가 발호하는 21세기에서 우리는 괴테의 세계문학 정신을 새롭게 되새겨야 할 것이다.

---

39 같은 책 281~82면.

1749년   8월 28일 프랑크푸르트에서 태어남. 아버지는 명목상 왕실 고문관이
          었지만 관직에 봉직하지는 않았고, 어머니는 프랑크푸르트 시장을
          지낸 집안 출신임.

1750년   여동생 코르넬리아 태어남.

1756년   공립학교를 잠시 다니다가 중단하고 가정교육을 받기 시작함.

1765년   10월에 라이프치히 대학에 입학하여 법학을 공부함.

1767년   단편희곡「연인의 변덕」(Die Laune des Verliebten) 집필 시작.

1768년   8월에 폐결핵으로 학업을 중단하고 귀향함. 단편희곡「공범자들」
          (Die Mitschuldigen) 집필 시작.

1770년   4월에 슈트라스부르크 대학에 입학하여 법학 공부를 계속함. 헤르
          더(Herder)를 만나 많은 영향을 받음. 목사의 딸 프리데리케 브리온
          (Friederike Brion)과 사귐.

1771년   8월에 대학 졸업 후 프랑크푸르트로 돌아옴. 희곡『괴츠 폰 베를리힝
          엔』(Götz von Berlichingen) 초고 집필.

1772년   5월에서 9월 동안 베츨라 소재 제국고등법원에서 근무함.『젊은 베르

터의 고뇌』(*Die Leiden des jungen Werther*)에 등장하는 로테의 모델이
되는 샤를로테 부프(Charlotte Buff)를 만남. 법원 동료 예루잘렘이
실연한 뒤 비관하여 자살함.

1773년 희곡『괴츠 폰 베를리힝엔』 수정본 출간.『초고 파우스트』(*Urfaust*)
집필 시작.

1774년 『젊은 베르터의 고뇌』 출간.『괴츠 폰 베를리힝엔』 초연. 희곡『클라
비고』(*Clavigo*) 탈고.

1775년 노래극「에르빈과 엘미레」(Erwin und Elmire) 탈고. 희곡『스텔라』
(*Stella*) 탈고. 희곡『에흐몬트』(*Egmont*) 집필 시작. 프랑크푸르트 은
행가의 딸 릴리 쇠네만(Lili Schönemann)과 약혼했으나 반년 후 파혼
함. 카를 아우구스트(Carl August) 공의 초청을 받아 바이마르 방문.

1776년 희곡『오누이들』(*Die Geschwister*) 탈고. 바이마르에 정착하기로 결심
하고 국정에 참여함. 추밀외교참사관에 임명됨. 일메나우 광산 재개
발 준비 총괄업무를 맡음.

1777년 『빌헬름 마이스터의 연극적 사명』(*Wilhelm Meisters theatralische
Sendung*) 집필 시작. 여동생 코르넬리아 사망.

1778년 아우구스트 공과 함께 베를린과 포츠담 여행.

1779년 희곡『타우리스의 이피게니에』(*Iphigenie auf Tauris*) 산문본 탈고. 국
방위원회 감독관, 추밀고문관에 임명됨. 아우구스트 공과 함께 스위
스 여행.

1780년 희곡『타소』(*Tasso*) 집필 시작. 광물학 연구 시작.

1782년 『빌헬름 마이스터의 수업시대』(*Wilhelm Meisters Lehrjahre*) 집필 시
작. 부친 사망. 요제프 2세 황제로부터 귀족 작위를 받음.

1784년 악간골(顎間骨) 발견.

1785년 『빌헬름 마이스터의 연극적 사명』 탈고. 식물학 연구 시작.

1786년 『젊은 베르터의 고뇌』 개작. 8월에 이딸리아 여행길에 올라 2년 가까

이 체류한 후 1788년 6월에 바이마르로 돌아옴.

1787년   희곡『타우리스의 이피게니에』운문 개작. 희곡『에흐몬트』탈고.

1788년   평민 출신의 크리스티아네 불피우스(Christiane Vulpius)와 동거를
　　　　　시작하여 평생 동안 반려자로 지냄. 쉴러(Schiller)와 처음 만남.

1789년   희곡『타소』탈고. 아들 아우구스트 태어남.

1790년   두번째로 이딸리아를 여행함. 색채론 연구 시작.『미완성 파우스트』
　　　　　(*Faust: Ein Fragment*) 출간.

1791년   바이마르 궁정극장 총감독에 위촉됨.

1792년   8월에서 10월 동안 아우구스트 공을 수행하여 프랑스 원정에 종군.

1793년   5월에서 7월 동안 프랑스가 점령한 마인츠 탈환 원정에 종군.

1794년   쉴러와 긴밀한 교류를 시작함. 단편희곡「격분한 사람들」(Die
　　　　　Aufgeregten) 탈고.

1795년   소설『독일 피난민들의 담화』(*Unterhaltungen der deutschen
　　　　　Ausgewanderten*) 탈고.

1796년   『빌헬름 마이스터의 수업시대』탈고.

1797년   장편서사시『헤르만과 도로테아』(*Hermann und Dorothea*) 탈고.

1803년   희곡『사생아』(*Die natürliche Tochter*) 탈고.

1805년   쉴러 사망.

1806년   『파우스트』1부 탈고. 프랑스군의 침공으로 바이마르가 점령됨. 불피
　　　　　우스와 정식으로 결혼함.

1807년   『빌헬름 마이스터의 편력시대』(*Wilhelm Meisters Wanderjahre*) 집필
　　　　　시작.

1808년   모친 사망. 에어푸르트에서 나뽈레옹 접견.

1809년   소설『친화력』(*Die Wahlverwandtschaften*) 탈고.

1810년   『색채론』(*Zur Farbenlehre*) 탈고.

1811년   자서전『시와 진실』(*Dichtung und Wahrheit*) 1부 탈고.

1812년   『시와 진실』 2부 탈고.

1813년   『시와 진실』 3부 탈고.

1816년   『이딸리아 기행』(*Italianische Reise*) 1부 탈고. 종합예술비평지『예술
          과 고대문화』(*Über Kunst und Altertum*) 창간.(이 잡지는 1832년까지
          발간됨) 부인 불피우스 사망.

1817년   『이딸리아 기행』 2부 탈고.

1819년   『서동시집』(*West-östlicher Divan*) 탈고.

1821년   『빌헬름 마이스터의 편력시대』 초판본 탈고.

1828년   카를 아우구스트 공 사망.

1829년   『빌헬름 마이스터의 편력시대』 수정본 탈고.

1830년   아들 아우구스트 로마 여행 도중 사망.

1831년   『시와 진실』 완결. 『파우스트』 2부 완결.

1832년   3월 22일 영면.

Goethe, Johann Wolfgang von, *Werke*(Hamburger Ausgabe), München 1989.
  (HA로 약칭함)

_____, *Sämtliche Werke*(Frankfurter Ausgabe), Frankfurt a. M. 1985~1999.(FA
  로 약칭함)

_____, *Werke*(Weimarer Ausgabe), Weimar 1887~1919.(WA로 약칭함)

_____, *Die Leiden des jungen Werther*, München 1989.(HA 6)

_____, *Die Leiden des jungen Werther*, Frankfurt a. M. 2006.(FA 11)

_____, *Götz von Berlichingen*, Frankfurt a. M. 1985.(FA 4)

_____, *Egmont*, Frankfurt a. M. 1988.(FA 5)

_____, *Wilhelm Meisters Lehrjahre*, München 1989.(HA 7)

_____, *Wilhelm Meisters Wanderjahre oder die Entsagenden*, München 1989.
  (HA 8)

_____, *Iphigenie auf Tauris*, München 1989.(HA 5)

_____, *Hermann und Dorothea*, München 1989.(HA 2)

_____, *Die Wahlverwandtschaften*, München 1989.(HA 6)

_____, *Die Wahlverwandtschaften*, Frankfurt a. M. 2006.(FA 11)

_____, *Faust*, München 1989.(HA 3)

_____, *Faust*, Frankfurt a. M. 1999.(FA 7)

_____, *Dichtung und Wahrheit*, München 1989.(HA 10, 11)

_____, *Schriften zur Kunst und Literatur*, München 1989.(HA 12)

_____, *Naturwissenschaftliche Schriften*, München 1989.(HA 13)

_____, *Ästhetische Schriften*, Frankfurt a. M. 1998.(FA 18)

_____, *Die Schriften zur Naturwissenschaft*, Abt. I, Bd. 6, Weimar 1957.

괴테『젊은 베르터의 고뇌』, 임홍배 옮김, 창비 2012.

_____,『빌헬름 마이스터의 수업시대』, 안삼환 옮김, 민음사 1996.

_____,『빌헬름 마이스터의 편력시대』, 김숙희 외 옮김, 민음사 1999.

_____,『헤르만과 도로테아』, 이인웅 옮김, 지식을만드는지식 2011.

_____,『서동시집』, 안문영 외 옮김, 문학과지성사 2006.

_____,『친화력』, 김래현 옮김, 민음사 2001.

_____,『파우스트』, 김수용 옮김, 책세상 2006.

_____,『괴테 고전주의 대표희곡선집』, 윤도중 옮김, 집문당 1996.

_____,『시와 진실』, 전영애·최민숙 옮김, 민음사 2009.

_____,『문학론』, 안삼환 옮김, 민음사 2010.

에커만『괴테와의 대화』, 장희창 옮김, 민음사 2008.

제1부

『젊은 베르터의 고뇌』와 슈투름 운트 드랑

Freud, Sigmund, "Das ökonomische Problem des Masochismus," *Psychologie des Unbewußten*, Frankfurt a. M. 2000.

Holz, Heinz, *Leibniz*, Frankfurt a. M. 1992.

Kaiser, Gerhard, *Wandrer und Idylle: Studien zur Phänomenologie der Natur in der deutschen Dichtung von Geßner bis Gottfried Keller*, Göttingen 1977.

Koopmann, Helmut 엮음, *Goethe*, Würzburg 2007.

Lukács, Georg, *Goethe und seine Zeit*, Werke, Bd. 7, Neuwied/Berlin 1964.

Schiller, Friedrich, "Kallias oder Über die Schönheit," *Sämtliche Werke*, Bd. 5, München 1960.

Žižek, Slavoj, *Parallaxe*, Frankfurt a. M. 2006.

루만, 니클라스『열정으로서의 사랑』, 정성훈 외 옮김, 새물결 2009.

루소, 장 자끄『사회계약론』, 방곤 옮김, 신원문화사 2006.

작스, 쿠르트『춤의 세계사』, 김매자 옮김, 박영사 1992.

영웅이 불가능한 시대의 자유의 이상

Hegel, Georg Wilhelm Friedrich, *Ästhetik*, Bd. I, Berlin/Weimar 1955.

McInnes, Edward, "Moral, Politik und Geschichte in Goethes *Götz von Berlichingen*," *Zeitschrift für deutsche Philologie* 103(1984), 2~20면.

Möser, Justus, *Patriotische Phantasien*, Münster 2008.

Müller, Jan-Dirk 엮음, *Reallexikon der deutschen Literaturwissenschaft*, Bd. 3, Stuttgart 1997.

Müller, Peter, "Goethes *Götz von Berlichingen* als Beginn der deutschen Geschichtsdramatik," *Zeitschrift für Germanistik* 8(1987), 141~59면.

Neuhaus, Volker, "Götz von Berlichingen," *Goethe-Handbuch*, Bd. 2, Stuttgart 1996, 78~99면.

Press, Volker, "Götz von Berlichingen(ca. 1480-1562) —vom 'Raubritter' zum Reichsritter," Volker Press 외, *Goethe, Götz und die Gerechtigkeit*, Wetzlar 1999, 15~42면.

Schröder, Jürgen, "Geschichte als Lebensraum: Goethes *Gottfried* und *Götz*," Bernd Hamacher u. Rüdiger Nutt-Kofoth 엮음, *Goethe: Lyrik und Drama: Neue Wege der Forschung*, Darmstadt 2007, 146~70면.

자유의 찬가 『에흐몬트』

Furet, François u. Ozouf, Mona 엮음, *Kritisches Wörterbuch der Französischen Revolution*, Frankfurt a. M. 1996.

Saviane, Renato, "Egmont, ein politischer Held," *Goethe-Jahrbuch* 104(1987), 47~71면.

Schiller, Friedrich, *Werke*, Nationalausgabe, Bd. 13.1, Weimar 1996.

Wagener, Hans, *Erläuterungen und Dokumente: Egmont*, Stuttgart 1974.

Wilson, Daniel 엮음, *Goethes Weimar und die Französische Revolution*, Köln 2004.

제2부

『빌헬름 마이스터의 수업시대』와 사회개혁 구상

Barner, Wilfried, "Geheime Lenkung: Zur Turmgesellschaft in Goethes *Wilhelm Meister*," William J. Lillyman 엮음, *Goethe's Narrative Fiction*, de Gruyter 1983, 85~109면.

Borchmeyer, Dieter, *Höfische Gesellschaft und Französische Revolution bei Goethe*, Königstein 1977.

Elias, Norbert, *Die höfische Gesellschaft*, Frankfurt a. M. 1983.

Lukács, Georg, "Goethe und die Dialektik," Alfred Klein 엮음, *Georg Lukács in Berlin*, Berlin 1990.

Mahoney, Dennis F., "The French Revolution and the Bildungsroman," Gerhart Hoffmeister 엮음, *The French Revolution and the Age of Goethe*, Olms 1989.

Mommsen, Wilhelm, *Die politischen Anschauungen Goethes*, Stuttgart 1948.

Ueding, Gert, *Klassik und Romantik*, München 1987.

김대권 「레싱과 헤르더의 프리메이슨 담론 및 『빌헬름 마이스터의 수업시대』의 탑의 결사」, 『독일문학』 115호(2010), 5~33면

또끄빌, 알렉시스 『구체제와 혁명』, 이용재 옮김, 일월서각 1988.

'신분을 뛰어넘은 결혼'과 '아름다운 영혼'의 이상

Luhmann, Niklas, *Liebe als Passion: Zur Codierung von Intimität*, Frankfurt a. M. 1994.

Nolan, Erika, "Wilhelm Meisters Lieblingsbild: Der kranke Königssohn — Quelle und Funktion," *Jahrbuch des Freien Deutschen Hochstifts*(1979), 132~52면.

Schiller, Friedrich, "Über Anmut und Würde," *Sämtliche Werke*, Bd. 5, München 1984.

Vaget, Hans Rolf, "Liebe und Grundeigentum in *Wilhelm Meisters Lehrjahren*," Peter Uwe Hohendahl u. Paul Michael Lützeler 엮음, *Legitimationskrisen des deutschen Adels 1200-1900*, Stuttgart 1979, 137~57면.

하우저, 아르놀트 『문학과 예술의 사회사』 3, 염무웅·반성완 옮김, 창작과비평사 1999.

『빌헬름 마이스터의 수업시대』에서 미뇽의 비극과 계몽의 변증법

Benjamin, Walter, *Ursprung des deutschen Trauerspiels, Gesammelte Schriften*,

Bd. I-1, Frankfurt a. M. 1991.

Schlaffer, Hannelore, *Wilhelm Meister: Das Ende der Kunst und die Wiederkehr des Mythos*, Stuttgart 1980.

모레띠, 프랑꼬『세상의 이치: 유럽 문화 속의 교양소설』, 성은애 옮김, 문학동네 2005.

고전극의 근대적 재해석

Adorno, Theodor W., "Zum Klassizismus von Goethes *Iphigenie*," *Noten zur Literatur*, Frankfurt a. M. 1981, 495~514면.

Blumenberg, Hans, "Wirklichkeitsbegriff und Wirkungspotential des Mythos," Manfred Fuhrmann 엮음, *Terror und Spiel*, Poetik und Hermeneutik, Bd. 4, München 1971, 11~66면.

Borchmeyer, Dieter, *Goethe: Der Zeitbürger*, München/Wien 1999.

Dihle, Albrecht, *Griechische Literaturgeschichte von Homer bis zum Hellenismus*, München 1991.

Girard, René, *Das Heilige und die Gewalt*, Frankfurt a. M. 1992.

Lesky, Albin, *Die griechische Tragödie*, Stuttgart 1984.

Meier, Christian, *Die politische Kunst der griechischen Tragödie*, München 1988.

──────, "Zur Funktion der Feste in Athen," Walter Haug u. Rainer Warning 엮음, *Das Fest*, Poetik und Hermeneutik, Bd. 14, München 1989, 569~91면.

Vernant, Jean-Pierre, *Die Entstehung des griechischen Denkens*, Frankfurt a. M. 1982.

니체, 프리드리히『비극의 탄생』, 박찬국 옮김, 아카넷 2007.

──────,『즐거운 학문』, 안성찬 옮김, 책세상 2005.

아리스토텔레스『시학』, 천병희 옮김, 문예출판사 2004.

에우리피데스『타우리케의 이피게네이아』, 천병희 옮김, 단국대학교출판부

1998.

하우저, 아르놀트 『문학과 예술의 사회사』 1, 백낙청 옮김, 창작과비평사 1999.

제3부

프랑스혁명과 독일 시민계급의 역사적 선택

Elsaghe, Yahya A., "Hermann und Dorothea," *Goethe-Handbuch*, Bd. 1, Stuttgart 1996, 519~37면.

Hegel, Georg Wilhelm Friedrich, *Ästhetik*, Bd. 2, Berlin/Weimar 1955.

Kaiser, Gerhard, "Französische Revolution und deutsche Hexameter: Goethes *Hermann und Dorothea* nach 200 Jahren," *Goethe—Nähe durch Abstand*, Jena 2001, 61~82면.

Lützeler, Paul M., "Hermann und Dorothea," Paul M. Lützeler u. James E. Mcleod 엮음, *Goethes Erzählwerk*, Stuttgart 1985, 216~65면.

Schmidt, Josef 엮음. *Erläuterungen und Dokumente: Hermann und Dorothea*, Stuttgart 1970.

Seidlin, Oskar, *Klassische und moderne Klassiker*, Göttingen 1971.

사회소설로서의 『친화력』(1), (2)

Benjamin, Walter, "Goethes *Wahlverwandtschaften*," *Gesammelte Schriften*, Bd. I-1, Frankfurt a. M. 1991, 123~201면.

Blessin, Stefan, *Erzählstruktur und Leserhandlung: Zur Theorie der literarischen Kommunikation am Beispiel von Goethes "Wahlverwandschaften"*, Heidelberg 1974.

Bolz, Norbert 엮음, *Goethes Wahlverwandtschaften: Kritische Modelle und*

Diskursanalysen zum Mythos Literatur, Hildesheim 1981.

———, "Die Wahlverwandtschaften," *Goethe-Handbuch*, Bd. 3, Stuttgart 1997, 152~86면.

Böhme, Hartmut, *Fetischismus und Kultur: Eine andere Theorie der Moderne*, Hamburg 2006.

Dettmering, Peter, "Reglose und entfesselte Natur in Goethes *Wahlverwandtschaften*," *Dichtung und Psychoanalyse* II, München 1974, 33~68면.

Engelhardt, Dietrich von, "Der chemie- und medizinhistorische Hintergrund von Goethes *Wahlverwandtschaften*," Gabriele Brandstetter 엮음, *Erzählen und Wissen: Paradigmen und Aporien ihrer Inszenierung in Goethes Wahlverwandtschaften*, Freiburg 2003, 279~306면.

Freud, Sigmund, "Fetischismus," *Gesammelte Werke*, Bd. III, Frankfurt a. M. 2000, 379~88면.

Henkel, Arthur, "Beim Wiederlesen von Goethes *Wahlverwandtschaften*," *Jahrbuch des Freien Deutschen Hochstifts*(1985), 1~20면.

Hunt, Lynn Avery, *The Family Romance of the French Revolution*, Routledge 1992.

Iser, Wolfgang, *Das Fiktive und das Imaginäre*, Frankfurt a. M. 1993.

Kittler, Wolf, "Sociale Verhältnisse symbolisch dargestellt," Norbert Bolz 엮음, *Goethes Wahlverwandtschaften: Kritische Modelle und Diskursanalysen zum Mythos Literatur*, Hildesheim 1981, 230~59면.

Oellers, Norbert, "Warum eigentlich Eduard? Zur Namen-Wahl in Goethes *Wahlverwandtschaften*," Dorothea Kuhn u. Bernhard Zeller 엮음, *Genio huius loci*, Köln 1982, 215~34면.

Reschke, Nils, *"Zeit der Umwendung": Lektüren der Revolution in Goethes*

Roman "Die Wahlverwandtschaften", Freiburg 2006.

Schings, Hans-Jürgen, "Willkür und Notwendigkeit: Goethes *Wahlverwandtschaften* als Kritik an der Romantik," *Jahrbuch der Berliner Wissenschaftlichen Gesellschaft*, Berlin 1990, 165~81면.

Schlaffer, Heinz, "Namen und Buchstaben in Goethes *Wahlverwandtschaften*," Norbert Bolz 엮음, *Goethes Wahlverwandtschaften: Kritische Modelle und Diskursanalysen zum Mythos Literatur*, Hildesheim 1981, 211~29면.

Schneider Helmut J., "Mobilisierung der Natur und Darstellungsprobleme der Moderne in Goethes *Wahlverwandtschaften*," Martha B. Helfer 엮음, *Rereading Romanticism*, Rodopi 2000, 282~300면.

Schwering, Markus, "Politische Romantik," Helmut Schanze 엮음, *Romantik-Handbuch*, Tübingen 1994, 477~507면.

Stefan, Inge, "Schatten, die einander gegenüberstehen: Das Scheitern familialer Genealogien in Goethes *Wahlverwandtschaften*," Giesela Greve 엮음, *Goethe: Die Wahlverwandtschaften*, Tübingen 1999, 42~70면.

Stingelin, Martin, "Goethes Roman *Die Wahlverwandtschaften* im Spiegel des Poststrukturalismus," Gerhard Neumann 엮음, *Poststrukturalismus: Herausforderung an die Literaturwissenschaft*, Stuttgart 1997, 399~411면.

Wellbery, David E., "Die Wahlverwandtschaften," Paul M. Lützeler u. James E. Mcleod 엮음, *Goethes Erzählwerk*, Stuttgart 1985, 291~318면.

Wiethölter, Waltraud, "Legenden: Zur Mythologie von Goethes *Wahlverwandtschaften*," *Deutsche Vierteljahresschrift für Literaturwissenschaft und Geistesgeschichte* 56(1982), 1~64면.

뵈르너, 페터 『괴테』, 송동준 옮김, 한길사 1998.

루소, 장 자끄 『에밀』, 김준현 옮김, 한길사 2005.

칸트, 임마누엘 『칸트의 역사철학』, 이한구 옮김, 문예출판사 1992.

프로이트, 지그문트『토템과 타부』, 김종엽 옮김, 문예마당 1995.

제4부

괴테가 예감한 근대의 이중과제

Hegel, Georg Wilhelm Friedrich, *Vorlesungen über die Ästhetik* Ⅲ, Frankfurt a. M. 1986.

Lukács, Georg, "Faust-Studien," *Probleme des Realismus* Ⅲ, Berlin 1965.

루카치, 게오르크『리얼리즘 문학의 실제비평』, 반성완 외 옮김, 까치 1987.

맑스, 카를『정치경제학 비판 요강』2, 김호균 옮김, 백의 2000.

모레띠, 프랑꼬『세상의 이치: 유럽 문화 속의 교양소설』, 성은애 옮김, 문학동네 2005.

───,『근대의 서사시』, 조형준 옮김, 새물결 2001.

바흐찐, 미하일『말의 미학』, 김희숙·박종소 옮김, 길 2006.

발자끄, 오노레 드『잃어버린 환상』, 이철 옮김, 서울대학교출판부 1999.

백낙청『한반도식 통일, 현재진행형』, 창비 2006.

이남주 엮음『이중과제론: 근대극복과 근대적응의 이중과제』, 창비 2009.

『빌헬름 마이스터의 편력시대』와 근대화의 문제(1), (2)

Arndt, Karl J. R., "The Harmony Society and *Wilhelm Meisters Wanderjahre*," *Comparative Literature* 10(1958), 193~202면.

Bahr, Ehrhard, "Wilhelm Meisters Wanderjahre," Paul M. Lützeler u. James E. Mcleod 엮음, *Goethes Erzählwerk*, Stuttgart 1985, 363~95면.

Baßler, Moritz, "Goethe und die Bodysnatcher: Ein Kommentar zum Anatomie-Kapitel in den *Wanderjahren*," Moritz Baßler 외 엮음, *Von der*

Natur zur Kunst zurück: Neue Beiträge zur Goethe-Forschung, Tübingen 1997, 181~97면.

Blessin, Stefan, *Goethes Romane: Aufbruch in die Moderne*, Königstein 1996.

Gille, Klaus F., *"Wilhelm Meister" im Urteil der Zeitgenossen*, Assen 1971.

Henkel, Arthur, *Entsagung: Eine Studie zu Goethes Altersroman*, Tübingen 1964.

Klingenberg, Anneliese, *Goethes Roman "Wilhelm Meisters Wanderjahre"*, Berlin/Weimar 1972.

Muschg, Adolf, *Goethe als Emigrant*, Frankfurt a. M. 1986.

Pleister, Michael, "Zu einem Kapitel vergessenen Rezeptionsgeschichte: Heinrich Gustav Hotho—Rezension der *Wanderjahre* von Goethe, analysiert unter Einbeziehung der Hegelschen Epos- und Romantheorie, *Euphorion* 87(1993), 387~407면.

Radbruch, Gustav, "Goethe: Wilhelm Meisters sozialistische Sendung," Hans Adler 엮음, *Der deutsche soziale Roman des 18. und 19. Jahrhunderts*, Darmstadt 1990, 129~56면.

Sagave, Pierre-Paul, "*Wilhelm Meisters Wanderjahre* und die sozialistische Kritik(1830-1848)," Hans Adler 엮음, *Der deutsche soziale Roman des 18. und 19. Jahrhunderts*, Darmstadt 1990, 157~70면.

Schlaffer, Hannelore, *Wilhelm Meister: Das Ende der Kunst und die Wiederkehr des Mythos*, Stuttgart 1980.

Wagner, Monika, "Der Bergmann in *Wilhelm Meisters Wanderjahre*," *Internationales Archiv für Sozialgeschichte der Literatur* 8(1983), 145~68면.

기술만능주의와 진화론을 넘어서

Anglet, Andreas, "Entelechie," *Goethe-Handbuch*, Bd. 4-1, Stuttgart 1994,

264~65면.

Becker, Hans Joachim, "Metamorphose," *Goethe-Handbuch*, Bd. 4-2, 700~702면.

Böhme, Gernot, *Goethes Faust als philosophischer Text*, Baden-Baden 2005.

Corea, Gena, *Mutter Maschine: Reproduktionstechnologien, von der künstlichen Befruchtung zur künstlichen Gebärmutter*, Frankfurt a. M. 1988.

Schmidt, Jochen, *Goethes Faust*, Stuttgart 1999.

Schöne, Albrecht 엮음, *Faust: Kommentare*, Frankfurt a. M. 1999.

Wagenbreth, Otfried, "Neptunismus/Vulkanismus," *Goethe-Handbuch*, Bd. 4-2, Stuttgart 1996.

다윈, 찰스『종의 기원』, 송철용 옮김, 동서문화사 2009.

플라톤『향연』, 박희영 옮김, 문학과지성사 2003.

제5부

괴테의 상징과 알레고리 개념

Benjamin, Walter, *Ursprung des deutschen Trauerspiels, Gesammelte Schriften*, Bd. I-1, Frankfurt a. M. 1991.

Hamm, Heinz, "Symbol," *Ästhetische Grundbegriffe*, Bd. 5, Stuttgart 2002, 805~40면.

Kobbe, Peter, "Symbol," Klaus Kanzog u. Achim Masser 엮음, *Reallexikon der deutschen Literaturgeschichte*, Berlin 1984, 308~33면.

Schlaffer, Heinz, *Faust Zweiter Teil: Die Allegorie des 19. Jahrhunderts*, Stuttgart 1981.

Schlegel, Friedrich, *Gespräch über die Poesie*, Padeborn 1985.

Schweikle, Günther, "Allegorie," Günther Schweikle u. Irmgard Schweikle 엮음, *Metzler Literatur Lexikon: Begriffe und Definitionen*, Stuttgart 1990, 9~10면.

———, "Symbol," Günther Schweikle u. Irmgard Schweikle 엮음, *Metzler Literatur Lexikon: Begriffe und Definitionen*, Stuttgart 1990, 450~51면.

Seidel, Siegfried 엮음, *Der Briefwechsel zwischen Schiller und Goethe*, Leipzig 1984.

Sørensen, Bengt Algot, "Altersstil und Symboltheorie: Zum Problem des Symbols und der Allegorie bei Goethe," *Goethe-Jahrbuch* 94(1977), 69~85면.

———, *Allegorie und Symbol: Texte zur Theorie des dichterischen Bildes im 18. und frühen 19. Jahrhundert*, Frankfurt a. M. 1972.

Titzmann, Michael, "Allegorie und Symbol im Denksystem der Goethezeit," Walter Haug 엮음, *Formen und Funktion der Allegorie*, Stuttgart 1979, 642~65면.

가다머, 한스게오르크 『진리와 방법』 1, 이길우 외 옮김, 문학동네 2012.

루카치, 게오르크 『미학』 4, 반성완 옮김, 미술문화 2002.

보들레르, 샤를 『악의 꽃』, 윤영애 옮김, 문학과지성사 2003.

칸트, 임마누엘 『판단력 비판』, 백종현 옮김, 아카넷 2009.

루카치의 괴테 수용에 대하여

Adorno, Theodor W., "Erpreßte Versöhnung," *Noten zur Literatur*, Frankfurt a. M. 1981, 251~80면.

Anz, Thomas, "Expressionismus," Dieter Borchmeyer u. Viktor Žmegač 엮음, *Moderne Literatur in Grundbegriffen*, Stuttgart 1992, 142~52면.

Baeumer, Max L., "Der Begriff 'klassisch' bei Goethe und Schiller," Reinhold

Grimm u. Jost Hermand 엮음, *Die Klassik-Legende*, Frankfurt a. M. 1971, 17~49면.

Bahr, Ehrhard, "Georg Lukács's 'Goetheanism': Its Relevance for His Literary Theory," Judith Marcus u. Zoltán Tarr 엮음, *Georg Lukács: Theory, Culture, and Politics*, Transaction 1989, 89~96면.

Benseler, Frank 엮음, *Revolutionäres Denken: Georg Lukács*, Darmstadt 1984.

Berghahn, Klaus L., "Von Weimar nach Versailles: Zur Entstehung der Klassik-Legende im 19. Jahrhundert," Reinhold Grimm u. Jost Hermand 엮음, *Die Klassik-Legende*, Frankfurt a. M. 1971, 50~78면.

Best, Otto 엮음, *Theorie des Expressionismus*, Stuttgart 1980.

Boerner, Peter, "Die deutsche Klassik im Urteil des Auslands," Reinhold Grimm u. Jost Hermand 엮음, *Die Klassik-Legende*, Frankfurt a. M. 1971, 79~107면.

Borchmeyer, Dieter, "Wie aufgeklärt ist die Weimarer Klassik?," *Jahrbuch der Deutschen Schillergesellschaft* 36(1992), 433~40면.

Hinderer, Walter, "Die regressive Universalideologie: Zum Klassikbild der marxistischen Literaturkritik von Franz Mehring bis zu den *Weimarer Beiträgen*," Reinhold Grimm u. Jost Hermand 엮음, *Die Klassik-Legende*, Frankfurt a. M. 1971, 141~75면.

Hohendahl, Peter Uwe, "Art Work and Modernity: The Legacy of Georg Lukács," *New German Critique* 42(1987), 33~49면.

Jung, Werner, *Georg Lukács*, Stuttgart 1989.

Kadarkay, Árpád, *Georg Lukács: Life, Thought, and Politics*, Blackwell 1991.

Klein, Alfred 엮음, *Georg Lukács in Berlin*, Berlin/Weimar 1990.

Krueger, Heidi, "Allegorie and Symbol in the Goethezeit: A Critical Reassessment," Gertrud B. Pickar & Sabine Cramer 엮음, *The Age of Goethe*

Today, Fink 1990, 50~67면.

Lukács, Georg, *Geschichte und Klassenbewußtsein*, Werke, Bd. 2, Neuwied/
Berlin 1964.

_____, *Die Gegenwartsbedeutung des kritischen Realismus*, Werke, Bd. 4,
Neuwied/Berlin 1964.

_____, *Goethe und seine Zeit*, Werke, Bd. 7, Neuwied/Berlin 1964.

_____, *Zur Ontologie des gesellschaftlichen Seins* I, Werke, Bd. 13, Neuwied/
Berlin 1971.

_____, *Die Theorie des Romans*, Neuwied/Berlin 1970.

_____, *Gelebtes Denken: Eine Autobiographie im Dialog*, Frankfurt a. M. 1981.

Marquadt, Mathias, *Georg Lukács in der DDR: Muster und Entwicklung seiner
Rezeption*, Berlin 1996.

Schlaffer, Heinz, *Faust Zweiter Teil: Die Allegorie des 19. Jahrhunderts*,
Stuttgart 1981.

Varkonyi, Istvan, "Young Lukács, the Sunday Circle, and Their Critique of
Aestheticism," Christian Berg 외 엮음, *The Turn of the Century: Modernism
and Modernity in Literature and the Arts*, de Gruyter 1995, 282~90면.

Vietta, Silvio u. Kemper, Dirk 엮음, *Der Expressionismus*, München 1995.

루카치, 게오르크『소설의 이론』, 반성완 옮김, 심설당 1985.

_____, 『영혼과 형식』, 반성완·심희섭 옮김, 심설당 1988.

루카치 외『문제는 리얼리즘이다』, 홍승용 옮김, 실천문학사 1985.

반성완「루카치 현대문학사관의 비판적 고찰」, 백낙청 엮음『서구 리얼리즘
소설 연구』, 창작과비평사 1982, 325~54면.

백낙청「리얼리즘에 관하여」,『민족문학과 세계문학』2, 창작과비평사 1985,
355~92면.

지구화시대에 다시 읽는 괴테의 세계문학론

Amin, Samir, *Die Zukunft des Weltsystems*, Hamburg 1997.

Auerbach, Erich, *Philologie der Weltliteratur*, Frankfurt a. M. 1992.

Beck, Ulrich 엮음, *Die Politik der Globalisierung*, Frankfurt a. M. 1998.

Dussel, Enrique, "Beyond Eurocentrism: The World-System and the Limits of Modernity," Fredric Jameson & Masao Miyoshi 엮음, *The Cultures of Globalization*, Duke University Press 1998, 5~32면.

Mann, Thomas, *Gesammelte Werke*, Bd. 10, Frankfurt a. M. 1990.

Said, Edward, *Humanism and Democratic Criticism*, Columbia University Press 2004.

맑스·엥겔스 『공산당 선언』, 이진우 옮김, 책세상 2005.

바바, 호미 『문화의 위치』, 나병철 옮김, 소명출판 2012.

백낙청 「지구화시대의 민족과 문학」, 『내일을 여는 작가』 1997년 1·2월호.

최원식 「문학의 귀환」, 『창작과비평』 1999년 여름호.

한기욱 「지구화시대의 세계문학」, 『창작과비평』 1999년 가을호.

괴테가 탐사한 근대
슈투름 운트 드랑에서 세계문학론까지

초판 1쇄 발행 / 2014년 11월 28일

지은이 / 임홍배
펴낸이 / 강일우
책임편집 / 김경은·김성은
펴낸곳 / (주)창비
등록 / 1986년 8월 5일 제85호
주소 / 413-120 경기도 파주시 회동길 184
전화 / 031-955-3333
팩시밀리 / 영업 031-955-3399 편집 031-955-3400
홈페이지 / www.changbi.com
전자우편 / lit@changbi.com

ⓒ 임홍배 2014
ISBN 978-89-364-7255-9 03850